고래도 함께

고래도 함께

NOT FORGETTING THE WHALE

존 아이언멍거 장편소설
이은선 옮김

현대문학

아말리에에게 바친다

"따라서 모든 것은 만인이 만인의 적인 전쟁의 시대의 결과라……
산업의 여지가 없고…… 땅에 대한 이해가 없으며
시간에 대해 무지하고 예술도 문자도 사회도 없다.
그중에서도 최악은 공포와 생죽음의 위험이 끊이지 않는다는 것과
인간의 생이 고독하고 빈곤하며 끔찍하고 잔인하며 짧다는 것이다."

토머스 홉스, 『리바이어던』

차례

1부

**네가 낚싯바늘로
리바이어던을
끌어낼 수 있겠느냐?**

프롤로그

세인트피란 마을 주민들은 요즘도 알몸의 사나이가 피란 모래사장으로 떠밀려왔던 날에 대해서 이야기한다. 그날은 케니 케닛이 고래를 본 날이기도 했다. 누군가는 수요일이었다고 한다. 또 누군가는 목요일이었다고 확신하는 눈치다. 10월 초였다. 9월 말이었을 수도 있지만 그날 그 사건이 터지고 며칠, 몇 주 동안 난리가 벌어진 뒤로 거의 반세기가 지나는 동안 아무도 기록할 생각을 하지 않았다. 따라서 우리에게 남은 것이라고는 허술한 기억이 전부다. 마치 지난주에 벌어진 일인 양 세세한 부분까지 전부 다 기억한다고 주장하는 마을 주민도 있다. 그들의 목격담이 과거와 그 시절의 시대상을 반영하는 거미줄 같은 이야기의 일부분을 담당하는데, 하나같이 알몸의 사나이와 고래를 들먹인다.

그 사건을 함께 겪었던 사람들은 대부분 우리 곁을 떠났다. 개로 영감은 고인이 된 지 오래다. 맬러리 북스 박사와 마서 피시번, 앨빈 호킹 목사와 제러미 멜런, 그리고 고래 구출 작전을 거들었던 수많은 사람들도 마찬가지다. 하지만 그들의 이야기는 살아남아서 마을 주민들의 자녀와 손자, 이웃, 친구들의 입을 통해 전해지고 있다. 크리스마스 날마다 노르만 양식의 오래된 교회에서 거행되는 고래 축제 때도 입에 오르내린다. 따라서 세인트피란을 찾은 관광객(그런 관광객이 많지 않을지 모르지만)이라면 길거리와 술집에서 그 이야기를 들을 수 있을 것이다. 지나가던 마을 주민을 붙잡고 물으면 그들은 놀치는 바다가 내려다보이는 벤치에 여러분을 앉히고 그 바닷가와 고래와 알몸의 사나이에 얽힌 이야기를 들려줄 것이다. 곶을 따라 이어지는 오래된 항구 벽과 울퉁불퉁한 길을 지나 자갈이 깔린 모래사장이 시작되는 곳까지 앞장서서, 케니 케닛이 고래를 본 날 어느 바위에 서 있었는지 보여주고, 그 바위를 지나면 나오는 모래사장에서 조라는 남자가 발견되었다고 가르쳐줄 것이다. 거인의 목걸이처럼 바닷가를 장식한 삐죽빼죽한 바위를 쳐다보며 이렇게 물을 것이다. "저길 지나왔는데 어떻게 갈가리 찢기지 않고 멀쩡했을까요?"

"색다른 등장이었죠." 박물학자 제러미 멜런은 해마다 열리는 고래 축제에서 개회사를 할 때면 조 학이 세인트피란에 이런 식으로 등장했다고 표현하곤 했다. "고래를 타고 알몸으로 바닷가까지 실려 왔으니 말입니다! 다른 사람들 같으면 길을 물어가며 차를 몰고 얌전히 대낮에 부두로 찾아왔겠죠. 하지만 조는 그러지 않았어요. 천만의 말씀. 조는 극적인 등장을 원했거든요. 그래서 한밤중에 몰래 우리 마을로 들어와서 바다로 헤엄쳐 나갔다가 어마어마하게 커다란 고래를 타고 돌아온 겁니다." 제러미 멜런은 이 이야기를 할 때마다 큼지막한 말을 탄 카우보이처럼 다리를 쩍 벌리고 서서 올가미 밧줄을 들고 있기라도 한 것처럼 한쪽 팔을 빙빙 돌렸다. 이걸 들으면 거대한 짐승 위에 올라타서 바위를 이리저리 피하며 모래사장으로 들어오는 조의 모습이 그려질 테지만, 제러미와 다른 모든 주민들도 알다시피 그의 이야기는 허풍에 가까웠다. 그래도 그 안 어딘가에 일말의 진실이 담겨 있었고, 일말의 진실이면 실상을 충분히 파악하고도 남았다. 제러미의 이야기를 들으면 조 학을 아는 사람들마저 웃음을 터뜨렸다. 결국 중요한 건 그런 거였다. "가끔 과장이 진실보다 더 현실에 가까울 때도 있다." 소설가 디멜자 트레버릭도 이렇게 말하지 않았던가. 그리고 제러미 멜런이 보기에 세인트피란 주민들은 그런 식으로 조 학을 기억하고 싶어 하는 눈치였다. 평생 컴퓨터 앞에 웅크리고 앉아서 아마겟돈의 수학을 연구하던 진지한 괴짜의 모습은 원치 않았다. 실크 넥타이를 매고 스포츠카를 몰고 다니며 월급이 그들의 1년 수입보다 많았던 번드르르하고 제멋대로인 도시 청년도 원치 않았다. 불안해하고 심란해하던 조, 악마들에게 괴롭힘을 당하던 조, 어둠 속에 숨어서 자기만의 두려움과 외로운 싸움을 벌이던 조에 대해서는 알지도 못했고 원치도 않았다. 그들이 고래 축제 때 추억하는 남자는 그런 사람이 아니었다. 그들이 찬양하는 남자는 **영웅**이었다. 선지자였다. 세상을 구한 자였다. 세인트피란 주민에게는 세인트피란이 세상의 **전부**다. 적어도 그들 입장에서는 그렇다. 세월이 흐르면서 조라고 불린 남자에 얽힌 실제 추억이 이야기와 한데 뒤섞여버렸다. 고래 축제에서 제러미 멜런의 이야기를 들은 아이들은 조 학이라고 하면 알몸으로 고래를 타고 있는 모습을 떠올릴 테고 그를 아는 모든 사람이 세상을 떠난 뒤에는 그 이미지만 남을 것이다.

01
게니 게닛이 고래를 본 날

　그를 맨 처음 발견한 사람은 채러티 클룩이었다. 그 당시 그녀는 겨우 열일곱 살이었고 두 뺨이 클로버 꿀이라도 바른 것처럼 반짝일 정도로 안색이 화사했다. 세인트피란의 주민들은 그녀를 두고 '늦게 꽃을 피울 타입'이라고 했지만, 부드러운 콘월의 햇살이 비추고 대서양에서 따뜻한 바람이 불어오는 여름 동안 남아 있던 사춘기의 흔적과 험상궂은 표정과 젖살이 말끔히 사라지자 10월(아니면 9월)의 그날 개를 데리고 바닷가로 산책을 나온 그녀는 완연한 처녀의 자태를 뽐냈다. "원래 늦게 피는 꽃이 가장 아름다운 법이지." 마서 피시번은 이렇게 얘기하곤 했다. 마서는 학교 선생님이었으니 그냥 하는 말이 아니었다.

채러티 클록은 개와 함께 절벽과 바닷가 사이에 깔린 보송보송한 자갈밭을 걷고 있었다. 파도에 밀려온 해초가 바로 옆에 이리저리 널려 있었다. 좀 더 날이 따뜻했더라면 몇 안 되는 가을 행락객들이 모래사장까지 진출했겠지만, 그들은 목도리를 둘둘 감고 절벽 위만 걸었다. 그래서 바닷가에는 거의 아무도 없었다. 이야기를 들어보면 그 남자를 보았다거나 그를 운반할 때 거들었다고 하는 사람이 워낙 많아서 마을 주민 절반이 그 자리에 있었다고 생각하기 십상이지만 전후 상황을 따져보고 목격담을 귀담아들어보면 그날 바닷가에 있었다고 분명히 장담할 수 있는 사람은 채러티 클록을 비롯해서 고작 다섯 명뿐이었다. 알몸의 그 남자까지 합하면 여섯 명이었다.

바닷가에서 주운 해산물을 내다 파는 케니 케닛도 그 자리에 있었다. 그는 동쪽 만의 자갈길을 헤집으며 홍합, 게, 떠밀려온 잡동사니와 나뭇조각을 줍고 있었다. 주운 나무는 질이 괜찮으면 깎아서 이듬해 여름에 관광객들에게 팔았다. 홍합과 게는 요리해서 먹었다. 떠밀려온 잡동사니는 뭐, 종류에 따라 처분했다.

어부인 개로 영감도 있었지만 마을 사람들이 입버릇처럼 말하듯이 개로 영감은 **붙박이**나 다름없었다. 날씨가 좋고 바람이 잔잔하면 그는 뜨개 모자를 귀 아래까지 내려 쓰고 거의 하루 종일 바닷가에 앉아서 파이프 담배를 피우며 놀치는 파도와 철썩거리는 물보라를 물끄러미 바라보며 재갈매기의 울음소리를 들었다. 어쩌면 거기서 바다가 집이었던 시절을 꿈꾸었을지도 모를 일이다.

젊은 간호사 아미나타 치켈루도 그 자리에 있었다. 트레드에인절에 있는 간이 병원에서 야간 근무를 하고 퇴근하는 길이었기 때문에 어떻게 보면 피란 모래사장에서 맞이한 아침이 그녀에게는 **저녁**이었다. 아미나타는 날이 좋으면 바닷가를 감싼 오솔길을 따라 걸으며 긴장을 풀곤 했다. 그 길을 걸으면 야간 근무를 하는 동안 쌓인 스트레스를 해소할 수 있었다. "병원에서 밤에 무슨 일을 하나요?" 사람들이 물으면 그녀는 "잠자는 환자들을 살피죠"라고 대답했다. 사실 그랬다. 그녀는 소리가 나지 않는 신발을 신고 침침한 손전등을 들고 다니며 (대부분) 살날이 얼마 남지 않은 장기 입원 환자들의 링거와 처방 약과 맥박을 체크했다. 간호사만큼 죽음과 밀접한 관계를 맺고 있는 사람도 없다. 그리고 아미나타의 말에 따르면 콘월 해변은 죽음을 앞둔 사람들이 **찾는** 곳이었다. 인생의 황혼기를 보내기에 열악한 곳들도 있다. 하지만 생각해보라. 도시의 주택을 바닷가의 싸구려 오두막집과 맞바꾸면, 어느 날 밤 뜨끈뜨끈한 병동 무균실에서 다른 누구도 아닌 세네갈 출신의 호리호리한 간호사가 손을 잡아주거나 지켜보는 가운데 마지막 숨을 거둘 수 있을지 모른다. 아무리 상상력이 풍부한 사람이라도 아미나타 치켈루보다 더 예쁜 얼굴과 부드러운 말투와 따뜻한 손길로 환자의 마지막을 다독이는 간호사는 떠올리기 어려울 것이다. 그녀의 얼굴은 선대에서 아프리카와 유럽과 어디인지 모를 곳의 유전자가 섞였음을 암시하는 밀크커피색이었다. 선대의 이질적인 조합은 사하라 사막 이남 지역에서 볼 수 있는 까만 눈과 땋아서 리본으로 묶은 숱 많은 머리와 살짝 켈트족의 분위기를 풍기는 콧날과 집시처럼 묘한 매력이 있는 미소라는 완벽한 이목구비의 축복으로 이어졌다.

그날 모래사장에 있었던 마지막 인물은 박물학자 겸 작가인 제러미 멜런이었다. 호리호리하고 외모가 범상치 않은 제러미는 본인의 주장에 따르면 **영감**을 얻으려고 후미를 찾아가는 길이었다. 그는 가끔 이 젤을 놓고 캔버스에 수채화 물감을 덕지덕지 찍어 바를 때도 있었지만 그것이 그의 주특기는 아니었다. 그의 주특기는 입담이었다. 이야기였다. 그는 썰물이 진 만을 가로지르며 바위 사이에 생긴 물웅덩이를 들여다보고 그 안에서 꼬물거리는 피조물들의 이야기를 상상할 때가 더 많았다. 주로 물웅덩이에서 꼬물거리는 벌레나 물고기나 조가비로 살면 얼마나 재미있을까 생각했다. 그러면 밀물 때마다 이 별을 감싸는 대양의 일원이 될 수 있었다. 아무 때나 마음대로 들락거릴 수 있었다. 파도가 치면 바다에 몸을 싣거나 헤엄을 쳐서 포트네비스까지 갈 수 있었고 아니면 바다 건너 타히티까지 다다를 수 있었다. 하지만 바로 다음 순간 파도가 배신해서 썰물이 지면 내리쬐는 뙤약볕과 케니 케닛처럼 자신을 주워서 튀겨 먹을지 모르는 사람의 손길에서 도망칠 길이 없는 아슬아슬한 웅덩이에 갇히는 신세로 전락했다. 제러미 멜런은 나중에 이걸 소재로 글을 쓸 수 있겠다는 생각을 하곤 했다.

그러니까 사람 여섯 명에 개 한 마리였다. 그중 한 명은 익사체인 양 알몸으로 반듯하게 누워 있었다.

사람들은 채러티 클록에게 "그 사람이…… 그러니까…… 거기도 볼 만했느냐"고 물으며 아래쪽을 흘끗거렸다. 두말하면 잔소리지만 "허리 아래도 허리 위만큼 볼만했느냐"는 뜻이었다. 그러면 채러티 클록은 꿀을 바른 듯 반질거리는 두 뺨을 붉히며 수줍게 미소를 지었다. "대답하지 않을래요." 그녀는 이렇게 말하며 눈썹을 치켜세우곤 했다. 그렇게 은밀한 정보를 혼자서만 알고 있다는 데 못내 즐거워하는 표정이었다.

모래사장에 누워 있던 남자의 상반신은 누가 봐도 준수했다. 추위로 피부가 반투명하게 변해서 파란 혈관은 옅은 색 종이 같은 살갗 아래에 그려진 비밀 지도 같았고, 머리칼은 폭풍을 맞아서 축축해진 밀처럼 얼굴 위로 흩뿌려졌다. 하지만 채러티 클록의 옆구리를 찌른 마을 주민들도 이미 알고 있었다시피 알몸의 그는 그날 차가운 물속에 있다가 나온 남자답게 흔치 않은 생리 현상을 보였다. 맬러리 북스 박사는 정식 의학 용어를 동원해가며 채러티에게 이 현상에 대해 설명했다. 바닷가의 그 남자는 '발기 지속증'이었다고, 아주 차가운 물속에 있다 보면 가끔 혈관이 확장되는데 그러면 채러티 클록이 목격한 증상이 나타날 수 있다고 말이다. 북스 박사는 그녀에게 무의식적인 팽창 현상이니 걱정할 건 없다고 했다. '금방 가라앉을 거'라고 했다. 아니나 다를까, 피시 가에 있는 북스 박사의 의원에 도착하고 몇 분 이내로 증상이 사라져서 발기가 진정되자 클록 양은 더 이상 얼굴을 붉힐 필요가 없어졌다.

만약 여러분이 세인트피란을 찾은 관광객이라면 채러티 클록과 케니 케닛과 제러미 멜런의 이야기를 종합해서 어느 가을날 피란 모래사장과 세인트피란에서 어떤 일들이 벌어졌는지 유추할 수 있을 것이다. 여기에 그물 장수 케이시 림버와 북스 박사, 개로 영감의 증언도 추가할 수 있다. 그러다 보면 모든 것이 시작된 그날, 어떤 식으로 사건이 진행됐는지 자신 있게 단정 지을 수 있을 것이다.

먼저 케니 케닛이 비닐봉지와 뜰채와 잡다한 장비를 들고 만의 동쪽 끝에서 바위 사이를 헤집고 다니던 시점에서부터 이야기를 시작해보자. 그는 그쪽 바위 틈새라면 손바닥 보듯 훤했다. 그 일대와 바닷가의 다른 열 몇 군데를 돌아다니며 바다의 버려진 보물 조각을 찾은 지 이제 10년 아니면 15년째였다. 그의 주장이 사실이라면 학교를 졸업한 이래 줄곧 해온 일이 그거였다. 거의 자른 적 없는 그의 머리는 염분과 바람에 탈색이 된 밧줄처럼 여러 가닥으로 뻣뻣하게 꼬였다. 날이 점점 쌀쌀해졌기 때문에 그는 리넨으로 된 경찰 모자를 써서 제멋대로 자란 머리를 눌렀다. 옥스팸*에서 얻은 청바지를 무릎까지 걷어 올렸고 기네스 티셔츠에 뜬금없이 면 스카프를 둘렀다. 그는 허리를 숙이고 납작한 칼로 바위에 붙은 홍합을 캐다 말고 일어나서 곶 쪽으로 열댓 걸음 다가가 모든 게 내려다보이는 그 자리에서 바다를 내다보았다.

뭘 찾으려고 그랬을까? 누가 물으면 그는 "특별히 찾는 건 없었어요"라고 대답했다. 그는 평소에도 종종 그랬다. 바닷가재를 잡는 어부들에게 맥주 한 잔 값을 받고 팔 수 있는 찌나 케이시 림버에게 팔 수 있는 그물 조각이 떠내려오길 바랐을지도 모를 일이었다.

그런데 정작 그가 본 것은 고래였다.

처음에는 돌고래인가 싶었다. 아니면 점박이 바다표범인가 싶었다. 녀석은 파도 밑에 숨은 그림자처럼, 오래전에 물속으로 가라앉은 칙칙한 초록색의 난파선처럼 물에 반사된 햇살을 빨아들이며 살짝 방향을 틀어서 몸을 드러냈다. 케니의 눈에는 손 하나가 태양을 가리고, 깊은 바닷속을 지나가던 어둠 한 조각을 발사하는 것처럼 느껴졌다. 그러더니 리바이어던**은 잔물결 하나 일으키는 법 없이 물속으로 사라

* 극빈자 구제 기관.
** 성서에 나오는 물속의 거대한 괴물.

져버렸다.

곶 근처는 물이 까맣고 깊었다. 케니 케닛도 그 사실을 알고 있었지만 바닷가 근처까지 이 정도로 접근한 돌고래는 지금까지 본 적이 없었다. 그는 망망대해를 말똥말똥 쳐다보며 그가 본 것을, 혹은 그가 보지 못한 것을 되새김질했다. 분명 돌고래였을 것이다. 하지만…… 하지만 고래였을 가능성도 있었다. 거대한 그 녀석이 등장했던 지점의 수면이 이제는 얇은 유리로 덮인 것처럼 반짝였다. 그는 고래를 본 게 맞는지 확인할 사람이 있을까 싶어서 주위를 두리번거렸다. 100미터쯤 멀리에서 걸어오는 채러티와 푸들이 보였다.

"어이!" 케니는 양팔을 흔들었다. "어이."

그가 부르는 소리에 채러티 클록은 물론이고 좀 더 멀찍이서 바닷가를 걷고 있던 아미나타 치켈루와 바위 사이 물웅덩이를 계속 찾아다니고 있던 제러미 멜런까지 무슨 일인가 했다.

"어이." 케니가 다시 외쳤다. "내가 고래를 본 것 같아!"

"뭘 봤다고요?" 채러티가 큰 소리로 물었다. 제러미와 아미나타는 너무 멀어서 대화에 동참하지 못했다.

"고래." 케니는 손으로 바다 쪽을 가리켰다.

채러티 클록은 곶을 향해 모래사장을 내달렸다. 뾰족한 바위 몇 개가 그녀의 앞을 가로막았다.

"얼른!" 바닷속에서 서서히 떠오르는 녀석의 형체가 케니의 눈에 들어왔다.

"가요." 채러티는 따개비로 뒤덮인 뾰족한 바위를 두 손으로 짚어가며 달렸다.

"얼른."

리바이어던이 바다 위로 솟구쳤다. 덩달아 솟은 바닷물이 포말을 토하며 녀석의 옆구리에서 폭포처럼 쏟아졌다. 꿈틀거리며 잔물결을 일으키는 줄무늬 방공 기구가 이제는 완연하게 모습을 드러냈다. 잠수함일까? 그런 생각이 케니의 머릿속을 스치고 지나갔지만, 회색의 널찍한 등판이 수면 위로 떠오르고 어마어마한 콧방귀와 함께 분수공에서 물줄기가 뿜어져 나오자 그의 의심은 일거에 해소되었다.

"맙소사!"

바닷가 근처에서 채러티 클록이 비명을 질렀다.

"괜찮아." 케니는 고래에 시선을 고정한 채 큰 소리로 외쳤다. "저 녀석이 너를 공격하지는 않을 거야."

하지만 채러티는 고래를 보고 비명을 지른 게 아니었다.

채러티가 나중에 설명한 바에 따르면 그녀는 남자의 알몸을 보고 비명을 지른 게 아니었다. 북스 박사의 말마따나 누가 봐도 확연한 '발기 지속증'을 보고 비명을 지른 것도 아니었다. "그냥 놀라서 그런 거였어요." 그녀는 이렇게 말했다. "바위를 넘었는데 어떤 남자가 누워 있지 뭐예요. 저는 죽은 줄 알았어요."

해변에 누워 있던 남자는 죽지는 않았을지 몰라도 의식이 없었고 꼼짝하지도 않았다. 제러미 멜런이 두 번째로 현장에 도착했다. 남자의 외양을 보고 채러티보다 오히려 제러미가 더 놀란 눈치였다. 잠시후, 고래를 조우한 흥분이 가시지 않은 얼굴로 케니가 바위에서 내려왔다.

"이게 도대체……?"

"죽었나 봐요." 채러티가 말했다.

세 사람은 모래사장 위의 사나이를 쳐다보기만 할 뿐 아무도 감히 건드릴 생각조차 하지 못했다. 충격에 따른 지독한 무력감으로 꼼짝하지 못했다. 우유부단함으로 인한 일시 정지 상태였다. 남자인 것만큼은…… 분명했다. 어마어마하게 발기한 부위가 그 증거였다. 하지만 살갗이 워낙 하얗고 모래로 얼룩덜룩해서 처음에 채러티는 그가 알락돌고래일지 모른다고 생각했다. 아니면 바다표범, 아니면 바닷속을 떠다니다 난파선의 잔해처럼 바닷가로 떠밀려온 시체일지 모른다고 생각했다.

"누구일까?" 케니는 남자의 정체를 알면 도움이라도 되는 듯 이렇게 물었다.

"처음 보는 사람인데요." 채러티가 말했다.

제러미는 천천히 고개를 저었다. "나도."

"우리가……" 채러티가 운을 뗐다.

"우리가 뭐?"

"인공호흡이라도…… 해야 할까요?"

어색한 침묵이 흘렀다. 두 남자 모두 그런 조치를 나서서 실행에 옮기고 싶지 않은 눈치였다.

"내가 하지." 잠시 후에 제러미가 말했다. 그는 무릎을 꿇고 앉으려고 했다.

"아뇨. 제가 할게요." 해변을 달려오느라 얼굴이 벌게진 간호사 아미나타가 등장했다. 그녀는 그들 사이를 헤치고 나서서 모래사장에 무릎을 꿇고 앉았다. "이 사람 팔을 좀 잡아주세요."

그들은 그녀가 시키는 대로 했다. 떠밀려온 남자는 의식이 없었고 흠뻑 젖어 있었다. 물 밖으로 나온 지 오래되지는 않았다. 어쩌면 고래가 뿜어낸 물줄기를 타고 물가로 밀려왔을 수도 있었다.

"엎드리고 눕게 하세요. 허파를 비워야 하거든요."

이제 그들은 한 팀으로 움직였다. 발기에 미칠 영향은 무시한 채 남자를 뒤집어서 눕혔다. 아미나타가 손바닥으로 그의 등을 세게 눌렀다. 그의 입에서 캑캑거리는 소리와 함께 물이 뿜어져 나왔다. 그녀가 다시 그의 등을 눌렀다. 그는 사레가 들린 듯했다.

"살아 있는 것 같아요." 아미나타가 말했다. "허파에 물이 별로 안 들어갔나 봐요. 다시 똑바로 눕혀주세요."

그들은 어설프게 그를 다시 돌려눕혔다.

"숨을 쉬는 것 같아." 케니가 말했다.

"확실하게 하자고요." 간호사는 남자의 코를 틀어막고 입술로 그의 입을 완전히 덮어서 허파로 공기를 넣었다. 그의 가슴이 올라왔다가 그녀가 입을 떼자 내려갔다. 그녀는 다시 한 번 숨을 불어넣었다.

"확실히 숨을 쉬고 있어." 제러미가 말했다.

"한 번 더요." 죽지 않은 남자의 차가운 허파꽈리 속으로 따뜻한 세네갈의 바람이 다시 한 번 불어 들어갔다. 이번에 아미나타가 입을 떼자 그의 몸이 천천히 아래로 내려갔고, 두 사람은 절절한 이별을 하는 연인처럼 마지못해 입술을 떼는 것처럼 보였다.

"추운가 봐요." 채러티가 말했다.

"추워서 지금까지 죽지 않고 살아 있었던 거예요." 아미나타는 외투를 벗고 있었다. "그래도 이걸 입혀서 몸을 덥혀줘야겠어요."

"어디서 온 사람일까?" 케니가 물었다.

"그게 무슨 상관이에요? 자, 저 좀 도와주세요."

"바지를…… 입혀야겠는데요." 채러티가 말했다. 그녀로서는 남자의 상황을 최대한 용감하게 지적한 셈이었다.

"내 바지는 안 돼." 케니가 말했다.

"내 바지를 입힐게." 제러미가 허리띠를 풀었다. "걱정 마. 속옷 제대로 입었으니까."

"이 남자보다야 낫겠죠." 아미나타가 말했다.

그들은 떠내려온 남자의 축축한 다리에 제러미의 바지를 입혔다. 제러미는 바람막이 재킷과 사각팬티 차림으로 서서 그들의 솜씨를 점검했다. "이제 북스 박사님에게 데려가는 게 좋겠네."

개로 영감은 지정석이나 다름없는 바위에 앉아서 파이프에 담배를 눌러 담으며 남자를 들어 올리느라 끙끙대는 네 사람을 구경했다. 처음에 그들은 남자의 팔과 다리를 하나씩 잡고 부대 자루처럼 대롱대롱 늘어뜨린 채로 옮기려 했지만 그러자니 힘이 들었다. 그래서 네 사람의 팔로 바구니를 만들고 그 위에 남자를 걸쳤다. 보기에 우아하지는 않았지만 힘이 훨씬 덜 들었다.

개로는 바위에 대고 파이프를 툭툭 쳤다. "다들 고래는 본 게야?" 끙끙대며 모래사장을 걸어오는 그들을 향해서 그가 물었다.

"저는 봤어요." 케니가 대답했다. "지금 영감님하고 저만큼 가까운 거리에서요."

"불길한 징조야." 개로는 힘겹게 몸을 일으키며 말했다. "이렇게 가까이 다가오면 안 되는데."

"그렇죠." 케니가 말했다. "영감님, 이 남자를 북스 박사님에게 데려가야 하는데요."

"고래가 만 안으로 들어오다니 불길한 징조야."

"그러게요." 케니가 말했다. "이제 우리는 그만 가볼게요."

"어부들이 좋아하지 않을 텐데."

"그렇겠죠."

"물고기들을 잡아먹는 고래가 아니었어요, 개로 씨." 제러미가 말했다. "제가 본 바로는 긴수염고래던데요."

"긴수염고래라고?"

"긴수염고래들은 물고기를 잡아먹지 않아요. 수염고래들이 잡아먹지."

아미나타가 끼어들었다. "멜린 씨, 여기 이렇게 서서 고래를 주제로 토론을 벌이고 싶은 마음이 저도 굴뚝같지만 이 남자를 얼른 선생님께 데려가야 할 것 같은데요."

"그래야지. 그래야지."

피란 모래사장의 해변에 난 길은 바위투성이 곶을 따라서 이어지다 큼지막한 화강암으로 이루어진 세인트피란 항이 있는 내륙 쪽으로 갑작스럽게 꺾어진다. 장벽이 항구 양옆으로 팔을 벌려서 부둣가에 일렬로 늘어선 보잘것없고 납작한 회반죽 건물들을 바다로부터 보호해준다. 구조대가 낯선 사람을 어정쩡하게 매달고 출발한 곳이 바로 이곳 주변이었다. 그들이 부둣가에 다다르자 항구가 보이는 지점에 있던 모든 주민들의 이목이 그들에게 집중됐다. 그들을 맨 처음 발견한 사람은 그물을 만들어서 파는 케이시 럼버였다. 그는 항구 벽을 따라서 바닷가 쪽으로 걸어가다 그들과 맞닥뜨렸다. 전해 내려오는 이야기가 사실이라면 가게를 하는 제시 힉스, 어부 대니얼과 새뮤얼 로빈스, 페트럴 여인숙을 운영하는 제이콥 앤더슨, 생선을 포장하던 두 아가씨, 항만 관리소장을 맡고 있는 오셔 선장, 교구 목사의 아내 폴리 호킹, 학교에서 아이들을 가르치는 마서 피시번 그리고 그 밖의 열댓 명이 이내 대열에 합류했다.

"누구예요?" 여기저기서 물었다. 바닷가에서 발견된 사람이 자기들 애인이거나 형제이거나 사촌이거나 아들일까 봐 걱정스러워서 그런 거였다.

"우리도 몰라요." 제러미가 대답했다.

"그럼 모르는 사람이에요?"

"네."

개로 영감이 한 손으로는 지팡이를, 다른 손으로는 파이프를 휘두르며 들것 구조대의 뒤를 따라왔다. "분명히 장담하는데 나쁜 징조여. 나쁜 징조이고말고."

정보에 목이 마른 마을 주민들은 개로를 붙잡았다. "고래였어." 그는 호들갑스럽게 손을 흔들며 말했다. "저 깊은 데서 등장한 악마처럼 물속에서 솟아오르더구먼. 집보다 더 컸어. 집 몇 채를 합친 것보다 컸어."

이야말로 혼란스러운 보도였다. "지금 무슨 소리를 하는 거예요, 개로 영감님?" 누군가가 물었다. "고래가 아니라 남자던데."

"그것도 잘생긴 남자던데요." 이렇게 말한 사람은 아마 교구 목사의 아내 폴리 호킹이었을 것이다.

"고래가 등장했다니까 그래." 늙은 어부는 큰 소리로 외쳤다. "내가 봤어. 녀석이 물 밖으로 나와서 나를 똑바로 쳐다보더라니까?"

부둣가에 모인 사람들은 그의 폭로를 미심쩍어 했다.

"영감님은 고래 근처에 있지도 않았잖아요." 화제가 고래로 바뀌자 그 사건에서 자신이 차지하는 몫을 보장받고 싶어서 안달이 난 케니 케닛이 이렇게 말했다. "내가 바로 옆에 있었지."

"지금 자네를 보는 것만큼이나 가까이서 봤다니까." 개로가 말했다.

"이 남자를 병원으로 얼른 옮기면 안 될까요?" 아미나타가 말했다.

"내가 거들게요." 젊은 케이시 림버가 말했다. 그는 채러티를 대신해서 그 자리로 들어갔지만 팔 힘이 워낙 세서 의식을 잃은 남자를 혼자서 너끈히 옮길 수 있을 정도였다.

사람들은 항구 벽을 따라 부둣가 맨 앞에 자리 잡은 어부들의 집을 지나고 좁은 광장으로 접어들어서 테라스가 달린 오두막집 문 앞까지 좁은 자갈길을 걸어갔다. 이들 대다수가 네 명의 구조대를 따라서 안으로 들어가려고 했다. "지금 어디 아파요?" 제러미가 바닷가재잡이의 아내인 펜로스 부인에게 물었다. "아니죠? 그럼 그냥 밖에 계세요."

피시 가의 오두막집 대문이 닫히자 길바닥에 남겨진 호기심 충만한 구경꾼들은 저마다의 의견으로 분분했다.

02
작디작은 발가락

"한 나라는 인간의 몸이랑 다를 게 없어." 마서 피시번은 세인트피란 초등학교 학생들에게 이렇게 얘기했다. "대도시들이 심장이고 허파고 머리지. 눈이고 입이고 귀이기도 하고. 생각도 거기서 하고 말도 거기서 하거든. 도로와 철도, 밖으로 뻗은 그것들은 도시로 영양분을 실어다 주는 동맥이고 정맥이야. 소도시들은 나라를 지탱하는 뼈지. 농장과 공장들은 근육이고. 모든 일을 거기서 하잖아. 들어 올리고, 실어 나르고."

"그럼 우리는요?" 아이들은 이렇게 물었다. "세인트피란은요?"

"우리는 작디작은 발가락의 저기 저 맨 끝에 난 조그만 뾰루지나 다를 바 없어." 마서는 이렇게 얘기했다. "아무도 찾아오지 않고 들여다보지 않고 생각해주지 않는 마을이니까." 그녀는 최대한 심각한 눈빛으로 가장 나이 많은 아이에서부터 가장 어린 아이까지 한 명씩 쳐다보았다. 그런 다음 환하게 함박웃음을 지었다. "그리고 우리는 그런 마을에서 사는 걸 좋아하지."

　모르는 사람에게 세인트피란이라는 마을을 어떻게 찾아가면 되는지 정확하게 또는 비슷하게나마 설명하기란 쉽지 않은 일이다. 그곳은 항구를 향해 구불구불하게 이어지는 언덕 비탈의 좁은 내리막길 주변으로 손바닥만 한 집들이 다닥다닥 붙어 있는, 곶이 끝나는 지점의 바닷가 마을이다. 마을이라기보다 촌락에 가까울 정도로 작은데, 얼굴은 거친 바다를 향해 숙였고 등은 그 마을이 둥지를 틀고 있는 손가락 모양의 납작한 땅을 향해 돌아간 형상이다. 마을로 들어가는 길은 하나뿐이다. 그 이상 있을 이유가 없었다. 마을에서 나오는 길도 당연히 그 길 하나뿐인데 어처구니없게도 못 보고 지나치기 십상이다. 예전에는 트레드에인절과 펜전스를 연결하는 긴 도로 저쪽에 급커브 길이 등장하기 전, 언덕 너머에 표지판이 있었다. '세인트피란 5킬로미터'라고 적힌 표지판이었는데 거리를 잘못 측정했는지 '세인트피란 6킬로미터'로 수정되었다. 그러다 '세인트피란 6.8킬로미터'로 다시 고쳐졌다가 나중에는 아예 없어졌다. 혹자의 주장에 따르면 누군가가 고철상에게 팔아넘기려고 훔쳐 간 거라고 했다.

　도로 표지판이 없어져도 마을에는 아무런 영향이 없었다. 그게 없어졌다는 사실을 알아차린 사람도 거의 없었다. 아주 굳건한 행락객이 아닌 이상 이 먼 데까지 찾아올 일이 없었다. 대부분 서핑을 즐길 수 있는 뉴키의 넓은 바닷가 아니면 루, 메바기시, 포이의 예스러운 어항을 더 좋아했다. 세인트피란까지 찾아와서 절벽 꼭대기의 오두막집을 빌리거나 헤드라와 모지스 펜핼로가 운영하는 민박집에 투숙하는 사람들은 결연한 관광객이었다. 그들은 의기양양하게 항구로 차를 몰고 가서 해냈다는 증거로 지도책을 흔들며 힘이 다 풀린 다리로 비틀비틀 차에서 내렸다. "찾았어." 그들은 환호성을 질렀다. "찾았다고!"

이 용감무쌍한 관광객들이 가장 큰 업적으로 여긴 부분은 집에서 영국 해협에 면한 엑서터까지 몇 시간 동안 달린 것도 아니요, 엑서터에서 콘월의 발끝까지 두 시간 반 동안 달린 것도 아니었다. 여행의 하이라이트는 트레드에인절에서 바다까지 이리저리 꼬불꼬불 이어지는 6.8킬로미터의 도로였다. 이 길이 맞을까? 콘월의 이 지역에서는 산울타리가 상당히 높아서, 언덕 꼭대기에 다다랐으니 이제 마을이 보이겠구나 하는 순간 다시 아찔한 내리막길이 시작되거나 급커브길이 등장한다. 게다가 길이 거의 시작되자마자 1차선으로 좁아진다. 평범한 관광객들이 대부분 포기하고 차를 돌리는 곳이 바로 베비스 맥위스의 농장 입구였다. 거기서 포기하지 않더라도 표지판도 없고 인사말도 없고 저 멀리서 뾰족탑 하나 보이지 않는 도로를 그 뒤로 4킬로미터나 더 달려야 했다.

그랬으니 세인트피란 주민들이 지나가는 관광객을 상대로 생계를 유지하겠다는 발상을 진작 포기한 것도 무리는 아니었다. 항구와 손바닥만 한 바위투성이 해변이 내려다보이는 펜핼로 부부의 민박집과 케니 케닛의 정체 모를 작품 말고는 관광객들의 관심을 끌 만한 구석이 거의 없었던 것이다. 주차도 어려울 수 있었다. 부둣가의 무인 주차장은 자리가 겨우 여섯 개뿐이라서 내리지도 않고 다시 트레드에인절

쪽으로 차를 돌리는 여름 관광객들이 대다수였다. 읍내 가게에서는 기본적인 식료품만 판매했다. 엽서나 수영복이나 기념품을 비치할 공간이 없었다. 페트럴 여인숙은 어두컴컴하고 허름해서 매력이 없었다. 보트 여행도 미니 골프장도 식당도 없었고 심지어 제대로 된 카페 하나 없었다. 헤드라와 모지스 펜헬로는 '크림 티*와 커피'를 판매한다고 했지만 빛바랜 망사 커튼과 싸구려 이탈리아 장식품이 걸린 응접실이 워낙 후줄근해서 여름 성수기에도 손님이 많지 않았다.

케니 케닛이 고래를 보고, 알몸의 사나이가 피란 모래사장에 등장한 날에는 무인 주차장에 주차된 차가 딱 한 대였다. 하얀색 메르세데스 쿠페였다. 문은 잠겨 있었다. 제러미 멜런이 차창 너머로 안을 들여다 보고는 "아무것도 없네" 하고 교구 목사의 아내 폴리 호킹에게 말했다.

"뭘 찾고 싶으셨는데요?"

"글쎄." 그는 허리를 폈다. "주인이 누구인지 알려주는 증거랄지."

"그 사람 차일까요? 해변에서 발견된 사람 말이에요."

제러미는 고개를 끄덕였다. "그게 아니면 무슨 수로 여기까지 왔겠어?" 그가 되물었다.

"배를 타고 지나가다가 파도에 휩쓸려 온 걸 수도 있잖아요." 드라마틱한 것을 좋아하는 폴리 호킹은 이런 의견을 제시했다.

"그럴 수도 있겠지." 제러미는 트렁크를 열려고 해보았다. "아니면 오늘 아침 일찍 여기 도착해서 바닷가를 걷다가 수영을 하기로 했는데 밀물에 휩쓸리는 바람에……"

* 잼이나 크림을 곁들인 빵과 함께 오후에 마시는 차.

"알몸으로요?"

"그런 경우가 아주 없지는 않아. 수영복을 깜빡했나 보지."

"경찰에 연락해야 할까요?"

"아마도." 제러미는 고개를 돌려서 항구 쪽을 쳐다보았다. "아직은 아니고. 그 사람이 깨어날 때까지 기다려야지."

"조만간 요금기에 넣은 동전이 끝날 텐데." 폴리가 말했다.

제러미는 어깨를 으쓱했다. "세인트피란에서 주차 단속 요원을 마지막으로 본 게 언제였더라?"

한편 항구 벽이 끝나고 방파제가 시작되는 곳, 마을이 보이지 않는 곳에서 채러티 클록은 축축한 모래에도 아랑곳없이 돌담에 허리를 꼿꼿하게 기대고 앉아 있었다. 케이시 럼버가 그녀의 곁을 지켰다. 두 사람은 서로 시선을 피한 채 세차게 굽이치는 파도와 바다로 뛰어드는 재갈매기들만 뚫어져라 바라보았다.

그날 아침 케이시 럼버는 어쩐 일로 곶 근처에 있었을까? 채러티 클록을 만나러 간 게 아닌 이상 그가 그 시각에 거기 있을 이유가 없었다. 그녀를 만나러 간 거라는 사람들도 있지만 케이시는 요즘까지도 아니라고 한다. 그물 장수가 채러티를 **쫓아다녔다**고 말하는 사람들도 있지만 그렇다고 하면 무슨 스토커처럼 들린다. 채러티와 우연히 만날 수 있길 바라는 마음이 있었다고 하면 적당하지 않을까. 어쩌면 두 사람은 인적이 드문 후미에서 서로 마주쳤을지 모른다. 그러면 그는 깍듯하게 모자를 들어 보이며 명랑한 목소리로 "안녕하세요"라고 했을 것이다. 두 사람은 대화를 나누었을 테고 이야기가 꼬리에 꼬리를 물고 이어지다 어떻게 됐을지는 아무도 모르는 일이었다. 이것이야말로 젊은 남자들이 특히 채러티 클록처럼 뒤늦게 꽃을 피우는 미녀들에게 자주 쓰는 수법 아닌가. 그리고 결과적으로 보면 두 사람은 실제로 우연히 맞닥뜨렸다. 케이시가 계획했거나 상상했던 장면과는 달랐지만 어찌어찌하다 보니 케이시로서는 (그리고 어쩌면 채러티로서도) 잘됐다고 볼 수 있는 결과로 이어졌다. 마서 피시번이 이걸 보았더라면 운명은 스스로 개척하는 거라고 말했을 것이다.

"참 희한한 하루였죠?" 케이시가 말했다. 그는 채러티의 심장이 뛰는 소리도 들릴 정도로 그녀와 가까이 있는 것처럼 느껴졌다.

채러티 클록 같은 아가씨는 무슨 생각을 할까? 케이시는 그녀의 생각을 읽을 수만 있다면, 그녀의 표정이나마 해석할 수 있다면 얼마나 좋을까 싶었을지 모른다.

"같이 좀 걸을래요?" 피시 가에서 의사 선생님의 집을 나섰을 때 그가 물었다. 예전 같았으면 그녀는 시선을 떨구고 고개를 저었을 텐데 그날은 고개를 끄덕였다. 이렇게 해서 두 사람은 그녀의 푸들을 뒤에 거느리고 부둣가를 걷다가 이곳에 다다라서 태곳적부터 그 자리를 지킨 바위에 간헐적으로 부딪치는 파도와 물보라를 바라보게 되었다.

"그 사람, 괜찮을까요?" 채러티가 물었다.

"우리로서는 최선을 다했잖아요. 믿을 만한 분한테 맡겼고요. 북스 선생님 말고 누가 그 사람을 치료할 수 있겠어요?"

"이제는 진짜 의사 선생님도 아니잖아요."

"왜 진짜 의사 선생님이 아니에요. 그냥 은퇴하셨을 뿐이에요. 은퇴하셨다고 아무것도 모르는 건 아니에요."

"사람들이 구급차를 부를까요?"

"아마도요." 케이시는 긴 다리를 뻗었다. "이 동네에서 마지막으로 구급차를 부른 게 도로시 레스토릭이 아이를 낳을 때였는데."

"기억나요." 채러티는 미소를 지었다.

"여기까지 오는 데 네 시간이 걸렸죠."

"누구 말로는 다섯 시간이랬어요."

"구급차가 도착했을 때 아이는 이미 젖을 뗐고요."

그들은 웃음을 터뜨렸고 잠깐 고개를 돌려서 서로의 눈을 들여다보았다.

그가 그녀보다 나이가 많았지만 아주 많지는 않았다. 그는 로즐랜드의 포트네비스 출신으로 마우절에서 그물 때우는 일을 했었고, 남자들은 거의 벗고 다니고 여자들은 그보다 더 벗고 다니는 뉴키의 해변에서 여자들과 춤을 추곤 했다. 지금은 세인트피란의 항만 관리소장의 집에 조그만 방 두 개를 얻어서 혼자 살고 있었다. 그의 아버지는 지금도 고향에서 그물을 고치고 있었는데 작은 마을이라 장정 둘이 나누어서 맡을 만큼 일감이 많지 않았기 때문에 어린 가문비나무처럼 호리호리하고 키가 크며 스페인 사람처럼 눈썹이 짙고 말투가 상냥한 케이시 림버가 이렇게 세인트피란으로 독립했다.

"그런 남자 예전에도 본 적 있어요?" 그녀가 그에게 물었다.

"어떤 남자요?" 그는 장난기 어린 말투로 되물었다.

"바닷가로 쓸려온 남자요." 그녀는 이렇게 대답했지만 미소를 감추지 못했다.

그는 그녀에게 입을 맞추었지만 작정하고 그런 것은 아니었다. 그가 너무 바짝 다가가서 앉았거나 한쪽 팔로 그녀를 감싸 안았기 때문에 벌어진 일도 아니었다. 습새가 시커먼 놀 속으로 뛰어들듯, 자석이 끌어당기듯, 중력으로 인해 그의 몸이 그녀의 위로 넘어지고 그녀의 얼굴이 그의 쪽으로 바짝 다가오듯 벌어진 일이었다. 두 사람의 입술이 만났을 때 그녀가 숨을 들이쉬자 그물 장수의 달콤한 숨결이 허파 속으로 들어왔다.

알몸의 사나이가 등장하고 케니 케닛이 고래를 본 이래 시간이 얼마 지나지도 않았다. 그런데도 불구하고 벌써부터 이런저런 것들이 달라지고 있었다. 채러티는 케이시 림버의 속을 들이마시는 순간 그렇다는 것을 알았다. 어제였다면 그녀가 케이스 림버라는 가문비나무의 부드러운 가지 아래로 쓰러지는 일은 없었을 것이다. 점퍼스커트의 뒷면으로 축축한 모래를 느끼는 일도 없었을 것이다. 하지만 오늘은 어제가 아니었다.

"모든 건 지나가기 마련입니다." 앨빈 호킹 목사는 이렇게 얘기하곤 했다. "모든 건 지나가기 마련이죠."

채러티의 머릿속에 그 남자가 다시 등장했다. 너무 하얗고 너무 얼룩덜룩하며 너무 축축하고 너무 차가운데, 발기한 그곳만 깃대처럼 우뚝하니 절벽을 겨냥하고 있었다. "심란해할 것 없다." 북스 선생님은 그렇게 말했다. 그녀는 그 광경 때문에 심란해졌을까? 그건 아닌 것 같았다. 그녀는 인체의 신비를 알고 있었다. 그녀에게는 열다섯 살이나 된 남동생이 있었고 그녀는 남동생의 온갖 모습을 보았다.

그런 모습은 본 적 없었을지 모르지만.

"모든 건 지나가기 마련이지." 케이시 림버의 혀가 그녀의 입술을 구석구석 훑기 시작했을 때 그녀는 이렇게 속삭였다.

그는 뒤로 물러나서 그녀를 쳐다보았다.

"하루하루가 새로운 날이죠." 그녀가 말했다. "예전에는 잘 못 느꼈던 것 같은데."

"당연히 새로운 날이죠." 그는 이렇게 말하고 다시 입을 맞추었다.

"하지만 오늘은 더 새로운 날이에요. 오늘을 표현할 다른 단어가 필요한데."

"완벽하다고 하면 어때요?" 그가 물었다.

"아뇨, 그건 아니에요." 그녀는 마지막 저항마저 포기하고 모래 위에 몸을 눕히며 그에게 입술을 맡겼다. "그래도 비슷하긴 하네요."

03
거기서 시작하면 좋거든

"자네가 가장 먼저 알아야 할 게 뭔가 하면 엄밀히 말해서 나는 의사가 아니라는 거야."

그는 빳빳한 면 시트 사이에 보송보송하게 마른 몸으로 따뜻하게 누워 있었다. 눈꺼풀이 서로 들러붙은 듯한 느낌이었다.

"그게 무슨 뜻인가 하면 내가 의사인 건 맞아. 다만 이제는 은퇴를 했다는 거지."

그는 이 소리가 들리는 진원지를 찾느라 억지로 눈을 뜨고 고개를 돌렸다.

"내가 실시하는 모든 조치는 인도적인 차원에서 이루어지는 거야. 서약서 같은 건 쓰지 않아. 나는 국민 의료 보험에 소속되어 있지는 않으니까. 그게 싫으면 일어나서 나가면 돼."

방 한쪽 구석의 문 앞에 서 있는 누군가가 흐릿하게 보였다. 그 사람이 말을 하고 있었다.

"이런 데서 살면 은퇴는 꿈도 못 꿀 일이지. 트루로에 사는 친구들은 찾아오는 사람이 있더라도 돌려보내야 된다고 해. 그러다 배은망덕한 인간한테 고소라도 당하면 어떻게 되겠느냐고. 그럼 구빈원 신세를 지게 되겠지. 그래서 나는 말로는 환자를 그만 보겠다고 해. 하지만 발에 못이 박히거나 목에 가시가 걸린 딱한 인간이 찾아오면 어떻게 해야겠나? 히포크라테스 선서는 어쩌라고? 물에 빠져 죽을 뻔한 남자가 동태가 돼서 여기로 실려 왔는데, 어찌해야 하겠나?"

그는 말을 잠깐 멈추고 뭉툭한 시가를 요란하게 길게 한 모금 빨았다. 그러고는 기침과 함께 연기를 내뿜었다. "그러니까 제대로 된 의사한테 진료를 받고 싶으면 그 따뜻하고 편안한 침대 속에 들어앉은 궁둥짝을 들고 일어나서 트루로로 가. 거기 가면 의사 나부랭이들 손에 목숨을 잃기 십상이지만." 그는 시가를 다시 한 모금 빨았다. "대개 그렇거든."

조 학은 눈을 깜빡였다. 여기가 어딜까? 이건 누구 침대일까? 그는 말을 하는 남자의 얼굴에 초점을 맞추려고 했지만 눈이 따끔거렸다. 그래서 두 눈을 질끈 감아버렸다.

"그럼 어떻게 해야 할까? 여기서 돌팔이의 손에 맡기느냐, 의사들이 퇴근하기 전에 도착할 수 있길 바라며 320번 버스를 타고 트루로로 건너가느냐, 그것이 문제란 말이지."

"여기가 어디죠?"

"좋은 질문이야. 아주 좋은 질문이야. 지도를 보여줄까? 아니면 우편번호를 알려줄까?"

"이름을 알려주시면 좋겠는데요." 그는 어제 무슨 일이 있었는지 애써 기억을 더듬었다. 여행을 했다. 긴 여행을 했다. 바다에 뛰어들었다. 모자에서 그의 이름이 뽑혔다. 그런데 무슨 모자였더라? 그는 일어나려고 했지만 이상하리만치 힘이 없었다.

"뭐, 내 이름? 아니면 이 외딴 마을 이름?" 엄밀히 말하면 의사가 아닌 이 의사는 시가를 한 모금 더 빨더니 남은 꽁초를 조그만 유리접시에 대고 비볐다. "내 이름은 북스일세. 맬러리 북스. 의사라고 소개해야겠지만 그랬다가는 자네한테 고소를 당할 수도 있겠지."

조는 혀가 말도 안 되게 커진 느낌이었다. "제가 왜 선생님을 고소하겠습니까?" 의사가 그의 말을 알아들었을까? 그의 귀에는 "대가 애 언앵님을 고소하게슴까?"라고 들렸다. 그는 다시 눈을 떠보려고 했다. 실눈이라도 뜰 수 있다면 더 이상 따끔거리지 않을 수 있었다.

"나야 모르지." 그 의사는 불분명한 발음을 잘 알아듣는 눈치였다. "자네를 살려줬다고? 우리가 삶이라고 부르는 복 받은 상황을 누구나 환영하는 건 아니거든."

"아." 조는 다시 베개에 고개를 묻었다. 그렇다면 그가 살아 있다는 말이었다. 이 생각이 들자 뜻밖의 안도감이 밀려들었다. "선생님께서 저를…… 살려주셨다고요? 진짜……로요?" 언앵님께서 더를 달려두셨다고요? 딘따오요?

"나하고 다른 몇 사람. 채러티라는 아가씨하고 아미나타라는 간호사, 자네를 여기까지 운반한 몇 명이 생명의 은인이야. 나는 자네를 따뜻하게 해준 것 말고는 한 일이 없어."

"고맙습니다." 조는 다시 눈을 감자 순간 어디론가 떠내려가는 듯한 기분을 느꼈다. "우리가 제비를 뽑았어." 누군가가 그의 머릿속에서 말했다. "그랬더니 네가 뽑혔어, 친구. 친구, 네가 뽑혔다고."

다시 눈을 떴지만 의사는 사라지고 없었다. 그는 잠을 청했다.

"뭘 좀 먹어야 하지 않을까 싶어서." 북스 박사가 다시 그의 머리맡에 등장했다. 방 안이 좀 전보다 어두웠다. "수프 어떤가? 일어나서 앉아보지그래. 먹으면 기운이 날 거야."

"고맙습니다." 이번에는 일어나기가 좀 더 수월했고 혀도 예전의 크기로 작아진 듯했다. "여기가 어딘가요?"

"그 질문은 이미 해결된 걸로 아는데?"

"그랬나요? 대답이 기억나질 않아서."

"대답을 기억하는 사람은 거의 없지." 의사는 침대 위에 쟁반을 내려놓았다. 뜨거운 수프와 머그잔에 담긴 홍차였다.

조는 홍차를 집어서 대여섯 모금 만에 전부 다 마셨다. 왜 이렇게 목이 말랐을까? 그는 수프를 먹기 시작했다. 고개를 들어보니 이제는 눈이 따끔거리지 않았다. "그래서, 여기가 어딘가요?"

의사는 안락의자에 앉았다. "이러면 어떻겠나? 자네가 내 질문에 대답하면 나도 자네의 질문에 대답하기로."

"좋습니다."

"알몸으로 바닷가에서 도대체 뭘 하고 있었던 건가? 요즘 같은 계절에."

알몸으로? 조는 문득 당황스러워졌다. 옷을 벗는 것이 그때는 자연스럽게 느껴졌었다. 용감하다면 모를까, 어이없다는 느낌은 없었다. 바다는 어두컴컴했고 해변에는 아무도 없었다. 시리도록 차가운 바닷물에 그는 정신이 번쩍 들었다. "저도 잘 모르겠습니다."

"그럼 이렇게 물어볼까? 자넨 누군가? 어디에서 살다 왔어?"

"모자에서 네 이름이 뽑혔어, 친구." 그의 머릿속에서 목소리가 들렸다. "네가 책임을 지는 거야."

그의 심장 박동이 빨라지는 게 느껴졌다.

"자넨 누군가?" 의사가 다시 물었다.

"제가 누구냐고요?" 그는 힘없이 앵무새처럼 따라 했다. 그 질문에 대답해도 될까? "용의자는 콘월의 조그만 마을에서 경찰에 체포됐습니다." 그의 머릿속에서 취재기자가 이렇게 말했다. "그의 본명을 들은 의사가 당장 관계당국에 알린 결과 그의 소재가 파악된 것입니다."

"이름이 뭐야?" 의사는 재킷 안쪽에서 구식 펜과 가죽 표지가 달린 조그만 수첩을 꺼냈다. "적어놔야겠어."

"대답을 해야 합니까?"

"거기서 시작하면 좋거든." 의사가 말했다. "의과대학에서 그렇게 배웠지. 환자의 신원을 파악하라. 물론 자네가 내 환자는 아니야. 나는 자네를 돕는 일개 시민에 불과하니까. 그래…… 이름이 뭔가?"

이름을 밝힐 수 있다면 얼마나 속이 시원할까. 이름일 뿐인데. 단순한 글자의 조합일 뿐인데. J, O, E. 이름을 밝힐 수는 있지만 그러면 모든 게 끝나버릴 수도 있었다.

"이 정도면 쉬운 질문이지. 앞으로 점점 더 어려워질 텐데." 의사는 펜으로 수첩을 톡톡 두드렸다. "최소한 영국인이겠지. 아니, 영연방민이라고 해야 하나? 자네가 유조선이나 뭐 그런 데서 추락한 외국인일지 모른다고 생각한 사람도 있네만."

"유조선요?"

"그 비슷한 데서 말일세. 하지만 아니지. 그러니까…… 이름이 뭔가?"

그는 더듬더듬 무슨 말이라도 하려고 했지만 아무 말도 할 수가 없었다. 혀가 다시 붓는 듯한 느낌이었다. 물론 이름이야 지어내면 그만이었지만 그것도 상상력이 필요한 일이었다.

"자네 이름도 모르는 건가?" 이렇게 묻는 말투에서 짜증의 기미가 느껴졌다.

뭐라고 해야 그럴듯할까? 존 스미스? 그가 근무했던 은행에 존 스미스가 두 명 있기는 했지만 너무 빤했다. 그들이라면 이런 상황에서 어떻게 대처했을지 궁금해졌다. 본명보다 더 현실적인 이름을 생각해냈을까? 하지만 그런 생각은 이 난처한 상황에서 도움이 되지 않았다. 머킨 머플리라는 이름이 그의 머릿속에 떠올랐다. 하지만 영화배우 이름이라는 것을 이 의사가 알아차리지 않을까? 그럴 수도 있었다. 다른 이름은 없을까? 트라우마 때문에 머리가 막혀버린 모양이었다. 아니면 사람들을 속이려니 마음이 불편해서 그런 것일 수도 있었다. 조학은 거짓말을 일삼는 청년이 아니었고, 천성이 정직했다. 아버지에게 물려받은 덴마크계 루터 교회의 가치관 때문에 그런 것일지도 모른다. 아니면 어머니에게 배운 점잖은 영국 히피의 신조 때문일 수도 있었다. 아무튼 정신적인 검열이 문제였다. 조는 자기도 모르게 고개를 끄덕였다.

"어디에서 살다 왔는지는 알고?"

인간은 어디에서 살다 오는 걸까? 이건 약간 고민이 필요한 문제였다. 만약 이 의사에게 거짓말을 못 하겠으면 눈을 감고 질문 공세가 끝나길 기다리는 것도 방법이었다.

의사는 한숨을 쉬며 펜을 내려놓았다. "기억 상실증인가? 그런 게야?"

기억 상실증이라면 얼마나 고마울까. 네가 책임을 지는 거야, 친구. 그 말을 영영 잊을 수 있다면 얼마나 좋을까. "기억 상실증요?" 그는 앵무새처럼 따라 했다.

하지만 의사는 이 말을 확답으로 받아들였다. "기억 상실증이로군. 알겠네. 내가 뭐 하나 알려줄까, 제이슨 본씨? 제이슨 본이 아니면 누굴 흉내 내려는 건지 모르겠지만 자네는 책을 너무 많이 읽었어. 영화도 너무 많이 봤고. 기억 상실증은 소설가들이 만들어낸 걸세. 그런 증상은 존재하지 않아. 자네가 생각하는 그런 식으로는. 눈을 떴는데 자기 이름을 잊어버리는 사람은 없어. 그렇다고 하면 거짓말이지. 심각한 뇌 손상을 입으면 기억이 망가질 수도 있지만 자네는 몇 군데 찢어지고 멍이 든 것 말고는 몸도 그렇고 머리도 그렇고 다행히 멀쩡해 보이거든. 그러니까 기억 상실증에 걸렸다는 말은 단 1초도 믿을 수가 없네, 알몸으로 파도 타는 아저씨. 이제 같은 질문을 반복하겠네." 북스 박사는 콧방귀를 뀌고 펜을 집었다. "준비됐나?"

조는 다시 눈을 떴다.

"간단하게 예, 아니요로 대답할 수 있는 질문으로 시작할까? 자네 이름을 알고 있나?"

조는 아주 천천히 고개를 끄덕였다.

"좋았어. 나한테 알려줄 텐가?"

"알려드려야 할 것 같은데요."

"그래." 의사가 말했다. "내가 만든 수프를 계속 먹고 싶으면 장난은 금물이야. 무인 주차장에 주차된 차가 자네 찬가? 하얀색 차 말일세."

"네."

"열쇠는 어디 있나?"

"글쎄요. 바다 밑바닥 어딘가에 있겠죠. 아니면 고래 배 속이든지. 누가 알겠습니까?"

북스는 빙그레 웃었다. "그러니까 **정말로** 고래가 등장했던 거로군! 우리는 전부 다 케니가 지어낸 이야기일 거라고 생각했더니." 그는 자리에서 일어났다.

"조. 제 이름은 조입니다." 그가 손을 내밀자 의사가 그 손을 잡았다.

"만나서 반갑네, 조. 어디에서 살다 왔는지도 알려주겠나? 그리고 바닷가에서 뭘 하고 있었는지도."

조는 긴 한숨을 쉬었다. "그것도 의과대학에서 배우신 건가요?" 그는 물었다. "전부 다 아셔야 합니까? 환자에게 비밀은 없어야 합니까?"

"솔직히 의과대학에서 뭘 배웠는지 거의 다 잊어버렸어." 북스가 말했다. "하도 오래전 일이라." 그는 '조'라는 이름을 수첩에 적었다. "성을 물어볼 필요가 있을까? 없다고? 알겠네. 자네를 '조 도*'라 부르면 안 되겠지. 우습게 들릴 테니까. '조 소프**'라고 부르면 되겠군." 그는

---

* 법정에서 남자의 이름을 모르거나 비밀로 할 경우에 주로 '존 도'라는 가명을 쓰는 데서 따온 것이다.

수프 접시와 머그잔을 챙겼다. "자네는 이 집의 손님이야. 오늘 저녁은 내가 쏘는 걸로 하지. 내일부터는 돈을 받을 거야. 하루에 10파운드씩. 수프는 포함 안 된 금액일세. 홍차도 마찬가지고. 괜찮겠나?"

"네." 조는 가볍게 고개를 끄덕였다. "괜찮겠습니다."

"작아서 못 입는 옷을 몇 벌 갖다주겠네."

"고맙습니다."

편안한 정적이 그들 사이에 자리 잡았다. "시티***예요." 잠시 후에 조가 말했다.

"응?"

"어디에서 살다 왔느냐고 물으셨잖아요. 시티에서 살다 왔어요."

"펜전스 말인가?" 의사가 물었다.

그 소리를 듣고 조는 웃음을 터뜨렸다. "아뇨. 런던의 시티요."

"아. 그 시티?"

"그리고 제 성은 학이에요. 조 학."

"그렇군." 북스 선생은 방 밖으로 나갔다가 다시 들어왔다. "쌀 푸딩이 있는데. 깡통에 든 제품이기는 하지만."

"맛있겠는데요?"

04
우라지게 큰 긴수염고래잖아

조는 세인트피란에 색다르게 등장하고 하루가 지나서 칙칙한 가을 날 아침, 의사의 집을 나섰을 때 이미 이곳의 불협화음을 느낄 수 있었다. 이 마을에는 중력이 달라지거나 대기 가스의 조합이 바뀌었다든지 하는 식으로 불편하게 어긋난 구석이 있는 것처럼 느껴졌다. 잠깐 의식을 잃는 바람에 뇌의 균형감각에 금이 간 걸까? 집을 나서자 낯선 세상 속으로 첫 발걸음을 떼는 듯한 기분이 들었다. 어떤 공간에 **느낌**이라는 것이 있다니 신기하다는 생각이 들었다. 그도 땅에 무슨 신비로운 능력이라도 깃든 것처럼, 레이선*의 합류로 그곳에 영력이라도

---

* 선사 시대나 고대의 길을 따라 나 있다고 하는 가상의 선. 초자연적인 힘이 있는 것으로 여겨진다.

생긴 것처럼 **공간감**을 운운하는 건축가들의 이야기는 들은 적이 있었다. 일종의 지리학적인 풍수랄까. 그런 이야기를 들을 때마다 조는 말도 안 된다고 생각했었는데 이 마을을 접하고 나니 왠지 모르게 믿겼다. 이 마을은 산비탈 굽이에 아늑하게 둥지를 틀었고 구불구불한 길과 화강암 벽은 마을 너머 바위 절벽의 자연스러운 윤곽을 빼다 박았다. 야트막한 담벼락과 슬레이트 지붕이 바다와 바람에 바위가 깎여서 만들어진 지형의 일부분인 양 자연스러워서 이 마을이 없는 해변은 상상이 잘 되지 않을 정도였다.

의사의 집을 나선 순간부터 조의 몸속 나침반은 이미 새로운 환경에 적응하느라 애쓰고 있었다. 도로 소음이 없었다. 수많은 엔진이 웅웅 대는 소리도, 기어가 삐걱거리는 소리도, 경적 소리도 들리지 않았다. 하지만 고요하지는 않았다. 지붕 꼭대기에서 깍깍대는 갈매기들은 울음소리로 영역을 표시하는 하늘의 파수꾼이었다. 파도가 놀치고 물과 바람이 움직이는 바닷소리도 들렸다. 어디에선가는 밧줄과 캔버스 천이 산들바람에 펄럭였다. 숨을 들이마시자 짠 공기, 축축한 모래, 해초와 생선 비늘이 섞인 익숙한 대서양의 냄새가 느껴졌다. 뼛속에서부터 불안감을 해소해주는 묘책이 존재한다면 이 마을 안에 있을 것 같았다. 그는 몸을 돌려서 언덕을 내려가기 시작했다. 혈관 안에서 뭔가가 꿈틀거렸다. 탐험하고 싶은 충동, 해변으로 걸어가고 싶은 충동, 발바닥으로 으드득거리는 조약돌을 밟아보고 싶은 충동이 느껴졌다. 그의 옷과 지갑과 자동차 열쇠도 찾을 수 있을지 몰랐다. 어느 지점에서 차가운 파도 속으로 고집스럽게 걸어가기 시작했는지 알아낼 수 있을지도 몰랐다.

낮에는 모든 게 전혀 달라 보였다. 그 전에는 단색 전조등 불빛에 비친 마을 풍경이 전부였다. 구불구불한 도로 끝에 세인트피란이 어렴풋이 등장했을 때에는 줄줄이 늘어선 잿빛 주택에서 그를 환영하는 불빛 하나 보이지 않았다. 더 이상 차를 몰고 갈 데가 없었다. 그는 새벽 5시 15분 전에 부둣가에 차를 세우고, 바닷소리를 듣고 지금 이 냄새를 맡으며 잠깐 동안 앉아 있었다. 하지만 그때는 친구 하나 없이 얼마나 고적하게 느껴졌던가. 세인트피란의 첫인상은 절망이 바위로 응축된 곳, 애수의 제국 가장 끝에 위치한 전초기지였다. 부두를 따라 이어지는 화강암들이 그처럼 친구도 없이 버림받은 것처럼 느껴졌다. 하지만 오늘은 색과 질감이 살아 있었다. 석회를 바른 담과 돌 사이에 낀 이끼, 모르타르를 덮은 노란 지의류, 옅은 파란색 대문이 보였다. 그는 길을 따라 조그만 광장으로 들어섰다. 날씨가 아주 좋지는 않았다. 된바람에서 삭풍의 첫 채찍질이 느껴졌다. 하늘은 전함처럼 시커멨다. 하지만 광장에서 누군가가 명랑한 목소리로 "안녕하세요"라고 외치자 조는 자기에게 건네는 인사일지 모른다는 생각에 본능적으로 고개를 돌렸다. 각이 진 얼굴에 앞치마를 두른 여자가 좁은 가게에서 나와 미소를 건넸다.

"안녕하세요."

전염성이 있는 미소라 조는 자신의 표정도 밝아지는 것을 느낄 수 있었다. 다들 지금쯤 출근했겠지. 그는 생각했다. 직장 동료들 말이다. 다들 깔끔하게 일렬로 책상에 앉아서 컴퓨터를 뚫어져라 쳐다보거나 전화기에 대고 호통을 치고 있을 것이다. 할 일이 아직 남아 있다면. 문이 잠기지 않았다면. 회계사와 단속반과 경찰로 사무실이 득시글거리지 않는다면. 어느 쪽이든 그의 이름은 지금까지 한 번도 만난 적 없는 사람들에게까지 널리 알려졌을 것이다. 어쩌면 여기까지 알려졌을지도 모를 일이었다. 어쩌면 그 뉴스가 그보다 먼저 이 마을에 도착했을지도 모를 일이었다.

광장에서 모퉁이를 돌자 부두가 나왔고, 조그만 주차장에 그의 차가 외로이 세워져 있었다. 그는 다가가서 문을 당겨보았다. 잠겨 있었다. 상관없었다. 문이 열려 있다 한들 차를 몰고 어디로 갈 수 있겠는가. 납작 엎드리고 있는 것이 최선일 듯했다. 그러니까 지금이야말로 계획을 세우기에 알맞은 시간이었다. 부두를 지나서 해변까지 걸어가 바람을 쐬며 앞으로 어떻게 하면 좋을지 고민할 수 있을 것이다.

그런데 오늘은 이마저도 내키지 않았다.

꽃무늬 원피스를 입은 통통한 여자가 활기차게 그의 옆을 지나갔다. "안녕하세요, 꽃미남." 그녀는 지나가면서 이렇게 말했다.

"안녕하세요." 그는 고개를 돌려서 멀어져가는 그녀를 지켜보았다. 햇볕에 그은 얼굴이 발그스레했다. 마치 아는 사람인 양 그를 향해 고개를 끄덕였다.

외로움이 이렇게 짧게 끝날 수도 있는 걸까? 이 부둣가에 맨 처음 발을 들여놓았을 때만 해도 불길한 예감을 느꼈건만 낯선 이가 건넨 인사 하나로 기분이 좋아질 수도 있는 걸까? 조는 깊이 숨을 들이마셨다. 그에게는 생각할 거리가 있었다. 완벽한 환경이었다면 화이트보드와 다양한 색상의 펜이 주어졌을 것이다. 아메리카노 커피를 마시며 페이스트리를 골라서 먹을 수 있었을 것이다. 그는 먼저 화이트보드 맨 위에 쟁점들을 나열하고 화살표와 함께 여러 대처 방안을 적어 내려갔을 것이다. **얼마나 골치 아픈 상황일까?** 이런 질문을 적었을 수도 있다. 그 아래의 화살표 옆에는 '엄청나게 골치 아픈 상황' 그리고 또 다른 화살표 옆에는 '약간 골치 아픈 상황'. 그다음에는 네모난 선택지. 왼쪽은 '경찰에 자수한다', 오른쪽은 '도망친다!'.

혹시 그가 유령을 피해서 달아나려고 하는 건 아닐까? 전적으로 그의 상상이 빚은 허깨비는 아니었을까?

곶을 따라서 노두 주변으로 구불구불 이어지는 길로 가자 모래사장과 자갈밭이 나왔다. 해변이었다. 그는 어둠 속에서 그곳을 발견하고 축축한 바닷가에 앉아서 밝아오는 서광을 감상했다. 동이 트자 문득 마음이 동해서 옷을 벗고 바다로 걸어 들어갔다. 차가운 대서양의 날카로운 충격은 거의 카타르시스에 가까웠다.

절벽은 바다에서 불어오는 바람을 거의 막아주지 못했고 물보라 때문에 돌들이 미끄러웠다. 조는 의사에게 빌린 낡은 더플코트의 옷깃을 여미고 모자를 썼다. 바닷가에는 아무도 없었다. 방수점퍼와 방수모로 사나운 바람을 막으며 허리를 숙여서 바위 사이를 뒤지는 해변의 채집꾼뿐이었다. 조는 바다 쪽으로 길쭉하게 이어지는 바위들을 따라 조석점*을 향해 걸어갔다. 바위들이 축축하고 염분을 머금고 있어서 타고 넘기가 간단치 않았다. 그는 어디에 옷을 벗어두었는지 기억을 더듬었지만 밝아서 모든 게 낯설어 보였다. 빗방울과 물보라가 그의 시야를 가렸다. 바다는 쇳덩이처럼 거무칙칙했다.

바로 그때 저쪽 바위 사이에서 무언가가 그의 눈에 들어왔다. 조석

---

* 바닷물이 만조일 때 다다르는 지점.

점 바로 옆 물웅덩이에서 포말이 뿜어져 나오는 것처럼 보였다. 그는
어설프게 바위를 내려가서 해변을 따라 종종걸음을 쳤다. 기억 하나
가 그의 머릿속에서 꿈틀거렸다. 설마 그게 저기 있는 건 아니겠지?
모래사장 바로 옆에 있는 건 아니겠지? 수심이 고래가 들어갈 수 있을
만큼 깊을까?

믿기지 않을 만큼 거대한 녀석이 얕은 물속에서 몸부림치며 거대한
꼬리로 지면을 때리고 있었다.

해변의 채집꾼도 녀석을 보았다. 그가 두 팔을 흔들며 조를 향해 달
려왔다.

조도 달리기 시작했다. 고래는 허리 위쪽은 물에 잠기고 아래쪽은
육지에 닿은 채 몸을 비틀며 물거품을 튀기고 있었다. 까만색과 회색
바탕에 흰색 줄무늬였고 엄청난 전투를 치르기라도 한 것처럼 옆구리
가 온통 상처투성이였다. 붉은색의 부연 막이 물 사이로 번졌다. 상처
에서 흐른 피 같았다.

"아니 이게 도대체 뭐래?"

노란 방수모를 쓴 해변의 채집꾼은 그의 몇 걸음 뒤에 멈춰 서서 꼼
짝도 하지 않았다. "고래잖아. 우라지게 큰 긴수염고래잖아."

집채만 한 파도가 밀려왔다. 파도가 덮친 순간 그 거대한 짐승이 너
울 사이로 꼬리를 파닥거리자 홈이 파인 큼지막한 통처럼 머리에서부
터 물 밖으로 튕겨져 나왔다.

"조심하세요!" 조는 자갈밭 쪽으로 허겁지겁 뒷걸음질 치며 외쳤다.
"저러다 고래가 해변으로 떠밀려오겠어요!"

해변을 덮쳤던 파도가 저만치 물러나자 버려진 고래는 머리와 앞지

느러미를 물 밖으로 내민 채 꼬리만 물속에서 첨벙거렸다.

"이런 젠장!" 해변의 채집꾼이 외쳤다. "맙소사. 이 망할 녀석이 물 밖으로 나오게 생겼네."

바닷가에서 주운 이런저런 것들로 먹고사는 케니 케닛이 이 고래를 바다의 푸짐한 선물로 간주하지 않은 것만큼은 인정해주어야 했다. 그러기는커녕 본능적으로 이 녀석을 보호하고 안전하게 바다로 돌려보내야겠다고 생각하는 눈치였다.

하지만 살아 숨 쉬는 거대하고 위험한 고래는 왠지 두려운 존재였다. 녀석이 몸을 뒤집으면 사람 하나쯤은 순식간에 짜부라뜨릴 수 있었다.

"우리가 도와줘야 해요." 조가 말했다. "바다로 돌아갈 수 있게 도와줘야 해요."

케니는 묘한 눈빛으로 그를 쳐다보았다. "우리, 구면이네요."

"그렇습니까?"

"바로 어제 내가 그쪽을 바닷가에서 옮겼거든요. 저기 쓰러져 있는 걸 발견해서." 그는 동쪽 절벽 쪽을 턱으로 가리켰다. "죽은 줄 알았지 뭐요."

"그럼 생명의 은인이시네요?" 조가 물었다.

"어떤 의미에서는요." 케니가 말했다. 그는 고래를 보고 계산기를 두드리지 않는 성격이었고 이 낯선 사람에게서 아무것도 바라지 않는 눈치였다.

"고맙습니다." 조는 다시 모래사장에서 버둥거리는 고래 쪽으로 시선을 돌렸다. "뭔가 수를 내야 해요. 이대로 내버려둘 수는 없어요." 하지만 조는 이렇게 말하는 순간에도 그를 옥죄어오는 무력감을 느꼈다. 이렇게 큰 짐승을 위해 뭘 어쩔 수 있을까? "내가 여기서 녀석을 지키고 있을게요. 가서 사람들을 불러오세요."

케니는 머뭇거렸다. 고래의 허파가 한 번 요동을 치자 분수공에서 물줄기가 뿜어져 나왔고 녀석의 몸은 모래 속으로 좀 더 파묻힌 것처럼 보였다. "그쪽이 가요." 케니가 말했다. "나보다 그쪽 얘기를 믿어줄 가능성이 크니까. 내가 가면 또 허풍을 치는구나, 할 거요. 나를 너무 잘 알거든."

조는 갈등하는 눈치였다.

"가요." 케니가 다그쳤다. "얼른." 이건 명령에 가까웠다.

"안 되겠어요. 대부대가 필요한데." 조가 말했다. "이만한 고래를 움직이려면 최소 열다섯 명은 있어야 할 거예요. 100명이 필요할 수도 있고요."

"마을에 가면 사람들이 있을 거요. 얼른 가요. 30분쯤 있으면 밀물이 썰물로 바뀔 테니까."

문득 불어 닥친 돌풍에 집채만 한 파도가 밀려오자 두 사람은 허둥지둥 뒷걸음질을 쳤다. 잠깐 희망이 보이는 듯했다. 파도가 덮치자 고래의 몸이 살짝 들리는 것처럼 보였던 것이다. 하지만 결과적으로는 뭍으로 오히려 좀 더 밀려왔다. 이동을 멈춘 고래가 고개를 살짝 돌려서 한쪽으로 떨구자 조와 시선이 마주쳤다. 녀석의 심장에서 절망이라는 끔찍한 메시지를 발산하는 듯한 느낌이 들었다.

조 학은 그 절박함을 이해했을까? 고래의 외로움도 금세 끝날지 모른다는 생각을 했을까? 이 사건이 있고 몇 년 뒤에 제러미 멜런은 고래 축제 때 조의 인생에서 이 순간이 차지하는 부분에 대해 언급했다. 그때가 티핑 포인트였다고, 이때 내린 결정이 향후의 인생 방향을 결정하는 값진 순간이었다고 말이다. "대부분의 인생사는 차를 몰고 고속도로를 달리는 것과 비슷합니다." 그는 이렇게 얘기했다. "계속 앞으로 달리는 수밖에 없으니까요. 우리가 조절할 수 있는 부분은 여행의 속도뿐입니다. 그런데 가끔 출구가 보이죠. 이때 우리는 1초 만에 결정을 내려야 합니다. 계속 고속도로를 달리면 달라지는 것은 아무것도 없을 겁니다. 출구로 빠져나가면 낯선 도시로 들어서게 되지만요. 단 며칠 동안 조 학은 고속도로를 여러 번 빠져나왔습니다. 일하던 은행에서 나왔고, 바다로 걸어 들어갔고, 고래를 살리기로 결심했죠. 조는 꾸물대는 사람이 아니었습니다. 결단을 내릴 줄 아는 사람이었죠. 그는 결단을 내렸고 결과에 책임을 졌습니다."

그렇게 간단한 일이었을까? 고래에 관한 한 조를 다그친 케니 케닛에게도 일말의 공로가 있을 것이다. 하지만 낯선 마을의 닫힌 문을 열고 대부대를 모집할 수 있을까 싶어서 망설이던 순간에 조는 긴수염고래의 눈을 보았다. 그리고 우리 둘이 별반 다를 게 없구나, 하고 생각했다. 우리는 둘 다 포유류지. 같은 공기를 마시지. 피로 얼룩진 산도를 통해 이 세상에 태어나서 삶이라고 불리는 깨지기 쉬운 찰나의 마법 같은 순간을 붙잡으려고 애를 쓰지. 그러다 어느 날 퇴장하지. 우리 둘 다 같은 운명을 맞을 수 있었어. 조는 생각했다. 바로 이 모래사장 위에서.

"내가 갈게요." 조가 말했다.

05

이미 죽은 물고기야

교구 목사의 아내 폴리 호킹은 그 가을 아침을 떠올리면 가장 먼저 생각나는 것이 (몇 사이즈 큰) 더플코트를 입은 젊은 남자가 미친 사람처럼 두 팔을 펄럭이며 부둣가에서 마을 쪽으로 달려오던 광경이라고 할 것이다. 가는 목소리가 바람에 실려 날아가다시피 했지만 그래도 그는 계속 뭐라고 고함을 질렀다. 그는 맨 처음 만난 사람의 어깨를 붙잡았다. 아마 개로 영감이었을 공산이 큰데, 폴리는 상당한 손가락질을 동반한 열띤 대화가 오가고 있다는 것을 알 수 있었다. 잠시 후 젊은 남자는 몸을 돌려서 다시 달리기 시작했다. 개로 영감은 뒤 한 번 돌아보는 법 없이 곳을 향해서 평소답지 않게 쎙하니 부둣가를 내달렸다.

"도대체 무슨 일일까요?" 폴리가 물었다.

그녀는 헤드라와 모지스 펜핼로가 운영하는 하버 민박집의 카페 겸 응접실에 앉아 디멜자 트레버릭과 차를 마시고 있었다. 하버 민박집에서는 커피보다 차가 안전한 선택이었다.

"아유, 관광객이 개를 잃어버렸거나 뭐 그런 모양이지." 디멜자는 로맨스 소설 작가였다. 행락객이 팔을 휘두르며 부둣가를 달려온들 그녀가 보기에는 극적인 사건일 게 전혀 없었다. 그래서 차분하게 차에 설탕을 넣고 저었다.

"엄청 흥분한 것 같은데요." 폴리는 창문 너머로 좀 더 자세히 내다보려고 자리에서 일어났다.

"젊어서 그래. 우리 사모님처럼. 젊은 사람들은 늘 허둥거리잖아."

"저는 절대 허둥거리지 않아요."

"어머나, 그게 무슨 소리야. 열일곱 살에 결혼했잖아. 그게 성급한 게 아니면 뭐가 성급한 건지 모르겠네."

"이쪽으로 오고 있어요."

디멜자는 머리를 매만졌다. "이런 날씨에 개를 찾으러 나갈 생각은 없어."

젊은 남자는 대니얼과 새뮤얼 로빈스를 붙잡았다. 폴리와 디멜자는 창문 너머로 그들을 내다보았다. 남자가 다시 팔을 흔들며 손가락질을 하자 두 어부도 같은 방향으로 달리기 시작했다.

"불이 났거나 뭐 그런 걸까요?" 폴리가 물었다.

"바닷가에? 탈 게 뭐가 있겠어."

"아무튼 사람들을 자극할 만한 사건이 터진 게 분명해요. 난파선일까요?"

"아무것도 아닐 거야. 전혀 아무것도 아닐 거야. 남자들이 원래 쓸데없이 흥분하고 그러잖아." 디멜자 트레버릭은 세인트피란에서 지낸 세월이 충분히 길었기 때문에 이 마을의 평온함은 거의 지형에 가까울 정도로 영구불변하다는 것을 알았다.

"우리가 바닷가에서 구조한 그 남자인 것 같은데요." 폴리가 말했다.

"어머나. **폴리**가 구조한 거였어?"

"무슨 소리인지 아시면서."

카페 문이 벌컥 열리면서 온몸이 젖은 데다 바람을 맞아서 꼴이 말이 아닌 남자가 숨을 가쁘게 몰아쉬며 등장했다. "숙녀분들의 도움이 필요합니다." 그가 말했다.

"어머나? 서로 통성명도 안 한 사이에 이게 무슨."

"100명은 있어야 해요." 조가 말했다. "바닷가로 고래가 떠밀려왔어요."

"맙소사!" 디멜자는 천천히 자리에서 일어났다. "스무 명이라도 모으면 다행일걸요? 여기가 펜전스도 아니고."

시끌벅적한 소리를 들은 모지스 펜헬로가 벌건 얼굴로 숨을 쌕쌕거리며 앞치마를 두른 채 주방에서 나왔다. "고래라고?" 설명이 끝났을 때 그는 콧방귀를 뀌었다. "고래일 리가 있나. 돌고래겠지."

"뭐가 됐든 좀 도와주세요." 조는 벌써 밖으로 나가고 있었다. "이 마을에 교회 종이라도 있나요?" 그가 어깨 너머로 물었다. "아니면 경적이라도."

"요즘은 교회 종을 치지 않아요. 위험해서. 항만 관리소장님을 찾아가보세요." 폴리 호킹은 절벽 꼭대기에 지어진 조그만 오두막집을 가리켰다. "소장님이 폭죽을 쏴주실 거예요."

"고맙습니다."

"저희도 사람들을 모을게요."

세인트피란은 대도시가 아니었다. 맬러리 북스 박사가 조에게 장담한 바에 따르면 인구가 307명이었다. "겨울에는 308명이고." 조는 그 말을 듣고 미소를 지었다. 그게 어제 일이었다. 오늘은 이 궂은 날씨에 그들을 집 밖으로 불러내야 했으니 전망이 밝지 못했다. 조는 돌계단을 두 개씩 올라가며 항만 관리소장의 오두막집으로 향했다.

에이블 오셔 선장은 가는귀가 먹었다. 세인트피란 주민들의 표현을 빌리자면 귀머거리였다. 그로부터 며칠 뒤에 마서 피시번은 조에게 이렇게 말했다. "돌멩이보다 더 심한 귀머거리야." 나이 많은 항만 관리소장은 보초병처럼 자기 집 문 앞에 서서 조가 전하는 이야기를 들었다.

"뭐가 있다고?" 젊은이의 설명이 끝났을 때 그가 물었다.

"고래요."

"오래?"

"아뇨, 오래가 아니라 고래요! 엄청 큰 고래요." 조는 양팔을 벌려서 얼마나 큰지 보여주었다.

젊은 남자가 집 안에서 계단을 달려 내려왔다. 대화 내용을 거의 대부분 들은 눈치였다. "폭죽을 쏴달래요, 선장님."

"뭐라고?"

"제가 할게요." 젊은 남자는 항만 관리소장을 지나서 손을 내밀었다.

"케이시 럼버라고 합니다."

"저를 살려주신 분들 중 한 분이시죠?"

"제가 옮겼죠. 잠깐이었지만."

"고맙습니다."

"이게 무슨 소리인가 하겠지만 고마워해야 할 사람은 접니다." 케이시는 씩 웃었다. "나중에 페트럴에서 맥주 한잔 할 시간 생기면 설명할게요. 아무튼 제가 폭죽을 쏠게요."

"고맙습니다."

"저기가 생선을 포장하는 곳이에요." 케이시는 항구 끝 쪽의 창고를 가리켰다. "그 안에 아가씨들이 몇 명 있을 거예요. 그런 다음 학교로 가보세요."

"학교요?"

케이시는 손으로 위치를 알려주었다. "마서 선생님한테 학부모들에게 전부 알려달라고 하세요. 그게 가장 빠른 방법일 거예요."

"그럴게요."

대도시의 젊은이를 인구가 300명 정도 되는 조그만 마을―특히 세인트피란처럼 작디작은 발가락의 저기 저 맨 끝에 어쩔 수 없이 고립된 마을―에 데려다 놓으면 주민들은 당연히 못 미더워할 것이다. 반감을 보이거나 심지어 적대할 수도 있을 것이다. 낯선 사람의 등장에 분란이 생길 수도 있을 것이다. 그가 하는 일에 대체로 협조를 꺼릴 것이다. 도시 청년에게 긴급 작전―예컨대 높은 파도가 치고 비가 끊임없이 쏟아지는 날에 고래 구출하기라는 황당한 사업에 동참할 지원군 100명 모으기 같은 작전―을 맡기면 누구라도 별 성과가 없을 거라는 데 돈을 걸 것이다. 그런데 더플코트를 입은 청년은 처음부터 반감을 사지 않았다. 아마 말쑥한 얼굴 아니면 이 집에서 저 집으로 내달리는 젊음의 패기 아니면 굽힘 없는 태도 때문이었을 것이다. 마서 피시번 선생님은 그의 미소 때문이라고 했다. 목사의 젊은 아내 폴리 호킹은 그의 눈을 들먹였다. 읍내에서 가게를 하는 제시 힉스는 껑충껑충 달려 들어와서 애원하는 눈빛으로 그녀를 쳐다보았던 그의 어린애 같은 모습을 떠올렸다. "그는 자신감 넘치는 젊은 친구였어요." 제러미 멜런은 이렇게 얘기했다. "아주 잘생겼는데 자기는 그런 줄 모르는 눈치더군요." 세인트피란 주민들이 보기에 조 학은 나이에 비해 자신만만했다. 강렬하게 반짝이는—그리고 똑똑해 보이는—그의 눈빛에 그 조그만 마을은 무장해제되었다. 옹기종기 모여 있는 건물들 위로 폭죽이 터졌을 때 수행원들은 이미 곶을 향해 출발한 뒤였다. 팔을 흔들며 달려온 한 남자에서 시작된 지원군 모집은 몇 분 만에 삽시간으로 번졌다. 주민들은 이 집, 저 집으로 달려가서 문을 두드렸다. 방수복에 제대로 된 신발을 갖춰 신은 사람들이 하버 힐과 피시 가의 주택에서, 이스트 클리프 웨이의 단층집에서 순식간에 쏟아져 나왔다. "임계질량의 문제였어요." 조는 나중에 맬러리 북스에게 이렇게 설명했다. "입자 하나가 폭발하면 잇따라 두 개가 터지고 이 두 개가 네 개로 이어지고, 그런 식으로 입자들이 순식간에 제곱씩 늘어나잖아요."

해변에서는 케니 케닛이 고래 걱정을 하고 있었다. 뭍으로 나온 뒤로 몸이 쪼그라들었거나 아니면 기름 무게 때문에 납작해진 것 같았다. 녀석은 몸부림을 멈추고 단념한 듯 모래 위에 꼼짝 않고 누워 있었다. 밀물이 거의 썰물로 바뀌려는 시점이었다. 해변의 채집꾼이 들고 다니는 도구 중에 조그만 모종삽이 있었다. 그는 모래를 떠내기 시작했다. 쉽지 않았다. 파도가 칠 때마다 허사로 돌아갔다. 하지만 케니는 고래 밑으로 더 많은 물이 고이게 하면 바다로 돌아가는 데 도움이 될지 모른다고 생각했다.

현장에 제일 먼저 도착한 사람은 지팡이마저 내팽개친 개로 영감이었다. "도울 방법이 없어." 그가 케니에게 외쳤다. "전에도 이런 적이 있었어. 이미 죽은 물고기야."

이 정보를 듣자, 모래를 파내는 해변 채집꾼의 손놀림이 오히려 더 빨라졌다. "이 녀석은 물고기가 아니에요."

"아무튼 이미 죽은 거나 다름없다고."

"모래 뜨는 거나 도와주세요." 케니는 늙은 어부를 향해 양동이를 던졌다. "아래를 파내면 녀석을 띄워서 내보낼 수 있을지 모르잖아요."

"띄워서 내보내겠다고?" 개로는 이렇게 되물으면서도 고래 옆구리 근처에 무릎을 꿇고 앉아서 손으로 모래를 파서 양동이에 담기 시작했다. "그렇게 해서 될 일이 아니라니까."

그 말에 응답이라도 하듯 고래가 몸서리를 치자 옆구리를 타고 파문이 일었다.

"그렇게 해서 될 일이 아니라니까."

마을 주민들이 보이기 시작했다. 남녀노소 삼삼오오, 가족별로 등장했다. 맬러리 북스 박사는 낡은 트위드 코트를 입고 왔다. 은색 물부리에 꽂은 담배를 들고 온 디멜자 트레버릭은 다음 로맨스 소설에 쓸 소재를 찾으러 왔는지 영 시큰둥했다. 생선을 포장하던 아가씨들은 일을 쉬게 돼서 기뻐했다. 뱃일을 하던 청년들은 신기한 사건에 동참하게 됐다고 좋아했다. 농장을 하는 맥위스 가족과 하버 힐 꼭대기에 사는 대여섯 명의 주부들도 나왔다. 도로시 레스토릭은 유모차에 아이를 태우고 왔고, 통통한 동안의 마서 피시번 선생님은 초등학생 대여섯 명을 거느리고 왔다. 페트럴 여인숙을 운영하는 제이콥과 로머 앤더슨도 보였다. 어부와 농장 일꾼들도 일거리가 있건 없건 오래전에 은퇴했건 다들 달려왔다. 교구 목사 앨빈 호킹과 젊은 아내 폴리, 채러티 클록과 케이시 림버, 귀먹은 항만 관리소장, 민박집 주인 내외, 가게를 하는 제시 힉스, 우유를 배달하고 생선을 통조림 공장으로 나르는 쇼니시 형제, 작가 겸 박물학자 제러미 멜런, 여러 배관공과 도배업자도 보였다. 간호사인 아미나타 치켈루도 보였는데, 그녀는 이틀 연속으로 비현실적인 퇴근길을 경험하고 있었다.

어느 정도 지나자 그날 아침에 동참하지 않은 주민의 이름을 대기가 더 쉬운 지경에 이르렀다. 트레드에인절이나 펜전스에서 일하는 몇 명, 멀리 고등학교에 다니는 아이들, 너무 나이가 많거나 병약한 노인, 아예 모르고 지나간 몇 명만 빼고 나머지는 전부 다 곶으로 나온 듯했다. 만약 그때 이 마을을 찾은 관광객이 있었다면, 간선도로에서 용감하게 6.8킬로미터를 달려온 사람이 있었다면, 아마도 유령 마을이 그를 맞이했을 것이다. 허리케인이 쓸고 지나가서 주민들이 모두 사라지기라도 한 것처럼 대문은 닫히고 가게들은 방치됐으니 말이다. 어떤 의미에서 보면 허리케인이 쓸고 지나간 것이나 다름없었다.

06
그렇게 세게 당길 수 있는 사람이
세상에 어디 있다고

"긴수염고래는 지구상에서 두 번째로 긴 고래예요." 그날 저녁, 페트럴 여인숙의 바를 가득 메운 사람들에게 제러미 멜런은 이렇게 말했다. "그보다 더 긴 고래는 흰긴수염고래뿐인데, 흰긴수염고래는 지금까지 생존한 동물 중에 몸집이 가장 크죠." 에일 맥주 덕분에 제러미 멜런은 달변이 되었다. "지구상의 어느 바다에나 긴수염고래는 있어요." 그는 같이 술을 마시는 사람들에게 알려주었다. "차가운 북극해에서부터 넓은 남빙양까지 전부요."

"심지어 여기 이 세인트피란에도 있잖아요." 누군가가 재치 있는 농담을 던졌다. "심지어 뭍에도 있고요." 이 말에 다들 웃었다.

많은 인파가 피란 모래사장에 도착했을 때 잠깐 동안이나마 모든 게 축제로 변질될 위험성이 생겼다. 비가 기적적으로 멎었다. 이 아수라장 속에서 고래를 본 사람은 아무도 없었고—최소한 그렇게 가까이에서는—뭘 어떻게 하면 되는지는커녕 뭘 어떤 식으로 해야 하는지조차 아는 사람이 없었다. 고향의 낯익은 얼굴들이 등장하자 케니케닛의 리더십이 사그라져버렸다. 몇몇 청년들은 고래를 밀어보려고 했다. 또 몇 명은 모래를 팠다. 대부분은 어찌할 바를 모르고 놀라서 멍하니 서 있기만 했다. 우유부단이 불협화음을 낳았다.

"잠깐. **중단하세요!** 모두 중단하세요." 조가 목청껏 외쳤다.

다른 사람이 그렇게 외친 거였으면 아랑곳없이 너도나도 지시와 명령을 내리느라 아수라장이 벌어졌겠지만 낯선 사람의 목소리였다. 들어보지 못한 목소리였다.

"각자 개인플레이를 하면 죽도 밥도 안 돼요. 다 같이 힘을 합쳐야죠."

여기저기서 중얼중얼 맞장구를 쳤다.

"만조가 정확하게 언제인지 아는 분 계신가요?"

"12분 뒤요." 누군가가 자신 있게 대답했다.

"그럼 이렇게 합시다." 조가 말했다. "다 같이 7분 동안 모래를 팔 겁니다. 고래의 배 밑으로 최대한 물이 많이 고이게 해야 해요. 그래야 더 매끄럽게 움직일 수 있을 테니까요. 그런 다음 7분 동안 파도에 맞춰서 다 같이 들어 올릴 거예요. 고래를 들어서 옮길 거예요. 아시겠죠? 시간 재주실 분 있나요?"

"저요!" 손목시계를 찬 학생 하나가 외쳤다.

"7분이 될 때까지 1분마다 큰 소리로 알려줘." 조가 말했다. "다들 준비되셨죠? 그럼 **팝시다!**"

사람들이 적극적으로 손을 내밀고 고래를 에워쌌다. 다들 넙죽 엎드려서 도랑을 넓혔다.

"집에 밧줄 있는 분 계신가요?" 조가 외쳤다. "가서 들고 와주세요. 얼른! 7분 내로요. 방수포가 있으면 그것도요."

남자아이 몇 명이 읍내 쪽으로 전력 질주했다.

조도 무릎을 꿇고 앉아서 거들었다. 시선 위로 위태롭게 솟은 고래 옆구리가 꼭 따개비들이 얼기설기 들러붙고 코에서부터 꼬리까지 깊은 줄무늬가 일렬로 새겨진 바위 표면 같았다. 그런 상태라면 위험하게 느껴져야 할 텐데 웬일로 그렇지가 않았다. 조는 녀석의 배 밑에서 양손으로 모래를 떠서 뒤로 던지고 또 떴다. 일견 한심해 보이는 시도였다. 농장 일꾼 하나가 그의 옆에서 모래를 팠다. 두 사람은 굴을 파는 토끼처럼 열심히 모래를 헤집었다. 파도가 칠 때마다 차가운 바닷물이 그 공간에 굽이쳤다. 그래도 헛수고라는 느낌이 지배적이었다. 이렇게 큰 동물을 무슨 수로 물에 띄워서 내보낼 수 있을까?

"6분이요." 게시원이 주어진 임무를 충실히 이행했다. 가망이 없음을 깨달았는지 고래가 다시 몸서리를 치며 분수공으로 김을 내뿜자 모래를 파던 사람들이 일제히 탄성을 질렀다.

물은 차가웠고 손은 부적절한 도구였다. 게시원이 5분 남았음을 알렸을 때 조는 손가락이 시큰거렸지만 마을 주민들은 멈추지 않았다. 이제는 절박감을 넘어서 필사적인 분위기마저 감돌았다.

"계속 격려해요." 케니가 조에게 속삭였다. "다들 그쪽을 좋아하거든요."

"여러분, 계속 파주세요!" 그의 손도 잘 움직여지지 않는 마당에 잔인한 요구였다. 그래도 고래의 긴 옆구리를 따라 무릎을 꿇은 마을 주민들은 순순히 그의 지시에 따랐다.

계속 서 있는 몇 명 안 되는 사람들 가운데 디멜자 트레버릭도 있었다. 그녀는 고래에게 말을 건네고 있었다. "꿋꿋하게 견뎌야 해." 그녀가 이렇게 얘기하는 소리가 들렸다. 그녀는 고래의 얼굴을 쓰다듬었다. "우리가 널 꺼내줄게."

"고래가 알아듣겠어요?" 어떤 남자가 말했다. 조도 나중에 알게 되겠지만 제러미 멜런이었다. "공중에서 나는 소리는 못 들을 거예요. 수중 진동이라면 모를까."

"그럼 내 진동을 들을 수 있겠네요. 그렇지, 아가?" 디멜자는 고래에게 물었다.

"아니. 못 듣는다니까요."

"나는 지금 얘를 진정시키고 있는 거예요."

"아주 잘해주고 계세요." 조가 말했다. 분란 조장은 그가 원하는 바가 아니었다.

"4분이요."

거대한 짐승 밑으로 얕은 도랑이 만들어질 수도 있을 것 같았다. 고래를 띄우기에는 턱없이 부족했지만 그래도 바다와 비스듬히 연결되는 디딤대는 될 수 있었다.

"거의 다 됐습니다." 조는 열띤 목소리로 외쳤다. "계속 파주세요." 그는 일어나서 진행 상황을 점검하기 위해 반대편으로 건너갔다. 그쪽에서도 기꺼이 나선 주민들이 열심히 모래와 돌멩이를 파서 뒤로 던지고 있었다. 오히려 그쪽이 더 깊었다.

"이쪽이 아주 잘해주고 있네요!"그는 이렇게 외치고, 곱은 손으로 다시 모래 파기에 돌입했다.

3분.

2분.

"조심해요!" 바다를 건너온 집채만 한 파도가 도랑 입구까지 들이닥 쳐서 아무것도 모르고 있던 사람들을 덮쳤다. 고래의 몸이 위태롭게 흔들렸다.

조는 결단을 내렸다. 더 이상 기다릴 겨를이 없었다. "다들 일어나세 요. 이제 미는 겁니다."

아무도 군소리가 없었다. 다들 춥고 지치고 쫄딱 젖은 몸을 어렵사 리 일으키느라 시끌벅적했다. 남자아이 네 명이 밧줄 다발과 큼지막 한 돛을 들고 달려왔다.

"잘했다!"

온 마을이 한 팀이 되었다. 개미 떼처럼 확실하게 힘을 합치면 인간 이 어떤 결과를 낳는지를 보여주는 기적과도 같은 모범 사례였다. 뭘 어떻게 하면 되느냐고 묻는 사람이 아무도 없었다. 모두들 돛과 밧줄 의 용도를 한눈에 알아차렸다. 사전에 예행연습이라도 한 것처럼 돛 의 모서리에 밧줄을 묶었다. 그런 다음 돛으로 고래를 덮고 고래와 도 랑 사이로 단단히 끼워 넣었다.

"밧줄 잡으세요!"

굳이 얘기할 필요가 없었다.

"이제 **당기세요!**"

세인트피란 주민들은 한 몸처럼 온 힘을 밧줄에 실었다. 돛이 팽팽하게 당겨졌다.

"당기세요. 당기세요."

이렇게 고생했는데 실패하면 감당할 수 있을까? 엄청난 체중이 실린 머리가 닻처럼 완전히 모래에 박혀서 고래는 단 1센티미터도 꿈쩍하지 않았다.

"좋습니다. 파도가 칠 때까지 기다려야겠네요. 그것도 그냥 파도가 아니라 큰 파도가 칠 때까지요. 다들 긴장을 늦추지 마세요."

그들은 일제히 밧줄 쪽으로 몸을 기울였다.

"기다리세요. 기다리세요. 기다리세요." 조는 파도를 살폈다. "기다리세요……"

"저기 저 파도 칠 때 움직여야겠는데요." 누군가 외쳤다.

"아뇨, 아직 아니에요." 그 뒤에서 밀려오는 더 큰 파도가 조의 시야에 들어왔다. "아직 당기지 마세요. 아직 아니에요." 파도가 해변을 따라서 길게 부서지기 시작했다. "제 지시를 기다려주세요. 준비하시고…… 준비하시고…… 당기세요."

그날 밤, 페트럴에 모인 사람들은 해변에 있던 모든 이가 그 순간 초인적인 힘을 발휘했다고 이야기했다. 그 소리가 워낙 반복되다 보니 세인트피란 주민들 대다수가 하나둘씩 그랬다고 믿게 되었다.

"아이가 깔리면 엄마가 트랙터를 들어 올릴 수 있다고들 하잖아요. 딱 그런 식이었다니까요?" 맥위스 형제들 중 한 명은 이렇게 말했다.

"기적이었지." 디멜자 트레버릭은 이렇게 말했다.

"우리가 설마 그렇게 세게 당겼을까." 케니 케닛은 이렇게 말했다.

"그렇게 세게 당길 수 있는 사람이 세상에 어디 있다고."

하지만 그들은 어찌어찌 해냈다.

그들은 일종의 집단 흥분 상태였다. 고래가 처음으로 움찔하는 기미를 보이자 흥분이 증폭되었다. 남자들은 어찌나 세게 밧줄을 당겼는지 목과 이마에서 핏줄이 불거질 정도였다(그들은 나중에 페트럴 여인숙에서 밧줄을 당기느라 쓸린 손바닥을 서로 비교했다). 남녀노소 다 같이 한목소리로 고함을 질렀다. 이를 악물고 밧줄에 온 힘을 실으며 근육과 힘줄을 시험했다. 그러자 갑자기 고래가 원초적인 몸서리를 치며 도랑을 미끄러져 내려갔고 파도가 그들의 무릎까지 밀려들었다.

"한 번 더요!"

그들은 다시 힘을 주었지만 이제는 고래의 뒤를 따라가는 형국이었다. 고함이 환호성으로 바뀌었다.

"미세요!"

조는 밧줄을 내려놓고 고래의 머리를 차가운 손바닥으로 밀었다. 고래의 살가죽이 꺼칠꺼칠하지만 따뜻하게 느껴졌다. 수십 명이 합류했고 인파가 그를 에워쌌다.

바로 그때 갑자기 큰 썰물이 지자 고래가 둥실 떠올랐다. 다시 환호성이 터졌다. 고래는 생각지도 못하게 잠이 들었다가 깨어나기라도 한 것처럼 몸을 굴리기 시작했다.

"다들 뒤로 물러나세요."

고래가 몸을 활처럼 구부리고 비틀었다.

"조심하세요!"

그렇게 거대한 짐승이 그렇게 빨리 움직일 수 있을 거라고 어느 누구가 상상이나 했을까? 녀석은 물속으로 잠수하는가 싶더니 꼬리를 요란하게 흔들고 폭포처럼 물을 튀기며 방향을 돌렸다.

"비키세요!"

노인 하나가 거대한 리바이어던을 보고 넋을 잃은 모양이었다. 고래가 몸을 돌리는데 허리까지 물속에 담근 채 꼼짝 않고 서 있기만 했다. 녀석은 바다와 그 속에 서 있는 딱한 개로 영감을 어마어마한 기세로 후려칠 준비라도 하는 것처럼 꼬리를 치켜들었다. 하지만 이내 서커스단의 돌고래처럼 조심스럽게 멈추었다. 혹자에 따르면 꼬리를 스르르 내리며 옆에 서 있던 노인을 어루만졌다고 한다. 노인의 얼굴을 부드럽게 스치고 지나갔다는 것이다.

녀석은 이윽고 요동을 치며 시커먼 바다로 미끄러지듯이 들어갔다.

그들은 가만히 서서 그 광경을 지켜보았다. 물보라 속에서 차갑게 젖은 몸을 무릎까지 담그고 남녀노소 옹기종기 모여서 지켜보았다.

"잘 지내라!" 누군가가 외쳤고 또 누군가는 길게 휘파람을 불었다. 리바이어던은 수면 아래로 움직이는 시커먼 그림자가 되었다. 그들은 녀석이 돌아올지 모른다는 생각에 잠깐 동안 그 자리를 지켰다. 잠시 후 바위로 둘러싸인 지점 저 너머에서 넘실대는 파도 뒤로 물보라가 솟구쳤다.

"그 고래가 내뿜은 거예요!" 케니 케닛이 외쳤다. 누군가가 함성을 질렀고 제러미 멜런은 박수를 치기 시작했다. 이내 모두들 축하의 리듬에 맞춰서 곱은 손으로 박수갈채를 보냈다.

07
사람들은 어떤 식으로 죽을까?

"은행 기사 보셨어요?" 조가 북스 박사에게 물었다.

"무슨 은행?"

"레인 코프먼 투자은행요. 뉴스에 나왔나요?"

"무슨 뉴스?" 북스가 물었다. 그들은 페트럴 여인숙의 바에서 맥주를 마시고 있었다. 고래 구출 작전의 성공을 자축하러 모였던 사람들은 대부분 귀가하고 열두어 명 정도만 남았다. 조는 북스, 메를로*를 마시는 제러미 멜런, 그리고 너끈히 세 명은 앉을 수 있는 자리에 붙박이처럼 널브러진 디멜자 트레버릭과 한 테이블에 앉았다.

---

* 레드 와인의 일종.

"우리 의사 선생은 뉴스를 절대 보지 않아." 제러미가 말했다. "사실 텔레비전도 없지. 그리고 신문은 절대 사는 일이 없고."

"진짜요?" 조는 깜짝 놀랐다.

"볼 이유가 없거든." 북스가 무뚝뚝하게 대꾸했다. "어떤 정치인이 어떤 축구 선수와 한 침대에 누워 있다가 들켰다고 치자고. 그래서 뭐? 어느 정도 시간이 지나면 알겠지만 그런들 우리 인생하고는 아무 상관없거든. 게다가 흥미진진한 기삿거리도 아니고."

"나는 뉴스 봤어." 제러미가 말했다. "하지만 은행 이야기는 없던데?"

"쫄딱 망했나?" 북스가 물었다. "요즘은 다들 그러는 모양이던데. 이제는 안전한 게 아무것도 없어."

"우릴 불렀어야지." 디멜자가 자신의 블러디 메리 칵테일을 휘저으며 아양이 섞인 목소리로 말했다. "그럼 우리가 띄워줬을 텐데."

"아, 그러게." 제러미가 자리에서 일어나며 말했다. "그럼 우리가 어마어마하게 커다란 도랑을 파서 바다로 다시 돌려보내줬을 텐데."

"제 은행이었어요." 조가 말했다.

"자기 은행이었다고?" 디멜자가 놀란 목소리로 물었다. "그 은행이 **자기** 것이었다는 뜻이야?"

"아뇨, 아뇨." 이런 이야기를 꺼낼 필요가 있었을까? 조는 맥주를 한 모금 마시고 런던과 세인트피란의 재미있는 관점의 차이에 대해서 생각했다. 런던과 세인트피란은 아스팔트로 연결이 되어 있는 줄 알았는데. 한쪽 경제에 삭풍이 불면 다른 쪽에는 모래 폭풍이 일 줄 알았는데. 런던이 재채기를 하면 이 마을은 최소한 얼굴이라도 가려야 할 줄 알았는데. 그런데 그렇지가 않은 모양이었다. 불과 48시간 전에 이 나라의 수도를 쓰나미처럼 강타한 사건이 여기에서는 잔물결조차 일으키지 못했다.

"제 은행은 아니에요. 그러니까 그런 의미에서 제 은행은 아니었다고요. 제가 거기서 일을 했다는 뜻이에요."

"그래서 그런 차를 타고 다녔구나?" 디멜자가 말했다.

"세인트피란에도 은행이 있었지." 북스가 말했다. "아주 오래전에. 내 기억이 맞는다면 로이즈 지점이었어."

"소매은행이었을 겁니다." 조가 말했다. "투자은행이 아니라."

"거기 지점장 기억나요?" 제러미가 물었다. "지금 어떻게 지낼까요? 트루로 출신의 키가 큰 친구였는데."

"눈빛은 멍했고." 디멜자가 말했다.

"발 때문에 고생했지." 북스가 말했다. "발바닥 아치에 문제가 있어서."

조는 천천히 고개를 끄덕였다. 맥주를 한 모금 더 마셨다. "아무튼." 그는 우물쭈물 말을 이었다. "레인 코프먼, 제가 거기서 일을 했죠."

"나는 이름 두 개짜리 회사는 믿음이 안 가더라." 디멜자가 말했다. "이름이 두 개면 서로 충돌할 수밖에 없잖아. 파트너들끼리 서로 아옹다옹하고. 이해는 해. 나도 인간의 본능이라면 잘 아니까. 파트너들끼리는 절대 보조를 맞춰서 걸을 수 없어. 천성에 어긋나는 일이거든. 결국에는 증오심이 하늘을 찔러서 둘 중 한 명이 나머지 한 명을 괴롭히려는 일념으로 회사를 아예 말아먹기도 하지." 그녀는 미소를 지었다. "다이어하고 윌슨처럼."

"트레드에인절의 정육점 주인 말이죠?"

"그 두 사람이 어떻게 됐는지 기억하죠?"

"어느 누가 잊을 수 있겠어요?"

조가 정신을 차리고 보니 빈 잔을 테이블에 대고 두드리고 있었다. "아무튼." 그가 말했다. "그 은행이 망했어요. 제가 알기로는. 한 잔 더 하실 분 있나요?"

"자네가 산다면 한 잔 더 하지." 제러미가 말했다.

"제가 사겠습니다. 북스 박사님께서 돈을 빌려주신다면요."

"나는 안 된다고 말할 줄 모르는 사람이야." 북스가 말했다.

"어머나." 디멜자는 중얼거리며 조를 향해 도발적으로 몸을 숙였다. "자기는 부탁 같은 거 절대 안 하는 줄 알았더니."

이 넷이 세인트피란에서 4총사로 자리매김할 수 있을까? 조는 이 마을에 등장한 지 겨우 이틀밖에 안 됐지만 벌써 꼭 맞는 자리를 찾은 듯했다. 그는 자신에게 부여된 새로운 신분이 세세하게 적힌 딱지가 이마에 붙어 있을지 모르겠다는 생각이 들었다. 그는 바닷가로 떠밀려온 조난자였다. 고래를 구한 주인공이었다. 의사의 집에 얹혀사는 하숙생이었다. 제러미 멜런과 디멜자 트레버릭의 자기장 안으로 빨려 들어간 불나방이었다. 두 사람은 그보다 나이가 열댓 살 많은데, 특히 제러미는 그의 안위를 싹싹하게 챙기는 역할을 도맡았다. 아무래도 그를 옮길 때 일익을 담당했으니 고래 구출 작전을 거든 다른 사람들보다 더 친분이 돈독할 수밖에 없었다. 고래 사건이 끝나고 다들 일상으로 돌아갔을 때도 제러미가 조를 데리고 다니며 볼만한 관광지를 알려주었다(몇 군데 되지는 않았지만). 조는 수십 명과 악수를 하며 몇 명의 이름을 외우고 여럿의 이름을 잊어버렸다. "오늘 저녁에 페트럴에서 축하 파티가 열릴 거야." 제러미가 장담했던 대로 해가 지자마자 그 조그만 여인숙은 어깨와 어깨를 맞대고 계산대 앞에 늘어선 마을 주민들로 발 디딜 틈이 없었다. 다들 구출 작전을 진두지휘한 청년과 안면을 익히고 경험담을 공유하고 싶어서 안달이 났다. 조가 바 안으로 들어서자 떡 벌어진 어깨와 양갈비 모양으로 기른 구레나룻이 특징인 여인숙 주인 제이콥 앤더슨이 그의 손에 맥주를 쥐어주었다. "이건 내가 그냥 주는 거요." 그가 큰 소리로 외쳤다. 그러니까 조 학은 48시간 만에 런던 어느 은행의 어두컴컴한 구석 자리에 처박혀 있던 직원에서 몇백 킬로미터 멀리 떨어진 조그만 마을의 영웅으로 거듭난 것이었다.

시간이 흘러서 문 닫을 시간이 되었음을 알리는 종소리가 들리자 조는 맬러리와 함께 피시 가를 되짚어서 그의 집까지 걸어갔다. 그는 은퇴한 지 오래됐을지 몰라도 주량은 여전한 모양이었다. 판석이 깔린 손바닥만 한 현관에 도착하자 조는 노인장이 외투 벗는 것을 거들었다.

"같이 위스키 한잔 하지." 맬러리 북스가 말했다. 요청이라기보다 명령에 가까웠다.

"한잔 더 하셔야겠어요?"

의사는 깜짝 놀란 척했다. "내 건강을 걱정하는 건가?"

"그건 아니고요. 그냥……"

"그럴 필요 없어." 북스는 진료실 안으로 들어가서 술병과 잔 두 개를 들고 나왔다. "철저하게 처방을 지켜가며 마시거든." 그는 거실로 앞장서며 이렇게 말했다. "클라이넬리시야." 그가 말했다. "16년산. 마음에 들 걸세."

"저는 사실 위스키 맛을 잘 모릅니다."

"그럼 자네가 배울 게 내가 생각했던 것보다 많이 남아 있는 거로 군." 북스는 마개를 따고 넉넉히 두 잔을 따랐다. "노스하이랜드 몰트 야. 여기서 차를 타고 갈 수 있는 육지의 가장 끝이지."

"고맙습니다."

두 남자는 안락의자에 앉았다.

의사는 잔에 든 엷은 색의 위스키를 한 바퀴 돌리고 향을 길게 맡았 다. "자네도 한번 맡아보지그래."

조는 따라 했다. "향이 좋네요."

"그렇지." 북스는 한 모금 마신 뒤 눈을 감고 그 순간을 음미했다. "내가 보기에는 이렇다네." 그는 나지막이 말문을 열었다. "레인 코프 먼의 직원 하나가―딜러나 뭐 그런 직원이―아주 위험한 도박을 벌 였는데……" 그는 잔을 흔들었다. "……주식이나 뭐 그런 걸로 말이 지. 그런데 막대한 손실을 입힌 거야. 그래서 은행에서는 판돈을 두 배 로 늘려서 다른 데 투자를 하고 진땀을 흘리며 주가가 오르길 기다렸 지. 아니면 떨어지길 기다렸을 수도 있고. 아무튼. 그런데 뜻대로 되지 않은 거야."

"뉴스를 **보긴** 보시는군요."

"라디오가 있거든. 그 주식의 주가도 떨어져버렸겠지. 아니면 엉뚱 한 주식이 올라버렸든지. 그래서 다른 주식을 사고 또 다른 주식을 샀 지만 시장이 그들의 뜻대로 움직여주질 않았어. 건드리는 것마다 휴 지 조각으로 변해버렸지."

조는 가만히 고개를 끄덕였다. "정확하지는 않지만 얼추 비슷합니다."

"그냥 내 추측이야. 자네 은행 소식은 듣지 못했지만 이번 주에 난 감해진 은행들이 많더군. 바닷가로 도망친 은행원이 자네 말고 또 있을지 몰라. 시골마다 주차된 벤츠로 넘쳐날지 모르고. 이 먼 데까지 온 사람은 자네가 처음일 따름이지. 하지만 로그 트레이더*인 자네 모습은 상상이 되는군. 특유의 분위기를 풍기거든."

"그런가요?"

"그렇다니까. 자네로 말할 것 같으면 모험을 좋아하는 성격 아닌가."

"아니에요." 조는 고개를 저었다. 그건 인정할 수 없었다. "정말로 아닙니다. 저는 원래 신중한 성격이에요."

"그래? 그렇다면 그냥 충동적인 거로군."

"충동적이라고요?" 조는 잔에 든 위스키를 돌렸다. 충동적이라는 형용사가 불편하게 느껴졌다. 그게 도대체 무슨 뜻일까? 무모하다? 저돌적이다? 맹목적이다?

"신속하게 결정을 내리고 행동에 옮긴다는 거지." 북스가 말했다.

"그게 좋은 건가요, 나쁜 건가요?"

의사는 그를 유심히 들여다보았다. "상황에 따라 다르지 않을까?"

"그렇겠죠."

"고래를 구출하겠다는 건 나쁜 결정이었지. 하지만 자네는 그러기로 마음먹었어. 그리고 끝까지 밀어붙였고. 그러자 결국에는 옳은 일이

---

* 회사의 승인 없이 투기를 일삼다 막대한 손실을 입히는 딜러.

되었지."

클라이넬리시 향이 조의 콧구멍을 지나서 머릿속으로 흘러들어갔다. "고맙습니다."

"아무튼 이번 주에는 뉴스마다 주식 이야기로 난리더군. 안 좋은 쪽으로 모든 기록을 갈아치웠다는 것 같던데. 난감해진 은행들이 많고. 투자자들도 마찬가지고. 자네는 좋은 회사에 다녔던 모양이야." 북스는 위스키를 다시 한 모금 마셨다. "맛이 기가 막히는군그래. 아직 입에도 대지 않은 게야?"

조는 눈곱만큼 마셔보았다. 머리가 벌써부터 뱅글뱅글 돌았다. 페트럴에서 마신 맥주 때문이었다. "머리가 살짝 어지러워서요."

"어련하실까. 그런데 어디까지 얘기했더라? 아, 그래. 은행. 나는 은행을 절대 믿지 않아. 이용은 하지. 어쩔 수 없으니까. 하지만 은행이 누구의 이익을 추구할 거라고 생각하나? 거기다 돈을 맡긴 우리 고객들의 이익일까? 아니면 100만 파운드씩 보너스를 받는 임원들의 이익일까?"

조는 잇몸을 톡 쏘는 싱글 몰트 위스키의 맛을 음미했다. 숨을 쉬기가 힘들어진 게 느껴졌다. 술을 너무 많이 마시면 나타나는 현상이었다. 이쯤에서 멈추어야 했다. "저희는 사실 소매은행은 아니었어요." 그는 조금 과하다 싶을 정도로 언성을 높였다. "하지만 말씀에 일리는 있네요."

편안한 정적이 흘렀다. 고급 위스키를 마실 때에만 흐를 수 있는 정적이었다.

"생각해봤는데요." 조가 말문을 열었다. "좀 더 장기적으로 방을 빌리고 싶습니다."

"대환영일세." 북스가 말했다. "방값은 하루에 20파운드씩이야."

"어제는 10파운드라고 하셨잖습니까!"

"어제는 자네가 법망을 피해서 달아난 돈 많은 은행원인 줄 몰랐잖아." 북스 박사는 천천히 미소를 지었다. "내 나이가 올해로 여든한 살이야." 그는 태연하게 화제를 바꾸었다. "내가 이 마을에 온 게 언제인가 하면…… 음…… 정확한 연도는 잊어버렸지만 반세기가 넘었어. 자네가 태어나기 훨씬 전이었지. 아무튼. 50년 동안 조그만 마을에 살다 보면 희한한 경험을 한다네. 인간의 한평생을 함께하게 되는 거지. 여든 번째 생일을 자축하는 사람들을 보면 그들의 서른 살 때 모습이 떠올라. 나이가 들어서 죽는 사람들을 보면 그들의 이십 대 시절이 생각나고. 그리고 태어난 아이가 자라는 모습을 반백년 동안 지켜볼 수 있고."

조는 고개를 끄덕였다. 위스키 때문에 현기증이 더 심해졌다.

"나는 많은 사람들이 왔다가 떠나는 것을 보았어." 북스가 말했다. "하지만 자네처럼 24시간 만에 엄청난 영향력을 발휘한 새내기는 본 적이 없다네, 조 소프 군."

"학이라니까요. 조 학요."

"아, 그렇지. 외국 성인가?"

"아버지가 덴마크 출신입니다."

"아무튼 학 군. 자네가 이 마을을 뒤흔들어놓았어."

"칭찬입니까?"

"내 개인적인 의견일세."

"아무래도 침대에 누워야겠는데요." 조는 의자에서 일어나려고 했다.

"아직은 안 돼." 북스는 술병을 들더니 의견은 묻지도 않고 청년의 잔에 한 손가락 너비만큼 따랐다. "먼저 정확하게 짚고 넘어가야 할 대목이 한두 군데 있으니까."

"짚고 넘어가야 할 대목이라고요?" 조는 자기도 모르게 술잔을 집었다.

"사람들은 어떤 식으로 죽을까? 자네, 그 점에 대해서 생각해본 적 있나?" 노인은 의자에 몸을 묻었다. "인구 300명인 마을에서는 한 해에 서너 명씩 눈을 감지. 운이 안 좋은 해에는 대여섯 명씩이고. 아무튼…… 사람들이 어떤 식으로 죽는지 아나?"

조는 고개를 저었다.

의사는 섬뜩한 미소를 지었다. "순환계 질환으로 죽는 경우가 가장 많지. 주로 심장이 멎는다네. 한 해에 두 명꼴로. 암, 그 녀석도 엄청난 살인마지. 한 해에 한 명. 운이 안 좋은 해 기준으로. 호흡계 질환? 그 병도 흔해. 사고? 내 눈으로 목격한 끔찍한 사고만 몇 건이야. 나는 노인도 보았고 갓난아이도 보았고 그 중간의 모든 연령대를 보았지만 딱 하나. 자살은 본 적이 없어. 50년 동안 단 한 번도. 그리고 앞으로도 죽 그랬으면 하네."

정적이 흘렀다. 조는 심각한 표정으로 술잔을 들여다보았다.

"알겠나?"

청년은 천천히 숨을 들이쉬었다. "자살하려던 게 아니었습니다." 그는 이윽고 이렇게 말했다.

"그래? 그럼 뭐였나? 구조 요청이었나?"

그는 애써 기억을 더듬어보았다. 모든 게 오래전 일처럼 느껴졌다. 그런데 이제 겨우 하루 정도밖에 안 된 일이었다. 여러 장면들이 그의 머릿속을 스치고 지나갔다. 온통 빨간색으로 물든 컴퓨터 화면. 그를 돌아보는 사람들. 공포와 절망의 표정들. "네가 책임을 지는 거야, 친구. 네가 책임을 지는 거야." 뱃속에 든 묵직한 포탄이 그를 계속 누르며 자꾸만 아래로 가라앉고, 혈관에서 피가 빠져나오고, 몸이 오그라드는 듯한 끔찍한 느낌. 오, 맙소사!

그는 잔을 내려놓고 두 손에 얼굴을 묻었다. "일진이 사나운 날이었어요." 그가 말했다. "아주 사나운 날이었죠. 차를 타고 무작정 달렸어요. 달리고 또 달렸어요. 길이 끝날 때까지. 바다에 가로막혀서 더 이상 달릴 수 없을 때까지." 그는 힘없이 미소를 지었다.

"그런 다음에는?"

"바닷가로 걸어갔죠."

"그런 다음에는?"

조는 천천히 고개를 저었다. "잠깐 앉아 있었어요. 뜨는 태양을 바라보면서."

"그런 다음에는 어떻게 했나?"

"계속 걸었던 것 같은데요."

"옷은 어쩌고?"

"바닷가에 벗어두고요."

"그렇군." 북스 선생은 입술을 오므렸다. "그러니까 돌아올 생각이었다?"

조는 의자 속으로 좀 더 깊숙이 몸을 묻었다. "네. 그랬던 것 같습니다. 하지만 잘 모르겠어요. 추워서 죽을 수도 있겠다는 생각이 들긴 했지만 죽을 작정은 아니었어요. 그럴 생각은 한 적도 없습니다. 제 자신을 시험했던 것 같아요. 그뿐입니다. 바다로 걸어 들어가서 생을 마감했다는 사람들 이야기는 저도 들은 적 있어요. 버지니아 울프도 그러지 않았나요? 하지만 그게 그렇게 쉽지가 않아요. 우리 몸에는 부력이 있고 본능적으로 헤엄을 치게 되어 있으니까요. 계획적으로 바닷물을 마실 수 있는 사람이 있을까요? 생각해보세요. 반항하는 목구멍과 허파를 극복하고 물을 들이마셔야 하는데요. 우리 몸이 과연 그걸 허락하겠습니까? 아무튼 어느 정도 시간이 지나자 이 정도면 됐다 싶더군요. 돌아가서 옷을 입고 정신을 차리기로 마음을 먹었죠. 그런데 몸을 돌려보니 제가 생각보다 멀리 나와 있지 뭡니까. 손이나 발에 아무 감각도 없었고요. 팔다리를 저으려고 했지만 거의 움직이지 않았고, 파도가 저를 점점 더 멀리 밀어내는 것 같더군요."

"죽기 직전이라는 게 어떤 느낌일지 느껴보고 싶었던 거로군." 북스는 이렇게 판단했다. "그 **정도로** 가까이 다가가보고 싶었던 거야." 그는 서로 맞댄 두 손가락을 들어 보였다. "하지만 그 선을 넘을 생각은 없었고. 그런 건가?"

조는 아무 말 없이 앉아서 고개만 까닥거렸다. "아마 그랬을 겁니다."

"그런데 어떻게 목숨을 건졌나?"

조는 눈을 감았다. "제정신이 아니라고 생각하실지 모르겠지만……"

"아, 꿈 깨시게. 나는 자살자도, 정신 이상자도 본 적이 없으니까. 정신병 환자 말일세. 물론 별종이나 바보 천치는 볼 만큼 보았지. 어쩌면 자네도 둘 중 하나로 밝혀질 수 있겠군."

"그럴지도 모르겠습니다만…… 어떤 목소리가 들렸어요."

"누가 부르는 소리를 들었다는 건가?"

"아뇨. 진짜 목소리가 아니라 기억 속에 남은 목소리요. 어쩌면 어떤 목소리가 **생각났다**고 해야 할지 모르겠네요."

"누구 목소리였는데?"

목소리였다기보다 속삭임에 가까웠다. 오래전에 누군가가 그의 귀에 대고 조용히 내뱉은 세 단어였다. 지금도 눈을 꼭 감으면 행여나 놓칠 새라 귀를 쫑긋 세우고 그쪽으로 몸을 기울였던 그때 그의 모습이 생생하게 떠올랐다. "물속에서 너무 추웠던 기억이 납니다." 그가 말했다. "속이 울렁거리면서 현기증이 났고요. 아무리 애를 써도 앞으로 나갈 수가 없었으니 분명 역류였을 겁니다. 겁이 나기 시작하더군요. 그때 그 목소리가 들렸습니다. 아니, 그 목소리가 생각났습니다. 그리고 잠시 후에 무언가가 제 앞에 나타났죠. 처음에는 그게 뭐였는지 몰랐지만 이제는 압니다. 고래였어요."

"고래를 보았다는 건가?"

"저를 밀치고 지나가는 시커멓고 커다란 벽이 보였고 그 순간 제 몸이 바닷속으로 잠기는 게 느껴지더군요. 그때 고래의 눈을 보았습니다."

"그런 다음에는?"

"그걸로 끝입니다."

"얼마나 멀리 있었는데?"

"모르겠네요. 400미터쯤 됐을 겁니다." 조는 나이 많은 의사를 향해 미소를 지어 보였다. "저는 자살할 생각이 없어요, 북스 박사님. 정신이 나가지도 않았고요. 박사님이 처음에 하신 말씀이 맞을 수도 있겠네요. 어쩌면 제가 좀…… 충동적인 성격인지 모르죠. 하지만 죽기에는 너무 젊은 나이 아닙니까? 지켜야 할 약속도 있고요."

"약속?" 북스는 술잔 너머로 조를 쳐다보았다. "어떤 약속인데?"

"별것 아닙니다. 대수롭지 않은 약속이에요. 하지만 살아 있어야 지킬 수 있는 거예요."

"그렇군." 밤늦게까지 술잔을 기울이는 사람들이 흔히 그러듯 두 남자는 앉은 채로 각자의 생각에 잠겼다. "예전에는 나도 아내가 있었지." 충분한 정적이 흐른 뒤에 나이 많은 의사가 말문을 열었다.

"지금은…… 돌아가셨나요?"

북스는 요란하게 헛기침을 했다. "아니. 내가 알기로는 아직 살아 있어. 여기 생활을 견디지 못했을 뿐이지. 나와 함께 십몇 년을 버티다 29년 전에 떠났어. 마지막으로 들은 소식에 따르면 수목 외과수술 전문가와 플릿우드에서 살고 있다던데. 요새는 나무꾼도 근사한 이름으로 불린다니까?"

"안타까운 일이네요." 조가 말했다.

"그렇게 생각할 필요 없어. 자네의 이해를 도우려고 꺼낸 말이니까. 나는 상당히 고립된 삶을 살고 있다네. 나만의 방식을 고수하면서."

"자녀는 없으시고요?"

"아들이 하나 있지. 나이가 자네보다 두 배 많은데 거의 볼 일이 없어. 자네가 지금 그 녀석의 방을 쓰고 있는 거야."

"고맙습니다."

"그녀는 외투 주머니 가득 돌을 넣었지." 북스가 말했다.

"누가요?"

"버지니아 울프."

"아."

"그런 의미에서." 북스는 잔을 비웠다. "이제 그만 자리를 정리하는 게 좋겠군."

08

에스토니아 제철소를 공매도하라

레인 코프먼 투자은행의 5층 책상은 유리로 만들어져 있었다. 미래 지향적인 분위기를 풍기기 위한 디자인의 일환이었다. 거래 상황판은 유리벽 안에 들었고, 온갖 눈금이 달리고 경고등이 깜빡이는 그날의 시황 화면이 살짝 부연 판유리 위로 떴기 때문에 누구든 그날의 거래 상황을 아주 작은 부분 하나라도 놓칠 수 없었다. 주가가 오르거나 떨어지면 디지털 계산기가 째깍거렸다. 수익이 1만 파운드씩 날 때마다 나지막하게 삑 소리가 들렸고 1만 파운드씩 깎일 때마다 다친 올빼미의 울음소리처럼 신경을 긁는 경고음이 울렸다. 일진이 좋은 날에는 딜러들의 언성도 리드미컬하게 활황을 알리는 삑…… 삑…… 삑 소리에 맞춰서 올라갔고 화면 위로 0들이 굴러다니면 어디에선가 환호성이 들렸다. "50만 올랐어." 재니 커버데일이 선언하면 누군가가 "예스!" 하고 외쳤다. 여기저기서 전화벨이 울렸고 딜러들은 수화기에 대고 숫자를 불렀다. 다들 얼굴을 환히 빛냈다. 이를 보이며 웃었다.

일진이 나쁜 날에는 올빼미 울음소리가 악귀처럼 딜러들을 따라다니며 괴롭혔다. 수익이 또 10만 파운드 떨어지면 재니 커버데일은 "이런 망할!"이라고 했다. "다들 흥분하지 마." 그녀는 불안해하는 딜러들을 향해 외쳤다. "20분 있으면 뉴욕이 오픈되잖아. 반전을 노려야지." 이런 날에는 표정들이 석상처럼 굳었다. 딜러들은 좌절감에 쾅 소리를 내며 수화기를 유리 책상 위로 내려놓았고 자판을 미친 듯이 두드렸다. 꽥! 다시 1만 파운드가 떨어졌다. 꽥. 또다시 1만 파운드가 떨어졌다. "좋아. 캐나다 솔라에서 빠져나와. 지금 당장. 못 믿겠어. 해운으로 바꾸자. 아무나 올슨 해운사 2천만 주 사줄래? 마이크로소프트는 공매도. 필립스도 공매도. IBM도 공매도."

조는 바닷소리를 들으며 눈을 감고 거래소의 풍경을 떠올렸다. 그곳의 풍경을 떠올리기만 해도 맥박이 빨라졌다. 그는 재니 커버데일이 지휘하는 5층에서 공매도 딜러들과 함께 근무했다. 공매도는 복잡하고 위험한 방식이었다. 시장을 제대로 읽으면 어마어마한 보상이 따르지만 삐끗하면 끝장이었다. 공매도 딜러들은 시름시름 앓는 회사의 썩어가는 살점을 먹고사는, 투자업계의 하이에나였다. 그들은 중개인을 통해 주식을 빌려서 곧바로 매도 주문을 넣었다. 그런 다음 행운을 빌며 기다렸다. 그들이 원하는 바는, 그들이 **항상** 원하는 바는 해당 기업이 죽을 쒀서 주가가 떨어지는 것이었다. 공매도 딜러들의 입장에서는 주가가 떨어지면 떨어질수록 좋았다. 주가가 충분히 떨어지면

('충분히'라는 게 있을 수 있을까?) 그 가격에 주식을 사서 중개인에게 갚고 차액을 챙겼다. 그러면 황당하리만치 간단하게 거금을 손에 쥘 수 있었다. 공매도를 안 좋게 보는 기관들이 많았다. 런던의 거래소에서는 이런 관행을 불안하게 여기고 우려하는 시선이 존재했다. 쓰러져가는 기업의 내부 붕괴에 편승하는 것이 과연 옳은 일일까? 공매도를 금지하는 나라도 있었지만 차입 매매와 여러 이색적인 거래가 이루어지는 레인 코프먼의 5층에서는 그것이 알짜였다. 시티 전역의 중개인과 딜러들이 주식이 오르길 기도하는 와중에 재니 커버데일과 그녀가 이끄는 팀은 폭락할 주식을 발굴했다. 주가가 오르면 5층의 딜러들은 진땀을 흘리기 시작했다. 그날의 시황 화면에 뜬 숫자를 보며 딜러가 목깃 속으로 손을 집어넣으면 괴로워하고 있다는 신호였다.

공매도의 핵심은 시장 파악이었다. 금융시장에서 쓸모 있는 딱 한 가지가 그 능력이었다. 한 딜러가 다른 딜러를 상대로 유일하게 우위를 점할 수 있는 부분이 그것이었다. "이럴 줄 알았지." 이 세 마디면 몇 시간에 걸친 자료 조사와 그를 바탕으로 한 추론이 헛수고로 돌아갔다. "바하마의 열대성 폭풍으로 바나나 생산에 차질이 생기면 바나나를 운송하는 카리브 해 화물업체의 수익성에 금이 갈 테고, 그러면 약속한 선박 주문이 늦어지고 이로 인해 한국 조선업체의 주가가 떨어져서 에스토니아 제철소 매입 결정이 유보될 줄 **알았지.**" 런던에서부터 상하이에 이르기까지 모든 시장에서 이런 식의 논리적인 추측이 난무했다. 따라서 카리브 해에 허리케인이 닥친다는 예보를 듣고 누군가가 "에스토니아 제철소를 공매도하라"고 외치면 재니 커버데일의 밑에서 일하는 딜러들은 대부분 설명을 들을 필요가 없었다. 당장 연관성을 깨닫지 못하더라도 결국에는 전후 상황을 파악하게 되었다. "에스토니아 제철소를 공매도하라"는 주문이 물결처럼 번지게 되어 있었다. 여기저기서 수화기를 들고 자판을 두드리게 되어 있었다.

조는 해변을 따라 걷다가 케니 케닛이 맨 처음 고래를 본 날 아침에 개로 영감이 앉아 있었던 벤치를 발견했다. 오늘은 날이 화창했기에 조는 자리를 잡고 앉아서 풍경을 감상했다. 바다 쪽으로 부는 산들바람이 거세기는 했지만 상쾌한 날씨를 예고했다. 그는 불과 하루 전에 고래 구출 작전을 펼친, 길게 뻗은 바닷가를 바라보았다. 도랑과 모래더미 등 토목공사의 자취가 하나도 남지 않았다. 험한 파도에 전부 다 쓸려 내려갔다. 이 바닷가를 찾는 관광객은 여기서 온 마을 차원의 구조 작전이 펼쳐졌다는 증거를 전혀 발견하지 못할 것이었다. 발자국도 없고 흔적도 없었다. 정말 그런 일이 벌어지긴 했던 걸까? 조는 생각에 잠겼다. 바닷가의 다른 둔덕에는 채러티 클록이 그를 발견한 지점도 있었다. 자갈과 모래로 이루어진 이 아늑하고 조그만 만과 그의 삶이 벌써부터 희한하게 연결된 듯한 기분이 느껴졌다.

레인 코프먼의 거래 상황판 위에는 여러 개의 정보 제공 화면이 달려 있었다. 블룸버그, 로이터, CNN 그리고 스카이 뉴스가 월 가와 런던의 돈벌이꾼들을 위해 암호가 잔뜩 적힌 티커 테이프를 소리 없이 내보냈다. 그 화면을 예의 주시하는 것이 조의 임무였다. 그에게 맡겨진 임무 중 하나였다. 조는 딜러 일은 해본 적이 없었다. 그는 애널리스트였다. 연관성을 파악하는 것이 그의 역할이었다. 티커 테이프에 따르면 양쯔 모터스에서 인도의 어느 엔진 제조업체 인수를 공표했다고 한다. 그러면 재니 커버데일은 조의 어깨에 손을 얹고 "그걸 어떻게 해석할 수 있지?" 하고 물었다. "파란 눈의 꽃미남. 공매도할 주식을 찾아줘." 그녀는 이렇게 말했다. 그러면 조는 자판을 미친 듯이 두드려가며 만들어놓은 모델을 돌렸다.

"앵글로 에미리트 홀딩스에 안 좋은 소식일 수 있어요."

"어째서?"

"뭄바이의 SKO 컴포넌츠 주식을 40퍼센트 보유하고 있는데—사실 구제 금융에서 벗어난 지 얼마 되지 않아요—SKO가 양쯔 모터스의 정리 대상인 비너스 파텔에 부품을 공급하거든요. 그러니까 이번 공표로 오도 가도 못하는 신세가 되지 않을까 싶은데요."

"오호." 재니는 이렇게 대꾸할 것이다. "앵글로 에미리트 위험 노출액이 얼마지?"

"5억요."

"좋아. 그럼 크게 한판 공매도 걸어보자." 재니는 조를 끌어안고 나서 딜러들에게 지시를 내렸다. 그러고는 이렇게 말했다. "잘했어, 파란 눈의 꽃미남."

"주가가 떨어지는지 확인한 다음에 그런 말씀을 하셔야죠."

"아, 떨어질 거야. 떨어질 거야."

누군가가 조의 어깨를 짚자 그는 움찔했다.

"나 때문에 놀랐어요?"

돌아보니 그 전날 구조 작전 때 본 적 있는 젊은 여자였다. 그는 일어나서 그녀가 내민 손을 맞잡았다.

"난 폴리 호킹이에요. 우리 서로 제대로 인사를 나눈 적은 없었죠?"

"저는 조라고 합니다." 그가 말했다.

"조······?" 그녀는 성을 들으려고 기다렸다.

"그냥 조라고 부르세요. 굳이 소개하자면 조 학이긴 합니다만."

"그렇군요." 그녀는 미소를 지어 보였다. "옆에 앉아도 될까요?"

"그럼요." 그가 옆으로 옮겨서 자리를 마련해주자 폴리 호킹은 자기 다리로 그의 다리를 느껴질락 말락 하게 건드리며 자신의 허벅지 위에 우아하게 손을 얹고 옆에 앉았다.

"어제 멋졌어요." 그녀는 감탄과 장난, 그 중간쯤 어딘가에 해당하는 묘한 미소를 지어 보였다. 초면이기에 해석은 거기까지가 한계였다.

"그쪽도 나쁘지 않았는데요." 그는 우물쭈물 대꾸했고 두 사람은 웃음을 터뜨렸다.

"내가 당신 소지품을 가지고 있어요."

그는 눈썹을 추켜세웠다. "그래요?"

그녀는 바구니 안으로 손을 넣었다. "이거 당신 거 맞지 않아요?" 새로 다림질한 핀스트라이프 바지였다. "케니 케닛이 바위 위에서 주웠길래 내가 빨아놨어요. 그리고 이것도." 그녀는 자동차 열쇠를 꺼내서 흔들었다. "벤츠는 한 번도 타본 적 없는데." 그녀는 좀 전보다 환하게 웃었다. 이번에는 의미를 해석하기가 쉬웠다. "드라이브 시켜줄래요?"

그들은 부둣가의 무인 주차장을 빠져나와 트레드에인절에서 펜전스로 나가는 도로를 향해 길게 뻗은 코니시 길을 후진했다. "기름이 거의 없네요." 그가 말했다.

"트레드에인절에 주유소 있어요."

"거기까지 거리가 얼마나 돼요?"

"몇 킬로미터 안 돼요." 폴리 호킹은 깊숙한 가죽 의자 속으로 편안하게 몸을 묻고 이런저런 장치를 만지작거렸다. "예전부터 스포츠카를 타보고 싶었는데."

"이건 사실 스포츠카는 아니에요."

"이 버튼은 뭐예요?"

"MP3 플레이어요."

"음악 좀 들어도 돼요?" 그녀는 버튼을 돌렸다. "이건 라디오예요?"

"아뇨. 히터요."

"이건요?" 숨겨진 스피커에서 음악이 터져 나왔다.

"제발요." 그는 손을 뻗어서 소리를 죽였다. "나라면 가만히 있겠어요."

그녀는 그를 째려보고 계기판에서 손을 뗐다. "나 때문에 신경 쓰여요?"

"아뇨." 하지만 그는 베비스 맥위스의 농장 입구에 차를 세웠다. "이제 그만 차를 돌리는 게 좋겠어요."

"벌써요? 이제 막 출발했는데."

"알아요. 미안해요." 그가 후진하기 시작하자 폴리는 입을 삐죽 내밀었다.

"초를 치시네."

그는 세인트피란 쪽으로 벤츠를 돌리며 한숨을 쉬었다. "사람들이 저를 찾을 수도 있어서요."

"누가요?"

"아마도 경찰요."

"당신, 범죄자예요?"

"그건 아닌 것 같은데요."

"그럼 아닌 거죠." 그녀는 그의 무릎에 보드라운 손을 얹어서 눌렀다. 그는 아주 조심스럽게 그 손을 떼어냈다.

"가끔 내 생각은 중요하지 않을 때도 있어요. 가끔 법원에서는 다르게 보기도 하고요."

재니 커버데일의 층에서는 수화기에 대고 숫자를 외치는 딜러들의 머리 위로 높게 달린 창문을 따라서 환한 불빛이 쏟아졌지만, 애널리스트들이 각자의 컴퓨터 앞에 웅크리고 앉아 있는 구석 자리는 액정 화면들만 희미하게 비출 뿐 어두침침하고 흐릿했다. 중대 결정이 내려지고 딜러들이 미친 듯이 외쳐대는 곳과는 멀찌감치 떨어진 그 일대가 조의 영역이었다. 그의 세상은 화면 뒤의 전선뭉치로 이루어졌고, 그의 활약상은 알고리즘과 데이터베이스와 코드 라인과 불 논리[*]로 부호화되었다. 그는 목소리를 걸러내는 방법을 일찌감치 터득했다. 재니 커버데일의 날카로운 명령, 롬바드 가나 싱가포르나 홍콩의 고객들에게 시나리오를 설명하는 채권 영업사원의 나지막한 설득조, 삑삑 소리가 이어지면 의기양양하게 환호성을 지르는 딜러들, 숫자가 안 좋은 방향으로 흘러가면 데스크에서 들리는 신음 소리. 이런 소리들은 조를 둘러싼 백색 소음 속으로 녹아들어갔다.

가끔 재니 커버데일이 어둑어둑한 애널리스트의 세상으로 건너올 때도 있었다. 조가 숫자의 바다에 온 신경을 집중하고 있을 때 그의 뒤로 슬그머니 다가와서 그의 어깨에 손을 얹어 화들짝 놀라게 만들었

[*] 0과 1, 또는 참과 거짓의 두 가지 값을 이용하는 논리체계.

다. "조이, 우리 조, 파란 눈의 꽃미남." 그녀는 젖가슴이 그의 얼굴을 스치고 지나갈 정도로 바짝 붙어서 허리를 숙였지만 시선은 그의 컴퓨터 화면에 꽂혀 있었다. 늘 그랬다. 젖가슴은 돌발 상황이었다. 아니면 부수적인 사건이었다. 뱀처럼 비쩍 말랐고, 세 번 결혼해서 세 번 이혼했으며, 5층의 젊은 남자 직원 절반에게는 욕정의 대상이고 나머지 대다수에게는 후회의 대상인 재니 커버데일은 조의 어깨를 한 팔로 감싸 안아서 겨드랑이에서 풍기는 따끈따끈한 땀 냄새와 강렬한 페로몬 냄새를 맡게 했다. "뭐 없어, 조이 보이? 아무것도 없어?"

주식과 주가로 이루어진 숫자의 바다에서 놀이 칠 때를 계산하는 능력에는 연금술적인 측면이 있었다. 애널리스트들은 이 시대의 샤먼이었다. 주술사이자 미래를 예측하는 점성술사였다. "이건 어떻게 보는 거지?" 재니는 이렇게 묻곤 했다. "**이건 뭐고?**" 그러면 조는 화면 이쪽에서 숫자 하나를, 저쪽에서 숫자 하나를 손으로 짚었다. "보세요. 노바퀘스트 랩스가 떨어지고 있고, BSAF 바이오테크도 떨어지고 있고, 앰바이어 케미컬도 한참 떨어지고 있어요."

"그걸 어떤 식으로 해석할 수 있는데?"

"이건 지난 25년 동안 주가 매매 패턴을 파악하는 프로그램이에요. 지표주의 주가가 동반 하락할 때마다 몇 시간 내로 제약주가 최고 5포인트까지 떨어지더라고요. 여기 이 숫자는……" 그는 손톱으로 숫자 하나를 가리켰다. "신뢰도예요. 88퍼센트네요." 그러면 재니는 그의 어깨를 세게 쥐거나 가끔 그의 광대뼈에 입을 맞추었다. 입맞춤이 여유롭고 부드러울수록 그의 간파 능력에 만족한다는 뜻이었다. 그런 다음 허리를 펴고 환한 불빛 속에 또렷하게 보이는 청년들에게로 시선을 돌렸다. "줄리언…… 제약주 공매도 걸어줘. 애스트라 제니카. 너무 많이는 말고. 제한선 아래로. 50만 주." 그녀는 딜러들을 향해 집게손 가락을 흔들고 입술을 혀로 핥은 다음 크리스티앙 루부탱 구두를 또 각거리며 조를 한 번 뒤돌아보는 법도 없이 자기 자리로 돌아갔다.

몇 년 전이었을까. 5년 전인가 6년 전 어느 날 저녁의 일이었다. 장이 마감되고 가장 치열한 딜러들마저 퇴근했을 때 조 혼자 남아서 수천 개의 코드 라인을 훑어보고 있는데 친숙하고 보드라운 손이 그의 목덜미에 얹히는가 싶더니 여자 땀 냄새가 훅하고 느껴졌다.

"재니?"

"파란 눈의 꽃미남." 그녀는 빈 의자를 끌고 와서 그의 옆에 나란히 앉았다. "이렇게 늦게까지 뭐 하는 거야?"

그는 펜으로 도표를 톡톡 쳤다. "막판에 공매도를 건 세 종목으로 손실이 생겼어요."

그녀는 천천히 고개를 젓더니 음흉한 미소를 지으며 그의 어깨를 손끝으로 훑었다. "그래서 뭘 어쩌려고?"

그는 의자에 몸을 기댔다. "원인을 파악하려는 중이에요." 그는 애써 미소를 지었다. "우리의 접근 방식에 허점이 있거든요."

"허점?" 매니큐어를 바른 그녀의 손톱이 그의 가슴 위에서 조금씩 아래로 움직였다. 그는 그녀의 손톱이 남긴 총알구멍들을 애써 무시했다.

"과거의 패턴을 너무 많이 의지해요." 그가 말했다. "하지만 다른 헤지펀드와 투자은행도 우리하고 똑같은 자료를 참고할 거란 말이죠. 시티의 모든 거래소에서 똑같은 분석을 돌릴 테고요. 전부 똑같은 컴퓨터 매매 시스템을 쓰니까요. 하지만 **전부** 똑같은 종목을 공매도하면 안 되죠. 그래서 회귀분석이 잘 안 맞는 거예요."

그녀는 헤어진 연인들에게 받은 금반지로 묵직한 손을 올려서 그의 머리카락을 쓸어 넘겼다. "그런 게 주식시장이지." 그녀가 말했다. "주가가 떨어질 때도 있고 오를 때도 있고. 돈을 벌 때도 있고 잃을 때도 있고. 그런데 가장 명석한 두뇌와 가장 똑똑한 인력과 가장 엄청난 액수가 가장 단순한 계산에 매달린단 말이지. 주가가 어느 쪽으로 움직일까? 오를까? 떨어질까? 우리는 왜 그렇게 단순한 것조차 예측하지 못하는 걸까?" 그녀는 향긋한 입 냄새를 풍기며 그의 귀에 대고 속삭이다시피 했고 그는 그녀가 느낄 수 있을 정도로 몸을 움츠렸다. 그녀는 곧 뒤로 물러나서 그의 표정을 살폈다. "너는 나를 위해서 뭘 줄 수 있니, 조이 보이? 뭘 줄 수 있어?"

자동차 사물함에 지갑이 있었다. 그는 경제력을 되찾았다. 그는 무인 주차장에 차를 세우고 폴리 호킹과 함께 항구를 따라서 걸었다. "커피 한잔 살게요." 그가 말했다. "순식간에 끝나버린 드라이브를 보상하는 뜻에서." 그들은 돌돌 말린 밧줄과 그물을 뚫고 헤드라 펜핸로의 민박집으로 가서 기다란 꽃무늬 소파에 나란히 앉았다.

레인 코프먼에서는 갓 볶아서 간 아라비카 원두를 썼다. 아멜리아라는 바리스타가 카푸치노용 거품을 만들고 커피를 카트리지에 담아서 탁탁 쳤다. 5층에서는 커피가 그만큼 중요했다. 전체 직원이 마흔여덟 명인데 전용 바리스타가 있다니. 아멜리아는 그들이 어떤 커피를 좋아하고 얼마나 자주 마시는지 정확하게 파악하고 있었다. 조는 출근을 하면 일단 에스프레소 더블 샷에 저지방 우유를 넣고 하얀색 본차이나에 담은 라테로 잠을 깨웠다. 9시 15분이면 마신 잔은 치워지고 신선한 아메리카노와 페이스트리 또는 무지방 머핀이 그 자리를 채웠다. 가끔 그는 바리스타가 유령처럼 그의 뒤를 스윽 지나가며 잔을 바꿔도 알아차리지 못했다. 오후에는 우유를 살짝 넣은 얼그레이 홍차를 마셨다. 초저녁에는 다시 라테를 마셨다. 지금쯤 뭔가를 마실 때가 됐다는 생각을 하며 고개를 들면 아멜리아가 잔을 들고 그를 향해 걸어오고 있곤 했다.

"교회 구경시켜줄까요?" 폴리가 물었다. 그들은 클리프 가를 같이 걸어서 올라갔다. 그녀는 여닫이 철문을 열어서 교회 뒷마당으로 그를 안내했다. "한 사람씩밖에 못 지나가요." 그녀의 말에도 불구하고 그가 시계탑에 정신이 팔려서 손을 놓아버리는 바람에 그녀가 철문을 잡아야 했다.

"저 예쁜 교회 좀 봐." 조는 혼잣말을 중얼거렸다. 그의 기억 속에 남아 있던 대사가 떠오르자 입가에 미소가 지어졌다. "이 교회는 지어진 지 얼마나 됐나요?" 그는 폴리에게 물었다.

"한참 됐죠." 그녀가 대답했다.

그들은 비석 사이를 걸었다. "1865년." 그는 비석에 적힌 연도를 읽었다. "1840년." 가장 오래된 비석을 찾는 중이었다. "1700 몇 년."

레인 코프먼의 애널리스트들은 법원 속기사가 문장을 적는 것만큼 빠른 속도로 컴퓨터 코드를 만들 수 있었다. 머리가 그런 쪽으로 발달한 덕분이었다. 조가 두툼한 매직을 동에 번쩍, 서에 번쩍 움직여가며 플립 차트 위에다 플로 차트를 대충 그리면 담당자들이 코드를 만들었다.

그 모든 게 이제는 어찌나 오래전 이야기처럼 느껴지는지. 그들이 모든 것을 바꾸어놓을 시스템을 개발하기 시작한 지 5년이 지났다. 하지만 그 당시만 해도 그날은 여느 때와 다를 바 없는 평범한 날이었다. "이쪽의 이 박스." 조는 이렇게 말했다. "이건 상품이야. 여기 이 선은 의존 관계. 셸 오일은 운송업 의존도가 높지. 운송업은 안보 의존도가 높고. 안보는 이 나라, 이 나라 그리고 저기 저 나라의 방위비에 따라 달라지고." 그가 손으로 이리저리 선을 그으면 담당자들이 코드를 만들었다. 로드니 바이엇과 조너선 우드먼과 매니시 파텔, 그들과 함께 일하는 소규모의 프로그래머 집단이야말로 그의 아이디어를 컴퓨터 화면상의 한 점으로 구현하는 마법사였다. "**모델**을 만들어야 해." 그가 말했다. "모든 종목의 상호 의존도를 감안한 모델을 만들어야 해. 급수업체는 비에 따라 성적이 오락가락한다는 정도로는 부족하다고. 여기저기에 세력이 숨어 있는 어두컴컴한 우주를 떠다니는 행성 아니면 항성이 회사라고 생각해. 이 별을 끌어당기고 밀치는 은밀한 힘은 무엇이며 썰물과 밀물은 무엇에 의해 만들어질까?" 그는 매직펜을 이 손에서 저 손으로 던지며 그들의 표정을 음미했다. "100개의 다른 공과 실로 연결된 공들이 1만 개쯤 달린 거대한 큐브가 어느 미술관 천장에 매달려 있다고 상상해봐. 그 공이 사업체이고 실이 연결 고리 또는 관계야. 돈과 고객이 오가는 결정적인 통로지. 이제 사건을 하나 상상해보자." 그는 고개를 돌려서 그의 말을 컴퓨터 속의 마법으로 바꾸어줄 그들과 시선을 맞춘다. "멕시코 만의 유정에 불이 났다고 치자고. 그럼 실을 몇 개 잘라야 할 거 아냐. 이렇게." 그는 가상의 가위로 가상의 실을 자른다. "싹둑." 그는 미소를 짓는다. "싹둑." 프로그래머들은 그가 펼치는 상상의 나래라면 이골이 나 있다. 그는 말로 설명하지만 그들은 숫자와 결정 트리와 데이터베이스 지표와 스크린 드라이버로 이해한다. 그들은 자바와 HTML과 SQL 연산자를 운운하고, 필드 식별자와 메시지와 문자열을 운운한다. 조는 이 복잡한 은어를 이해하기에 그들의 질문을 맞받아친다. 그들은 5층의 자기들 책상 앞에 옹기종기 앉아 있다. 미묘한 인간의 행태를 근거로 이루어지는 투자 결정을 수학자와 컴퓨터 프로그래머들이 내릴 수 있다고 믿고 싶어 하지 않는 딜러들은 '금융시장 분석가'로 불리는 이들을 의심스러워하지만, 은행 임원들은 이들을 날이 갈수록 높게 평가한다. 아멜리아가 커피를 들고 주변을 맴돈다. 탁 탁 쾅. 카푸치노 한 잔 더. 통화하는 소리와 벨 소리가 배경으로 들리는 가운데 재니 커버데일이 딜러들에게 지시 사항을 전달한다.

"이쪽은 제 남편인 교구 목사예요." 폴리 호킹이 말했다. 백발의 남자가 교회 옆문으로 나와서 그들을 맞이했다. 좁고 비바람에 거칠어진 그 얼굴은 해변에서도 본 적이 있었다. 아직까지 공상에 빠져 있는 조의 귀에 머나먼 투자은행에서 나는 목소리들이 들렸다. 그는 얼른 현재로 돌아와서 손을 내밀었다.

"만나서 반갑습니다."

그가 내민 손은 해초처럼 차가웠다. 미소도 짓지 않았다. "고래와 함께 등장한 그분이로군요."

"뭐, 정확하게 따지자면 제 고래는 아니었죠." 조는 이렇게 얘기했지만 폴리 호킹의 남편은 이미 고개를 돌린 뒤였다.

"성경 공부를 빼먹었군." 목사가 자기 아내에게 하는 이야기였다.

"당신이 예배실 꽃꽂이를 맡기로 했잖아. 했나? 아일린이 당신이 스포츠카를 타고 쌩하니 마을을 빠져나가는 걸 봤다던데. 스포츠카라니!" 처음 보는 사람이 있는데도 불구하고 말투에서 불편하리만치 적의가 번뜩였다.

"저라면 그 차를 **스포츠**카라고 하지 않겠습니다만." 조가 말했다.

호킹 목사는 조가 그 자리에 있다는 사실을 잊어버리기라도 했던 것처럼 그의 쪽으로 천천히 고개를 돌렸다. "그래요?" 그가 매섭게 쏘아붙였다. "그러거나 말거나 무슨 상관이죠?"

"보험회사 입장에서는 상관이 있죠." 조가 말했다. 그의 머릿속에서 패턴과 서로를 연결하는 끈들이 펼쳐졌다. 자동차 보험회사는 운전자들에게 의존한다. 운전자들은 기름값에 의존한다. 기름값은 수요 공급의 원칙을 따른다. 공급은 확인 매장량과 정치적 안정이 전제 조건이다. 그의 머리는 왜 항상 이런 식일까? 5층에서 지내는 동안 몸에 배어버린 사고 패턴을 깨부술 수 없는 걸까? 그는 가상의 가위를 들었다. 싹뚝.

목사는 혐오와 경멸이 뒤섞인 눈빛으로 그를 쳐다보고 있었다. 그러면서 무슨 말을 하려는 사람처럼 입술을 달싹였지만 아무 말도 하지 않았다. 그는 대신 폴리 쪽으로 고개를 돌렸다. "이 젊은 분에게 당신은 교회에서 할 일이 있다고 얘기하겠소? 2분 안으로 제의실에서 봅시다." 그는 방금 전에 나온 옆문으로 다시 빨려 들어갔다.

"민망하네요." 조가 말했다. 차 안에서 폴리 호킹이 그의 무릎에 얹었던 손의 느낌이 문득 되살아났다.

"괜찮아요."

그는 처음으로 그녀를 쳐다보았다. 정말 처음이었다. 어떻게 계속 고개를 돌리고 있었을까? 두 사람은 지금까지 서로 대면한 적이 없었다. 진짜였다. 모래사장이 내려다보이는 벤치에서도 그녀가 그의 옆자리에 앉았고, 걸을 때도 나란히 걸었고, 차에서도 나란히 앉아서 도로만 쳐다보았고, 민박집 다방에서도 한 소파에 둘이 같이 껴서 앉았고, 그러는 내내 그는 다른 데 관심을 두고 다른 곳을 쳐다보고 있었다. 그가 본 그녀의 모습이라고는 콧날과 둥그스름한 뺨과 커튼처럼 드리워진 머리칼뿐이었다. 하지만 이제 매끈한 그녀의 얼굴이 그의 앞에 있었다. 인중의 솜털과 눈가의 가느다란 주름과 희미한 패턴의 주근깨와 이마에 새겨진 불안한 표정이 그의 눈에 들어왔다. 그녀가 삐져나온 머리카락을 쓸어 넘겼다. 지금까지 수도 없이 반복한 동작임을 알 수 있었다.

"드라이브 고마웠어요." 그녀가 말하자 그는 갑자기 죄인이 된 듯했다. 왜 그렇게 금세 차를 돌렸을까? 뭘 걱정하느라 그랬을까? 그녀의 손은 왜 치웠을까? 가만히 내버려뒀어야 하는 건데. 그랬더라면 어떻게 됐을까?

그의 머리와 후두 사이에 벽돌이 박혔다. 그는 똑 부러지는 말을 한 마디도 할 수가 없었다.

폴리가 가느다란 손가락을 들었다. 그를 건드리려는 것이었다. 얼굴을 살짝 건드리려고 한 게 아니었을까? 다정하면서도 장난기가 어린 손짓이었고, 그가 의미를 부여하지 않는 한 아무 의미 없는 행동이었다. 그가 퍼뜩 그녀의 팔을 잡자 손가락이 그의 얼굴 바로 앞에서 멈추었다.

"폴리…… 안 오는 거요?" 어디에선가 남편이 심술궂게 외쳤다.

그녀의 눈은 수채화처럼 부드러웠다. 그 눈이 슬로모션으로 깜빡였다. 두 사람은 이제 바짝 붙어 있어서 그의 얼굴에 와 닿는 그녀의 숨결이 느껴질 정도였다. "잠깐만요……" 그의 입이 이 말을 내뱉었다. 어디에 있다가 튀어나온 단어였을까? 어쩔 작정으로 꺼낸 말이었을까?

그녀는 그의 눈을 똑바로 쳐다보았다. "가야 해요." 속삭임이었다.

그는 그녀의 손을 놓았다. 그녀의 손끝은 움직이다 멈춘 그 자리에서 꼼짝하지 않았다. 이제 그녀는 그를 건드릴 수 있었고, 건드린다면 그를 가질 수 있었다. 그의 모든 심장 박동이 그녀의 것이 될 수 있었다.

"폴리……"

"가야 해요."

그들에게 남은 것이라고는 깜빡이는 그녀의 눈과 따뜻한 연민이 담긴 그의 시선뿐이었다.

잠시 후에 그녀는 사라졌다.

"폴리 호킹." 조는 잊어버리지 않게 그녀의 이름을 속삭였다. 그는 얼굴 위로 손을 들어서 그녀의 손끝이 닿을 뻔했던 부분을 쓰다듬었다. "폴리." 그녀는 초대되지 않은 꿈처럼 그의 머릿속으로 스며들었다. "폴리 호킹."

재니 커버데일의 사무실에는 샤랑트*의 풍경화가 걸려 있었는데, 하늘은 가슴이 절절하리만치 파랗고 해바라기들을 보면 눈이 화끈거

* 포도원으로 유명한 프랑스의 주.

릴 정도였다. 그 사무실에는 두 사람의 체중을 견디기에 너무 약해 보이는 하얀색 가죽으로 된 오토만 소파도 있었다. 그를 딱 한 번 유혹했을 때 그녀는 블라우스 단추 하나 허락하지 않았다. 고급 원단이 쭈글쭈글해지도록 펜슬스커트를 허리까지 올리고 스타킹을 돌돌 말아서 무릎까지 내렸다. 그녀의 표정으로 보건대 옷을 벗는 건 여기까지였다. 그녀는 하얀 가죽 소파에 누워서 그를 기다렸다. 어떻게 하면 되는지 알지 않냐는 식이었다. 그가 아는 한 그것은 5층의 통과의례였다. 너도 나도 지나간, 재니 커버데일의 사무실로 가는 길. 야근. 잠긴 문. 성공의 냄새. 동그랗게 떨어지는 서로의 땀방울.

이후에 재니는 옷의 구김을 펴고 만남의 흔적을 모두 지운 다음 맨 윗 단추를 풀었다. "다른 직원들 궁금해하라고." 그녀는 지금까지 남아서 그들과 마주칠 직원이 있기라도 한 것처럼 이렇게 말했다. 그녀가 몸을 기울여서 그의 귀에 대고 속삭이자 그는 무슨 다정한 말을 속삭이려나 싶어서 귀를 쫑긋 세웠다. "내일 새 모델을 보고 싶어." 그녀가 부드럽게 입김을 불어넣었다. 그는 그게 무슨 뜻인지 해석하느라 잠깐 애를 먹었다. 그러자 그녀는 멀찌감치 몸을 떼고 완벽하게 손질한 한쪽 눈썹을 추켜세웠다. "컴퓨터 모델 말이야. 네트워크 모델. 그때 약속한 거 있잖아?"

"그럼요." 그는 바지를 너무 급하게 올렸다. 가랑이가 불편했다. 다시 제대로 입으면 예의에 어긋날까?

"내일이야. 파란 눈의 꽃미남." 그녀는 책상 위에 놓아두었던 전화기를 집어서 문자 메시지를 확인하고 자판을 두드리기 시작했다. "이제 나가줄래?" 그녀가 말했다.

09
사우디아라비아의 그거

돈을 좀 찾아야 했다. 다른 건 둘째 치고 북스 박사에게 방값을 계산해야 했다. 옷도 필요했다. 먹을거리도 있어야 했다. 컴퓨터가 있으면 얼마나 좋을까 싶었다. 하지만 경찰에서 그를 찾을 수 있었다. 차를 몰고 탁 트인 길로 나서면 그들 눈에 띄지 않을까? 하얀색 벤츠를 집중 포착하도록 경찰 컴퓨터가 프로그램되어 있을까? 은행 계좌는 어떻게 됐을까? 지급 정지 처분이 내려졌을까? 경찰에서 그의 계좌를 추적하고 있을까?

그는 베비스 맥위스의 농장으로 차를 몰고 가서 주차하고 대로까지 1.6킬로미터를 걸어갔다. 그의 차는 너무 눈에 띄었다. 버스가 있을 것이다. 북스 박사가 버스를 운운한 적이 있었다. 과연 버스 정거장이 있긴 했지만 하루에 버스가 몇 번 다니는지는 어디에도 적혀 있지 않았다. 그는 기다렸다. 방금 전에 한 대가 지나갔을까? 그는 걸어갈까 고민했지만, 그랬다가는 자연의 법칙상 몇 분 뒤에 버스가 지나갈 게 뻔했다. 그는 허름한 벤치에 앉아서 생각에 잠겼다. 그는 어쩌다 여기까지 왔을까? **어째서** 여기까지 왔을까? 그의 책임은 아니었다. 그는 속으로 중얼거렸다. 그럼 다시 차를 집어타고 경찰서로 가서 자수를 하면 되지 않을까? 그는 시나리오를 머릿속으로 돌려보았다. "저는 조나스 학이라고 합니다. 여러분이 찾고 있는 사람이에요. 그 투자은행을 망하게 만든 녀석요. 책임을 지려고 왔습니다." 그는 이렇게 얘기하고 수갑을 채우라고 손목을 내밀 것이다.

그럴 수 있을까? 아니면 발뺌을 할까? "저 때문에 망한 거 아니에요. 제가 매매를 주도하지는 않았어요. 그 부분에 대해서는 커버데일 부인하고 얘기하세요." 그는 알지 않냐는 듯이 그들을 향해 고개를 끄덕일지 모른다. "콜린 헬름스하고 얘기하세요. 줄리언 맥기번하고 얘기하세요. 그 사람들이 밀어붙인 거니까." 그는 이렇게 얘기할지 모른다. "위에서 저를 얼마나 괴롭혔는지 몰라요. 그러다 선을 넘은 거죠."

맨 처음 모델을 돌렸을 때는 성적이 좋았다. 실제 현금을 가지고 돌리지는 않았다. 재니가 9층에서 근무하는 콜린 헬름스를 데리고 내려와서 보라고 했다. 콜린은 코가 맹금의 부리를 닮았고 머리는 뇌우 색깔이며 느릿느릿 움직이는 육중한 인간이었다.

"자기 실력을 좀 보여드려." 재니가 조에게 아양을 떨었다.

"이런 프로그램은 전에도 본 적 있어. 100번쯤." 콜린 헬름스가 말했다. 그는 프로그램보다 재니에게 더 관심이 있는 눈치였다.

"그래도 이건 보셔야 해요." 재니가 말했다.

"**생김새**는 별론데." 조와 매니시가 시스템을 부팅하자 헬름스가 말했다. "색깔이 흉측하잖아." 그러더니 재미있다는 듯이 웃음을 터뜨렸다.

"UI는 신경 쓰지 않았어요." 매니시가 말했다. "DB 뷰어라서."

"아아악, 너무 어렵잖아, 너무 어려워." 헬름스는 경악한 척했다.

조가 구조요원으로 나섰다. 그는 프로그래머들이 쓰는 언어와 9층에서 쓰는 언어를 모두 이해하는 사람이었다. "생김새는 걱정 안 하셔도 됩니다." 그는 안심하라는 듯이 얘기했다. "시판용으로 만든 소프트웨어가 아니에요. 그러니까 근사하게 보일 필요는 없어요. 튼튼할 필요도 없고요. 그냥 잘 돌아가기만 하면 됩니다." 그는 자판을 몇 개 두드렸다. "사건을 하나 말씀해보세요."

"어떤 사건?"

"오늘 뉴스 아무거나요. 특종일수록 좋아요. 그게 이 프로그램의 장점이에요. 주가와의 연관성만 살피는 게 아니라 모든 걸 감안하거든요. 이탈리아의 실업 문제. 루마니아의 선거. 비가 자주 오는 스페인의 겨울."

헬름스는 웃음을 터뜨렸다. "우리 마누라가 가슴 확대 수술을 받았거든." 그는 껄껄거렸다. "그걸 넣어봐."

재니가 진지한 표정을 지으며 몸을 앞으로 숙였다. "사우디아라비아의 그거 어때?" 그녀가 의견을 내놓았다.

"좋네요." 조는 마우스를 클릭했다. "CNN에서 30분 전에 보도한 바에 따르면 사우디의 장관이 자기 아파트에서 시신으로 발견됐는데 정부에서는 이란을 의심하고 있다고 했죠." 화면에 슬라이더가 떴다. "사우디아라비아와 이란의 관계를 설정하는 온도계예요." 그는 클릭해서 슬라이더를 아래로 내렸다. "딱 1도 내려갔다고 하죠. 아랍을 공포 분위기로 몰고 갈 일은 아니니까요." 화면 하단의 표에 숫자들이 채워지기 시작했다.

"이건 뭐지?" 헬름스가 갑자기 관심을 보이기 시작했다.

"예측이에요. 예상 수익의 규모가 큰 순서대로 순위를 매긴 거죠. 공매도할 종목을 찾는 중이고요."

"흠." 그는 의자를 화면 가까이 좀 더 바짝 움직였다. "원유 관련주는 전부 다 하락이로군. 금속 관련주도. 운송 관련주도. 하지만 전부 다 짐작이 가능한 현상이잖아. 스크롤 내릴 수 있나?"

"그럼요." 표가 화면 위로 조금씩 올라왔다.

"잠깐. 이게 뭐지?" 헬름스가 화면 위의 한 줄을 삿대질했다. "마셜 앤드 오크스? 이건 목화를 수입하는 회사인데. 그런 회사가 이란, 사우디하고 무슨 상관인가?"

"저도 모릅니다." 조가 대답했다. "알고리즘이 워낙 복잡해서요. 믿든지 말든지 둘 중 하나를 선택하는 수밖에 없어요."

"하지만 자네 시스템에 따르면 그 회사 주가가 9퍼센트 하락한다잖아. 이유도 모르면서 무작정 따를 수 있나."

"이유는 절대 파악이 불가능합니다, 헬름스 씨." 조가 말했다. "연결고리가 1천 개에 달해서 그것들이 전부 다 1퍼센트씩 달라졌을 때 500개는 2퍼센트 움직이고, 몇십 개는 3퍼센트 움직이고, 그렇게 수학적으로 움직이는 와중에 마셜 앤드 오크스의 주가는 딱하게도 9퍼센트 하락한 거예요."

"흠, 나는 못 믿겠는데." 헬름스는 휴대전화를 꺼냈다. "누가 그 회사 주가 확인해봐."

경적 소리가 들렸다. 자동차 한 대가 버스 정거장 앞에 멈추어 서는 가 싶더니 차창이 내려갔고 함박웃음을 머금은 제러미 멜런의 얼굴이 등장했다. "태워줄까?"

펜전스의 현금 인출기 앞에서 조는 보이지 않는 카메라에 얼굴이 찍히지 않으려고 애를 썼다. 그는 카드를 넣고 비밀번호를 입력한 다음 신호가 울리길 기다렸다. 어떤 서비스를 원하십니까? 현금 인출요. 그는 기계에 대고 말했다. 그가 요청한 금액은 500파운드였다. 기계 안에서 바퀴가 빙그르르 돌아가는 소리를 내며 돈을 셌다. 그는 심장 이 벌렁거렸다. 당장이라도 사이렌이 울릴 수 있었다.

그는 백화점에 가서 청바지 네 벌, 셔츠 대여섯 벌, 페어 아일 점퍼 한 벌, 편하게 입을 수 있는 재킷 한 벌, 겨울용 코트 한 벌, 양말, 운동 화, 튼튼한 구두, 속옷을 샀다. 결제는 카드로 했다. 아무도 그를 덮치 지 않았다. 그는 세면용품도 잔뜩 장만했다.

"어마어마한 쇼핑 잔치로군." 짐을 차로 옮기며 제러미가 말했다.

"아직 안 끝났어요. 컴퓨터랑 휴대전화도 필요하거든요."

"내가 오래된 노트북 빌려줄게."

"고맙습니다. 그래도 휴대전화는 사야죠."

"나라면 관두겠네." 제러미가 쇼핑백들을 차 안으로 던져 넣으며 말 했다. "세인트피란에서는 신호가 안 잡히거든."

"신호가 안 잡힌다고요?" 조는 놀란 얼굴이었다.

"우리 마을이 지반이 낮은가 봐. 안테나 기둥인가 뭔가를 세울 데가 없대. 맥주 한 잔 마시고 출발할까?"

조는 고개를 모로 꼬고 사이렌 소리가 들리는지 귀를 기울였다. "여기서는 말고요." 그가 말했다. "집에서 좀 더 가까운 데서 마셔요." 집이라고? 무슨 그런 희한한 단어를 쓰다니. 이 머나먼 곳이 어떻게 집이 될 수 있을까?

매니시가 모니터를 돌렸다. "마셜 앤드 오크스요."

"그게 현재 주가야?"

"6포인트 떨어졌네요."

콜린 헬름스는 입술을 핥았다. "그 명단에 또 뭐가 있었지?"

조는 스크롤을 내렸다. "젬테크, 8퍼센트 하락 예상. KKL 폴리신, 차이나 테크……"

"그만." 헬름스가 한 손을 들어 보였다. "그 회사들 주가 확인해봐."

매니시가 선수를 쳤다. "젬테크 5퍼센트 하락, 차이나 테크 7퍼센트 하락, KKL 4퍼센트 하락."

"염병할." 헬름스가 의자에서 벌떡 일어섰다.

"마셜 앤드 오크스는 2퍼센트 더 떨어졌어요."

"빌어먹을."

제러미와 조는 포트네비스로 갔다. 조가 벨 앤드 앵커에서 샌드위치를 샀다. 가을치고 날씨가 따뜻했다. 그들은 메리웨더 사과주를 한 잔씩 들고 항구가 내려다보이는 테이블에 자리를 잡고 앉았다.

"오늘은 이상한 날이에요." 조는 제러미에게 말했다. "머릿속이 뱅뱅 도는 듯한 느낌이에요. 이런저런 생각들을 멈출 수가 없어요. 계속 머릿속에서 맴돌아요."

"어떤 생각들이?"

"일에 얽힌 생각들요." 조는 자기 잔을 들여다보았다.

"나도 그래."

조는 고개를 들었다. "그래요?"

"아, 그럼. 좋은 소재가 떠오르면 하루 종일 다른 생각은 할 수가 없어. 상상력이 초과 근무를 하는 거지."

초과 근무. 야근. 치마를 걷어 올렸던 재니 커버데일. 차가운 피자와 컴퓨터 코드. 문 앞에 뻗은 술꾼들. 택시 기사와 짧은 잡담. 주가 상승. 환호하는 중개인들. 주가 하락. 큰 소리로 울리는 경적.

"그거랑 이거는 다른 것 같은데요."

"아하."

뭔가가 감지되었다. 그게 뭘까? 세인트피란에서 느꼈던 불협화음이 다시 느껴졌다. 항구에 정박 중인 고깃배. 그물을 손보는 남자. 손을 잡고 방파제를 걷는 커플. 수면에 반사된 햇빛이 빚은 선명한 만화경, 방파제에 리드미컬하게 부딪치는 파도. 시간. 그가 감지한 것들이었다. 여기에서는 시간이 다른 속도로 흘렀다. 사과주를 앞에 놓고 바다를 감상하는 동안 시곗바늘이 한 바퀴 돌아도 아무도 그의 이름을 부르지 않았다. 시티에서는 '시간'이라는 게 있었던가? 거기에서도 똑같은 현상이 벌어졌던가? 시간이 가만가만 진화해서 비눗방울처럼 스레드니들 가*를 둥실둥실 떠내려갔던가? 시계가 멈추었던가?

"어떤 방식으로 돌아가는 거지? 이 망할 컴퓨터 시스템 말이야. 어

---

* 런던의 은행가.

113

떤 방식으로 돌아가는 건지 얘기해봐." 9층으로 돌아갔던 콜린 헬름스가 얼굴이 지도처럼 주름살로 덮인 백발의 남자를 데리고 다시 내려왔다. 그들은 자리에 앉지도 않았다. "아까 그거 다시 보여줘." 헬름스가 명령조로 말했다.

사무실 구석에 스트레스 괴물들이 숨어 있었다. 조는 거기 숨어서 구경하며 그의 심장 박동 수를 높이는 그들의 존재를 느낄 수 있었다. 그는 자판을 두드렸다.

"런던의 증권회사마다 이 비슷한 게 있잖은가." 새로 등장한 남자가 심드렁하게 물었다. "이 시스템의 차별점은 뭔가?"

"이 시스템은 자연 언어 처리 기능을 사용합니다." 조가 말했다. "의미론 검색 엔진을요. 그걸 바탕으로 모델을 구축했어요. 인용 색인 비슷한 거죠. 금융 기사를 읽어요."

"읽는다고? ……그게 무슨 소린가, **읽는다니**?"

좀 더 거침없이 대답을 할 수 있어야 했는데 헬름스와 그의 동료가 어찌나 위압감을 풍기는지 주눅이 들었다. 특히 나이 많은 남자 쪽이 더 심했다. 그래서 순간 방심했다. "말 그대로 읽는 겁니다." 그는 이렇게 대답하면서 바보 같은 질문이라는 듯이 어깨를 들어버렸다. 유감스러운 행동이었다. 그는 얼른 어깨를 내리고 애써 좀 더 진지한 표정을 지었다. "선생님이나 저하고 비슷하게요. 그저 속도가 훨씬 더 빠를 뿐이죠." 매니시였다면 이때 퀀트*들 사이에서 흔히 통용되는 '백스페이스/이레이즈'라는 표현을 썼을 것이다. '백스페이스/이레이즈'라고

---

* 수학적 모델을 기반으로 계량분석 기법을 활용하는 금융분석가 'quantitative analyst'를 줄여서 퀀트라고 한다.

하면 "앗, 제가 실수를 했네요. 다시 한 번 해보겠습니다"라는 뜻이었다. 조는 자리에 주저앉았다. 목깃을 따라 배어나오는 땀이 느껴졌다. "웹에 접속해서 모든 금융 기사를 읽습니다. 《파이낸셜 타임스》, 모든 일간지, 《뉴욕 타임스》, 《이코노미스트》, 《하버드 비즈니스 리뷰》. 십여 개의 언어로 출간되는 1만여 개의 금융 기사에 보도 자료와 공고까지요. 지금까지 게재된 2천만여 개의 신문 보도를 데이터베이스로 구축하고 있는데 금융 기사만 그 정도입니다. 그런데 여기다 주요 뉴스까지 읽죠." 그는 이제 수다쟁이처럼 종알거리고 있었다.

백발의 남자가 학생처럼 느릿느릿 손을 들었다.

조는 하던 이야기를 멈추었다. 그들과 대면하자 어처구니없을 정도로 신경이 예민해졌다. "네."

남자는 조용히 말문을 열었다. 허파 속의 축축한 공간에서 흘러나오는 듯한 목소리였다. "설명을 듣고 싶네만, 조." 그가 말했다. "그게 자네 이름 맞지……?"

"네, 조 학입니다."

"나는 루 코프먼일세." 노인은 젖은 빨래처럼 축 늘어진 손을 내밀었다. "이봐, 조 학. 문자를 이해하는 컴퓨터가 있다는 소리는 들어본 적이 없어. 이 정도 수준으로 말이야."

"맞습니다, 사장님. 그리고 이 프로그램도 마찬가지입니다. 이 프로그램은 용어의 근접성을 파악할 따름입니다. 맨 처음에는 저희도 단순히 금융 기사 속에서 회사 이름을 검색했죠. 한 기사에 두 회사가 언급되면 몇 단어를 사이에 두고 두 회사가 언급됐는지 파악하고요. 사이가 가까울수록 연관성, 그러니까 일종의 끈이 존재할 가능성이 클

테니까요. 투자신탁을 제외하고 전 세계적으로 4만 5천여 개의 기업이 등재되어 있고 국영 증권거래소가 54개니 애초부터 데이터의 양이 어마어마했죠. 그런데 이때 저희가 기발한 아이디어를 냈어요. 망을 넓힌 겁니다. 식수, 연료, 선거, 충돌, 시리아, 일본, 이런 단어들을 추가하기 시작해서 이내 검색 대상을 2만 개의 명사로 넓혔죠. 그런 다음 '좋은', '나쁜', '호황인', '떨어지는', '한물간', '논란의 여지가 많은', '건전한', '허위의'와 같은 형용사와 표현들을 수천 개 추가했습니다. 그런 식으로 계속 목록을 넓혀나가고 있어요."

"어허, 이럴 수가 있나." 콜린 헬름스와 그의 일행은 어안이 벙벙한 눈치였다.

"이제는 새로운 단어를 추가할 필요도 없습니다. 컴퓨터가 알아서 해주거든요. 한 개 이상의 기사에 등장한 단어나 문구가 포착되면 색인에 넣습니다."

루 코프먼은 잔뜩 집중한 얼굴로 화면을 쳐다보았다.

"하지만 그런 기능만으로는 시티에 있는 다른 전자 거래 시스템보다 더 똑똑하다고 할 수 없겠죠. 정말 대단한 건 뭔가 하면." 조는 이제 전보다 여유가 생겼다. "그 모든 데이터를 기존의 정보와 결합한다는 겁니다. 주가의 상관관계가 담긴, 저희가 몇 년 동안 수집한 모든 정보하고 말입니다. 어려운 부분이기는 해도 그게 핵심이었어요. 이제는 과거 주가의 동향을 보면 그것이 당시 신문 보도 속에서 저희가 수집한 끈과 어떤 식으로 연관을 맺고 있는지 알 수 있게 됐으니까요. 그 기능을 추가하자 어떤 사건이 벌어지면 그것이 주가에 어떤 영향을 미칠지 컴퓨터가 예측을 할 수 있게 됐죠. 사실 저희가 사건을 입력할 필요도 없습니다. 컴퓨터가 각 통신사와 연결해서 알아서 집어 내니까요."

"어떻게 생각하십니까?" 헬름스가 물었다. 그는 이 모든 게 자신의 아이디어였던 것처럼 함박웃음을 짓고 있었다.

얼굴에 주름이 깊게 파인 남자는 천천히 고개를 끄덕였다. "이 프로그램을 개발하는 데 얼마나 걸렸나?" 그가 물었다.

"5년 걸렸습니다." 스트레스 괴물들이 철수하는 기미를 보였다.

"훌륭해." 노인이 말했다. "그러니까 다른 은행에서 따라잡으려면 어느 정도 시간이 걸리겠군?"

"비슷한 프로그램을 개발하고 있지 않는 한 그럴 겁니다."

"훌륭한 답변이로군." 코프먼은 고개를 돌려서 그를 유심히 들여다 보았다. "이 프로그램은 인간의 본능을 어떤 식으로 해석할까? 자네가 만든…… 방정식에서 인간의 본능은 어느 위치를 차지할까?"

조로서는 예상치 못한 질문이었다. "그게 무슨 말씀인지 잘 모르겠습니다만……"

"그냥 궁금해서 물어본 걸세." 노인은 책상 한 귀퉁이에 앉아서 구멍 난 타이어처럼 한숨을 내뱉었다. "저기 저 친구들은……" 그는 트레이딩 데스크 쪽을 가리키며 운을 뗐다. "……왜 컴퓨터 트레이딩을 안 믿는지 아나? 저 친구들이 하는 모든 거래는 인간의 본능에 대한 이해를 바탕으로 이루어지기 때문이지. 그런데 컴퓨터는 우리를 이해하지 못해. 인간을 이해하지 못하지. 저 친구들 생각은 그렇다네."

"저도 압니다."

"사람들이 저 주식이 아니라 이 주식을 사는 이유를 우리가 정말로 안다고 할 수 있을까? 매수자들이 늘 논리적으로 반응하는 건 아니야. 그들은 감정적으로 매수할 때도 있지. 습관적으로 매수할 때도 있고. 아는 브랜드이기 때문에 매수할 때도 있고. 그리고 두려운 마음에 매도를 해. 아니면 브랜드 가치가 훼손됐기 때문에 매도를 할 때도 있고. 아니면 CEO가 연설 도중에 부적절한 단어를 사용했기 때문에 매도를 할 때도 있고."

"맞습니다."

"하지만 본질적으로 이런 것들보다 더 강력한 무언가가 있단 말이지. 그 무언가를 저기 저 딜러들은 아는데 과연 컴퓨터는 알 수 있을까? 그게 뭔지 아나?" 그는 찡그린 한쪽 눈썹을 추켜세웠다.

"글쎄요……"

"이기주의라는 걸세." 코프먼은 그의 어깨에 손을 얹었다. "욕심. 남들은 어떻게 되거나 말거나 자기 자신을 챙기고 싶은 마음. 그것이 시장을 움직이는 원동력이야. 그러니까 인간의 이기주의를 수치로 반영할 방법이 있을까? 내가 알고 싶은 건 그거라네."

조는 어깨에 얹힌 은행가 손의 무게감을 느끼며 천천히 숨을 내뱉었다. 스트레스 괴물들이 다시 등장하는 듯했다. "무슨 말씀인지 알겠습니다만 그걸 감안하고 만든 접근 방식입니다. 저희의 가치 판단은 변수로 치지 않으니까요." 그는 코프먼의 생각은 다른가 싶어서 그의 안색을 살폈지만 그는 계속 무표정을 고수했다. "인간의 행동 원칙을 프로그램화할 필요는 없습니다. 저희가 참고하는 건 이 수천 개의 기사를 작성한 전문가들이에요. 인간의 이기주의를 다룬 금융 기사가 있으면 그들의 시각도 모델 속으로 취합이 되겠죠. 그러니까 저희도 트레이딩 데스크 앞에 앉아 있는 저기 저 딜러들처럼 인간의 판단을 염두에 둔다고 볼 수 있습니다. 정보의 출처가 수많은 전문가들일 따름이죠. 저희는 그들의 충고를 파악하고 다른 대안에 비춰서 저울질합니다. 인간들이 어떤 반응을 보일지에 대해서 저희 나름대로 판단하는 경우는 일절 없고요."

고령의 은행장은 생각에 잠긴 표정이었다. "자네 분석에 내 생각도 반영할 수 있나? 아니면 나도 신문에 칼럼을 게재해야 자네 컴퓨터가 내 의견을 감안해줄까?"

조의 목에서 땀이 나기 시작했고 목이 말랐다. "이 프로그램은 끝내줄 거야." 매니시는 입버릇처럼 말했다. "윗선에서 손을 대기 시작하면 그것도 물 건너간 얘기가 되겠지만." 조는 천천히 고개를 끄덕였다. "원하시는 부분을 언제든 이메일로 보내주시면 프로그램에 사장님의 의견이 반영되도록 만들 수 있습니다."

"그렇군." 코프먼은 곰곰이 생각하는 눈치였다. "그럼 내 의견에……
가중치를 둘 건가?"

조는 코프먼 쪽으로 고개를 돌렸고, 잠깐 동안 두 사람의 시선이 만났다. 조는 머뭇거렸다. 잠시 후 그가 내뱉은 대답은 속삭임에 가까웠다. "자진해서 그러지는…… 않을 겁니다."

콜린 헬름스가 끼어들었다. "그런 뜻에서 하는 이야기가 아닐 거예요, 루. 농담한 거지. 안 그런가, 학?"

하지만 코프먼은 조의 어깨에 얹었던 손을 거두더니 조용히 하라는 뜻에서 헬름스를 향해 들어 보였다. "잠깐만 조용히 해주게, 콜린. 자, 학 군, 내 생각이 잘못됐으면 고쳐주기 바라네만 이 컴퓨터 프로그램을 만들 수 있도록 경제적으로 지원한 사람이 나 아니었나?"

5층 전체가 정적으로 뒤덮인 듯했다. 울려대던 전화기들은 어디로 갔을까? 언성을 높이던 딜러들은? 탕탕 쿵 하던 커피 기계는 어디로 갔을까?

"거부하겠다는 건 아닙니다."

"그냥 자진해서 그러지는 않겠다?"

조는 곰처럼 생긴 콜린 헬름스의 표정을 읽을 수 있었다. 새까만 그의 눈썹이 떨리다시피 하고 있었다.

"사실 이 프로그램의 적중률이 좋은 한 가지 이유가 있다면 저희가 추론에 간섭하지 않기 때문입니다. 이쪽 아니면 저쪽으로 유도를 하지 않기 때문입니다."

"한 전문가의 판단보다는 많은 전문가들의 판단을 믿겠다? 그런 건가?"

"네."

코프먼은 천천히 자리에서 일어났다. "자네 연봉이 얼만가?"

조는 얼굴을 찡그렸다. "퀀트의 평균 연봉에 준하는 수준입니다."

"지금 이 시점부터 두 배로 올려주지." 고령의 은행장은 쭈글쭈글한 손을 조의 어깨에 얹었다. "언제쯤이면 이 녀석을 미친 듯이 돌릴 수 있을까?"

5층이 소음을 되찾았다. "석 달 동안 시험 가동을 하려고요." 재니가 대답했다.

"한 달로 줄여. 그리고 현재 사용하는 프로그램을 이 녀석으로 대체했을 때 어떤 성적이 나올지 매일 저녁마다 내 책상에 보고서를 제출하도록."

"알겠습니다." 재니가 말했다.

"그나저나 이름이 있나?"

"이름요?"

"그래, 이름. 윈도우나 페이스북 같은."

"지금은 LK 테스트 DB3이라고 부르고 있는데요." 조가 대답했다

"기억하기 쉬운 이름은 못 되는군." 코프먼이 말했다. "캐시 어때? 내 손녀딸 이름인데."

"아주 좋은데요." 조가 말했다. "캐시라고 부르도록 하겠습니다."

"자네." 코프먼은 비쩍 마른 손가락으로 그를 가리켰다. "2분 만에 연봉이 다시 두 배가 됐어."

그들은 포트네비스의 술집을 나서서 제러미의 차를 세워둔 곳으로 어슬렁어슬렁 걸어갔다.

"저한테 너무 잘해주시네요." 조가 말했다.

"천만의 말씀. 자네가 마을에 활기를 불어넣었잖아."

"그래도요."

그들은 포트네비스를 빠져나와서 트레드에인절행 도로로 진입했다. "이제 마음이 한결 가벼워졌어요." 조가 말했다. "지금까지…… 뭐랄까…… 외상 후 스트레스를 겪고 있었나 봐요."

"맙소사!" 제러미가 외쳤다. "누가 들으면 전쟁이라도 치른 줄 알겠네."

전쟁? 느낌상으로는 그랬다. "뭐, 엉뚱한 표현일 수도 있어요. 다

만…… 너무 팽팽하게 당겨져서 한번만 퉁겨도 끊어지게 생긴 바이올린 줄이 된 듯한 느낌이었거든요. 하지만 지금은 조절이 됐어요. 느슨하게. 제 말이 이해가 되세요?"

제러미 멜런은 미소를 짓고 있었다. "되다마다. 세인트피란에 처음 왔을 때 나도 똑같은 기분이었거든. 나는 그때 교수였어. 16년 전의 일이로군."

"어쩌다 계속 머무르게 되셨어요?"

"복잡해. 나는 원래 리즈의 대학교에서 생물학을 가르쳤지. 그런데 실력이 별로였어."

"잘하셨을 것 같은데요."

제러미는 고개를 저었다. "말은 고맙지만 아니야. 스트레스를 감당할 수가 없었지. 지금이 훨씬 행복해. 물론 돈은 별로 못 벌지. 박물학을 주제로 학교 교재를 집필하거든. 그걸로 각종 공과금을 해결하면 딱 맞아. 몇몇 백과사전에 기고도 하고. 단편소설도 몇 편 쓰고. 성인용 강좌도 몇 개 가르치고. 그게 다야."

"무한 생존 경쟁에서 빠져나오신 거로군요……"

"맞아." 제러미는 고개를 돌려서 그를 쳐다보았다. "바로 그거였지. 하지만 말처럼 그렇게 간단하지는 않았다고."

"뭐가 그렇게 간단하지 않았는지 궁금한데요……"

제러미는 기어를 바꾸고 세인트피란행 차로로 홱 하니 차선을 변경했다. "내가 사랑에 빠졌거든…… 어떤 학생이랑."

"맙소사." 어쩌면 세인트피란은 인생 난민들의 종착역이 된 건지 몰라. 조는 이런 생각이 들었다. 스트레스 많은 상황에서 도망치다가 결국 여기까지 오게 되는 거지. 바다를 건너지 않는 이상 이보다 더 멀리는 갈 수 없으니까. "그래도 불법이거나 뭐 그런 건 아니잖아요. 학교에서 나왔으니까."

"그렇지." 제러미는 동의했다. "부도덕한 짓일지는 몰라도. 게다가 학생들은 몰랐어."

"감정을 감추신 거예요?"

"당연하지. 학교에서 환영할 리 없었으니까."

"이해가 안 되네요. 그럼 왜 학교를 그만두셔야 했던 거예요?"

"학교를 그만둘 필요는 없었어. 어느 날 저녁에 그냥 차를 타고 달린 거야."

"슬픈 이야기네요." 조가 말했다.

"아니, 그렇지 않아. 해피엔딩이니까. 이렇게 세인트피란에서 살고 있잖아. 그 뒤로 두 번 다시 달아날 필요가 없었지."

그들은 조의 차가 주차된 맥위스 가족의 농장 입구에 다다랐다. "여기서 내려줄까?"

"네."

제러미는 차를 대고 엔진을 공회전시켰다.

"그 학생은 어떻게 됐나요?"

"외무부의 고위 공무원이 됐을걸? 결혼해서 아내와 두 아이가 있고."

조는 문을 열었다. "뭐 하나 여쭤봐도 돼요?"

"물어봐."

"폴리 호킹 아세요?"

"당연하지." 제러미는 눈살을 찌푸렸다. "갑자기 왜 그러나, 조?"

"아무것도 아니에요. 어떤 사람일지 그냥 궁금해서요. 결혼 생활은 행복한지, 뭐 그런 것들요."

제러미가 손을 뻗어서 시동을 끄자 차가 조용해졌다. 그는 혼자 천천히 고개를 끄덕였다. "폴리가 건드리면 안 되는 여자냐고 묻는 건가?"

애초에 얘기를 꺼낸 게 잘못이었다. 제러미의 공개 고백으로 대담해지는 바람에 선을 넘은 거였는지 모른다. "아니에요. 물론 아니죠. 한심한 질문이었네요."

제러미는 다시 시동을 걸려는 기미가 없었다.

"어쩌면…… 어쩌면 그런 생각을 했을지도 모르죠. 하지만 무슨…… 이유가 있어서 그런 건 아니에요. 그냥……" 그냥 뭐였을까? "폴리 때문에 헷갈려서요." 그건 분명 사실이었다. 그는 여자 때문에 그렇게 혼란스러운 게 언제였는지 기억조차 나지 않았다.

"자네한테 집적거리던가?"

조는 고개를 저었다. "**딱히**…… 집적거린 건 아니었어요."

"그게 폴리의 주특기야."

"뭐가요?"

"**딱히** 집적거리지는 않는 거."

"제가 오해를 했나 보죠. 여기서는 보디랭귀지에 담긴 뜻이 다른데……"

제러미가 조의 팔뚝에 손을 얹었다. "내가 충고 몇 마디 해도 되겠나?"

"네, 그럼요." 충고라면 환영이었다. 하지만 그녀의 얼굴과 삐져나온 그 머리카락과 그 주근깨가 눈 뒤편 어딘가에서 어른거려서……

"디멜자하고 얘기해봐." 제러미가 말했다. 조는 기다렸지만 제러미는 할 말을 다한 눈치였다.

"그게 다예요? 그게 충고예요? 디멜자하고 얘기해보라는 게?"

"디멜자가 로맨스 작가거든. 그래서 심장이 하는 일에 훤하지. 나는 아는 게 뭐가 있겠나? 따개비를 주제로 책을 쓰는 사람인데. 보잘것없는 따개비에 대해서라면 내가 모르는 게 거의 없지만 사랑이라면…… 내 충고는 나도 듣지 않을 거야." 제러미는 손을 치웠다. "디멜자가 전문가지."

"그렇겠네요."

"동물의 왕국에서 따개비의 성기가 제일 긴 거 아나?"

"그래요?"

"자기 몸길이의 최대 여덟 배야."

"대단하신데요?" 조는 차에서 내렸다. "저는 따개비에 성기가 있는 줄도 몰랐는데."

"이로써 새로운 걸 배웠군. 다음번에 바닷가에 나가면 보여줄게. 세상에서 가장 긴 고추를."

"고맙습니다." 조는 웃음이 터졌다.

"디멜자하고 얘기해봐."

"생각해볼게요."

10

이 차 지붕 열려요?

피란 모래사장의 날이 밝자 거대한 대서양을 뒤덮은 안개의 장막이 걷히기 시작했고 다른 대륙에서 불어온 짠바람이 조약돌을 쓸고 지나 갔다. 조는 여기 있으면 다른 공간, 다른 시간의 악몽들은 한줄기 바다 안개처럼 사라질 것 같은 기분을 느꼈다. 해변에 앉아 있는 조의 눈에, 유목이 담긴 부대자루를 들고 물가의 바위 틈새를 훑고 다니는 케니 케닛이 보였다. 채러티 클록도 애인과 팔짱을 끼고 개와 함께 모래사 장을 걷고 있었다. 책을 들고 바위에 앉아 있는 사람은 아미나타 간호 사인가? 그는 그들의 이름을 알아나가는 과정이 즐거웠다. 케이시, 채 러티와 함께 걷고 있는 그물 장수 이름이 케이시였다. 그는 그 이름을 소리 없이 중얼거렸다. 일주일 전만 해도 전혀 몰랐던 사람들. 고래를 탈출시키느라 들고 당기고 땅을 팠던 마을.

"여인숙 주인은 제이콥 앤더슨." 그는 나지막이 속삭였다. "어부는 새뮤얼 로빈스. 민박집 주인은 헤드라 펜핸로. 폴리, 폴리 호킹." 그가 그 이름을 내뱉은 순간, 그녀가 젊은 남자와 나란히 곶을 돌아 나왔다. 동행이 누구일까? 너무 멀어서 알 수 없었다. 그런데도 발그스레한 폴리 호킹의 뺨은 눈에 보이는 듯했다. 폴리는 몸을 살짝 흔들면서 걷지. 그는 생각했다. 그리고 옅은 갈색 머리를 손으로 빗어 넘겨서 말을 잘 듣지 않는 터럭을 귀 뒤로 넘기고.

그녀는 아직 그를 보지 못했는데 문득 그녀의 눈에 띄고 싶지 않다는 생각이 들었다. 해변에서 걸어 나오자 절벽으로 향하는 울퉁불퉁한 길이 눈에 띄었다. 그녀는 멀어져가는 그를 볼지 몰라도 그가 그녀를 본 줄은 절대 모를 것이다. 군데군데 가파른 곳이 있어서 돌을 넘고 가시금작화를 헤치며 기어 올라가야 했다. 그는 노두에 몸을 숨기고 다시 바다를 내다보았다. 이렇게 무시무시한 물줄기와 같은 공간에서 함께 살아가고 있는데 어떻게 그 사실을 까맣게 잊은 채 하루하루를 보낼 수 있을까? 뭐, 세인트피란 주민들은 그렇게 무식하지 않다. 그들은 밀물과 썰물, 고등어 떼가 등장하는 시점, 바닷가재와 게의 번식 주기에 맞춰서 살았다.

시티로 돌아가야 할까? 지금쯤이면 그들의 분노가 걱정으로 바뀌었을지 모른다. 친구들이 알면 미친 듯이 찾아 나설 것이다. 아버지도 알게 될까? 미켈 파파는 지금쯤 코펜하겐 근처의 조그만 집에서 채소밭을 갈고 있을 것이다. 어쩌면 외레순을 지나면 나오는 섬의 여름 별장에 아직까지 머물고 있을지 모른다. 조에게는 누나도 있었다. 브리지

타. 그녀를 생각만 해도 미소가 절로 지어졌다. 금발 머리를 땋고 이에는 치열 교정기를 달고 분홍색 플라스틱 안경을 썼던 꼬맹이 시절의 브리지타. 그녀가 나이가 더 많은데도 그의 머릿속에는 그 모습이 남아 있었다. 지금 어디 있을까? 마지막으로 소식을 들었을 때는 리투아니아의 어디에 있다고 했었다. 어쩌다 그렇게 서로 연락이 끊겼을까? 조는 풀밭에 앉아서 그의 인생을 돌아보았다. 그는 차를 집어타고 현실 세계로 돌아갈 수 있었다. 작별 인사를 할 필요도 없었다. 아니, 작별 인사는 해야 할까? 이곳 사람들은 아무도 그를 그리워하지 않을 것이다. 어쩌면 그를 찾는 사람이 아무도 없을 수도 있다. 그가 자기 역할을 확대 해석한 것일 수도 있다. 그의 배역을 아무도 기억하지 못할 것이다. 그는 부수적인 피해에 불과할지 모른다. **네가 책임을 지는 거야**라고 했던 딜러들의 협박은 공허한 울림이었을지 모른다. 어쩌면 모든 비난의 화살이 콜린 헬름스와 재니 커버데일에게 꽂혔을지 모른다. 물론 그는 회사에서 잘리겠지만 모아놓은 돈이 있었다. 팔릴 만한 기술도 있었다. 심지어 직접 주식 투자를 할 수도 있었다. 캐시를 동원하면 될 일이었다. 시간이 두 배로 느리게 흐르고 최면 효과가 있는 이 작은 마을에 머물러야 할 이유가 있을까? 아무것도 없었다.

숨어 있던 곳에서 몸을 반쯤 일으켰을 때 그를 부르는 목소리가 들렸다. "조! 조!" 그의 뒤편 모래사장에서 폴리 호킹이 손을 흔들고 있었다. 그녀와 함께 바닷가로 걸어 나왔던 젊은 남자는 사라지고 보이지 않았다.

"폴리." 그도 손을 흔들었다. 이제는 길을 다시 기어 내려가서, 뒷짐을 지고 몸을 흔들며 언덕 입구에 서 있는 그녀에게 알은 체하는 수밖에 없었다. 조가 다가가자 그녀의 얼굴 위로 상상할 수 있는 한도 내에서 가장 환한 함박웃음이 활짝 피었다.

"내가 좋은 소식을 들고 왔어요." 그녀가 이렇게 말하고 몸을 돌리자 그는 조약돌이 오솔길과 만나는 해안가까지 그녀를 따라가는 수밖에 없었다.

"나는 좋은 소식 듣는 거 좋아해요." 그가 말했다.

"다행이네요." 그녀는 엉덩이를 흔들고 옅은 갈색 머리칼을 뒤로 휙 넘겼다.

"그 남자 누구였어요?"

"어떤 남자요?" 그녀는 고개를 모로 꼬았다. "나를 염탐하고 있었던 거예요, 조 학?"

"그럴 리가요." 그는 애써 기분이 상한 척했다. "그게 아니라…… 당신이 누구랑 같이 있는 걸 본 것 같아서 묻는 거죠."

"누가 질투하는 소리가 들리는 것 같은데요?"

"말도 안 돼. 유부녀를 무슨."

그녀는 심각한 눈빛으로 그를 쳐다보았지만 웃음기를 머금고 있었다. "오늘 드라이브 나가지 않을래요?" 그녀가 물었다.

"어디로요?"

"아무 데로요."

"왜요?"

"좋은 소식 듣고 싶지 않은가 보다." 그녀는 빙그르르 몸을 돌리더니 뒤로 몇 걸음 달렸다. "가요, 스포츠카 아저씨." 그녀가 외쳤다.

"이 차, 지붕 열려요?"

"아뇨. 사실 스포츠카도 아니에요."

"아쉬워라." 그녀가 스위치를 누르자 창문이 스르르 내려갔다. "오늘은 베비스 맥위스네 농장보다 멀리 갈 수 있는 거예요?"

"좋은 소식이 뭔지 알려주면요."

"아, 그거요?" 그녀가 말했다. "내가 펜전스에 있는 친구한테 전화해서 물어봤어요. 경찰이거든요."

"그런데요……?"

"당신 이름은 들어본 적이 없대요." 바람이 그녀의 머리칼을 때렸다. "이 차, 얼마나 빨리 갈 수 있어요?"

"아주 빨리요. 그게 무슨 소리예요? 내 이름은 들어본 적이 없다니."

"걱정할 필요가 없다는 뜻이에요."

"경찰에서 내 차를 찾고 있대요?"

"아뇨."

그는 조금 떨리기 시작했다. "걱정할 필요가…… 없다고요?"

"그러니까 결.백.하다고요." 그녀는 이 소식을 전하며 세상에서 가장 행복한 여자라도 되는 것처럼 얼굴을 환히 빛냈다. "우리, 축하 파티 열어요."

그는 액셀러레이터 위에 발을 얹었다. 해방감이 용솟음쳤다. "어떤 식으로 축하하고 싶은데요?"

"난 샴페인이면 돼요, 달링."

그들은 바닷가 식당을 찾았다. 왕년에는 잘나갔음 직했지만 이제 문 주변의 카펫은 낡았고 페인트는 누르스름했다. "예전부터 여기서 외식하고 싶었어요." 그녀가 말했다. 점심을 먹기에는 조금 이른 시각이었다. 그들은 샴페인을 마시고 게살 샌드위치를 먹었다. 그녀는 유선방송에서 흘러나오는 음악 소리에 맞춰 몸을 흔들며 만을 내다보았다. 숨소리를 들어보니 대부대의 악마들이 서로 뛰쳐나오겠다고 그녀의 머릿속에서 싸우는 눈치였다. 그들은 거의 아무 말도 하지 않았다. 잠시 후에 그는 딸기를 주문하고, 그녀를 너무 빤히 쳐다보지 않으려고 애를 썼다. 눈가에 맺힌 그게 눈물이었을까? 그가 잠깐 시선을 돌렸다가 다시 쳐다보니 사라지고 없었다.

그녀는 미인이었다. 어떻게 지금까지 그걸 모를 수 있었을까? 예쁘지만 찔러도 피 한 방울 안 나올 것 같은 시티의 딜러들이나, 차가운 전문직 종사자의 분위기를 물씬 풍기는 재니 커버데일이나, 완벽한 치열과 칼처럼 손질한 헤어스타일과 디자이너 브랜드 복장으로 부티가 뭔지 보여주는 9층의 여직원들과는 달랐다. 그렇게 윤곽이 뚜렷하거나 화장이 완벽하지 않은, 좀 더 유기농에 가까운 미모였다.

"내가 예전에 좋아했어요." 일어나려고 소지품을 챙기는데 그녀가 말했다. "앨빈 말이에요. 학창 시절에. 설교를 할 때 얼마나 멋있었는지 몰라요."

"아하." 조는 고개를 끄덕였다. 그는 머릿속에 그래프를 그려놓고 그녀의 위치를 고민했다. Y축은 미모였다. 거기서는 그녀가 최상위권이었다. 하지만 X축은 차지할 수 있는 가능성이었다. 그걸 기준으로 따지면 그녀는 차지할 수 있는 가능성이 없는 예쁜 여자들이 우글우글 모여 있는 밑바닥 신세를 면할 수가 없었다.

"나보다 나이가 한참 많긴 해요. 스물여섯 살 차이가 나니까. 그래도 상관없다고 생각했어요. 정말로요. 그이가 말하길 자기를 차지하고 싶으면 자기랑 결혼해야 한다고 했어요. 그 방법밖에 없다고."

그들은 경치가 좋은 길을 따라 귀갓길에 올랐다. 조는 주유소에 들러서 기름을 넣었다. 이제는 CCTV에 찍혀도 상관없었다. 경찰에서 그를 찾고 있다면 신용카드를 신나게 긁은 것만으로도 경보를 울리기에 충분했다. 그는 거의 한 시간 동안 레인 코프먼을 떠올리지 않았다. 산딸기색 정장을 입고 구치소에 혼자 앉아 치맛자락이 콘돔처럼 돌돌 말려 올라간 재니 커버데일의 모습만 한 번 상상했을 뿐이었다.

11
결국에는 전부 다 어떻게 끝이 날까?

하지만 그의 꿈은 여전히 5층을 벗어나지 못했다. 심지어 갈매기들 울음소리와 갓 낚은 바닷가재 냄새와 마을 아이들이 외치는 소리를 듣고 잠에서 깨어도 그의 눈꺼풀 속에서 어른거리는 이미지는 유리 책상, 계기반, 밀라노제 정장, CNN 뉴스피드였다. 눈을 깜빡여 새로운 하루의 햇살을 맞이하자 그 이미지들은 사라졌다. 하지만 환영은 남았다. 다른 꿈을 꾸고 일어나는 날이 올 때까지 여기서 살아야겠다. 그는 생각했다. 얼마나 오랜 시간이 지나야 영혼에 각인된 기억들을 지울 수 있을까? 맬러리 북스라면 알 수 있을지 모른다.

그는 샤워를 하고, 새 옷의 감촉에 행복해하며 옷을 갈아입었다. 그는 늦잠을 잤다. 그때가 몇 시였는가 하면 9시 15분이었다. 그는 자기도 모르게 천천히 고개를 저었다. 평소 같았으면 출근해서 일을 시작한 지 한 시간도 넘었을 텐데. 아멜리아 워런이 그에게 줄 아메리카노와 아몬드 크루아상을 들고 다가오고 있었을 텐데. 지금 누가 그걸 갖다준다면 대환영일 텐데. 아멜리아는 어떻게 됐을까. 그는 궁금해졌다. 스타벅스에서 여전히 탁 탁 쿵 소리를 내며 원두를 채우고 있을 그녀의 모습을 상상해보았다. 어느덧 팀원들 생각도 났다. 매니시는 별무리 없이 시티의 다른 은행으로 옮겼을 것이다. 그를 스카우트하겠다는 은행들이 일렬종대로 기다리고 있었다. 조너선 우드먼과 로드니 바이엇도 별 타격이 없을 것이다. 어쩌면 매니시가 데려갔을 수도 있었다. 어쩌면 다 같이 시티그룹이나 바클레이스 캐피털로 벌써 옮겼을지 모른다. 하지만 말단 직원들은 어떻게 됐을까? 지금쯤 집에서 《이브닝 스탠더드》 구인란을 뒤지고 있을까? 그는 마음이 불편해졌다.

예전, 어느 날 저녁에 퇴근하려고 책상을 정리하고 외투를 입고 노트북을 덮는데 한 남자가 그의 옆으로 다가온 적이 있었다. 12층에서 근무하는 그 백발의 사장이었다.

"코프먼 씨?" 조는 놀란 목소리로 말했다. "누굴 만나러 오셨어요?"

"자넬 만나러 왔지."

그들은 같이 엘리베이터를 타고 롬바드 가의 어느 와인 바에 들어가서 어두컴컴한 구석 자리에 앉았다. 그날의 부고를 주고받는 은행원들로 빈자리가 없었다. 조는 다이어트 콜라를 주문했다. 코프먼은 샤르도네*를 주문했다.

* 화이트 와인의 일종.

"무슨 일로 절 만나러 오셨나요, 사장님?"

"그냥 루라고 부르게." 백발의 사장은 이렇게 말하고 뼈만 앙상한 한 쪽 손을 테이블 위에 얹었다. "캐시 이야기를 듣고 싶어서."

조도 예상했던 바였다. "지금까지는 별문제 없습니다." 그는 이렇게 대답했다. 한 달의 시험 가동 기간이 끝났다. 그 정도로는 부족하다는 게 조의 생각이었지만 투자은행은 1분, 1초가 급한 곳이었다. 늘 **지금 당장** 해결책을 달라고 하는 곳이었다. 사실 재니는 한 달이 끝나기 전부터 캐시가 추천하는 종목에 투자하고 있었다. "한두 군데 사소한 문제가 있긴 하지만 해결하는 중이에요." 이것은 프로그래머를 대변하는 차원에서 한 말이었다.

"보고서 읽었네." 코프먼이 말했다. 그는 웃고 있었다. "5층에서 12일 연속으로 긍정적인 성적을 기록 중이라고 하더군."

"컴퓨터를 이용한 주식 선정 및 투자 장치(Computer Aided Share Selection and Investment Engine)라고 부르고 있어요. 앞 글자를 따면 CASSIE, 캐시가 되죠. 딱 맞아요."

"훌륭해." 노신사는 마음에 들어 했다. "캐시한테 알려주겠네."

그들은 콜라와 와인을 한 모금씩 마셨다. "그나저나 자네는 경제학자인가?"

"아뇨, 그렇지는 않습니다. 저는 수학자예요. 복잡한 시스템을 표준화하는 방법을 연구합니다."

"재밌군." 코프먼은 비밀 회담이라도 되는 듯 테이블 위로 몸을 숙였다. "혹시 경제학자가 아닐까 싶었는데." 그가 불편할 정도로 바짝 얼굴을 갖다 댔지만 조는 뒤로 물러날 수가 없었다. "미래에 대해서 물으면 자네의 그 똑똑한 컴퓨터 프로그램은 뭐라고 할까? 오늘도 아니고, 내일도 아니고, 1년 뒤에 대해서 물으면 뭐라고 하겠느냔 말이지. 향후 50년에 대해서 물으면?" 그의 입에서 시큼한 냄새가 났다. 조는 숨을 참았다.

"아무 대답도 하지 못할 겁니다. 캐시는 수십 시간 이후를 내다보니까요. 그 이상은 불가능합니다. 며칠간의 주가 동향을 예측하도록 만들어진 프로그램이라서요."

"그렇군." 그는 실망한 목소리였다. "하지만 더 먼 미래에 대해서 물어볼 수는 있겠지? 그러면 안 되는 건 아니지?"

"이론상으로는 그렇죠." 조가 말했다. "하지만 사소한 오류가 누적돼서 정확도가 떨어질 겁니다. 나비 효과로요. 어느 선을 넘으면 예측이 추측이나 다름없어지겠죠. 그렇기 때문에 아주 가까운 미래만 내다볼 수 있습니다."

코프먼은 잇새로 숨을 내뱉었다. "그럼 내가 묻는 아주 단순한 질문에 대답을 해보게. 수학자의 시각에서. 결국에는 전부 다 어떻게 끝이 날까? 이 모든 게 어떻게 될까?" 그는 런던이라는 도시와 그 안의 모든 은행과 기관과 거래소 위로 가상의 우리를 그리며 애원하는 사람처럼 두 손을 내밀었다. "이 모든 게 말일세."

"무슨 말씀인지 잘 모르겠는데요."

"그러니까…… 우리가 언제까지고 줄기차게 성장할 수 있겠느냐는 말일세. 자네 생각은 어떤가? 가능한 시나리오는 네 가지일세, 학 군. 내가 보기엔 그 넷 중 하나일 수밖에 없어. 첫 번째 시나리오는 무한 성장. 우리가 천 년 뒤에 다시 태어나면 영국 전역이 수익을 창출하는 기업과 주식을 사고파는 딜러들로 가득한, 강철 유리 빌딩의 숲으로 변해 있을까? FTSE 지수가 100만에 육박할까?" 그는 손을 내렸다. "아니면 두 번째 시나리오대로 될까? 이른바 '현상 유지 시나리오'. 현재 상태가 계속 유지될까? 10세기 후의 런던은 지금과 많이 비슷할까? 여전히 석유 자동차를 몰고 다니고, 플라스마 텔레비전을 보고, 《선데이 타임스》를 읽고, 윔블던 테니스 경기를 보러 가고, 알가르베에서 휴가를 보낼까?" 그는 손을 더 아래로 내렸다. "아니면 서서히 하강곡선을 그릴까? 그것이 세 번째 시나리오일세. 전 세계적으로 원자재에 대한 수요가 공급을 능가하고, 피부로 실감할 만한 속도로 서서히 점점 가난해질까? 화려하게 반짝이는 이 세계에서 좁은 계단을 한 층씩 내려가서 석기 시대로 거슬러 올라갈까?"

"글쎄요."

"하지만 자네만의 **생각**이 있을 것 아닌가, 조 학? 응, 수학 박사? 자네가 그 프로그램을 만든 사람이잖아. 그러니까 그 프로그램이 어떤 식으로 돌아가는지 자네가 가장 잘 알 것 아닌가." 코프먼의 눈빛이 냉혈한처럼 번쩍였다.

"무한 성장에는 한계가 있을 거라고 봅니다." 조는 조심스럽게 대답했다.

"그럴 거라고 **본다**?"

이것이 일종의 테스트처럼 느껴지기 시작했다. "오르락내리락할 수도 있겠죠." 그는 손으로 사인 곡선을 그리며 과감하게 의견을 제시했다. "성장하다가 후퇴하다가 다시 성장…… 이런 식으로요."

"사기를 치려고 하는군, 조." 코프먼은 실망한 눈치였다. "어려운 질문을 피하려고만 하고 있어. 하지만 자네 말마따나 세계 경제가 파도처럼 요동을 친다 하더라도 결론을 내려야지. 파동의 평균을 냈을 때 전반적인 동향은 어떻게 될까? 이동 방향이 어느 쪽일까? 상승일까?" 그는 얇은 손을 어깨 높이로 들었다. "수평일까?" 그는 가상의 고원을 매만졌다. "아니면 하락일까?" 그는 아래로 내려가는 계단을 그렸다.

익숙한 스트레스의 느낌이 손끝으로 유입된 투명 가스처럼 조의 팔을 타고 분산돼 뼛속으로 스며들었다. 이런 심문에 정답이라는 게 있을까 아니면 루 코프먼은 단순히 그의 생각을 묻는 걸까? "무한정 성장할 수 있는 건 없죠." 그는 불쑥 대답했다.

"좋아." 고령의 은행장은 살짝 몸을 뒤로 빼서 손가락으로 피라미드를 만들었다.

"이 별, 이 태양계에서 영원히 벗어날 수 없다면 자원의 측면에서 지속 가능한 수준의 경제 활동을 찾은 다음…… 수평을 유지하는 것이 최선이겠죠." 조는 빠른 속도로 이야기를 늘어놓았다. 그는 어느덧 노인의 눈을 똑바로 쳐다보고 있었다. "어느 단계에서는요."

코프먼은 천천히 고개를 끄덕였다. "그게 최선이란 말이지." 그는 조가 한 말을 반복했다.

"네."

"자네, 팡글로스 박사라고 들어봤나?"

조는 고개를 저었다. "아뇨." 그는 머뭇거렸다. "어디서 들어본 이름인 것 같기는 한데……"

"자네, 책을 좀 더 많이 읽어야겠어. 팡글로스 박사는 프랑스의 작가 볼테르가 쓴 작품에 등장하는 캉디드의 친구라네. 우리는 지금 가능한 한도 내에서 가장 훌륭한 세상에 살고 있다고 믿어 의심치 않는 것이 그의 결정적인 단점이지. 그건 예전부터 인기가 많은 이론이었어. 만약 조물주가 이 세상을 창조했다면 조물주는 완벽하니까 이 세상은 모든 대안을 통틀어서 가장 완벽할 수밖에 없다는 거지. 팡글로스 박사는 인간에게 귀와 코가 달린 이유가 안경을 쓰기 위해서라고 이야기할 사람이라네."

"우리가 모든 대안을 통틀어서 가장 완벽한 세상에 살고 있다면 애초부터 나쁜 눈으로 고생할 필요도 없는데 말이죠." 조가 말했다.

코프먼은 쌕쌕거리는 소리를 내며 웃음을 터뜨렸다. "그러니까 조, 자네는 우리가 사는 이 세상이 완벽하지 않다고 생각하는 건가?"

조는 고개를 끄덕였다. "그렇지 않을까 생각합니다."

"그러니까 1번 시나리오와 2번 시나리오는 아니라고 보는군. 그럼 뭐가 남지?"

"더딘 하락?"

코프먼은 다시 그를 향해 몸을 기울였다. "그게 아니라 우리가 뭔가를 놓치고 있는 건 아닐까? 제4의 미래가 있는 건 아닐까? 절대 생각하고 싶지도 않은 미래가. 캐시는 예측할 수 있는 미래가."

조는 심장 박동이 빨라지는 게 느껴졌다. 이 대화가 전 세계적인 차원의 음울한 비밀 속으로 내딛는 묘한 첫걸음처럼 느껴지기 시작했다. "그게 어떤 미래일까요?" 그는 물었지만 코프먼의 대답을 이미 알고 있었다.

"몰락이지." 코프먼은 이렇게 말하며 주름살이 진 얼굴을 멀찌감치 거두고 조의 반응을 기다렸다. "하지만 자네도 이미 알고 있었지? 자네는 수학자니까 복잡한 시스템은 결국 어떻게 되는지 알겠지. 갑작스럽고 극적이며 비극적인 붕괴를 맞이할 수밖에 없다는 것을." 그가 내뱉은 단어들이 테이블 위에 머물렀다. "세끼만 굶으면 우리 사회가 무정부 상태가 될 거라고 하는 얘기, 들어본 적 있나?"

"들어본 적 있습니다. 네."

"자네도 그렇게 생각하나?"

조는 어깨를 으쓱했다. "그렇지 않을까요? 배가 고프면 무슨 일이든 벌어질 수 있죠."

"법질서가 무너질 수도 있다?"

"아마도요."

"그러기까지 얼마나 걸릴까?"

조는 의자에 등을 기댔다. 머리가 어지러웠다. 루 코프먼이 5층으로 찾아온 이유가 이거였다. 그를 여기로 데려온 이유가 이거였다. 어쩌면 코프먼이 그의 연봉을 올려준 이유도 이거였다. 이 질문의 대답을 듣고 싶은 거였다. 조는 신중을 기해야 했다. "대체적으로 시스템은 유연합니다." 그가 말했다. "한 공급자가 제 역할을 하지 못하면 다른 공급자가 나타나서 그 자리를 대신하죠. 한 원자재가 바닥나면 다른 원자재가 등장하고요. 가격은 달라질지 몰라도 사회 연결망과 제도는 적응을 합니다."

코프먼은 기도를 하는 사람처럼 손깍지를 끼고 그를 뚫어져라 쳐다보았다. "나무 블록으로 하는 게임, 해본 적 있나? 나는 손녀딸과 가끔 한다네. 블록으로 탑을 쌓고 번갈아가며 하나씩 빼는 게임 말일세." 그는 나무 블록을 조심스럽게 빼는 흉내를 냈다. "놀라운 건 뭔가 하면 그래도 탑이 제법 오랫동안 버텨준다는 거야. 경제가 그래. 그렇게 유연하지. 모든 층마다 중첩 건설이 되어 있고. 하지만 어느 시점에 다다르면 작고 보잘것없는 블록을 하나 뺐을 뿐인데 건물 전체가 와르르 무너지지." 그는 손으로 대참사를 연출했다. "이 건물은 서서히 쇠퇴하지 않아. 모습은 비슷하게 유지한 채 규모만 좀 더 작아지지 않아. 천만에. 그냥 무너지지. 쿵 하고." 그는 한참 동안 조를 쳐다보았다. "우리도 그럴 수 있을까? 우리가 쌓은 탑도? 우리 사회도? 우리 문명도?"

"아직은 아니죠."

"아직은 아니라고 해서 그럴 가능성이 없는 건 아니지."

"그렇죠." 조는 잠깐 침묵을 지켰다.

"자네가 칠면조라고 상상해보게." 노신사는 미소를 지으며 조에게 칠면조가 된 자신의 모습을 그려보게 했다. "자네는 사는 데 아무 불만이 없다네. 농부가 배불리 먹고도 남을 만큼 먹이를 주거든. 그뿐 아니라 돌봐주고 따뜻한 거처를 마련해주고 맹수들로부터 보호해주지. 그리고 하루하루가 전날과 별반 다를 게 없어. 이럴 때 자네가 칠면조의 입장에서 내일을 예측한다면 어떻게 예측하겠나?"

조는 미소를 지었다. "달라질 게 없을 거라고 예측하겠죠."

"그렇지. 기존의 사례를 근거로 결론을 도출할 수밖에 없으니까. 그러니까 자네는 내일도 아무 일 없을 거라고 얘기하겠지. 따뜻한 데서 지내며 배불리 먹을 거라고. 내일이 크리스마스이브 전날인 걸 모르니까." 그는 조를 향해 테이블 위로 몸을 기울였다. "그리고 누군가가 자네에게 내일 대참사가 벌어질 수도 있지 않겠느냐고 물으면 방금 전에 나한테 했던 말을 그대로 반복하겠지. 아직은 아니지 않느냐고."

"그렇겠죠."

"슈퍼마켓 진열대에 놓인 식료품이 얼마나 될까?" 코프먼이 물었다.
"주유소 앞마당에 비축된 기름은 얼마나 될까? 자네가 생각하는 것처럼 그렇게 많지 않아. 장사하는 사람들은 감당할 수 없을 만큼 재고를 쌓아두지 않거든. 요즘은 그렇다네. 비용의 측면에서 그럴 이유가 없으니까. 슈퍼마켓에 들어가 보면 진열대 가득 식료품이 쌓여 있어서 그 정도면 한 도시 주민들을 1년 동안 먹여 살릴 수 있겠다 싶지만 그건 엄청난 착각이야. 생각보다 재고가 훨씬 적거든. 대부분의 대형 주유소는 밤마다 급유를 받아야 한다네. 저장 탱크에 비축해놓는 기름의 양이 24시간 동안 판매할 정도밖에 안 되거든. 사재기를 감당할 수 없는 분량이지. 그리고 대부분의 슈퍼마켓은 '적시' 주문 시스템으로 운영된다네. 전부 컴퓨터로 계산이 되고. 재고가 소진되면 바로 재입고되는 식이라 밤마다 대부분의 품목을 보충해야 하지. 자네 생각에는 어느 정도 시간이 지나면 세끼를 굶는 사람이 어느 수준 이상으로 늘어날 것 같은가?"

"글쎄요. 그런 식으로 따지면…… 일주일? 아니면 2주일 아닐까요?"

"그럼 어떤 상황이 닥쳤을 때 그렇게 오랫동안 보급이 끊길까?"

조는 시선을 떨구고 고민에 잠겼다. "전 세계적인 현상이라야 하겠죠."

코프먼은 고개를 끄덕였다. "그렇지. 전 세계의 보급로와 보급 시스템은 여전히 정상 작동 중인데 와르르 무너질 선진국은 없겠지. 그러니까 전 세계적인 현상이라야 하는데, 그런 현상에는 뭐가 있을까?"

조는 고개를 저었다. "정말 모르겠는데요."

코프먼은 잔을 들어서 남은 와인을 마저 마셨다. "캐시에게 물어봐주게." 그는 자리에서 일어났다.

"캐시한테요?"

"그래. 어떻게 물어보면 되는지 그건 나도 몰라. 방법을 찾아보도록. 자네는 영리한 친구니까 방법을 생각해낼 수 있겠지." 그는 가죽 같은 손으로 조의 어깨를 쥐었다. "어떤 상황들이 엉켜서 불미스러운 조합이 탄생되면 바벨탑이 와르르 무너질 수 있는지 알아내게." 그는 조의 눈을 똑바로 쳐다보았다. "할 수 있겠나?"

"캐시는 그런 용도로 기획된……"

"그럼 기획을 바꾸게." 코프먼은 눈살을 찌푸렸다. 그건 제안이 아니었다.

"소프트웨어의 용도를 변경하라는 말씀이신가요?"

"전문 용어로는 그걸 그렇게 표현하는 모양이지? 나를 오해하지는 말게, 조. 이건 심각한 문제야. 자네의 노고를 치하하는 뜻에서 은행 보너스 지급 계획서에 자네 이름을 추가하도록 하지. 하지만 또 한 가지 부탁이 있는데……"

"네, 말씀하세요."

"이건 우리 둘만 아는 얘기야. 자네하고 나만. 나머지는 아무도 몰라야 하네."

"하지만 프로그래머들은……"

"……알 필요가 없지. 창의력을 발휘해봐. 그들한테도 숨길 방법을 찾아보라고."

조는 입술을 빨았다. "해보겠습니다."

"그래야지." 코프먼은 흡족해하며 씩 웃었다.

이런 식으로 사람들을 주무르는군. 조는 생각했다. 늦은 시각에 불시에 습격해서 어두컴컴한 와인 바 구석에 몰아넣고, 네온등이 비추는 회의 테이블 앞에서였다면 어림없을지 모르는 약속을 받아내는 식으로.

"궁금한 게 있으면 언제든 내 방으로 찾아오고." 코프먼이 말했다. "나는 이제 그만 가봐야겠네. 손녀딸 카산드라를 만나서 저녁을 같이 먹기로 했거든."

그는 조를 데리고 땅거미가 진 롬바드 가로 나섰다.

12
하지만 그게 그녀에게 내려진 저주였잖아요

"그녀는 트로이의 공주였어. 프리아모스 왕의 딸." 제러미 멜런이 말했다. "아폴로하고 눈이 맞아서 그에게 예언의 능력이라는 선물을 받았지."

"이봐요, 그건 선물이 아니라 저주였어요." 디멜자 트레버릭이 말했다. "그녀에게 퇴짜를 맞은 아폴로가 저주를 내린 거라고요. 나 담배 피우려는데 반대하는 사람 있어요? 진짜 코딱지만 한 거 피울 건데. 이 안에 우리 넷밖에 없잖아요. 오지게 추워서 밖에서는 못 피우겠어요."

"제이콥까지 합하면 다섯 명이에요." 제러미가 카운터 뒤에서 유리잔을 닦고 있는 페트럴의 주인을 가리키며 말했다. "사실 제이콥한테 물어봐야죠."

"아무튼 나는 반대야." 북스가 말했다. "고약한 습관이거든."

"어머나, **박사님**은 그 끔찍한 시가를 피우시면서! 시가를 피우면 얼마나 악취가 진동한다고요. 내 코딱지만 한 담배는 아무한테도 피해를 주지 않아요. 경찰 부르고 싶으면 부르라고 해요. 우리가 어디 있는지 찾지도 못할 테니까." 그녀는 핸드백에서 은색 담뱃갑을 꺼내 담배 한 개비를 끄집어냈다. "**그리고** 세인트저스트에서 근무하는 그 멋진 경찰관을 보낼지도 모르잖아요? 눈썹 짙은 친구 말이에요. 그 경찰관한테라면 아무 때나 잡혀가도 좋아요."

조는 헛기침을 했다. "카산드라 얘기하고 계셨죠?" 그는 다음 이야기를 재촉했다.

"카산드라는 제인 오스틴이 사랑한 언니 이름이기도 했어. 잊지 말고 짚고 넘어가자면." 디멜자는 라이터를 찾느라 핸드백 안을 뒤지며 말했다.

"카산드라는 헥토르의 누이였지." 제러미가 말했다. "그가 아킬레우스의 손에 죽을 거라고 예언했지만 아무도 그녀의 말을 믿지 않았고."

"하지만 그게 그녀에게 내려진 저주였잖아요." 디멜자가 말했다. "아폴로가 예언의 능력을 선물하면서 아무도 그녀의 말을 믿지 않도록 만들어놓았으니까. 도대체 남자들은 왜 그러나 몰라. 자기들이 모르는 걸 아는 여자가 있으면 견디질 못한다니까?"

"디멜자, 그렇게 색안경을 끼고 남자들을 싸잡아서 매도하면 되겠어요?" 제러미가 말했다.

"왜 안 되는데요? 아폴로는 찌질이 맞잖아요." 디멜자는 은색 라이터 뚜껑을 탁 소리 나게 열어서 담배에 불을 붙였다.

"가공의 찌질이었지." 북스가 말했다. "잊지 말고 짚고 넘어가자면."

"그나저나 어쩌다 이 얘기가 나온 거였지?" 디멜자가 물었다.

"제가 컴퓨터 프로그램에 대해서 설명을 하고 있었죠." 조가 머뭇거리며 대답했다.

"……그런데 그 프로그램 이름이 카산드라였던가?"

"아뇨, 이름은 캐시였어요. 그런데 중요한 건 그게 아니에요. 제가 도망친 이유를 설명하고 있었잖아요. 왜 시티를 떠났는지."

"맞다, 맞다. 얘기 계속해요. 한 마디도 놓치지 않으려고 열심히 듣고 있으니까."

늘 이런 식일까? 이 마을은 우물 안에 갇혀서 좁은 반경 너머를 거의 내다보지 못했다. 여기 이 세인트피란에서는 인접한 트레드에인절의 소식이 거의 해외 토픽이나 다름없었고, 펜전스에서 벌어지는 사건들은 논할 가치도 없을 만큼 먼 데서 일어나는 일이었다. 그런데 무슨 수로 이들을 설득해서 런던의 끔찍한 경고를 귀담아듣게 만들 것인가? 무슨 수로 그걸 이해하게 만들 것인가?

"내가 한번 알아맞혀볼까?" 디멜자가 이렇게 물으며 테이블 너머로 가느다란 연기를 내뱉었다.

"진짜 이 자리에서 생각해낸 거라야 해요. 지금까지 쓴 소설 줄거리 재탕하지 말고." 제러미가 말했다.

디멜자는 조를 쳐다보았다. 조가 보기에 그녀는 빼빼 마르고 자유분방한 예술가의 분위기를 풍겼다. 파리 좌안의 어두컴컴한 카페에서 골루아즈 담배를 피우며 몇 명의 시중들 앞에서 자기가 쓴 시를 낭송하는 그녀의 모습이 그려졌다. 한때, 그러니까 10년이나 그쯤 전에는 분명 예뻤을 것이다. 심지어 성적 매력이 있었을 것이다. 하지만 피골이 상접한 데서 풍기는 괴기스러운 매력이었을 것이다. 요즘은 자기 자신을 콘월에서 귀양살이를 하며 음울한 로맨스 소설에 매진하는, 대프니 듀 모리에*의 후예로 여기는 눈치였다.

"내가 보기에는……" 디멜자는 담배 연기를 다시 허파 한 가득 빨아들여서 몸속 구석구석까지 스며들게 한 다음 만족에 겨운 한숨과 함께 내뱉었다. "여자 문제야."

"또 시작이로군." 제러미가 말했다.

"여자 문제라뇨?"

"자기가 런던에서 도망친 이유 말이야. 아니…… 내 이야기를 끝까지 들어봐……" 그녀는 손을 들어서 비난의 여지를 잠재웠다. "진짜 카산드라는 컴퓨터가 아니야. 어떤 아가씨지. 동료나 뭐 그런. 내가 감히 장담하지만 그 아가씨의 이름은 캐시가 아니야…… 그런데 지금 그 아가씨에 대한 감정을 한심한 컴퓨터에 대한 걱정과 한데 뭉뚱그려서…… 내 말 맞지?"

"아뇨." 조는 고개를 저었지만 그녀의 발상에 미소가 절로 지어졌다. 디멜자는 그의 미소를 보고 용기를 얻은 눈치였다.

"그 아가씨한테 접근했다가 퇴짜 맞은 거지? 솔직하게 사랑을 고백했다가 면전에서 창피를 당했구먼. 하지만 마지막 결정타가 뭐였을까? 우리가 해결해야 하는 수수께끼는 그건데. 그 아가씨가 무슨 짓을

* 『레베카』를 쓴 영국의 소설가. 콘월에서 생의 대부분을 보냈다.

148

했길래 자기가 바다에 빠져서 죽으려고 했을 만큼 속이 상했을까?"

"제가 바다에 빠져서 죽으려고 하지는……"

"다른 남자가 있었어? 그 아가씨가 어느 날 다른 남자랑 한 쌍의 바퀴벌레처럼 꼭 끌어안고 등장했어?"

"아뇨. 천만에요." 그의 얼굴에서 미소가 점점 사라졌다. 디멜자가 전문가라더니 개뿔. 그는 그런 이유로 미친 사람처럼 시티를 뛰쳐나와서 땅끝까지 달린 게 아니었다.

여자 문제는 없었느냐고? 여자는 끊이지 않았다.

"아가씨 이름이 뭐였어?"

그녀가 그의 마음속 깊은 곳에 남아 있었을까? 그가 사실은 그녀에게서 도망친 거였을까?

"계속 듣다 보면 자네도 모르는 새 그런가 보다고 믿게 될걸?" 제러미가 미몽에 잠겼던 그를 깨웠다. "우리 디멜자 여사로 말할 것 같으면 천부적인 이야기꾼이거든."

"억장이 무너졌어, 아니면 그냥 실망하고 끝이었어?"

실망. 분명 실망이었다. "여자 문제 아니었어요." 그가 말했다.

"흠, 그래?" 디멜자가 말했다. "여자 문제가 아니었다면 우리의 고민을 간단하게 해결할 방법은 하나. 조이한테 애인을 만들어줘야겠네."

"저기…… 아뇨…… 저는……"

"두 분, 추천해보세요."

"엘리자베스 바틀." 의사가 의견을 내놓았다. "예전부터 매력적이라고 생각했는데."

"매력적일지는 몰라도 우리 조한테는 나이가 너무 많아요." 디멜자가 말했다.

우리 조라고?

"게다가 생선 냄새가 나고." 제러미가 말했다.

"하지만 그런 건 익숙해지게 되어 있어." 맬러리가 조를 보며 말했다. "매력적인 여자야, 엘리자베스 바틀. 생선 포장하는 공장에서 일을 해. 내 나이가 그녀의 두 배만 아니었어도 내가 프러포즈를 하는 건데."

"맙소사, 조보다 박사님이 그녀의 나이에 더 가까운걸요?"

"아미나타 치켈루는 어떨까?" 제러미가 제안했다.

디멜자는 신중하게 한 손가락을 들었다. "아미나타 괜찮네. 딱 어울리겠어요."

"세네갈 출신이잖아." 의사가 말했다.

"그러면 안 될 건 뭡니까?" 제러미가 물었다.

"그게 아니라 나중에 세네갈로 돌아가고 싶어 할 것 아닌가. 그러면 조는 또다시 억장이 무너질 테고."

"저, 억장 무너진 적 없는데요."

"예쁘죠." 디멜자가 말했다. "매력적이고 아담하고."

남자들은 중얼중얼 맞장구를 쳤다.

"그리고 나이도 딱 맞고." 디멜자는 말을 이었다. "그런데 요란해요. 아주 요란하죠. 그걸 감안해야 한다고요."

"어떤 식으로 요란한데요?" 조는 궁금해졌다.

"**잠자리**에서 요란하다고." 디멜자가 말했다. "팰머스의 그 의사랑 사귀었을 때 온 마을에서 두 사람이 내는 소리를 들을 수 있을 정도였어."

"의사는 아니었지." 맬러리가 걸고넘어졌다. "물리치료사였지."

"그게 그거잖아요." 디멜자가 말했다.

"아니라니까."

"아미나타가 지르는 소리가 들렸던 기억이 나네." 제러미가 말했다. "한번은 발동이 걸렸을 때 내가 제시의 가게에 있었거든. 누가 고양이들을 목 졸라 죽이는 줄 알았다니까?"

"가뜩이나 이렇게 조그만 마을에서는 그걸 장점이라고 볼 수가 없죠." 디멜자가 말했다. "게다가 야간 근무를 하잖아요. 언제 열정을 불태울 수 있겠어요?"

"열정을 불태울 때마다 온 마을 주민들이 전부 다 알게 될 테고." 제러미가 말했다.

"그나저나 제가 열정을 불태우고 싶어 한다고 누가 그러던가요?" 조가 물었다.

"어머나." 디멜자가 말했다. "인간이라면 **누구나** 열정을 불태우는 순간을 기다리지. 그리고 우리 가운데 몇 명은 누릴 수 있는 순간이 얼마 안 남기도 했고." 그녀는 의미심장하게 담배를 빨았다.

어쩌다 이렇게 됐을까? 어쩌다 그는 이렇게 초현실적인 대화의 늪에 빠졌을까? 술집 안의 이 사람들은 그의 머릿속에서 끊임없이 재생되는 꿈에 어쩌면 그렇게 관심이 없을까? 시티의 술집과 커피숍에서는 그 이야기뿐일 텐데. 이제는 그의 이름이 루 코프먼만큼이나 널리 알려졌을지 모른다. 조 학이라는 친구가 그랬다고 다들 수군대고 있을 것이다. 그에게 너무 많은 권력을 부여했다고. 너무 많은 재량권을 주었다고. 두말하면 잔소리지만 그랬음에도 불구하고 그는 힘이 별로 없었다. 실권은 별로 없었다. 그는 심지어 재킷과 컴퓨터와 휴대전화를 챙길 겨를도 없이 레인 코프먼 건물에서 뛰쳐나왔다. 블랙프라이어스*의 임대 차고에 세워놓은 차를 몰고 눈물을 흘리며 빅토리아 강둑길 쪽으로 지하도를 미친 듯이 달렸다. "이제 어떻게 하지?" 재니 커버데일의 말이 그의 귓전에서 울렸다. "이제 어떻게 하지?"

"기다리세요. 물러서지 말고. 기다리세요." 그는 이렇게 말했지만 월요일 저녁에 그들은 4천만 파운드 손실로 장을 마감했다. 화요일에 개장했을 때 다시 1천6백만 파운드를 잃었다. 그들은 이 회사에서 그보다 더 안 좋은 성적도 경험한 적이 있었다. 이전에 전부 다 개별적으로 그보다 더 안 좋은 성적을 경험한 적이 있었다. 하지만 처참했다. "쫄지 마요." 조는 말했다. "캐시는 틀린 적이 없잖아요." 그런데 맙소사, 캐시가 틀릴 줄이야! "회사에서 우리 층을 폐쇄하고 있어." 수요일 점심시간 무렵에 손실액이 2억 2천만 파운드에 달하자 재니가 외쳤다. 처음 타오른 불길을 마주한 순교자 같은 목소리로 그렇게 울부짖었다. "모든 거래를 중단하고 있어."

"안 돼요!" 5층을 통틀어서 들리는 목소리는 딱 한 사람의 목소리뿐이었다. 그였다. 조 학의 목소리였다. "거래를 중단하면 **안 돼요!**"

"어쩔 수 없어, 조. 더 이상의 손실을 막아야 하니까."

이제 5층의 전 직원이 그를 쳐다보고 있었다. 불안한 표정의 딜러들. 잠을 설친 얼굴이었다. 괴로워하는 재니 커버데일. 심지어 바리스타인 아멜리아까지. 전부 다 그를 쳐다보았다. 애널리스트들은 원래 관심

* 예전에 수도원이 있었던 템스 강 주변 지역.

밖의 존재였다. 투명인간이었다. 하지만 오늘은 아니었다. 조는 아니었다.

"24시간만 참으면 돼요. 그러면 전세가 역전될 거예요. 모든 종목의 주가가 곤두박질칠 거예요. 그때까지 침착하게 기다리기만 하면 돼요."

재니는 그가 기억하는 그 어느 때보다 더 핼쑥해 보였다. "회사에서 우리 층을 폐쇄하고 있어, 조. 미안. 위험부담을 지지 않겠다는 거지. 콜린 헬름스가 공매도한 주식들, 전부 정리하래. 주가가 너무 빠른 속도로 올라가고 있다면서."

"그럼 코프먼 씨한테 연락하세요." 그는 8년을 근무하는 동안 5층에서 소리가 울리는 걸 느낀 적이 없었는데 오늘은 그의 목소리가 이 벽에서 저 벽으로 튕기는 느낌이었다. "코프먼 씨한테 연락하세요. 사장님한테 연락해요."

"안 돼, 조. 거래를 중단할 거라니까."

"그럼 제가 연락할게요."

"안 돼." 그녀가 그의 전화기 위에 손을 얹었다. 그녀의 눈 밑에 깊은 주름살이 파였다. "캐시가 뭐래?" 거의 속삭임에 가까웠지만 이 말 역시 유리로 된 책상들 사이로 메아리쳤다.

"열두 시간 기다리래요."

"너무 길어. 주가가 1포인트만 올라도 우리는 끝장이야. 앞으로 한 시간은 버틸 수 있겠지만."

"그 뒤에는 어떻게 되는데요?"

"주가가 떨어지면 숨을 돌릴 수 있지. 최상의 포지션도 회복하고. 그럼 너의 그 빌어먹을 컴퓨터에 불을 지르고 펜과 종이의 시대로 돌아가서 두 번 다시 이런 포지션에 말려들지 않을 거야."

"주가가 계속 오르면요?"

"그럼 레인 코프먼은 쫄딱 망하고 우리는 전부 쇠고랑을 차겠지. 보통 그러니까. 직속 상사의 지시를 어긴 데다 규정을 몇 개 위반했는지 아무도 모를 일이잖아. 그러니까 말해봐. 한 시간 뒤에는 우리 포지션이 어떻게 된대?"

"주가가 떨어질 거예요. 아무리 못해도 1포인트는 떨어질 거예요."

"그 정도로는 부족한데."

"그래도 최소한 버틸 수는 있잖아요."

5층에 정적이 흘렀다. 마흔다섯 명의 숨소리가 들렸다. 재니는 딜러들을 돌아보았다. 어쩌나 한참 동안 아무 말을 않는지 보고 있기 괴로울 정도였다. "다들 이 친구가 하는 얘기 들었지? 60분 동안 전화기에서 멀찌감치 떨어져 있어. 유언장들 쓰고."

이제는 재니가 하이힐을 또각거리며 사무실을 가로질러서 불빛이 비치는 공간 안으로 들어가는 소리 말고는 아무 소리도 들리지 않았다.

피시 가의 맬러리 북스의 집에서 딱 대문 두 개를 지나면 제러미의 집이 나왔다. 그들은 그 집의 조그만 현관문을 비집고 들어갔다. 복도에 이젤, 팔레트, 반쯤 그리다 만 캔버스 같은 미술용품들이 어지럽게 널려 있었다. "이것들 조심해." 제러미가 말했다. "계속 치우려고 하는데 보다시피 공간이 없네. 이 일대가 예전에 어부들이 살던 오두막집이었는데 어부들은 넓은 집이 필요 없었나 봐."

"그림도 많이 그리지 않았을 테고요." 조가 말했다.

"그랬겠지." 제러미는 찬장을 뒤졌다. "아. 여기 있군." 그는 방치된 물건 더미에서 컴퓨터를 꺼냈다. "여기 어딘가에 있을 줄 알았지."

조는 컴퓨터를 살피며 펜전스에서 마음이 동했을 때 노트북을 살 걸 그랬다는 생각을 했다. 뭐, 아직 완전히 포기한 건 아니었다. "고맙습니다."

"천만에. 그거 좋은 거야."

"북스 박사님 집에서 무선 인터넷이 될지 모르겠네요."

"꿈 깨시게. 하지만 페트럴에 깔려 있어. 거길 자네 사무실처럼 쓰면 되겠네."

내 사무실이라, 조는 생각했다. 그는 사무실을 가져본 적이 없었다. 개인 사무실도 가져본 적이 없었다. 그는 은행의 유리 책상을 애써 떠올려보았다. 기억이 희미해질 수도 있는 걸까?

콘센트가 달린 페트럴의 구석 자리에서 와이파이가 희미하게 잡혔다. 그는 제이콥이 기분 상하지 않게 시그래스 술 한 잔을 사다가 미지근해지도록 테이블 위에 방치했다. 컴퓨터는 느리고 소프트웨어는 오래됐지만 하루 종일 시간이 많았다. 그의 시간을 재는 사람은 없었다. 그의 이름을 부르며 향후 전망을 요구하는 사람도 없었다.

"카푸치노 한 잔 마실 수 있을까요, 앤더슨 씨?" 그가 주인에게 큰 소리로 물었다.

"인스턴트커피는 있는데."

"그것도 좋아요."

마지막으로 책상 앞에 앉았던 게 레인 코프먼의 5층에서 그 끔찍하고 공허한 시간을 보냈을 때였다. 여기저기서 전화벨이 울렸지만 아무도 받지 않았다. 누군가가 스위치를 내려서 꽥꽥거리는 경적 소리를 죽였다. 끈질기게 울리는 그 비관적인 경고를 더 이상 감당할 수 없었다. 이 정도 수준의 정적은 비정상이었다. 트레이딩 테이블에서 갑자기 웅성거리는 소리가 들렸다. 십여 개의 책상에서 신음 소리가 터졌다. 또 다른 종목의 주가가 오른 모양이었다. 조의 사기가 그때까지 있는 줄도 몰랐던 나락으로 추락했다. 딜러들이 모여 있는 사무실 저편에서 키가 큰 남자 하나가 천천히 몸을 일으켰다. 조는 곁눈으로 그를 살폈다. 그는 밝은 불빛이 비치는 트레이딩 부서에서 어둑어둑한 시장 분석 부서로 걸어오고 있었다. 까만색 실크 블레이저에 핏빛 넥타이를 매고 있었다. 사무실 중간쯤에 다다랐을 때 빈 의자를 잡더니 밀고 왔다.

나한테 오는 거로군. 조는 생각했다.

딜러는 조의 책상 바로 앞까지 의자를 밀고 왔다. "안녕, 친구." 그는 털썩 주저앉았다. 그의 무릎이 조의 무릎에 닿았다.

"안녕, 줄리언."

딜러는 금색 커프스단추를 과시하듯 만지작거렸다. 전혀 서두르는 기색이 없었다. "여기는 분위기가 어떤가……" 글래스고 억양이 느껴졌고 거의 다정하다고 할 만한 말투였다. "……친구?"

조는 소심하게 얼굴을 찡그렸다. "상당히 긴박하지, 줄리언."

"상당히 긴박하다." 앵무새 같았다. "그래. 상당히…… 긴박하단 말이지!"

"응."

줄리언 맥기번은 머리를 층층이 뒤로 넘기고 기름을 잔뜩 발라서 새빌 가*의 마네킹처럼 인조적인 분위기를 풍겼다. 순금 시계를 차고

1파운드 동전만 한 도장 반지를 꼈다. 손톱은 깨끗하게 손질했고 영구 태닝한 피부에서는 광이 났다. 태도는 서글서글하게 보이도록 포장했을지 몰라도 눈빛은 얼음장 같았다. "상당히…… 우라지게 긴박하다고…… 봐야겠지?"

"그렇겠지."

"그렇겠지?" 줄리언은 양 손가락 마디를 서로 대고 가볍게 쳤다. "네가 하는 일에는 어림짐작이 많은가 보다?"

조는 고개를 저었다. 느낌상 그 질문에는 적당하게 대꾸할 방법이 없었다.

"저쪽 책상에 앉아 있는 직원들 보여?" 그는 턱으로 그쪽을 가리켰다.

"응."

"아담한 아가씨도 보여?" 재니를 두고 하는 말이었다.

"응."

"이 직업이 저들한테 얼마나 엄청난 의미인지 알아? 저들이 얼마나 열심히 일하는지 알아? 저들이 이 은행을 위해서 얼마나 많은 걸 희생했는지 알아?"

조는 몸이 떨리려는 것을 애써 참았다. 입 안이 바짝 말라서 아무 말도 할 수가 없었다.

"재니가 없으면 이 층이 얼마나 잘 굴러갈까? 응? 저 직원들이 없으면 얼마나 잘 굴러갈까? 쫄딱 망하면 사람들이 누굴 욕할 것 같아?"

조는 고개를 저었다. "모르겠는데."

---

* 고급 양복점이 많은 런던의 거리.

"모르겠다고? 우라지게 똑똑하신 수학자 나리께서 모르겠다고? 시장은 어떻게 될지 알지만 똥은 어디로 떨어질지 모르겠다는 거야? 그런 거야, 친구?"

"그게 아니라……" 그의 눈에 눈물이 한 방울 맺혔다. "잘…… 모르겠다고."

"그래." 맥기번은 의자에 몸을 묻고 손가락을 꼬았다. "너는 모르겠지. 그런데 내가 뭐 하나 알려줄까? 나는 알아."

"너는 안다고?"

"그럼. 나는 알지. 우리가 살짝 의논을 했거든. 아니, 제비뽑기를 했다고 해야 하나?" 그는 자리에서 일어났다.

"제비뽑기를 했다고?"

"모자에 이름을 넣고 뽑았어. 넣은 이름은 몇 개 안 돼." 맥기번은 눈살을 찌푸렸다. "누군가 책임을 져야 할 거 아냐, 친구. 이 사태가 공개되면, 언젠가는 공개가 될 텐데, 악당이 있어야 할 거 아냐. 신문 1면에 사진이 실릴 사람이. 수갑을 찬 사진이 실릴 사람이. 누군가는 감방에 가야 할 거 아냐. 너도 동의하지, 친구?"

조는 고개를 끄덕였다.

"재니는 안 돼."

"그렇지. 그렇지. 당연하지."

"헬름스도 안 돼."

"그렇지."

"우리들 가운데 어느 누구도 안 돼."

"알아."

"그러니까 누가 될 수밖에 없는지…… 너도 알겠지?"

바다 위에 떠 있기라도 한 것처럼 사무실이 휘청거렸다. "응."

스코틀랜드 출신의 딜러는 집게손가락을 뻗어서 조의 어깨를 꾹 눌렀다. "너야, 친구. 모자에서 네 이름이 뽑혔어. 네가 책임을 져야 해. 네가."

여인숙 주인 제이콥이 블랙커피 잔과 병에 담긴 우유를 들고 왔다. 조는 커피 잔을 받아 들고 컴퓨터 앞에 자리를 잡았다. 캐시가 아직 켜져 있을까? 그걸 알아내야 했다. 그는 로그인 암호와 네트워크 주소를 입력했다. 화면 위로 에러 메시지가 떴다. 젠장. 캐시를 끈 모양이었다. 재니가 장담한 대로 프로그램에 불을 지른 모양이었다. 그는 다시한 번 시도해보았다. 소용이 없었다. 그는 손끝으로 이를 두드렸다. 나쁜 습관이지만 그러면 머리가 잘 돌아갔다. 클라우드에 백업 파일이 있었다. 개발 버전이었다. 재니는 그 파일의 존재를 모를 테지만 매니시나 다른 프로그래머가 오프라인 상태로 전환했을까? 그는 네트워크 암호를 입력했다.

"캐시에 접속하신 것을 환영합니다."

접속이 됐다. 그러자 갑자기 시간이 다시 흐르기 시작했다. 그의 심장이 두근거렸다.

문득 떠오른 생각이 있었다. 이 버전도 접속이 끊기는 건 시간문제였다. 이걸 이렇게 오랫동안 온라인 상태로 방치하다니 놀랄 일이었다. 백업 파일을 하나 더 만들어야 했다. 헤멀헴프스테드에 그가 아는 애플리케이션 호스팅 업체가 있었다. 그는 신청서를 작성해서 후닥닥 접수했다. 한 달에 거의 200파운드니 저렴하지는 않았지만 캐시는 위낙 귀한 보물이었다. 그리고 따지고 보면 그가 북스 박사에게 내는 방 값보다 저렴했다.

"업로드에 열여섯 시간 소요 예정." 열여섯 시간이라니! 그는 창밖으로 시선을 돌렸다. 그날의 조업을 마친 배들이 들어오고 있었다. 로빈스 형제들이 방파제에 배를 묶고 있었고 생선 포장업체에서 근무하는 아가씨들이 나와서 잡은 생선 부리는 일을 거들었다. 창문이 닫혀 있는데도 청어에서 풍기는 짠 내가 진동했다. 제시 힉스는 가게 문을 닫고 있었다. 차를 마시는 시간이라 그런 거였다. 케이시 럼버와 케니 케닛은 케니가 바닷가에서 주워온 뒤엉킨 나일론 그물을 두고 흥정을 벌이고 있었다. 아이를 유모차에 태우고 부둣가로 나온 젊은 엄마도 있었다. 도로시. 그는 생각했다. 그녀의 이름은 도로시였다. 그리고 얼굴이 벌건 저 남자는 바닷가재를 잡는 토비 펜로스였다. 머리를 빨간 리본으로 묶은 아리따운 흑인 아가씨는, 요란하게 사랑을 나눈다는 아미나타였다. 그 생각이 떠오르자 그는 미소를 지었다. 그녀는 바닷가에서 그를 구출한 구조단의 일원이었다. 그런데 아직 기회가 없어서 정식으로 고맙다는 인사를 하지 못했다. 그녀는 자신이 낸 환희의 비명 소리를 온 마을 사람들이 들었다는 걸 알까? 아마 알고 있을 것이다. 대여섯 명의 아이들을 뒤에 거느린 통통한 아주머니도 아는 얼굴이었다. 그녀는 학교 선생님이었다. 고래 구출 작전에 동원할 자원병을 모집했을 때 다급하게 그녀를 찾아간 적이 있었다. 마서. 그게 그녀의 이름이었다. 마서 피시번. 이 모든 사람들이 전부 다 연결되어 있었다. 보이지 않는 끈으로 서로 묶여 있는 그들의 모습이 그려졌다. 아이들은 선생님에게 의존한다. 선생님은 가게 주인에게 의존한다. 가게 주인은…… 누구에게 의존할까? 매주 물건을 배달해주는 도매업자? 도매업자는 기름에 의존하고…… 그러면 모든 게 다시 캐시의 모델로 수렴된다.

한심한 짓이었다. 아이들이 부둣가를 일렬로 걸어가는 단순한 광경을 볼 때조차 경제 예측이라는 복잡한 수학의 세계로 다시 빠져드는 이유가 뭘까? 그는 눈을 감았다. 이것을 첫 번째 과제로 삼기로 결심했다. 이런 식의 해로운 사고 패턴을 깨뜨리고 말 것이다. 8년 동안 그의 인생과도 같았던 컴퓨터 모델과 경제 예측이라는 수렁에서 벗어나지 못하도록 그를 단단히 묶고 있는 사슬을 자르고 말 것이다. 새 출발을 하고 말 것이다. 여기서. 오늘 당장. 지금 같은 때는 두 번 다시 오지 않는다. 다시 시작하기에, 도망쳐 나온 원치 않는 인생의 기억을 지워버리기에 지금보다 더 좋은 기회는 없었다. 그는 지켜야 할 약속이 있었다. 그러니까 확인하지 않은 수천 통의 이메일은 알 바 아니었다. 지금은 절대 이메일을 읽을 생각이 없었다. 받은 편지함을 채우고 있을 캐시의 경고 메시지도 알 바 아니었다. 기업 도산이라면 사족을 쓰지 못하는 공매도 딜러들도 알 바 아니었다. 재니 커버데일과 콜린 헬름스와 루 코프먼과 이윤을 대하는 그들의 근시안적인 시각도 알 바 아니었다. 치졸한 그들 모두 알 바 아니었다. 이루어지지 못한, 비생산적인 그의 인생도 알 바 아니었다.

조는 이렇게 결심하고 새롭게 목적의식을 불태우며 컴퓨터 화면을 끌 생각에 손을 내밀었다가 언뜻 지나가는 이미지를 보고 멈칫했다. 숫자들이 행진하는 개미 떼처럼 리드미컬하고 촘촘하게 화면 위로 스크롤 업되고 있었다. 그런데 모든 숫자가 빨간색으로 번쩍거렸다.

13
지금 생각 중입니다, 사장님

"코프먼 사장님하고 약속이 되어 있는데요."

남자 비서는 간수처럼 싹수없는 엷은 미소를 지었다. "기다리셔야겠는데요. 지금 회의 중이시라서요."

다른 층과 달리 12층은 정지 상태였다. 공기가 움직이지 않았다. 전화벨도 울리지 않았다. 복도를 걷는 여직원들의 하이힐도 또각거리지 않았다. 까만 양복을 입은 덩치 큰 남자들이 이 사무실에서 저 사무실을 오가며 서로 숫자를 읊는 소리도 중얼거림에 불과했다. 푹신한 카펫과 판자로 덮인 벽들이 소리를 흡수했다. 12층의 볼륨은 '저음'으로 세팅되어 있었다.

벽에는 금박 액자에 넣은 묵직한 그림들이 걸려 있었다. 널찍한 통

유리창 앞에 서면 세인트폴 대성당의 돔 지붕에서부터 서쪽의 강에 이르기까지 런던이 한눈에 내다보였다. 조는 유리창에 몸을 바짝 갖다 대고 이 유리가 젤라틴처럼 말랑말랑하다면 어떨까 상상했다. 그러면 그의 몸이 빠져나오는 순간 유리가 뒤에서 닫힐 것이다. 그는 저 아래로 추락할 것이다. 어쩌면 둥둥 떠내려갈 수도 있었다. 차가워져 가는 풍선처럼 11층의 중간관리자, 10층의 회계사, 9층의 콜린 헬름스와 동료 임원, 인사과와 전략기획실과 트레이딩 플로어를 지나서 콘크리트 보도에 나방처럼 들러붙을 수도 있었다. 직원들은 그를 알아볼까? 재니 커버데일은 창밖으로 지나가는 그를 내다볼까? 시티의 직장인들은 창밖을 쳐다보는 경우가 거의 없었다. 그들에게는 전망이 아무 의미 없었다. 비가 내린들 무슨 상관일까. 빨간 풍선이 하늘을 뒤덮은들 무슨 상관일까. 애널리스트 하나가 떠서 지나간들 무슨 상관일까.

"코프먼 사장님께서 뵙겠다고 하십니다."

그가 상상했던 것보다 방이 작았다. 실용적이었다. 재니의 방처럼 하얀색 오토만 소파가 놓여 있지도 않았다. 책상 하나, 정사각형 회의 테이블 하나, 등받이가 수직인 의자 몇 개, 책꽂이 하나가 전부였다. 그는 책등을 눈으로 훑었다. 낯익은 제목들이 보이자 안도감이 느껴졌다.

루 코프먼은 책상에 앉아 있었다. 그는 일어나서 조를 맞이하지 않았다. 서류를 보다 말고 시선을 들어서 의자 하나를 턱으로 가리키고는 그만이었다. 조는 편하게 앉아서 기다렸다. 코프먼은 은색 펜에 뚜껑을 끼우고 조심스럽게 돌렸다.

"조 학 군."

"코프먼 사장님."

조는 그가 아파 보인다는 생각이 들었다. 눈빛이 흐릿하고 안색이 칙칙했다. 숨을 쉬기가 괴로운 사람처럼 숨소리도 요란했다. "어디 편찮으신 건 아니죠, 사장님?"

얼굴의 주름살이 워낙 깊어서 아예 새겨진 것처럼 보였다. "평소하고 다를 바 없는데." 그가 대답했다.

그런데 왜 여기 나와 계신가요? 조는 생각했다. 그는 묻고 싶었다. 사장님은 백만장자 아닙니까. 억만장자 아닙니까. 시골에는 근사한 저택이, 프랑스에는 빌라가, 이탈리아에는 요트가 있겠죠. 그런데 이 유리 성으로 날마다 출근해서 오르락내리락하는 주가와 수익을 놓고 끙끙대는 이유가 뭡니까? 발코니에서 파랗고 파란 하늘을 내다보며 햇살로 주름살을 날려버리지 않는 이유가 뭡니까?

하지만 코프먼은 펜 끝으로 책상을 톡톡 두드리고 있었다. "얘기해 보게, 학 군."

"어떤 얘기를 할까요?"

"자네가 날 만나러 온 거 아닌가. 할 얘기가 있어서 온 거겠지?" 그는 은색 눈썹을 추켜세웠다.

"네. 맞습니다." 조는 입 안이 바짝 마르는 듯했다. "기억하실지 모르겠지만 캐시로…… 붕괴 모델을 만들어보라고 하셨죠."

"기억하네."

와인 바에서 대화를 나누었을 때와 다르게 이 사무실 안에서는 친밀감을 전혀 느낄 수 없었다. 책상이 둘 사이에 버티고 서서 대화를 막았다. 조는 노신사가 그의 쪽으로 몸을 숙이고 그의 귀에 대고 거의 속삭이다시피 했던 것을 기억했다. 지금 이 자리는 면접에 가깝게 느껴졌다. 그는 겁을 먹은 면접 대상자고 코프먼은 위협적인 면접관이었다.

"쉽지 않았습니다, 사장님."

"그만큼 까다로우니까 자네 보수에 반영된 거 아닌가."

그렇게 나오니 응수할 말이 없었다. "시나리오를 수없이 돌려보았는데요."

"그랬더니 뭐가 나오던가?"

조는 헛기침을 했다. "그게 말입니다, 사장님. 먼저 캐시는 그런 용도로 사용하기에 최상의 도구는 되지 못한다는 말씀부터 드려야겠습니다."

"안 되겠다는 말은 사양하겠네." 코프먼은 한 손으로 비질하는 흉내를 냈다.

"하지만 이건 중요한 문제입니다, 사장님. 캐시는 전형적인 경제 모델이 아닙니다. 예를 들어 독립 재무 경제 모델하고는 다르죠. 수년의 경제 연구 자료를 토대로 구축된 알고리즘도 없고요. 그냥 틀리는 경우가 다반사인 수많은 경제 기자들의 의견을 검토하는 대량 고속 처리 기계에 불과합니다. 제가 말씀드리고 싶은 건 뭔가 하면……" 그는 말끝을 흐렸다. 코프먼은 얼음처럼 차가운 눈빛으로 그를 응시했다.

"나도 전부 다 이해하네." 은행가는 이렇게 말했다. 그는 여전히 힘겹게 숨을 쉬고 있었다. "학 군, 자네는 수학자니까 프랜시스 골턴을 알겠지."

"이름은 들은 기억이 있지만 잘은……"

"찰스 다윈의 사촌이었다네. 그것도 알았나?"

"아뇨."

"골턴도 수학자였지. 통계학자. 어느 날 그가 구경하러 간 농업 박람회에서 시합이 열렸다네. 황소의 무게를 알아맞히는 시합이었지. 자네가 생각하기에는 황소의 무게가 얼마나 될 것 같은가, 학 군?"

"전혀 감도 안 잡히는데요, 사장님."

"어림짐작으로 찍어보게나."

"음, 모르겠지만. 남자 네 명으로 보고…… 50스톤*요?"

코프먼은 고개를 끄덕였다. "그러니까 320킬로그램 정도 될 거란 말이지? 그런데 말이지 학 군, 자네 말이 맞았어. 자네 어림짐작이 맞았다는 건 아니야. 황소의 무게가 얼마나 나갈지 전혀 감도 안 잡힌다는 말이 맞았다는 거지. 박람회를 구경하러 온 사람들도 대부분 비슷했다네. 거의 800명에 가까운 사람들이 시합에 참가했지만 정답자가 없었거든. 단 한 명도. 황소의 무게는 543.4킬로그램이었어. 그래서 아무도 상품을 받지 못했지만 박람회장을 나선 골턴은 800명이 내놓은 어림짐작의 평균값을 계산했다네. 그랬더니 몇 킬로그램이 나왔는지 아나? 542.9킬로그램이었다네. 믿기지 않을 만큼 가까운 근사치 아닌가."

"집단 지성이죠, 사장님."

"그렇지." 코프먼은 그를 유심히 들여다보았다. "**레마쿠 테티기스티.** 자

---

* 영국의 무게 단위. 1스톤이 6.35킬로그램이다.

네가 정곡을 아주 제대로 찔렀어. 그런데 놀라운 건 뭔가 하면 그게 항상 맞는다는 거지. 항상."

"그렇죠."

"자네는 몇 달 전에 용감하게 이 이야기를 꺼낸 적이 있었지, 학 군. 내가 1천 명의 다른 경제 기자들보다 전문가로서 내 의견을 더 신뢰하겠느냐고 물었을 때 말이야. 아니라고 대답했잖은가."

"자진해서 그러지는 않겠다고 했죠, 사장님."

"그랬지." 코프먼은 미소를 짓고 있었다. "하지만 자네 생각이 맞았다는 것을 우리 둘 다 알잖은가. 1천 명에 달하는 자네의 그 경제 전문가들은 도처에서 어림짐작을 남발할지 모르고 그중 한 명의 의견에 너무 주안점을 두면 큰코다칠 수 있지만 평균을 내면 아주 현명한 집단이 탄생되는 거지." 노신사는 고개를 숙이고 눈을 감는 듯했다. "그러니까 캐시가 이 집단을 통해 무엇을 알아냈는지 얘기해보게. 자네가 입수한 시나리오가 뭔지."

조는 헛기침을 했다. "그게, 알고 보니 평형 상태는 웬만해서는 깨지지 않더군요."

"그건 나도 예상했던 바일세."

"무슨 짓을 감행해도 시장은 새로운 균형을 찾는 듯합니다. 고무의 가격을 두 배로 올려도 말이죠. 수많은 기업들이 엄청난 손실을 기록하면 다른 기업들이 선전을 합니다. 어떤 직종에서 고용률이 떨어지면 다른 직종에서 올라가고요."

"그렇군."

"경제를 흔드는 거의 모든 요소에도 균형이 유지되는 듯합니다. 전쟁에도, 기근에도…… 시스템이 놀라울 정도로 유연합니다."

코프먼은 계속 눈을 감고 있었다. 몽상에 잠긴 듯한 얼굴이었다. "하지만……" 그는 이 단어를 거의 내뱉다시피 했다. "예외가 있으니까 자네가 나를 만나러 온 거겠지."

"'예외'가 있습니다, 사장님."

시간이 느리게 흘렀다. 그의 방 벽에 걸린 시곗바늘이 1초마다 정확하게 마침표를 찍는 것처럼 움직였다. "모델로 실험해보니 두 가지가 아주 폭발적인 영향을 미치는 것 같더군요."

코프먼이 눈을 확 떴다. "첫 번째는 뭔지 나도 알겠네."

"아시겠다고요?" 조는 깜짝 놀랐다.

"석유지!" 은행가는 책상을 쿵 소리 나게 내리쳤다. "모든 게 석유에 좌우되니까."

조는 고개를 끄덕였다. "그렇기는 하지만, 그래도 경제는 회복력이 뛰어납니다. 원유의 가격이 두 배로 뛰어도요."

"하지만 가격이 세 배로 뛰면? 네 배로 뛰면? 더 이상 유통이 되지 않으면? 그러면 어떻게 될까?" 노신사는 갑자기 활기를 띠었다. "그래도 평형을 유지할 수 있다고 하지는 말게. 복잡한 현대인의 생활은 조그만 벽돌 위에 피라미드가 역으로 얹혀 있는 형태인데 그 벽돌이 바로 석유니까. 그걸 치우면 피라미드가 무너지지. 석유가 없으면 농부들은 농사를 짓지 못해. 농사를 짓는다 하더라도 시장에 내다 팔 방법이 없어. 농부들은 농작물을 도매업자에게 넘기지 못하고, 도매업자들은 가게로 유통하지 못하니까. 온 나라가 서서히 기능을 상실하겠지. 영국에만 50만 대의 화물 트럭이 있다네, 학 군. 미국은 300만 대고.

유럽, 아시아, 아프리카에는 몇 대나 있을지 아무도 모르는 일이지. 이제 그 트럭들이 운행을 멈추면 어떻게 될지 상상해보게. 그 트럭에 좌우되는 온갖 업종들을 생각해보게. 소형 화물차와 기사들과 가장만 바라보는 가족들, 그 기사들이 배달하는 물건만 바라보는 온갖 가게와 회사들, 그 가게와 회사에서 근무하는 사람들과 그들의 가족을 생각해보게."

"네, 사장님."

코프먼은 의자 밖으로 빠져나왔다. "이건 인류 역사상 가장 해괴망측한 현상이야. 우리는 지금까지 본 적 없는 가장 위대한 사회를 건설했어. 지구촌 사회를 말일세. 이제 우리는 대륙을 넘어서 소통하고, 비행기를 타고 취리히나 시애틀이나 상하이에서 열리는 회의에 참석하는 것을 아무렇지도 않게 생각하지. 그런데 우리가 창조한 이 모든 것이 유한한 유동성 자원에 좌우되고 우리는 그 자원을 써서 없애기 바쁘지 않은가. 거기에 대해서 생각해본 적 있나, 조?"

"지금 생각 중입니다, 사장님."

"다행이로군. 왜냐하면 생각해봐야 할 문제거든. 진지하게 생각해봐야 할 문제라네. 자네, 이스터 섬에 가본 적 있나?" 그는 고개를 젓는 조를 바라보았다. "근사한 곳이지. 나는 젊은 시절에 가본 적이 있다네. 쉽게 드나들 만한 곳은 아니야. 사람이 사는 섬 중에서 가장 먼 곳에 있으니까. 가장 가까운 섬이 핏케언인데 거리가 1천6백 킬로미터라네. 그곳에서의 생활을 상상할 수 있겠나?" 그는 책상 옆 벽에 걸린 이스터 섬의 석상 그림이 담긴 액자를 가리켰다. 이제 보니 그 방에 있는 미술품은 그것 하나뿐이었다. 거대한 두상이 루 코프먼과 그의 모든 업적을 물끄러미 내려다보고 있었다. 코프먼은 그림을 잠깐 바라보다. "이스터 섬에 살았던 라파누이족은 그 섬이 세상의 전부인 줄 알았겠지. 바다로 이루어진 우주에서 뭍이라고는 그 섬 하나뿐인 줄 알았겠지. 그들이 맨 처음 섬에 상륙하고 겨우 몇 세대가 지난 다음부터 다른 섬 이야기는 전설처럼 느껴졌을 걸세. 우리가 지금 머나먼 행성의 사회를 상상하듯 다른 섬에 대해 이야기했겠지. 오로지 상상 속의 존재였겠지.

하지만 그들은 상당히 고차원적인 문명을 건설했다네. 그리고 '모아이'라고 불리는 이 석상도 만들었지. 이런 석상이 800개가 넘어. 엄청나지 않은가. 고고학자들은 조상 숭배 차원에서 만들어진 거라고 하지만 아무도 모를 일이지. 정말 그런 거였을 수도 있고."

그는 그림을 보다 말고 조에게로 시선을 돌렸다. "자네는 내가 지금 자네한테 이런 이야기를 하는 이유가 궁금하겠지? 안 그런가, 조?" 그가 입꼬리를 올리자 미소일지 모르는 표정이 지어졌다. "내가 이 그림을 벽에 걸어놓은 이유는 기억하기 위해서라네. 라파누이족은 아주 희한한 작태를 보였거든. 석상을 건설하는 데 집착하게 된 걸세. 그리고 석상을 하나 만들 때마다 야자수를 대거 베었다네. 채석장에서 석상을 운반할 때 그 나무를 동원했거든. 예전에 이스터 섬은 숲으로 뒤덮인 곳이었다네. 숲이 있었으니 새들이 그 안에 둥지를 틀었고 그건 가장 중요한 식량 공급처였지."

그는 벌거벗은 산비탈에 혼자 서 있는 거대하고 무표정한 모아이 그림 쪽으로 다시 시선을 돌렸다. "나무가 없으니 배를 만들어서 낚시를 하러 나갈 수도 없었지. 나는 그들이 마지막 나무를 쓰러뜨린 날에 대해서 종종 생각해본다네. 그들은 무슨 생각을 하고 있었을까? 반대한 사람은 없었을까? 경고한 사람은 없었을까?" 그는 다시 조를 쳐다보았다.

"그 부족 사람들은 어떻게 됐습니까?" 조가 물었다.

"죽었지." 코프먼은 어깨를 으쓱했다. "굶어 죽었어. 유한한 자원으로 문명을 건설하다가 자원이 소멸하자 그들도 같은 운명을 맞이했다네." 그는 조를 뜯어보았다. "하지만 우리는 그렇게 어리석지 않겠지? 딱 한 가지 소모성 자원에 전적으로 의존하는 사회를 건설하지는 않겠지?" 흐릿했던 그의 눈빛이 일순 반짝이는 듯했다. "그리고 긍정적으로 생각해야지." 그는 그림을 향해 손을 흔들었다. "그들은 우리에게 웅장한 석상을 남기지 않았나." 그는 다시 의자에 주저앉았다.

"그러니까 우리도 같은 운명을 맞이할 거라고 생각하십니까?" 조가 물었다.

코프먼은 깊은 한숨을 쉬었다. "잘 모르겠어. 우리는 지금 새로운 아이디어를 숱하게 시도하고 있지. 바이오연료. 수소. 셰일가스. 전부 나름대로 흥미로운 구석이 있지만 전 세계 연료 시장에서 바이오연료가 차지하는 부분은 아직 3, 4퍼센트밖에 안 된다네. 그리고 우리가 연료를 생산하는 데 1에이커의 땅을 쓸 때마다 식량을 재배하는 데 쓰이는 땅이 1에이커씩 줄어드는 것 아니겠나. 지금 시간도 없는데. 세상은 점점 복잡해지고 점점 얽히고설킨 관계가 되어가고 있는데. 그러니까 잘 모르겠다고 대답할 수밖에 없겠군. 우리가 마지막 한 그루가 쓰러질 때까지 천하태평으로 이스터 섬의 야자수를 계속 베고 있는 건 아닌가 하는 생각이 들긴 하지만."

12층의 다른 어딘가에서 사람들이 중얼거리는 소리와 엘리베이터가 부드럽게 움직이는 소리, 부드러운 발소리가 들렸다. 이제는 불과 몇 층 아래에 있는 트레이딩 데스크의 소음이 잘 그려지지 않았다.

조는 그의 발치를 내려다보았다. "관건은 주가인가요?" 그가 물었다.

"당연히 아니지."

"그럼 뭡니까?"

루 코프먼은 공기를 빨아들였다가 내뱉는 풀무와 같았다. 전혀 의도치 않았던 진화의 부산물이자 만신창이로 버려진 인체가 힘겹게 숨을 쉬고 있었다. 그가 자리에서 일어났다. "내가 뭐 하나 보여주지." 그는 창가의 자기 곁으로 오라고 조에게 손짓했다. 두 사람은 나란히 서서 간헐적으로 이어지는 도로와 지붕, 시티의 강철과 유리 건물, 이전 시대가 남긴 사암과 화강암 건물들을 내다보았다. "관건은 돈이 아니야, 조. 내가 어렸을 때 런던은 세계에서 가장 손꼽히는 대도시였지. 우리는 그 도시의 일원이라는 자부심이 있었다네. 그 당시 여기 인구가 800만 명이었는데 이내 추월당했지." 그는 조가 전망을 감상할 수 있도록 잠깐 말을 멈추었다가 다시 이었다. "우리를 추월한 곳은 뉴욕이었어. 내가 맨 처음 방문했을 당시 뉴욕 인구가 1천만 명이었다네. 세계 최초의 거대도시였다고 할까. 나는 믿기지가 않았어. 대부분의 사람들은 고층 건물이나 타임스 스퀘어의 불빛을 구경하는 게 목적이었지만 내가 그곳을 찾은 이유는 그 도시가 어떤 식으로 운용되는지 궁금했기 때문이라네."

"어떤 식으로 운용이 되던가요?"

"1천만 명이 사는 도시를 먹여 살리려면 어떻게 해야 하겠나? 날마다 화물 트럭 몇 대분의 식량이 필요할까? 연료는?" 그는 젊은 직원을 돌아보았다. "런던을 먹여 살리려면 어떻게 해야 하겠나? 누가 그 모든 걸 조직하겠나?"

"누가 조직해서 되는 게 아닐 것 같은데요."

루 코프먼은 고개를 끄덕였다. "그렇지. 누가 조직해서 되는 게 아니지. 런던이 유지되는 이유는 수십만 개의 공급망 덕분이라네. 200개 나라에서 수천 명의 사람들이 아침마다 일어나서 어제처럼, 그제처럼 씨를 뿌리고 수확하고 포장하고 운반하기 때문이라네. 밀가루와 설탕과 코코아와 커피, 엄청나게 많은 식품과 연료와 기계 부품과 기구를 그렇게 하기 때문이라네. 우리는 이 사실을 알고 있지. 안 그런가, 조? **우리가** 이 사실을 아는 이유는 자네와 내가 하는 일이 그것이기 때문이지. 공급망을 추적해서 약점을 찾는 게 우리 일이기 때문이지."

"그렇죠."

"거대도시에 가봤나, 조?" 코프먼은 창가에서 물러나 다시 의자에 주저앉았다. 그는 대답을 기다리지 않았다. "당연히 가봤겠지. 런던도 이제는 거대도시니까. 인구가 1천2백만 명 아닌가. 하지만 우리는 명단의 맨 끝이야. 현재 런던보다 인구가 더 많은 도시가 스물다섯 군데나 되거든. 리우도 그렇고. 라고스도 그렇고. 도쿄는 인구가 거의 3천5백만 명이라네. 나는 예전에 자카르타에서 공항으로 가는 길에 차가 막혀서 옴짝달싹 못한 적도 있다네. 자카르타의 인구가 2천5백만 명이거든. 그들 중에서 식량을 비축하고 사는 사람이 몇 명이나 될까?"

"많지 않을 것 같은데요."

"그렇지. 많지 않겠지. 현재 전 세계 거대도시에 5억 명이 거주하는

데 대부분 하루 벌어서 하루 먹고 산다네. 심지어 여기 런던에서도 그래. 그런데 공급망이 무너지면 어떻게 되겠나? 광저우나 카이로나 테헤란이나 파리에서 2천만 명이 굶주리기 시작하면 무슨 일이 벌어지겠나?"

"그 부분에 대해서는 한 번도 생각해본 적이 없네요."

"생각해본 사람이 많지 않지."코프먼은 휘파람 소리를 내며 긴 한숨을 내뱉었다. "관건이 뭐냐고 물었지, 조. 돈은 아닐세. 돈은 절대 아니었지. 자네, 노먼 에인절이라는 이름 들어봤나?"

젊은 직원은 고개를 저었다.

"위인들의 이름이 어쩌나 빨리 잊히는지, 원. 그는 작가이자 노동당 하원의원이었다네. 1933년에 노벨 평화상을 수상했고. 나는 어렸을 때 말년의 그를 한 번 만난 적이 있지. 아주 매력적인 인물이더군. 1910년에 『거대한 환상』이라는 책을 출간했는데. 들어봤나?"

젊은 직원은 이번에도 고개를 저었다.

"그럴 만도 하지. 유행이 지났으니까. 하지만 당시에는 엄청난 인기였다네. 전 세계적으로 수많은 사람들이 그 책을 읽었지. 1910년은 지금과 크게 다르지 않았어. 물론 컴퓨터나 휴대전화는 없었지만 산업혁명이 낳은 엄청난 기술과 세계 무역과 평화가 있었다네. 평화가." 코프먼은 오랜만에 접하는 개념이라도 되는 것처럼 평화라는 단어를 다시 한 번 반복했다. "그래, 평화가 있었지. 보어 전쟁처럼 몇 군데 식민지에서 벌어진 국지전이라면 모를까, 크림 전쟁 이후로 열강끼리 서로 충돌한 적이 없었으니까. 에인절은 더 이상의 대전은 없을 거라고 주장했지. 세계 경제가 각국의 이익과 워낙 밀접한 관계를 맺고 있어서 전쟁으로 이득을 얻는 나라가 없을 거라고 생각한 거라네. 그거였지. 세계 분쟁의 종말. 그의 환상은 4년 만에 깨져버렸지만."

"그러게요."

"전쟁은 뭐가 관건인지 아나?" 고령의 은행장은 대답을 상상하기라도 하는 듯이 눈썹을 추켜세웠다. "맨 처음에는 종교가 관건이었다네. 다른 것, 주로 다른 신을 믿는 사람들을 짓밟고 정복하기 위해 전쟁을 치렀지. 그러다 다음번에는 힘이 관건이 되었다네. 점점 더 넓은 제국을 다스리고자 하는 리더들의 허영심을 뒷받침하기 위해 서로 싸웠지. 하지만 현대전은……" 그는 경고라도 하는 것처럼 손가락을 들어서 조를 겨누었다. "현대전은 자원이 관건이야. 식량. **레벤스라움***. 물. 기름."

"자유, 민주주의, 인권 수호는요?" 조가 물었다.

"그런 대의명분까지 챙기면 도움은 되지만 전쟁을 일으킬 만큼 강력한 이유는 절대 될 수 없지."

"그러니까 **전쟁**을 걱정하시는 건가요, 사장님? 그래서 이런 말씀을 하시는 건가요?"

노신사는 손가락을 들어서 입술로 갖다 댔다. "더는 걱정하지 않는다고 봐야 할 걸세. 운명에 맡긴다고 할까. 석유 생산량은 정점을 지났지. 아무도 인정하고 싶지 않겠지만 사실이야. 앞으로는 석유에 대한 수요가 공급보다 훨씬 빨리 증가할 걸세. 언제쯤 위기가 찾아올까?" 그는 노쇠한 어깨를 들었다. "알 수 없는 일이지. 캐시라면 알려줄 수

---

* Lebensraum, 독일어로 생활권이라는 뜻이다.

있겠지만 민족 국가들이 과연 그때까지 가만히 있을까? 석유는 안보에 아주 결정적인 역할을 하거든. 가만히 서서 꼭지가 잠기는 걸 구경만 하고 있을 나라는 없을 걸세."

순간 두 남자의 시선이 만났다. 젊은 애널리스트는 창백하고 깨끗한 얼굴로, 닳고 닳은 은행가는 여기저기 골이 파인 얼굴로 잠깐 서로의 눈을 바라보았다.

"사장님." 조가 조용히 말문을 열었다. "제가 지금까지 사장님을 잘못 알고 있었네요."

"어떤 식으로?"

"글쎄요." 야자수에 대해서 생각하는 사람인 줄은 몰랐죠. 그는 속으로 중얼거렸다. 프랜시스 골턴에 대해서도. 문명의 붕괴에 대해서도.

"우리가 처음 만났을 때, 자네가 맨 처음 캐시를 보여주었을 때 내가 인간의 본능도 변수로 넣을 수 있느냐고 물었었지. 기억하나?"

"인간의 이기주의 말씀이십니까?" 조가 말했다. "네, 기억합니다."

"내가 왜 그것이 중요한 변수일지 모른다고 생각했는지 이유를 아나?"

"아마도요." 조가 대답했다. "하지만 아직도 잘 모르겠는 게……"

"자네, 『리바이어던』 읽어봤나?"

"『리바이어던』요?"

"토머스 홉스가 쓴."

면담이 수업으로 변해가고 있었다. "아니요."

"홉스는 흥미진진한 친구야. 스윈던 근처의 맘즈버리 출신이지. 스페인의 무적함대가 영국 함대를 공격한 날에 태어났다네. 그것이 그의 철학에 영향을 미쳤을까. 아무도 모를 일 아니겠나. 리바이어던은 바다에 사는 괴물인데 홉스는 국가를 그것에 비유했다네. 리바이어던의 거대한 몸뚱이가 시민들로 이루어졌다고 말일세. 군주가 머리일 테고, 모든 부위가 공조하는 이유는 오로지 그렇게 하기로 사회적인 계약을 맺었기 때문이야. 하지만 홉스는 실제 괴물과 마찬가지로 어떤 식으로 수립되었든 영생하는 국가는 없다고 생각했다네. 혼란의 시기가 있을 수밖에 없다는 거지. 반란. 아니면 군주의 부재. 그럴 때 국가는 위태로워지겠지. 홉스는 확고하고 강력하며 변함없는 정부가 없으면 어느 시대라도 전쟁 상태로 돌아갈 수밖에 없다고 생각했다네. 그것이 인간의 본질이라고 말일세. 『리바이어던』에서는 정부도 없고 법 집행기관도 없고 문명도 없을 때 나타나는 상황이 인류의 기본 상황이라고 본다네. 만인의 만인에 대한 투쟁이 홉스가 생각하는 자연 상태지."

조는 눈을 깜빡였다. 대화의 종착지가 어디일까?

"경제학에서 가장 막강한 힘이 뭐겠나, 조?" 코프먼은 한쪽 눈썹을 추켜세웠다. "이기주의라네. 자기 이익 추구가 자본주의의 원동력이지. 토머스 홉스는 그걸 알았어. 우리가 하는 모든 일의 원동력이 이익 추구라네. 그리고 우리 같은 경제 전문가들은 그걸 긍정적으로 생각하는 데 익숙하지. 혁신, 투자, 성실, 자기자본 증식으로 연결되기에 이익을 좋아하지. 하지만 이익이 해로운 역할을 하는 상황이 벌어지면 어떻게 될까? 그러면 무슨 일이 벌어지겠나?"

조는 고개를 저었다.

"붕괴 이후에는 어떤 일이 벌어질지 아무도 모르지. 아무도. 인류가 붕괴를 견디고 살아남은 적이 한 번도 없었으니까. 이스터 섬에서 마지막 나무가 쓰러지고 모두 굶기 시작했을 때 무슨 일이 벌어졌을까? 알 수가 없지. 참고할 기록도 없다네. 식인종처럼 서로 공격했을까? 마지막 식량을 놓고 죽을 때까지 싸웠을까? 생존을 위해 다 같이 노력을 기울이며 평화롭게 협력했을까? 자네 생각은 어떤가?"

"전혀 모르겠는데요."

"흠. 그보다 더 솔직한 대답은 없겠지. 아무도 알 수 없지 않겠나. 세계 종말을 다룬 소설이나 영화를 보면 인간의 습성을 바라보는 시각이 상당히 암울한 것 같더군. 총을 들고 다니면서 누가 거치적거린다 싶으면 닥치는 대로 방아쇠를 당기는 식으로 인간을 묘사하지 않나."

조는 대화에 도움이 될 만한 책을 읽은 적이 있는지 열심히 기억을 더듬었다. "저는 그런 소설을 읽은 기억이 없습니다만."

"어허." 코프먼은 혀를 찼다. "『트리피드의 날』은 읽었겠지. 아니라고? 『로드』는? 『나는 전설이다』는?"

"영화는 봤습니다."

"그럼 됐군." 고령의 은행장은 미소를 지었다. "메리 셸리는 1820년대에 거의 모든 인류가 전염병으로 사망하는 『최후의 인간』이라는 소설을 썼지. 법과 질서가 무너지고, 난폭한 도당은 미쳐 날뛰고……"

"총을 들고서요?" 조가 물었다.

"아, 물론이지."

"저라면 어디서 총을 입수하는지도 모를 것 같은데요."

코프먼은 그의 딴죽을 일축했다. "총들이 알아서 **자넬** 찾아갈 거야." 그는 숨겨왔던 통증을 표정으로 언뜻 드러내며 천천히 허리를 폈다.

"우리는 어떤 종족일까? 캐시가 우리를 대변할 수 있다면 좋지 않을까? 우리는 힘을 합칠까 아니면 서로 싸울까? 이건 중요한 문제라네. 얼마나 많은 사람들이 폭력적으로 변하면 우리가 **전부** 자기 보호 차원에서 폭력적으로 변할까? 그 질문을 캐시 안에 입력할 수 있을까?"

조는 고개를 저었다. "없을 거라고 봅니다."

"그럼 자네의 예측을 어디까지 믿을 수 있을지 장담하지 못하겠군. 사람들이 어떤 식으로 행동하는가에 따라서 모든 게 달라지는데 말일세."

"무슨 말씀인지는 알겠습니다."

"인류 전체를 대변할 수 없다면 우리 둘만의 생각이라도 밝혀볼까? 자네는 어떻게 할 텐가, 조 학? 온 세계 질서가 자네 주변에서 무너지고 있다면 어떻게 하겠나?" 코프먼은 뼈만 앙상한 손가락으로 조가 있는 쪽을 찔렀다. "계속 정직하게 법을 준수한다면 굶어 죽을 가능성이 높아지겠지. 사회는 예전으로 돌아갈 방법을 찾을지 몰라. 인류도 추락 직전에 기사회생할지 모르고. 하지만 자네는……" 그는 다시 손가락으로 그가 있는 쪽을 찔렀다. "자네는 죽어서 땅에 묻히겠지. 이기적인 길을 선택하면 살아남을 수 있을지 몰라도 그러면 이 세상이 어떻게 되겠나?"

"아직까지 생각해본 적이 없는 문제입니다만." 조가 말했다.

"생각해봐야 할지 모른다네." 코프먼은 다시 몽상에 젖은 듯한 분위기를 풍겼다. 그러다 헛기침을 했다. "그런데 두 가지가 있다고 했지, 조? 캐시가 두 가지 단순한 약점을 발견했다고."

조는 고개를 끄덕였다. "네."

"그럼 자네 이야기를 듣기 전에 내가 먼저 이야기하겠네. 두 번째 약
점이 뭔지."

14
사실 진지하게 생각해본 적이 없어요

목사관으로 향하는 진입로가 차를 타고 가기에는 너무 가팔라 보여서 그는 밖에다 차를 세우고 비탈길을 걸어 올라가서 초인종을 눌렀다.

청바지에 점퍼를 입은 폴리 호킹은 그를 만나서 기쁜 눈치였다. "어머, 어머. 남자 손님이시네요."

"혹시…… 시내 갈래요?" 생각했던 것보다 말을 꺼내기가 어려웠다. 차에서 연습이라도 했어야 하는 건데 작업용 대사처럼 들렸다. "제가 시내에 갈 일이 있거든요." 그는 말을 멈추고 침을 삼켰다. "태워다 드릴까 해서요. 만약 시내에 가고 싶으면요."

그녀는 고민하는 눈치였다. 한 손가락을 들어서 입술에 갖다 댔다.

"흠. 시내에서 살 게 있던가?"

"뭐, 그냥⋯⋯"

"여자한테 신발은 아무리 많아도 부족하다는 말이 있긴 한데."

"지금 출발해야 해요." 그는 세워놓은 차를 턱으로 가리켰다. "길을 막고 있어서요."

"어머, 그럼 안 되죠!" 그녀는 손으로 입을 가리고 경악한 척했다. "그럼 관광객들이 펜전스까지 후진을 해야 할지 모르잖아요."

"그럼 나중에 가요." 그가 말했다.

그 작전이 주효했다. 그녀가 계단을 깡충깡충 뛰어서 내려왔다. "여보." 그녀가 집 안을 향해 외쳤다. "나 시내 다녀올게요."

못마땅한 표정을 짓고 있는 앨빈 호킹 목사의 얼굴이 퇴창 앞에서 어른거렸다.

"스포츠카 타고 다녀올 거예요." 그녀는 그를 향해 손을 흔들며 덧붙였다. "얼른 가요." 그녀는 조의 팔꿈치를 잡고 진입로 아래로 떠밀었다. "난리가 나기 전에 얼른 도망치자고요."

그는 원래 계획의 귀재였다. 그것이 그의 장점이었다. 팀원들이 필요한 절차를 서로 의논하는 속도보다 그가 컴퓨터로 프로젝트 기획안을 작성하는 속도가 더 빨랐다. "자자, 계획을 세워야 추진을 하든 말든 하지." 그가 이런 식으로 나무라면 팀원들은 그의 명언에 웃음을 터뜨렸다. "그 말을 포스터에 적어야겠다." 조너선 우드먼은 이렇게 말했다. "계획 수립에 차질을 빚는 것은 차질을 빚겠다고 작정하는 것이다." 이 말에 로드니 바이엇이 눈물까지 흘리면 조가 그들 모두를 정신 차리게 만들었다. "어이, 어이. 내가 뭐 거창한 계획을 요구하는 것도 아니잖아. 해야 할 일, 시기, 외부 지원, 의존 요소……"

"그게 거창한 계획이 아니라고?" 팀원 하나가 이렇게 묻곤 했다.

하지만 그것이 그의 장점이었다. 미래를 내다보고 함정을 파악하고 위험요소를 포착하는 것. 그랬던 젊은이가 어떻게 된 걸까? 불과 일주일 전만 해도(일주일밖에 안 됐던가?) 그는 5층에 있는 재니 커버데일의 회의실에서 넥타이를 만지작거리며, 만일의 사태를 전부 명시하고 위험요소를 전부 해결할 모든 계획을 한 시간 단위로 짜놓은 프로젝트 기획안을 팀원들에게 설명하고 있었다. 어쩌다 그 젊은이가 차를 집어타고 세상 끝까지 달려가서 바다로 들어갔을까? 그리고 지금은 또 어떤가? 세인트피란은 그가 그린 도표에 있지 않았다. 조 학과 피란 모래사장과 오도 가도 못하게 된 고래와 폴리 호킹과 시내 드라이브라는 어리석은 선택을 연결하는 점선은 없었다.

그의 계획은 뭐였을까? 무슨 계획이라도 있었을까? 그는 캐시가 예측한 숫자와 그 전날 페트럴 여인숙에서 노트북 화면을 가득 메웠던 빨간색 행렬에 대해 생각해보았다. 그는 빨간색 행렬을 보고 옴짝달싹도 하지 못했다. 입을 떡 벌리고서 부정적인 예측이 줄줄이 이어지는 화면을 바라보기만 했다. 프로그램에 기본적인 오류가 발생한 모양이었다. 매니시에게 전화를 걸어서 문제가 뭔지 알아낼 수 있다면 얼마나 좋았을까. 하지만 고민하고 자시고 할 문제가 아니었다. 회사를 쑥대밭으로 만든 애널리스트의 전화를 받아줄 레인 코프먼 직원이 어디 있을까? 게다가 캐시의 이 부분에 대해서는 매니시도 알지 못했다. 이것은 그가 루 코프먼을 위해서 만든 프로그램이었다. 그들만의 비밀이었다. 공급망 지도였다. 그는 프로그램을 중단하려고 자판을 두드렸다. 뭔가가 이상했다. 그가 데이터베이스 검색 기능을 실행하자 화면이 깨끗해졌다. 그는 모든 가정을 지우라고 프로그램에 명령을 내렸다. 데이터와 의미 분석부터 시작하라고 명령을 내렸다. 그런 다음 48시간 이후를 예보하라고 했다. 일주일 이후, 한 달 이후도 예보하라고 했다.

캐시는 생각에 잠겼다. 계산할 게 워낙 많았다. 캐시가 맥박이 몇 번 뛰는 시간만큼 계산하는 동안 조는 두근거리는 심장을 달래며 의자에 몸을 묻었다. 그는 왜 여기에 연연하는 걸까? 마지막으로 캐시에게 귀를 기울였을 때 은행은 3억 파운드를 잃었고 그는 직장을 잃고 친구들을 잃었다. 그런데 왜 캐시의 예측에 연연하는 걸까? 세인트피란에서 지낸 지 일주일이 지났지만 그의 머릿속은 여전히 악순환 속에 갇혀 있었다. 그는 컴퓨터를 닫고 다시는 예측을 보지 않겠다고 결심했다. 하지만 망설이는 순간 늦어버렸다. 화면에 뜬 메시지는 분명했다. '1급 경보' 메시지가 깜빡였다. 그리고 또다시 화면 가득 숫자로 채워졌는데 이번에도 전부 빨간색이었다.

자동차 옆자리에 앉은 폴리는 십 대 소녀처럼 굴었다. "우리 어디 가는 거예요?"

"시내요. 트레드에인절."

"아." 그녀는 실망한 투였다. "그건 그냥 핑계인 줄 알았더니."

"어디 가는 줄 알았는데요?" 그는 이렇게 묻자마자 후회했다.

"분위기 있는 곳요." 그녀는 말하며 그의 허리에 슬그머니 손을 얹었다.

"장 볼 게 있어서요." 그가 말했다.

"세인트아이브스 어때요?"

"그럼 세인트아이브스로 가요."

조는 슈퍼마켓 주차장에 차를 세우자마자 괜한 짓이었음을 알아차렸다. 그가 무슨 생각을 하고 있었는지 몰라도, 어떤 식으로 생각하고 있었는지 몰라도 이건 근사한 계획이 아니었다. 실수였다.

"뭐 사러 온 거예요, 달링?" 폴리가 물었다.

그는 시동을 껐다. "식료품요."

"아하."

그는 계획을 세울 필요가 있었다. 좀 더 명료하게 생각할 필요가 있었다. 12층에 다녀온 그날부터 혼돈의 구름 속을 헤맸는데 이제는 지상으로 내려올 필요가 있었다. 마음을 가라앉힐 필요가 있었다. "이 차 안에 식료품이 얼마나 들어갈까요?" 그는 이런 식으로 장을 보러 나온 적이 없다는 생각을 하며 물었다. 카트에 깡통을 마구 집어넣는 사람들을 본 적은 있었지만 그는 늘 바구니 하나면 충분했다.

"얼마나 필요한데요?" 폴리가 물었다. 이제 보니 오늘은 그녀에게서 사향 냄새가 났다. 정직한 노동의 냄새, 아침 냄새, 빵 굽는 냄새, 침대를 정리하는 냄새였다. 어쩌면 목사의 금욕적인 체취도 섞였을지 모른다. 두 사람은 오늘 아침에 서로의 땀을 온몸에 흠뻑 묻히고서 요란하게 일어났을까? 신을 섬기는 남자와 온 동네의 바람둥이가? 그는 고개를 저었다.

"얼마나 필요한지 얘기하면 내가 미쳤나 보다는 생각이 들지 몰라요." 그가 말했다.

"그런 생각이 들지 모른다고요?" 그녀가 되물었다. "당신이 제정신이 아닌 걸 이미 **알고** 있는데요?" 그녀는 그의 표정을 보더니 웃으며 손가락 끝으로 그를 찔렀다. "자살하려고 160킬로미터를 달려온 사람이잖아요."

"자살하려고 그런 거 아니었어요." 그가 말했다. "그리고 500킬로미터에 가까웠고요."

"맨 처음에 당신하고 드라이브를 나섰을 때는 열쇠로 구워삶아야 했고─그랬음에도 불구하고 대로로 나가기도 전에 차를 돌렸죠. 두 번째에는 내가 당신을 찾아가서 좋은 소식이 있다고 꼬드겼죠. 그런데 이번에는……" 그녀는 다정한 미소를 지었다. "당신이 내 꽁무니를 쫓아왔잖아요. 이게 제정신이 아니라는 증거가 아니면 뭔데요?"

"꽁무니를 쫓아간 적 없는데요." 그는 항의했지만 그녀는 들은 척도 하지 않았다.

"고래를 구출하자고 비가 오는 해변으로 100명을 불러 모았잖아요." 그녀가 말했다. "그거면 제정신이 아니라는 증거로 충분하죠."

"지금 내가 하려는 짓에 비하면 그건 아무것도 아니에요."

그녀는 고개를 모로 꼬고 아랫입술을 빨았다. "좋아요. 당신이 얼마나 정신 나간 사람인지 얘기해봐요."

그는 눈을 꼭 감고 그녀의 모습을 애써 지웠다. 눈앞에서 여전히 숫자들이 어른거렸다. 그 숫자들이 잘못된 것이기만을 바랄 따름이었다. 잘못된 것이라야 했다. "마을 인구가 300명이죠." 그가 말했다. "세인트피란의 인구가요." 얼마나 한심한 소리로 들릴까. 그는 고개를 저었다. "됐어요."

"아니에요, 아니에요." 이제는 그녀 쪽에서 고집을 부렸다. "얘기해봐요. 인구가 300명인데…… 그래서요?"

정말이지 이렇게 어려울 수 있는 걸까? 그는 눈을 뜨고 숨을 마셨다. "내 통장에 5만 2천 파운드가 있어요."

그녀는 손으로 입을 가렸다. "5만……" 너무 큰 금액이라 말이 안 나오는 것이었다. "5만…… 그거면 떠날 수 있겠어요. 우리 둘이서 말이에요. 아무 데나 갈 수 있겠어요. 로마. 피렌체. 베네치아."

장난치는 걸까? 그녀의 반응이 재미있었다. "다 이탈리아네요. 이탈리아에 가고 싶어요?"

"네!" 그녀는 얼굴을 환히 빛내며 그의 무릎을 손으로 지그시 눌렀다.

"폴리." 그가 말했다. "우리는 아무 데도 가지 않아요. 모두 다요. 그게 핵심이에요."

"무슨 핵심요?"

"설명하기가 쉽지 않은데요. 음…… 세상 사람들은 나더러 미쳤다고, 실패한 은행원이라고 하지만 나는 은행원이 아니었어요. 컴퓨터 프로그래머에 불과했죠. 미래를 예측하는 사람. 그런데 가끔 예측이 틀릴 때도 있잖아요."

그녀는 이제 눈을 휘둥그레 뜨고 그를 쳐다보았다.

"내 예상을 아무한테도 알리고 싶지 않아요. 이번에도 또 틀렸을 수 있거든요. 두 번 바보가 되기는 싫어서요."

"나는 당신을 바보라고 생각하지 않는데요."

"고마워요, 폴리. 하지만 당신은 나를 잘 모르잖아요. 나는 바보 같았고 또다시 바보 같은 짓을 하려는 것일 수도 있지만 나를 말릴 방법이 없네요." 그는 얼굴을 찡그렸다. "맬러리 북스 박사님은 나더러 충동적이래요."

"충동적이라고요?"

"신속하게 결정을 내리고 무슨 일이 있어도 밀어붙인다고요."

"그런 뜻이라면 충동적이라는 건 알맞은 단어가 아닌데요."

"그럼 뭐라고 해야 맞겠어요?"

그녀는 고민하는 눈치였다. "집요하다." 잠시 후에 그녀가 말했다.

그는 그 말에 미소를 지었다. "그럼 집요하게 물을게요. 이 차 안에 얼마나 많은 식료품을 실을 수 있겠어요?"

"얼마나 많이 싣고 싶은데요?"

얼마나 많이 싣고 싶으냐고? "미안해요, 폴리." 그는 천천히 몸을 숙여서 머리를 운전대에 얹었다. "사실 진지하게 생각해본 적이 없어요."

"그러니까 내 계획이 당신 계획보다 훨씬 훌륭하다는 거예요." 그녀가 말했다.

"당신 계획이 뭔데요? 둘이서 같이 이탈리아로 도망치는 거요?"

"그건 내 계획이 아니에요. 꿈이죠." 그녀는 몸을 숙여서 손끝으로 그의 목을 건드렸다. "내 **계획**은 세인트아이브스에서 도시락을 사자는 거예요. 한 사람당 페이스트리 한 개. 생크림 케이크 한 조각. 레모네이드 한 병. 초콜릿도 조금. 그런 다음 걷는 거예요. 포스미어 해변을 따라서 언덕 꼭대기까지 걸어도 좋겠죠. 경치가 근사해서 소풍 나가기에 딱 좋거든요. 거기 앉아서 바위에 내려앉은 바닷새를 구경하는 거예요. 어떨 때는 햇볕을 쪼이러 나온 바다표범들도 볼 수 있어요. 상쾌한 바람결에 머릿속의 악마들이 전부 다 날아가면⋯⋯" 그녀는 손을 거두었다. "뭐가 그렇게 걱정인지 나한테 전부 다 얘기하고 둘이서 계획을 세우는 거예요."

가을치고 날이 따뜻했다. 불과 며칠 전에 그들이 고래를 구조했을 때 바닷가를 할퀴었던 바람은 잠잠해진 지 오래였다. 폴리는 모래사장에 신발을 벗어던지고 앞으로 달렸다. 다른 때 같았으면 조도 깔깔대는 그녀의 장단에 맞춰서 흥겨움에 몸을 맡겼을 것이다. 맨발로 모래사장을 달리며 짭짤한 공기로 허파를 가득 채웠을 것이다. 그는 그녀에게 보여주기 위해, 그의 본모습을 드러내기 위해 달리기 시작했지만 권태감이 팔다리를 덮쳤고 무기력증으로 기운도 의지도 사라져버렸다. 그는 몇 발짝 만에 머뭇머뭇 달리기를 멈추었다. "미안해요. 지금은 이럴 기분이 아니네요."

"아직은요." 그녀는 나무라는 투로 말했다. "아직은 이럴 기분이 아닌 거죠." 그녀는 그를 보며 웃음을 터뜨리고 계속 달렸다.

조는 축축한 모래 위에 남은 그녀의 섬세한 발자국을 바라보았다. 그녀의 발 모양은, 그녀의 발이 떠나고 남은 자리는 흡족하리만치 완벽한 구석이 있었다. 폴리 호킹의 발이 여기 있었다. 그 발이 여기에 잠깐 머물렀다. 모래를 밟아서 자국을 남기고 팔랑팔랑 속 편하게 달려갔다. 하지만 여기 이 모래 위에 정교한 아치 모양의 발바닥과 순서대로 짧아지는 발가락과 결연하게 힘이 실린 뒤꿈치가 남았다. 사라져가는 그 아련한 자취에 회한의 파도 비슷한 것이 조의 몸을 덮쳤다. 발자국 안에서 모래가 차올랐고 차가운 대서양의 투명한 물이 윤곽선을 지웠다. 이게 뭘까? 가슴이 저미도록 아름다운 발자국을 보고 울음이 나오려고 하다니 그에게 무슨 일이 벌어진 걸까?

"당신은…… 살짝 우울증에 걸린 것 같아요." 도시락을 먹으려고 바위에 앉았을 때 그녀가 말했다.

"어쩌면 그럴지도 몰라요." 그가 말했다. 파도야 와서 부딪치거나 말거나 꿋꿋하게 땅에 붙박인 바위 위에 새들이 앉아서 쉬고 있었다. 무슨 새일까? 바다오리야. 그의 머릿속에서 누군가가 속삭였다. 모자를 쓴 노인처럼 몸을 웅크리고 있는 바다오리. 어쩌면 그는 우울증에 걸렸을지 모른다. 그는 회사에서 잘렸다. 따라서 우울해질 권리가 있었다. 그는 책상 너머로 몸을 숙이고 뼈만 앙상한 손을 흔들던 루 코프먼을 애써 떠올렸다. "자네 이야기를 듣기 전에 내가 먼저 이야기하겠네." 코프먼이 이렇게 말했고 조는 입을 다물었다. "한 단어야." 그는 고개를 모로 꼬고 조와 눈을 맞추었다. "이번에도 두 글자이고. 어떤가, 조?"

"그럴 수도 있죠." 알아맞히기 게임을 하자는 걸까?

"'전쟁'은 아니야."

"네."

"그래. 하지만 우리 둘의 의견이 엇갈릴 수도 있어. 내가 보기엔 이 사태가 벌어지면 전쟁이 터질 게 분명하거든. 홉스를 기억하게, 조. 『리바이어던』을 기억하게. **만인의 만인에 대한 투쟁**. 국가는 안보 유지를 위해서라면 무슨 짓이든 서슴지 않을 걸세, 조. **무슨 짓이든**. 개인의 이익보다 더 막강한 게 딱 한 가지 있다면 국가의 이익이니까. 그리고 이런 종류의 전쟁은 병력과 무기를 동원하는 것보다 훨씬 간단하지."

"그렇겠죠."

노신사가 책상 위로 몸을 한껏 숙이자 폐부에서 풍기는 썩은 내가 느껴졌다. "심지어 **무대응**도 전쟁 행위가 될 수 있어, 조. 어느 나라가 도움을 필요로 하는데 다들 딴청을 피우면 침략 못지않은 결정타가 될 수 있지. 의도적이든 우연이든 이런 사태가 벌어지면 어느 나라도 친구 내지는 동맹국으로 믿지 못하게 될 것 아닌가. 자원전인 경우에는 특히 그래. 다른 구매자를 파멸시키는 것이 자국의 공급량을 보호하기에 가장 좋은 방법이 되는 때가 올 걸세." 그는 요란한 소리를 내며 가슴 가득 숨을 들이켰다. "캐시가 제시한 단어는, 우리를 석기 시대로 되돌려 보낼 수 있는 두 번째 요소는 '독감'이지, 조."

15
사람들이 뭘 먹죠?

"이해가 안 돼요." 폴리가 말했다. 그들은 이제 언덕 꼭대기에서 시내를 내려다보고 있었다. "독감이 뭐 그렇게 나쁜 것도 아니잖아요."

"그런가요?"

"해마다 소동이 벌어지죠. 조류 독감. 돼지 독감. 아시아 독감. 지금도 뭐 하나가 오고 있대요. 오늘 아침 뉴스에 나왔더라고요. 그래봐야 별일 없을 테지만." 그녀는 그의 표정을 살폈다. "그게 무서운 거예요?"

"그걸 무서워하는 건 아니에요." 그는 이렇게 대답했다. 하지만 과연 그럴까? 어쩌면 그도 코프먼처럼 운명에 맡기고 있을지 모를 일이었다.

"그럼 뭔데요?"

"우리는 우리 사회가 유연하다고 생각하잖아요. 무슨 일이 벌어지든 다 감당한다고. 하지만 그건 엄청난 착각이에요. 복잡성. 그게 우리의 약점이거든요. 중세에는 흑사병이 유럽을 강타했죠. 그 결과 세 명당 한 명꼴로 목숨을 잃었지만 문명사회에는 별 타격이 없었어요. 우리는 또 그런 사태가 벌어지면 이번에도 그럴 거라고 생각하죠. 하지만 천연두가 로마를 덮쳤을 때도 그 비슷한 사태가 벌어졌지만—인구의 약 3분의 1이 사망했지만—로마 문명은 그 타격을 극복하지 못하고 점점 내리막길을 걸었어요. 차이점이 뭐였을까요?" 그는 그녀를 보며 미소를 지었다. "로마는 너무 복잡했어요. 사망한 주요 인물을 대체할 방법이 없었죠. 점령군을 유지할 인력도 부족했고요. 하나의 엄청난 전염병으로 붕괴가 시작됐고 새로운 전염병이 줄줄이 이어지면서 종말을 맞았죠."

그녀는 그를 지나서 바위와 바다를 내다보았다.

"무슨 말인지 알겠어요?" 그가 물었다.

"조금요."

"조금이라. 뭐, 그 정도면 양호하네요." 그는 다리를 뻗고 이끼로 덮인 풀밭에 누웠다. "중세에는 거의 전 국민이 농사를 지었어요. 대부분 자기 가족끼리 먹고 조금 남아서 시장에 내놓을 수 있을 정도의 농작물을 생산했죠. 흑사병이 찾아와도 농사는 중단되지 않았어요. 일이 더 힘들어졌을지 몰라도 그만큼 식구도 줄었으니까요. 반면에 로마인들은 도시인이었죠. 우리처럼. 천연두가 로마의 농촌을 덮치자 농가가 무너졌고 운송시설이 무너졌고 도시인들은 굶주리게 되었죠."

"재킷 좀 빌려줄래요?"

"그래요." 그는 재킷을 벗어서 그녀에게 건넸다. 그녀는 풀밭 위에 재킷을 펼치더니 어느 정도 거리를 두고 그의 옆에 누웠다.

"그래도 난 말도 안 된다고 생각해요." 그녀가 말했다. "시도 때도 없이 유행하는 게 독감이잖아요."

"그렇지도 않아요. 근래 들어 변종으로 엄청난 인명 피해가 난 적은 없잖아요. 1918년에 독감이 유행했을 때는 사망자가 5천만 명이 넘었어요. 100만 명에 달했을 수도 있고요. 그 정도면 전 세계 인구의 20분의 1이에요. 독감이 그 정도로 무섭다고요."

"그래도 문명사회가 멸망하지는 않았잖아요."

"그렇죠." 하지만 그때는 의존 요소가 없었던 말이죠. 그는 생각했다. 아슬아슬한 네트워크도 없었고 공급망이 길지도 않았고요. 십여 개의 다른 나라에서 부품을 수입하지도 않았고 식량의 대부분을 수입하지도 않았죠. "그 당시는 세계 인구가 2억이 안 됐어요." 그가 말했다. "요즘은 7억이죠." 그는 7억의 인구를 애써 그려보았다. 루 코프먼이 12층에서 그에게 설명했던 것처럼 그녀에게 설명할 수 있어야 했다. "우리가 병 때문에 죽지는 않을 거예요. **공포** 때문에 죽지. 1918년에는 사람들이 사태를 파악하는 데 오랜 시간이 걸렸죠. 파악한 뒤에도 계속 하던 일을 했어요. 계속 살던 대로 살았어요. 이번에는 뉴스에 대대적으로 보도되겠죠. 첫 번째 희생자의 죽음이 화면으로 소개되겠죠. 시신이 땅에 묻히는 장면도. 그러면 우리는 겁에 질리겠죠. 남들처럼 내 목숨을 챙길 궁리를 하겠죠. 우리 가족을 챙길 궁리를 하겠죠. 대문과 창문을 걸어 잠그고 아이들을 집 안에 가두고 출근을 피하겠죠. 그래도 우리가 끝장나지는 않을 거예요. 그 자체로는. 없으면 안 되는 소수의 귀한 인력이 사라지면 그때 끝장이 나겠죠. 발전소의 핵심 엔지니어. 트럭 운전수. 유조선에서 석유를 나르는 사람들. 이들이 아파서 또는 겁에 질려서 출근을 하지 못하면 우리 사회가 어마어마한 속도로 무너질 거예요. 도시에서는 사흘이면 식료품이 바닥날 거예요. 단 사흘 만에. 사람들이 사재기를 하면 그보다 일찍 동이 날 수도 있어요. 연료는 이틀 만에 바닥날 수 있어요. 정수 처리장에서는 일주일 만에 염소가 다 떨어질 테고요. 그러면 대도시의 식수가 어떻게 될까요? 발전소를 돌리려면 인력이 필요한데 직원들이 무서워서 출근을 못 하지 않겠어요? 아니면 집에서 아픈 가족을 돌보아야 하는 상황일 수도 있죠. 아니면 직원들이 몸져누울 수도 있고요. 아니면 차에 넣을 기름이 없어서 출근을 못 할 수도 있고요. 많은 인원이 필요하지도 않아요. 직원의 4분의 1만 출근을 못 해도 발전소는 가동이 중단될 거예요. 발전 시설의 거의 절반이 석유로 돌아가는데 석유 보유량이 2주분도 안 돼요. 유조선이 더 이상 석유를 공급하지 못하면 불이 꺼지겠죠. 발전소의 가동이 중단되면 전화, 휴대전화, 텔레비전, 라디오, 인터넷도 끊길 테고요. 1918년에는 그것이 큰 걱정거리가 아니었지만 지금은 어떨까요? 통신망이 금세 무너질 거예요. 라디오를 틀어봐야 지직거리는 소리밖에 안 들리겠죠. 가족들에게 전화를 하려고 해도 먹통일 테고요. 그러면 공포를 가라앉히는 데 도움이 될까요? 부엌에서 수도를 틀어도 물이 나오지 않을 거예요. 물이 우리 집까지 그냥 흘러 들어오는 게 아니니까요. 전기로 끌어올려야 하는데 전기가 끊기잖아요. 마실 물도 없고 변기에 쓸 물도 없을 거예요. 슈퍼에 가도 식료품이 없을 거예요. 변화의 속도에 모두 놀랄 거예요. 몇 시간 만에 그렇게 될 수도 있으니까요. 그러면 폭동이 시작되겠죠. 맨 먼저 약탈이 벌어지겠죠. 식료품을 비축하려는 사람들 때문에."

그는 코프먼이 와인 바에서 무슨 말을 했는지, 아주 오랜 시간이 지난 것처럼 느껴지는 기억을 소환했다. **세끼만 굶으면 우리 사회는 무정부 상태가 될 걸세.** 통근족으로 우글거리는 대도시의 어두컴컴한 구석에 틀어박혀 있었을 때는 그림이 쉽게 그려졌었다. 그런데 언덕 꼭대기에 누워서 근심 걱정 없는 하늘 위로 떠가는 구름을 바라보고 있는 지금 이 순간에는 실감이 나지 않았다.

"전기가 끊기면 현금 인출기에서 돈을 찾을 수가 없어요. 기업은 월급이나 납품 대금을 줄 수가 없고요. 수당도 지급이 안 되죠. 신용카드도 못 쓰게 되겠죠. 금전 출납기도 마찬가지고요. 가게들이 문을 닫을 테고 그러면 사람들은 더욱 겁에 질릴 거예요. 주유소도 문을 닫겠죠. 대도시 주민들은 뉴스를 듣고 싶어서 애가 타겠지만 들리는 거라고는 유언비어뿐이고 유언비어는 재탕될수록 점점 더 무서워지는 특징이 있잖아요. 폭동이 시작되면 이글거리는 불길과 시커먼 연기 기둥이 지평선 위로 보일 거예요. 겁에 질린 사람들이 창문과 대문을 걸어 잠그면 사태가 더욱 심각해지겠죠. 없으면 안 되는 인력들이 출근을 하지 않을 테니까요. 점점 더 많은 회사들이 문을 닫을 테니까요. 점점 더 많은 공급망이 위태로워질 테니까요. 사람들은 정수 처리가 되지 않은 물을 마실 수밖에 없을 테고 그러면 며칠 만에 수인성 전염병이 돌겠죠. 병원마다 없으면 안 되는 물자가 바닥나겠죠. 사회가 붕괴돼서 남은 경찰과 병력으로 수습이 불가능한 지경에 이르면 일주일 만에 돌아올 수 없는 강을 건널 수 있어요. 한 달 만에 완벽한 무정부 상태가 될 테고요. 우리 나라로 향하던 화물선과 유조선은 고국으로 기수를 돌리겠죠. 전염병과 무법지경을 감당할 수 없을 테니까요. 여기저기서 아사자가 속출하겠죠. 무장 강도가 득세할 테고요. 농장은 털리고 가축은 도살당할 거예요. 경작지가 있더라도 추수할 방법이 없고 추수한 농작물을 가공할 방법도 없겠죠."

폴리는 일어나서 입을 떡 벌린 채 그를 보았다. 제정신이 아닌 그가 어떤 이야기를 늘어놓을 거라고 예상했을지 몰라도 이건 아니었던 것이다. "진심으로 그럴 거라고 믿어요?"

"아마도요."

"어머나, 딱해라." 그녀는 다시 바닥에 누웠지만 여전히 거리를 두었다. "지금 그런 사태가 벌어지고 있다고 생각하고요?"

"조만간 시작될 거라고 생각해요." 그는 고개를 돌려서 그녀를 바라보았다. "그래서 내가 미쳤다는 거예요. 단순히 독감 때문에 그러는 게 아니에요. 독감 그 자체로는 우리가 벼랑 끝으로 몰리지 않을 거예요. 하지만 동시다발적인 위기 상황이 조성되고 있어요. 이란과 사우디아라비아는 걸프 만을 사이에 두고 서로 마주 보고 있죠. 오늘 아침에 라디오 뉴스에서 얼핏 들었는데 사우디아라비아 쪽 걸프 만에 모든 선박이 억류되어 있대요. 호르무즈 해협은 봉쇄됐고요. 심각한 조치는 아니지만…… 전 세계적으로 원유와 천연가스 공급에 엄청난 차질이 빚어지고 있어요. 사우디아라비아, 쿠웨이트, 바레인, 카타르, 아랍에미리트에서 우리 쪽으로 공급되는 원유가 끊기고 있어요. 하루에 1천 7백만 배럴인데. 중국과 인도로 공급되던 이란 원유도 끊겼죠. 베네수

엘라에서 오일 터미널이 폭발하고 나이지리아에 심각한 유혈 쿠데타가 벌어져서 선박의 진출입로가 막힌 지 일주일도 안 돼서 벌어진 사태예요. 당신 눈에는 각 사태의 연관성이 보이지 않을지 몰라도 내 눈에는 보여요. 그게 내 직업이었으니까요. 점을 연결하는 것이."

그는 지금도 머릿속으로 점을 연결하고 있었다. 이제 유가가 1배럴당 얼마일지 궁금했다. 300달러일까? 500달러일까? 사우디아라비아가 홍해 송유관을 통해 공급하는 원유량을 늘릴 수는 있지만 그래도 하루에 100만 배럴 이상은 무리라 걸프국 원유가 1천6백만 배럴이 모자랐다. 나이지리아에서 공급되는 원유량이 얼마나 됐더라? 그는 기억을 더듬었다. 하루에 200만 배럴인가 그랬다. 전 세계가 하루에 소모하는 원유의 양이 8천만 배럴이었다. 그 수치는 기억하고 있었다. 러시아에서 공급되는 양이 하루에 1천만 배럴인데 수송에 차질을 빚고 있었다. 그는 암산을 하면서 캐시가 있었으면 좋겠다는 생각을 했다. 뉴스피드를 보고 싶었다. 블룸버그나 CNN을 보고 싶었다.

"하지만 그게 독감이랑 무슨 상관인데요?" 폴리가 물었다.

"전혀 상관없죠. 아니면 밀접한 상관관계일 수도 있고요." 그는 시선을 돌렸다. "인도네시아에서 독감이 유행이래요."

"어마어마하게 먼 나라네요."

"요즘은 그렇다고 볼 수도 없어요. 독감에 걸린 사람이 비행기를 타고 전 세계를 돌아다닐 수 있는 시대니까요." 미사일처럼 바다로 낙하하는 바닷새 한 마리가 그의 시야에 들어왔다. "저 새를 봐요." 그녀는 그가 가리키는 쪽으로 고개를 돌렸지만 바닷새는 전혀 새로울 게 없었다. 이곳은 그녀가 익히 아는 풍경이었다. 공허하고 광활한 바다. 낙

하하는 새들.

하지만 바위와 수평선 사이에 다른 뭔가가 있었다. 그걸 먼저 포착한 사람은 폴리였다. 하지만 그녀가 가리키려고 손을 들었을 때 그도 보았다. 은을 뒤집어쓴 것처럼 햇볕을 받고 희미하게 빛나는 회색의 기다란 몸통과 짙은 초록색의 물과 하얀 물거품과 새까만 심연. "고래예요." 그녀가 속삭였다. 뱀장어처럼 매끈한 등지느러미가 파도 사이로 자취를 남겼다. "그 고래일까요?" 고래는 이제 몸을 비틀어서 앞지느러미를 보이며 놀을 갈랐다.

"당연하죠." 그도 속삭였다.

고래는 등장했을 때 그랬듯이 눈 깜짝할 새 사라졌다. 작별 인사라도 하는 것처럼 꼬리로 물거품을 한 번 일으켜서 희미한 자취만 남기고 그만이었다. 그들은 고래가 다시 등장하길 기다리며 앉아서 지켜보았다.

"우리 아가씨가 멀리 떠났나 봐요." 한참 뒤에 조가 말했다.

"아가씨라고요?"

"나는 암컷일 거라고 생각하거든요."

그들은 소지품을 주섬주섬 챙겨서 시내까지 걸어갔다. 조는 고래를 보고 났더니 기운이 났다. 그는 걸어가면서 이야기를 꺼냈다. "내 계획이 뭔가 하면 식료품을 사는 거예요. 그리고 만일의 경우에 대비해서 비상식량도요."

"세상이 멸망할 경우에 대비해서요?"

"그렇죠."

"세상이 멸망해도 살아남으려면 어마어마하게 많은 식량이 필요할 텐데요." 그녀는 속눈썹을 깜빡이는 것으로 마뜩잖아하는 속내를 조심스럽게 드러내며 그를 바라보았다.

"식량을 어마어마하게 많이 살 생각이에요." 그가 말했다.

"나중에 어디서 지낼 건데요?"

"당연히 세인트피란이죠."

"그러니까 주변의 다른 마을 사람들은 굶어 죽어가는 동안…… 비축해놓은 식량으로 버티겠다는 거로군요." 그녀는 앞장서서 걷기 시작했다.

"내 말을 제대로 안 듣고 있네요."

"듣고 있어요."

"아뇨, 안 듣고 있어요. 나는 식량을 어마어마하게 많이 살 생각이에요. 나 혼자가 아니라 **마을 전체**를 먹여 살릴 수 있을 만큼 많이요."

그녀는 걸음을 멈추었지만 고개를 돌리지는 않았다. "마을 전체를요?"

"세인트피란 전체를요. 308명 전부를요."

"제정신이 아니군요."

"방금 전에는 나더러 이기적이라고 하더니. 이제는 제정신이 아니라고 하네요?"

그녀는 고개를 돌려서 그를 빤히 쳐다보았다. "그러게요, 결정을 못 내리겠네요." 그녀는 몸을 돌려서 다시 걷기 시작했다. "그러려는 이유가 뭔데요?"

"그러려는 이유라뇨?"

"마을 전체를 먹여 살릴 만한 식량을 비축하려는 이유요."

그는 거의 뛰다시피 걸어야 그녀와 보조를 맞출 수 있었다. "얘기하면 마음 풀 거예요? 내가 나 혼자 잘 먹고 잘 살겠다고 그러는 줄 알았을 때부터 골을 내고 있잖아요."

"그래도 알고 싶어요. 둘이서 같이 계획을 세우려면 **알아야겠어요.**"

"좋아요." 그는 뒤에서 열심히 그녀를 따라가며 말했다. "어떤 사람한테 약속한 게 있어요." 말을 하고 나니 아차 싶었다.

"세인트피란에 사는 사람인가요?"

이제 와서 주워 담을 방법은 없었다. "아뇨, 아뇨. 아주 오래전에 한 약속이에요. 어떤 사람한테 약속을 해놓고 잊어버렸어요. 몇 달이 지나고 몇 년이 지나는 동안 잊고 지냈죠. 그러다 바다로 헤엄치러 나갔던 요전 날 새벽에 생각이 났어요. 고래한테 길이 막혔을 때 말이에요. 이제 죽는구나 싶었을 때 생각난 딱 한 가지가 그거였어요."

"그렇군요." 폴리는 걸음을 멈추었다. "무슨 약속이었는데요?"

"그게 중요한가요? 말하자면 너무 길어요. 묻지 말아줘요." 그는 그녀의 어깨에 손을 얹었다.

"당신은 특이한 사람이에요, 조 학."

"나도 알아요." 그는 손을 치웠다.

두 사람은 이제 서로 마주 보고 서 있었다. 그의 가슴속 깊은 곳에서 점점 부풀어 오르는 듯한 아픔이 느껴졌다. 그는 시선을 돌렸다. 지금처럼 맑고 화창한 가을날이 아니었다. 추운 한겨울의 어둑어둑한 방 안이었다. 침대 맡이었다. 조명은 침침했다. 방에서는 낯선 약품 냄새와 썩은 내가 났다.

"우리 어머니였어요." 그는 결국 털어놓았다.

"그렇군요." 그녀는 잠깐 그와 눈을 맞추었다.

그는 눈에 들어간 모래알이 느껴지자 손등으로 문질렀다.

"괜찮아요?"

"네." 그는 웃어 보였다. "아무렇지도 않아요."

"그럼. 식료품이 얼마나 필요한 거예요?"

"정말 모르겠어요. 세상이 멸망하고 며칠이 지나면 테스코 슈퍼마켓이 다시 문을 열까요?"

"난들 알겠어요? 이 모든 발상이 당신 머리에서 나온 거잖아요."

"사실은 무슨 일이 벌어질지 아무도 몰라요. 어쩌면 독감이 또 다른 소동에 그칠 수 있어요. 어쩌면 전 세계는 원유 부족에 슬기롭게 대처할 수도 있고요. 아무도 모르는 일이에요."

"하지만 최악의 상황에 대비하고 싶다?"

그렇게 표현하고 보니 암울한 사고방식처럼 느껴졌다. 그는 원래 어두운 측면을 보지 않고 최악을 절대 예상하지 않는 낙천적인 성격이었다. 일은 잘 풀리게 되어 있다는 것이 그의 좌우명이었다. 그의 인생은 늘 그런 식이었다. 그는 좋은 회사에 취직했고 근사한 아파트를 구했고 미모의 아가씨들과 데이트를 했다. 이제 겨우 서른 살인데도 비싼 차를 몰며 호화로운 생활을 즐겼고 통장에 잔고가 있었다.

하지만 이렇게 사는 목적이 무엇일까? 이런 질문은 지금까지 스스로 던져본 적이 없었다. 그런데 어쩌다 이렇게 고집스러운 결단을 내리게 된 걸까?

"아마도요. 이유는 묻지 마요." 어쩌면 최악의 시나리오가 가장 그럴듯해 보이기 때문이었다. 아니면 구멍이 뚫린 논리에 그 자신이 넘어갔을지도 모를 일이었다. 그는 전에도 그런 적이 있었다. 줄줄이 연결된 고리가 보여서 재니에게 설명을 하다 보면 중간에 고리가 사라져버렸다. 콩고에서 쿠데타가 벌어졌다고 하면 '탄탈룸'이라는 단어가 그의 머릿속에 떠오른다. 탄탈룸은 화학기호가 'Ta'이고 원자번호가 73번인 희토류 금속이다. 그는 탄탈룸이 뭔지 안다. 콩고의 동부에 묻혀 있고 휴대전화를 만드는 데 쓰인다. 그래서 그는 노키아를 물망에 올린다. 하지만 너무 빤한 타깃이다. 노키아의 휴대전화 생산이 위기에 봉착하면 누가 타격을 입을까? 그가 생각하기에 공급망이 얼마나 튼튼한지 여부는 가장 취약한 연결 고리에 의해 결정된다. 노키아의 공급업체는 100군데가 넘고 콩고의 광산에서 여섯 단계를 거쳐야 노키아가 나온다. "아프탄 컴포넌츠를 공매도하세요." 그는 재니에게 말한다. "그 회사가 취약 지점이에요." 그런데 아니었다. 그의 논리대로 되지 않았다. 쿠데타 소식이 전해지자 아프탄 컴포넌츠 주가가 15퍼센트 상승했다. 말이 안 되는 얘기였다. 그는 트레이딩 플로어에 서서 빨간색으로 변해가는 숫자들을 보며 클랙슨이 빵빵거리는 소리와 재니의 위로를 들었다. "신경 쓰지 마, 조. 가끔 논리가 틀릴 때도 있고 그런 거지."

"그러니까 콩 통조림을 5만 2천 파운드어치 사고 싶은 거예요?"

"콩 통조림만 사지 않을 거예요."

"그럼요?"

"고기 통조림도 살 거예요." 그가 말했다. "설탕, 쌀⋯⋯" 그는 열심히 늘어놓았다. "내가 이런 걸 잘 못하는데. 사람들이 뭘 먹죠?"

"사람들이 뭘 먹느냐고요?" 그녀는 그를 째려보았다. "당신도 그중

한 명이잖아요. 뭘 먹어요?"

갓 따서 올리브 오일에 살짝 버무린 마늘 버섯이 그의 머릿속에 번
쩍 떠올랐다. 그는 그런 걸 먹었다. 또 뭘 먹었더라? 그는 구운 치아바
타와 뉴욕 피자도 먹었다. 벵골 커리도. 대니시 페이스트리도. 그는 올
리브와 페타 치즈를 넣은 아삭한 그리스 샐러드도 먹었다. 탈지유를
넣은 유기농 그래놀라도 먹었다. 피스타치오도 먹었고 감자칩도 먹었
고 초코바도 먹었고 와인검*도 먹었다. 델리 샌드위치와 피가 뚝뚝 흐
르는 225그램짜리 안심 스테이크도 먹었다. 다이어트 콜라와 코스타
리카 커피와 벨기에 블론드 맥주와 신대륙의 와인도 마셨다. 이 모든
게 건강한 식단과는 거리가 멀었다. 세계 종말에 대비한 쇼핑 목록과
도 거리가 멀었다. 그가 세인트피란을 위해 준비하려던 건 이게 아니
었는데 그가 뭘 준비하려고 했는지도 모를 일이었다. "잘 모르겠어요.
감자……"

"감자는 한 달 동안 보관할 수 있어요. 한 달이 지나면 싹이 나기 시
작하고요."

"빵…… 아니다…… 빵은 아니에요. 밀가루. 그리고 빵을 만드는 데
필요한 모든 재료."

"이스트."

그는 디딤대를 밟고 울타리를 넘을 수 있도록 그녀를 도와주었다.
"아무래도 당신 도움이 필요하겠어요."

그녀는 그와 눈을 맞추었다. "그렇겠네요." 그녀가 균형을 잡으려고

---

* 과일 맛이 나는 작은 사탕.

한쪽 손을 내밀자 그가 손을 잡아주었다. 손이 차가웠다.

"지금 따뜻해요?"

"따뜻하진 않아요."

그는 재킷을 벗어서 그녀의 어깨에 걸쳐주었다. 그녀의 체구가 워낙 왜소해서 우스울 정도로 큼지막해 보였다. 하지만 그녀의 외모에 소년 같은 매력이 더해졌다. 그는 갈망으로 가슴이 아렸다. 폴리는 자기가 얼마나 예쁜지 알고 있을까? "잘 어울리네요."

"말도 안 되는 소리 하지 마요."

이 여자의 옆에 있으면 심장이 두근거렸다. 그들은 시내를 향해 언덕길을 내려갔다.

"그러니까 온 마을 주민을 먹여 살릴 계획이란 말이죠. 얼마 동안요?"

그는 어깨를 으쓱했다. "여력이 닿을 때까지요."

"당신 가게 물건이 다 떨어지면 어떻게 되는데요?"

그는 고개를 저었다. "그렇게 먼 미래까지 내다보지는 못해요." 이건 전문가적인 답변이었다. 캐시도 그렇게 멀리 내다보지 못했다. 정확한 답을 원하면 하루나 이틀이 한계였다. 가이드라인을 원하면 일주일이었다. 추측을 원하면 한 달이었다. 그는 지금 추측을 하고 있었다. 캐시가 예견한 한 달 뒤 전망에 그의 통장 잔고 전부를 걸고 있었다. 미친 짓이었다. 미친 짓일 수밖에 없었다. 하지만…… 그는 우리 나라가 식료품의 절반을 수입한다고 그녀에게 얘기하고 싶었다. 그럼 온 국민이 먹는 양을 줄이면 살아남을 수 있지 않겠느냐고? 하지만 그렇게 간단한 문제가 아니었다. 우리는 비료의 거의 절반을 수입한다. 나머지 절반은 인이 있어야 만들 수 있는데 그걸 수입한다. 그리고 석유가 없으면 식료품을 공급할 수가 없다. 점과 점들이 연결된다.

"식료품이 아닌 다른 건 어쩌려고요?" 폴리는 그의 표정을 보고 알아차렸다. "그 부분에 대해서는 생각해본 적이 없는 거죠? 화장지. 생리대. 비누. 치약."

"그런 건 없어도 그럭저럭 살 수 있지 않을까 생각했는데요."

"세인트피란에서 폭동이 벌어지길 바라나요?" 그녀는 그의 팔꿈치 안쪽으로 손을 집어넣었다. "나랑 같이 차로 가요. 어떻게 하면 될지 내가 알려줄게요."

첫 번째 안이 가장 그럴듯했지만 조가 거부했다. 폴리가 가게를 하는 제시 힉스에게 도움을 받자고 했던 것이다. "제시네를 통해서 대형 할인점에 일괄 주문해달라고 해요. 그럼 할인도 받을 수 있고 전부 다 배달이 되잖아요."

그래도 조는 마음이 놓이지 않았다. "너무 티가 나잖아요." 그는 그녀에게 말했다.

"너무 티가 난다고요?"

"네. 그러면 최소한 대여섯 명은 알게 되잖아요. 대형 할인점장, 포장 담당 직원, 배달 기사. 그 사람들의 친구들. 그 친구들이 또 자기 친구들한테 얘기하면 조만간 콘월 인구 절반이 알게 될 테고 그럼 식량 공급이 끊기는 순간 그들이 어디로 들이닥치겠어요?"

하지만 두 번째 안은 그보다 더 어려웠다. "내가 직접 살래요." 조는 폴리에게 말했다. "슈퍼마켓에서 사면 되잖아요."

그녀는 무단 결석생을 대하는 선생님 같은 눈빛으로 그를 바라보았다. "당신 차에 얼마나 실을 수 있을지 생각이나 해봤어요? 운이 좋으면 500파운드어치 정도 실을 수 있을 거예요. 구석구석 꽉 채워서. 그럼 합해서 100번을 왔다 갔다 해야 한다고요. 그건 너무 티가 날 것 같지 않아요?"

그녀의 말에도 일리가 있었다. 그는 가상의 테니스공을 가볍게 쳤다. "러브 피프틴."*

"그리고 그 많은 식료품을 어디다 보관하려고요? 맬러리 북스 선생님이 그 많은 걸 2층에 두어도 좋다고 할 것 같지는 않은데."

"러브 서티."

차에 도착했을 때 날씨가 달라지기 시작했다. 동쪽에서 불어오는 산들바람에 청회색 구름이 실려 왔다. 그가 차 문을 열어주자 폴리는 그의 목에 손을 얹고 그의 뺨에 가볍게 입을 맞추었다. "고마워요. 오늘 즐거웠어요."

"나도요."

"우리, 또 나와요."

그도 입을 맞추어도 되는 걸까? 그는 몸을 앞으로 숙였지만 그녀는 이미 차 안으로 몸을 싣고 있었다. 그는 기회를 놓쳤다. 어쩌면 처음부터 기회 따윈 없었을 수도 있었다.

"그럼 이렇게 해요." 길을 나섰을 때 그녀가 말했다. "피터 쇼니시 씨한테 밴을 빌려요. 차가 크거든요. 트루로의 대형 할인점에서 현금 결제, 무배달 조건으로 할인되는 카드를 발급받고 우리가 열댓 번 왔다

---

* 테니스에서 한쪽의 공격이 성공해서 0 대 15가 됐을 때 러브 피프틴이라고 한다.

갔다 하면 될 거예요."

"우리요?"

"아니. 당신만이에요. 나는 가지 않을 거예요. 쇼니시네 밴이 싫거든요. 불편하고 생선 냄새가 나서." 그녀는 눈썹을 끌어내려서 협상을 하고 말고 할 문제가 아님을 알렸다. 그녀의 생김새와 결연한 이면에는 재니 커버데일을 닮은 구석이 있었다. 순간 펜슬스커트에 빨간 하이힐을 신고 5층 책상 사이를 또각또각 걸어가는 그녀의 모습이 그려졌다.

"당신, 딜러로 일했으면 잘했겠어요." 그가 말했다.

"그걸 전부 다 보관할 장소도 필요해요." 그녀는 딴소리 사절임을 분명히 했다. "슈퍼마켓 말고 대형 할인점에서 전부 다 장만하면 좋은 게 뭔가 하면 박스 포장이 되어 있다는 거예요. 쌓기도 쉽고 공간도 덜 차지하죠. 그래도 상자를 몇천 개 보관할 공간이 필요한데."

"몇천 개요?"

"한 푼도 남김없이 다 쓸 거예요?"

그는 망설이지 않으려고 했다. "네."

"그럼 그 많은 상자를 보관할 만한 데가 별로 없는데." 그녀는 고민에 잠겼다. "생선 창고가 있긴 하지만 별로 안전하지가 않아요. 그냥 나무로 만든 건물이거든요. 게다가 난장판이고." 그녀는 손톱으로 이를 가볍게 두드렸다. 그건 그의 습관이었다. 그가 그러는 걸 본 걸까?

"제시네 창고는 너무 작아서 움직일 공간도 없을 정도예요. 교실이 있긴 하지만, 마서 선생님이 허락할 리 없죠. 휴가용 산장을 한 채 장기 대여하면 좋을 텐데 어쩌다 한 번씩 주말에 예약을 하는 손님들이 있거든요. 베비스 맥위스네 농장에 낡은 헛간이 있긴 한데 마을에서 거리가 꽤 되고 잠글 수나 있을지 모르겠어요. 그리고 양들이 새끼를 낳는 우리는 봄이 되면 써야 할 테고요. 그럼 남은 곳이 딱 한 군데밖에 없네요." 그녀는 불길한 표정으로 그를 쳐다보았다. "우리 집으로 가는 게 좋겠어요."

2부

네가 리바이어던과
언약을 맺을 수
있겠느냐?

16
모든 게 달라진 날

세인트피란 주민들은 요즘도 알몸의 사나이가 피란 모래사장으로
떠밀려왔던 날에 대해서 이야기한다. 채러티 림버는 손자들에게 그날
의 이야기를 들려준다. 손자들이 아버지인 케이시 2세에게 중요한 부
분들을 이미 들어서 알고 있는데도 그런다. 채러티가 중손자들에게
그 이야기를 들려줄 날도 머지않았다. 그녀는 알몸이었던 남자의 상
태가 '**발기 지속증**'이었다고 **손녀들**에게만 알려주고 그게 무슨 뜻인지
이해하는 나이가 될 때까지 더 이상 설명을 하지 않는다. "이만큼 길었
어." 그녀가 양쪽 엄지손가락의 간격을 벌려서 보여주면 여자아이들
은 손으로 입을 가리고 키득거린다. "하지만 아무한테도 얘기하면 안
된다. 우리들만의 비밀이니까."

"그게 그날이었지." 채러티 림버는 손자들에게 이렇게 말했다. "모든 게 달라진 날이."

하지만 기억은 변덕스러운 연인과도 같다. 대지의 품으로 돌아가지 않는 한 채러티 림버의 손자들이 그들의 손자들에게 이 이야기를 들려주는 날이 찾아오면 그때는 이야기가 조금 달라질지도 모른다. 고래가 한 마리가 아닐지 모른다. 조 학의 그곳이 불가능한 수준으로 커질지 모른다. 모든 게 가을의 그날 한꺼번에 벌어진 것처럼 포장될지 모른다.

채러티 림버는 손자들을 언덕 꼭대기의 교회로 데려간다. 다 같이 묘지를 이리저리 걷는 동안 아이들은 그 아래에서 잠든 사람들을 생각 않고 묘비 사이를 달린다. 이제 목사는 없지만 현관 밑에 달린 남문은 늘 열려 있다. 아이들은 이곳을 잘 안다. 해마다 여기서 고래 축제가 열린다. "여기가 세인트피란 순교자 교회란다." 채러티는 그들에게 말한다. "할머니가 어렸을 때는 다들 면 원피스를 차려입고 일요일마다 이 교회를 찾았지. 여기가 할머니가 주로 앉았던 자리야." 이제 신도석은 없지만 그래도 그녀는 안을 구경시켜준다. "목사님이 기도할 때 눈을 뜨고 있는지 확인하려고 내 쪽을 쳐다보셨거든. 할머니는 늘 눈을 뜨고 있었단다." 그녀의 목소리는 예배당 안에서 메아리치다 널찍한 석조 성단석*의 서까래 사이로 흘러들어간다.

그녀는 아이들을 데리고 예배당 양쪽에 달린 날개 모양의 공간을 지나서 큼지막한 오크 문으로 향한다. "그 당시에는 이 문이 잠겨 있었

* 성직자와 성가대가 앉는 자리.

어." 그녀는 경건한 속삭임 수준으로 언성을 낮춘다. "항상." 그녀는 묵직한 쇠 자물쇠를 들어 올린다. "딱 한 명만 열쇠를 가지고 있었지. 그 한 명이 누구였는가 하면 조 학이었어." 그녀가 문을 열자 아주 오래된 경첩이 끼익하고 반항하는 소리를 낸다. 아이들은 안으로 들어간다.

그들이 들어선 곳은 노르만 양식으로 지어진 종탑이다. 종에 밧줄이 아직도 매달려 있다. 한 아이가 달려가서 밧줄을 흔들지만 그의 체중으로는 멀찍이 달린 종이 꿈쩍도 하지 않는다.

"이 주변에 상자들이 쌓여 있었단다." 채러티가 말한다. "중간에 좁은 통로 하나만 남겨두고 벽에서부터 차근차근 바닥을 덮었지. 그런 다음 천장까지 쌓고. 이 계단까지 쌓고." 그녀가 가장 어린 아이의 손을 잡고 다 같이 나무 계단을 올라간다. "계단마다 식료품 상자들이 놓여 있었어. 고기 통조림, 생선 통조림, 설탕, 쌀, 콩. 이 계단을 올라가려면 그 사이를 뚫고 지나가야 했지. 2층까지 올라가려면 말이다." 2층은 큼지막한 오크로 만들어진 거대한 서까래가 받치고 있다. "여기에도 상자랑 자루들이 높이 쌓여 있었어." 그녀는 손을 든다. "3층까지." 그들은 한 층 더 올라간다. "전부 합해서 3천8백 개였지." 그녀의 말에 아이들은 깡통과 봉지와 병과 단지 더미로 뒤덮인 바닥을 애써 상상해본다.

북쪽으로 스무 걸음, 다시 동쪽으로 스무 걸음, 다시 남쪽으로 스무 걸음, 다시 서쪽으로 스무 걸음 올라가는 동안 아이들은 숨을 헉헉대지만 종들이 나란히 달린 탑 옥상에 도착하자 좋아한다. "조심해라." 좁은 창문을 향해 달려가는 아이들에게 그녀가 큰 소리로 외친다. "유리창이 없으니까."

"3천8백 개였어." 그녀는 했던 말을 반복한다. "처음에는 그걸 전부 혼자 날라야 했단다. 그게 목사님이 내건 조건이었거든. 카트를 써도 안 되고, 남의 도움을 받아도 안 된다고. 조 학은 종종 한 번에 두 개씩 상자를 들어서 좀 전에 너희들이 그랬던 것처럼 계단을 오르고 묘지를 지나고 현관으로 들어와서 예배당을 통과해야 했단다. 그런 다음 여기다 상자들을 쌓아야 했지. 왔다 갔다, 왔다 갔다. 밴으로 내려갔다 가. 다시 탑으로 올라왔다가. 몇 시간씩. 지나가던 사람들이 걸음을 멈추고 구경하곤 했지. '뭐 하는 거예요?' 사람들은 이렇게 물었어. '왜 그러는 거예요?' '제 소지품을 교회에 보관하려고요.' 그는 이렇게 대답했지. '목사님이 종탑을 빌려주셨어요.' 소지품? 수프와 캐서롤*, 깡통 우유, 밀가루, 온갖 종류의 콩, 푸딩, 꿀과 마멀레이드, 소시지, 시럽에 담근 과일 병조림, 말린 과일, 퓌레, 파스타가 있었지. 핫도그, 깡통에 든 당근, 베이킹파우더, 정어리, 올리브, 뮤즐리, 햄, 땅콩도 있었고. 그는 가능한 한 대용량으로 구입했기 때문에 콩 통조림이 들통만 했고 렌틸콩, 강낭콩, 연유, 달걀가루가 한두 부대가 아니었어."

초인적인 노력이었지. 채러티는 이렇게 생각했다. 그는 담벼락 바로 앞에 쇼니시의 낡은 밴을 세워놓고 왔다 갔다 하는 조를 여러 번 본 적이 있었다. 맨 처음 그녀가 호기심에 구경했을 때 조는 터벅터벅 계단을 내려와서 밴에 실린 무거운 상자 두 개를 들었다. "안녕하세요, 채러티 양." 그가 인사를 건네자 그녀는 얼굴을 붉혔다. 알다시피 그녀가 그의 알몸을 봤다는 사실을 그도 알았다. 하지만 그녀가 뭐라고 대

* 오븐에 넣어서 천천히 익혀 만드는 찜 요리.

꾸도 하기 전에 그는 무거운 상자를 들고 끙끙거리며 계단을 올라가 버렸다. 그러고는 잠시 후에 다시 돌아왔다.

"도와드릴까요?" 그녀가 물었다.

"괜찮아요."

이번에는 병에 든 올리브 오일과 통에 든 마가린이었다.

그가 다시 등장했을 때 그녀는 다시 물어보았다. "도와드리고 싶은데요. 좀 가벼운 거 들어드릴게요."

"목사님이 허락하지 않으실 거예요." 그는 밴에 실린 상자 두 개를 들어 올리며 말했다. "보험 문제 때문에 그래요. 나를 돕다가 허리를 다쳤다고 쳐요. 그럼 누구 탓이겠어요?"

그녀가 생각해보는 사이 그는 계단 너머로 사라졌다.

이번에는 폴렌타* 상자와 비누였다.

"내가 전적으로 책임을 질게요." 그녀는 그가 다시 계단을 내려왔을 때 이렇게 말했다.

"마음은 진심으로 고맙지만 받을 수가 없네요." 조가 말했다. "목사님과의 약속을 어기면…… 어떻게 되겠어요?" 그는 어깨를 으쓱했다.

이번에는 통에 든 고형 육수와 봉지에 든 가루 설탕이었다.

다음번에 만났을 때 그는 새 물건을 잔뜩 싣고 온 밴의 문을 열고 있었다. "또 상자예요?" 그녀가 물었다.

"아마도요."

"도와드릴까요?"

* 옥수숫가루로 만드는 이탈리아식 죽.

"괜찮아요."

계속 그런 식이었다. 채러티가 개를 데리고 부모님의 집에서 언덕을 내려오면서 살피면 가끔 밴이 안 보일 때도 있었다. 그러다 마을을 향해 천천히 언덕을 내려오는 밴이 나중에 보이곤 했다. 저녁 때 그녀의 방 창밖을 내다보면 어깨에 자루를 짊어지는 남자의 형체가 밴의 희미한 불빛 사이로 보이곤 했다. 도대체 소지품이 얼마나 많은 걸까. 그녀는 궁금했지만 고작 열일곱 살이었다. 저렇게 소지품이 많으면 다른 데 보관해야겠지.

"케이시한테 도와달라고 하지 그러세요?" 한번은 병이 든 상자를 교회로 나르는 그를 보고 그녀가 이렇게 제안한 적이 있었다. "돈을 주고 쓰세요. 상자 하나당 20펜스씩, 이렇게요."

그는 그 말에 미소를 지었다. "그럴 수만 있다면 그러고 싶네요."

"보험은 목사님한테 들어달라고 하면 되지 않을까요?"

하지만 보험이 문제가 아니었다. 사실은 그랬다. 굳이 따지자면 교회의 비협조적인 태도가 문제였다. 앨빈 호킹 목사는 쉽게 설득할 수 있는 상대가 아니었다. 두 사람은 목사가 분주하게 서류를 정리 중이던 제단 옆에서 만났다. "나한테 부탁할 게 있다면서요?" 그는 전화 통화라도 하는 것처럼 조의 시선을 철저하게 무시하며 냉랭하게 물었다. 지구가 멸망할지 모른다는 조의 생각을 경멸하는 표정으로 손사래를 치며 일축했다. "말도 안 되는 소리." 그가 말했다. "종말론을 들먹이면서 장난치고 싶으면 다른 데 가서 알아봐요."

조는 루 코프먼에게 들은 설명을 고스란히 반복했지만 아무 소용없었다. 호킹은 논리에 따라 움직이는 세상에서 살지 않는 듯했고 그런 세상에서 산다 한들 그를 이해할 생각이 없었다.

"하나님이 우리를 굶어 죽도록 내버려두실까요?" 그는 윗입술을 들어서 냉소를 날리며 조에게 물었다.

하나님은 눈 하나 깜짝 않고 사람들을 굶어 죽도록 내버려두실 것 같은데요. 조는 이런 생각이 들었지만 멍청하게 그런 식으로 공략하지는 않았다. 그 대신 애써 미소를 지으며 말했다. "굶어 죽도록 내버려두실 리가 없죠. 하늘에서 먹을거리를 내려주시겠죠."

"그러니까 당신이…… **당신이**…… 하나님의 대리인이다?" 앨빈 호킹은 믿기지 않는다는 투였다.

"어쩌면 그럴 수도 있죠." 조는 손바닥을 내밀어 보였다. "하나님이 워낙 불가사의하게 역사하시잖습니까."

"그 정도로 불가사의하게 역사하시지는 않아요." 호킹 목사는 이렇게 말했다.

결국 그들이 맺은 것은 상거래 그 이상도, 그 이하도 아니었다. 목사는 그의 교회에 식료품 수천 상자를 보관한들 지역사회에 무슨 도움이 되겠느냐고 일축했지만, 안전상의 이유로 20여 년 동안 폐쇄했던 종탑을 활용해서 수익을 창출하는 데에는 동의했다. "폴리가 하도 졸라서 허락하는 거예요." 그는 조에게 말했다. "재산이 파손되거나 손실되더라도 교회나 직무자들에게 아무 책임을 묻지 않겠다고 간단하게 명시한 각서에 서명해야 합니다."

"그 대가로 대여 기간 동안 모든 열쇠를 제게 넘겨주세요." 조가 말했다.

"다른 사람은 종탑을 출입하면 안 됩니다." 목사가 제단에서 계단을 내려오며 말했다. "이 일과 관련해서 어느 누구의 도움도 받으면 안 되고요. 안 그러면 계약은 효력을 잃습니다."

"알겠습니다."

"선불금은 1천 파운드이고 일주일에 50파운드씩 내세요. 그리고 건물 구조가 손상될 경우에 대비해서 수리비 명목으로 5천 파운드를 보증금으로 내고요."

"손상되면 보상하겠다는 계약서는 작성할 수 있지만 보증금 5천 파운드는 곤란한데요. 비상식량을 마련하는 데 전 재산을 할애할 생각이라서요."

"그럼 다른 데를 알아보시죠." 호킹이 말했다.

상황은 그렇게 종료됐다. 그리고 앨빈 호킹이 통로를 지나서 제의실로 걸어가는 동안에도 별다른 변화는 없을 듯했다.

"알겠습니다."

목사는 걸음을 멈추었지만 뒤를 돌아보지는 않았다.

"보증금 대신 제 차를 맡기면 어떨까요?"

냉랭한 정적이 흘렀다.

"종탑 열쇠를 돌려드릴 때까지 마음껏 쓰시는 걸로요."

"종탑 대여 기간이 끝날 때까지 나한테 소유권을 이전하는 건 어떨까요?"

"목사님에게로요 아니면 교회로요?"

"나한테로요."

세상이 멸망하게 생겼는데 그게 무슨 상관일까? "알겠습니다."

"그렇다면 제안을 수락하죠." 호킹이 말했다. "차 열쇠는 제의실에 두세요."

조는 목을 따라서 땀방울이 맺히는 것을 느낄 수 있었다. "조건이 한 가지 더 있습니다."

목사는 고개를 돌렸다.

"저를 정신병자로 생각하시는 거 압니다. 당연히 그러시겠죠. 뭐, 그렇게 생각하실 만도 합니다. 목사님은 제가 예견하는 미래가 닥칠 리없다고 생각하시니 제가 제시하는 조건을 듣고 망설이실 이유가 없을 거라고 봅니다." 조는 그에게로 한 발짝 다가갔다. "목사님은 제가 비축한 물건을 절대 요청하지 않겠다고 약속해주십시오. 구호물자로 주어지더라도 그 어떤 것도 절대 받지 않겠다고요."

"어떤 경우라도 내가 손을 내밀 일은 없을 겁니다."

"잘됐네요."

앨빈 호킹은 예배당을 사이에 두고 그를 물끄러미 쳐다보았다. "계약서를 작성해오면 서명을 하죠."

"그걸 마지막 조항으로 넣겠습니다."

"그래요. 그리고 한 가지 더." 목사는 다시 입가에 냉소를 머금었다. "내 아내와 두 번 다시 말을 섞지 말 것." 그는 고개를 뒤로 빼고 청년의 표정을 감상했다. "그녀와 두 번 다시 어울리지 말 것. 그녀와 두 번 다시 외출을 하거나 사적인 공간에서 눈에 띄거나 그녀에게 쪽지를 건네지 말 것." 그는 가만히 서서 나오지 않을 대답을 기다렸다. "만약 그런 사태가 발생하면 우리 계약은 효력을 잃습니다." 그는 의기양양한 표정을 지으며 몸을 돌려서 뚜벅뚜벅 밖으로 나갔다.

17
서로 연관성을 파악하시는군요

"정부에서 백신을 2천만 개 풀고 있어." 맬러리 북스가 말했다. "이 나라 인구가 7천만인 걸 몰라서 그러나?"

조는 프라이팬에 달걀을 요리하고 있었다. "어떻게 해서 드릴까요?" 그가 물었다.

"뭘 어떻게 해서 줘?"

"달걀요."

맬러리는 툴툴거렸다. "팔십 평생 처음 듣는 질문이로군. 뭐라고 해야 그럴듯한 답변이 될지 모르겠어."

"보통은 한쪽만 익히든지 아니면 양쪽 다 익힌 프라이로 먹죠." 조가 말했다. "제가 만들면 노른자가 터지거나 물컹거리게 되지만요."

"그럼 그 둘의 중간으로 하지."

"훌륭한 답변이십니다." 조는 의사의 접시에 달걀 두 개를 철퍼덕 담은 다음 프라이팬에 대고 달걀 두 개를 더 깨뜨렸다.

"그 짓거리는 이제 끝낸 건가?"

"그 짓거리라뇨?"

"피터 쇼니시의 밴이 클리프 가의 언덕배기를 늘 막고 있다고 사람들이 투덜거리던데. 밤낮으로 거기 세워져 있는 것 같다고."

"투덜거릴 이유가 없는데요. 지나다닐 공간은 넉넉해요."

"그 사람들 말로는 그렇지가 않던데."

"아크 로열호라면 모를까 다른 거라면 클리프 가를 충분히 지나갈 수 있을 거예요." 조는 그의 달걀을 뒤집었다. "그리고 오늘은 토요일이잖아요. 쉬는 날이에요."

"듣던 중 반가운 소리로군." 맬러리는 아침을 포크로 푹 찔렀다. "자네가 거기다 가게를 여는 건 아니냐며 제시 힉스가 걱정하고 있어."

"걱정할 필요 없다고 전해주세요. 아니라고. 설령 제가 가게를 내고 싶다 한들 호킹 목사님이 허락하겠어요?"

그들은 아무 말 없이 아침 식사를 시작했다. 조는 자기가 맬러리 북스의 집에 딱 한 가지 기여한 부분이 있다면 제대로 된 아침 식사의 개념이라는 생각이 들었다.

"자네 혹시 브리지* 할 줄 아나?" 의사가 물었다.

"조금은요." 조는 마지막으로 브리지를 한 게 언제였는지 기억을 더

* 카드 게임의 일종.

223

듣었다. "네 명 모집됐어요?"

"자네까지 해서 네 명이야. 제러미하고 디멜자가 할 줄 알거든. 예전에는 조그맣게 농사를 짓던 앨프레드 무트하고 같이 했는데…… 3년 전에 눈을 감았지 뭔가. 오늘 저녁에 자네가 페트럴로 와줘야겠어."

"차 드릴까요?"

"좋지."

조는 그들이 일종의 공생 관계라는 생각이 들었다. 맬러리 북스는 조가 음식을 만들어서 식탁을 차리고, 식사가 끝나면 식탁을 치우고 설거지를 하고 그릇들을 정리하는 동안 수다스러운 삼촌처럼 식탁 앞에 앉아 있었다. 북스가 기여하는 부분은 좀 더 불분명했다. 그는 마을에 떠도는 소문, 라디오에서 접한 뉴스, 이 마을에 사는 동안 생긴 관심사를 끊임없이 늘어놓았다. 어느 것 하나 조의 호기심을 자극하지 않는 것이 없었다. 북스는 그의 뉴스피드이자 헤드라인과 하이라이트를 수신하는 테이프가 되었다. 국내 및 세계 뉴스와 피시 가에서 벌어진 사건이 똑같이 세심하고 찬찬하게 다루어졌다.

"어제 도로시 레스토릭이 여길 찾아왔어." 맬러리가 말했다. "아기를 데리고."

"네, 도로시 레스토릭이 누군지 알아요."

"아기가 코를 훌쩍거리더라고. 도로시 말로는 아시아 독감인 것 같대."

"그래요?"

"예전에 독감으로 죽은 친구가 있었어. 1970년인가 그 무렵에. 이름은 코린 맥위스. 베비스 맥위스의 종조부였지. 한겨울에 트랙터를 몰고 나가겠다고 고집을 부렸다가 그렇게 됐어. 내가 얌전히 누워 있으라고 했는데 말을 들어야 말이지. 운전석에서 시신으로 발견됐다네, 딱한 친구 같으니라고."

"맙소사."

"인도네시아에서 25만 명이 사망했다는군. 인도에서는 얼마나 죽었을지 아무도 모를 일이야. 숫자를 파악하는 사람이 없으니까."

"그러게요."

"싱가포르는 폐쇄됐다네. 전면 출입 금지야."

조는 안테나가 움찔거리는 것을 느낄 수 있었다. 싱가포르는 여러 상품과 석유가 선적되는 관문이었다. 싱가포르를 거치는 화물이 전 세계적으로 얼마나 될까? 연결이 되길 기다리는 점들이 그의 머릿속에 떠올랐다. "호르무즈 해협은 어떻게 됐나요?" 그가 물었다.

"무슨 해협?"

"아라비아 쪽 걸프 만요. 봉쇄됐다던데 어떻게 됐나 해서요."

"사태가 더 심각해졌어." 맬러리가 말했다. "일본이 개입했거든."

일본? 맞다. 일본에서 쓰이는 석유의 90퍼센트가 걸프 만을 통해 공급됐다. 째깍. 째깍. 째깍. 공매도 딜러가 되기에 이 얼마나 적절한 시점인가. 시장이 반드시 폭락할 텐데. 조는 이런 생각을 하다 말고 멈추었다. 정신 나간 발상이었다. 그는 여기 이 세인트피란에서 해야 할 일이 있었다.

"연료 공급을 제한하고 있어." 맬러리가 말했다.

"어디에서요? 일본에서요?" 그는 이 집에 텔레비전이 있으면 얼마나 좋을까 하는 생각을 100번째로 했다.

"아니, 일본 말고. 우리 나라에서. 우리 나라에서 연료 공급을 제한하고 있다고."

"그래요? 제가 그 소식을 놓친 모양이네요." 그는 캐시를 켜서 확인하고 싶어서 좀이 쑤셨다. 며칠 동안 접속을 하지 못했다. 비상식량을 종탑으로 나르느라 그동안 너무 바빴다. "오전 중으로 페트럴에 들러야겠어요."

"제이콥이 오전에는 문을 열지 않을 텐데."

"인터넷을 써야 하는데요."

완벽에 가까운 아침이었다. 조는 부둣가까지 걸어가 방파제 제일 끝에 서서 바다를 내다보았다. 만조였지만 바람은 살랑거렸고 파도는 잔잔했다. 그는 고래를 찾고 있었다. 그는 지금까지 세 번 고래를 만났고 이제는 풍경 속의 한 점처럼 느껴지려 했다. 바다를 내다보면 고래가 꼬리를 들고 거수경례를 했다. 하지만 오늘은 흔적조차 보이지 않았다. 그는 수면을 훑었다. 고깃배가 몇 척 보였고, 요트 한 척이 휙 지나갔고, 우람한 유조선이 수평선 근처를 지나갔다. 유조선이라…… 그는 유조선으로부터 유발되는 연상 작용에서 벗어날 수가 없었다. 어디에서 온 유조선일까? 리비아일까? 아니면 카타르나 쿠웨이트에서 마지막으로 공급된 물량일까?

식료품을 비축하기 시작한 지 이제 5일째라 통계의 근거가 충분했다. 쇼니시의 밴에는 현금 결제, 무배달 할인이 되는 매장에서 산 상자를 평균 70개 정도 실을 수 있었다. 한 번 다녀오는 데 걸리는 시간은 두 시간이 조금 못 됐다. 짐은 부릴 때보다 실을 때가 좀 더 쉬웠다. 대형 할인점에는 자동차 뒷문과 높이가 딱 맞는 적재 시설이 갖추어져 있었고 지게차 기사가 친절하게 도와주었기 때문에 신속하게 일이 끝났다. 그에게 엄청난 관심을 보이는 사람도 없었다.

세인트피란에서는 그보다 훨씬 불편했다. 70개의 상자를 내리는 데에만 두 시간이 걸릴 수도 있었다. 상자와 부대와 궤짝을 교회까지 손수 날라야 하는 데다 물건들이 많아질수록 이동 거리가 늘어났다. 점점 쌓여가는 더미 위에 얹느라 상자를 전보다 더 높이 들어 올려야 했다. 그는 일종의 시스템 비슷한 것을 개발했다. 무거운 상자들(깡통과 병과 단지)은 아래에 쌓고 가벼운 것들(통과 부대)은 위에 쌓는 것이었다. 하지만 포장된 크기와 모양이 저마다 달랐기 때문에 쌓는 것도 보통 일이 아니었다. 그는 무거운 상자를 짊어지고 비틀비틀 탑으로 향하며 돌담 쌓기와 비슷하다는 생각을 여러 번 했다. 모든 돌마다 꼭 맞는 자리가 있고 모든 자리마다 꼭 맞는 돌이 있었다. 여기는 깡통이 든 상자를 놓기에 알맞았고 저기는 렌틸콩 부대를 놓기에 완벽한 자리였다.

그렇게 비상식량이 쌓여갔다. 첫날은 대형 할인점에 두 번밖에 못 다녀왔지만 점점 요령이 생겼다. 둘째 날에는 9시 반 개장 시간에 맞춰서 다녀온 뒤 빈 밴을 몰고 점심시간에 다시 찾았다. 끼니는 운전을 하면서 샌드위치로 때웠다. 죽기 살기로 매달리자 5시 직전에 3차로 물건을 실으러 가서 저녁 8시 30분에 종탑에서 일을 마칠 수 있었다. 긴 하루였지만 앞으로 며칠 동안 이와 같은 패턴이 반복될 예정이었다. 대형 할인점이 주말에는 문을 닫는다는 사실을 알게 됐을 때는 안도감 비슷한 게 느껴졌다. 그가 실어 나른 비상식량이 이미 거의 1천 상자에 달했고 통장에서 쓴 돈은 1만 3천 파운드였다.

착상부터 잘못된 프로젝트였다. 이제 보니 그랬다는 걸 알 수 있었다. 무모하고 비현실적이며 얼토당토않은 발상이었다. 일찌감치 포기했어야 했다. 폴리 호킹이 그를 보았더라면 고집이 세다고 했을 것이다. 화이트보드만 있었더라면, 좀 더 오랫동안 고민하고 계획을 세웠더라면, 대충 계산이라도 했더라면, 애초에 시작조차 하지 않았을 것이다. 맨 처음 떠올렸을 때만 해도, 심지어 폴리에게 설명했을 때만 해도 특별히 힘든 도전처럼 느껴지지 않았다. 필요한 모든 물건을 슈퍼마켓에서 사다가 쇼핑백에 들고 와서 피시 가에 있는 그의 방에 보관하면 되겠거니 했다. 그 계획의 **규모**에 대해서 찬찬히 생각해보지 않았던 것이다. 그래도 일주일이 지난 지금, 분명 가속도가 붙었다. 그리고 앨빈 호킹과 협정을 맺었으니 밀어붙이는 수밖에 없었다. 목사에게 그의 벤츠를 넘기지 않았는가. 일단 왕복을 마치고 물건들을 다 옮기면 두 번째 출정이 별일 아니게 느껴졌다. 그것 말고는 딱히 할 일이 없는 것처럼 느껴졌다. 그리고 두 번째로 사온 상자들까지 안전하게 쟁이고 나면 생각나는 것이라고는 세 번째 출정뿐이었다.

청춘의 무모함이었다. 잃을 게 거의 없는 청년의 태평한 모험이었다. 1만 3천 파운드. 레인 코프먼에는 일주일에 그 정도 버는 딜러들도 있었다. 그중에 과연 커스터드 깡통과 쌀자루로 환산된 일주일 업무의 진정한 가치를 눈으로 확인한 딜러가 한 명이라도 있을까 싶었다. 번 돈으로 몇천 개의 거추장스러운 상자를 사서 나르는 데 일주일을 할애할 사람도 없을 게 분명했다. 하지만 어리석은 판단으로 인해 육체적으로 고생하고 경제적으로 손실을 입었음에도 불구하고 뜻밖의 소득이 있었다. 어이없게 들릴지 몰라도 일주일이 지나자 몸이 탄

탄해진 느낌이 들었다. 건강해진 느낌, 체력이 좋아진 느낌이 들었다. 그는 8년 동안 컴퓨터 앞에 웅크리고 지내는 동안 희미한 네온등과 플라스마 화면 아래에서 점점 창백해졌다. 예전에는 헬스클럽에서 별다른 소득을 얻은 적이 없었고 스스로 공동체의 일원이라고 느껴본 적도 없었다. 하지만 여기 세인트피란에서 그는 고래를 구출한 남자였다. 여기에서 그는 지구 종말에 맞서 한 공동체를 구출할 계획을 세웠다. 이곳의 다정한 주민들 사이에서 그는 시티의 책상 앞에서는 상상도 하지 못했던 자신의 새로운 면모를 발견했다. 잠도 잘 잤다. 꿈을 꾸어도 이제는 과거의 환영들이 등장하지 않았다. 지난 5일 동안 그는 트레이딩 데스크나 재니 커버데일이나 빨간색으로 깜빡이는 화면들을 거의 생각한 적이 없었다.

이제는 페트럴의 창가 테이블이 그의 자리처럼 느껴지기 시작했다. "커피 줄까?" 제이콥 앤더슨이 먼저 물었다.

"네, 주세요."

진작 처리했어야 하는 일들이 있었다. 그는 아버지와 브리지타 누나에게 이메일을 보냈다. "나는 잘 지내요. 개인적인 위기를 겪었지만 조용한 곳을 찾아서 복잡한 머리를 식히고 있어요." 이렇게 쓰는데 미소가 나왔다. "식료품을 잔뜩 챙겨서 섬으로 들고 가요. 내 경고를 심각하게 받아들여줘요. 나, 미친 거 아니에요. 하지만 진심으로 충고하는데 깡통으로 된 식료품을 최소 10주 치 쟁여요. 그러니까 1인당 약 200~300개씩요. 안심하고 싶으면 400개씩요. 오늘부터 당장 시작해요. 괜한 걱정하는 게 아니에요. 적어도 내가 생각하기에는 그래요. 남은 시간이 얼마 없을지 몰라요." 그는 '전송' 버튼을 누르고 의자에 기대고 앉아서 창밖을 내다보았다. 이보다 더 기분 좋은 광경이 있을까 싶었다. 낚싯배 한 척이 방파제 사이로 들어오는데 타륜을 잡고 있는 어부의 비바람에 거칠어진 얼굴이 보였다. 그는 몇 번이나 이 길을 오 갔을까? 통통거리다 멈추는 엔진의 희미한 소리가 들렸다. 밧줄을 들고 부두에서 대기 중인 로빈스 형제—대니얼과 새뮤얼—도 보였다. 어느 쪽이 대니얼이고 어느 쪽이 새뮤얼이더라? 조는 고개를 저었다.

다시 이메일을 쓸 시간이었다. 그는 매니시에게 쪽지를 보내고 다른 개발팀원에게도 똑같이 복사해서 보냈다. "미안. 나 때문에 실망했다는 거 알아. 결국 내가 압박감을 감당하지 못하고 무너져버렸어." 과거의 경험을 글로 적었더니 어쩌나 실감이 나는지 신기하다는 생각이 들었다. "앞으로 무슨 일을 하든 잘됐으면 좋겠다. 그리고 식량을 비축해둬. 내 걱정은 하지 말고. 나는 돌아가지 않을 작정이니까."

누군가가 페트럴로 들어와서 그의 옆자리에 앉았다.

"안녕하세요."

면 원피스를 입은 투실투실한 여자가 발그스름한 얼굴 가득 미소를 머금고 있었다. "내가 방해하는 건 아니죠?"

"그럼요." 그는 시티 출신답게 본능적으로 손을 내밀었다. "조라고 합니다. 그리고 선생님은 누구신지 알아요. 마서 피시번 선생님이시죠?"

"맞아요." 그녀는 그가 자신의 이름을 알고 있다는 데 기뻐하는 눈치였다. 그녀는 그가 내민 손을 두 손으로 따뜻하게 맞잡았다.

"여기 앉으세요. 제가 옆으로 옮길게요." 그는 컴퓨터를 테이블 한쪽으로 밀고 의자를 옮겨서 공간을 마련했다. "커피 드실래요?"

"좋죠."

"커피 한 잔 더 부탁해요, 제이콥."

"준비할게요."

"무슨 일이신가요, 피시번 부인?" 이 얼마나 깍듯한 시티식 표현이란 말인가. 조는 이렇게 묻고 나서 후회했다. "그러니까 정식으로 인사를 나누어서 반갑다는 말씀이에요. 친하게 지내면 좋겠다고요."

이게 한결 나았다. 마서의 미소가 한결 커졌다. "나도 그랬으면 좋겠다고 생각하던 중이었어요."

"날이 참 좋죠?" 서두를 장식하기에 괜찮은 질문 같았다.

"우리 어머니는 내일 저녁거리를 어디서 장만하면 되는지 알 수만 있으면 날마다 좋은 날이라고 하셨죠."

"어머님이 아주 현명한 분이셨네요."

"맞아요."

그들은 서로 미소를 지었다. "학교 선생님이시죠?" 그가 물었다.

"여기서 아이들을 가르친 지 36년 됐어요." 그녀가 말했다. "그런데 앞으로 오래 못 할 것 같네요. 아이들이 너무 없어서." 그녀의 얼굴 위로 아쉬운 마음이 고스란히 드러났다. "우리 군에서 가장 작은 학교거든요. 이제는 선생님도 나밖에 없어요. 나하고 일손을 도와주는 모데스티 클룩하고 네 살에서부터 열한 살까지 아이들이 모두 아홉 명이죠. 아이들을 전부 다 트레드에인절로 보내야 한다는 편지가 날아오지 않을까 싶어서 날마다 조마조마해요. 거기까지는 편도로 거의 10킬로미터거든요. 내가 멀쩡히 여길 지키고 있는데, 멀쩡히 살아 있는데 말도 안 되는 소리죠." 그녀는 다시 미소를 지었다. "이 마을에서 우리 학교를 거치지 않은 사람은 거의 없다고 보면 돼요."

"그렇겠네요." 조는 고개를 끄덕였다.

"양복에 넥타이를 매고 걸어오는 베니 레스토릭을 볼 때마다 내 원피스 앞자락에 뱀장어를 담았던 앞니 벌어진 꼬맹이가 떠오르죠." 마서는 씩 웃었다. "그리고 모지스 펜핼로를 볼 때마다 말을 너무 심하게 더듬어서 입을 거의 다물고 지냈던 녀석이 떠오르고요. 그리고 케니 케닛, 그 아이는 정말 똑똑했는데 공부에 전혀 관심이 없었어요. 바닷가를 헤집고 다니는 것만 좋아했죠. 그리고 제시 힉스는 그 당시 제시 맥위스였는데 죽어도 덧셈을 못했거든요. 하지만 지금은 보세요. 누워서 떡 먹듯이 암산을 하면서 가게를 운영하고 있잖아요." 그녀는 웃음을 터뜨렸다. "이 마을을 나만큼 잘 아는 사람도 없을 거예요. 북스 박사님은 예외일지 몰라도 학교 선생님이 모르는 비밀은 없으니까요."

조는 그녀에게 미소를 지어 보였다. "그렇겠네요."

"폴리 코너는, 사실 선택의 여지가 없었어요. 폴리 엄마가, 이제는 저세상 사람이 되었는데, 그 목사님이 세인트피란에 부임한 날부터 둘을 부추겼거든요. 목사님이 스물여섯 살 연상이었지만 문제 될 게 없었죠. 노라 코너가 보기에는 전혀. 노라의 남편이 술꾼이었어요. 그리고 폴리는 되바라진 아이였고요. 전부 다 노라 코너와 앨빈 호킹, 이 두 사람이 짠 거예요. 내 눈에는 두 사람의 수작이 보이더군요. 내가 교회에서 꽃 장식을 맡고 있거든요. 일이 어떻게 돌아가는지 알겠더라고요. 어느 날 두 사람이 열심히 속닥거리는 게 보이는가 싶으면 다음 날 노라가 몸이 안 좋다면서 폴리한테 새로 산 원피스를 입혀서 목사관으로 심부름을 보내지 뭐예요. 나는 그런 걸 귀신같이 알아차리

거든요. 그러더니 아니나 다를까, 폴리가 열일곱 살이 되고 얼마 지나
지도 않았을 때 목사님과 결혼을 하더군요. 그게 10년 전 일이었어요.
노라는 당연히 행복해했죠. 그 목사님은 술이라면 심지어 성찬식 포
도주조차 입에 대지 않으니까요. 그런데 폴리는 그런 사람과 결혼해
서 행복했을까요?"

"저한테 이런 이야기를 하시는 이유가 뭐죠?"

"알아야 할 것 같아서요."

조는 시선을 돌렸다. "그게 선생님의 목적이신가요? 폴리 호킹에게
접근하지 말라고 경고하시는 게요?"

"경고요?" 마서 피시번은 기분이 상한 얼굴이었다. "누가 그래요? 내
가 경고하고 싶어 한다고."

"그럼 뭡니까?"

"그냥 시간이나 때우자는 거예요." 그녀는 이렇게 말했다.

제이콥이 커피를 들고 왔다.

"그게 말이죠." 마서는 하던 이야기를 계속했다. "어떤 마을에 대해
서 나처럼 잘 알게 되면 비밀이라는 게 없어져요. 만약 낸 호스미스가
몸이 안 좋으면 제니 쇼니시한테 말을 하고, 그러면 제니는 빵을 사러
간 길에 제시에게 말을 하고, 그러면 제시를 통해 반나절도 안 돼서 온
동네 사람들이 알게 되고, 결국 어떤 사람이 간호사인 아미나타에게
소식을 전하면 그녀가 별일 없는지 티타임 때 잠깐 들러서 확인하는
식이거든요. 하지만 나는 제니보다 그걸 먼저 알아차려요. 토머스 호
스미스가 몇 시에 등교하는지, 눈이 얼마나 충혈되었는지, 짝이 안 맞
는 양말을 신고 있는지 파악하면 알 수 있거든요."

조는 미소를 지었다. "서로 연관성을 파악하시는군요." 그녀도 애널리스트였다. 유일한 차이점이 있다면 주목하는 연결 고리가 다르다는 것이었다. 그는 전 세계 공급망 안에서 벌어진 미진이 폭포수처럼 방출하는 여파에 주목했다. 그녀가 주목하는 연결 고리는 그보다 훨씬 더 사적인 영역이었지만 그보다 덜 복잡하다고 말할 수는 없었다. 그녀는 개인적으로 파악한 300명의 성격과 반세기 동안 쌓인 행동 패턴을 토대로 결론을 도출했다. 그의 단서들은 출처가 CNN과 블룸버그였다. 그녀의 단서들은 출처가 짝이 안 맞는 양말이었다.

그녀는 고개를 끄덕였다. "맞아요. 나는 연관성을 파악하죠."

"저도 그래요." 둘 사이에 뜻밖의 유대 관계가 맺어졌고 조는 이 여인과 어깨동무를 하고 싶은 충동을 불끈 느꼈다. 명쾌한 그녀의 이야기가 그의 마음에 쏙 들었다. "시티에 취직하셔도 되겠어요." 그가 말했다. 물론 정말 그렇지는 않았다. 싸구려 면 원피스를 입은 이 혈색 좋은 여자를 누가 고용하겠으며 그녀가 낯선 사람들로 이루어진 세상에서 무슨 수로 버틸 수 있겠는가. 하지만 그녀는 그의 정서를 이해했다.

"고마워요."

"그래서 지금은 어떤 게 보이시나요?" 그가 물었다. "연관성을 파악했을 때 말이에요."

그녀는 진지한 표정으로 그를 바라보았다. "좋지가 않아요." 그녀는 천천히 고개를 저었다. "세인트피란 사람들은 대부분 질문을 하지 않아요. 나야…… 학교 선생이다 보니 질문을 하는 게 내 일이죠. 많은 사람들이 나한테 그랬어요. 의사랑 사는 젊은 남자를 보라고, 조라는 청년을 보라고, 온갖 물건들을 교회 종탑에 쌓고 있다고. 그러면 또 누가 그래요. 콘비프 통조림을 쟁이고 있다고. 엘리 맥위스는 콩이랬어요. 베니 쇼니시는 휘발유통이라고, 당신이 교회에 불을 지를 작정이라고 했고요. 그 아이는 상상력이 풍부하지만 나는 당신도 알다시피 연관성을 파악하는 사람이잖아요."

"거기서 어떤 그림이 연상되던가요?"

"런던에서 근사한 차를 몰고 여기까지 내려왔다가 바다에서 거의 목숨을 잃을 뻔했던 불안한 청년. 누구 말로는 은행원이라지만 어느 날 다름 아닌 폴리 호킹과 산책을 하는 모습이 눈에 띄는데, 사실 폴리만큼 젊은 남자의 마음을 확실하게 훔칠 수 있는 아이도 없죠. 남자는 잘생겼고 폴리는 나한테 수업을 들었던 되바라진 아이들 중에 가장 예쁜 축이라고 할 수 있는데 마을 사람들의 눈에는 이 두 사람이 유리잔에 넣어서 섞은 럼과 레모네이드처럼 보여요. 어디에서부터 어디까지가 럼이고 또 어디에서부터 어디까지가 레모네이드인지 알 수가 없다는 뜻에서요. 둘 사이에 생선 칼 하나 들어갈 틈이 없다고, 우리 로니가 보았더라면 그렇게 말했을 거예요. 그런데 이제 목사님이 그 청년의 차를 몰아요. 어떤 사람 말로는 호킹 목사님이 시속 160킬로미터로 도로를 질주하는데 표정이 3월의 월요일처럼 어둡대요. 루이자 펜로스는 목사님이 트루로에서 보스카웬 가를 지나는 걸 봤대요. 이 모든 걸 종합하면 누가 봐도 좀 이상하다 싶지 않겠어요? 어때요?" 그녀는 고개를 모로 꼬고 대답을 기다렸다.

"그렇게 말씀하시니까……"

"그리고 한 가지 더." 그녀의 눈이 반짝이는 듯했다. "나는 20년 전에 피터 쇼니시가 내 교실에 맨 처음 들어왔던 날을 기억해요. 피터는 아무리 애를 써도 나한테 아무것도 감추지 못했어요. 표정으로 다 드러나서 거짓말을 못하는 아이였죠. 그래서 내가 물었어요. '그 시티 출신한테 밴을 얼마 동안 빌려주기로 했니?' 그랬더니 눈을 피하면서 요즘 장사가 안 된다는 둥, 그렇게 큰 차가 필요 없다는 둥 해요. 다시 물었더니 밴 임대업이 짭짤하다며 앞으로 더 자주 빌려줘야겠대요. 그래서 내가 물었죠. '피터, 얼마 동안이냐니까?' 그랬더니 4주라고 하더군요."

조는 함박웃음을 지었다. "미스 마플 비슷하시네요."

마서는 그 말에 기뻐했다. "애거사 크리스티 읽어요? 정말 훌륭한 작가라고 생각해요."

"저도 그렇게 생각합니다."

"그래서 내가 내린 결론은 이거예요. 당신은 시티에서 최대한 멀리 왔어요. 당신이 여기 있다는 건 아무도 몰라요. 당신은 뭔가를 알아요. 비밀을 알아요. 그것도 엄청난 비밀을. 뭔가 나쁜 일이 벌어지려 하고 있어요. 조짐이 안 좋아요. 내가 당신의 비밀이 뭔지는 모르지만 당신의 계획이 어긋났다는 건 알아요." 그녀는 물렁물렁한 손가락으로 그를 찔렀다. "처음부터 세인트피란에 틀어박혀서 식료품과 음료수를 사놓고 앞으로 벌어질 사태가 지나갈 때까지 기다릴 작정은 아니었어요. 그런데 두 가지 사건이 벌어지는 바람에 계획이 바뀐 거예요."

"두 가지 사건요?" 그는 이제 호기심이 동했다. 마서가, 그가 상상했던 수준 이상으로 연관성을 파악한 걸까?

"첫 번째는 고래."

"고래요?"

"아, 그럼요. 당신은 어느 누구도 신경 쓰지 않는 이방인이었는데 일순간에 이 마을의 영웅이 됐잖아요. 당신 이름을 모르는 사람이 없어요. 그리고 그뿐만이 아니라…… 당신도 다른 주민들 이름을 알게 됐죠."

조는 자기 커피 잔을 내려다보았다. "그리고 두 번째 사건은요?"

"폴리 호킹이죠."

"그렇군요."

"그래서 계획했던 것과 다른 일을 하고 있어요. 좋은 일을요. 세인트 피란 전체를 먹여 살릴 수 있을 만큼 식량을 비축하고 있는 거죠. 내 짐작이 맞나요?"

아니라고 발뺌해봐야 소용없는 일이었다. "금세 들통날 줄 알고 있었습니다."

"당신은 착한 사람이에요, 조 학. 내 학생이었다면 얼마나 좋았을까. 내가 궁금한 건 뭔가 하면…… 우리에게 충분한 시간이 남았느냐는 거예요."

"충분한 시간이 남았느냐고요?"

"앞으로 3주 더 밴을 쓰기로 했으니까 한참 더 왔다 갔다 할 거라는 뜻이잖아요."

조는 잇새로 휘파람을 길게 불었다. "사건의 전말을 들을 시간 있으세요?"

마서의 얼굴이 또다시 환해졌다. "이렇게 작은 마을에서 아이들을 가르치다 보면 이야기를 들을 시간이야 얼마든지 있고말고요."

두 사람은 제이콥에게 조의 컴퓨터를 맡기고 부두까지 같이 걸어가서 곶을 지나 모래사장으로 향했다. "제가 발견된 곳이 저기예요." 조는 손으로 그쪽을 가리켰다.

"나도 알아요. 모르는 사람이 없죠."

그는 그녀에게 루 코프먼과 재니와 캐시에 대해 알려주었다. 석유와 전쟁, 독감에 대해서도 알려주었다. 밴으로 한 번에 싣고 올 수 있는 상자와 자루의 숫자도 알려주었다. 앨빈 호킹 목사와 그의 칙령에 대해서도 알려주었다.

개로 영감이 연기가 모락모락 나는 파이프를 물고 모래사장이 내려다보이는 벤치에 앉아 있었다. "오늘은 녀석이 안 보이네." 두 사람이 지나가자 그가 말했다. "하지만 내가 지켜보고 있어." 그는 모자를 들어 보였다.

"고래 얘기하는 거예요." 마서가 말했다.

"아."

그들은 한동안 아무 말 없이 걸었다. 이제 보니 모래에 발자국이 찍혀 있었다. 그들보다 먼저 이쪽으로 지나간 사람이 있었던 것이다. 하지만 폴리는 아니었다. 폴리의 발자국이었다면 그가 알아봤을 것이다.

"내가 누구한테 얘기해도 돼요?" 마서가 물었다.

"믿을 수 있는 분들한테만 얘기하세요. 외부로 새나가면 위험해질 테니까요. 지금은 아니지만 결국에는 그럴 거예요."

"어떤 식으로 위험해진다는 거죠?"

그는 12층에서 루 코프먼과 나누었던 대화를 떠올렸다. 식량이 떨어지면 우리는 어떤 반응을 보일 것인가? "저도 잘 몰라요." 그가 말했다. "사실 사람들이 어떤 반응을 보일지 아무도 모르는 일이죠. 습격을 당할 수도 있고요."

"누구한테요?"

"굶주린 사람들한테요."

"그 사람들이 어떻게 하는데요?"

그는 어깨를 으쓱했다. "우리 식량을 훔치겠죠."

"그렇군요." 마서가 말했다. "그럼 우리가 배고파지고 그 사람들은 아니겠네요. 그게 그렇게 위험한 일인가요?"

"그 사람들한테는 위험한 일이 아니겠죠."

그들은 갔던 길을 되짚어서 왔다. "월요일 계획을 바꿔줄래요?" 마서가 물었다. "이유는 묻지 말고."

그로서는 고개를 끄덕이는 수밖에 없었다.

"오후 4시에 대형 할인점에 가요." 그녀가 말했다. "그리고 나를 기다려요."

"무슨……"

그녀는 그의 입술에 손가락을 갖다 댔다. "약속했잖아요."

"알겠습니다."

그가 손을 내밀자 그녀가 잡았다. 그는 그녀의 어깨에 팔을 얹었고 두 사람은 그렇게 마을 쪽으로 다시 걸어갔다.

18

이 사람들이 그 사람들이에요

대서양에서 불어온 온기류를 타고 콘월의 절벽 위 높은 곳을 나는 재갈매기가 있다고 가정해보자. 녀석은 한쪽 날개를 기울이고 고개를 돌려서 울퉁불퉁한 곳과 깊숙이 들어앉은 만과 숨어 있는 굴과, 육지와 바다 사이에서 허술한 경계선 역할을 하는 동굴과 틈새를 따라 날아간다. 바다를 향해 거침없이, 요란하게 튀어나온 험난한 반도가 녀석의 시야에 들어온다. 엄지손가락 모양의 피란 곳이다. 마디 위로 솟아오르자 오래된 산울타리 사이로 난 좁은 오솔길이 보인다. 우리의 재갈매기는 그 길을 따라갈까? 따라간다고 가정해보자. 녀석은 희미해진 경계선과 윤곽선을 따라서 방향을 이리 틀고 저리 틀다가 무성한 숲속으로 사라졌다 다시 나타나서 얕은 도랑을 건너고 가파른 언덕 위로 솟구쳐 올라 위험한 커브길을 돈다. 재갈매기에게 장애물이 될 만한 것은 없다. 이곳에는 대문도 없고 보루도 없고 바리케이드도 없다. 따뜻한 바람과 바다의 물보라와 솟구치거나 내려앉았거나 소금기를 머금은 차가운 파도 위에 떠 있기 좋은 곳만 있을 따름이다. 우리의 재갈매기 앞으로 마을이 보인다. 화강암 종탑이 딸린 노르만 양식의 교회가 있고, 회반죽을 칠하고 슬레이트 지붕을 얹은 오두막집들은 골짜기에 옹기종기 모여 있는데 완벽한 모퉁이도, 평평한 계단도, 서툴게 지나가던 차량에 회반죽이 뜯기지 않은 집도 거의 없어서 무심한 예술가의 작품 같다. 항구에 정박한 배는 딱 네 척인데―공간상 그보다 많은 숫자는 무리다―지금은 썰물이 져서 한때 비바람과 부식과 맞서 싸우며 만 일찍 바다에서 힘겹게 조업을 했던 멋진 선박들이 방치된 시체처럼 진흙 위에서 오도 가도 못하는 신세가 되고 말았다. 핏기 없는 갈큇발로 바람에 맞서 균형을 잡으며 지붕과 방파제 위에 앉은 갈매기들은 자신들의 존재를 만방에 알린다. 누런 부리를 쭉 내밀고 하악 하악 하악 하며 터져 나오다가 끊기는 울음소리를 토한다.

갈매기들은 그의 이름을 부르고 있다. 세인트피란 주민들의 말에 따르면 그렇다. 이제는 그것도 전설의 일부가 되었다. 심지어 고래 축제 때도 그런 이야기가 나온다. 갈매기들이 그의 이름을 부른다고 말이다. 가끔 아이들까지 따라서 "학 학 학" 할 때도 있다.

갈매기들이 찾는 남자의 동상이나 그림이나 사진은 없다. 그는 그를 기억하는 사람들의 이야기 속에서 존재하는데 그들의 묘사는 뜬구름 잡기식이다. 아더 클록은 그의 키가 컸다고 얘기하지만 알몸의 사나이가 피란 모래사장으로 떠밀려왔을 때 아더는 기껏해야 열다섯 살이었다. 그의 기억이 변질됐을 수도 있다. 케이시 림버 영감의 말에 따르면 조는 키가 보통이었다고, 평균치보다 살짝 작았을 거라고 하니 말이다. 토머스 호스미스는 그의 눈이 파란색이었다고 하지만 엘리 호스미스는 갈색이었다고 맹세한다. 채러티 림버는 그의 피부가 창백했고 머리는 은발이었고 목소리는 낮고 굵었다고 한다. 제시 힉스는 그의 머리털은 건초 더미 같았고 목소리는 경쾌하고 듣기 좋았다고 한다. 누구는 그가 수염을 길렀다고 한다. 누구는 그가 깨끗하게 면도한 얼굴이었다고 한다. 누구는 갈매기들만 정확하게 알 수 있을 거라고 한다.

대다수는 그때를 기점으로 평범한 아침은 끝났다고 할 것이다. 채러티 림버는 시작의 끝이었다고 할 것이다. 맬러리 북스는 그때 1층에서 아침을 먹으면서 재난 예보를 중계하고 있었다. "여기 상륙했어." 그는 찻주전자를 채우며 진지한 투로 말했다.

"뭐가요?"

"독감." 그는 근엄하게 혀를 찼다.

"네? 여기 세인트피란에요?"

"아니, 아니. 여기 영국에. 라디오에서 그렇다는군. 여객기 승무원 열두 명이 히스로에 억류돼 있나 봐. 그중 두 명은 이미 죽었고." 의사는 고개를 저었다.

"두 명은 이미 죽었다고요?" 조는 하마터면 나르던 접시를 떨어뜨릴 뻔했다.

"그리고 한 명은 집중치료실에 있고. 국제선의 이착륙을 금하는 예방 조치를 취했대."

조는 천천히 휘파람을 불었다. "국제선 이착륙 금지라……" 그는 순간 레인 코프먼의 5층으로 돌아갔다. 이 사태의 여파는 워낙 어마어마해서 계산이 되지 않을 것이다. 심지어 캐시라도 그럴 것이다. 트레이딩 데스크 위로 전해지는 재니 커버데일의 목소리가 그의 귓가에 들리는 듯했다. "공매도 종목을 찾아줘, 조. 공매도 종목을." 하지만 이 소식에 모든 종목이 폭락할 것이다. 맨 먼저 항공사 주식이 그리고 공항, 여행사, 호텔이. 머릿속이 어지러웠다. 관광과 연관이 있는 모든 이, 세계 여행으로 먹고사는 업체들, 컨설팅, 물류, 금융기관, 보험회사. 그는 이와 비슷한 사건으로 뭐가 있었는지 기억을 더듬었다. 2001년 테러 이후에 미국 전역에서 항공기들이 발이 묶인 적이 있었다. 이때 도산한 항공사도 한 군데 있었다. 조는 의자에 털썩 주저앉아서 방금 전에 들은 소식을 곱씹었다. "그거, 좋지가 않은데요." 그는 맬러리에게 말했다.

"좋지가 않다고? 최악이지."

"값어치로 따졌을 때 전 세계 상품의 40퍼센트가 항공 운송되거든요." 조가 말했다. 그는 한계에 도달한 공급망을 그려보았다.

"상품들이야 어떻게 되든 무슨 상관이야?" 북스가 쏘아붙였다. "사람들이 죽어가고 있는데."

"네, 그렇죠." 하지만 사망자가 계속 늘어날 거예요. 그는 생각했다. 그리고 독감은 가장 사소한 문제일지 모르고요. 루 코프먼의 삿대질이 눈에 선했다. 물론 예전에도 공항이 폐쇄된 적이 있었지만 그래도 문명사회는 붕괴되지 않았다. 겨울에는 폭설이 내렸고 여름에는 파업이 벌어졌고 머나먼 화산에서는 먼지가 날아왔다. 세계 경제 활동이라는 거미줄 안에서 비행기 여행은 예전부터 끊어지기 쉬운 연결 고리였다. 어쩌면 그가 과대망상에 사로잡힌 것일지도 모르는 일이었다.

"콘월까지 번지면 조치를 취해야 할 텐데." 의사가 말했다.

"제가 이미 조치를 취하고 있잖아요." 조가 말했다. "식료품을 비축하는 걸로."

"내가 지금까지 식탐을 부리는 시신은 본 적이 없네만." 북스는 찻주전자를 아침 식탁 위로 쿵 하고 내려놓았다. "식료품은 걱정할 것 없어. 독감이 문제지."

조는 손바닥에서 땀이 나는 것이 느껴졌다. "사망률이 얼마나 된대요?" 그가 물었다. "뉴스에서는 뭐래요?"

"아무 말이 없어." 북스가 말했다. "그래서 불안하다니까. 열두 명의 승무원 중에서 두 명이 죽었다잖아. 자네, 수학이 전공이라며."

"17퍼센트네요." 조가 말했다.

"열두 명의 표본으로 넘겨짚으면 안 되겠지만 인도네시아에서는 사망률이 이미 18퍼센트쯤 된다네. 1918년에 전 세계적으로 유행했던 독감을 생각해봐. 전염된 환자의 거의 20퍼센트가 사망했지."

"사망률이 그 정도로 높았나요?"

"일각의 추측에 따르면 그래. 한 세기 동안 흑사병으로 사망한 숫자보다 6개월 동안 그 독감으로 사망한 숫자가 더 많았다네."

조는 아무 말도 하지 않았다.

"아무튼 사망률 얘기는 하지 말아야지." 북스가 말했다. "세인트피란에서는 307명 중에서 한 명만 죽어도 큰일이니까."

"308명이죠." 조는 이렇게 말했지만 목소리가 너무 작아서 의사가 듣지는 못했다.

그는 대형 할인점으로 가서 쇼니시의 밴을 비상식량으로 가득 채웠다. 상자에 든 국수, 병에 든 인스턴트커피, 봉지에 든 분유로 채웠다. 맬러리 북스가 한 말이 있었기에 식료품 말고 세제와 소독약, 비누와 세면도구도 샀다. 두루마리 화장지와 일회용 기저귀 앞에서는 망설였다. 인기 품목이 되겠지만 밴에 실을 때도 그렇고 종탑으로 옮길 때도 차지하는 면적이 지나치게 컸다. 비스킷도 솔깃하기는 했지만 유통기한이 아주 길 것 같지 않았다. 비축한 식료품이 한 번에 한 상자씩 차례차례 유통기한을 넘기는 광경이 눈앞에 아른거렸다. 그러면 호킹 목사가 얼마나 재미있어할까 하는 생각이 들었다. 유통기한이 지난 품목은 들고 나와서 쓰레기통에 버려야 할까? 그런 생각은 나중에 하기로 했다. 그냥 밀가루와 베이킹파우더가 든 밀가루의 차이는 뭘까. 이번에는 이게 궁금했다. 대형 할인점에 갖추어진 상품들은 뭘 선택하면 좋을지 헷갈렸다. 16킬로그램들이 '제빵용 밀가루'가 있었다. 그는 그 밀가루를 한 지게차 가득 실었다.

체력이 점점 좋아졌다. 이제는 수축 포장된 통조림을 양쪽 겨드랑이에 한 판씩 들고 교회 계단을 달려 올라갈 수 있었다. 그래도 4시에 마서를 만나기 전에 할인점에 한 번 더 다녀올 여유는 없었다. 정리가 끝나자 그는 교회 탑 옥상에 올라가서 주변을 바라보았다. 오트밀 바가 든 상자를 개봉해서 한 개 먹었다. 비축 식량을 턴 게 이번이 처음이었다. 만약 그가 유일한 생존자라면 여기서 몇 년 동안 버틸 수 있겠다는 생각이 들었다.

교회 탑은 4층이 전부 다 뻥 뚫려 있고 중앙에 종을 때리는 밧줄이 걸려 있는 구조였다. 1층에는 조그만 화장실이 있었다. 예배가 너무 길어질 때 쓰는 비상용 화장실이었다. 4층에도 한쪽 구석에 나중에 추가한 것처럼 보이는 조그만 공간이 있었다. 조는 문을 열어보았다. 창고 비슷한 곳이었다. 서까래에 낡은 밧줄이 걸쳐져 있었다. 이런저런 도구들이 선반에 꼼꼼하게 진열돼 있었다. 지레, 쇠지렛대 그리고 길쭉한 놋쇠 갈고리 몇 개. 종을 칠 때 필요한 장비들인 듯했다. 이 탑에 걸린 종은 20여 년 동안 울린 적이 없었다. 누가 봐도 위험하기 때문이었다. 놀랍게도 방 안에 나무로 된 좁은 침대 프레임이 있었는데 매트리스는 없었다. 예전에는 누군가가 여기에서 살았던 모양이다. 콘월의 콰지모도*가 아니었을까. 조는 등 뒤로 조심스럽게 문을 닫았다. 비상식량이 4층까지 잠식하면 여기에다 보관해야 할 수도 있었다.

그래도 시간이 남았다. 그는 교회 앞에 밴을 세워둔 채 페트럴을 향해 언덕을 내려갔다. 제이콥이 커피를 끓이는 동안 캐시에 접속했다. 호스팅 서버에 별문제가 없는 듯했다. 그는 데이터베이스에 시험 검색어를 입력하고 의자에 기대앉아서 검색 결과를 검토했다. 이제 캐시의 예측을 확인할 시간이었다. 그의 손가락이 자판 위에서 머뭇거렸다. 정말 확인하고 싶은 마음이 있을까? 노트북을 닫고 두 번 다시 캐시를 들여다보지 않을 수도 있었다. 캐시의 변덕스러운 예언을 외면할 수도 있었다. 캐시가 뭐라고 할지 그는 이미 알고 있었다. 주가하락과 도산을 운운할 것이었다. 하지만 이것들은 오로지 숫자에 불과했다. 캐시가 그 숫자들 뒤에 감추어진 극적인 상황을 이야기할 리

---

* 『노트르담의 꼽추』에서 노트르담 대성당의 종지기였던 꼽추 이름이다.

는 없었다. 예전에는 그걸 알지 못했다니 희한하다는 생각이 들었다. 한 기업이 도산하면 단순히 시티의 딜러들에게 떼돈을 벌 수 있는 기회가 생기는 것이 아니었다. 설립자들에게는 상심과 몰락을, 주주들에게는 빈털터리 신세를, 직원들에게는 실직을 의미했다. 모든 숫자마다 휴먼 드라마가 담겨 있었다. 수많은 휴먼 드라마가 담겨 있었다. 딜러들은 환호성을 지르며 샴페인을 터뜨리는 동안 어떤 사람들은 울음을 참느라 굳어진 얼굴로 배우자들에게 소식을 알리러 집으로 향했을 것이다.

그의 손가락이 머뭇거렸다. 정말 확인하고 싶은 마음이 있을까? 캐시는 독감 소식을 알고 있을 것이다. 공항이 폐쇄된 것도 알고 있을 것이다. 간밤의 뉴스피드를 주시했을 것이다. 여파를 계산하는 방법도 알고 있을까? 수많은 전문가의 압축된 지혜가 이런 사태에도 진가를 발휘할 수 있을까? 프랜시스 골턴의 황소가 그들의 기대를 저버릴까?

조는 자판을 두드렸다. 잠깐 화면이 멈추었다가 숫자들이 표를 가득 채우기 시작했다.

그는 어떤 결과를 예상했을까? 단기 예측이 안 좋기는 했지만 종말론 수준은 아니었다. 그가 마지막으로 확인했을 때보다 살짝 나빠진 정도였다. 그는 스크롤을 내렸다. 캐시는 거의 모든 종목의 주가가 하락할 것으로 전망했다. 항공, 건설, 엔지니어링, 광산, 통신, 언론이 그랬다. 제약은 건재했다. 조는 쓸쓸한 미소를 지었다. 전염병이 이 업종에는 호재인 모양이었다. 여행과 여가생활도 하락이었고 화학도 하락이었고 자동차도 마찬가지였다. 석유 관련주는 건재했다. 이건 뜻밖이었다. 캐시는 정유회사에 유리한 쪽으로 주가가 오를 거라고 분명하게 예상하고 있었다. 클릭, 클릭. 그는 표를 아래로 내렸다. 이건 예보일 뿐이라고 속으로 되뇌었다. 캐시는 예전에도 크게 틀린 적이 있었는데 숫자들이 꾸준히 하향곡선을 그렸다. 이제 장기 예측을 확인할 차례였다. 이건 그가 루 코프먼을 위해서 설계한 기능이었다. 그가 암호를 입력하자 검색 화면이 떴다. 그는 검색창을 클릭하고 '2주'라고 입력했지만 이번에도 '엔터' 키 위에서 손가락이 머뭇거렸다.

그는 충동적으로 화면을 닫아버렸다. 이제 와서 무슨 소용 있겠는가. 그는 돌아가기에는 너무 먼 길을 와버렸다. 캐시의 예측이 맞는다면 독감 파동과 석유 파동으로 세계 주가가 8퍼센트에서 15퍼센트 떨어질 예정이었다. 캐시가 보기에 그 정도면 돌이킬 수 없는 붕괴를 유발하기에 충분했다. 하지만 정말 그럴까? 그걸 환산하면…… 5조 달러인데 그게 과연 **진짜** 돈일까? 진짜 손실로 간주될 수 있을까? 아니면 전부 다 상대적인 것일까? 캐시가 틀렸을 수도 있었다. 끔찍한 사태이기는 해도 일시적으로 빼끗한 거라 한두 달 안으로 아라비아 쪽 걸프만의 분쟁이 해결되고 독감이 잦아들면…… 모든 게 예전으로 돌아가지 않을까?

대형 할인점에서 마서와 만나기 전에 먼저 도착해서 짐을 실을 시간이 충분했다. 의구심이 들기는 했지만 그래도 조는 카트에 비상식량을 잔뜩 담았다. 그의 프로젝트에는 이제 가속도가 붙어서 벗어날 방법이 없는 듯했다. 58개의 상자 아니면 자루, 가격으로 따지면 거의 1천 파운드. 그가 상자들을 살피는데 싸구려 양복에 단추를 반만 잠근 조끼를 걸친 점장이 다가오더니 근처에서 얼쩡거렸다. 조가 바보같이 그쪽을 흘끗 쳐다보자 그는 맹수처럼 달려와서 인사차 손을 내밀었다. "리처드 맨셀입니다."

"안녕하세요." 조는 그와 악수를 했지만 이름을 밝히지는 않았다.

"성함이……?"

"그냥 고객이에요." 조가 말했다.

"그러시군요." 어색한 정적이 흘렀다. "저희 매장이 마음에 드시는지 모르겠습니다."

"완벽합니다. 고맙습니다."

점장은 들고 있던 클립보드를 확인했다. "저희 매장을 음, 상당히 자주 이용하고 계신데……"

"네. 매장이 워낙 훌륭해서요."

"감사합니다, 감사합니다." 맨셀은 이렇게 말했지만 이런 입에 발린 말로는 부족한 모양이었다. "동네에서 가게를 운영하고 계신가요? 저희 쪽에서 배달을 해드릴 수 있는데요. 그럼 훨씬 간편하지 않으실까요?"

"아뇨, 괜찮습니다. 개인적인 용도로 구매하는 거예요."

"개인적인 용도로요?"

"네. 일주일에 500파운드 이상 구매하는 고객은 멤버십 가입이 가능하다고 알고 있는데 맞나요?"

"네, 네, 그럼요." 맨셀은 당황한 눈치였다. 이 고객을 괜히 자극해서 놓치고 싶지 않은 게 분명했다. "그래도 저희가 도와드릴 일이 없는지요."

"없습니다. 말씀만으로도 감사합니다."

"어디 멀리 여행을 가시나요? 지난주에 몇 번을 다녀가셨는데……"

"신경 쓰지 않으셔도 됩니다. 정말로요." 조는 딱 잘라서 말했다.

"알겠습니다." 맨셀은 뒷걸음질을 쳤다. "정말 아무것도 필요 없다는 말씀이죠?"

"네."

조는 주차장으로 나가서 손목시계를 확인했다. 마서는 코빼기도 보이지 않았고 남은 시간은 30분이었다. 신문 가판대가 보이기에 《파이낸셜 타임스》를 샀다. 레인 코프먼에서 도망쳐 나온 이후에 처음 보는 신문이었다. 그는 밴의 운전석에 앉아서 신문을 펼쳤다. 뉴스들이 암울했다. 독감이 1면을 장식했지만 석유 파동도 이에 못지않았다. 미국이 걸프 만에서 조취를 취하겠다고 공언했다는 것이 헤드라인이었다. 어련하시겠어, 그럴 수밖에 없겠지. 그는 생각했다. 이기주의가 얼마나 엄청난 원동력인데. 미국에 비축된 양으로는 모자라는 석유를 감당할 수 없을 것이다. 걸프 만에서 선적되는 석유 10배럴 가운데 8배럴의 목적지가 아시아라도 상관없었다. 전 세계 유가에 미치는 여파가 어마어마했다. 그는 경제면으로 신문을 넘겼다. 유가가 56퍼센트 상승했다. 이걸 감안하고 뉴스피드를 탐독해서 예측을 수정하는 캐시가 머릿속에 그려지는 듯했다. 석유와 천연가스와 독감과 전쟁. 이 간단한 단어들이 그의 머릿속에 굳게 새겨졌다.

누군가가 창문을 두드렸다. 마서가 그를 보며 환하게 웃고 있었다. 그는 얼른 뛰어내렸다.

"깜짝 선물이 있어요." 그녀가 말했다. 그녀는 그의 어깨를 잡고 가만히 돌려세웠다. 사람들이 주차장에 옹기종기 모여 있었다. 대부분

낯익은 얼굴이었다. 제러미 멜런도 있었고, 디멜자 트레버릭, 케이시와 채러티, 로빈스 쌍둥이도 있었다. 술집 주인 제이콥과 민박집 주인 모지스, 베니 레스토릭, 농장을 하는 베비스와 론 맥위스, 쇼니시 형제, 바틀 자매, 케니 케닛, 모데스티 클록, 시끄러운 미녀 간호사 아미나타 치켈루 그리고 그가 이름을 들은 적 없거나 기억하지 못하는 사람들이 스물몇 명 더 있었다. "맙소사." 그는 손으로 입을 가렸다. "아무한테도 얘기하지 않겠다고 하셨잖아요."

"믿을 수 있는 사람들한테만 얘기하겠다고 했죠." 마서는 틀린 말을 바로잡아주고 두 팔을 뻗었다. "이 사람들이 그 사람들이에요."

그녀가 워낙 환하게 웃고 있어서 그도 덩달아 웃는 수밖에 없었다. "하지만 제 밴은 이미 꽉 찼는데요." 그는 군소리를 늘어놓으려고 했다.

"바로 저기에 우리의 비밀 무기가 있죠." 마서는 하역장 너머를 가리켰다. 대형 이삿짐 트럭 두 대가 하역장에 뒷문을 대고 주차되어 있었다. "우리 로니가 이삿짐 나르는 일을 하거든요." 그녀가 말했다.

얼룩이 묻은 큼지막한 작업복을 입은 남자가 얼굴을 환히 빛내며 사람들 사이에서 걸어 나왔다. 마서처럼 혈색이 좋았다. "만나서 반가워요." 그가 말했다.

"고맙습니다." 조는 달리 뭐라고 하면 좋을지 알 수가 없었다. "엄청난 도움이 될 거예요."

"그리고 다른 차도 스무 대 정도 돼요." 마서가 손짓으로 가리키자 조는 주차장이 꽉 찬 것을 그제야 알아차렸다.

"헉." 그는 입 안이 말라서 아무 말도 할 수가 없었다.

"아무 말도 안 할 거예요?"

"목사님은…… 목사님은 어쩌고요?"

"목사님이 왜요?"

"다른 사람이 교회 안으로 물건을 나르는 걸 허락하지 않으실 텐데요."

마서는 음흉한 표정을 지었다. "나중에 알게 되겠지만 젊고 사랑스러운 사모님이 플리머스로 모시고 갔답니다."

"쇼핑하러요." 누군가가 말하자 다들 웃음을 터뜨렸다.

"그리고 공연도 보고요." 마서가 말했다.

제러미 멜런이 말했다. "조, 자네가 지시를 내리는 게 좋겠는데."

"우리가 허벌나게 큼지막한 고래를 들어서 옮긴다고 치면 되겠죠." 누군가가 외쳤다.

조는 문득 엄청난 기운이 샘솟았다. "그럼 어디 한번 시작해볼까요?" 그는 큰 소리로 외쳤다. "이 우라지게 큼지막한 고래를 옮겨볼까요?"

모여 있던 마을 주민들은 환호성으로 응답했다.

"정신 나간 소리처럼 들리겠지만……" 그는 잠깐 말을 멈추고 알맞은 표현을 찾았다. "제가 예감을 느꼈어요. 꿈을 꾸었어요. 꿈속에서 세인트피란으로 가라는 목소리를 들었어요. 저더러 가서 식량을 비축하라고 하더라고요. 온 마을 주민들을 먹여 살릴 수 있을 만큼 많이요. 꿈속에서 엄청난 기근이 찾아왔어요. 그래서 이게 얼마나 정신 나간 짓인지 저도 알지만 이러지 않으면 저를 평생 용서하지 못할 거예요."

그 말에 여기저기서 웅얼웅얼 맞장구를 쳤다. "컴퓨터한테 들은 애

252

긴 줄 알았더니." 누군가가 말했다.

조의 얼굴이 벌게졌다. "그것도 맞고요." 이 말에 사람들은 웃음을 터뜨렸다. "부탁드리는데 보안을 유지해주세요. 매장 직원이 어디 사느냐고 물으면 알려주지 마시고요."

"월저 성에 식량을 비축하는 중이라고 하죠 뭐." 베니 레스토릭이 말했다. "독감으로 전부 다 쓰러질 경우에 대비해서."

별로 그럴듯하게 들리지 않았지만 조는 그냥 넘어갔다. "네, 그렇게 대답해도 되겠네요. 하지만 직원들이 집요하게 물으면요."

"뭘 사면 되는 거요?" 누군가가 물었다.

"식료품요." 그가 말했다. "깡통, 병, 자루에 담긴 걸로요. 술은 안 됩니다. 공간이 없어요. 금세 축나는 것도 안 되고. 냉장 보관해야 하는 것도 안 돼요. 반려 동물 사료나 사치품도 안 되고요. 그냥 맛있는 기본 식료품이면 됩니다." 조는 진솔한 마을 주민들의 얼굴을 본 순간, 뭘 어떻게 하면 되는지 그보다 그들이 더 잘 알고 있을 거라는 생각이 들었다. "트럭을 꽉꽉 채우세요. 여러분의 차도 전부 다 채우시고요." 그는 주머니에서 신용카드를 꺼내서 높이 들었다. "계산은 제가 합니다." 기분 좋은 함성이 일었다.

그들은 군대처럼 매장을 향해 이동했다. 누가 시키지 않아도 해변에서 그랬듯이 시체를 발견한 개미 떼처럼 통로로 흩어져서 카트에 상자를 싣고 자루를 옮겼다. 조는 안무가처럼 그들 사이를 누비며 새롭게 파악한 매장 정보를 동원해 진두지휘했다. "이거 실으세요." 대용량 설탕이 보이면 이렇게 말하고 페리에가 담긴 상자가 보이면 손사래를 치며 "그건 관두시고요"라고 했다.

여전히 조끼 단추를 반만 잠근 리처드 맨셀 점장이 통로를 따라 걸어왔다. "저희가 도와드릴 일이 뭐 없을까요?" 그는 애원조로 조에게 물었다.

"전 직원을 계산대에 투입해주시겠습니까?" 조가 부탁했다. "최대한 빨리 계산을 끝내고 싶어서요. 그리고 물건을 실어주실 분이 몇 분 필요할 수도 있겠는데요."

"알겠습니다, 알겠습니다."

마을 주민들이 메뚜기 떼처럼 휩쓸고 지나가자 매장 곳곳이 휑해졌다. "이거 전부 다요." 조는 이렇게 말했다. "이것도요." 상자들이 산더미처럼 카트에 쌓였다. 뒤에는 빈 선반만 남았다. "카트를 다 채우셨으면 가서 계산하세요." 조가 이렇게 말했지만 이미 계산이 진행되고 있었다. 기계가 삑삑거리며 바코드를 읽는 소리가 조의 귀에는 은행의 거래 화면에서 나던 소리처럼 느껴졌다.

수송 부대는 거의 해가 질 무렵에야 세인트피란으로 길을 재촉할 수 있었다. 교회는 축제 분위기였다.

"아무리 못해도 두세 시간은 지나야 주님의 종이 도착할 거야." 제러미가 말했다. "그래도 얼른 일을 해치워야겠지." 그들은 인간 띠를 만들었다. 쇼니시 형제가 밴에서 제일 위에 놓은 상자부터 차례대로 던지면 로빈스 쌍둥이가 받았다. 그러면 베니, 맥위스 형제, 아미나타, 그 밖의 스물몇 명이 묘지와 조지 왕조풍의 현관을 지나고 예배당을 거쳐서 종탑으로 운반했다. 탑에는 케니, 케이시와 채러티, 모데스티, 마서와 그녀의 아들 로니 그리고 앤더슨 부부와 조가 대기하고 있었다.

"술집은 누가 보나요?" 조가 물었다.

"문 닫았어요." 로머는 이렇게 대답하고 윙크했다. "하지만 한 시간 쯤 지나면 장사가 아주 잘될 것 같은 예감이 드네요."

그들이 산 물건들이 통로를 따라 이동했다. 수프, 비누, 고기, 곡류, 과일, 설탕, 콩, 쌀. "좀 쉴까요?" 중간에 조가 외쳤다. 땀이 얼굴 위로 쏟아지고 있었다.

"거의 다 끝났어요." 줄 저쪽 끝에서 누군가가 외쳤지만 사실 그렇지는 않았다. 아직 차가 몇 대 남았고 쇼니시의 밴도 있었다. 줄을 따라 상자들이 옮겨졌다. 맨 끝에서 케니가 가설물을 만드는 사람처럼 위로 올라가서 균형을 잡아가며 여기저기로 이동했다. 그가 "이쪽에 몇 개 더"라고 하면 상자가 몇 개 더 올라갔다.

그들은 식료품 상자에 밀려서 4층까지 올라갔다. 그러다 결국에는 옥상으로 향하는 계단까지 밀려났다. 공간이 부족할까? 조는 더 이상 아무것도 들어서 나르지 못할 것 같은 느낌이 들었다. 이미 몇 명이 떨어져나갔다. 마서 피시번과 모데스티 클록도 기운이 다해서 부대 위에 앉아 있었다.

마침내 조가 더 이상은 무리라는 생각이 들었을 때 밖에서 누군가가 외쳤다. "마지막이요!"

"마지막이요." 쇼니시 형제가 한목소리로 외쳤다. "마지막이요." 로빈스 형제가 앵무새처럼 따라 했다. "마지막이요!" 하는 소리가 인간 띠를 따라 이동했다. 수축 포장된 깡통 상자가 토비 펜로스의 품에서 힘겨운 포물선을 그리며 교회 문지방을 넘어서 기다리고 있던 베비스 맥위스의 품에 안겼다. "마지막이요."

"마지막이요." 마서가 외쳤다. 어느덧 그녀도 다시 인간 띠에 합류해 있었다.

"마지막이요." 채러티가 외쳤다.

어떻게 저들은 아직까지 팔다리를 멀쩡하게 움직이고 있을까? 어떻게 다들 여기 남아서 산더미 같은 식료품을 옮기고 있을까? 조는 믿기지가 않아서 고개를 절레절레 저었다.

"마지막이요." 케이시 림버가 외쳤다.

"마지막이요." 제이콥과 로머 앤더슨이 한목소리로 외쳤다. 그와 함께 깡통 상자가 조에게 던져졌다. 알이 굵은 완두콩이었다. 웃음이 터졌다. 그는 평생 알이 굵은 완두콩을 먹어본 적이 없었다. 하지만 그걸 보고 이보다 더 기쁠 수가 없었다. "마지막이요." 그는 완두콩을 케니 케닛에게 건넸다.

"넣을 데가 없는데." 케니가 말하자 웃음소리가 인간 띠를 따라 번졌다.

"시그래스 술 50잔 준비해주세요. 나중에 기운을 좀 추스르신 뒤에요." 조가 말했다. "제가 삽니다."

사람들이 묘지를 지나서 걸어왔다. 비축품을 눈으로 확인하고 싶은 것이었다. 그들은 땀으로 흠뻑 젖은 몸을 서로 부딪쳐가며 좁은 종탑 문을 넘었다. "맙소사." 제러미 멜런이 말했다. "이게 다 뭔가 그래." 직접 나른 사람들조차 어마어마한 분량의 비상식량을 보고 할 말을 잃었다. 그들은 쌓인 더미를 지나서 한 줄로 2층, 3층을 향해 나무 계단을 올랐다. "아이구 어머니 아버지 하나님 예수님." 마서가 말했다.

옥상에는 서너 사람이 설 만한 공간밖에 없었다. "여기 올라와본 건 처음이네요." 베니 레스토릭이 말했다. "나도." 제러미가 말했다. 그들은 한사람씩 차례대로 서서 마을을 내다보았다. 어두컴컴해서 보이는 건 별로 없었다.

"제이콥이 술 준비해놨대요." 일렬로 지나가는 사람들을 향해 조가 전했다.

"술을 마셔줘야겠어." 모지스 펜헬로가 말했다.

최후의 한 명까지 종루에서 내려왔을 때 4층에 달린 문을 케니가 발견했다. "여기 방이 있어." 그가 조에게 말했다.

"저도 봤어요. 오래된 침실이더라고요."

"거기까지 채워도 되겠구먼."

"아뇨." 조는 해변 채집꾼의 팔에 손을 얹었다. "내가 쓸 거예요."

"뭐에 쓰려고?" 다른 뜻이 없는 순수한 질문이었다.

뭐에 쓰려는 걸까? "거기서 살려고요." 조는 자기가 한 대답에 자기도 놀랐다. 그 말이 그의 입에서 튀어나오기 직전까지만 해도 그럴 생각이 없었지만 **당연한** 결론이었다. 벌써부터 그림이 그려졌다. 좁으나마 침대가 있었다. 그거면 충분했다. 1층에 세면기가 딸린 화장실이 있었다. 춥겠지만 견딜 수 있었다. 일종의 속죄가 될 수도 있었다. "먼저 가세요." 그는 케니에게 말했다. "금방 따라갈게요. 술 못 받는 분이 없게 챙겨주세요."

무거운 발걸음을 옮기며 마지막 마을 주민까지 계단을 내려갔다. 조 혼자 남았다. 마을은 점점 어두워져가는 하늘을 배경으로 회색 실루엣만 보였다. 그는 상자 위에 앉아서 점점 멀어져가는 사람들의 음성과 차들이 후진하는 소리와 희미하게 울리는 탄성을 들었다. 그러다 마침내 정적만 남자 일어나서 다시 1층으로 내려갔다. 전등 스위치를 꺼자 사방이 어둠으로 뒤덮였다. 그는 통장에 남은 돈을 거의 다 썼다. 그가 알고 이해했던 모든 걸 버렸다. 그에게 남은 것이라고는 화강암 벽으로 둘러싸인 이 탑이―거의―전부였다. 그는 잠깐 동안 가만히 서서 수많은 상자에서 스며나오는 고독의 소리에 귀를 기울였다. 그런 다음 마을을 향해 언덕을 내려갔다.

19
생선 냄새를 좋아하는 사람도 있어

"자네한테 손님이 찾아왔군그래." 아침 식탁을 사이에 두고 맬러리 북스가 이렇게 말하면서 피시 가가 내다보이는 창문 쪽을 가리켰다. 누군가가 유리창을 두드리고 있었다.

조는 현관으로 나갔다.

"우리가 뉴스에 나왔어." 문이 열리자 제러미 멜런이 말했다.

"그게 무슨 말씀이세요?"

"아침 방송에 나왔다고. 얼른 와봐." 그는 조의 팔을 잡고 현관문을 열어놓은 자기 집 쪽으로 끌고 갔다. 그들은 이젤과 캔버스 사이를 비집고 지나갔다. 대체적으로 어수선한 거실에 조그만 텔레비전이 한 대 놓여 있었는데 화면이 일시정지 상태였다. 제러미가 리모컨을 만

지작거렸다. "이것 좀 봐." 그는 뒤로 돌려서 재생 버튼을 눌렀다.

아나운서의 목소리가 들렸다. "전국 각지에서 비상사태에 대비한 사재기의 조짐이 목격되고 있습니다. 콘월의 어느 마을에서는 한 대형 할인점에서 4만 파운드 상당의 물품이 판매되었다고 하는데요. 제니 메신저 기자가 찾아가보았습니다." 화면이 바뀌면서 할인점의 주차장에 서 있는 젊은 기자가 등장했다. "이곳은 아직 독감의 여파가 미치지 않은 마을입니다." 그녀가 카메라에 대고 말했다. "연료 제한 공급으로 타격은 입겠지만 이 마을 주민들이 특별히 동요하는 기미는 없었습니다. 사재기 현상도 보도된 바 없었습니다. 그런데 어제, 제 뒤로 보이는 이 창고형 매장이 대규모 식량 비축의 현장이 되었습니다."

조끼 단추를 깔끔하게 채운 리처드 맨셀이 등장했다. "그런 광경은 처음이었어요. 주차장이 승용차, 이삿짐 트럭, 대형 화물차로 꽉 찼어요. 한꺼번에 들이닥치더군요. 아주 조직적이었어요. 뭘 어떻게 해야 하는지 정확히 알고 있었고요."

"인원이 몇 명이나 됐나요?" 기자가 물었다.

"글쎄요, 세어보지는 않았지만 100명은 됐을 거예요. 그보다 더 많았을 수도 있고요."

"40명도 안 됐는데." 제러미가 말했지만 조는 조용히 하라는 뜻에서 손을 들었다.

"그분들이 어떤 물품을 구입했나요?"

"주로 통조림요." 카메라가 거의 텅 비다시피 한 선반을 비추었다.

"어디에서 온 분들인지는 아시나요?"

"아뇨. 말을 하지 않더라고요. 하지만 한 마을 주민인 게 분명했어요. 그리고 한 사람이 계산했고요."

"새로 오픈한 가게에서 물품을 구비한 건 아니란 말씀이죠?"

카메라가 다시 고개를 젓는 맨셀을 비추었다. "책임자가 개인적인 용도로 구입하는 거라고 했어요."

주차장에 서 있는 기자가 화면에 다시 등장했다. "이 매장에서 식료품을 구매한 주민들이 불법을 자행하지는 않았습니다. 식량 배급은 시행되지 않았고 정부에서도 배급제를 실시할 계획은 없다고 합니다. 하지만 정부에서는 사재기를 자제해달라고 요청하고 있습니다." 그녀는 마이크를 들고 카메라를 향해 천천히 걸어왔다. "업체들 말로는 일부 수입 과일과 채소 외에는 재고가 넉넉하다고 합니다. 식료품을 배달하는 승합차와 트럭은 여전히 연료 제한 공급 대상이 아닙니다. 하지만 남서부의 이 마을을 근거로 판단한다면 이에 아랑곳하지 않는 시민들도 있는 모양입니다. 어쩌면, 정말로 어쩌면 매장에서 식료품이 동이 나는 사태가 벌어질 수도 있겠습니다. 지금까지 콘월에서 제니 메신저였습니다."

"젠장." 조가 말했다.

"휴우." 제러미는 조의 안색을 살폈다. "오늘도 물건 사러 갈 건가?"

"아뇨." 조는 고개를 저었다. "마침 있는 돈을 다 썼어요."

다시 의사의 집으로 돌아갔을 때 조는 맬러리에게 종탑에서 잘 생각이라고 알렸다. "아예 거처를 옮기는 건 아니에요. 박사님만 괜찮으시다면 제 방은 그대로 두고 싶어요. 왔다 갔다 하면서 샤워하고 볼일 보고 아침과 저녁을 준비할게요."

"방값만 꼬박꼬박 내면 돼." 맬러리가 말했다.

"그야 당연하죠."

"그럼 나야 상관없지." 하지만 맬러리는 시선을 피했다. "날이 무지막지하게 추워지면……"

"그럼 돌아올게요." 조가 말했다.

"내 보트에 깔아놓은 매트리스 빌려줄까?" 맬러리가 물었다.

보트라니 조로서는 처음 듣는 이야기였다. 그는 눈썹을 추켜세웠다. "보트가 있어요?"

"항구에."

"그중에 어떤 거요?"

"요트. 환자한테 20년 전에 산 거야. 자주 타지는 않지만 상태는 완벽해. 가끔 날씨가 좋고 바람이 살살 불면 만을 한 바퀴 돌기도 하지."

조는 존경스럽다는 뜻에서 고개를 숙였다. "저도 나중에 한번 타보고 싶네요."

"한 시간에 10파운드야." 맬러리는 요란한 소리와 함께 토스트를 한 입 먹었다. "하지만 자네한테는…… 7파운드 50펜스만 받기로 하지."

조가 기억하는 배가 한 척 있었다. 나무로 만든 5.5미터짜리 슬루프*였고 축축한 캔버스와 니스 냄새가 났다. 선실로 내려가면 파이프 담배 냄새가 짙게 풍겼다. 흰 턱수염이 난 조타수는 종종 수평선을 물끄러미 바라보았고 바람 소리에 덮여서 들리지 않을 만큼 나지막이 웅얼거리는 버릇이 있었다. 돛이 펄럭이면 그가 큰 소리로 명령을 내렸다. "방향을 바꿔." 그러면 조는 밧줄을 잡고 하활에 부딪치지 않도

---

* 돛대 하나짜리 범선.

록 고개를 숙이고 갑판을 걸어가며 "네, 아빠"라고 했다.

"배 타봤나?" 북스 박사가 물었다.

"네."

림함의 오래된 항구에는 1천여 척의 요트가 정박되어 있었다. 새벽 녘이면 벌거벗은 돛대 숲이 흩뿌려진 젓가락처럼 하늘을 찔렀고, 풀 어놓은 밧줄들이 아침 바람에 부딪치는 소리가 불협화음을 연출했다. 열두 살짜리는 파도에 흔들리는 배에서 금세 낯익은 안정감을 느꼈 다. 해먹에서 잠을 자다 깨면 갑판으로 어기적어기적 올라가 주황색 으로 솟아오르는 태양을 감상하며 항구의 칙칙한 바다에다 볼일을 보 았다. 간만에 떠올리는 기억이었다. 어쩌면 너무 한참 만에 떠올리는 기억이었다.

"아버지한테 배웠어요." 그가 말했다.

"어디서 탔는데?"

"외레순 해협에서요." 조는 기억을 떠올리며 미소를 지었다. "발트 해에 아빠의 섬이 있거든요."

"자네 아버지가 섬의 주인이라고?"

"뭐 그렇게 대단한 건 아니에요. 스톡홀름 군도에만 3만 개의 섬이 있으니까요. 여러 섬에 별장이 있어요. 저희 아버지 섬은 훨씬 남쪽, 카를스크로나 근처예요. 림함에서 배를 타고 이틀이면 도착하는 곳이 죠. 여름마다 거기서 배를 탔어요. 아버지하고 저, 단둘이서요."

"어머니는?"

"어머니는 런던에 사셨어요."

북스는 헛기침을 했다. 그는 더 이상 캐묻지 말아야 하는 지점을 아는 사람이었다. "아무튼. 매트리스 필요하면 빌려가."

조는 부둣가에서 제시 힉스의 가게를 나서던 마서 피시번과 하마터면 부딪칠 뻔했다. "우리가 텔레비전에 나왔다던데요." 마서가 심각한 표정으로 말했다.

"네. 저도 봤어요."

"여기저기서 말들이 많아요."

조는 고개를 끄덕였다. "그럴 거예요. 하지만 마을 밖에서는 다들 함구하셔야 돼요. 그 식료품이 어디에 있는지 아무도 알 수 없게."

마서는 손가락을 입술에 바짝 갖다 댔다. "믿어도 돼요. 모두 입 꾹 다물고 있으니까."

이 외딴 마을이 전국 뉴스에 소개되면 어떤 기분일까? 조는 궁금해졌다. 그는 아무도 모르게 프로젝트를 진행할 수 있다고 진심으로 믿었던 걸까?

그는 맬러리의 조그만 요트를 찾았다. 항구에 요트가 그것 한 척뿐이었다. 딱 하나뿐인 심해 구역의 부두 한편을 독차지했지만 만조가 들어야 출항할 수 있었다. 선실이라고 해봐야 무릎을 꿇고 간신히 지나갈 수 있는 높이였고 알고 보니 매트리스는 때 묻은 면 커버를 씌운 메모리폼에 불과했다. 그는 매트리스를 둘둘 말아서 교회까지 들고 가는 길에 언덕을 걷다 말고 걸음을 멈추어서 페트럴의 제이콥과 베니 레스토릭, 존 쇼니시, 토비 펜로스와 이야기를 나누었다. 세상의 어느 누가 이 마을의 이쪽 끝에서 저쪽 끝까지 그냥 걸어갈 수 있을까? 대화 상대가 도처에서 기다리고 있었다.

디멜자 트레버릭이 담배를 든 손을 앞으로 쭉 내밀고 집 밖으로 나왔다. "자기야." 그녀가 아양을 떨었다. "우리를 위해서 준비한 모험 또 없어?"

"오늘은 없는데요." 그는 제러미에게 추천을 받았지만 디멜자와 대화를 나눈 적이 없었다. 연애 전문가라는 그녀에게 상담을 신청하지 않았다. 아마 그동안 피해 다녔을 것이다. 만약 매트리스 없이 맨손이었다면 그녀에게 깍듯하게 손을 흔들었을 것이다. 그런데 그런 식으로 떨쳐버리지 못했으니 그녀는 끙끙거리며 언덕길을 올라가는 그를 신나게 따라나설 수 있었다.

"꼭 그렇게 빨리 걸어야겠어? 얘기 좀 했으면 좋겠는데."

"그러시죠." 조는 속도를 늦추었다.

"우리, 어디 가는 거야?"

"교회요."

"그 끔찍한 물건을 들고? 거기서 잘 생각이야?" 디멜자는 병균에 옮은 물건 대하듯 돌돌 만 매트리스를 쳐다보았다.

"그냥 임시방편이에요." 조가 말했다. "거기서 자야 할 것 같아서요. 상황이…… 음, 그러니까…… 긴박해질 경우에 대비해서요."

작가의 얼굴이 불안한 표정으로 변했다. "긴박해질 경우에 대비해서?" 그녀는 그가 한 말을 앵무새처럼 따라 했다. 세인트피란에서 **긴박해질** 일은 없다고 생각하는 눈치였다. "이 생존 게임이 살짝 도를 넘은 것 같지 않아? 내 말은, 식료품을 비축하고 그러는 건 다 좋다 쳐. 거기에 왈가왈부하는 사람은 없을 거야. 그리고 솔직히 우리 선하신 목사님하고 연관된 일이라면 이 마을 사람들은 항상 좋은 쪽으로 해석하게 되어 있어. 하지만 진심이야? 그 낡고 지저분한 쿠션을 깔고 종탑에서 자겠다고?" 그녀는 담배를 한 모금 빨더니 한숨과 함께 희미한 담배 연기를 토했다. "여자가 얽혀 있다면 훨씬 로맨틱할 텐데."

조는 그녀를 돌아보았다. "기대에 부응하지 못해서 죄송하네요." 그가 말했다. "얽힌 여자가 없거든요."

"진짜야?" 디멜자는 애써 그와 보조를 맞추었다.

"당연히 진짜죠."

"풋풋한 폴리 호킹은 어쩌고?"

조는 걸음을 멈추었다. "제러미하고 얘기하셨어요?"

"당연히 했지. 목숨이 걸려 있는데 그 사람이 나한테 뭘 숨기겠어?"

"아직도 제 짝을 찾아주려고 하시는 거예요?"

"그럼." 디멜자가 말했다. "하지만 자기 때문에 일이 얼마나 어려워지고 있는지 알아? 이 마을은 괜찮은 신붓감들로 넘쳐나거든. 그리고 자기를 좀 봐." 그녀는 손으로 그의 머리끝에서 발끝까지 가리켰다. "얼마나 준수한 청년이냐고. 그런데 찬 바람이 드는 오래된 종탑으로 혼자 들어가서 살겠다니 내 가슴이 다 찢어지려고 해. 같이 들어가겠다는 아가씨들이 줄을 설 텐데."

그는 상상이 떠올라서 미소가 절로 지어졌다. "그게 진짜라면 좋겠네요."

"그러니까 내가 도와줄게."

"지난번에 이런 대화를 나눴을 때 괜찮은 아가씨들은 전부 다 나이가 너무 많든지, 잠자리에서 위험할 정도로 요란하든지, 생선 냄새를 풍기는 걸로 결론이 내려지지 않았던가요?" 조가 물었다.

"전부 그런 건 아니야."

"대부분 그렇죠."

"생선 냄새를 **좋아하는** 사람도 있어." 디멜자가 반박했다.

"그렇다면 세인트피란이 그런 사람들에게는 기회의 온상이겠네요."
그는 다시 언덕을 올라가기 시작했다.

"사랑스러운 아미나타는 어때?"

"아미나타가 뭐요?"

"관심 없어? 귀엽잖아. 그리고 정말 예쁘고. 내가 중간에서 다리를
놓아줄 수 있는데."

조는 끙 소리를 냈다. "저를 고마워할 줄 모르는 인간으로 오해하지
는 말아주세요."

"하지만 자기가 보기에도 사랑스럽기는 하지?"

아미나타의 얼굴이 놀라우리만치 쉽게 떠올랐다. "눈이 부시죠."

"그럼……"

"정말이지 디멜자…… 저는…… 관심이 없어요."

"폴리 호킹 때문이지, 그렇지?"

"뭐가요?" 조는 다시 걸음을 멈추었다.

"이 마을 주민 절반이 자기하고 폴리가 몰래 만나는 사이라고 생각
해." 디멜자는 걸음을 멈춘 틈을 타서 담배를 다시 한 모금 빤 다음 꽁
초를 인도에 휙 내던지고 발로 비벼서 껐다. "완벽한 스토리잖아. 좌절
된 진정한 사랑. 잘생긴 이방인과 사랑 없는 결혼 생활 속에 갇힌 젊고
아리따운 여인. 바닷가에서 만난 두 사람은……"

"……오도 가도 못하게 된 고래 아래에서……"

"……눈을 맞추는데, 이때 그는 응어리진 그녀의 가슴속 열정을 알

아차리지."

"그래요?"

"아, 그럼. 이제 그는 그녀에게 끌리고 그녀도 그에게 끌리지만 두 사람 모두 알다시피 그들의 사랑은 절대 이루어질 수가 없어. 그는 그녀와 가까이 있고 싶은 마음에 교회로 거처를 옮기고…… 거기서 짝사랑의 시름에 야위어가지."

조는 다시 걸음을 멈추었다. "로맨스 소설을 쓰시죠?"

그녀는 미소를 지어 보였다. "자기도 한 편 읽어봤어야 하는 건데."

"방금 전에 읽은 것 같은데요?" 그가 말했다. "그런데 이 마을 주민 절반이 그렇게 생각한단 말이죠?"

"아, 그렇다니까."

"제가 그분들의 기대에 부응하지 못해서 어쩌죠? 이 경우에는 나머지 절반의 생각이 맞았거든요."

"아유, 나머지 절반은 자기네 둘이 이미 토끼처럼 시도 때도 없이 그러고 있다고 생각하는걸?"

가을이면 외레순의 해협은 선박들로 북적거렸다. 그의 아버지 것과 비슷한 요트, 모터보트, 유람선, 연락선, 낚싯배, 컨테이너선들로 북적거렸다. 열두 살 조의 눈에는 전 세계가 이 해협을 통과하는 것처럼 보였고 모든 파도가 배가 지나간 자국처럼 느껴졌다. 바다가 잠잠하면 그의 아버지는 미끼를 매단 낚싯줄을 던졌다. "뭐라도 던져놓는 게 좋지." 그는 이렇게 말하곤 했다. "대구가 잡힐지도 모르잖니." 대구는 한 번도 잡힌 적이 없지만 연어, 송어, 넙치, 뱀장어가 잡혔다. 미켈 학은 갑판에서 생선 껍질을 벗겨서 머리와 꼬리, 내장은 다시 바다로 던졌다. 조가 가스버너로 생선살을 튀겼고 아버지와 아들은 같이 조종석에 앉아서 희미해져가는 여름 햇살을 감상했다. 그는 그때 이후로 그렇게 맛있는 음식은 먹어본 적이 거의 없다는 생각이 들었다.

왜 이런 기억이 생생하게 떠오르는 걸까? 그는 열다섯 살 이후로 아버지와 함께 배를 탄 적이 없었다. 폴리 호킹 생각을 떨쳐버리려는 노력의 일환일까? 그와 폴리가 토끼처럼 시도 때도 없이 그러고 있다고?

"그럼 양쪽 모두 틀렸네요."

"하지만 **과연** 그럴까?" 디멜자가 물었다. 그들은 묘지에 도착했고 그가 문을 미처 열기도 전에 그녀의 손이 출입문에 걸린 자물쇠에 닿았다. "세상에는 다른 종류의 진실이라는 게 있는 법이거든."

"제 생각은 다른데요. 진실은 진실이죠." 그가 말했다.

"진실은 아름답지." 디멜자가 말했다. "하지만 거짓말도 마찬가지야. 에머슨이 한 말이지. 그리고 플라톤은 뭐라고 했는지 알아?"

조는 고개를 저었다.

"시가 역사보다 더 진실에 가깝다고 했어."

"저한테 바라는 게 뭔지 모르겠는데요, 디멜자……"

그녀는 그를 쳐다보며 요란하게 한숨을 내뱉었다. "나는 자기를 도우려는 거야. 자기는 그걸 알아차리지 못한 눈치지만."

"감사합니다." 그는 매트리스를 내려놓고 자물쇠 위에 놓인 그녀의 손을 잡아서 조심스럽게 떼어냈다. "하지만 도움은 필요 없어요."

"필요 없는 게 아니라 받고 싶지 **않은** 거지." 그녀가 바로잡았다. "하지만 필요하기는 할걸? 내가 말한 거 맞았지? 런던 아가씨 얘기 말이야."

"전혀 아니었는데요."

"이름이 뭐였어?"

그는 잠깐 멈칫했다. "클레어요."

"자기가 착각했지? 자기는 좀 더 많은 걸 원했는데 그 아가씨는 그럴 마음의 준비가 안 돼 있었던 거야."

"그 비슷했어요. 하지만 제가 그 때문에 시티를 떠난 건 아니에요."

그녀는 그의 손을 꼭 잡았다. "맬러리 박사는 자기를 이해한다고 생각해. 자기가 시티에서 잘나가다가 잠깐 삐끗한 줄 알아. 자기를 충동적인 성격이라고 생각하고. 자기가 콩 통조림 같은 데 돈을 펑펑 쓰고, 비싼 차를 목사님한테 줘버리고, 풋풋한 폴리랑 산책을 나가고 그러는 걸 봤거든. 그래서 신나는 모험을 하러 이 마을로 내려온 돈 많은 탕자라고 생각하지. 그렇다고 자기를 좋아하지 않는 건 아니야. 내가 보기에는 좋아해. 하지만 자기를 **이해하지는** 못해. 하지만 나는 이해하지. 그게 내 직업이거든. 시티에서 했던 일로 자기가 어떤 사람인지 규정되지는 않아. 그건 자기의 직업일 뿐이니까. 자기는 복잡한 사람이야, 조 학. 자기는 몽상가지. 로맨티스트이기도 하고. 자기는 사랑에 빠지고 싶어 하고 그것이 하트와 꽃과 해피엔딩으로 이루어진 사랑이길 바라지. 하지만 수많은 로맨티스트들이 저지르는 두 가지 실수를 저지르고 있어."

"두 가지 실수라고요?"

"최소 두 가지야."

디멜자는 사랑에 대해 아는 사람의 얼굴을 하고 있었다. 조는 거부감이 슬금슬금 사라졌다.

"제가 무슨 실수를 저지르고 있는데요?"

"하나." 그녀는 눈을 반짝이며 말했다. "첫눈에 반하는 사랑을 믿는 거."

조는 그 말에 웃음을 터뜨렸다. "지금 제가 제대로 들은 거 맞아요? 로맨스 소설가가 첫눈에 반하는 사랑을 믿지 않는다는 거예요? 그게 로맨스라는 장르의 기본인 줄 알았더니."

"아, 조, 조." 디멜자가 고개를 젓자 머리채가 얼굴 위에서 좌우로 왔다 갔다 했다. "이렇게 딱한 청년을 봤나. 모르는 게 너무 많네. 첫눈에 느껴지는 **욕망**은 나도 믿지. 나도 그 죄를 기억할 수 없을 만큼 숱하게 저질렀거든. 아, 그거야말로 지구상에서 가장 강력한 자극일 거야. 거기에 걸려들면 사랑하고 구분하기가 쉽지 않지. 나도 알아. 하지만 아침에 눈을 떠서 욕망의 대상을 바라본 순간, 사실 사랑이 아니었다는 걸 깨닫는 경우가 한두 번이 아니잖아? 진정한 사랑은 천천히 달구어져야 하는 거야. 요리하고 똑같아. 2분 동안 후딱 볶는 게 아니라 오랫동안 천천히 고아야 하는 거라고. 시티에서는 사랑을 찾을 수 없었던 이유가 그 때문이야, 조. 자기는 여자를 만나서 같이 자고 나면 사랑에 빠졌다는 걸 깨닫길 바라지? 그런 순서로 진행되길 바라지? 하지만 그렇게 되는 게 아니야."

"그러니까 제가 방법을 잘못 알고 있다는 건가요?"

"진정한 사랑을 요리하기에 가장 좋은 방법은 오랜 시간을 가까이서 함께 지내는 거야. 여기에 함께 헤쳐 나갈 위기까지 살짝 더해지면 금상첨화."

"가까운 공간과 위기." 조는 웃음을 터뜨렸다. "그것이 트레버릭의 비법이로군요?"

"그리고 넉넉한 시간. 위기는 선택이지만 있으면 이야기가 더 풍성해지지. 진주를 빚어내는 굴껍질 속의 모래알과 비슷하다고 할까?" 그녀는 진지한 얼굴로 그를 쳐다보았다. "하지만 시간은 선택이 아니야. 필수지. 인간은 지그소 퍼즐이 아니거든. 나하고 꼭 맞는 사람을 느닷없이 만날 수는 없어. 내 성격과 삶을 접어서 다른 사람이 들어올 수 있는 공간을 만들어야지. 상대방도 똑같이 해주어야 하고. 그러려면 시간이 필요해. 첫눈에 그렇게 될 수는 없어. 그걸 우습게 생각하면 안되지."

"우습게 생각하지 않아요." 조는 자물쇠를 벗겼지만 그녀의 손 때문에 아직 문을 열 수가 없었어. "오히려 마음에 드는데요? 가까운 공간과 위기, 거기에다 시간이라는 재료를 듬뿍 넣을 것. 알맞은 때에 알맞은 아가씨가 나타나면 기억해둘게요. 하지만 제가 사랑을 찾아서 여기까지 온 건 아니에요, 디멜자. 정말이에요."

그녀는 못 믿겠다는 듯이 눈썹을 활 모양으로 만들었다. "내 얘기 아직 안 끝났어. 두 번째 실수에 대해서 얘기 안 했잖아."

"아, 맞다."

"이게 더 심각한 실수인데 말이지."

"뭔데요?"

"엉뚱한 여자를 쫓아다니는 거." 그녀는 그의 손을 놓고 문을 열었다. "잘 생각해봐, 조. 잘 생각해봐."

종탑에서는 할 일이 거의 없었다. 조는 묵직한 열쇠를 꽂고 돌려서 자신을 안에 가두었다. 그러면 큼지막한 문과 아주 오래된 담벼락 뒤에서 안심할 수 있었다. 그는 계단을 올라가서 나무 프레임 위에 매트리스를 펼쳤다. 그리고 누워보았다. 아주 편하지는 않았지만 괜찮았다. 그는 두 손으로 머리를 받치고 대자로 누워서 천장의 나무 기둥을 올려다보았다. 이 조그만 방은 왠지 모르게 아늑했다. 텐트가 연상됐다. 수백 개의 조그만 구멍을 통해서 찬 바람이 새어 들어왔다. 하지만 마른 바람이라 밤 기온이 영하로 너무 심하게 떨어지지 않는 이상 버틸 수 있을 듯했다.

그는 텐트를 빌려다가 루앙의 북부 숲속에 치고 하룻밤 지냈던 때를 생각했다. 그는 그날 밤을 자주 떠올렸다. 어쩌면 너무 자주 떠올린다고 할 수도 있었다. 그때 그는 열네 살이었다. 반평생도 더 지난 이야기였다. 그런데도 나무 사이 작은 빈터와 시원한 그늘, 들꽃, 키 큰 풀들이 눈에 선했다. 달콤하면서도 가장 고통스러운 기억이었다. 휴일을 맞아서 어머니와 브리지타 누나와 캠핑에 나선 때였다. 그들은 엄마가 모는 노란색의 조그만 해치백을 타고 프랑스까지 갔다. 그 차는 세 명이서 2주 동안 쓸 캠핑용 장비를 싣기에 너무 작았다. 텐트 폴, 말뚝, 침낭과 같은 온갖 캠핑 용품은 물론이고 (이제 열여섯 살이 된) 브리지타가 입을 옷과 주말 1박 2일 여행에도 큼지막한 트렁크를 최소한 두 개 들고 다니는 엄마의 짐까지 있었으니…… 그때가 세 사람이 함께 보낸 마지막 휴일이었다. 만약 그 사실을 알았더라면 그들은 서로에게 좀 더 잘해주었을지 모른다. 좀 더 노력했을지 모른다. 하지만 뭐 하나 좋은 게 없었다. 엄마는 떠나기 몇 주 전부터 조바심을 냈다. 원래 걱정을 달고 사는 성격이었다. 미켈 파파와 헤어진 지 겨우 2년밖에 안 됐는데도 조와 브리지타가 자기한테서 점점 멀어져간다고 속상해했다. 그들을 한 가족으로 묶었던 자석 같은 힘이 결별을 계기로 사라져버린 듯했다. 그녀는 아버지의 입김에 대해 걱정했다. 조와 브리지타는 사춘기였다. 앨리슨 학은 방학이면 두 아이가 어머니와 마게이트나 사우스엔드에 가는 것보다 아버지와 섬에서 지내는 걸 더 재미있어한다는 것을 알았다.

그래서 이번 휴가를 계기로 그걸 바로잡으려고 했다.

그들은 사전에 계획을 제대로 세우지 않았다(조는 전설적인 기획력을 계발하기 전이었고 엄마나 브리지타는 원래 이런 데 소질이 없었다). 그리고 그들이 원하는 그런 식의 휴가를 즐길 수 있을 만큼 돈이 넉넉하지도 않았다. 브리지타는 처음부터 저기압이었다. 열여섯 살이면 어머니와 남동생과 캠핑을 하러 갈 만한 나이가 아니었다. 그들은 차로 가는 데 걸리는 시간도 너무 적게 잡았다. 칼레에서 엄마가 예약해놓은 대서양 연안의 로셸 근처 캠핑장까지 가는 길은 길고 고됐다. 브리지타는 손바닥만 한 자동차 뒷좌석의 짐 사이에 구겨 앉아서 큼지막한 헤드폰을 단단히 끼고, 가는 내내 자는 척했다. 그림 같은 프랑스 시골 마을이나 포도밭이나 해바라기 벌판을 지나가도 아랑곳하지 않았다.

"저 멋진 풍경 좀 봐." 엄마는 점점 더 필사적인 목소리로 그들에게 열심히 권했다.

"관심 없어요." 브리지타는 이렇게 대꾸했다.

"하지만 마을이 이렇게 근사하잖아." 엄마가 응수했다.

"도착하면 알려주세요."

캠핑장에 도착하자 7일 동안 비가 내렸다 그치기를 반복했다. 모두 기분이 좋지 않았다. 어느 날 아침에는 조가 심부름을 하러 간 사이 브리지타가 그의 침낭을 몰래 텐트 밖으로 던진 적이 있었다. "냄새가 코를 찌르잖아." 그녀는 뚱한 얼굴로 이렇게 설명했다. "속이 뒤집혀서 살 수가 있어야지. 그 침낭하고는 잠시도 텐트 안에 같이 있을 수가 없었어."

그런데 비가 내리는 바람에 침낭이 젖어버렸다.

"나는 모른다." 엄마가 말했다. **엄마**의 인내심마저 한계에 다다르고 있었다. "너희 둘이서 해결해. 너희들 문제니까."

"그럼 나더러 어디서 자란 말이야?" 조는 투덜거렸다. "다 젖었잖아!"

"하지만 엄마, 냄새가 코를 찔렀다고요." 브리지타가 말했다. "얼마나 심했는지 엄마는 **상상**도 못 할 거예요! 그 안에서 도대체 무슨 짓을 한 거야?" 브리지타는 어머니에게서 동정표를 바라고 한 말이었을지 모른다. 사실 침낭에서 사춘기 남자아이 특유의 악취가 풍기기는 했다. 한 번도 써보지 못한 새로운 호르몬과 발, 겨드랑이, 사타구니에서 왕성하게 배출되는 분비물 냄새가 코를 찌르기는 했다.

"침낭 하나 더 사요." 조가 말했다. "저기서는 두 번 다시 안 잘 거예요." 그는 그 시절에도 고집이 셌다.

"돈이 없어." 엄마가 어깃장을 놓았다. "해가 나면 네 침낭을 널어서 말리고 그때까지 내 침낭에서 자."

조는 어머니의 침낭 안으로 들어갔지만 그 안에서 공기가 서서히 썩어가기라도 하는 것처럼 묘한 냄새가 났다. 엄마는 카디건과 수건을 덮고 좁은 뒷좌석에서 잠을 청했다. 새벽에 조가 엄마를 깨웠다. "엄마 침낭에서 못 자겠어요." 냄새가 난다는 말은 하지 않았다. "제가 차에서 잘게요."

일주일이 지나서 날이 갰을 때에는 엄마가 파라솔 아래에서 깜빡 잠이 드는 바람에 다리에 화상을 입었다.

"다리도 파라솔 안으로 넣었어야죠." 조가 말했다.

"넣었어." 엄마는 억울해했다. "그런데 해가 움직인 거야."

엄마는 칼레에서 대서양 연안까지 거리만 잘못 계산한 게 아니었다. 필요한 경비도 속수무책 지경으로 잘못 계산했다. "캠핑할 건데 무슨 **돈**이 필요하겠니?" 엄마는 이렇게 말했다. "바게트, 치즈, 햇볕, 상쾌한 공기만 먹고 살면 되지." 런던에서 출발했을 때만 해도 엄마의 포부가 낭만적으로 느껴졌다. 머리 위로 드리워진 천막, 발가락 틈새로 느껴지는 모래, 바닷가에서 보내는 긴 하루, 수영장에서 보내는 저녁, 캠프파이어, 오랜 산책, 건강에 좋고 소박한 음식, 이렇듯 자연으로 돌아가는 여행이 될 거라고 상상했다. 하지만 이런 기대감은 오래가지 못했다. 그곳은 꼼꼼하게 치수를 재서 만든 텐트용 자리들이 일정한 간격을 두고 가지런하게 줄줄이 이어지고 그 사이로 뾰족한 자갈돌이 깔린 저가의 대형 캠핑장이었다. 풀잎 하나 보이지 않았다. 지린내가 진동하는 공중 화장실에 가려면 한참 동안 걸어야 했고 바닷가로 나가려면 그보다 더 한참 동안 걸어야 했다. '화기 엄금'이 엄격한 규칙이었다. 따라서 그들의 꿈은 당장 와르르 무너졌다. 첫날과 둘째 날에 캠핑장 간이식당에서 저녁을 먹고 음료를 마시자 그들이 보유한 현금의 거의 3분의 1이 날아갔다. 텐트로 돌아갔을 때 엄마는 머리 위로 가차 없이 내리는 빗소리를 들으며 불안해하는 얼굴로 손전등 불빛을 벗 삼아 남은 돈을 셌다. "앞으로 캠핑을 **제대로** 즐겨야겠다." 그녀는 애써 명랑한 목소리로 말했다. "이제부터 요리를 직접 해서 먹자. 술은 끊 고."

브리지타는 이 포고령을, 마음껏 술을 마실 수 있는 십 대의 권리에 대한 공격으로 받아들였다. "프랑스에서는 열두 살부터 술을 마실 수 있어요." 그녀는 어머니에게 이렇게 말했다.

"슈퍼마켓에서 저렴한 와인 사다가 저녁 먹을 때 한 잔씩 마시자." 이것이 엄마의 타협안이었다.

그들의 주식은 정말 바게트와 치즈가 되었다. 그리고 상쾌한 공기 도. 그리고 싸구려 레드 와인도. 첫 주에는 함께 곁들일 소중한 햇살이 한 줌 정도밖에 안 됐다. 엄마는 자동차 사물함에 비상금을 넣어두었 다. 집으로 돌아갈 때 필요한 기름값이었다. 하지만 그걸 발견한 조와 브리지타가 아무 생각 없이 야금야금 빼돌리기 시작했다. 지폐를 몇 장씩 슬쩍 해서 아이스크림과 럼주와 콜라를 사먹었다. 빵집에서 슈 크림도 사먹었다. 애프터선크림도 샀다. 캠핑장 수영장에서 하와이를 주제로 열린 디스코 파티에 참가하고 피냐콜라다를 마셨다. 엄마는 비상금이 털린 걸 알았을 때 머리를 손으로 감싸고 흐느껴 울었다. 조 도 종종 생각했다시피 그의 인생을 통틀어서 최악의 순간이었다. 꿈 꾸어왔던 휴가를 한심한 텐트에서 보내게 된 엄마의 눈물에 젖은 애 처로운 모습에 조는 한 번도 경험한 적 없는 비참함을 느꼈다.

엄마가 두 사람을 혼냈다면 차라리 나았을 것이다. 그러면 좀 더 솔직해질 수 있었을 것이다. 하지만 엄마는 자기 탓을 했다. 조는 후회하는 어머니를 보고 있을 수 없었기에 뛰쳐나가서 차라리 소나무들이 삼켜주었으면 좋겠다는 생각을 하며 하루 종일 숲속을 처량하게 걸었다.

어쩌면 나는 똑같이 반복하고 있는 건지 모르지. 조는 종탑의 얇은 매트리스에 누워서 생각했다. 도망치는 거. 내 행동의 결과를 감당할 수 없어서 도망치는 거. 나는 지금 그러고 있는 거야.

그들은 폭염이 시작되자 예정보다 나흘 일찍 캠핑장을 떠나는 수밖에 없었다. 엄마는 칼레까지 가는 내내 시속 60킬로미터를 고집했다. "기름을 아끼려면 이 방법밖에 없거든." 어쩌면 그런 식으로 두 사람에게 벌을 내린 것일 수도 있었다. 게다가 엄마가 화상을 입은 다리에 로션을 바르도록 한 시간 정도마다 차를 세울 곳을 찾아야 했다. 느린 여행은 엄마에게도 고문인 듯했다. 그들은 지갑과 주머니를 샅샅이 뒤져서 동전을 모으고 그 몇 푼 안 되는 돈으로 기름을 넣었다. 24시간 동안 굶었다. 주유소 수돗물을 물병에 담았다. "세균이 득실거릴 거예요." 브리지타가 경고했다. "이걸 마시면 우리 셋 다 죽을 거예요."

짜증과 허기가 점점 더해가자 엄마는 알랑송의 현금 인출기에 직불카드를 넣어보았다. "안 될 거야." 엄마는 울부짖으며 화면에 뜨는 지급 거부 메시지를 보지 않으려고 손으로 눈을 가렸다. "안 될 거라는 거 알아." 그래도 세 사람은 일제히 숨을 참고 기다렸다. 기계가 카드를 토했다. "잔고가 없다는 거 알고 있었어." 엄마는 흐느껴 울었다. "런던에서 십 대 두 명을 건사하려면 얼마나 **돈이 많이 드는지** 너희는 모를 거다."

"괜찮을 거예요, 엄마." 조는 엄마를 감싸 안았다.

"어떻게 괜찮을 수 있겠니? 어떻게? 애초에 오질 말았어야 했어."

이 무렵 조와 브리지타는 극적으로 달라진 상황에 기가 죽었다. 다시 길을 나섰을 때 브리지타는 지나가는 모든 것에 애써 관심을 보이는 척했다. "저 멋진 풍차 좀 보세요. 저렇게 예쁜 교회 **본 적** 있어요?"

자정 전에 칼레에 도착할 방법이 없었다. 그들은 루앙 북쪽의 어느 좁은 시골길로 핸들을 꺾어서 삼림지를 가르며 달렸다. 조가 잡목림 사이 빈터에 텐트를 쳤다. 바게트 한 개, 통통한 마늘 한 톨, 멸균우유 한 통이 그들이 가진 전부였다. 그걸로 끼니를 때워야 했다. 엄마가 볼일을 해결하러 나갔다가 버섯을 한 움큼 쥐고 눈을 반짝이며 돌아왔다. 10분이 지나자 잔치를 벌여도 될 만큼 버섯이 많이 모였다. 브리지타가 구해온 땔감으로 조가 모닥불을 지폈고, 마지막 남은 올리브 오일을 넣어서 버섯을 마늘과 함께 구워 먹었다. 차에 와인이 두 병 있었다. 엄마가 집을 봐줘서 고맙다고 이웃 사람들에게 선물하려고 산 것이었다. "슈퍼마켓에서 다시 두 병 사면 돼요." 조가 말했다. 버섯이 담긴 프라이팬에 와인을 듬뿍 붓고 우유도 살짝 넣었다.

휴가 기간을 통틀어서 가장 멋진 저녁이었다. 그들은 마늘 향이 나는 버섯으로 배를 채우고, 미성년자 허용치를 훌쩍 넘겨가며 와인을 마시고, 밤늦도록 앉아서 모닥불을 쑤시고, 촛불 하나를 벗 삼아 카드 게임을 했다. 그러다 마침내 자리에 누웠지만 잠이 오지 않았다. 그들은 밤새도록 이야기를 나누었다. 열흘 동안 합친 것보다 더 많이 웃었다. 춥지 않게 한 텐트에서 서로 끌어안고 잠을 청했다. 더운 날씨에 씻지도 못해서 세 사람 모두 몸에서 냄새가 났을 텐데 아무도 그걸 가지고 투덜거리지 않았다. 밤이 깊어서 사위가 잠잠해지고 그들의 숨소리 말고는 아무 소리도 들리지 않았을 때 엄마가 정적을 깼다. "저렇게 예쁜 교회 본 적 있어요?" 세 사람이 데굴데굴 구르며 웃다가 멈춘 것은 오로지 배가 아파서였다.

가까운 공간과 위기. 조는 생각했다. 어쩌면 그것이 가족에게도 적용되는 비법일 수 있었다. 만약 그가 지금까지 살아온 날들을 통틀어 딱 하룻밤을 다시 살 수 있다면 루앙 북부에서 보낸 그날 밤을 선택할 것이다. 그는 팔짱을 끼고 꼭 눌렀다. 눈을 감자 그날 밤 어머니의 품속이 떠올랐다. 그 텐트로 돌아가서 어머니의 웃음소리를 들을 수만 있다면 그가 가진 모든 것을, 비축한 식량 전부와 차, 아파트, 지금까지 쌓은 경력, 런던의 모든 소지품, 지금까지 꾸어온 모든 꿈을 당장 버릴 수 있다는 생각이 들었다.

눈물이 나서 눈이 따끔거렸다.

20
콘월에는 독감이 번지지 않았어

해가 질 무렵 조는 다시 부둣가를 찾았다. 머릿속에서 나비들이 날아다녔다. 그런 느낌이었다. 심장도 이상하게 뛰었다. 허파에 공기가 너무 많이 들어갔거나 아니면 공기에 비해 허파가 너무 작은 느낌이었다. 그는 어렸을 때 미켈 파파에게 위기의 순간에 침착하게 대처하는 법을 배웠다. "위기의 점수를 매겨." 아버지는 이렇게 말했다. "100점 만점 기준으로. 그런 다음 아무 일도 없는 것처럼 수평선을 바라보면서 내일이면 그게 몇 점이 될지 생각해. 그리고 다음 주면 몇 점이 될지, 내년이면 몇 점이 될지. 이 사건이 네 부고에 실릴까? 이걸로 죽는 사람이 생길까? 그게 아닌 이상 다시 한 번 들여다보면 겉보기와는 다르다는 것을 알 수 있을 거다."

조는 힘겹게 수평선을 바라보았다. 옅은 해무로 덮여서 어디에서부터 바다가 끝나고 하늘이 시작되는지 뚜렷하게 구분이 되지 않고 서쪽으로 저무는 태양만 호박색으로 이글거릴 따름이었다. 이건 50점이야. 그는 생각했다. 그런 생각만으로도 진정이 되기 시작했다. 하지만 내일이면 60점이 될 수 있었다. 다음 주면 90점이 될 수 있었다. 내년이면 100점이 될 수 있었다. 사람들이 죽어나갈 것이었다. 읽을 부고조차 없을 수 있었다.

물론 그가 착각한 거라면 얘기가 달라질 수 있었다. 앨빈 호킹 목사가 더 위대한 진실을 알고 있다면, 하나님이 당신의 자녀들이 굶어 죽도록 내버려둘 리 없다면 얘기가 달라질 수 있었다. 캐시가 결론을 잘못 내렸다면 얘기가 달라질 수 있었다. 전에도 그런 적이 있지 않았던가. 가끔은 대부대가 지혜를 모아도 황소의 무게를 알아맞히지 못할 수 있었다.

제시 힉스의 가게를 돌아 나온 고성능 자동차가, 한때 그의 차가 방치되었던 무인 주차장 앞 부둣가에 진입했다. 좁은 도로를 천천히 움직이며 보트 계류장과 바닷가재 잡는 통발과 젖은 그물 사이에서 주차할 공간을 찾았다. 털털거리는 엔진 소리가 그의 귀에 들렸다. 보아하니 포르셰 컨버터블이었다. 그는 고개를 돌렸다. 그가 떠나온 세계에서는 그런 차가 성공의 상징이었는데 관광객이 찾아오기에는 다소 늦은 시각이었다. 그는 그 차를 다시 한 번 쳐다보았다. 엉거주춤하게 빈자리로 들어서고 있었다. 저런 차를 몰고 세인트피란을 찾은 사람이 누굴까? 나비들이 다시 날아다녔다. 그가 지켜보는 가운데 운전석 문이 열렸고 어떤 여자가 슬로모션으로 먼저 한쪽 다리와 한쪽 팔을 차례대로 내밀더니 천천히, 힘겹게 일어섰다. 그렇다면 낮은 좌석에 적응이 안 된 나이 많은 여자일까? 아니면 몸이 안 좋은 젊은 여자일까? 섬뜩하게 낯이 익은 인물이었다. 연한 미색 정장과 정확하게 어깨 길이로 자른 단발이 바닷가재 잡는 통발이나 계류장과 그보다 더 겉돌 수가 없었는데, 상처 입은 야윈 짐승처럼 차 위로 몸을 웅크렸다.

설마.

심장이 흉곽을 뚫고 나올 것처럼 쿵쾅거렸다. 수평선을 봐. 이건 기껏해야 20점이야. 게다가 내년이 되면 기억하는 사람이나 있겠어? 복수 비슷한 걸 하려고 찾아온 걸까? 그때 폭락으로 그녀의 인생이 망가졌나? 도망쳐야 할까? 하지만 몰고 달아날 차가 없었다. 갈 데도 없었다. 그렇다면 그녀를 반갑게 맞아야 했다. 그 정도는 해주어야 했다. 여기까지 그 먼 길을 와주었고 단순히 그를 찾으러 온 것일 수도 있었다. 웃으며 끌어안아야 할까? 놀라워해야 할까? "아니, 여기까지 웬일이에요!" 아니면 태연하게 대해야 할까? "나를 찾는 데 며칠이 걸릴지 궁금했어요." 그의 다리가 그를 부둣가를 지나서 차 쪽으로 데려갔다. 재니 커버데일은 그가 오는 쪽을 쳐다보고 있었다. 얼굴이 핼쑥했다.

"식사하셨어요?" 조가 물었다. "서두르면 제이콥 앤더슨에게 바닷가재 요리를 만들어달라고 할 수 있을지 모르거든요."

그녀는 그를 처음 보는 사람처럼 대했다. 뒤로 한 걸음 물러나더니 한쪽 손을 내밀며 막았다. "안 돼. 가까이 오지 마." 그가 무시하려는 기미를 보이자 5층의 어린 딜러들에게 가끔 그랬던 것처럼 사납게 쏘아붙였다. **"가까이 오지 말라고."**

그는 걸음을 멈추었다. "재니? 저예요."

그녀는 땅바닥을 보고 있었다. "안녕, 조."

"잘 지내셨어요?"

"나 아파." 그녀가 말했다. "그러니까 너무 가까이 다가오지 마." 그 말이 떨어지기가 무섭게 그녀는 구멍이 뚫려서 바람이 빠진 장난감처럼 무릎을 이상한 각도로 꺾으며 부두 쪽으로 쓰러졌다.

조는 그녀를 안아 올렸지만 내려놓을 데가 없었다. 그는 반대편으로 돌아가서 가까스로 조수석 문을 열고 그녀를 차에 앉혔다.

"어디 가려고?" 그녀가 그를 향해 눈을 깜빡이며 물었다.

"안전한 데요." 그는 반대편으로 돌아가서 운전석에 올라탔다. 좌석의 위치가 이상했다. 핸들과의 거리가 너무 가까웠다. 하지만 다시 조정하고 말고 할 일도 아닌 듯해서 그는 시동을 걸었다. "기름이 거의 없네요."

"엑서터 이쪽에서는 기름을 한 방울도 넣을 수가 없거든." 재니가 말했다. "브리스틀에서는 사람들이 8킬로미터 줄을 섰어. 8킬로미터씩이나! 나는 도로에서 어떤 남자한테 1천 파운드를 주고 탱크에 있는 기름을 호스로 얻었는데 나를 강도 취급하더라." 그녀는 기침을 했다.

"제가 있는 곳을 무슨 수로 알아내셨어요?" 그가 물었다.

"조…… 나, 독감 걸렸어." 그녀는 해먹에 드러누운 헝겊 인형 같았다.

"독감이 아닐지 모르잖아요. 다른 병일 수 있어요."

"독감이야, 조. 아시아 독감. 콜린 헬름스가 싱가포르에서 옮겨 왔거든."

"헬름스가요?"

"한 비행기에 탔던 승객들이 전부 걸렸어."

"헬름스는 지금 어떤데요?"

"죽었어."

조는 하마터면 제시 힉스의 가게 유리창에 차를 박을 뻔했다. "죽었다고요? 콜린 헬름스가요?"

"그리고 마틴 로리도. 해리엇 애들럼도."

그는 천천히 고개를 저었다. "마틴 로리요?"

"그리고 해리엇 애들럼도."

"그 둘은 누군지 모르겠네요." 말해놓고 보니 매정하게 들렸다.

"해리엇은 알잖아. 9층에 근무했고 안경 쓴 키 큰 여직원. 빨간 정장을 잘 입고 다녔고."

생각이 났다. 엘리베이터를 나란히 타고 가는 동안 자기만의 음악이라도 듣는 것처럼 몸을 흔들던 그녀의 모습이 눈에 선했다. 그가 5층에서 내리면 그녀는 빨갛게 칠한 손끝을 살짝 흔들며 "빠이빠이"라고 말하곤 했다.

"빠이빠이." 조는 속삭였다.

"맞아."

"죽었다고요?"

"오늘 아침에 집에서 시신으로 발견됐지."

"맙소사."

그는 언덕 위로 포르셰를 몰았다. 누군가가 손을 흔들었다. 푸들을 산책시키러 나온 케이시였다. 또 누군가가 손을 흔들었다. 모데스티 클록이었다.

"다들 너를 아는 모양이네?" 재니가 힘없이 말했다.

"어떻게 제가 있는 곳을 알아내셨어요?"

"아, 그건……" 재니는 한참 동안 환자처럼 기침을 했다. "매니시가 알아냈어." 기침이 멎자 그녀가 말했다. "누가 네 차로 보험을 들었더라고."

조는 교회 앞에 차를 세우고 열쇠를 그녀에게 건넸다.

"네가 가지고 있어." 그녀가 말했다. "만약 독감으로 죽으면 내 차, 네가 써도 돼."

"그런 소리 하지 마세요."

"너한테 주고 싶어서 그래."

"안 죽어요." 그는 그녀의 주머니에 열쇠를 넣었다. "가만히 계세요. 제가 옮겨드릴게요."

"안 돼." 하지만 그녀는 반항할 기운이 없었다. 그는 콩 자루라도 되는 것처럼 그녀를 안아서 계단을 오르고 묘지 안으로 들어섰다.

"어디 가는 거야?"

"가보면 알아요."

그는 그녀를 안은 채 교회 안으로 들어가서 종탑으로 향했다. "잠깐 내려놓을게요." 그가 이렇게 말을 하고 내려놓자 그녀는 머뭇거리며 바로 섰다. "열쇠 꺼낼 동안만요."

종탑 열쇠는 묵직한 연철로 만들어졌고 크기는 정찬용 숟가락만 했다. 그가 열쇠를 구멍에 꽂는 순간 누군가의 목소리가 들렸다. "이게 뭡니까?" 앨빈 호킹 목사의 목소리가 플랜태저넷 왕조에 만들어진 벽에 부딪쳐서 울렸다. 제의실에서 나온 그가 예배당 저쪽 끝에서 그들을 마주 보고 있었다.

"안녕하세요, 목사님." 조는 뻑뻑한 열쇠를 돌리느라 끙끙댔다.

"종탑에 손님은 안 됩니다." 목사가 나지막이 읊조렸다. "여긴 사창가가 아니라 하나님을 섬기는 곳이에요."

아니다마다요. 조가 아무리 애를 써도 열쇠가 돌려지지 않았다.

"서로 합의하지 않았던가요." 목사가 말했다. "손님은 들이지 않기로." 창녀는 들이지 않기로, 라고 말하는 투였다. 그는 그들 쪽을 향해 걸어오기 시작했다.

"더 이상 가까이 오지 마세요." 조가 말했다. "이분은 환자예요. 아시아 독감에 걸렸어요."

"맞아요." 재니가 힘없이 말했다. "환자예요."

"그럼 외풍이 드는 교회가 아니라 병원으로 데려가야죠." 목사의 말투는 여전히 경멸하는 투였다. "서로 합의한 것도 있는데."

"합의는 엿이나 바꿔 드세요." 열쇠가 돌아가자 묵직한 문이 열렸다. 하지만 호킹 목사를 저지할 만한 시간적 여유가 없었다. 수상쩍어진 그가 씩씩대며 재니와 조를 향해 달려왔던 것이다.

"이러지 마세요." 조는 그의 앞을 막아섰다. "재니는 환자예요."

"어림없는 소리. 콘월에는 아시아 독감이 번지지 않았어."

재니 커버데일이 스르르 주저앉았다. 루부탱 구두의 빨간 밑창이 드러났고, 파티에서 엉망으로 술에 취한 여자처럼 마스카라가 한쪽 뺨 위로 흘렀다.

"제가 뭘 잘못했다고 이러시는 겁니까?" 조가 물었다. 그는 호킹이 지나갈 수 없도록 통로에 서 있었다. "차도 내드렸죠. 종탑을 빌리는 조건으로 비용도 후하게 지불하고 있죠. 신도들이 굶주릴 경우에 대비해서 종탑을 비상식량으로 가득 채웠죠. 계약서에 적힌 문구 그대로 어김없이 따랐는데요." 당신 부인하고 말도 섞지 않았다고 덧붙일 수도 있었지만 그랬다가는 벌을 받아 마땅하다고 인정하는 꼴이 될 수 있었다. 마을 주민 절반은 우리가 토끼처럼 시도 때도 없이 그러고 있다고 생각한다는데요. 그는 하마터면 이렇게 말할 뻔했다.

"손님은 안 된다고 했잖소." 호킹이 말했다. 그는 한 공기를 호흡할 정도로 조에게 바짝 다가왔다.

"젠장." 조가 말했다. "그럼 저희랑 같이 가시죠." 그는 손을 뻗어서 목사의 손목을 낚아챘다. "죄송하지만 목사님 덕분에 어쩔 수가 없게 됐네요." 그가 손목을 힘껏 비틀자 목사는 휘청거렸다. "들어가시죠."

호킹 목사는 팔을 뒤로 붙들린 채 비틀비틀 종탑 쪽으로 걸어갔다. 조가 엉덩이를 걷어차자 그는 상자 더미 위로 풀썩 쓰러졌다.

"거기서 기다리세요."

조는 재니를 부축해서 안으로 옮기고 문을 잠갔다. 그런 다음 그대로 안아서 3층으로 올라갔다. 자존심 상한 얼굴로 씩씩대며 말린 과일이 담긴 자루 위에 앉은 목사는 그대로 방치했다.

"저 사람 누구야?" 재니가 물었다. 조는 맬러리 북스의 보트에서 들고 온 좁은 매트리스 위에 그녀를 내려놓았다. 박사의 집에서 시트와 이불을 가져다가 침대를 만들어놓았다.

그는 이야기를 시작했다. 폴리 호킹이 등장하는 부분에 다다르자 그녀는 용케 미소를 지었다. "그 여자랑 떡치고 있어?" 그녀가 쉰 목소리로 물었다.

이런. 어쩌면 정말로 시가 역사보다 더 진실에 가까울지 모른다. "우리더러 토끼처럼 시도 때도 없이 그러고 있다는 사람들도 있죠."

"조 학, 못된 인간 같으니라고." 그녀는 못마땅하다는 듯이 손가락을 좌우로 까딱이더니 매트리스 위로 쓰러졌다. "아, 죽겠다."

"죽지는 않을 거예요." 그가 말했다. "그래봐야 독감인걸요." 하지만 그는 사인곡선처럼 손끝을 꿀렁였던 해리엇 애들럼을 떠올리고 있었다. 빠이빠이. 그는 깡통이 담긴 상자 위에 털썩 주저앉았다. 그리고 숨을 쉬고 있는 그녀를 바라보았다. 얼굴이 땀범벅이었다.

"뭐라고 말 좀 해봐, 조." 잠시 후에 그녀가 말했다. 목이 너무 잠겨서 뭐라고 하는지 거의 알아들을 수가 없었다.

"물 좀 마실래요?" 그가 물었다. 그녀가 고개를 끄덕이자 그는 주전자를 들고 왔다. 마실 물이 아니라 씻을 물로 가져다 놓은 것인데 그녀에게는 비밀이었다. 그녀는 주둥이에 입을 대고 물을 마셨다. 블라우스 위로 물이 잔뜩 쏟아졌다. 그녀는 상관하지 않는 눈치였다.

"저를 찾아오신 이유가 뭐예요?" 그가 물었다.

그녀는 천천히 고개를 저었다. "런던을 출발했을 때만 해도 내가 독감에 걸린 줄 몰랐어. 독감을 피해서 도망치는 줄 알았지. 이렇게……열이 나기 시작한 건…… 한 시간 정도밖에 안 돼."

"진행 속도가 그렇게 빨라요?"

그녀는 고개를 끄덕였다.

"그런데 왜 저를 찾아오셨어요?"

"사장님이 그랬거든." 그녀는 힘없이 웃어 보였다. "너를 찾아가라고. 너는 대비가 되어 있을 거라고." 그녀는 산더미처럼 쌓인 비상식량을 흘끗 쳐다보았다. "사장님 얘기가 맞았네." 그녀는 캑캑거리며 한참 동안 기침을 했다.

"죄송해요." 조가 말했다. "제가 잘못했어요."

"네가 무슨 잘못을 했는데?"

"레인 코프먼이 그렇게 된 거요. 캐시도 그렇고. 은행이 저 때문에 무너졌잖아요. 어마어마한 액수를 날리고."

그녀는 이마를 찡그리며 눈을 감았다. 잠시 후에 그녀가 다시 눈을 뜨자 예전의 불같은 기운이 언뜻 느껴졌다. 5층을 호령했던 여자, 한때 제국을 다스리며 하루에 몇억 달러씩 거래를 주도했던 여자가 다시 등장했다. "이런 바보." 그녀가 속삭였다. "너 때문에 날린 돈 없어." 그녀는 다시 눈을 감았다. "왜 우리를 버리고 도망친 거야?"

그는 고개를 저었다. "무서웠어요." 제비뽑기에서 제 이름이 뽑혔거든요. 그는 하마터면 이렇게 말할 뻔했다. 제가 책임을 지기로.

"네가 문지방을 넘었을 때부터 이미 주가가 떨어지고 있었어." 그녀가 말했다. "쫄지 말라고 했잖아. 다들 내 말을 들었어. 조, 너만 빼고. 너 혼자 무너졌지."

정말일까? "죄송해요." 그가 말했다.

"네가 강변대로를 질주하고 있었을 때 우리는 2천5백만을 회수했어. 아." 그녀는 눈을 깜빡이며 얼굴을 찡그렸다. "나 곧 죽겠다, 조."

"아니에요." 그는 임시로 만든 침대가에 걸터앉아서 그녀의 손을 잡았다. "죽지 않을 거예요. 제가 장담해요. 제가 죽게 내버려두지 않을 거예요."

"어젯밤에 런던에서만 60명이 독감으로 죽었어." 그녀가 말했다. "뉴스에 나온 거 못 봤어?"

60명이라니! "봤을 텐데요." 그 부분은 못 보고 지나갔나? 콘월의 어느 마을 주민들 이야기밖에 없었는데. 식량을 싹쓸이하는 탐욕스러운 마을 주민들 이야기.

"줄리언 말로는 네가 없어져서 그렇게 된 거래. 우리 포지션이 순식간에 회복된 이유가 그 때문이라고."

"그 친구, 지금은……?"

"웃기는 놈이 도망쳤으니까 이제 괜찮아질 거라고 했어. 그렇게 얘기했어."

"어련했겠어요."

"너한테 연락하려고 했는데 전화기를 두고 갔더라."

"맞아요."

"네가 M4*에 도착했을 무렵에는 손실을 거의 만회했지." 재니가 말했다. "아, 얼마나 짜릿했는지 몰라. 캐시 예측이 맞았어. 정확하게 맞았어. 우리가 좀 더 믿어줬어야 하는 건데."

"그래도 껐잖아요." 조가 말했다. "캐시를 꺼버렸잖아요."

"며칠 동안만 그랬지. 사장님이 좀 더 강력하게 단속하고 싶어 해서. 하지만 트레이딩 플로어에 오줌을 쌀 뻔한 건 처음이었어. 조, 너는 응원하는 팀이 3 대 0으로 지는 걸 차마 볼 수 없어서 경기장을 빠져나가는 바람에 나중에 네 골을 넣고 우승컵을 거머쥐는 광경을 놓친 축구팬이나 다름없었어." 그녀는 다시 눈을 떴다. 장난스럽게 그랬다.

* 런던과 사우스웨일스를 연결하는 도로.

"너랑 나랑…… 우리 둘이 혹시……?"

"우리 둘이 혹시 뭐요?" 바보 같은 질문이었다. 그는 하얀색 가죽 소파와 그녀의 무릎뼈, 같이 뒤엉키는 동안 어렴풋이 미소를 지었던 그녀의 입가가 눈에 선했다.

"미안." 그녀가 말했다. "괜한 걸 물어봤네." 어쩌면 그녀는 기억하지 못할 수도 있었다. "네가 브리스틀에 도착했을 쯤에는 시장이 곤두박질치고 있었어. 전 세계에서 주식을 내다 팔았지. 홍콩이 폐장했을 무렵에는 꼭 신년맞이 바겐세일 같았어. 심지어 시티의 은행까지 타격을 입었지. 엄청난 타격을." 그녀는 말을 멈추고 기침을 하더니 씻으려고 떠놓은 물을 다시 마셨다. "콜린 헬름스가 그랬어. 주식 중개인들이 꼭대기 층에서 스레드니들 가로 투신하고 있다고. 하지만 레인코프먼에서는 안 그랬어. 우리한테는 캐시가 있었으니까." 그녀는 그의 손을 꼭 잡으며 베개에 편하게 머리를 눕히는 듯했다. "파란 눈의 꽃미남."

이것이 횡설수설하지 않고 제대로 전하는 마지막 말이 될 수도 있었다. 그녀는 이윽고 잠이 들었다. 계단을 올라오는 앨빈 호킹의 묵직한 발소리가 들렸다. 그는 피할 수 없는 설전에 대비해서 마음의 준비를 했지만, 호킹이 방 안으로 들어온 이후에도 한참 동안 불편한 정적이 이어졌다. 목사는 계단을 올라오느라 가쁜 숨을 고르며 그 자리에 선 채로 재니를 바라보았다. 그러다 마침내 입을 열었다.

"내가 용서를 구해야 할 것 같군요." 그가 말했다.

"괜찮습니다."

"내가 그동안 당신을 오해했나 봅니다."

조는 그를 올려다보았다. "나 때문에 고생스러웠겠어요." 그가 말했다.

"아닙니다."

이제 들리는 것이라고는 불규칙한 재니의 숨소리뿐이었다.

"오늘 런던에서만 600명이 독감으로 죽었다는군요." 호킹이 말했다.

"맙소사! 60명인 줄 알았는데요."

"어젯밤에 60명이었고요. 오늘 600명이 죽었답니다."

"오, 주님."

"그러게 말입니다." 초라한 침대 옆에 서 있는 호킹이 쪼그라들어서 작아진 것처럼 느껴졌다. "이분을 위해서 기도를 해드릴까요?"

"해주고 싶으시면요."

목사는 무릎을 꿇었다. "옆에서 보고 있기 불편하면 당신 상점을 뒤져서 브랜디를 들고 오세요."

조는 미소를 지었다. "마서 선생님은 목사님이 술을 입에도 대지 않는 줄 알던데요."

"마서 피시번 씨도 모르는 게 있기 마련이죠."

"딱 한 상자 있어요." 그가 말했다. "비상용으로 사놓은 거요."

"잘됐네요. 내가 보기에는 비상사태인 것 같은데. 안 그런가요?"

21

내가 그늘진 골짜기를 다닐지라도

재니 커버데일은 새벽 5시 조금 전에 숨을 거두었다. 달리 잠을 청할 만한 곳이 없었기에 조와 목사는 나란히 앉아서 그녀가 오락가락 사경을 헤매는 모습을 지켜보았다. 한동안 열이 어찌나 펄펄 끓는지 그러다 열사병으로 죽지 않을까 싶을 정도였다. 조가 교회로 내려가서 차가운 물을 한 양동이 떠다가 적셔주었지만 그래도 온몸이 불덩이 같았다. "전해질이 필요해요." 호킹이 약간 권위를 실어서 말했다. 그들은 물에 포도당과 진통제를 섞었다. 그녀는 정신이 있을 때는 물을 마셨지만, 자정부터 열이 나면서 식은땀을 흘리고 추워서 벌벌 떨며 혼수상태에 빠졌다. 대형 할인점에서 사다 놓은 구급상자가 있었지만 재니에게 도움이 될 만큼 효과가 강력한 약은 없어 보였다. "맬러리 박사님한테 물어볼 수만 있다면 얼마나 좋을까요." 조가 말했다. "뭘 먹이면 되는지 모르겠어요." 그들이 느끼는 두려움을 말로 표현할 필요는 없었다. 그들은 종탑의 옥상 방에 갇혀서 마을과 격리돼 있었다. 맬러리 북스에게 조언을 구할 방법이 없었다. 게다가 물어본들 그가 뭐라고 할 수 있었을까? 그들은 아스피린과 이부프로펜을 으깨서 물에 타 먹였다. 두 종류의 진통제를 섞어서 먹인 것이다. 수면제와 기침 시럽도 먹였다. 돌아가며 옆에 앉아서 수건으로 이마를 닦아주었다. 호킹은 성경 구절을 암송했다. 조는 열심히 이야깃거리를 찾았다. 그는 5층에 대해서 이야기했다. 모든 종목이 상승세를 기록 중이라 공매도할 종목이 없었는데 단둘이서 단순히 직감만으로 유로터널 주식에 올인 했던 때를 기억하느냐고 물었다. 그 종목 주가가 어떤 식으로 추락했는지 기억하느냐고 물었다. 샴페인이 얼마나 달콤했는지, 유로스타에 실어서 런던까지 들고 온 샴페인이라는 케리스 켄워스의 말에 사무실 전체가 배꼽을 잡고 쓰러졌던 걸 기억하느냐고 물었다. 폐장 10분 전에 엄청난 폭풍우로 석유 시추 시설이 망가지자 1천만 파운드의 손실이 몇 초 만에 수익으로 둔갑했던 걸 기억하느냐고 물었다.

"이분, 가족이 있나요?" 호킹이 물었다.

"남편 세 명요." 조는 천천히 고개를 끄덕였다. "셋 다 전남편이에요. 다른 가족은 없어요."

"아이도요?"

"아이가 있다는 얘기는 들어본 적이 없네요."

자정이 지나자 종탑이 추워졌다. 그들은 성직복이 가득 담긴 상자를 찾아서 몸에 둘렀다. 조는 외투를 입었다. 새벽 3시쯤 됐을 때 호킹이 노래를 부르기 시작했다. "주 하나님 지으신 모든 세계 내 마음속에 그리어볼 때."

"우리 아버지가 가장 좋아하는 찬송가예요." 조가 말했다.

"하늘의 별 울려 퍼지는 뇌성 주님의 권능 우주에 찼네."

"주님의 높고 위대하심을 내 영혼이 찬양하네." 두 목소리가 노래를 불렀다. "주님의 높고 위대하심을 내 영혼이 찬양하네." 오래된 종탑에서는 소리가 울리는 걸까. 커다란 종이 노래 가락에 맞춰서 웅웅거리는 듯했다. "주님의 높고 위대하심을 내 영혼이 찬양하네."

"기독교 신자인가요?" 호킹이 물었다.

"딱히 그렇지는 않습니다." 거짓말을 할 필요가 없는 듯했다.

"재니는요?"

"아마 신자일 겁니다."

그들은 〈나와 함께하소서〉를 같이 불렀다. 놀랍게도 조는 가사를 기억하고 있었다. 그런 다음에는 시편 23장을 불렀다. "주는 나의 목자시니 내게 부족함이 없으리로다." 노래가 끝나자 목사는 가사를 천천히 낭송했다. "내가 그늘진 골짜기를 다닐지라도 참으로 해를 두려워하지 아니하리니 주께서 나와 함께 계시며 나를 위로하시나이다."

이후로 그들은 아무 말도 하지 않았다. 조가 불을 끄자 노르만 양식의 아치 사이로 비치는 희미한 달빛만 남았다. "돌아가며 눈을 붙입시다." 호킹이 제안했지만 누울 만한 곳이 없었다. 새벽 4시가 되자 재니의 몸이 차가워졌고 그들은 눈에 띄는 것을 전부 다 동원해서 그녀를 덮어주었다. 조는 외투까지 벗었지만 그녀는 계속 얕은 숨을 내뱉었다. 그는 그녀의 옆에 누워서 팔로 감싸 안고, 그녀가 그의 품 안에서 편안해하고 있다고 믿었다.

새벽 5시에 호킹이 그를 깨웠다. 그가 잠이 들었던 것이다. "죽었어요." 호킹이 말했다.

진실로 선함과 그 인자하심이 날마다 함께하시리라. 조는 생각했다. 주 지팡이가 날 안위하며 날 떠나지 않으시네. 하지만 오늘은 아니었다. 여기에서는 아니었다. 재니 커버데일에게는 아니었다. 또각또각. 반질반질한 타일이 깔린 트레이딩 플로어를 걷는 그녀의 구두 굽 소리가 들리면 그녀의 주문에 걸려서 젊건 나이가 많건 기혼이건 미혼이건 모든 남자의 고개가 돌아갔다. "여러분, 돈을 벌어봅시다. 시작해보자고요." 다른 직원들 궁금해하라고 풀어놓은 맨 위 단추. 그리고 하얀색 가죽 소파. 세 명의 남편과 셀 수 없을 만큼 많은 애인을 거친 뒤 그녀에게 남은 열정은 그게 전부였는지 모른다. 그것이 레인 코프먼에서 그녀의 기념비가 되어야 할지 모른다. 하얀색 소파와 샤랑트의 풍경화.

그들은 그녀를 성직복으로 감싸서 종 옆 바닥에 눕혔다. 조가 울음을 터뜨리자 호킹이 그의 어깨에 팔을 얹었다. 그들은 동쪽 언덕 위로 솟아오르는 태양을 바라보았다.

"내가 간밤에 협의 사항을 어긴 것 같은데요." 호킹이 말했다.

"협의 사항을요? 뭘요?"

"당신의 브랜디를 마셨잖습니까."

"아." 조는 손사래를 쳤다. "애초에 얼토당토않은 조건이었어요."

"그래도요. 이로써 우리의 계약은 효력을 잃었네요." 한참 동안 정적이 흘렀다. "차를 다시 가져가세요." 호킹이 주머니에서 열쇠를 꺼내 조에게 건넸다.

"고맙습니다. 그런데 먼저 살 궁리를 해야죠."

아직 진지하게 의논한 적은 없지만 분명한 사실이었다. 생존이 최우선인데 그들은 이 병으로 재니가 어떻게 되었는지 똑똑히 목격했다.

"그리고 우리가 나중에 어떻게 되건, 원하면 폴리와 대화를 나누어도 좋습니다."

"고맙습니다."

"우리 둘 중에서 한 명만 목숨을 건지면……"

"그러면요?"

호킹은 몽상에 잠겼다. 그의 시선은 바다가 하늘이 되는 저 멀리 수평선에 꽂힌 듯했다. "아니에요. 됐습니다."

무슨 제안을 하려고 했던 걸까? 조는 궁금했다. 우리 둘 중에서 한 명만 목숨을 건지면…… 그러면 폴리를 부탁한다고? 그걸 굳이 말로 할 필요가 있을까? 하지만 둘 다 목숨을 건지면? 둘 다 목숨을 건지지 못하면?

"독감으로 사람이 죽을 수도 있다는 걸 몰랐어요. 그런 식으로. 그렇게 순식간에 죽을 줄은." 호킹이 말했다.

"제1차 세계대전 직후에 그런 적이 있었죠." 조가 말했다. "그때는 스페인 독감이라고 불렸고요. 멀쩡하게 잠이 든 사람들이 영영 깨어나지 못했어요."

"마을 사람들한테 알려야겠어요. 경고해야겠어요."

"언론에서 우리 대신 알리고 있잖아요."

"그렇지가 않아요. 우리가 경고해야 **해요**. 다들 여기 이 세인트피란은 안전하다고 생각하지만 젊은 처자 한 명으로……" 목사는 말끝을 흐렸다.

"무슨 수로요?" 조가 물었다. "아래로 내려갈 수도 없는데요." 우리가 마을을 출입하면 병균이 퍼질 텐데요. 말은 하지 않았지만 이 뜻이었다.

그들은 콘비프와 토마토 통조림으로 아침 식사를 했다. 숟가락이나 포크가 없어서 손으로 먹었고 플라스틱으로 된 대용량 마가린 뚜껑을 접시로 썼지만 두 사람 다 배가 고프지 않았다. 양동이 물로 오렌지 스쿼시를 만들어 마셨다. 여기 이 종탑에서 둘이 한참 동안 같이 지내야 할지 모른다는 생각이 들기 시작했다. 가까운 공간과 위기. 조는 생각했다. 그리고 넉넉한 시간. 그나 디멜자가 상상했던 관계가 아닐 따름이었다.

"내가 어디 갔는지 폴리가 궁금해할 텐데." 해가 뜨자 호킹이 말했다. "내 차…… 아니 **당신** 차는…… 목사관에 계속 주차되어 있고 말이죠."

"신도의 하소연을 들어주고 있나 보다고 생각하겠죠."

"밤새도록?"

"종탑 열쇠가 또 있나요? 제가 가지고 있는 거 말고요."

호킹은 천천히 고개를 끄덕였다. "하나 더 있어요." 그는 주머니 깊숙이 손을 넣어서 열쇠를 꺼냈다. "나한테."

"그럼 다른 사람은 아무도 들어오지 못하겠네요?"

"문을 부수지 않는 한 그렇죠."

"그럼 우리가 이제 뭘 어떻게 해야 하는지 알 것 같네요."

재갈매기들이 그들의 머리 위 성벽에 줄줄이 앉아서 태양이 아침 공기를 데워주길 기다리며 쉬고 있었다. 맨 처음 쩌렁쩌렁하게 종이 울리자 갈매기들은 깍깍 비명을 지르며 파닥이는 날개의 광륜 속으로 돌풍에 날린 색종이 조각처럼 흩어졌다. 댕…… 앵…… 앵. 두 번째 종소리는 첫 번째보다 컸다. 이 소리에 토비 펜로스가 보트에 묶은 밧줄을 풀고 케이시 림버가 그물을 펼치고 있던 부두까지 클리프 가를 따라서 일대 소동이 벌어졌다. 제시 힉스가 가게 문밖으로 나왔다. "이게 도대체 무슨 소리래?"

댕…… 앵…… 앵…… 애앵.

아직 출근 전이었던 마서 피시번은 창문을 홱 열었다. 분명 어떤 아이가 저지른 못된 장난일 텐데 누가 범인일까? 제러미 멜런은 나가서 의사의 집 현관문을 두드렸다. 자루를 가득 채우고 부두를 반쯤 지나던 케니 케닛은 고개를 돌려서 교회를 올려다보았다.

그리고 두 번째 종이 울렸다. 좀 전보다 음이 더 높았다. 다시 첫 번째 종이 울렸다. 그리고 다시 두 번째 종이 울렸다. 그러니까 종지기가 두 명이라는 뜻이었다. 이게 무슨 뜻일까? 교회 종은 20년 동안 울린 적이 없었다. 각기 다른 방향에서 등장한 베니 레스토릭과 대니얼 로빈스는 하버 힐과 피시 가가 만나는 모퉁이에서 맞닥뜨렸을 때 굳이 말을 할 필요가 없었다. 베니가 언덕 위를 가리키자 둘이 발맞추어 그쪽으로 걸어갔다. 토머스 호스미스가 두 사람을 바짝 뒤쫓았고 제이콥 앤더슨, 마서, 채러티 그리고 제시가 어느 정도 거리를 두고 따라갔다. 개로 영감도 지팡이를 휘두르며 천천히 쫓아갔다. 제러미 멜런과 맬러리 북스도 등장해 허둥지둥 달려갔고 쇼니시 형제와 바틀 자매,

그리고 기타 등등도 대문 밖으로 나와서 인원이 점점 늘었다. 채러티와 아더 클록도 보였고 모데스티와 밸러와 페이스도 있었다. 에이블 오셔 선장은 귀가 먹어서 그 소리를 듣지 못했기에 불안한 얼굴로 비실비실 난리법석에 합류했다. 펜핼로 부부도 있었고 등교 준비를 거의 마친 아이들도 옹기종기 모였다. "저게 무슨 소리래요?"

개로 영감이 지팡이를 휘둘렀다. "불길한 징조여." 그가 예언했다. "불길한 징조로구면."

폴리 호킹은 가운 차림이었다. 그녀는 목사관 문 앞으로 걸어가서 놀란 얼굴로 종탑을 쳐다보았다. 뭇사람들이 언덕을 올라오고 있었다.

댕. 댕. 댕.

"누가 식료품을 훔쳐 가고 있나 봐요." 베니 레스토릭이 딱 잘라서 말했다.

"저 차를 타고 온 거라면 얼마 가져가지도 못하겠는데?" 제러미가 말했다. 포르셰가 문 앞에 쓸쓸하게 서 있었다.

그 소리를 듣고 사람들은 어안이 벙벙해졌다. "그럼 어쩌죠?"

"교회 문을 열어봅시다." 누군가가 말했다.

대니얼 로빈스가 달려갔다. "잠겼어요." 그가 보고했다.

"그럼 조가 치는 건데." 제러미가 말했다. "무슨 꿍꿍이지?"

종소리가 멎었다.

"아주 조짐이 안 좋아." 개로 영감이 경고했다. 그는 지팡이에 무겁게 몸을 기대고 있었다. 언덕을 올라오느라 기운이 빠진 것이었다.

"조?" 폴리 호킹이 탑에 대고 외쳤다. "앨빈? 당신 거기 있어요?"

"안에 갇힌 거 아니에요?" 마서가 말했다. "남자들이 저지를 법한 사고잖아요."

"사다리 가져올까요?" 누군가가 물었다.

"말도 안 되는 소리."

바로 그때 누군가가 비명을 질렀다. 높은 성벽 위로 사람이 보였기 때문이었다. 천으로 마스크를 쓴 남자였다. 웅성거리는 소리가 점점 더 크게 번졌다.

"앨빈이에요." 폴리가 외쳤다.

"아이구 맙소사." 디멜자 트레버릭이 말했다. "설마 자살하려는 건 아니겠죠?"

이 말을 듣고 그들은 단체로 헉 소리를 냈다. 어떻게 된 상황인지 뻔했다. 디멜자는 그때 자기 눈에는 어떤 식으로 보였는지 나중에 들려주었다. 페트럴 여인숙의 의자에 기대고 앉아서 언성을 낮추고 그 순간 어떤 스토리가 생각났는지 말이다. 아내의 불륜에 상심한 목사가 그녀의 애인과 담판을 지으러 탑으로 찾아가서 몸싸움을 벌였다. 하지만 젊은 애인은 이내 저항을 포기하고, 오쟁이를 진 남편의 일격에 쓰러지면서 오래된 난간을 무너뜨리는 바람에 종을 치는 밧줄에 매달리는 신세가 되었다. 이제 거의 끝장이었다. 부상을 당한 애인이 밧줄을 타고 내려가려고 했을 때 종이 울리면서 그의 난처한 상황이 온 마을에 알려졌다. 하지만 목사 쪽에서 선수를 쳤다. 그가 휘두른 칼에 밧줄이 잘리자 젊은 바람둥이는 바닥으로 추락해 최후를 맞이했다. 종소리는 멎었지만 맘고생을 하던 남편은 자신이 무슨 짓을 저질렀는지 깨닫고 구원받을 방법을 찾아 나섰다. 풀쩍 뛰어내리기만 하면 이승의 연을 끊고 잠깐 동안이나마 갈매기들과 함께 묘지 위를 날다 중력에 못 이기면 신도들 앞으로 추락해 생을 마감할 수 있었다. 그가 남긴 부질없는 삶에 대한 설교는 어느 누구도 절대 잊지 못할 것이었다.

하지만 디멜자의 상상은 금세 깨어졌다. 탑 옥상 위로 제2의 인물이 등장했던 것이다. 성직복을 찢어서 만든 마스크를 똑같이 얼굴에 동여맨 조였다. 그가 목사의 어깨에 손을 올려놓았다.

"우리 목소리가 들립니까?" 호킹이 외쳤다. 사람들이 부스럭거리기 시작했다. 설교를 시작하려는 건지 몰라도 그날은 일요일이 아니었다. 다들 기도할 시간이 없었다.

"저희 얘기를 들어주세요." 조가 외치자 사람들이 잠잠해졌다. 이제 그의 목소리가 또렷하게 들렸다. "이 안에 한 여성의 시신이 있습니다. 어젯밤에 숨을 거두었어요. 이름은 재니 커버데일. 제 친구였습니다. 병명은 독감이었고요."

이 말을 듣고 그들은 다시 단체로 헉 소리를 냈다.

"묘지 앞에 서 있는 차가 그 친구 차예요."

증거도 있는 거였다. 여기저기서 웅성거리기 시작했다.

"모두들 잠시만 이야기를 들어주세요." 조는 웅성거림이 잦아들 때까지 기다렸다. "목사님과 제가 밤새도록 커버데일 씨의 곁을 지켰습니다. 그녀의 임종을 지켰습니다. 어제까지만 해도 재니 커버데일 씨는 튼튼하고 건강했어요. 그런데 오늘 아침에는 주검으로 변했죠." 조는 허리를 폈다. "이렇게 진행 속도가 빠른 병은 저도 처음 보는데 여러분에게 알려드려야겠어요. 여기로 피신하는 사람이 재니 말고도 또 있을 겁니다. 소위 말하는 대도시에서 사람들이 탈출할 겁니다. 그들은 차에 기름을 최대한 많이 채우고 최대한 빨리, 최대한 멀리까지 달릴 겁니다. 기름이 다 떨어질 때까지 아니면 도로가 끊길 때까지." 바다로 가로막혀서 더 이상 갈 수 없을 때까지. 그는 생각했다. "한 명이면 충분합니다. 독감에 걸린 사람이 한 명이라도 찾아오면 우리 마을 절반이 이번 주가 끝날 때까지 목숨을 부지하지 못할 겁니다."

모인 사람들의 숫자가 점점 늘어나고 있었다. 언덕을 올라오는 사람들의 행렬도 꾸준히 이어졌다.

"도로를 봉쇄하세요." 조가 외쳤다.

"문." 모지스 펜핸로가 외쳤다. "문을 설치합시다."

"좋은 생각이에요." 조가 말했다. 그는 구름 떼처럼 모인 사람들의 면면을 살폈다. 이제는 그들의 얼굴이 낯익었다. 같이 고래를 구출한 사람들이었다. 그게 불과 며칠 전의 일이었다. 폴리도 그 안에 있었다. 걱정하는 표정을 짓고 있었다. "호킹 목사님과 저도 이틀 안으로 죽을 수 있어요." 그가 말했다. "둘 다 감염이 됐으니까요."

일동이 정적에 휩싸였다.

"문을 튼튼하게 만드세요." 그가 말했다. "높게 만드시고요. 낮으면 사람들이 기어 올라올 거예요. 약하면 뚫고 들어올 거고요. 그만큼 상황이 절박합니다. 그들은 겁에 질려 있을 거예요. 그리고 굶주렸을 테고요. 항구도 봉쇄하세요. 절벽 길도요."

다시 사람들이 웅성거리기 시작했다.

"가세요." 조는 외쳤다. "가세요!" 그는 목사의 어깨에 팔을 둘렀다.

"가십시오." 호킹이 외쳤다. 가라고 손사래를 쳤다. 그와 조는 성벽 아래로 몸을 숙였다. 그렇게 사라졌다.

22
사장님이 말씀하신 완벽한 폭풍이네요

"시간이 어느 정도 남았을까요?" 호킹이 물었다.

"바이러스에 따라 다르죠." 조가 말했다. "하지만 보통은 3일이 주기예요. 전염이 되더라도 첫날은 몰라요. 전염성도 없고요. 둘째 날이 되면 전염성이 생기지만 증상은 전혀 없을 거예요. 나는 쌩쌩하지만 나와 접촉한 사람은 바이러스에 감염이 되죠. 그러다 바이러스와 처음으로 접촉한 지 48시간 정도가 지나면 증상이 나타나기 시작할 거예요. 그 뒤로는 바이러스의 유형에 따라 양상이 달라지고요."

"그런 걸 어떻게 다 알아요?"

"그것도 제 일의 일부였으니까요." 그의 일. 아주 오래전 이야기였다. 트레이딩 플로어 뒤편의 어두컴컴한 곳에 숨어서 자판으로 숫자를 두드리던 일. 갑자기 가슴이 아렸다.

"그러니까 우리 둘 다 아직은 전염성이 없는 거로군요?"

빠이빠이, 재니 커버데일. 빠이빠이, 해리엇 애들럼. 빠이빠이, 콜린 헬름스. 그는 애써 정신을 차렸다. "아마 그렇겠지만 모험은 하지 않는 편이 좋겠죠. 이 녀석이 얼마나 빨리 활동을 시작할지 아무도 모르니까요."

"폴리하고 얘기 좀 할 수 있으면 좋겠는데."

할 일이 거의 없었다. "침대가 하나뿐이잖아요." 앨빈 호킹이 말했다. 그래서 그들은 병아리콩 자루, 마분지 상자, 포장용 비닐로 두 번째 침대를 만들었다. 하지만 4층의 조그만 방에는 침대를 들여놓을 만한 공간이 없었다.

"제가 층계참에서 잘게요." 조가 말했다. 그는 새 침대 주변에 상자와 자루로 벽을 쌓았다. 아늑하게 느껴질 정도였다. 그는 나무상자 더미에 앉아서 열린 창문을 통해 옥상들 너머로 자갈이 끝나고 바다가 시작되는 곳을 내려다보았다. 항구를 무슨 수로 봉쇄할까. 그는 궁금해졌다. 그게 과연 가능한 일일까?

어디에선가 퍼뜩 다급한 소리가 들렸다. 휴대전화가 울리는 소리였다. 조는 벌떡 일어섰다. "휴대전화 가지고 오셨어요?"

호킹은 고개를 저었다. "세인트피란에서는 신호가 안 잡혀요."

"소리가…… **이쪽 위에서** 들리는데요." 그는 소리의 진원지를 찾았다. 전화벨이 다시 울렸다. "여기예요!" 재니의 재킷이 바닥에 내팽개쳐져 있었다. 조는 주머니에서 그녀의 전화기를 꺼냈다.

"여보세요?"

목소리가 아득하게 들렸다. 공허하고 힘이 없는 목소리였다. 오래돼서 온전치 않은 허파가 내뱉는 반향음이 지직거리는 소음으로 덮였다. "재니하고 통화할 수 있을까요?"

"코프먼 사장님?"

"조인가?"

이번에는 그가 흉보를 전할 차례였다. 그는 아무 포장 없이 그대로 전했다. "재니는 죽었습니다, 사장님." 달리 표현할 말이 있었을까? 좀더 쉽게 전할 방법이 있었을까? 사악한 기운처럼, 아침 햇살에 묻은 검은 얼룩처럼 그의 주변을 잠식한 재니의 죽음이 느껴졌다. 그가 서 있는 곳에서 멀지 않은 종 옆 바닥에 사제복을 둘둘 감고 누워 있는 그녀의 차가운 시신이 눈에 선했다.

코프먼은 아무 말이 없었다. 그의 말을 들었을까? 들었을 것이다. 조는 잠자코 기다렸다.

"자네는 괜찮고?" 이윽고 코프먼이 물었다.

"괜찮은 것 같습니다. 감염은…… 됐겠지만요." 다시 긴 정적이 흘렀다. "부고를 전해주시겠습니까? 재니의 가족들에게요."

"당연하지."

"5층의 모든 직원들에게도…… 전해주세요. 재니가 얼마나 용감했는지요."

"알겠네." 코프먼은 쌕쌕거리며 숨을 쉬었다. "하지만 오늘은 회사에 아무도 없어. 전부 다 출근하지 말라고 했거든. 몇 주는 지나야 업무를 재개할 수 있을 걸세. 타격이 컸어, 조. 벌써 다섯 명을 잃었거든."

다섯 명? 그는 물어볼 엄두가 나지 않았다. 더 이상 아는 이름을 듣고 싶지 않았다. "사장님은 어떠세요?"

"나는 괜찮을 거야, 조. 안전한 곳에 가족들과 함께 있으니까."

"다행이네요."

"자네, 뉴스 봤나? 1918년에 스페인 독감을 일으킨 그 바이러스라고 하더군. 똑같대. 그러니까 어떤 양상을 보일지 알겠지." 코프먼은 요란하게 기침을 했다. "스페인 독감의 특징이 건강한 청년들만 데려가고 노인들은 건드리지 않았다는 것 아닌가."

조는 머릿속이 어지러웠다. 그가 **바로** 그 건강한 청년이었다. 그도 죽는 걸까? "사장님이 말씀하신 완벽한 폭풍이네요." 그가 말했다. "사장님이 두려워하셨던 그대로예요. 유행성 독감과 석유 부족 사태가 동시에 벌어졌으니 말이죠."

"이건 그냥 폭풍이 아니야, 조." 멀리서 루 코프먼이 말했다. "전쟁이지."

"전쟁요?"

"그렇다네. 여러 나라에서 오래전부터 스페인 독감을 재현하려고 애를 써왔어. 내가 얘기하지 않았던가?"

"하셨는데 제가 기억을 못 하는 걸지도 모릅니다."

"오래전부터 있었던 얘기야. 몇 년 전에 미국 과학자들이 1918년에 독감으로 사망한 여성의 시신을 발굴했다네. 알래스카의 영구 동토층에 묻혀 있었거든. 시신에 루시라는 이름까지 지어서 붙였지. 그러고는 그녀의 허파에서 독감 바이러스를 추출해서 어떻게 했는지 아나? 전 세계에서 아무나 볼 수 있는 인터넷에 게놈 지도를 공개했다네." 코프먼은 콧방귀를 뀌었다. "그 뒤로 이 전염병의 발병은 시간문제가 되었지. 재미있는 건 1918년에 수백만 명의 목숨을 앗아간 바이러스와 지금 기승을 부리고 있는 독감 바이러스 사이에 차이점이 거의 없다는 걸세. DNA상의 염색체가 겨우 스물다섯 쌍이야. 그게 다야."

조는 머리가 잘 돌아가지 않았다. 전화를 그만 끊고 싶었다. "그러니까 누군가가…… 이 바이러스를 재현했다고 보시는 겁니까?"

"자네 생각에는 어떤가?"

"사장님. 재니가 죽었어요. 내일이면 저도 증상이 나타날 겁니다. 이틀 뒤면 저도 죽을 수 있어요. 이 상황에서 그게 무슨 상관이겠습니까."

"알겠네." 수화기 저편이 잠잠해졌다. "전화 부탁하네, 조."

"할 수 있으면 드리겠습니다."

"행운을 빌겠네."

"감사합니다."

호킹이 옆에 서서 지켜보고 있었다. 조는 그에게 전화기를 건넸다. "폴리한테 전화하실래요?"

그는 고개를 끄덕였다.

"지금 바로 하세요. 배터리가 얼마 안 남았어요." 그는 번호를 누르는 목사를 뒤로 하고 1층까지 천천히 계단을 내려갔다. 내려가는 동안 나지막이 중얼거리는 호킹의 목소리가 술집에 깔린 소음처럼 그의 귓가를 간질였다. 중간에 그가 언성을 높이는 듯했다. "안 돼! 안 돼……" 예민해질 만한 때였다. 조는 돌바닥에 털썩 주저앉았다.

할 수 있는 일이 있다는 생각이 들었다. 그는 예전부터 비상식량 목록을 작성할 계획이었다. 그걸 실행에 옮기기에 이보다 더 알맞은 때가 있을까? 볼펜만 있으면 종탑에 쌓아놓은 모든 깡통과 병의 목록을 만들 수 있었다. 그는 상자 위에 앉았지만 의욕이 생기지 않았다. 살날이 며칠 안 남았을 수도 있었다. 그 마지막 시간을 유령처럼 종탑에 갇혀서 보내야 하는 걸까? 지금 당장 뛰쳐나가면 그만이었다. 말릴 사람은 아무도 없었다. 언덕을 오르고 절벽을 넘으면 그만이었다. 그러는 동안 아무도 마주치지 않을 것이었다. 동굴에 숨으면 되지 않을까? 아니면 항구로 달려가서 맬러리의 배를 타고 바다로 나가면 어떨까? 독감 바이러스가 우글대는 가래를 통아서 대서양의 놀 속에 뱉으면 그만이었다. 몇천 킬로미터쯤 표류할 수도 있었다. 알몸으로 떠밀려온 그를 하와이 해변을 지나던 사람들이 발견할 수도 있었다. 또 하나의 바닷가. 또 하나의 모험. 그렇게 하는 것이 맞을 수도 있었다.

하지만 그는 호킹의 말소리가 끊기기를, 통화가 끝나기를 기다렸다. 그러는 동안 폴리 생각을 하지 않으려고 애를 썼다.

그들은 양념이 된 햄 통조림과 깡통에 든 차가운 감자로 점심을 때웠다. 탑에서는 물을 끓일 방법이 없었기에 과일 통조림을 따서 즙을 마셨다. 그리고 그들에게는 든든한 브랜디가 있었다.

날이 기울자 너그럽다고는 볼 수 없는 호킹의 본성이 슬슬 고개를 내밀기 시작했다.

"어떻게 보면 이게 전부 다 당신 때문에 벌어진 일이에요." 상자들로 둘러싸인 바닥에 다리를 쭉 펴고 앉아 그가 조에게 말했다.

"전부 다 저 때문에 벌어진 일이라고요?"

"당신이 애초에 세인트피란으로 도망치지 않았다면 우리 둘이 지금 이렇게 여기 앉아 있을 이유가 없잖아요."

맞는 말이었다. 그리고 죽음을 직면한 상황에서 할 만한 소리였다. 시장이 그를 무너뜨리려고 작정한 것처럼 보였을 때 그가 공포로 당황하지 않았더라면, 줄리언 맥기번이 그를 협박하지 않았더라면, 그의 이름이 뽑히지 않았더라면, 줄줄이 앉아 있던 직원들이 겁에 질린 눈빛으로 그를 쳐다보지 않았더라면……

"용감하게 차를 돌려서 집으로 돌아갔더라면." 목사는 이제 집요하게 굴었다. "분별력이라는 게 있었더라면……"

그의 말에는 신경 쓰지 않을 작정이었지만 종탑이 추웠다. 아치 사이로 들어온 바람이 구석구석 스며들었다. 추우면 짜증이 늘 수도 있지. 그는 속으로 중얼거렸다.

"그러고 보니 그 여자를 도대체 왜 교회로 데려온 거요?" 호킹이 이번에는 이렇게 물었다. "미쳤지. 마을에서 가능한 한 멀리 데려가지는 못할망정."

얼마 가지도 못했을 것이다. 기름이 없어서 트레드에인절까지 가지도 못했을 것이다. 그가 깡통에 든 석유를 가지러 종탑에 갔더라면, 거기서 앨빈을 만났더라면, 거기서 두 사람이 대화를 나누었더라면 상황이 달라졌을까?

"당신 같은 사람들의 문제가 뭔지 알아요?"

당신 같은 사람들이라니 어떤 부류를 말하는 걸까? 젊은 사람들? 호르몬이 충만한 젊은 남자들? 돈은 너무 많고 지각은 너무 없는 젊은 남자들? "알 것 같네요." 그는 이렇게 말했다. "저 같은 사람들의 문제가 뭔지 **알겠어요.**"

그는 윔폴 가에서 의사에게 상담을 받은 적이 있었다. 인공 선탠을 하고 진짜 보석을 달고 반달 모양의 안경을 목에 건 여의사였다. 이름은 마르시아 브로디였고, 모든 표정을 과장해서 짓는 활기찬 인상의 소유자였다. "어서 와요오오, 젊은 친구." 그가 상담실 안으로 들어서면 그녀는 이렇게 외치며 얼굴의 모든 근육을 움직여서 기뻐하는 표정을 만들었다. "어디가 아플까?" 검안경으로 그의 눈을 들여다보며 불길한 목소리로 이렇게 물을 때는 얼굴이 과장스럽게 걱정하는 표정으로 덮였다. 그녀는 모든 행원의 육체적, 정신적 건강을 책임지는 사내 전담의로서 맡은 바 소임을 다했다. 적어도 겉보기에는 그랬다. 9층의 진료실에서 1년에 두 번씩 전 직원의 혈압과 맥박, 콜레스테롤을 측정하고 문진을 하고 맞춤 도구로 눈과 귀를 들여다보는 동안 어마어마하게 동적인 그녀의 얼굴은 진찰에 생생한 서사를 부여했다.

"내 병원으로 와줄래요?" 어느 해에 그녀가 조에게 명함을 건네며 말했다. "그 번호로 전화해서 예약을 잡아요. 병원비는 은행에서 부담할 거예요."

그래서 조는 그녀가 시킨 대로 며칠 뒤, 나무 마룻바닥에 아랍풍의 가구들이 놓인, 지하층의 상담실로 찾아갔다. 브로디 박사는 그에게 셔츠를 벗고 차가운 진찰대에 누우라고 했다. 그러고는 차가운 손으로 여기저기를 누르고 차가운 청진기로 그의 숨소리를 들었다. 의술은 차가운 거로구나. 조는 그런 생각을 했다. 차가운 개입의 연속이었다.

"숨을 마셔요." 그녀가 눈썹을 실룩이며 말했다. "내쉬고. 마시고. 내쉬고."

진찰이 끝나고 셔츠를 입는 그에게 그녀가 혈압이 높다고 했다. "스트레스 받는 일 있어요?" 그녀가 물었다.

투자은행의 트레이딩 플로어 직원이잖아요. 그는 하마터면 이렇게 말할 뻔했지만 그건 그녀도 아는 부분이었다. "아마도요."

"그럼 해결책을 마련해야겠는데요. 당신 같은 사람들의 문제가 뭔지 알아요? 스트레스 대처 능력이 떨어진다는 거예요."

당신 같은 사람들의 문제가 뭔지 알아요……?

"……당신은 뭐든 다 안다고 생각해요." 호킹이 말했다. "돈을 엄청나게 벌고 좋은 차를 모니까 더 이상 배울 게 없다고. 하지만 틀렸어요."

브로디 박사는 약을 처방하고 호흡법을 알려주었다. 숨을 마시고. 내쉬고. 그의 아버지는 지평선을 바라보며 점수를 매기라고 했다. 재니와 줄리언이 스트레스를 주자 그는 무너져버렸다.

"저는 스트레스 대처 능력이 떨어지죠." 조가 말했다. "그게 저 같은 사람들의 문제예요. 전문가가 그러더군요."

목사는 놀란 얼굴로 그를 바라보았다. 뜻밖의 대답이었던 것이다. "지금 변명하는 거요?"

"제가 댈 수 있는 유일한 변명이에요." 사실이었다. 그런데 화면에 적힌 숫자에서는 스트레스를 받았으면서 친구의 죽음과 죽음에 대한 두려움과 자신의 죽음에 직면한 이 순간에는 왜 이렇게 심오한 평정심이 느껴지는 걸까? "호흡법도 배웠어요." 그가 말했다. "스트레스를 받았을 때 효과가 좋아요. 해보실래요?"

"됐어요." 퉁명스러운 대답이었다. 어쩌면 그보다 폴리의 남편에게 그 호흡법이 더 필요할 수도 있었다.

한 시간 뒤에 호킹은 다시 회개 모드로 돌아갔다. "미안해요. 당신을 비난할 뜻은 없었는데. 당신 때문에 벌어진 일도 아닌데."

"고맙습니다."

"용서해주겠소?"

"그럼요."

아직은 증상이 나타나지 않는군. 조는 그날 밤에 임시방편으로 만든 침대에 누워서 그런 생각을 했다. 열도 없고 기침도 안 하고 가래도 없고.

종탑 옥상에는 박쥐들이 살았다. 해가 지자 날아다니기 시작한 박쥐들이 퍼덕일 때마다 달빛을 받고 순간 반짝였다. 종탑에 사는 박쥐들이라, 조는 생각했다. 어울리는 듯했다.

그는 침대에 누워서 포장용 비닐 때문에 더 크게 들리는 그의 심장 박동 소리에 귀를 기울였다. 심장이 한 번 두근거릴 때마다 바이러스가, 눈에 보이지 않는 사악한 기운이, 그를 죽이러 나선 적이 혈관을 타고 이동하는 느낌이었다.

그가 잠든 새 재니가 죽었다. 선잠이기는 했어도 잠이 들긴 했었다. 그는 그녀의 옆에 누워 있었다. 한 시간 동안 그녀가 몸을 떨고 식은땀을 흘리며 몸속의 악마들과 싸우는 것이 느껴졌다. 그 뒤로 편안해진 듯했다. 그는 그래서 나으려는 건 줄 알았는데 아니었다. 그녀의 몸이 포기하는 거였다. 그때 그는 잠이 들었다. 만약 그가 깨어 있었더라면 재니가 죽지 않았을까? 바보 같은 질문이었다. 그도 알지만 어쩔 수 없이 계속 생각났다. 아버지가 했던 말이 생각났다. "영원히 죽지 않는 법이 있는데 뭔지 아니?" 미켈 파파는 수염이 덮인 얼굴로 씩 웃으며 이렇게 물었다. "계속 숨을 쉬면 돼." 그가 말했다. "계속 숨을 쉬면 돼."

어젯밤에 재니는 이 간단한 법칙을 잊어버렸다. 그게 그렇게 어려운 일이었을까? 숨을 내쉬고. 마시고. 내쉬고. 하지만 이 게임에서는 사신이 속임수를 쓴다. 잠이 들었을 때 덮친다.

박쥐 한 마리가 어찌나 가깝게 지나가는지 날갯짓으로 일으킨 서늘한 바람이 느껴질 정도였다. 그는 머리 위까지 이불을 당겼다.

사신이 이제는 낯설지 않았다. 더 이상 낯설지가 않았다. 추위로 온몸의 감각을 잃고 괴로움과 후회와 죄책감으로 갈기갈기 찢긴 채 심연을 들여다보았을 때 그는 사신을 만났다. 시커먼 물속에서 분명 사신이 기다리고 있었다. 사신은 인내심이 많았다. 사신에게 일주일이 대수일까. 한 달이 대수일까. 1년이 대수일까. 고래가 그를 살렸다 한들, 머리로 물살을 일으켜서 그를 안전하게 모래사장으로 데려갔다 한들 사신에게는 아무 상관이 없었다. 그가 새까만 물속에 빠져 죽거나 바위에 부딪치거나 종탑에서 기침을 하다 죽는들 사신에게는 아무 의미도 없었다. 결과는 똑같을 것이었다. 조는 이런 생각의 무게에 눌려서, 나약한 자신에 대한 노골적인 깨달음에 눌려서 천천히 무너지는 게 느껴졌다.

벽 저편에서 앨빈 호킹이 기도하는 소리가 들렸다.

23
전기도 끊기고 전화도 끊기고

혹자의 말에 따르면 빈 교회에 사는 박쥐들은 세상을 떠났지만 이 승과 저승 사이를 헤매는 영혼이라고 한다. 해가 지면 횃대를 떠나는 이유는 저승에 들여보내달라고 간청하기 위해서라고 한다. 새벽에 돌아오는 박쥐들은 거부당한 녀석들이다. 혹자의 말에 따르면 박쥐들은 전염병으로 목숨을 잃은 사람들의 영혼이라고 한다. 전염병의 희생자가 그만큼 많았던 것이다.

하지만 세인트피란에서는 그런 적이 없었다.

맥위스 형제가 밭으로 들어가는 문을 한 짝 떼어내서 길 맨 끝에 설치했다. 베비스 맥위스가 거기에 맹꽁이 자물쇠와 쇠사슬을 달았고 첫날은 이들이 번갈아 문 앞을 지키며 아는 사람이나 신원을 보장할 수 있는 사람만 들여보냈다. 하지만 불완전한 시스템이었다. 코린 맥위스가 젖을 짤 시간이 돼서 젖소들을 데리고 들어가느라 20분간 자리를 비운 동안 아미나타 치켈루와 엘리자베스 바틀은 집에 가지 못하고 문 앞에서 기다려야 했다.

"열쇠를 만들어서 모든 주민들에게 나누어줘야겠어요." 아일린 맥위스는 이렇게 투덜거렸다.

둘째 날에 해결책이 등장했다. 제러미 멜런이 번호를 맞추는 방식의 자물쇠를 기증한 것이다. "이제 비밀번호를 적어서 문 **안쪽**에 붙이기만 하면 차를 몰고 나가는 사람들은 문을 잠글 수 있지만 **밖에서** 들어오려는 사람들은 번호를 알 방법이 없죠."

이 방법은 주효했지만 둘째 날에는 용감하게 길을 나서는 사람이 사실상 하루 종일 거의 없다시피 했다. 출퇴근을 하는 사람들조차 대부분 외출을 삼갔다. 어차피 학교들도 군 차원에서 휴교령이 내려졌다. 독감의 확산과 연료 부족 사태에 대처하기 위한 임시 조치였다. 베니 레스토릭은 석유를 구하러 나섰다가 허탕을 치고 마을로 돌아왔다. "아무 데서도 구할 수가 없더라고요." 그가 만나는 사람마다 붙잡고 말을 하자 이 소식이 이내 온 마을에 전해졌다. "여기서 플리머스까지 주유소가 전부 다 문을 닫았어요. 레드루스에 있는 주유소 앞에서 네 시간 동안 줄을 섰는데 한 사람당 2리터밖에 안 주지 뭐예요. 2리터라니! 그마저도 내 차례가 오기 전에 동이 났어요."

둘째 날 동이 틀 무렵 불이 나갔다. 라디오 알람시계가 멎었다. 물을 끓일 수가 없었다. 아침을 먹어야 할 시간에 디멜자 트레버릭이 진토닉을 손에 들고 제시 힉스의 가게를 나서는 모습이 보였다.

"뭐라도 마셔야 할 거 아니에요."

온 마을의 가스 공급이 중단돼서 요리나 난방을 할 수 없었다. 세인트피란에는 가스 본관이 없었다. 하지만 페트럴에 캠핑용 버너가 있었기에 제이콥 앤더슨이 그걸로 커피와 차를 몇 주전자씩 끓였다. 부둣가에 금세 사람들이 줄을 섰다. 물이 끓는 속도가 느려서 온 마을 주민들의 갈증을 해소하기에는 역부족이었다.

"언제까지 계속 이럴까요?" 점점 길어지는 줄을 보며 디멜자가 물었다.

"예전에도 전기가 끊긴 적이 있었어요." 모지스 펜핼로가 말했다. "내가 어렸을 때는 일주일씩 끊기고 그랬죠."

"그런데 **그냥** 전기만 끊긴 거겠죠?" 디멜자가 물었다.

"전기 공급을 제한하는 게 아닐까 싶은데." 제러미가 대답했다. "두세 시간 끊겼다가 다시 들어올지 몰라요."

"두세 시간요?" 누군가가 물었다. "빨래해야 하는데."

하지만 오후가 저물어도 전기는 들어오지 않았다. 마을 사람들은 페트럴 주변에 여전히 옹기종기 모여 있었고 제이콥은 뜨거운 음료를 저었다. "언덕 위로 올라가서 조가 사놓은 수프를 좀 털어야겠네." 케니 케닛이 이렇게 말하자 사람들이 성난 얼굴로 그를 돌아보았다.

"둘 다 완벽하게 나을 때까지 아무도 그 탑을 드나들면 안 돼." 북스 박사가 말했다. 그도 위스키와 소다를 들고 그 자리에 나와 있었다.

아니면 둘 다 죽을 때까지가 될 수도 있겠지. 이런 생각을 한 사람이 분명 한두 명이 아니었다.

"조 학이 미쳤다고 생각했던 사람 손 들어봐요." 항상 선생님 본능을 자제하지 못하는 마서 피시번이 말했다. "그런데 이제 와서 수프 얻을 생각을 하다니 말이 돼요?"

폴리 호킹이 목사관에서 언덕을 내려왔다. "무슨 조짐이라도 있나?" 제러미가 물었다.

"전혀요." 그녀가 대답했다. 얼굴이 지쳐 보였다.

"전력회사에 전화해봐야 하는 거 아니에요?" 헤드라 펜핼로가 물었다. "이러면 안 되는 거잖아요."

"전화도 안 돼요." 제시 힉스가 말했다. "오늘 아침에 우유 대리점에 연락하려고 했더니 먹통이더라고요." 열댓 명이 옆에서 맞장구를 쳤다.

"이제는 조더러 미쳤다고 할 사람이 별로 없겠죠." 마서가 말했다. "전기도 끊기고 전화도 끊기고. 조만간 마실 물도 모자랄 거예요."

"플리머스에 독감 환자가 생겼대요." 베니 레스토릭이 알렸다. "레드루스하고 트루로도 그렇고."

"펜전스는요?" 누군가가 물었다. "트레드에인절은요?"

"모르겠지만 조만간 발생하겠죠."

"바깥출입을 하면 안 돼요." 맬러리 북스가 말했다. "전염병이 지나갈 때까지 전부 다 이 마을 밖으로 나가면 안 돼요."

"연료를 구하지 못하면 어차피 왔다 갔다 할 방법도 없어요." 베니가 말했다.

대니얼과 새뮤얼 로빈스가 생선을 한 상자 들고 등장했다. 메를루사, 대구, 게 열댓 마리였다. 바틀 자매가 나서서 등뼈를 바르고 머리를 쳤다. 제이콥과 로머 앤더슨은 생선을 프라이팬에 담았다. "집집마다 돌아다니면서 공짜 저녁 드시라고 말씀드려." 제이콥이 토머스 호스미스와 베니 쇼니시에게 말했다.

"하지만 맥주는 공짜가 아니라고." 로머가 덧붙였다.

이렇게 해서 30분 만에 세인트피란의 위기 상황은 파티로 둔갑했다. 개로 영감은 자기 집 안으로 사라지더니 아코디언을 들고 나왔다. 케니가 자루에서 양철 피리를 꺼내 뱃노래를 연주했다. 아미나타는 둘 사이에 앉아서 노래를 불렀다. 생선이 구워졌고, 사람들은 발로 박자를 맞추었고, 사과술과 맥주는 끊일 줄 몰랐고, 향긋한 가을바람이 바다에서 불어왔다. 모지스와 헤드라는 촛불을 켰고, 채러티와 케이시는 서로 끌어안았고, 마서와 로니는 춤을 추었고, 디멜자는 프랑스 담배에 불을 붙였고, 케니는 피리를 불거나 아니면 엘리자베스 바틀의 귀에 대고 뭐라고 속삭였다. 아이들은 뛰어다녔고, 여자들은 수다를 떨었고, 남자들은 대화를 나누었다. 푸들 한 마리가 코를 킁킁대며 생선 머리와 찌꺼기를 찾아다녔고, 제이콥은 사람들 머리 위로 쩌렁쩌렁하게 외치며 큼지막한 프라이팬에 담긴 생선을 뒤집었고, 이집 저 집에서 접이 의자와 테이블을 들고 언덕을 내려와서 누가 보면 기념 파티나 대관식이 열린 줄 알았을 것이다. 없는 건 장식용 깃발과 기념품과 케이크뿐이었다. 날은 깊어가고 노래는 계속 이어지는데, 잔치판에서 슬그머니 빠져나온 어떤 사람이 어두컴컴한 하버 힐을 지나 피시 가로 모퉁이를 돌았다 한들, 그림자들이 점점 길어지는 와중에 어느 누가 알아차릴 수 있었을까? 그녀가 외투를 걸치고 빠져나온 머리칼을 뒤로 넘기고 어둑어둑한 실루엣만 남은 노르만 양식의 교회를 올려다보았다 한들 아무도 어쩔 수 없었을 것이다. "남들은 춤을 추는데 우는 사람도 있기 마련이지." 마서는 이렇게 얘기하곤 했다. 발로 박자를 맞추고 싶은 기분이 아닌 사람도 있었다.

"폴리?" 그녀가 잔치판에서 빠져나가는 광경을 본 사람이 적어도 한 명은 있었다. "내가 바래다줄까요?"

폴리는 고개를 돌렸다. 그 간호사는 늘 유니폼을 입고 있었다. "아미나타?"

"옆에 있어줄까요?" 아미나타는 폴리의 팔꿈치 밑으로 손을 집어넣었다.

"괜찮아요. 혼자 있고 싶어서 그래요."

"세네갈에는 이런 속담이 있어요." 아미나타가 말했다. "혼자 있는 건 절대 좋지 않다. 하지만 혼자 있어야 한다면 친구와 함께 혼자 있어라."

나중에 마서 피시번은 이렇게 말할 것이다. "마을은 단순히 집들이 모여 있는 곳이 아니에요. 서로 연결된 하나의 네트워크죠." 다른 때 같았으면 조가 컴퓨터로 그런 네트워크 모델을 만들었을지 모른다. 야간 근무를 하는 간호사는 그녀와 우정으로 연결된 사이다. 그녀는 목사의 아내다. 목사는 애널리스트와 함께 탑에 갇혀 있다. 애널리스트는 목사의 기도를 듣고 있다. 네트워크의 한쪽 끝을 잡아당기면 온 마을이 반응한다. 그래서 100명이 고래를 구출할 수 있었다. 그래서 서로 팔짱을 끼고 언덕을 함께 올라가는 것에 많은 의미가 부여될 수 있었다.

사흘째 되는 날 아침에도 전기는 여전히 감감무소식이었고, 파티 분위기가 식자 새로운 문제가 발생했다. 마서 피시번이 화장실의 수도 꼭지를 틀었을 때 텅 빈 수도관이 공허하게 울리는 소리만 그녀를 맞았던 것이다. 그녀가 집 밖으로 나가 보니 해군으로 복무하는 제시 힉스의 남편 조디가 있었다.

"갑판장." 마서가 말했다. "집에 왔구나."

"단체로 단기 휴가 명령이 내려졌어요." 그가 말했다. "전국적인 비상사태를 해결할 수 있게 도우라고요."

"사람들이 그렇게 표현하니? 전국적인 비상사태라고?"

"그런가 봐요." 조디 힉스 갑판장은 각진 얼굴이 익히지 않은 스테이크처럼 벌겋고 비바람에 거칠어진 청년이었다.

"우리 집에서 전국적인 비상사태가 발생했어." 마서가 말했다. "물이 안 나오네."

"저희도 그래요." 힉스가 말했다. "베비스가 혹시 고장 났는지 알아본다고 아이들을 데리고 펌프장에 갔어요." 어깨를 으쓱하는 것을 보면 시간 낭비라고 생각하는 모양이었다.

"그럼 무슨 수로 세수를 하지? 다들 무슨 수로 세수를 하지?"

"바닷물로 하면 어떨까요?" 힉스가 의견을 내놓았다.

외투를 걸친 맬러리 북스가 겨드랑이춤에 담요를 끼우고 5리터들이 물병을 들고 교회로 가서 종탑 문을 두드렸다.

"절대 대답이 없어요." 누군가의 목소리가 들렸다. 신도석에 혼자 앉아 있던 폴리였다.

"위에 있는 모양이로군." 북스가 말했다.

"그런가 봐요. 그래서 우리 소리를 듣지 못하나 봐요."

"불러봤나?"

"가끔요."

의사는 열쇠구멍에 눈을 갖다 댔다. 보이는 건 상자뿐이었다. "조, 거기 있나?" 그가 큰 소리로 외쳤다. "할 말이 있는데."

탑에는 정적만이 흘렀다.

"조, 문 앞에 담요 몇 장 놓고 갈게. 10분 있으면 교회가 빌 거야. 내려와서 들고 가게." 그는 폴리에게 손짓했다. "물도 한 병 있어." 그는 다시 큰 소리로 외쳤다. "조, 내가 한 말을 들었는지 알고 싶은데. 내 말소리가 들리면 종을 한 번 울려줘."

종탑에서는 한참 동안 정적이 흘렀다.

"조!" 맬러리는 다시 큰 소리로 외쳤다. "종을 울려줘."

다시 오랜 정적이 이어졌다. 그러다 희미한 종소리가 한 번 들렸다.

"그렇지. 이제 내 말 잘 듣게. 담요가 필요할 거야. 따뜻하게 있어야 해. 수분을 충분히 보충하고. 내 말 들리나, 조? 증상이 사라진 **뒤에도** 최소 7일은 지나야 전염성이 사라진다네. 만전을 기하자면 8일에서 9일까지 기다려야 하고. 그동안 푹 쉬게. 폴리하고 내가 날마다 이 시각에 물을 들고 오겠네. 갈아입을 옷. 아무도 없는지 확인한 다음에 나와서 들고 들어가게. 내 말 들리나, 조?"

다시 희미한 종소리가 들렸다.

맬러리는 열쇠구멍에서 눈을 떼고 폴리를 쳐다보았다. "종소리 들었지?"

그녀는 고개를 끄덕였다.

"잊어버리지 않게 적어줘야겠어." 맬러리는 제의실에 들어가서 볼펜과 편지지를 들고 나왔다. 하고 싶은 말을 적은 뒤 조심스럽게 편지지

를 접어서 봉투에 넣고 담요 위에 올려놓았다. "이제 같이 갈까?" 그가
손을 내밀자 폴리가 잡았다. 두 사람은 교회 밖으로 나가서 등 뒤로 문
을 잠갔다.

24
액상 카레, 100g, 48

어쩌면 일종의 시간 때우기였다. 게다가 종탑 안은 추웠다. 조는 운동 삼아서 상자를 옮겼다. 앨빈은 성직복으로 몸을 감싼 채 허연 입김을 내뱉으며 구경만 했다. "나더러 도와달라고 하지는 마요." 그가 조에게 말했다. "나는 허리가 안 좋아서."

"몸을 움직이려고 하는 거예요." 조가 말했다. 그는 상자들을 이쪽 더미에서 다른 쪽 더미로 옮기고 각 더미마다 뭐가 있는지 목록을 작성하는 중이었다. "뭐라도 해야 하니까요."

"기도를 하면 되죠."

"말씀은 감사하지만 기도로는 몸에 열을 낼 수 없잖아요. 제가 기도하는 그런 방식으로는요."

"괜찮으면 적는 건 내가 할 수 있는데." 그는 종이와 펜을 달라고 손을 내밀었다.

"고맙습니다." 조는 재고를 부르기 시작했다. "560그램들이 슬라이스 비트 열두 병."

"비트 560g, 12." 목사는 반복해서 외치며 받아 적었다.

"400그램들이 야채수프 열두 개."

"야채수프 400g, 12."

기록해야 하는 품목이 3천8백 개였다. 간단하게 끝날 운동이 아니었다.

"영수증 안 받았어요?" 앨빈이 물었다. "영수증에 전부 다 찍혀 있을 텐데."

"그렇겠죠." 조가 말했다. "그런데 영수증을 잃어버렸어요."

"잃어버렸다고요? 어쩌다?"

"몽땅 버렸어요." 조가 말했다. "이유는 묻지 마세요." 그는 영수증이 싫었다. 물적 증거처럼 느껴졌다. 거기에 숫자로 적힌 가격이며 총계도 싫었다. 이 식료품 창고는 금전적인 거래의 관점에서 생각하고 싶지 않았다. 여기에 얼마가 들었는지 생각하고 싶지 않았다.

그러거나 말거나 새로운 동거인은 그의 무책임한 행동에 짜증을 냈다. "한심한 성격이로군요." 호킹이 말했다.

"맞아요." 조는 맞장구를 쳤다. "구제불능이죠. 시라타키 파스타 150그램, 서른여섯 봉지."

"그건 철자가 어떻게 되는지도 모르겠는데요."

"그냥 파스타라고 쓰세요."

"영수증을 버리다니 적응이 안 되네." 호킹 목사는 쉽게 포기하지 못하는 성격인 게 분명했다. "아무 생각 없이 버리다니!" 그는 한쪽 팔을 뻗어서 가상의 종이를 던지는 흉내를 냈다.

"싫으면 도와주지 않으셔도 됩니다." 조는 목록을 다시 받으려고 손을 내밀었다.

"아니. 괜찮아요. 그냥 당신이 한심하다는 생각이 들어서요. 그뿐이에요."

그리고 나는 당신을 한심하다고 생각하고. 조는 이런 생각이 들었지만 "1파인트 옥수수 시럽, 열두 개" 하고 말했다.

"옥수수 시럽, 1파인트, 12. 12파인트면 몇 리터죠?"

"모르겠는데요. 중요한 문제도 아니고요."

"중요한 문제가 아니라뇨." 호킹은 심기가 불편한 상태였다. "단위가 어떤 건 리터고 어떤 건 파인트고 그러면 되겠어요?"

조는 아주 천천히 숨을 내뱉었다. "그냥 적으세요."

호킹은 콧방귀를 뀌었다. "나는 중요한 문제라고 생각하는데."

"냉압착한 엑스트라 버진 유채씨유 2.5리터짜리." 조가 말했다. "네 개요."

이런 식으로 그들은 진행해나갔다. 한 시간이 지났을 때 기록한 물품이 무려 200개였다. "꼬박 일주일이 걸릴 수도 있겠네." 목사가 투덜거렸다.

"어차피 꼬박 일주일 동안 여기서 지내야 하는걸요." 조가 말했다. "그 시간을 때울 일이 필요하잖아요."

"독감이 이렇게 치명적일 수 있다니 어느 누가 상상이나 했을까." 새로운 더미로 자리를 옮겨서 작업을 시작했을 때 호킹이 말했다.

　정말 그랬다. "지금까지 인간이 경험한 것들 중에서 가장 치명적인 질병이에요." 조는 이렇게 말한 뒤 못 미더워하는 목사의 표정을 보고 자기도 모르게 미소를 지었다. "그냥 그러려니 하게 됐을 뿐이죠. 회사를 하루 쉬고 싶으면 전화해서 독감에 걸렸다고 하잖아요? 그런데 생각해보면 그거야말로 미친 짓이에요. 우리가 에볼라나 라사열이나 사스 같은 병을 더 무서워하는 이유는 얼마나 위험한지 잘 모르기 때문이죠. 일부 에볼라 바이러스는 치사율이 약 70퍼센트거든요. 그런 것 때문에 무서워하는 거예요. 독감은 가장 심한 경우라도 그 정도로 치명적이지는 않을 것 같잖아요. 계절성 독감은 치사율이 1천 명 가운데 한 명꼴이니까 걱정할 필요가 없지 않겠어요? 그래도 해마다 독감으로 사망하는 인구가 영국에서만 7천 명이에요. 미국에서는 3만 6천 명이고요. 전 세계적으로는 50만 명에 달해요. 한 해에 50만 명의 목숨을 앗아가는 전염병이 많지 않은데 독감이 그래요. 그런데 이보다 치사율이 훨씬 높은 독감 바이러스가 등장하면 어떻게 될까요? 치사율이 10~20퍼센트 정도 되는 바이러스가 등장하면? 진짜 심한 독감의 치사율이 그 정도예요. 그리고 독감은 에볼라나 탄저병에 비해 유리한 고지를 점령하고 있죠. 걸리기가 훨씬 쉽거든요. 그게 독감 바이러스의 천재적인 특성이에요. 최대한 빨리 전파되는 방법을 계산한 거죠. 에볼라에 걸리려면 체액과 접촉해야 하는데 독감은 한 공간에서 숨만 쉬어도 걸려요."

　호킹은 그의 말에 불편해하는 기색을 보였다. "**천재적**이라는 표현을 쓰면 되겠어요? 그리고 독감이 이렇게 해야겠다 아니면 저렇게 해야겠다 하고 **계산한** 것도 아닌데. 한낱 바이러스가 무슨 계산을 하겠어요."

"목사님이 말씀하시는 그런 의미의 계산을 한 건 아니겠죠." 조가 말했다. 그는 이야기를 좀 더 하고 싶었지만 참았다. "비누 마흔여덟 개요."

"비누, 48."

단순한 일을 반복하면 마음이 조금 편안해진다. 대화의 필요성이 사라진다. 심사숙고의 여지가 사라진다. 늑장을 부려도 일은 없어지지 않을 것이다. 상자들은 여전히 그 자리에 있을 것이다. 그리고 이런 일에는 리듬이 생기기 마련인데 과연 그들도 그랬다. 콩 열두 캔. 콩, 12. 파인애플 잼 아홉 병. 파인애플 잼, 9.

"땅콩 25킬로그램." 조가 외쳤다.

"식용은 아니겠죠." 목사가 대꾸했다.

"당연히 식용이죠."

"아니에요. 새 모이용이지."

"정신이 멀쩡한 사람이라면 누가 새들 먹이겠다고 이렇게 엄청나게 무거운 땅콩을 구입하겠어요?"

"하긴."

"그러니까 식용이죠." 조가 말했다.

"가령 당신하고 나 말고는 어느 누구도 이걸 건드릴 일이 없게 된다면?" 호킹이 말했다. 살짝 비꼬는 투였다.

"그럴 필요가 없게 된다면 다행이죠." 조가 말했다. 그는 더 이상 깊게 파고들고 싶지 않았다.

"당신만의 이 조그만 창고에 비상식량을 비축하는 동안 생각해본 적이 있나 모르겠는데." 목사는 집요하게 물고 늘어졌다. "해마다 세인트피란에서 잡히는 생선이 얼마나 되는지 알아요?"

그 질문에 조는 당장 속수무책이 되었다. 레인 코프먼에서 공매도한 종목의 주가가 그의 분석과 달리 오르기 시작했을 때 느꼈던 그 익숙한 두근거림이 또다시 그를 찾아왔다.

"작년에만 24톤이었어요." 호킹이 말했다. 그는 재미있어하고 있었다. "괜히 머리 쓸 필요 없이 내가 대신 계산해줄까요?"

"그러시든지요."

"온 마을 주민들을 넉넉히 먹일 수 있을 만한 양이죠. 1인당 하루에 거의 200그램씩 돌아가니까."

레인 코프먼에서도 그가 건드리는 종목마다 치고 나가는 날이 있었다. 물론 그가 도망쳤던 날만큼 심각한 적은 없었지만, 그래도 손실액이 여섯 자리 숫자에 달하면 여기저기서 비난하는 눈빛으로 그를 쳐다보곤 했다. 그가 백금을 공매도하라고 했을 때만 해도 그랬다. "귀금속은 절대 공매도하는 게 아니야." 조너선 가이가 이렇게 충고했지만 전망이 워낙 좋아 보였다. "할까?" 재니가 그에게 물었다. "확실해?"

가끔 상황이 반대일 때도 있었다. "확실해?" 그가 커피를 공매도하라고 했을 때 재니가 물었다. "필수품이 어떤 식인지 너도 알잖아, 조이 보이." 그러면 그는 고개를 저었다. 아뇨, 확실하지는 않아요. 그래도 숫자들이 쏟아지기 시작하면 이쪽이 됐건 저쪽이 됐건 그의 맥박이 빨라졌다. "젠장, 젠장, 젠장." 재니는 말했다. "조, 왜 꼬리를 내렸어?" 아니면 "네 말을 듣지 말고 내 직감대로 했어야 하는 건데." 애닐리스트로 일하는 한 이길 수가 없었다.

생선 200그램. 그는 애써 상상해보았다. 생선 200그램이면 어느 정도일까?

"스테이크 200그램을 생각해봐요, 조. 한 끼 식사로."

"그래도 먹고 살기에 충분한 양은 아닌데요." 그가 말했다.

"하지만 베비스 맥위스의 농장이 있잖아요? 그 농장에서 생산되는 우유가 어느 정도인지 생각해봤어요? 거기서 기르는 소가 60마리인데 40마리가 젖소예요. 그의 말을 들어보니 하루에 생산되는 우유가 800리터가 넘는다고 하던데. 내가 대신 계산을 해줄게요. 그러면 당신이 고마워할 걸 아니까. 800리터면 세인트피란의 모든 주민이 5파인트씩 마실 수 있는 양이에요. 날마다."

그는 이런 부분에 대해서 생각해본 적이 있었을까? 그는 아버지와 함께 섬 주변의 얕은 바다에서 잡았던 생선을 떠올렸다. 버터에 구워 먹으면 입 안에서 살살 녹았다. "무슨 말씀이 하고 싶으신 거죠?"

"당신이 평생 모은 돈을 아무한테도 필요 없는 싸구려 식료품을 사는 데 허비했다고 말하고 싶은 거예요. 그 돈으로 1년 동안 잡힐 생선을 사재기하는 게 차라리 나았을 것을."

"관건은 인간의 본능이지." 모아이가 내려다보는 12층의 집무실에서 대화를 나누었을 때 루 코프먼은 이렇게 말했다.

"그런가요?"

"그렇다마다. 모든 경제 활동의 관건은 인간의 본능일세. 각 개인의 이기주의. 모든 경제 모델은 인간들이 이기적인 반응을 보일 거라는 가정 아래 움직인다네."

"캐시는 아닌데요."

"아니라고?" 노신사는 의자에 기대앉아서 쭈글쭈글한 한쪽 눈썹을 추켜세웠다. "그렇다면 캐시를 맨 처음 나한테 보여줬을 때 했던 얘기 하고 다른데. 기억하나? 자네는 그때 캐시가 경제 전문가들의 예측을 평균 낸다고 하지 않았나. 그런데 모든 경제 전문가들은 인간이 이기 적인 존재라고 믿으니까 캐시가 내리는 모든 예측에 인간의 이기주의 가 내재적으로 깔려 있을 수밖에 없지."

"그렇겠네요." 조는 인정하는 수밖에 없었다. "그래도 인간을 그런 식으로 간주하면 다소 절망적이지 않을까요?"

고령의 은행장은 고개를 저었다. "그렇지는 않아. 이기주의는 생존 본능의 다른 표현일 따름이고 생존 본능이야말로 인간의 가장 훌륭한 자질이니까. 붕괴가 시작되면 이기주의가 표면화될 거라고 장담할 수 있다네."

"아라비아타 소스 열두 병." 그는 앨빈 호킹에게 말했다.

하지만 식료품의 숫자를 세다가도 코프먼과 나누었던 대화가 자꾸 만 떠올랐다. 그날 노신사는 종말론적인 분위기를 풍겼다. "붕괴가 시 작되면 생존 본능이 강력해질 걸세." 그는 축축한 기침을 길게 뱉었고, 조는 생존 본능에 대해서라면 이 고령의 은행장이 상상 이상으로 많 은 것을 알 거라는 생각이 들었다. "사람들은 집 안에 틀어박히겠지만 그것도 잠깐이지. 물이 끊기면 도시 밖으로 탈출할 걸세. 수만 명이, 수천만 명이 피난길에 오를 걸세. 바로 그때 이기주의가 공동체의 이 익은 물론 심지어 국익보다 우선시되겠지." 코프먼은 얼음처럼 차가 운 눈빛으로 조를 뚫어져라 바라보았다. "모두의 관점에서 보았을 때 그 수백만 명이 집 안에 틀어박혀 있으면 더 좋을 텐데. 발전소와 정수 처리 시설과 연료 보급창과 수송망의 주요 실무자들이 보호를 받으며 다시 출근할 수 있으면 더 좋을 텐데. 생존 본능이 눈을 뜨면 방금 전에 길거리에서 마지막 연료를 약탈당한 운전자가 식료품을 배달하던 기사이거나 말거나 신경 쓰지 않을 거거든. 방금 전에 마지막 빵조각을 빼앗긴 여자더러 발전소 기사가 아니냐고 묻지도 않을 테고."

"아라비아타 소스?" 호킹은 경멸하는 투였다. "그게 도대체 뭐요? 세인트피란에서 누가 아라비아타 소스로 뭘 만들어 먹는답니까?"

"생선이랑 잘 어울리는 소스예요." 조가 말했다.

그들은 잠깐 일을 멈추고 점심을 먹었다. 병에 든 참치와 깡통에 든 차가운 감자였다.

"몸은 좀 어떠세요?"

"괜찮아요. 어차피 증상이 나타날 만한 때도 아니고."

이후에 조는 종탑 옥상으로 올라갔다. 재니가 아직 거기 있었다. 재니의 시신이 아직 거기 있었다. 그는 성직복을 풀어서 맞는지 확인해 보고 싶은 충동을 느꼈다. 그냥 잠이 든 거면 어쩐다? 그는 4층에서 쉬고 있던 호킹을 불렀다.

"목사님."

"왜요?"

그 위는 뼈가 시리도록 추웠다. 그는 수의 안으로 손을 넣어서 재니의 손을 잡았다.

"왜요, 조? 왜 그래요?"

"아무것도 아닙니다." 어떻게 그녀의 손이 이렇게 금세 이리도 차가

워질 수 있을까? 온기는 다 어디로 간 걸까?

생선 200그램. 우유, 버터, 크림 그리고 치즈. 그보다 더 훌륭한 생활이 어디 있을까? 그가 지금까지 먹었던 음식 중에서 가장 맛있었던 것도 모닥불에 익힌 마늘과 버섯이었다. 큰 완두콩이나 아라비아타 소스가 정말 필요할까? 깡통에 담긴 차가운 감자의 젤리 같은 식감과 공장에서 생산된 참치의 화학조미료 맛이 아직도 입 안에서 맴도는 가운데 차가운 저장식품에 둘러싸여 있는 지금은 방금 전에 만든 깔끔한 요리와 그날 바로 잡은 생선, 막 짜서 아직까지 뜨끈뜨끈한 우유가 딴 세상 이야기처럼 느껴졌다.

"내가 사과를 해야겠어요." 호킹이 말했다. 그는 계단을 올라와서 옥상 층계참 위로 말없이 올라섰다.

"왜요?"

"아까 한심한 성격이라고 했던 거요."

"한심한 성격 맞는데요."

"그럴지도 모르지만 내가 그렇게 부르면 안 되죠." 목사는 젊은 친구의 팔에 손을 얹어서 수의로 덮인 조의 손이 있는 곳으로 스르르 내렸다. 재니 커버데일의 싸늘하게 식은 손을 떼어냈다. "쉬게 내버려둬요, 조." 그는 조의 팔을 천천히 수의 밖으로 꺼냈다.

"제 생각에는……" 조가 말했다. "제 생각에는……" 그가 무슨 생각을 한 적이 있었던가? 무슨 생각을 할 수나 있었던가? "제 생각에는……"

"얘기해봐요, 조."

왜 이렇게 몸이 떨리는 걸까? "제 생각에는 재니를 묻어야 하지 않을까 싶어서요."

"그건 위법이에요. 검시를 한 다음에 묻어야 해요. 내 말 믿어요. 내가 잘 아니까."

"그럼 어떻게 해야 하나요?"

"정식으로 사망 신고를 해야 해요. 의사에게 보이고요. 맬러리 북스 박사는 안 돼요. 제대로 된 의사한테 맡겨야 해요."

"하지만 우리가 그런 조치를 취할 방법이 없잖아요. 독감에 전염돼서 마을 출입도 할 수가 없는데요."

"그럼 기다릴 수밖에요. 우리의 보고가 늦더라도 법원에서도 상황을 감안해서 이해해줄 거예요."

"그때까지 법이 남아 있을지 모르겠네요." 조의 떨림이 잦아들었다.

"세상에는 변함없는 사실이 몇 가지 있죠. 내일이 밝으면 태양은 다시 뜬다는 것. 인간은 누구나 죽을 수밖에 없는 운명이라는 것. 그리고 법은 늘 지켜야 한다는 것."

그리고 인간은 이기적인 존재라는 것. 조는 이런 생각을 했다. 그것도 변함없는 사실이죠.

먹는 것 말고는 할 일이 거의 없었다. "재고 조사 계속할까요?" 호킹이 물었다.

하지만 이번에는 조가 어깨를 으쓱했다. "왜요? 생선을 실컷 먹을 수 있는데요. 거기에 우유도 있고 버터도 있고 크림도 있고. 닭을 기르는 집도 있나요?"

"토비 펜로스가 열댓 마리 키우고 있죠. 무트네 집도, 쇼니시네 집도."

"그럼 달걀도 있네요."

"그리고 양도 있어요. 베비스가 암양을 100마리 키우고 있죠."

"100마리요? 암양을 한 마리 잡으면 고기가 얼마나 나오죠?"

"글쎄요. 잘은 모르겠지만 바비큐 파티를 벌일 만큼은 되지 않을까요?"

조는 한숨을 쉬었다. "왜 아무도 저한테 이런 얘기를 하지 않았을까요?"

"당신이 스스로 알아차릴 거라고 생각했겠죠. 세인트피란에서는 서로 뭘 묻고 그러지 않아요. 정신 나간 젊은 남자가 미끈한 새 차를 몰고 와서 교회 탑을 먹을거리로 가득 채우겠다는데 말릴 이유가 뭐가 있겠어요? 우리는 그러지 않아요."

"누가 말려줬더라면 좋았을 텐데."

그들은 잠깐 앉았지만 가만히 앉아 있었더니 추웠다. 뻥 뚫린 환기구 사이로 바람이 들어와서 더욱 그랬다. "우리 지금 뭐하는 거죠?" 몇 분 동안 잠자코 앉아 있다가 조가 물었다. "죽을 때까지 그냥 넋 놓고 있을 건가요?"

"무슨 그런 말도 안 되는 소릴. 우리는 지금 책임감 있게 행동하고 있는 거잖아요. 독감 바이러스가 마을에 전파되지 않도록."

"그래도 전염이 될걸요. 결국에는. 세인트피란을 찾아오는 사람이 있을 테고 그런 사람이 등장하는 순간 사태는 걷잡을 수 없게 될 거예요."

"진심으로 그렇게 생각하지는 않잖아요."

"어떤 식으로 생각하면 좋을지 모르겠네요." 조는 일어나서 왔다 갔다 걸었다.

"우리가 한 사람을 살릴 수 있다면? 딱 한 사람이라도 살릴 수 있다면?"

"저도 알아요."

"그 사람이 폴리라면?"

이름이 무기가 될 수 있다니 웃기는 일이다. 이름 하나로 속수무책이 될 수 있다니, 발을 헛디딜 수 있다니. 그가 그 이름에 반응을 했을까? 그 이름을 듣고 멈칫했을까? 앨빈 호킹은 꼬투리를 잡으려고 그를 유심히 관찰하고 있었을까?

하지만 무슨 꼬투리를 잡겠다는 걸까? 그는 심지어 그녀와 입을 맞춘 적도 없었다. 그런데도 마을 사람들은······

"폴리하고 저 사이에는 아무 일도 없었어요." 조는 말해놓고 후회했다. 어떻게 죄를 짓지도 않았는데 죄책감을 느낄 수 있을까?

하지만 목사는 그를 보고 있지 않았다. 두 손으로 머리를 감싸고 앉아 있었다. "알아요." 그가 말했다. "폴리한테 들었어요."

"폴리가 뭐라고 하던가요?"

"두 사람 사이에 아무 일도 없었다고 하더군요. 하지만 나는 당신을 향한 폴리의 눈빛을 보았어요. 그녀를 향한 당신의 눈빛도 보았고. 물속에 나트륨을 넣으면 반응이 나타나죠. 나트륨은 반응을 하겠다고 작정하거나 그러지 않아요. 물도 마찬가지고요. 그냥 그게 자연의 법칙인 거죠."

"목사님은 자연의 법칙을 믿지 않으시는 줄 알았는데요."

"왜요? 내가 목사라서요? 이것 봐요, 나는 자연의 법칙을 믿을 수밖에 없어요. 주님이 그걸 만드셨다고 믿으니까요."

"독감도 그분이 만드신 거고요?"

"아." 호킹은 고개를 들었다. "그 문제로 대화를 나누자면 일주일은 잡아야 할 거요."

"일주일의 여유가 생길 수도 있잖아요." 아니면 우리 둘 다 이틀 안으로 죽을 수도 있고요.

적어도 화제가 폴리는 아니라서 다행이었다. "조, 당신은 세상이 그렇게 잔인할 **필요가** 있다고 생각해요? 인정사정없을 필요가 있다고 생각해요? 만약 주님이 포식 동물들을 없앤다면 어떻게 될까요? 그러면 더 살기 좋은 세상이 되지 않을까요?"

"그렇겠죠."

"하지만 그러면 토끼들이 넘쳐나겠죠. 쥐들도. 풀을 뜯는 동물들도. 그러면 목초지가 다 뜯기고 나무들도 다 먹혀서 세상이 멸망하겠죠."

모든 세상이 멸망하겠지. 모든 공급망이 무너지겠지. "그러니까 사자는 절대 양과 같이 눕지 않는다는 건가요?"

"동물원이 아닌 이상은요."

"그리고 독감은 또 다른 포식 동물일 뿐이다?"

"그렇지 않은가요?"

"그러니까 주님이 균형을 유지하기 위해서 독감을 만드신 거다?"

"그건 잘 모르겠지만 독감이 존재하는 걸 보면 주님이 세우신 계획의 일부인 건 분명하죠."

"그럼 여기가 라이프니츠가 얘기한 세상인가요?"

"라이프니츠?"

"고트프리트 라이프니츠. 수학자예요." 나처럼. "이진법의 틀을 만들었다고 볼 수 있죠. 예전에 제 주변에 라이프니츠의 사진을 책상에 올려놓은 프로그래머도 있었어요. 근대 과학의 아버지라고 하면서요. 그런데 라이프니츠는 엉뚱한 구석도 있었어요. 목사님처럼 독감, 말벌, 지진, 전쟁, 이런 마음에 안 드는 것들이 존재하는 이유는 그게 없으면 세상이 더 형편없어지기 때문이라고 생각했거든요. 그리고 우리는 가능한 한도 내에서 가장 훌륭한 세상에 살고 있다고 생각했고요."

목사는 천천히 자리에서 일어섰다.

"정말 그럴까요?" 조는 그에게 물었다. "우리가 가능한 한도 내에서 가장 훌륭한 세상에 살고 있을까요? 목사님은 그렇게 생각하세요?"

"이 세상이 엉망진창이 되도록 주님이 내버려두실 거라고 생각하느냐고 묻는 거라면 아뇨, 그렇지 않아요. 나는 이 독감이나 걸프 만에서 벌어지고 있는 전쟁이 가벼운 불편을 초래하는 수준에 머물 거라고 생각해요. 며칠 동안만 그럴 거라고. 당신 생각은 당연히 다르겠지만."

"제 생각은 다를 거라고요?" 무슨 생각을 하는지 들켰을 때 좋아할 사람은 없다.

"물론이죠. 그러니까 이런 거 아니겠어요?" 호킹은 팔을 뻗어서 상자와 자루들을 가리켰다.

"미래를 예측하는 건 날씨를 예측하는 것과 같아요." 조가 말했다. "아주 먼 미래까지 내다볼 수는 없거든요. 그리고 먼 미래까지 내다본다 해도 틀릴 수 있고요."

"그리고 당신은 이런 사태를 예측한 거고요?" 호킹이 물었다. "세인트피란이 굶주리는 사태를?"

"제가 그런 건 아니에요." 조가 대답했다. "저는 아무것도 보지 못해요. 캐시가 예측한 거예요."

"캐시가 누구죠?"

조는 어깨를 으쓱했다. "미래를 내다볼 줄 아는 존재요. 아주 조금. 이건 과학이 아니에요, 목사님. 나트륨과 물이 아니에요. 단순한 추측이죠."

"그렇군요." 목사는 추위를 달래려고 주머니 속 깊숙이 손을 넣었다. "이게 전부 다 단순한 추측이었다고요?"

"그럼요." 어떻게 그 이상일 수 있었겠는가. "가능한 시나리오는 네 개예요." 그가 말했다. "들려드릴 테니까 하나 골라보세요." 그의 귓가에 루 코프먼의 열성적인 목소리가 들리는 듯했다. "첫 번째 시나리오는 라이프니츠와 그의 친구 팡글로스 박사의 생각이 맞는다는 거예요. 앞으로 모든 게 점점 좋아질 거예요. 차는 빨라지고 식탁은 풍성해지고 수명은 늘어나고 여자들은 아름다워지고 성생활 횟수는 늘어나고. 두 번째 시나리오는 라이프니츠의 주장이 헛소리라는 거예요. 모든 게 서서히, 점진적으로 나빠질 거예요. 농산물 수확량은 줄고. 사막은 넓어지고. 산호초는 죽고. 숲은 베어지고. 석유는 천천히 고갈되고. 오랜 기간에 걸쳐서 서서히 1930년대 미국의 건조한 평원지대처럼, 비참하게 겨우 연명했던 암흑기처럼 바뀔 거예요. 세 번째 시나리오는 잘 모르겠다는 거예요. 세 번째 시나리오에 따르면 생활 방식이 지금과 별반 다를 게 없어요. 우리는 계속 행복하게 살아가고 뭐 그리 많이 달라지지 않아요. 하지만 루 코프먼이라는 제 친구가 언급했던 건 네 번째 시나리오인데 이 네 번째 시나리오에 대해서 한번 듣고 나면 수시로 생각날 거예요. 제 경우만 해도 와인 바에서 마주 보고 앉아서 그의 이야기를 들은 다음부터는 의식의 일부분이 되어버렸거든요."

"강박관념이 된 거로군요."

"뭐, 그렇게 표현할 수도 있겠네요."

"네 번째 시나리오가 뭔데요?"

조는 코프먼과 그가 얘기한 네 번째 미래를 떠올렸다. "우리는 복잡한 시스템이 영원할 거라고 생각하죠." 왜 그런지 몰라도 그의 머릿속으로 고래의 모습이 헤엄쳐 들어왔다. "고래 기억하시죠?" 그가 물었다. "그런 피조물을 본 적 있으세요? 그런 동물을 물에 띄우려면 얼마나 복잡하고 방대한 조직과 기관이 공시적으로 움직여야 할까요? 고래 안에는 몇천억 개의 세포가 있을까요? 각 세포가 단백질을 생산하고 번식하고 에너지를 소모하는 조그만 엔진이나 다름없을 텐데 말이죠. 콩팥이 하는 일을 생각해보세요. 그 많은 산소를 처리하는 허파를 생각해보세요. 심장은 얼마나 커야 할까요? 얼마나 세게 뛰어야 할까요? 인간 말고는 두려울 게 없는 동물. 그에 필적한 만한 피조물이 또 뭐가 있을까요? 그런데……" 조는 앨빈 호킹을 바라보았다. "그런데…… 피란 모래사장에서 잠깐 동안이나마 몸속의 모든 기관이 무용지물로 전락했죠. 그게 바로 네 번째 시나리오예요. 고래가 직면했던 상황이. 우리가 없었다면 온갖 복잡한 조직들이 하나씩 차례대로 정지됐겠죠. 맨 처음 허파가, 그다음에는 심장이, 그다음에는 뇌가, 그다음에는 다른 기관들이 순식간에 연속으로 정지됐겠죠. 그러고 나면 남은 거라고는 몇천억 개의 세포뿐이었을 텐데, **목사님이** 그 세포들 가운데 하나라고 생각해보세요. 목사님의 공급망이 사라져버린 거예요.

산소도 얻지 못하고 연료도 얻지 못해요. 그러면 세포들도 하나씩 죽겠죠. 고래의 호흡이 멈추면 심장의 세포건 꼬리 끝의 세포건 상관없어요. 살아남을 방법이 없어요."

"그게 네 번째 시나리오인가요? 죽음이?"

"재미있는 게, 지금까지는 이런 식으로 확연하게 이해하지 못했는데 네, 맞아요. 복잡한 시스템들은 전부 다 미래가 똑같이 네 갈래예요. 성장하거나 쇠퇴하거나 변화 없이 칙칙폭폭 움직이거나. 아니면 소멸하거나. 그게 네 번째 시나리오예요. 우리가 그렇게 되고 있어요. 세상이 그렇게 되어가고 있어요, 호킹 목사님."

"이 세상이 해변으로 떠밀려온 고래다?"

"네. 저는 진심으로 그렇다고 생각해요."

"하지만 고래는 죽지 않았는데……"

"그야 구해준 우리가 있었기 때문이죠." 두 사람은 서로 흘끗 쳐다보았다. "저는 미래를 예측해요." 조가 말했다. "그게 제가 하는 일이죠. 그런데 미래를 예측할 때 한 가지 약점이 있어요. 과거의 사실을 근거로 미래를 구상하기 십상이라는 거죠. 그게 제 약점이기도 했고요." 그는 루 코프먼에게 들은, 크리스마스이브 전날의 칠면조 이야기가 생각났다. "오늘을 근거로 미래를 예측하지는 못하거든요."

앨빈 호킹은 성직복 안으로 손을 넣어서 조그만 성경을 꺼냈다. "주님도 똑같은 비유를 드셨죠." 그는 페이지를 넘겼다. "선지자 욥에게 경고를 해요. 주님을 과소평가하지 말라고. 그게 주님의 메시지예요. 너무 끔찍해서 저항할 생각조차 나지 않는 대상을 리바이어던이라는 깊은 바닷속에 사는 거대한 괴물에 비유하시죠."

"고래네요." 조가 말했다.

"고래일 수도 있죠. 아니면 그보다 더 무시무시한 존재일 수도 있고요." 목사는 손가락으로 어느 구절 아래에 밑줄을 그었다. "네가 낚싯바늘로 리바이어던을 끌어낼 수 있겠느냐?" 그가 그 부분을 읽었다. "혹은 늘어뜨리는 줄로 그의 혀를 끌어낼 수 있겠느냐? 네가 그의 코에 낚싯바늘을 걸 수 있겠느냐? 혹은 가시로 그의 턱을 꿸 수 있겠느냐? 그가 너와 언약을 맺겠느냐? 네 벗들이 그를 가지고 잔치를 벌이겠느냐? 그들이 상인들 사이에서 그를 나누겠느냐? 보라, 그에 대한 소망은 헛되니."

"좋네요." 조가 말했다. "워낙 힘이 어마어마해서 인간의 능력으로는 어쩔 수 없는 상대도 있다는 경고잖아요."

"뭐, 그렇게 해석할 수도 있겠죠."

"욥도 세계의 종말에 대해서 경고를 하나요?"

"아……" 호킹은 다시 페이지를 넘겼다. "그렇지는 않아요. 아마겟돈에 대해서 알고 싶으면 요한계시록을 읽어야 해요. 거기에 묵시록의 네 기사가 등장하는데 그들이 바로 성서에서 말하는 종말의 징조죠. 첫 번째 기사는 흰말을 타고 와요. 정체는 역병이고요."

"그러니까 질병이란 말씀이죠?"

"맞아요. 독감 같은 거겠죠. 그다음은 전쟁이에요. 붉은 말을 타고 오고."

전쟁이 벌어질 걸세. 루 코프먼은 그렇게 얘기했다.

"그런 다음 기근이 검은 말을 타고 오죠."

"지금 세상이 기근 직전일지 몰라요."

"그리고 마지막으로 창백한 말이 등장해요. 기사는 낫을 들고 있고요."

"그 기사는 뭔데요?"

"죽음요."

그들은 같이 계단을 내려갔다. "이번에는 내가 목록을 부를까요?" 호킹이 말했다. 그는 맨 위에 놓인 깡통 상자를 집었다. "쌀 푸딩, 열두 캔."

"쌀 푸딩." 조는 받아 적었다. "12."

"액상 카레, 100그램, 마흔여덟 봉."

"액상 카레, 100g, 48."

"카레 좋아하는데." 목사가 말했다. "잘 샀네요."

25

저는 그녀를 좋아했어요

그들은 둘째 날의 어두컴컴하고 조용한 시각에 포장용 상자, 갈색 테이프, 낡은 종 당김줄로 만든 관에 재니 커버데일을 눕히고 묻었다. 묘지로 살금살금 걸어가서 목사가 교회지기용 헛간을 열었다. 안에서 뾰족한 삽 두 개, 곡괭이 한 개, 부삽 한 개를 찾아서 들고 나왔다. 손전등을 켜놓고, 호킹이 흙이 무르고 돌이 깊은 데가 있다고 한 묘지 한 구석을 열심히 팠다. 아주 얕은 무덤을 팠다. "이 정도면 될 거예요." 목사가 말했다. "상황이 종료되면 그때 이장하죠."

과연 종료가 될까요. 조는 그런 생각이 들었다.

구멍이 시신을 눕힐 수 있을 만한 깊이가 되자 그들은 재니를 들어서 옮겼다. 그녀는 오트밀 상자처럼 가볍게 느껴졌다.

"예수께서 이르시되, 나는 부활이요 생명이니." 호킹이 읊조렸다. "나를 믿는 자는 죽어도 살겠고 누구든지 살아서 나를 믿는 자는 결코 죽지 아니하리라."

조는 머리가 빙빙 돌기 시작했다. 땅을 파느라 땀을 흘렸더니 어지러웠고 시각이 시각이다 보니 멍했다. 새벽 4시쯤 된 것 같았다. "나를 믿는 자는 죽어도 살겠고." 전에도 그 구절에 대해서 생각해본 적이 있었던가? 그는 호킹을 쳐다보았지만 너무 어두워서 표정을 읽을 수가 없었다. 목사는 그게 얼마나 애매모호한 표현인지 알고 있을까? 두말하면 잔소리였다. 이러니저러니 해도 그것이 그 구절의 핵심이었다.

"무한한 자비와 정의로 우리를 판단하시고 창조하신 모든 것을 사랑하시는 전능하신 주님. 주님의 자비로 우리 구세주 예수 그리스도를 통해 사망의 어둠을 새 생명의 여명으로, 이별의 슬픔을 천국의 기쁨으로 바꾸어주시옵소서."

기도가 끊기자 조는 "아멘"이라고 중얼거렸다. 일종의 무조건 반사였다.

"우리를 창조하시고 구원하시는 주님의 품에 재니 자매를 맡기옵니다."

"아멘." 어쩌면 적절한 반응이 아닐 수도 있었다.

"여인에게서 난 사람은 사는 날이 적고 괴로움이 가득하며, 그 발생함이 꽃과 같아서 쇠하여지고 그림자 같이 신속하여서 머물지 아니하거늘. 인생의 절반쯤에서 우리는 이미 죽어 있사옵니다." 호킹이 기도를 하다 말고 멈추었다.

"이제 그만 흙으로 덮어야겠어요." 조가 말했다. "누가 일찍 일어났다가 우리를 보면 어떡해요."

"주의 날이 도적같이 오리니 그날에는 하늘이 큰 소리로 떠나가고 체질이 뜨거운 불에 풀어지고 땅과 그중에 있는 모든 일이 드러나리로다."

아주 딱 맞는 구절이었다. 조는 삽을 집어 들었다. "목사님은 성경을 암송하세요. 저는 땅을 팔게요." 그는 흙을 한 삽 떠서 재니를 눕힌 종이 상자 위에 뿌렸다.

"보라, 주의 날 곧 진노와 맹렬한 분노로 인한 잔혹한 날이 이르러 그 땅을 황폐하게 하며 그 땅의 죄인들을 멸하시리니." 호킹은 계속 읊조렸다.

"좀 조용히 암송해주실래요?" 조는 흙을 다시 한 삽 떴다. "이러다 온 동네 사람들이 전부 일어나겠어요."

"너희는 애곡할지어다, 주의 날이 가까웠으니."

주의 날이 정말 가까워지고 있었다. 조는 열심히 삽질을 했다. 어둠 속에서 흙이 한 덩이씩 구멍 속으로 사라졌다. 그래도 무덤을 파는 것보다 이 일이 훨씬 쉬웠다.

"너는 이것을 알라, 말세에 고통하는 때가 이르러 사람들이 자기를 사랑하며 돈을 사랑하며 자랑하며 교만하며 비방하며 부모를 거역하며 감사하지 아니하며 거룩하지 아니하며 무정하며 원통함을 풀지 아니하며 모함하며 절제하지 못하며 사나우며 선한 것을 좋아하지 아니하며 배신하며 조급하며 자만하며 쾌락을 사랑하기를 하나님 사랑하는 것보다 더하며 경건의 모양은 있으나 경건의 능력은 부인하니."

조는 숨을 헐떡였다. "어떻게 그렇게 긴 문장을 다 외우셨대요? 그것도 요한계시록인가요?"

"디모데후서예요." 호킹이 말했다.

두 사람은 같이 흙으로 봉분을 쌓았다.

"몇 마디 할래요?"

몇 마디? 한 사람의 인생을 몇 마디로 요약할 수 있을까? "들을 사람도 없는걸요." 조가 말했다.

"주님께서 들어주실 거예요."

주님은 조만간 몇 마디라면 신물이 나실 텐데. 조는 이런 생각이 들었다. 그는 아르마니 정장에 에르메스 핸드백을 들고 루부탱 구두를 신고 티파니 목걸이를 한 재니의 모습을 그려보았다. "무슨 말을 하면 좋을지 모르겠어요. 일을 잘했는데." 하지만 무슨 일을 했던가? 그녀는 주식을 공매도했다. 몰락하는 회사에 판돈을 걸었다. 남들은 슬퍼할 때 그녀는 자축했다. 야근하는 젊은 딜러들을 유혹해 하얀 소파 위에 누워서 치마를 걷어 올렸다. 남편을 세 명 갈아치웠다. 어쩌면 그쪽에서 갈아치운 것일 수도 있었지만 그게 더 이상 무슨 상관일까. 뭐든 무슨 상관일까.

"저는 그녀를 좋아했어요." 이게 가장 솔직한 묘비명 같았다. "같이 일하면…… 재미있었거든요." 아니다. 재미있었다는 건 정확한 표현이 아니었다. 짜릿했다면 모를까. 벼랑 끝에 앉아 있는 것처럼. 떨어지지 않을까 조바심을 내는 사람도 있겠지만 재니는 풍경을 감상했다. 그는 콜린 헬름스와 해리엇 애들럼을 떠올렸다. "빠이빠이, 재니." 그는 속삭이며 흙 묻은 손가락을 흔들었다. "빠이빠이."

"기분이 어때요?"

"괜찮네요."

그들은 삽을 다시 교회지기용 헛간에 넣었다. 동쪽 지평선이 은은하게 빛나고 있었다. "목사님 말씀이 맞았네요." 조가 말했다. "세상이 멸망하더라도 해는 뜬다고 하신 거 말이에요."

"그렇죠."

그들이 밤을 새운 걸까? 그럴 수도 있었다. 죽음과 직면하고 보니 한 시간 동안 잠을 자면 인생의 한 시간을 잃는 것처럼 느껴졌다.

교회로 돌아가보니 종탑으로 향하는 문 앞에 깔끔하게 쌓인 비상식량과 '조'라고 적힌 봉투가 놓여 있었다. 물이 가득 담긴 깨끗한 플라스틱 통도 있었다. 담요, 외투, 갈아입을 옷도 있었다. "그래도 우리를 생각해주는 사람이 있네요." 조는 이렇게 말하면서 미소를 지었다. 그는 담요와 외투를 집어들었다. "또 담요라니! 우리가 얼어 죽기라도 하는 줄 아는 걸까요?"

"사실 그럴지도 모르죠."

조는 봉투를 집고 물을 손으로 가리켰다. "저건 목사님께서 들고 올라가 주실래요?"

"기억해주는 사람이 있다니 좋네요." 종탑으로 다시 돌아가는 길에 호킹이 말했다. 그가 계단을 밝히고 있어야 하는 전등 스위치를 올렸다. "전구가 나갔어요."

그들은 어둠을 응시하며 가만히 서 있었다.

"전구 문제가 아닌 것 같은데요."

그들은 손전등으로 앞을 비추며 위로 올라갔다. "온 마을에 불빛 한 점 없어요." 호킹이 열린 창문 밖을 내다보며 말했다.

"다들 자고 있는 거 아닐까요?"

"정전이에요."

당연히 정전이겠죠. 조는 생각했다.

그들은 담요를 두르고 깡통에 든 과일 주스를 마셨다. 해가 완전히 뜨자 조는 봉투를 열었다. "북스 박사님이 보내신 거예요." 그가 말했다. 박사의 편지를 읽기만 해도 미소가 절로 지어졌다. 그의 음성이 또렷하게 들리는 듯했다. "내 말 잘 듣게, 조." 그는 큰 소리로 낭독했다. "이건 의사로서 지시하는 사항이야. 담요가 필요할 거야. 따뜻하게 있어야 해. 수분을 충분히 보충하고. 증상이 사라진 **뒤에도** 최소 7일은 지나야 전염성이 사라질 거야. 만전을 기하자면 8일에서 9일까지 기다려야 하고. 그동안 푹 쉬게. 폴리하고 내가 물을 들고 와서 매일 저녁에 여기 놓고 가겠네. 필요한 게 있으면 메모를 남겨주고. 갈아입은 옷은 내놓지 말게. 바이러스를 옮길 수 있으니까. 그리고 자네한테 부탁할 게 있는데 매일 아침 식사를 할 때쯤 종을 울려주게. 한 번씩이면 돼. 낮은 종은 앨빈용으로, 높은 종은 자네용으로. 그래야 자네 둘 다 건재하다는 걸 알 수 있지 않겠나."

그가 쪽지를 건네자 앨빈은 받아서 다시 한 번 읽어보고 돌려주었다. "앞으로 2주 더 여기서 지내야 할 수도 있겠네요."

"그러게요." 만약 우리가 목숨을 부지한다면 말이죠.

그들은 탑의 맨 아래층으로 가서 당김줄을 풀었다. "어느 줄이 어느 종에 달린 거죠?" 조가 물었다.

"상관없지 않아요?" 호킹이 말했다. "우리 둘 다 아직 살아 있으니까."

"내일이면 상관있어질지도 모르겠네요." 죽을지도 모른다는 이야기를 이렇게 사무적으로 해도 되는 걸까? 그런데 이상하게도 이 말에 둘 다 웃음보가 터졌다.

"재미있게 생각해주셔서 다행이에요." 조는 이렇게 말했지만 그도 웃고 있었다. "우리 둘 중 한 명이 엉뚱한 종을 울릴 수도 있잖아요. 그럼 사람들이 얼마나 슬퍼하겠어요." 그가 줄을 하나 당기자 멀찌감치 달린 종이 울렸다. 맑은 소리가 탑의 사방에 울렸다. "이게 높은 종이네요." 그가 말했다.

목사가 두 번째 줄을 당겼다. 좀 전보다 더 낮고 깊은 소리가 들렸다. 그들은 울림이 사라지고 교회가 다시 조용해질 때까지 기다렸다.

"제가 이 줄을 짧게 맬게요." 조가 말했다. "서로 구분이 되게요." 그는 줄을 묶었다. "저게 제 줄이에요." 그는 마을 분위기가 어떨지 궁금해졌다. 맬러리는 종소리를 듣고 기뻐했을 것이다. 그들이 그의 쪽지를 읽었다는 뜻이었으니 말이다.

"장례식이 끝나면 사람들은 항상 웃어요." 호킹이 말했다. "가만히 보니까 그렇더군요. 시신을 묻고 성경 구절을 읽고 나면 머지않아서 첫 웃음이 터지죠."

"아일랜드 출신들이 이해할 만한 풍습이네요." 조는 아이리시 웨이크*를 염두에 두고 한 말이었다.

"콘월 출신들도요."

엄마가 돌아가셨을 때도 웃은 사람이 있었던가? 조의 기억으로는

* 술을 마시며 고인이 된 가족이나 친구에 얽힌 추억을 공유하는 아일랜드의 장례 풍습.

없었다. 아버지는 수염을 밀었다. 그건 기억이 났다. 구부정하고 수척하며 이질적이고 깨끗하게 면도를 한 낯선 남자가 처음 보는 양복을 입고 복도에 서 있었다. 장례식장의 이방인이었다. "저 **남자** 누구야?" 누군가가 조그맣게 물었다. "조하고 브리지타 아버지잖아." 하지만 그의 아버지 같지 않았다. 미켈 학은 **웃을 줄** 아는 남자였는데 케케묵은 여행 가방을 들고 깨끗하게 면도한 얼굴로 복도에 서 있었던 남자는 웃음기가 전혀 없었다. 회계사처럼 차갑고 냉정해 보였다. 아니면 은행원처럼. 조는 한때 자기가 살았던 집을 무단 침입하다 다친 사람처럼 허리를 숙이고 서 있는 그를 층계참에서 보았다. 그가 계단을 내려가자 아버지가 곰처럼 그를 끌어안았다. 그들은 같이 눈물을 흘렸다. 브리지타도 부엌에서 나와서 다 같이 여섯 개의 팔을 서로 휘감고 끌어안았다.

브리지타는 지금 어디 있을까? 장례식을 추억하자 그녀의 머리칼에서 풍겼던 향기와 축축했던 그녀의 눈물이 떠올랐다. 그는 그녀를 만나고 아버지를 만나서 팔 여섯 개짜리 포옹을 재현하고 싶은 충동을 느꼈다. "저 예쁜 교회 좀 봐." 그는 그녀의 귀에 대고 이렇게 속삭일 것이다. "저 멋진 풍차들 좀 봐." 그녀는 이렇게 말할 것이다. 그러면 그들은 반생 전의 어느 날 저녁을 떠올리며 웃음을 터뜨릴지 모른다.

그들은 앨리슨 학을 묻지 않았다. 그랬더라면 견디기가 더 쉬웠을지 모르지만 그녀는 차갑고 어두컴컴한 땅속에서 영면하는 대신 관에 누운 채로 컨베이어 기계에 실려 갔고 그녀의 뒤로 어설프게 커튼이 닫혔다. 요즘은 그런 식으로 시신을 처리했다. 화장터의 인부가 그녀의 시신을 태우러 들고 갔겠지만 조는 마술쇼에서처럼 어머니가 번쩍이

는 불빛과 드럼 소리와 박수갈채와 함께 다시 등장해주길 마음속 한
편으로 기다렸다.

"제가 열일곱 살 때 어머니가 돌아가셨어요." 그가 말했다.

목사는 천천히 고개를 끄덕였다.

"그때 누나는 열아홉 살이었고요."

"힘들었겠네요."

"네."

그는 엄마의 얼굴을 떠올리는 법을 알았다. 절대 잊어버리지 않도록
연습했다. 좋아서 눈을 휘둥그레 뜨고 크리스마스 선물을 개봉했던,
치아는 새하얗고 피부는 매끈했던 그녀의 모습이 눈에 선했다. 그것
은 무음의 추억이었다. 그녀는 리본으로 머리를 한데 묶고 벽난로 앞
양탄자에 무릎을 꿇고 앉아 있었다. 그는 그 순간을 한 프레임씩 슬로
모션으로 재생할 수 있었다. 그녀가 어떤 식으로 그를 돌아보았는지,
기뻐서 어떤 식으로 입을 벌렸는지, 입술이 말리면서 어떤 식으로 잇
몸이 거의 드러났는지. 어떤 식으로 흰자위를 움직이며 이쪽, 저쪽을
흘끗 쳐다보았는지. "모습이 그려지네요." 그가 말했다. "어머니의 모
습요. 15년이 지났지만 제 머릿속에서는 여전히 살아 계세요. 여전히
생생하세요." 다른 장면들도 있었지만 그렇게 선명하지는 않았다. 텐
트에서 울었던 엄마. 미켈 파파가 떠나던 날—엄마는 울지 않았다. 병
상에 누워 있는데 너무 야위어서 더 이상 엄마처럼 느껴지지 않았던
얼굴. 엄마의 병상을 희미하게 감싸고 있었던 살이 썩는 냄새는 그가
3년 전에 엄마의 배낭에서 느꼈던 냄새였다.

호킹은 현명하게 아무 얘기도 하지 않았다.

"제가 죽으면 어머니의 그 모습도 사라지겠죠. 그 순간을 어느 누구도 저처럼 기억하지 못할 테니까요."

"그러니까 죽지 마요." 목사는 조의 어깨에 손을 얹었다. "아직은 안 돼요."

그들은 상자의 개수를 좀 더 셌다.

엄마는 창밖으로 잔디밭과 새 모이통이 보이는 호스피스 병동의 1인실에서 꽃에 둘러싸인 채로 눈을 감았다. 엄마는 비틀스의 노래를 틀어달라고 했었다. 임종이 다가오자 호스피스 간호사가 조에게 노래를 틀어도 되겠다고 했다. 조는 어머니의 시디플레이어 코드를 꽂고 옆방에서 들리지 않도록 나지막이 노래를 틀었다. 랜덤 플레이 모드였다. 〈스트로베리 필즈 포에버〉, 〈어크로스 더 유니버스〉. 엄마의 귀에 그 노래들이 들릴 것 같지는 않았다. 워낙 깊은 혼수상태였다. 하지만 그게 엄마의 소원이었다. 조가 엄마의 한쪽 손을 잡고 브리지타가 나머지 한쪽을 잡았다. 간호사는 앉아서 브리지타를 팔로 감싸 안았다. 벽시계가 엄마의 생애 마지막 몇 초를 가리켰다. 계속 숨을 쉬어요, 엄마. 조는 그런 생각을 했다. 숨을 마시고. 내쉬고. 하지만 호흡이 워낙 얕아서 제대로 쉬고 있는지조차 잘 알 수가 없었다.

마침내 최후의 순간이 닥쳤을 때 무슨 노래가 나오고 있었는지는 아무도 장담할 수 없었다. 하지만 맥을 확인하려고 엄마의 손목을 짚었던 간호사가 기다림이 끝났다는 표정으로 그들을 쳐다보았을 때 흐르던 비틀스 노래는 〈쉬 러브스 유〉였다.

"엄마가 우리한테 보내는 메시지네." 조가 말했다. 믿기지는 않았지만 그래도 진짜였다.

"우리가 사랑했던 사람들이 지금 이 순간에도 우리를 지켜보고 있을까요?" 그가 앨빈에게 물었다. "무덤 너머에서 우리를 지켜보고 있을까요? 그렇게 믿어야 하는 걸까요?"

"나는 그렇게 믿어요." 앨빈이 말했다.

"하지만 진짜 그럴까요? 믿으면 진짜가 되나요? 아니면 온 세상이 거짓을 믿을 수도 있을까요?" 시가 역사보다 더 진실에 가까울 수 있을까? 대중의 지혜가 삶의 가장 엄청난 수수께끼에 대한 이해로 확장될 수 있을까? 70억 명의 의견을 종합해보면 황소의 무게가 543.4킬로그램인 것처럼, 중동에서 전쟁이 벌어지면 유가가 치솟는 것처럼, 아침이 되면 해가 뜨는 것처럼 확실하게 신이 존재할까? 하지만 대중이 틀릴 수도 있지 않을까?

"북스 박사님께 쪽지를 남겨야겠어요." 잠시 후에 조가 앨빈에게 말했다. 재고 조사를 잠깐 쉬기로 하고 그는 종이와 펜을 들고 앉았다.

"물 잘 받았어요." 그가 적어 내려갔다. "담요하고 옷도요. 저희는 둘 다 아직은 건강해요. 증상도 없고요." 그렇게 쓰고 보니 그는 땀을 흘리고 있었다. 오전 내내 일을 해서 그런 것일 수 있었다. "제가 지금까지 터득한 모든 정보를 근거로 판단하자면 세인트피란은 위기를 무사히 헤쳐 나가기에 좋은 입지 조건을 갖추고 있어요. 생선, 우유, 심지어 달걀까지 조달할 수 있으니까요. 하지만 무슨 일이 있더라도 감염은 막아야 해요. 감염된 피난민이 세인트피란에 얼마나 엄청난 피해를 입힐 수 있을지는 제가 얘기하지 않더라도 아실 테죠." 어째 그보다 연차가 낮은 애널리스트에게 보내는 쪽지 같았다. 그는 적어놓은 내용이 마음에 안 들어서 천천히 고개를 저었다. 이제는 머리까지 아팠다. 어쩌면 이렇게 금세 증상이 나타날 수 있을까? "베비스더러 비상 사태가 끝날 때까지 도로를 봉쇄하라고 하세요. 전기와 식수 공급이 재개되기 전에는 비상사태가 끝난 게 아니에요." 과연 재개될 날이 있을까. "로빈스와 쇼니시 형제더러 잡은 고기를 모아서 다 같이 먹자고 하세요." 그는 펜을 내려놓았다.

"더 이상 못 쓰겠네요." 그는 이렇게 선언하고 서명을 한 다음 쪽지를 앨빈에게 건넸다. "박사님이 보실 수 있게 이 쪽지를 밖에 내놔주실 래요? 기운이 없어서 좀 누워야겠어요."

"잘 생각했어요."

이른 오후였다. 조는 임시방편으로 만든 침대에 누워서 담요를 턱까지 올렸다. 심장이 뛸 때마다 관자놀이가 지끈거렸다. 그의 머리 위는 종이 달린 옥상 바닥이었다. 주변은 상자들 천지였다. 천장을 뚫어져라 쳐다보면 오크 판자가 가까이 다가오는 것처럼 느껴졌다. 그는 눈을 감고 마을에서 나는 소리를 들으려고 했지만 섬뜩한 정적뿐이었다. 오늘은 심지어 갈매기들마저 잠잠했다. 그의 심장이 뛰는 소리만 크게 들렸다. 심장이 끈적끈적한 피를 혈관으로 뿜어낼 때마다 바늘로 찌르는 듯한 통증이 느껴졌다. 위를 올려다보자 재니가 보였다. 충격을 받은 핏기 없는 얼굴로 종이 상자로 만든 관 속에 똑바로 앉아 있었다. 뭐라고 말을 하는데 바람 소리 때문에 잘 들리지가 않았다. "무시해요." 목사가 그에게 말했다. "귀신들은 자기가 살아 있다고 설득하려고 들 거예요."

"하지만 재니는 죽지 않았어요." 조는 다급한 목소리로 말했다. "죽지 않았어요. 살아 있어요."

"시신들이 가끔 그럴 때도 있죠." 앨빈이 말했다. "신경성 반응이에요."

"하지만 우리가 땅에 묻었잖아요. 무슨 수로 돌아왔을까요?"

"귀신들의 능력이 얼마나 놀라운지 알아요?"

재니가 반지들로 묵직해진 가느다란 손가락을 그에게로 뻗었다. 그도 알다시피 그 손이 닿으면 그도 죽는 거였다.

"안 돼!"

"괜찮아요?"

그가 잠결에 고함을 지른 걸까? "네." 그는 심장이 계속 쿵쾅거렸다. "목이 말라요."

그러고 나서 그는 다시 잠이 든 것 같았다. "하늘에 계신 주님." 목사가 얘기하는 소리가 들렸다. "모든 사람들을 제 손으로 묻어야 합니까?" 어쩌면 진짜 목사가 아니라 꿈속의 목사가 하는 말일 수도 있었다. 하지만 묘지 여기저기에 시신들이 누워 있었다. 줄줄이 누워서 땅속에 묻힐 순간을 기다리고 있었다. 제시 힉스도 있었다. 그녀의 얼굴이 또렷하게 보였다. 콜린 헬름스도 있었다. 브리지타도 있었다. 그리고 엄마도 있었다. 엄마는 혼자 주목 아래에 누워 있었다. 하얀색 옷을 입고 있었다. 매니시 파텔과 조너선 우드먼과 해리엇 애들럼은 한 무더기로 쌓여 있었다. 아무도 그들을 분리할 수 없었다. "이 사람들은 은행 직원들이에요. 같이 묻혔나 봐요." 조가 호킹에게 말했다. "내가 구멍을 깊게 파질 못했어요." 목사가 말했다.

잠깐 눈을 떠보니 앨빈 호킹이 심각한 표정으로 그를 내려다보고 있었다. "당신, 독감에 걸렸어요." 목사가 말했다.

조의 손에 삽이 들려 있었다. "제가 도와드릴게요." 그가 말했다. "그럼 저쪽을 파줘요." 목사가 말했다.

저쪽? 그는 묘지를 가로질렀지만 고래의 시체가 앞을 가로막았다. 무슨 수로 언덕을 올라 여기까지 왔을까? 맞다. 파도에 실려 왔겠지. "이 고래를 바다로 돌려보내야 해요." 그가 외쳤지만 세상을 떠난 마을 주민들이 너무 많았다. 마서 피시번의 시신이 있었다. 개로 영감도 있었다. 조는 온 체중을 실어서 고래를 밀었다. 고래는 꿈쩍도 하지 않았다.

"그걸 **묻어야죠**." 누군가가 말했다.

그렇지. 손에 쥐어진 삽이 차갑게 느껴졌다.

손으로 건드릴 수 있을 만큼, 입을 맞출 수 있을 만큼 가까이에 누군가의 얼굴이 있었다. 그녀도 죽은 것 같아 보였는데 그가 다가가자 눈꺼풀을 실룩이며 눈을 떴다. "폴리?"

그녀의 얼굴은 방금 전에 딴 복숭아처럼 싱그러웠다. "좋은 생각이 있어요." 그녀가 말했다. "절벽으로 드라이브 가요. 거기서 도시락을 먹는 거예요."

"안 돼요. 안 돼요. 안 돼요. 이 고래를 묻어야 해요."

"페이스트리, 생크림 케이크, 레모네이드를 먹을 거예요." 그녀는 이제 일어나서 외투를 벗었다. 천천히. 그러고는 허리띠를 풀었다. "폴리." 그는 큰 소리로 외쳤다. "그러지 마요." 외투를 벗으면 감기에 걸릴 것이다. 감기에 걸리면 죽을 것이다. 사방에 만연한 죽음을 보라. 시신을 보라. "폴리! 안 돼요!"

그녀는 면 원피스를 입고 있었다. 그녀가 눈을 찌르는 앞머리를 쓸어 올렸다. 그를 앞에 두고 빙글빙글 돌았다. "지금 이 모습 마음에 들어요, 조?" 그는 뒷걸음질을 쳤지만 시신이 너무 많았다. 정말이지 너무 많았다. "안 돼요. 폴리. 그러지 마요." 그녀는 그림처럼 깨끗한 나신이었다. 그녀가 그를 향해 다가왔지만 그랬다가는 독감이 옮을 것이다. 이제야 그 생각이 들었다. **"폴리!"**

그는 다시 눈을 떴다. 땀이 나는데 추웠다. "목사님?"

그는 같은 공간에 있긴 한데 멀리 있었다. "당신, 그녀의 이름을 불렀어요." 그가 말했다.

"목이 말라요."

"마실 게 아무것도 없어요."

왜 아니겠는가. 그도 알고는 있었지만 입 안이 너무 말랐다. 눈을 감자 방이 대관람차처럼 빙글빙글 돌았다.

그러고 나서 어둠이 찾아왔다. 혀가 너무 무거워서 아무 말도 할 수가 없었다. 앨빈을 찾았지만 아무도 없었다. 그는 잠깐 정신이 들었을 때 끙끙대며 일어나서 앉았다. 호킹도 앓아누웠을 수 있었다. 그를 부르려고 했지만 목구멍이 말을 듣지 않았다. 어디에선가 기분 나쁜 냄새가 났다. 토사물 냄새였다. 그의 입 안에서 시큼한 맛이 느껴졌다. 그는 "물" 하고 가까스로 말했지만 들어줄 사람이 아무도 없었다.

그는 다시 침대에 누웠다. 숨을 마시고. 내쉬고. 마시고. 내쉬고. 그에게 숨 쉬는 법을 가르쳐주었던 미켈 파파의 모습이 눈에 선했다. 그냥 계속 숨을 쉬면 돼. 파파는 이렇게 얘기할 것이다.

물을 마셔야 했다. 그는 다시 몸을 일으켰다. 일어설 수 있을까? 그건 아니었다. 고개와 팔다리가 도무지 말을 듣지 않았다. 하지만 손과 무릎을 딛고 기어갈 수는 있었다. 그는 바닥으로 내려가서 초인적인 힘을 발휘해 층계참으로 나갔다. 누군가가 의자에 앉아 있었다. 희미한 저녁 하늘을 배경으로 어떤 남자의 실루엣이 보였다. 저녁이 아니라 새벽일까?

"도와주세요." 조가 말했다.

"나는 도와줄 수가 없네, 조. 자네는 독감에 걸렸어."

"저도 알아요." 그는 기운이 다 빠져서 나무 바닥에 드러누웠다. "물을 마시고 싶어요."

"물을 마셔도 소용이 없을 거야, 조." 남자는 고개를 돌려서 어둑어둑한 바깥을 내다보았다.

숨을 마시고. 내쉬고. 그는 잔을 찾았다. 병을 찾았다. 통을 찾았다. 액체가 든 거라면 뭐든 상관없었다. 근처에 뚜껑이 열린 깡통이 있었다. 그는 깡통을 낚아챘다.

"빈 깡통이야, 조." 누군가가 말했다. 조는 깡통을 쳐다보았다. 직접 확인해보아야 했다. 그는 깡통을 입술에 대고 기울였지만 뭐든 한 방울도 나오지 않았다.

"물."

"없어." 인간의 이기주의. 적자생존.

조는 눈을 감았다. 땀으로 온몸이 젖었다. 그렇게 목이 마를 만도 했다. 집시의 저주처럼 오한이 들었다. 몸이 실룩이면서 떨리기 시작했다. "오, 주님."

"다시 침대에 가서 눕지그래."

하지만 이제는 그의 침대가 어디 있는지조차 알 수 없었다.

"아파요." 그가 말했다.

"당연히 우라지게 아프겠지."

계속 혼란스럽기만 한 건 아니었다. 무슨 환영이 떠오르듯 문득 명쾌해지는 순간도 있었다. 그는 맬러리 박사가 두고 간 물병을 애써 떠올렸다. 그걸 어떻게 했더라? 그냥 들여놓기만 하고 1층에 방치했던가?

"어디 가려고, 조?"

"무슨 상관이에요?" 그는 애써 몸을 일으켜 세웠다. 잠시 동안은 균형을 잡을 수 있었다. 그는 층계 꼭대기에 잠깐 서서 최대한 열심히 머리를 굴렸다. 그런 다음 털썩 주저앉았다. 엉덩이로 내려가면 되겠다는 생각이 들었던 것이다. 한 칸. 두 칸. 이어서 폭포처럼 이어지는 계단들. 바닥에 다다랐을 때 그는 쿵 하고 드러누웠다. 숨을 마시고. 내쉬고. 그래도 아직 살아 있었다. 아직 숨을 쉬고 있었다. 그는 마실 거리가 있나 싶어서 주위를 두리번거렸지만 너무 깜깜해서 아무것도 보이지 않았다. 전혀 아무것도 보이지 않았다. 다시 계단이 등장했지만 이렇게 몸을 움직이자 머릿속이 맑아졌다. 이번에는 좀 전보다 쉽게 자리에서 일어설 수 있었다. 심장이 온몸으로 혈액을 뿜어냈고 혈액이 근육에 영양분을 공급했고 근육은 아직 살아 있었다. 이번 계단은 걸어 내려가보자는 생각이 들었다. 다리가 후들거렸다. 한 칸. 두 칸. 저 끝까지 칸칸마다 상자들이 높다랗게 쌓여 있었다. 조심스럽게 발을 내딛어야 했다. 그는 난간에 몸을 기댔다. 아버지 미켈 학이 그의 어깨 너머에서 속삭였다. 계속 숨을 쉬어라, 아들.

두 개 층을 내려갔고 이제 한 층이 남았다.

남자가 그의 뒤에 있었다. "나를 그냥 밀지 그래요?" 조가 말했다. "우리 둘 다 시간도 아낄 겸." 하지만 이렇게 말하고 나니 남자가 보이지 않았다. 어둠 속에 숨어 있는 걸까? 한 층 남았다. 이제는 다리가 무용지물인 것처럼 느껴졌다. 그는 첫 번째 칸에서 주저앉았다. "넘어지면 안 돼." 미켈 파파가 말했다. "넘어지면 안 돼."

재니도 이런 기분이었을까? 이렇게 땀이 났을까? 이렇게 몸이 떨렸을까? 그는 넘어지기로 마음을 먹었다. 이제는 알 수 있었다. 계단을 내려가려면 그 수밖에 없었다. 목숨을 부지하면 물을 마실 수 있었다. 그렇지 않으면…… 뭐, 죽는 게 그리 나쁜 것만은 아니지 않을까? 시커먼 계단통이 그에게 손짓했다. 이대로 몸을 앞으로 기울이면…… 그러기만 하면……

하지만 누군가가 그의 어깨에 손을 얹었다. "멍청한 짓 하지 마요."

상대가 그를 들어 올려서 자신의 앙상한 어깨 위에 얹었다. "바보처럼 몸부림치지 마요. 그랬다가는 우리 둘 다 넘어질 테니까." 잠시 후에 그는 다시 담요 속으로 들어갔다.

"마실 것 좀 가져다줄게요."

시간이 흘렀다. 그는 다시 잠이 든 모양이었다. 눈을 떠보니 물 잔이 입가에 대어져 있었다. "고맙습니다." 마시면 속이 메슥거렸지만 그래도 달콤했다.

"좀 자요."

끈적한 피가 기운 없는 혈관을 타고 천천히 흐르는데 그 속도가 느려지면 생각의 속도도 더뎌진다. 다른 때 같았으면 퍼뜩 떠올랐을 생각이 지금은 조의 머릿속에서 혈전처럼 서서히 굳었다. 아버지의 섬에 오두막집이 있었다. 브리지타가 모자 달린 양가죽 외투를 덮고 큼지막한 안락의자를 하나 차지하고 조가 다른 한쪽에 앉으면 미켈 파파는 열기로 얼굴이 뜨끈뜨끈해질 때까지 불을 지피곤 했다. "우리 여기서 자면 안 돼요?" 브리지타는 이렇게 물었다. "아니지, 그건 안 되지." 아버지는 이렇게 대답했다. "하지만 파파, 방은 춥단 말이에요." "밤에는 **좀** 쌀쌀해야지. 너무 따뜻하면 사람이 익잖아. 익으면 물렁물렁해지고. 너희들, 그렇게 되고 싶은 건 아니지?"

조는 담요를 걷어서 쌀쌀한 공기를 맞았다. "이제 추워요, 아빠. 익지 않겠어요." 몸이 부들부들 떨렸지만 팔다리를 훑고 지나가는 차가운 바람이 친구처럼 느껴졌다. 덕분에 깨어 있고, 덕분에 계속 숨을 쉴 수 있었다.

한동안 그 상태가 유지됐지만 감각을 마비시키는 잿빛 안개가 바로 뒤에서 들이닥치고 있었다. 그를 감싸는 녀석의 촉수가 느껴졌다. 이 안개는 아무 특징이 없었다. 얼굴도 없었다. 목소리도 없었다. 죽음일 수도 있지만 이빨이 없는 죽음이었다. 조는 이것이 죽음이라면 존재감이 없는 죽음이라는 생각이 들었다. 이것이 죽음이라면 죽음은 대저택의 불을 끄는 것과도 같았다. 맨 처음에는 가장 멀리 있는 방부터, 그런 다음에는 식당과 주방과 층계참, 그런 다음에는 거실, 그런 다음에는 거의 어둠으로 덮인 집 안에서 끝으로 한 번 둘러보며 모든 게 아무 문제없는지 일별한 다음 마지막으로 현관 스위치를 끈다. 조가 보기에 죽음은 어둠에 지나지 않았다. 하지만 무서운 어둠이 아니었다. 그 안으로 젖어드는 것이 거의 희열에 가까웠다. 10에서부터 거꾸로 세세요. 수술을 앞둔 환자에게 흔히 그렇게 얘기하지 않던가. 얼마나 간단한가. 10. 장작더미에서 피어오른 연기처럼 콧구멍 속으로. 9. 허파를 거슬러 올라가며 아무도 모르는 움푹 들어간 부분은 없는지 살피기. 8. 뱃머리에 이는 파도 속 거품처럼 흩어지기. 7. 머릿속으로 슬그머니 침투하는 고무줄 같은 덩굴손. 점점 더 밝아지는 희미한 빛. 6······

눈을 떠보니 다시 목이 말랐다. 우르르 몰려다니는 말 떼에 매달려서 몇 킬로미터를 끌려다니기라도 한 것처럼 온몸이 욱신거렸다. 일어나서 앉으려고 하자 모든 근육이 반항했지만 지끈거리던 관자놀이가 가라앉았고 바늘로 찌르는 것 같던 통증도 사라졌다. 그는 볼일이 급했다.

생각했던 것보다 쉽게 몸을 일으킬 수 있었다. 딱딱한 나무 바닥을 딛자 차갑게 느껴졌다. 그는 휘청휘청 계단을 내려가서 볼일을 보았다. 변기 물이 내려가지 않았다. 지린내가 진동했다. 호킹은 어디 있을까? 그는 더듬더듬 4층으로 다시 올라갔다. "목사님?" 그는 조그만 창고에 달린 문을 열었다. "목사님?"

목사는 침대에 누워 있었다. 잠이 든 것 같았다.

"목사님?"

침대가 있어야 할 어두컴컴한 공간에서 나지막한 신음 소리가 들렸다.

"목사님. 괜찮으세요?"

"목이 말라요."

26
다른 직업도 많잖아요

마르시아 브로디는 가벼운 웨일스 억양을 썼고 노랫가락을 닮은 말투가 얼굴에 고스란히 반영됐다. 음이 올라가면 눈썹이 올라갔고 음이 떨어지면 고개를 앞으로 숙여서 턱을 목주름에 갖다 댔다. "무슨 꿈을 꿔요, 조?" 눈썹이 올라갔다.

"그게 무슨 말씀인지 잘 모르겠는데요."

눈썹이 내려가고 턱도 내려갔다. "간단한 질문이잖아요, 조. 알람시계가 울릴 때 무슨 꿈을 꾸고 있느냐고요." 눈썹이 천천히 올라갔다.

이 기억을 왜 떠올리고 있는 걸까? 애써 잊으려고 했던 시간들인데. 거의 성공했었는데.

"나를 봐요, 조." 그녀의 눈썹이 살아 움직이는 이마의 중간까지 올라가서 꿈틀거렸다. "내 말 잘 들어요." 노래 같은 내 목소리를 들어요, 표정이 풍부한 내 이목구비를 보아요. 그가 어딘가에서 읽은 바에 따르면 최면은 심리전에의 자발적인 동참이었다. 인간을 잘 달래면 반수면 상태로 만들 수 있다는 허구에 공조하겠다는 동의서였다. "협조해주어야 해요, 조." 브로디 박사는 이렇게 얘기하곤 했는데 어떻게 보면 단어 선택이 부적절하다고 할 수도 있었다. "최면이 잘 **안 걸리는** 사람도 있거든요. 긴장을 풀어요, 조. 긴장을 풀어요."

하지만 손이 차가운 낯선 사람을 앞에 두고 차가운 진찰대 위에서 어떻게 긴장을 풀 수 있을까. 잠결에 비밀을 누설할지 모른다는 무언의 공포가 도사리고 있는데 어떻게 이보다 더 긴장하지 않을 수 있을까.

그래도 그는 노력했다. 그는 최면술사들이 무대 위에서 어떻게 하는지 본 적이 있었다. 때문에 어떻게 해야 하는지 알았다. 그는 고개를 앞으로 떨구고 눈을 감았다. 줄이 잘린 꼭두각시 인형처럼 그의 몸이 축 늘어졌다. "좋아요, 조. 좋아요." 하지만 그는 그것이 연극이라는 것을 알았고 어쩌면 그녀도 마찬가지였을지 모른다.

"당신은 지금 **가벼운** 반수면 상태예요." 브로디 박사는 이렇게 얘기했다. 아주 가벼운 반수면 상태라고, 두 사람은 속으로 그렇게 생각했다. "눈을 떠도 좋아요."

하지만 눈을 떠서 잘된 적이 없었다.

"이제 시간을 거슬러 올라갈게요." 그녀는 이렇게 말했지만 그의 머릿속은 이미 위험한 수준으로 딴 세상을 헤매고 다녔다. 일 생각을 했다. 자주 그랬다. "지금 몇 살이에요, 조?"

"스물여덟 살요."

"그럼 이제 시간을 거슬러 올라가봅시다. 과거로 돌아가봐요, 조. 과거로. 내가 손가락을 퉁기면 15년 전으로 돌아가는 거예요." 하지만 그는 이제 열심히 암산을 했다. 그녀가 손가락을 퉁겼다. "지금 몇 살이에요, 조?"

28에서 15를 빼면…… 빼면…… 그녀 때문에 졸음이 쏟아져서 계산이 되지 않았다. 2를 더해서 30을 만들고 거기서 15를 빼면 15가 되니까 거기에 2를 더하면…… "열일곱 살요." 아니다. 틀렸다. "열네 살. 열세 살. 열세 살요."

하지만 이제는 그가 연극을 하고 있다는 것을 그녀가 알아차렸다. "최면이 잘 안 걸리는 사람도 있죠." 그녀는 이러면서 한숨을 쉬었다.

그래도 윔폴 가의 지하에서 대여섯 번 상담을 받는 동안 해결된 부분이 몇 가지 있기는 했다. "은행으로 보내는 보고서를 작성했어요." 어느 날 그녀가 갈색 봉투를 흔들어 보이며 말했다.

"저는 보면 안 되는 건가요?"

"보고 싶으면 봐도 돼요. 보고 싶어요?"

그는 망설였다. "그런데 은행에서 보고서를 보는 이유가 뭐예요? 상담 내용은 비밀 아닌가요?"

"보통은 그렇죠." 그녀는 봉투를 뜯어서 열었다. "하지만 회사에서 비용을 부담했고 당신이 정보 공개 동의서에 서명했잖아요."

"제가요?"

"했어요." 그녀는 봉투에서 종이 한 장을 꺼냈다. "관계자 귀하." 그녀가 적힌 내용을 낭독했다. "조나스 미켈 학의 상담 기밀 보고서."

그는 콧방귀를 뀌었다. "뭐 그렇게 비밀스러운 내용도 아닌가 봐요? '관계자 귀하'로 시작되는데 그럴 리가 없죠. 게다가 따지고 보면 관계 자도 저 한 명이잖아요."

"좋은 지적이에요." 브로디 박사는 이렇게 말하면서 그에게 종이를 건넸다. "**진짜** 관계자는 당신 한 명이니까요."

조는 종이를 받았다. 브로디 박사가 낭독한 도입부는 가짜였다. 알 고 보니 손수 적은 편지였다.

조에게,

상담하는 동안 즐거웠어요. 당신도 즐거웠길 바라요. 최면에 걸리지 않 는다고 걱정할 필요는 없어요. 안 되는 환자들도 많거든요. 독립적인 성향 이라는 좋은 증거예요.

이 편지는 들고 다니는 게 좋을지 몰라요. 상담을 받으러 오는 사람들은 들은 충고를 금세 잊어버리거든요. 하지만 이 편지는 주머니에 넣고 다니 면서 언제든지 꺼내 읽으면 되잖아요.

조 학, 당신은 내심 착한 청년이에요. 천성이 따뜻하고 다정다감해요. 낭 만적이고요. 남들을 다 좋게 생각하는 사랑스러운 면도 있고요. 그것이 당 신을 규정하는 특징인데 갈등과 의심이 난무하는 환경 속에서 일을 하고 있어요. 날마다 인간의 실제 본성과 맞닥뜨리는데 당신이 이상적으로 생 각하는 인간성과 맞아떨어지지가 않죠. 당신은 경제 전문가로서 인간의 행동이 이기주의로 규정되는 세상을 마주하고 있어요. 그래서 당신의 성 격과 충돌해요. 인지 부조화인 거죠. 그래서 불편해요. 당신의 기본적인 천 성이나 신념에 어긋나는 행동을 하고 판단을 내려야 하니까요. 당신이 겪고 있는 스트레스의 원인이 이거예요. 당신은 지금 불안하고 예민해요. 집중이 잘 안 되고요. 잡생각이 많고 상상력은 혹사를 당하고 있어요. 당신은 최악의 경우를 상상해요. 최악의 경우를 걱정하고요. 전부 다 스트레스의 징조죠. 당신은 스트레스 관리도 잘 못 하는데.

하지만 힘을 내요. 어느 정도까지는 스트레스를 관리할 수 있거든요. 누구라도 방법을 배울 수 있어요. 게다가 당신은 습득이 빠르잖아요. 나랑 같이 연습한 방법을 활용하도록 해요. 냉소적인 성향으로 변하거나 인간에 대한 믿음을 저버리기보다 스트레스 관리법을 터득했으면 좋겠어요. 진심이에요. 나는 솔직하고 구김살 없었던 사람들이 이 도시 안에서 인간 혐오자로 변하는 경우를 너무 많이 보았거든요. 낙천적인 시각을 잃지 마요. 트레이딩 플로어에서 벌어지는 씁쓸한 일들을 보며 인간들은 그런 존재구나 생각하지 말고 수학 연습 문제처럼 생각해요. 세상은 기본적으로 좋은 곳이라고 앞으로도 계속 믿어요. 당신은 그러는 게 어울리거든요. 은행에 다니면 많은 사람들이 매정하고 심통 사나운 불평분자가 되더군요. 당신은 그렇게 변하지 않았으면 좋겠어요. 당신은 그보다 훨씬 훌륭한 존재예요. 그걸 절대 잊지 마요.

그런데 단기적이 아니라 좀 더 폭넓은 관점에서 충고하고 싶은 게 있어요. 내가 이런 조언을 한 걸 알면 레인 코프먼에서 고마워하지 않겠지만 (그쪽에서 상담비를 부담하고 있으니 이 부분에 대해서 당신이 함구해줄 거라고 믿을게요) 언젠가는 더 이상 감당할 수 없는 날이 올 거예요. 그런 날이 오면 망설이지 마요. 자리를 박차고 일어나서 나가버려요. 소지품을 챙기거나 작별 인사를 하지도 마요. 뒤도 돌아보지 말고 그냥 나가요. 어머니하고 무슨 약속을 했는지 나한테 여러 번 얘기했잖아요. 건강에 안 좋은 일을 계속 필사적으로 붙들고 있으면 그 약속을 지킬 수 없어요. 다른 회사도 많고 다른 직업도 많잖아요.

스트레스는 관리할 수 있지만 그것도 어느 정도까지예요. 스트레스가 좋은 역할을 하는 경우도 있지만 당신의 경우에는 아니에요. 당신은 시티의 은행원과 천성적으로 맞질 않아요. 어느 날 눈을 떠보면 그 일이 더 이상 재미없다는 걸 깨닫게 될 거예요. 그런 날이 찾아오거든 이제 다른 길을 찾아야겠구나 생각해요.

그날을 대비해서 미리 계획을 세워요. 너무 오랫동안 방치하지 말고요.

당신의 친구,

마르시아 브로디

아침노을이 장관이었다. 조는 그곳에서 밤을 보낸 갈매기들을 내쫓아가며 종탑 옥상의 성벽 모서리에 걸터앉았다. 두 다리가 성벽 너머로 위험하게 대롱거렸다. 동쪽 하늘 위로 모습을 드러낸 태양이 가을 나무들을 차갑게 물들였다. 속도가 느리기는 했지만 그래도 떠오르고는 있었다. 해는 날마다 떠야 하지. 그는 이런 생각을 했다. 하지만 하마터면 뜨지 못할 뻔했다. 그는 오늘 담요를 몸에 둘둘 말고 싸늘한 오크 바닥에 누워서 두 번 다시 아침노을을 감상하지 못할 뻔했다. 생각해보니 해가 날마다 뜨더라도 자기가 보지 못하면 아무 소용없는 거였다. 차가운 시신으로 변해버리면 태양은 두 번 다시 뜨지 않는 거나 다름없었다.

그는 안개가 낀 아침 공기를 들이마셨다. 이렇게 생생하게 살아 있는 기분을 느낀 적이 있었던가. 나지막한 구름 밖으로 드러난 가을빛이 이렇게 생생하고 아름다운 적이 있었던가. 독감의 여파로 욱신거리던 팔다리가 다른 아픔으로 채워졌다. 주변의 아름다운 풍경에서 비롯된, 옅은 파란색 하늘과 잿빛 바다와 연한 초록색 풀밭에서 비롯된 열망이 살을 엘 듯이 파고들었다. 아래로 보이는 길거리에서 누군가가 외치는 소리가 들렸다. 누군가가 손을 흔들고 있었다. 파란색 어부용 작업복을 입고 방울이 달린 빨간색 털모자를 쓴 사람이었다. 너무 멀어서 얼굴을 알아볼 수 없었지만 그래도 조는 덩달아 손을 흔들었다. "좋은 아침!" 이보다 더 정직한 단어가 있을까. 정말로 좋은 아침이었다.

마침내 태양이 완전히 떠오르자 그는 1층으로 내려가서 즐겁게 두 개의 종을 울렸다. 뮤즐리 상자를 뜯고 연유를 따서 4층으로 들고 올라갔다. "아침 먹을까요?" 그가 물었다.

27
총격전과 살인 사건이 벌어지겠어

　재니 커버데일이 세인트피란에 도착하고 닷새째 되던 날, 어부 대니얼과 새뮤얼 로빈스가 만 근처에서 소형 어선을 목격했다. 이들이 청어를 잡으러 나선 지 3킬로미터도 되지 않았을 때였다. 새뮤얼이 소리를 지르며 서쪽을 가리켰다. 소형 어선이 그들을 향해 전속력으로 달려오고 있었다. "피할 겨를도 없었어요." 나중에 대니얼은 마을 주민들에게 이렇게 말했다. 새롭게 등장한 인물이 엔진을 껐을 때 두 배의 간격은 20미터도 안 됐고 관성의 법칙 때문에 거리가 점점 좁혀졌다.

　"뉴린에서 온 로버트 배소라고 합니다." 어선 갑판에서 이렇게 외치는 소리가 들렸다. "그쪽은 어떻게 되세요?"

　"대니얼 로빈스예요." 대니얼은 이렇게 대답하고 숨김없이 공개했다. "세인트피란에서 왔고요."

"바다에서 만나니까 반갑네요." 뉴린에서 온 로버트 배소가 말했다. 두 배는 거의 나란하다 싶을 만큼 가까워졌다. "그쪽은 상황이 어때요?"

"글쎄요…… 다들 별반 다를 게 없는데요." 대니얼이 대답했다.

"독감이 거기까지 번졌어요?"

"아뇨. 아직요."

"운이 좋으시네요. 뉴린에서는 거의 100명이 죽었는데."

"100명요?" 대니얼은 진심으로 깜짝 놀랐다.

"아직까지 상황이 안 좋아요. **정말** 안 좋아요. 우리가 돌아갈 때쯤이면 사망자 숫자가 늘어 있을 거예요. 묘지도 그렇고. 우리 옆집 사람이 걸렸어요. 아들까지 같이. 한 배에서 두 명이 죽기도 했어요. 둘이 형제였는데."

"맙소사." 대니얼이 말했다.

"너무 가까이 가지 마." 새뮤얼이 뒤쪽에서 건너오며 들릴락 말락 하게 중얼거렸다. 형제가 죽었다는 소리에 신경이 쓰여서 그랬을 것이다. 대니얼이 시동을 살짝 걸었다 끄자 두 배 사이의 간격이 조금 벌어졌다.

"연료 상황은 어때요?" 뉴린에서 온 어부가 물었다.

"넉넉하지는 않아요." 맞는 말이었다. "한 일주일 정도 쓸 수 있을까? 아니면 2주? 가까이서 조업을 하고 있어요."

배소는 고개를 끄덕였다. "잘 생각하셨네요. 내가 아는 한 콘월에는 남은 기름이 한 방울도 없거든요."

로빈스 형제는 이 정보를 새겨들었다.

"군인들이 꼭 필요한 데 쓸 연료를 들고 온다는 얘기가 있던데. 우리야말로 바로 그런 경우인데 군인이라고는 한 명도 보질 못했네요. 보신 적 있어요?"

대니얼은 고개를 저었다.

"집에 전기는 들어옵니까?"

"아뇨."

"물은요?"

"아뇨."

뉴린에서 온 로버트 배소는 시동을 걸었다. "그럼 우리 신세하고 다를 바 없네요." 그는 엔진 소리 너머로 고함을 질렀다. "많이 잡으세요."

"해협 쪽에 대구가 있더라고요." 대니얼이 말했다. "1, 2킬로미터만 가면 돼요." 그는 손으로 방향을 가리켰다. "청어를 잡으려고 이쪽으로 왔어요."

"저쪽으로 가면 고등어를 떼로 잡을 수 있어요." 배소가 지평선을 가리키며 말했다. "연료만 충분하면 8, 9킬로미터쯤 가보세요. 낚시로 고등어를 잡을 수 있어요."

"고맙습니다." 대니얼이 말했다.

배소는 엔진 회전 속도를 높였다. "또 봅시다."

"네. 살펴 가세요."

피터 쇼니시의 배에는 단파 수신기가 있었다. 그는 배터리와 전선이 달린 채로 수신기를 마을로 들고 왔다. "메인 주파수에서는 방송이 아예 안 나와요." 그가 페트럴에 모인 몇몇에게 말했다. "하지만 이것만 있으면 무슨 소식이든 알아낼 수 있죠." 한동안은 흥미진진했다. 피터 가 다이얼을 이리저리 돌리고, 케니 케닛이 긴 전선에 연결한 안테나 를 지붕으로 들고 올라가서 흔들자 마침내 신호가 잡히기 시작했다. 슈롭셔에 사는 아마추어 무선사에 따르면 그 일대 상황이 좋지 않다 고 했고 브르타뉴에서는 지원을 요청했다. "약이 없어요." 그는 프랑스 억양이 심한 영어로 간청했다. "식료품도 없고요." 아일랜드에 사는 어 떤 남자는 까만 녀석이 다 떨어졌다며 슬퍼했다. "기름 말인가?" 케니 가 물었다. "바보. 기름이 아니라 기네스 맥주 말이지." 단파 채널마다 대화 소리가 웅웅 이어졌다. 모두들 물자 부족과 질병에 대해 시시콜 콜 늘어놓았고 여기저기서 도움이 되건 안 되건 충고가 빗발쳤다. "물 을 마시면 안 돼요." 잉글랜드 북부 어딘가에 사는 라디오 광이 말했 다. "무슨 물요?" 케니가 그에게 물었다. "오염된 물요." 북부에 사는 그 사람이 대답했다. "물을 마시면 안 돼요." "이 사람이랑 아일랜드의 그 친구랑 서로 연결시켜줘야겠어." 제이콥 앤더슨이 말했다. "둘이 아주 죽이 잘 맞겠는데?"

한 시간쯤 지나자 페트럴에 있던 대부분의 사람들이 흥미를 잃었다. "뭐가 어떻게 돼가고 있는지 모르는 건 여전하잖아요." 아미나타 치켈 루는 엘리자베스 바틀에게 투덜거렸다. 위기가 처음 닥쳤을 때 가장 많은 사람들이 이런 기분을 느꼈을 것이다. "뭐가 어떻게 돼가고 있는 건지 누가 설명 좀 해줄래요?" 마서 피시번은 이렇게 호소했다. 마을 사람 전부가 그녀처럼 속수무책인 심정이었는데 피터 쇼니시의 수신 기를 통해서 전 세계 대다수의 사람들이 비슷한 처지임이 밝혀졌어도 전혀 나아지는 게 없었다. 전기가 끊기자 맬러리 북스는 물을 받아놓으라고 독려하는 1인 캠페인을 벌였다. "조만간 물도 끊길지 몰라요." 그가 경고했다. 사람들은 욕조와 냄비와 통과 병에 물을 받았고 그의 예언은 하루 만에 정확하게 맞아떨어졌다. 베비스 맥위스가 한 시간 만에 마을로 내려와서 요란하게 투덜거리자 그의 소리를 듣고 사람들이 모여들었다.

"그러게 욕조에 물을 받아놨어야죠." 바닷가재잡이의 아내인 루이자 펜로스가 말했다.

"욕조는 무슨 얼어 죽을." 맥위스가 말했다. "물을 먹어야 하는 젖소가 40마리, 암송아지가 열댓 마리, 황소가 한 마리인데 여물통에 남은 물이 하루치밖에 안 돼요. 앞으로 20시간 안에 물을 구하지 못하면 젖소를 쏴 죽여야 해요." 생각만 해도 정신이 번쩍 들었다. "그다음은 양들 차례고요."

"여기 개울 같은 거 없어요?" 아미나타가 물었다.

다들 일제히 고개를 저었다. "내가 아는 한은 없어." 마서가 말했다.

"그럼 수도관이 뚫리기 전에는 무슨 수로 물을 댔대요?" 아미나타가 물었다. "오래된 마을마다 수원이 있었을 텐데요. 여기까지 물을 져서 날랐을 리도 없고."

"우물이 있었지." 개로 영감이 말하자 다들 일제히 그를 돌아보았다.

"어디에 있었어요?" 맥위스가 물었다. "알려주세요."

그들은 꼬리에 꼬리를 물고 피시 가를 출발했다. "바로 저기 있었어." 개로가 지팡이로 가리켰다.

"공중전화 박스 아래예요?"

"위를 덮어버린 거야."

30분 뒤에 맥위스 형제가 굴착기를 몰고 다시 등장했다. 공중전화 박스와 온갖 전선들이 금세 치워졌다.

"내가 기억하기로는 콘크리트를 두껍게 발랐어." 개로 영감이 말했다. "내가 아직 꼬맹이였을 때 말이지."

베비스 맥위스가 굴착기 삽을 벌써 바닥 쪽으로 움직이고 있었다. 모두들 뒤로 물러섰다. 아니나 다를까, 콘크리트가 모래처럼 금세 동그란 모양으로 뜯겨져 나왔다. 다들 빙 둘러서서 구멍을 쳐다보았다.

"우물이 저기 보이네." 개로가 사족을 달았다.

로빈스 집안의 한 아이가 양동이와 밧줄을 들고 왔다. 그들은 양동이에 물을 가득 길어 올렸다.

"누가 맛을 좀 봐야 할 텐데." 제러미 멜런은 이렇게 말하고, 맛을 볼 사람으로 지목되지 않도록 슬금슬금 물러났다.

론 맥위스가 앞으로 나와서 양동이를 들었다. 그러더니 아무 말 없이 길게 한 모금 마셨다. 우물을 에워싸고 있던 사람들은 잠자코 판결을 기다렸다. "마셔도 되겠는데요." 그가 선언하자 다들 환호성을 질렀다.

"펌프랑 물통 들고 올게요." 베비스 맥위스가 말했다. "다들 우유 드시고 싶으면 젖소들한테 양보해주세요."

아무도 왈가왈부하지 않았지만 그날 저녁, 촛불을 켜놓고 페트럴의 술집에 모인 사람들이 내린 진단은 불길했다. 다들 느끼는 두려움을 대변한 사람은 제러미였다. "기름이 바닥나면 어떻게 될까?"

제이콥 앤더슨은 맥주를 할당 지급했다. 그의 여력으로는 1인당 1천

시시가 최선이었다. 로머 앤더슨이 장부를 적었다. "평생 이렇게 바쁜 적은 처음이네." 그녀는 아무나 붙잡고 이렇게 하소연했다. "팔 것도 없는데." 병에 든 증류주도 있고 창고에 포도주도 있었지만 로머는 웃돈을 얹어서 팔지 않았다. 그녀는 금세 다시 정상으로 돌아갈 거라는 희망을 여전히 버리지 않았다. "장부는 맥주용이에요." 그녀는 술을 마시러 온 손님들에게 말했다. "장부를 적는 이유는 제이콥 머리가 돈보다 더 부족하기 때문이고요. 다른 술을 더 마시고 싶으면 돈을 내야 해요." 맬러리 북스 같은 사람은 현금이 넉넉한 듯했지만 위스키를 몇 잔 돌리고 나니 넉넉한 그조차 쪼들리기 시작했다. 초가 귀했기 때문에 촛불 하나로 카운터를 밝혔다. 그래도 장작불은 있었다. 손님들이 여기로 몰리는 가장 큰 이유도 장작불이라는 축복 때문이었다. 초저녁이면 마을 주민의 절반이 거기 모이는 듯했다. 페트럴은 날이 어두워진 뒤에도 춥고 어두컴컴한 집에서 벗어나는 피난처가 되었다. 로머는 결혼식과 파티 때 쓰던 위층의 연회실을 개방하고 여기에도 촛불을 켰다. 의자의 개수가 손님의 절반도 되지 않았기에 대부분 카운터에 기대거나 복도와 곁방이 꽉 차도록 삼삼오오 서서 술을 마셨다. 애니 바틀과 채러티 클룩이 카운터 일을 도왔다. 쇼니시 형제와 대니얼 형제는 여러 양동이의 생선을, 토비 펜로스는 바닷가재 다섯 마리를, 케니 케닛은 홍합 한 양동이를 들고 왔다. 자그마한 주방에서 열댓 명의 사람들이 각양각색의 버너로 요리를 했다. 제시 힉스가 양초를 몇 개 들고 등장하자 여기저기서 환호성을 질렀다.

대부분 귀가한 뒤에도 밤늦도록 페트럴을 지킨 사람들은 얼마 되지 않는 술을 아주 천천히 홀짝였다. 감시하는 사람들이 없는데도 로머는 아랑곳하지 않고 10시 30분에 종을 치겠다고 주장했다. "신사 여러분, 시간 됐어요. 숙녀 여러분, 시간 됐어요."

"자기야, 술 한 모금만 더 마시면 안 될까?" 담배가 다 떨어져서 점점 숫자가 줄어들고 있는 끽연가들에게 한 대씩 얻어 피우는 디멜자 트레버릭이 애원했다.

"우리도 잠 좀 자야죠." 그녀는 무뚝뚝하게 대꾸했다. "잔 비워주세요."

하버 광장으로 나서자 보슬비가 내리고 있었다. "어유, 깜깜해라." 디멜자가 투덜거렸다. "거기다 왜 이렇게 추워. 비가 아주 그냥 뭣 같이 내리네." 로맨스 소설 작가치고 격한 표현이었다. 그녀는 제러미 멜런의 팔짱을 꼈다. "집까지 바래다줘요."

"나도 앞이 안 보이기는 마찬가지인데."

"우리 둘 중 한 명이 발을 헛디디면 나머지 한 명이 잡아줄 수 있잖아요." 디멜자가 말했다. 그들은 담벼락을 손으로 짚어가며 피시 가를 걷기 시작했다. 맬러리가 인심 좋게 돌린 위스키가 몸속 곳곳으로 스며들자 그녀는 비틀거렸다. "이 우울한 마을에 손전등 가지고 있는 사람 하나 없나요?"

아무도 그녀가 묻는 말에 대답을 하지 않는 듯했다.

"집까지 가지도 못하겠네." 디멜자가 말했다. 20미터도 걷지 않았는데 벌써 제러미의 집 대문이 코앞에 등장했다. "제러미, 나를 여기서 버리지 마요. 나, 집까지 절대 못 찾아갈 거예요."

"오늘 밤은 여기서 자고 가든지요." 제러미가 말했다.

순간 비가 그치고 달빛 한 조각이 구름 뒤에서 모습을 드러냈다. 이제는 손전등이 없어도 피시 가를 걸어갈 수 있을 만큼 환했다. 디멜자에게 호의를 거절할 핑계가 필요했다면 생긴 셈이었다. 하지만 그녀가 예전에 조에게 설명했다시피 열정을 불태울 수 있는 순간이 얼마 안 남은 사람도 있는 법이다.

"여자를 좋아하는 줄 몰랐네요." 그녀가 말했다. 마지막으로 용감하게 시도하는 일말의 반항이었다. "당신이 이 마을에서 살기 시작한 지 15년이 되었지만……"

"16년이죠……"

"……그동안 여자를 만난 적이 한 번도 없었잖아요."

제러미는 한숨을 쉬었다. "동성애자로 지내는 것조차 힘든 지방이 있잖아요. 세인트피란 사람들한테 '양성애자'를 어떤 식으로 설명하면 좋을지 상상이 돼요?"

구름 사이로 잠깐 풀려났던 달이 한 줌 달빛을 다시 빼앗겼고 새롭게 비가 퍼붓기 시작했다.

"왜 그렇게 서 있어요?" 디멜자가 말했다. "안으로 들어가자고요."

그날 밤 아주 늦은 시각에 그들은 습격을 당했다. 육중한 트럭 한 대가 도로 끝에 설치한 문을 뚫고 하버 광장으로 직행해 제시 힉스의 가게 유리창을 그대로 들이받았다. 제시와 조디 갑판장이 이게 무슨 소리인가 싶어서 아래층으로 달려 내려왔을 무렵, 절도범들은 이미 사라지고 보이지 않았다. 봉지와 캔을 몇 칸 싹 쓸어갔다.

"조의 가게를 찾으러 온 거겠지." 제시가 음울한 목소리로 말했다.

마을 주민들이 차가운 새벽빛을 뚫고 피해 상황을 점검하러 모였다.

토비 펜로스는 깨진 유리창 위에 덧댈 널빤지를 들고 왔다. "트레드에 인절의 유리 가게가 문을 다시 열까?" 제시가 물었다.

"독감이 끝날 때까지 이 마을에는 아무도 못 들어와." 갑판장이 말했다.

그날 아침에 세인트피란이 겪은 수난은 그것으로 끝이 아니었다. 마을 주민들이 피해 상황을 살피는 동안 가축 절도범들이 트럭과 개를 몰고 들이닥쳐서 문을 부수고 맥위스네 농장에서 기르던 암양 예순한 마리를 훔쳐 간 것이었다. 그때 론과 베비스는 펌프로 물을 긷고 있었고 포레스트와 코린은 소젖을 짜고 있었다. 이불을 개던 아일린이 창문 밖으로 우연히 절도 행각을 목격했다. 그녀가 코린의 엽총을 들고 달려 나갔지만 범인들은 침착하게 마지막 트럭의 뒷문을 닫고 쌩하니 달아나버렸다. 엽총은 쏘지 않았고 알고 보니 총알도 장전되지 않은 상태였지만 그래도 가게를 털린 직후에 벌어진 사건이라 주민들로서는 상당한 충격이었다.

"이러다 우리가 미처 알아차리기도 전에 총격전과 살인 사건이 벌어지겠어." 개로 영감이 경고했다.

"경찰을 불러야 해요." 아일린이 남편에게 말했지만 누가 봐도 될 법하지 않은 이야기였다. 대신에 베비스는 직접 문제를 해결하러 나섰다. 큼지막한 굴착기를 몰고 펜전스와 트레드에인절을 연결하는 도로로 건너가서 그 길의 끝에 깊이 1미터짜리 도랑을 팠다. 거기에서 나온 흙은 세인트피란 갈림길이 시작되는 지점에 쌓아서 대로와 갈림길을 차단했다. 길가의 흙까지 파서 둔덕을 높이 쌓았다. 그는 잠깐 하던 일을 멈추고 자신의 솜씨를 감상했다. 산울타리 몇 그루만 추가하면

도로를 아예 봉쇄할 수 있었다. 좋았던 시절, 그러니까 표지판이 있던 시절에도 세인트피란으로 향하는 1차선 도로는 찾기가 쉽지 않았는데 이제는 아예 사라지게 되었다.

작업은 한 시간도 채 걸리지 않았다. 세인트피란 갈림길 저쪽에 있었던 산울타리 몇 미터를 T자 모양의 교차로를 가로지른 흙더미와 돌무더기 위로 옮겼다. 동네 주민이라면 원래 길이 있었던 곳에 놓인 뜻밖의 장벽을 알아차릴 테지만 외부인이라면 그냥 지나칠 수밖에 없었다. 세인트피란이 지도에서 사실상 삭제된 것이었다.

베비스 맥위스가 지각이 있는 사람이었다면 굴착기를 몰고 농장으로 돌아가는 길에 자신이 달성한 위업의 의미에 대해 곰곰이 생각했을지 모른다. 곶을 따라서 세인트피란으로 이어지는 도로가 딱 하나뿐이었는데 이제는 그 가느다랗던 목숨줄마저 차단되어버렸다. 베비스도 나중에 깨달을지 모르겠지만 그가 홧김에 억지를 부리는 바람에 피란 곶 전체가 분리되었다. 조국과의 연결 고리가, 그 너머 세상과의 연결 고리가 끊겨버렸다. 제러미 멜런이라면 이 사태의 의미를 알아차렸을 것이다. 그라면 자신들은 이제 밀물이 바위 사이에 남기고 간 작은 웅덩이나 다름없는 신세가 되었다고 이야기했을 것이다.

그날 피란 곶에서는 옅은 회색 하늘 위로 날아가는 비행기 한 대 없었다. 물길을 가르는 큰 배 한 척 없었다. 낭떠러지 오솔길로 걸어오는 사람 한 명 없었다. 도로를 지나가는 차량 한 대 없었다. 전선을 타고 흘러들어오는 전기 한 줄기, 관을 타고 흘러들어오는 물 한 방울 없었다. 전파를 타고 들려오는 노랫소리 한 가닥 없었다. 이 칙칙한 10월의 아침에 마을 주민들이 눈을 떠보니 갈매기들이 우는 소리와 차가

운 북풍이 휘파람을 부는 소리와 교회에서 종 두 개가 울리는 소리 말
고는 아무것도 없었다.

28
따뜻한 음식을 먹을 수만 있다면
소원이 없겠어요

"지난주에 트루로에 다녀왔어요." 앨빈 호킹이 말했다. "샌드위치맨이 있더군요. 광고판에 뭐라고 적혀 있었는지 알아요? '세계의 종말이 임박했도다'. 참 오랜만에 보는 구절이었어요."

조는 미소를 지었다. "어쩌면 그 남자의 말이 맞을지도 모르죠."

"그렇게 생각해요?"

"그래 보이기 시작했어요."

그들은 종탑 옥상에 앉아서 바다를 내다보고 있었다. 금세 추워져서 안으로 들어가야 할 테지만 지금은 밖이 더 좋았다.

아래로 이어지는 좁은 골목길에서 어떤 여자의 노랫소리가 슬레이트 옥상까지 꾸물꾸물 올라왔다. 너무 멀어서 가사는 알 수 없었지만 멜로디는 귀에 익은데, 목소리가 워낙 맑고 음색이 워낙 완벽해서 두 남자는 잠깐 넋을 잃었다.

"천사의 음성이네요." 조가 속삭였다. 죽음과 조우한 충격에서 아직 벗어나지 못한 걸까?

"우리 마을의 꾀꼬리예요." 앨빈은 미소를 지었다. "신기하게도 목소리가 정말 꾀꼬리 같아요."

"누군데요?"

"아미나타요."

"그 간호사요?"

"성가대에 넣고 싶은데. 하지만 야간 근무를 해서 낮에 자야 해요."

"다이애나 로스가 부른 노래네요." 조는 눈을 감고 귀를 쫑긋 세웠다. "〈클로즈 투 유〉."

"카펜터스도 불렀죠."

"생각해보면 저도 그 샌드위치맨하고 똑같은 짓을 하고 있었네요." 조가 말했다. "조만간 세상이 무너질 거라고 이 사람, 저 사람 붙잡고 경고했잖아요." 은행 5층의 풍경이 그의 머릿속에 떠올랐다. 그가 양복 차림에 광고판을 앞뒤로 매고 거기 서 있었다. "삼성 공매도해." 이런 소리가 들리는 듯했다. "출판 쪽은 조심하고." 그리고 그 뒤로. "세계 종말이 임박했을 확률은 68퍼센트."

"한 가지 차이점이 있다면 그 남자 말은 아무도 듣지 않았다는 거죠."

"다들 제 말도 듣지 않았어요."

"어떻게 보면 그게 내 직업이기도 했어요." 호킹이 말했다. "아마겟

돈을 경고하는 거 아니면 목사가 할 일이 뭐겠어요?"

조는 다시 미소를 지었다. "생각보다 저희 둘 사이에 공통점이 많을 수도 있겠네요." 그는 곰곰이 생각해보았다. 정말 그럴까? 그들은 둘 다 경전을 연구했고 둘 다 공포를 유포했다.

그리고 둘 다 폴리 호킹을 사랑했다.

하지만 지금도 그럴까? 예전에는 과연 그랬을까? 한때 그는 홍보팀의 클레어 매너스에게 그 비슷한 감정을 느낀 적이 있었다. 그녀도 바람기가 다분한 여자였다. 청바지를 입고 출근했고 블라우스는 살짝 짧아서 그 사이로 드러난 까무잡잡한 살갗을 볼 때마다 그는 미칠 것 같았다. 웃음소리는 5층 전체에 쩌렁쩌렁 울렸다. 그의 책상 앞을 지날 때면 엉덩이를 적당히 흔들어서 메시지를 분명하게 전달했다. 우울한 레인 코프먼에서 지루함을 달랠 수 있는 유일한 탈출구가 클레어 매너스의 엉덩이와 노랫가락 같은 그녀의 웃음소리밖에 없었던 시절도 있었다. 그는 꿈속에서 그녀를 만났고 어떤 식으로 데이트를 신청하면 좋을지 고민했다. 두 사람은 사랑에 빠질 예정이었다. 퇴근하는 길에 날마다 다른 곳에서 저녁을 함께 먹고, 서로 부둥켜안고서 비틀비틀 그의 아파트로 들어가 사랑을 나눌 예정이었다. 칼리만탄 섬에서 휴가를 즐기고, 탄중푸팅의 강 위에 떠 있는 클로톡 갑판에서 잠을 청할 예정이었다. 요트를 한 척 사서 해마다 여름이면 외레순까지 항해할 예정이었다.

하지만 그렇게 되지 않았다. 처음으로 데이트를 한 날 저녁에는 분위기가 어색하기 그지없었다. 처음 한 시간 동안은 글루텐이 없는 음식을 파는 식당을 찾아 헤맸고 그다음 한 시간 동안은 알맞은 화제를 찾아 헤맸다. 그녀는 말과 스키에 대해서 이야기했다. 그는 그 밖의 거의 모든 것에 대해서 이야기했다. "당신의 연적은 조디야." 그녀가 말했다. 조디가 누구인가 했더니 그녀가 기르는 말이었다. 시끌벅적한 식당에서는 그녀의 웃음소리가 노랫가락처럼 들리지 않았다. 그들은 너무 일찍 길거리로 나섰고 이제 뭘 하면 좋을지 난감해졌다. 클럽에 갈까? 아니면 집으로 가서 좀 더 생물학적인 욕구를 해소할까? 그들이 선택한 것은 섹스였다. 그는 그의 아파트에서 그녀의 옷을 벗겼다. 분명 몇 달 동안 꿈꾸어왔던 일인데 당황스럽게도 흥분이 되지 않았다. 그녀는 냉랭하고 어색한 태도를 보였다. "정말 괜찮겠어?" 그는 키스 세례와 함께 그녀의 속옷을 해체하려고 애를 쓰며 이렇게 물었다.

"**당신이** 원한다면."

이걸 '예스'로 받아들여도 되는 걸까? 법적으로는 그렇겠지만 침실에서도 애매모호한 긍정이 허용될 수 있을까? 게다가 조가 원한 것은 쌍방 간의 욕망이었다. 그렇다면 그는 원하지 않는다는 뜻이 되는 걸까? 그럼 그녀의 대답은 '노'가 되는 걸까?

"사랑해, 클레어." 섹스가 끝났을 때 그의 어깨에 얼굴을 묻은 그녀에게 말했다. 어디에서 튀어나온 말이었을까? 그의 안에서 1년이나 그보다 더 오랫동안 부화할 순간을 기다리기라도 했던 것처럼 그 말이 그의 입에서 불쑥 튀어나왔다.

"그런 소리 들으니까 무서워진다." 그녀가 말했다.

"우리, 다시 만날 수 있을까?" 그는 다음 날 아침에 욕실로 사라진 그녀의 뒤통수에 대고 물었다.

"당연하지." 그녀의 웃음소리가 다시 노래에 가까워졌다. "사무실에서 만나잖아."

"그런 뜻에서 한 말이 아닌데."

그들은 다시 데이트를 했고 이번에는 그가 템스 강이 내려다보이는 치직의 완벽한 식당을 물색해놓았다. 전망이 아름답고 음식도 제격이었다. 그는 창가 자리를 예약했다. 저녁을 먹고 나면 올림피아에서 하는 장애물 뛰어넘기 공연을 보려고 표를 예매해놓았다. 하지만 이렇게 만반의 준비를 했는데도 불구하고 그날 저녁에 기대했던 성과를 거두지 못했다. 클레어는 그 식당의 음식을 좋아하지 않았다. 고구마와 캐슈넛을 넣은 카레를 주문했는데 향신료 맛이 너무 강하다며 거의 손을 대지 않았다. 그럼 다른 걸 주문하자고 아무리 애원해도 그녀는 됐다고 끝까지 고집을 부렸다. "이 집에 정이 확 떨어졌어." 그녀는 이렇게 말하고 그가 먹는 모습을 구경만 했다. 이후에 그들은 올림피아의 무대에 앉아서 장애물 뛰어넘기 공연을 관람했다. 처음에 클레어는 진심으로 신나했다. 하지만 막상 공연이 시작되자 점점 트집을 잡았다. 코스가 마음에 안 든다고 했다. 기수들이 대부분 수준 이하라고 했다. 채점 방식도 이상하다고 했다. 그 가운데 한 명이 채찍을 조금 자유자재로 동원하자 그녀는 더 이상 못 참겠다고 선언했다. "내일 사무실에서 만나." 다시 해머스미스 가로 나왔을 때 그녀는 이렇게 말하면서 아주 형식적으로 입을 맞추었다. "괜찮으면 여기서 헤어지자." 그녀는 얼굴을 찡그렸다. "그날이라서."

그게 15개월 전의 일이었다. 그는 불꽃을 꺼뜨리지 않으려고 애를 썼지만 그들은 두 번 다시 데이트를 하지 않았다. 노력이 부족해서 그런 건 아니었다. 적어도 그의 쪽에서 보면 그랬다. 그는 편지를 써서 보냈지만("재미없는 공연 보자고 해서 미안해…… 우리 또 만나자")
그녀는 답장을 하지 않았다. 더 이상 그의 책상 앞을 지나가지도 않았
다. 나중에 회사 로비에서 우연히 마주쳤을 때 그는 멀찌감치 거리를
두고 서 있는 그녀에게 점심을 같이 먹자고 했다. "바빠서." 그녀는 그
의 시선을 피하면서 이렇게 대답했다. "그럼 다음 주는 언제?" 하지만
그녀는 다음 주에도 바쁘다고 했다. 그다음 주에도 바쁘다고 했다. 그
는 가끔 그녀의 얼굴을 떠올렸고, 배가 살짝 보이는 옷으로 전 직원의
애간장을 태우며 으쓱으쓱 걸어가는 그녀의 모습을 상상했다. 어쩌다
한번 정신을 차려보면 그녀가 거기 있기라도 한 것처럼 사무실 중간
쯤을 멍하니 쳐다보며 책상 앞에 앉아 있을 때도 있었다. 그녀는 그의
꿈속에 등장하는, 영원히 잡을 수 없는 존재였다. 그녀의 관심을 되찾
으려면 눈에 확 띄는 상징적인 조치가 필요했다. 하지만 그는 용기와
상상력이 부족했다. 그러던 어느 날 5층 층계참에서 만났을 때 두 사
람은 그냥 얼굴만 아는 사람 대하듯 가볍게 목례를 하고 지나갔다. 연
인처럼 은밀한 미소를 짓지 않았다. 그리고 같은 날에 그는 엘리베이
터에서 듣지 않으면 좋았을 대화를 엿듣고 말았다. 클레어 매너스
가 줄리언 맥기번과 만나고 있다는 거였다. 깜짝이야! 클레어와 줄리
언이라니! 두 사람은 모나코에 가서 그랑프리 경기를 관람할 거라고
했다. 그는 마음의 상처와 분노를 달랠 길이 없어서 회사를 박차고 나
갔고 감정이 북받쳐서 몸을 부들부들 떨며 강둑길을 따라 걸었다. 워
털루 다리에 도착하자 가드레일에 몸을 기대고 템스 강을 거슬러 올
라오는 보트들을 바라보았다. 육중한 바지선 한 척이 물살을 따라서
스르르 다리 아래를 지나갔다. 왠지 몰라도 그 배가 클레어와의 관계

를 상징하는 것처럼 느껴졌다. 그가 가만히 서서 지켜보는 동안 그녀는 그에게서 점점 멀어져갔다. 벌써부터 그녀의 이목구비가 흐릿해지기 시작했다. 벌써부터 그녀가 블랙프라이어스 다리 사이로 말없이 빨려 들어가서 강 안개 속으로 묻혀버렸다. 그러고는 영영 사라져버렸다.

클레어 매너스는 이제 클레어 맥기번이 되었다. 은행에서는 퇴사했고 모두가 공유하는 SNS 메시지 말고는 서로 연락한 적이 없었다. 그녀는 결혼사진을 인터넷에 올렸다. 그들 부부는 사진에 걸맞게 광이 났다. 머리카락 한 올 흐트러짐이 없었고, 짓는 미소마다 완벽했고, 모든 티끌은 지워져서 보이지 않았다. 결혼식은 어느 성에서 거행되었다고 했다. 남자들이 전부 킬트를 입었다. 신혼여행지는 세이셸 제도의 데로시 섬이었고, 끝없이 이어지는 새하얀 모래사장 위에서 석양을 배경으로 단둘이 찍은 사진을 인터넷에 올렸다.

클레어. 클레어 매너스. 복숭아 같았고 완벽했던 그녀. 하지만 엉덩이를 그렇게 도발적으로 흔든 여자가 어쩌면 그렇게 차가울 수 있었을까? 나트륨과 물의 화학작용이 그들에 이르러서는 어쩌면 그렇게 완벽하게 실패할 수 있었을까? 그리고 폴리 호킹에게는 그녀를 닮은 구석이 있었을까? 그녀의 유혹은 일종의 연극이었고 헤픈 가면 뒤에는 전혀 다른 인물이 숨어 있었을까?

"우리 둘 사이에는 근본적인 차이점이 있죠." 호킹이 말을 꺼냈다.

"그런가요?"

"당신의 예측은 용도가 이기적이에요. 당신이 돈을 버는 데 쓰이죠. 당신이 근무하던 은행이 돈을 버는 데. 내 예측은 사람들을 돕는 게 목적이에요. 다음 세상을 준비할 수 있도록 돕는 게."

조는 고개를 끄덕였다. "지당하신 말씀이네요."

"나는 하나님을 숭배하고 당신은 부를 숭배하고요." 호킹은 점점 더 열을 냈다.

"그렇죠." 왈가왈부할 필요가 없었다.

"이 세상이 엉망진창이 된다면 그건 종교의 잘못이 아니라 당신이나 당신 같은 사람들의 잘못이에요."

"저요?" 목사의 도발이 주효했다.

"당신**만의** 잘못은 아니고요."

"다행이네요."

"하지만 당신 같은 사람들의 잘못이라고요."

다시 시작이었다. **그 같은 사람들.** 벤다이어그램을 그리면 이 동그라미는 사람들을 의미하고 그보다 작은 이 동그라미는 남자들, 이 세 번째 동그라미는 젊은 남자들, 교차하는 이 동그라미는 은행원들이라고 했을 때, 서로 겹쳐지는 이 부분은 젊은 남자 은행원인데…… 얼마나 세분화해야 직성이 풀리시겠어요? 투자은행에서 근무하고 덴마크계 성을 쓰며 어머니가 돌아가셨고 몇몇 대상에 가벼운 공포증을 느끼며 종교는 딱히 없지만 바닷가 교회에 식료품을 잔뜩 쌓아놓은 젊은 남자 컴퓨터 프로그래머? 그렇다면 그의 조건에 딱 맞아떨어졌다. 엉뚱한 여자를 쫓아다니는 로맨티스트? 그렇다면 범위가 한층 좁혀질 것이었다.

"너무 일반화하시는 거 아닌가요?" 조가 말했다.

"아니, 그렇지 않아요. 나는 분류하고 있는 거예요. 당신이 속한 특정 그룹의 사람들에 대해 분류학적인 관점에서 내 의견을 피력하고 있는 거예요."

절대 동의할 수 없는 주장이었다. 조는 땅이 꺼져라 한숨을 쉬고 싶었지만 참았다. "다른 의견도 들을 수 있을까요?" 조는 운을 뗐다. "인간의 습성에 대해 워낙 잘 알고 계신 분이 보시기에…… 지금 바깥 상황이 어떻게 돌아가고 있을까요?" 빈정거리는 것처럼 들렸을까? 그로서는 그렇게 들리지 않았기를 바랄 따름이었다.

"그게 무슨 소리예요?"

"전기도 끊기고 물도 끊겼잖아요. 우리도 두 눈으로 똑똑히 목격했다시피 세인트피란 주민 전체가 일주일째 전기 없이 지내고 있잖아요. 그렇다면 콘월도 전체적으로 전기가 끊기고 물이 끊겼을 테고…… 어쩌면 그보다 더 먼 데까지 영향이 미쳤을지 몰라요. 어쩌면 온 나라가. 어쩌면 전 세계가."

"사태가 그 정도로 심각하지는 않을 거예요."

"하지만 만약 그 정도로 심각하다면요? 중동이나 나이지리아나 베네수엘라에서 건너오던 석유가 끊겼다면요? 아마 지금 끊겼을 텐데, 만약 러시아와 카자흐스탄에서 비상사태가 끝날 때까지 석유를 쥐고 내주지 않아서 유럽에서 실질적으로 연료가 바닥이 난다면요? 심지어 천연가스 발전소라도 일부 물자는 육로로 공급받아야 하는데, 카타르와 러시아에서 가스 공급을 중단했을지 몰라요. 게다가 모든 분야가 독감의 타격을 입고 있죠. 요직의 인물들이 한참 동안 출근을 하지 못하고 있으니 기반 시설이 전체적으로 무너졌을 거예요. 가게에서는 식료품이 바닥났고 더 이상 배달하는 사람도 없고요. 만약 사태가 그 정도로 심각하다면요, 목사님? 그렇다면 사람들이 어떤 행태를 보일 까요?"

앨빈 호킹은 먼 곳을 물끄러미 바라보았다.

"중요한 문제예요, 목사님. 컴퓨터 모델 안에서 하나의 미지수죠."

"나는 인간의 천성을 별로 믿지 않아요." 호킹은 말을 하다 말고 수 평선 근처를 지나가는 배를 쳐다보았다. "저거, 유조선인가요?"

"제발 유조선이었으면 좋겠는데." 조도 그 배를 쳐다보았다. "어느 쪽으로 가고 있죠?"

"점점 멀어져가고 있는데요."

"그래도. 원래 유조선이 기름을 가득 싣고 왔다가 빈 배로 가잖아요. 그런 식으로 운항을 하잖아요."

"성서에서는 세상의 종말을 함부로 예언하지 말라고 하죠." 호킹이 말했다. "성마태는 이렇게 말했어요. '그러나 그날과 그 시각은 결코 아무도 알지 못하나니 하늘의 천사들도 알지 못하고.'"

"제가 근무했던 은행의 사장님은 그 구절에 동의하지 않으실 것 같 은데요."

목사는 주머니에서 성서를 꺼내서 원하는 구절을 찾았다. "민족이 민족을, 나라가 나라를 대적하여 일어나고 곳곳에 기근과 역병과 지 진이 있으리니, 라고도 했어요."

"흠, 지진은 모면한 것 같네요."

"이걸 우습게 보면 되겠어요?" 목사는 미간을 찌푸렸다.

"죄송합니다. 그럴 생각은 없었는데."

"이사야는 이렇게 말해요. '너희는 울부짖으라, 주의 날이 가까우니

라. 그날이 전능자에게서 나온 파멸같이 이르리니.'"

"그 구절은 영 마음에 안 드네요."

"누군들 안 그렇겠어요? 인류가 타락했어요, 조. 그게 우리의 문제예
요. 전부 다 죄를 짓고 주님의 영광에 못 미치게 되었다는 게."

"그걸 일상적인 용어로 설명하면 어떻게 되었다는 뜻인가요?"

"우리가 아무도 믿지 못하게 되었다는 뜻이에요. 법과 질서가 무너
지면 모든 게 붕괴되죠. 그게 정글의 법칙이에요. 인간은 남을 죽여도
벌을 받거나 응징을 당할 가능성이 없다는 걸 알고 나면 살인을 저지
를 거예요."

"그럴까요?" 기억 하나가 떠올랐다. 계단 꼭대기에 서 있었던 남자.
끔찍했던 갈증의 느낌. "목사님이 저를 죽이려고 했던 것처럼 말이
죠?"

앨빈의 얼굴 위로 두려움과 경멸의 표정이 번갈아 지나갔다. "나는
당신을 죽이려고 하지 않았어요. 당신은 내 덕분에 목숨을 구했다고
요."

어디까지가 진실일까? "못 믿겠는데요." 다시 건강을 되찾은 희열로
인해 그날 밤의 기억을 잊고 있었다.

"당신은 그때 정신이 오락가락했어요."

"저도 알아요."

"뭘 달라고 했는데. 뭘 달라고 했는지는 모르겠지만."

"물을 달라고 했죠."

"내가 그걸 무슨 수로 알 수 있었겠어요? 횡설수설했는데."

두 사람은 잠깐 동안 아무 말도 하지 않았다.

"이러지 마요, 조." 호킹이 말했다. 그는 고개를 돌리고 있었다. "우리 둘 다 죽음의 문턱까지 갔다가 살아 돌아왔잖아요. 음모설로 상황을 복잡하게 만들 필요가 뭐가 있나요."

인간은 남을 죽여도 벌을 받지 않는다는 걸 알면…… 살인을 저지를 것이다. 그것이 인간성에 바치는 앨빈 호킹의 메시지일까? 배가 고프면 누구나 빵 한 덩어리 때문에 이웃을 살해할 수 있을까? 살기등등한 약탈 부대에 대비해서 마을에 바리케이드를 쳐야 하는 걸까?

"인간을 바라보는 시각이 너무 암울한데요." 조가 말했다. "성서에서 정말 그렇게 비관적으로 전망하나요?"

목사는 고개를 돌려서 그를 쳐다보았다. 조가 화제를 바꿨다는 데 안심하는 표정이 역력했다. "구약성서 안 읽어봤어요?"

"요즘 들어서는요." 사실은 전혀 읽은 적이 없었지만 몇 가지 이야기는 알고 있었다. "제가 만든 컴퓨터 모델에 구약성서의 내용을 넣을 걸 그랬네요." 그랬더라면 어떻게 달라졌을까? CNN이나 로이터의 여러 다양한 견해는 제치고 아브라함이나 엘리야나 스바냐의 의견을 참고했더라면 어떻게 됐을까?

안으로 들어가야 할 때가 되었다. 조는 자리에서 일어났다. 팔다리가 아직까지 욱신거렸다. "뭐 좀 드실래요?"

"차가운 햄이랑 차가운 감자 어때요? 차가운 수프로 목을 축여가면서."

"완벽한데요."

"그거 알아요?" 호킹이 말했다. "따뜻한 음식을 먹을 수만 있다면 소원이 없겠어요."

3부

네가 리바이어던을
가지고 잔치를 벌일 수
있겠느냐?

29
우리는 어떻게 하겠나

　예전의 그 마을이 아닌 듯했다. 조와 앨빈은 11일째 되던 날 정오 무렵에 씻지도 못해서 수염이 덥수룩한 얼굴로 자체 격리를 종료했다. 호킹은 폴리를 찾으러 목사관으로 직행했다. 그와 헤어져서 마음이 가벼워진 조는 부두 쪽으로 내려갔다. 길거리에 사람들이 거의 없었다. 그는 피시 가에 있는 옛 의원의 문을 두드리고 안으로 들어갔다.

　"안에 아무도 안 계신가요?"

　"아니 자네!" 맬러리가 진찰실 밖으로 나와서 조를 끌어안았다. "다시 만나니까 반갑구먼."

　"저도 기쁩니다."

　맬러리는 포옹을 풀어서 조를 멀찌감치 붙잡고 그의 안색을 살폈다.

"레스토릭 부인과 상담을 하는 중이었다네." 그가 말했다. "상담이 끝나면 위스키로 축하 파티를 열어야겠군그래." 그는 진찰실 쪽을 턱으로 가리켰다. 의료 상담을 받으러 왔다가 조를 보고 환하게 웃는 도로시와 베니의 얼굴이 보였다.

"아, 죄송해요." 조가 말했다. "그런 줄도 모르고 제가 방해했네요."

"다시 만나서 정말 기뻐요, 조." 도로시가 큰 소리로 외쳤다.

"그러게. 다시 만나니까 좋네요." 베니가 말했다.

"저도요." 조가 말했다. 그는 문을 닫으려고 다가갔다.

"조한테 우리 소식을 알릴까 봐." 도로시가 말했다. 흥분으로 그녀의 눈이 반짝였다. "우리, 아이 생겼어요."

"축하해요. 멋진 소식이네요." 조는 가만히 문을 닫았다. 이렇게 인생은 계속된다. 주가는 올랐다가 떨어지고, 공급망은 끊기고, 문명은 와르르 무너질지라도 인간의 번식이라는 요술은 모든 것을 능가한다. 나트륨과 물. 인생의 화학작용은 제지할 수 없다. 인간의 생물학적인 측면을 불시에 맞닥뜨리자 문득 폴리가 보고 싶어졌다. 이제는 자유롭게 그녀와 대화를 나눌 수 있었지만 무슨 얘기를 할 수 있을까? 세인트피란이라는 금붕어 어항 같은 곳에서 어딜 가면 단둘이 있을 수 있을까? 그녀와 같이 바닷가를 걷고 부드러운 모래 위에 찍힌 그녀의 발자국을 보고 싶었지만 그걸로 충분할까? 그 정도면 영원히 충분할까?

진찰실 문이 다시 열리면서 웃는 얼굴로 서로 끌어안은 행복한 부부가 등장했고 북스가 그 뒤를 따라 나왔다. "뭐든 걱정되는 게 있으면 나를 찾아와." 의사가 말했다. "하지만 한 번 경험한 일이니까 요령을 알겠지."

"정말 감사합니다, 박사님." 베니가 말했다. 그는 쇼핑백에서 레드 와인을 한 병 꺼냈다. "어떤 식으로 보답을 하면 좋을지 모르겠어서……"

"이렇게 고마울 데가 있나, 베니. 이렇게 고마울 데가 있나."

물물교환이 화폐처럼 유통되고 있군. 조는 이런 생각을 했다. '선물 경제'. 북스가 와인이라는 선물도 거절하고 지역 사회를 위해 봉사하는 데 만족했던 시절이 있었을까. 하지만 이제는 심지어 의사조차 모든 서비스가 공정 거래의 원칙에 따라 유통되어야 한다는 사실을 어느 정도 인식하고 있었다. 지불하는 쪽은 가격에 만족하고 파는 쪽은 그 가격을 기쁘게 받아들여야 했다. 교환의 사회학은 한동안 잊고 지낸 단어였다. 그의 머릿속에 존재하는 일부 연결 고리들이 벌써부터 현재와 별반 연관이 없는 구세계의 소산처럼 느껴졌다.

맬러리는 현관문을 닫고 의기양양하게 와인을 흔들며 복도로 다시 돌아왔다. "위스키를 털 필요가 없게 됐군그래." 그가 말했다. "들어와, 들어와." 그는 조를 데리고 거실로 앞장섰다. "처음부터 끝까지 전부 얘기해봐."

"전부요? 어떤 걸 알고 싶으신데요? 저희는 종탑에 갇혀서 식료품 목록을 작성하며 지냈어요."

"이 친구야, 그런 데에는 관심 없어. 눈곱만큼도." 노신사는 찬장에서 코르크스크루를 꺼내 와인 병을 잡고 씨름하기 시작했다. "이 술은 아껴 마셔야 해." 그가 와인을 턱으로 가리키며 말했다. "딱 반 잔으로 끝내야 한다고. 존과 루시 서로굿이 사과술을 만들고 있는 모양이지만 익으려면 몇 주가 걸릴 거야. 어쩌면 몇 달이 걸릴 수도 있고. 거기다 맛이 고약할 가능성도 있지. 케니 케닛이 해초술 담그는 법을 알고 있고 개로 영감 말로는 마실 만하다지만 그 술을 손꼽아 기다리는 사람은 없을걸? 이걸 끝으로—" 그는 조를 향해 술병을 기울였다. "자네와 나는 당분간 괜찮은 프랑스 와인을 마시지 못할 수도 있다네. 나한테 임신 진단을 받는 임산부가 많아지면 얘기가 달라질 수도 있겠지만. 아무튼 **증상** 말일세. 내가 궁금한 건 증상이야." 그는 펑 소리와 함께 코르크 마개를 따서 귀한 와인을 두 잔 따랐다. "시시콜콜한 부분까지 전부 얘기해주기 바라네."

하버 광장은 거의 알아볼 수 없을 지경이었다. 자갈길 곳곳에 각양각색의 테이블과 벤치가 놓였는데, 대충 자른 나무와 빈 석유통의 조합이 있는가 하면 어느 집 정원과 발코니에서 들고 온 것들도 있었다. 광장 한복판, 그러니까 페트럴 여인숙 바로 앞에다가는 맥위스 형제가 오래된 무쇠 여물통 세 개를 가져다 놓았다. "저게 다 뭐예요?" 마침내 집 밖으로 나섰을 때 조가 물었다.

"바비큐장." 맬러리가 말했다. "연기가 장난이 아니야. 숯이 없어서 나무를 때거든."

"엄청 크네요." 조가 말했다. "이 정도면 온 마을 사람들을 먹여 살릴 수 있겠어요."

"**실제로** 온 마을 사람들을 먹여 살리고 있지. 해가 떨어지기 두 시간 전에 티타임이 찾아올 때마다. 사내 녀석들이 하루 종일 돌아다니면서 땔감을 주워와. 저기 쌓여 있는 거 보이지?" 맬러리는 어마어마하게 쌓인 장작더미를 가리켰다.

"맙소사." 무슨 이유에서인지 몰라도 조는 경제 모델을 계속 궁리하고 있었다. 이건 어떤 식으로 돌아가는 모델일까? 누가 누구한테 얼마를 어떤 식으로 지불하고 있을까?

"남녀노소 전부 힘을 합하고 있지." 맬러리가 말했다. "지금도 몇 명은 고기를 잡고 있어. 아무 배나 닥치는 대로 타고 나가서. 몇 명은 부두에서 낚시를 하고 있고, 또 몇 명은 조개를 줍고 있지." 그는 방파제를 가리켰다. 열댓 명의 사람들이 낚싯대와 낚싯줄을 들고 오래된 돌 위에 서 있었다. "농장에서 맥위스 형제들과 함께 젖을 짜는 사람들도 있어. 내일도 동이 트기 전에 가서 젖을 짤 거야. 농장에 있는 발전기로 착유기를 돌려도 되지만 배에 쓰려고 연료를 아끼는 중이거든. 그래서 손으로 직접 젖을 짜고 있다네."

손으로 직접 젖을 짜고 있다니. 역사와 전통을 자랑하는 풍습처럼 들렸다.

"우유는 다 어떻게 하는데요?"

"우리가 마시지. 그 안에 생선을 넣어서 조려 먹기도 하고. 저어서 버터와 크림도 만들고. 코린은 그걸로 치즈를 만들고 있어."

그러기 시작한 지 얼마나 됐을까? 11일? 조는 감탄하며 자기도 모르게 고개를 끄덕였다.

광장 저쪽 끝에는 부서진 공중전화 박스의 잔해가 있었다. 박스가 있던 자리에 쇠로 된 낡은 수동 펌프가 묵직한 나무 받침대 위에 얹혀 있었다. 조디 힉스 갑판장이 펌프 담당이었다. 여름용 셔츠 한 장만 걸치고 시뻘게진 얼굴로 땀을 뻘뻘 흘리며 열심히 펌프질을 하고 있었다. 제시와 마서와 그 밖의 대여섯 명이 양동이와 통을 손에서 손으로 전달했다.

"저건 저도 거들 수 있겠는데요." 조가 말했다.

그를 돌아본 사람들이 환영 인사를 전했다. "어머나, 어서 와요, **이방인!**" 마서는 이렇게 외치며 그를 와락 끌어안았다. 그는 옆으로 한 자리씩 옮기며 그들의 품에 몸을 맡겼다. 레인 코프먼에서 동료들과 함께 일하는 동안 포옹을 받아본 적이 몇 번이나 있었던가. 많지 않았다. 그는 같이 부둥켜안았다. 기분이 좋았다.

"다시 만나서 반갑다는 말을 하지 않을 수가 없겠네요." 제시가 말했다. "당신이 쌓아놓은 식료품을 풀 때가 되고도 남았거든요."

조는 찡그린 표정을 미소처럼 포장했다. "때가 되면 그럴게요." 자기도 모르게 이런 말이 튀어나왔다. 꼬리에 꼬리를 물고 늘어선 마을 주민들이 그가 고생스럽게 사다 나르고 비축하고 목록으로 정리한 비상식량을 옮기는 언짢은 광경이 그의 머릿속에 그려졌다.

조디 힉스는 이 틈을 타서 펌프질을 멈추었다. "나는 포옹 생략할게요." 그는 팔을 들어서 동그랗게 생긴 땀자국을 보여주었다. "땀 냄새가 진동할 거예요."

"제가 할 테니까 잠깐 쉬세요." 조가 말했다.

"괜찮겠어요?"

"날아다닐 수 있을 만큼 쌩쌩해요." 과연 그럴까? 아닐지 모르지만 펌프질 정도는 할 수 있지 않을까?

"그럼 한번 해봐요." 힉스가 옆으로 비켜서자 조는 펌프 손잡이를 잡았다. 손에 와 닿는 쇳자루가 차갑게 느껴졌고 생각했던 것보다 묵직했다. 그는 손잡이를 높이 들었다가 체중을 실어서 내렸다. 물이 콸콸 쏟아져 나오자 아미나타 치켈루가 양동이로 받았다.

"잘하시네요." 그녀가 말했다.

그는 그녀와 잠깐 미소를 나누고 시선을 돌렸다. 폴리는 지금 뭘 하고 있을까? 앨빈과 함께 침대에서 흘려보낸 시간을 만회하고 있을까? 그는 손잡이를 당겼다. 이번에는 아까보다 쉬웠다. 두 사람은 재회를 자축하며 서로 부둥켜안고서 열정을 불사르고 있을까? 그는 있는 힘껏 손잡이를 눌렀다. 어쩌면 펌프질을 하는 사람이 그 말고도 또 있을지 모른다는 생각이 들었다. 위로 아래로. 위로 아래로.

힉스는 함박웃음을 지었다. "살살 해요." 그가 말했다. "그러다 지하수가 한 방울도 안 남겠어요."

다시 힉스가 펌프질을 할 차례가 되었을 때 조는 담벼락에 앉아서 숨을 돌렸다. 마서가 옆으로 다가왔다. "얘기 좀 할 수 있을까요?" 그녀가 물었다.

"그럼요."

"잠깐 걸을까요?"

"좋아요." 그는 그녀의 옆으로 폴짝 뛰어내렸고 두 사람은 시끌벅적한 펌프질의 현장과 반대 방향으로 걸음을 옮겼다.

"생각해봤는데, 그 창고 문을 열 때도 되지 않았나 싶어서요."

"그렇죠."

"그냥 생각해본 정도에 그치는 게 아니라 정식으로 요청하는 거예요. 그 창고 문을 열어도 되겠느냐고."

정식으로 요청을 받고 나니 공포의 파도가 또다시 그를 덮쳤다. "정말로 때가 되었다고 생각하세요?"

"그렇게 생각하지 않았다면 묻지도 않았을 거예요."

왜 이렇게 갑자기 마음이 내키지 않는 걸까? 이러려고 그 많은 식료품을 쟁여놓은 게 아니었던가. "선생님도 아시겠지만 비상용 창고라서요. 정말로…… 먹을 게 없을 때까지 기다리는 게 낫지 않을까요?" 그가 말은 이렇게 했지만 진심으로 그렇게 생각하는 건 아니었다. 목구멍을 거치는 순간부터 아차 싶었다.

한참 동안 정적이 흘렀고 마서는 묘한 표정으로 그를 쳐다보았다. "그 창고를 채울 때 다들 도와줬잖아요." 그녀는 턱으로 세인트피란 마을 전체를 가리키며 말했다.

"그렇죠."

"그리고 **정말로** 먹을 게 없고요." 그녀가 말했다.

"생선도 있다면서요. 우유도 있고요."

"그걸로는 부족해요. 연료가 없어서 제대로 잡질 못하고 있어요. 한참 더 나가야 많이 잡히는데. 그리고 생선이랑 우유로 연명해봤어요?"

그녀는 연관성을 파악하는 사람이었다. 그와 비슷한 사람이었다. 그녀가 그를 조용히 불러서 그답지 않게 망설이는 모습을 그녀 앞에서만 보이게 한 것도 그 때문이었다. 베풀기 좋아하는 그의 천성과 소유욕은 서로 싸움을 벌일 필요가 있었다. 그녀는 그걸 알았다.

"얼마 가지도 못해서 바닥날 거예요." 그는 나지막이 속삭였다. "비상식량 말이에요." 그는 암울한 시간을 보내는 동안 여러 번 계산을 해보았다. 300명이 8주 동안 넉넉히 먹을 수 있는 분량이었다. 생선과 우유와 양고기까지 보태면 넉 달까지 버틸 수도 있었다.

"이제 그 식량은 당신 것이 아니에요." 그녀는 이렇게 말했지만 눈빛은 여전히 다정했다.

"그렇죠." 그는 침을 꿀꺽 삼켰다. "그렇고말고요."

"그럼 어떻게 하면 되겠어요, 조?"

그는 자기 발치를 내려다보았다. "창고 문을 열어야겠네요." 이 세 단어를 내뱉는 순간, 그의 어깨를 짓누르던 무거운 짐이 사라졌다. **"자네라면 어떻게 하겠나, 조 학?"** 루 코프먼이 한 말이 그의 귓전에서 맴도는 듯했다. **"우리는 어떻게 하겠나?"** "선생님 말씀이 맞네요." 그가 말했다. 이 마을 주민들은 그를 포옹으로 맞아주었는데 그는 어물쩍 넘어가려고 했다. "맞아요! 선생님 말씀이 맞네요." 그는 하마터면 껑충껑충 뛸 뻔했다. "지금 당장 창고 문을 열어야겠어요."

마서는 얼굴이 거의 두 개로 나뉠 정도로 활짝 웃었다. "이제 정신 똑바로 차려야 해요." 그녀가 경고했다. "한꺼번에 전부 먹어치우면 안 되니까."

"그렇죠."

그녀는 그의 팔짱을 꼈다. "가요." 그녀가 말했다. "요리사들을 소개해줄게요."

티타임 한참 전부터 사람들이 모이기 시작했다. 아이들이 맨 먼저 등장했다. 남자아이들은 와서 불을 피웠고 여자아이들은 와서 구경했다. 그리고 난 다음에 여자들이 접시와 머그잔, 숟가락, 포크를 날랐고 남자들은 술잔과 모닥불에 넣을 땔감과 얼마 안 되는 음식을 날랐다. 서로굿네 집에서 내놓은 달걀 대여섯 개와 클록네 집에서 내놓은 마가린 한 통, 네이트와 로즈 무트의 조그만 농장에서 기른 당근이 전부였다. "듣자 하니 오늘 저녁은 제대로 먹을 수 있을 거라고 하던데요?"

누군가가 얘기하자 사람들 사이로 소문이 번졌다.

"우리 조 덕분이죠." 마서가 의기양양하게 말했다

불이 지펴지자 광장은 연기로 뒤덮였다. 조와 케이시 림버는 종탑에서 20킬로그램짜리 쌀자루를 들고 와서 부글부글 끓기 시작한 아홉 개의 큼지막한 단지에 전부 쏟아부었다. 로머 앤더슨과 로즈 무트가 여기저기서 빌려온 냄비로 소스를 만들었다. 당근, 조의 창고에서 들고 온 토마토 스물네 캔, 시판 소스 스무 병, 우물에서 길은 물 한 양동이를 넣고 섞었다. 바틀 자매가 생선살을 발라서 넘기면 제이콥과 케니가 한 번에 서른 덩어리씩 납작한 무쇠 그릴에 구웠다. 모지스와 헤드라 펜핼로와 쇼니시 형제가 불을 쑤시고 생선을 뒤집는 와중에도 사람들의 숫자는 계속 늘어났다. 케니는 홍합을 까서 소스에 넣었다. 짙은 장작 냄새와 음식 냄새가 광장을 가득 메웠다.

오후 햇살이 희미해져가고 있었다. 언덕 위에서 엔진이 덜덜거리는 소리가 맥위스 형제와 젖을 짜러 나선 자원부대의 등장을 알렸다. 그들이 옹기종기 모여 탄 트레일러를 트랙터가 끌어오고 있었다. 사람들이 왁자지껄한 환호성과 함께 그들이 들고 온 우유통을 바닥으로 부렸다. 맥위스 형제의 지휘 아래 주전자에 따라서 테이블에 올렸다.

이 많은 사람들의 배를 무슨 수로 채울 수 있을까? 조는 그런 생각이 들었다. 코프먼이 했던 질문이 생각났다. **1천만 명이 사는 도시를 먹여살리려면 어떻게 해야 하겠나?** 여기 이 광장에 모인 사람들은 300명에 불과한데도 거의 불가능에 가까운 과제처럼 느껴졌다. 그 많은 장작하며, 물고기를 잡고 소젖을 짜서 실어 오고 그것으로 음식을 하는 데 초인적인 노동이 필요했다. 그는 이 모든 과정을 이해해야 했다. 그가 수

년 동안 만들었던 모델의 핵심이 이런 거였다. 수요와 공급의 상세한 수학적 관계, 의존의 연결 고리, 인간들 간의 상호작용. 하지만 이 마을에서는 전부 다 앞뒤가 맞지 않았다. 통용 화폐는 뭘까? 젖 짜는 사람들이 들인 시간과 어부들이 잡은 물고기는 무엇으로 보상을 받을까?

생선과 밥, 소스가 접시에 담기고 우유가 잔에 따라지고 사람들이 테이블 주변으로 둘러앉기 시작했을 때 앨빈과 폴리가 광장에 등장했다. 사람들은 일어나서 그들을 맞았다.

"호킹 목사님, 하나님께 감사 기도를 드려야겠어요." 아일린 맥위스가 선포했다.

목사는 거무칙칙하게 야윈 얼굴로 푸근한 미소를 지었다. "사랑하는 맥위스 부인." 그는 그녀의 손을 두 손으로 맞잡았다. "사랑하는 피시번 부인, 호스미스 부인, 코린. 다시 만나서 이렇게 반가울 수가 있을까요." 그는 점점 더 늘어나는 사람들 사이를 지나다니며 인사하고 어깨에 손을 얹고 눈을 맞추었다. "클록 부인, 기도해주셔서 정말 감사합니다. 제이콥, 로머, 조슈아, 메리……"

목사가 아수라장 속으로 사라지자 뒤에 남겨진 조는 폴리의 옆에 가서 섰다. 그녀를 감싸고 있는 찌릿찌릿한 전류가 느껴졌다. 그녀는 딱히 그가 있는 쪽을 쳐다보지 않았다. "잘 지냈어요?" 그가 물었다.

그녀는 자기 신발을 쳐다보았다.

"당신하고 대화를 나누어도 된다고 목사님한테 허락을 받았어요." 그는 문득 그녀를 와락 붙잡고 싶어졌다.

"여기서는 안 돼요." 그녀는 이렇게 말하면서 고개를 돌렸다. 누군가와 시선이 마주치자 그녀는 손을 흔들었다. "나중에 해요."

이렇게 사람들이 많은 곳에 특히 혼자 있다 보면 냉정한 역학 관계가 발생한다. 누구는 아는 체하고 누구는 모르는 체할 것인가. 한자리에 서서 사람들이 다가와주길 기다릴 것인가, 유쾌하고 사근사근한 분위기를 풍기며 돌아다닐 것인가. 빈 잔을 들고 한쪽 구석에 방치되는 위험 부담을 감수할 것인가. 저녁 준비가 절정에 달하고 가족과 친구들이 삼삼오오 모이기 시작하자 조는 밖으로 빠져나왔다. 맨 끝 테이블로 가서 아직 인사를 나눈 적이 없는 덩치 큰 남자 옆에 앉았다. "저는 조라고 합니다." 그는 맞은편에 앉아 있는 나이 많은 커플에게 악수를 청하면서 이렇게 말했다. 그 두 사람도 처음 보는 얼굴인 듯했다.

"그쪽 덕분에 밥을 먹을 수 있게 된 거라면서요."

그는 시치미를 떼며 고개를 모로 꼬았다.

"조, 다시 만나서 반갑군그래." 누군가가 그의 어깨에 손을 얹었다. "여기 두 사람 앉을 자리 있나?"

고개를 들어보니 제러미와 디멜자가 서 있었다.

"어떻게든 끼어 앉으면 되겠지?" 디멜자는 제러미의 어깨에 팔을 두르고 그의 가슴에 손을 얹어 놓고 있었다. 조가 보기에는 연인 간의 포옹이나 다름없었다.

30
다른 여자가 있지 왜 없어요

세인트피란 사람들은 그해 겨울을 생생하게 기억한다. 11월에 어찌나 폭우가 쏟아졌던지 힉스 갑판장이 방주를 만들어야겠다고 했을 정도였다. 그들은 비를 피해서 식사를 할 수 있도록 하버 광장에 있던 테이블과 의자를 전부 생선 포장 공장으로 옮겨보려고 했다. 하지만 어림도 없었다. 100명 정도면 모를까, 그 이상은 무리였다. "페트럴에도 다 못 들어갈 텐데." 제이콥 앤더슨은 우울한 목소리로 말했다. "교실도 마찬가지예요." 마서가 말했다.

"교회면 가능할지 몰라요." 조가 말했지만 마을의 주요 인사들조차 회의적인 태도를 보였다. 피터 쇼니시는 심각한 표정으로 고개를 저었다. "목사님이 허락해주실 리가 없어." 그가 말했다.

하지만 대표로 몇 명이 테이블과 벤치를 들고 일단 언덕으로 올라갔다.

"신도석은 어쩌고요?" 말려도 소용없겠다 싶어지자 앨빈 호킹은 이런 식으로 딴죽을 걸었다.

"땔감으로 쓰면 되죠." 조가 말했다.

그들은 묘지를 정리해서 요리 공간을 마련했다. 묘비들은 오븐으로 제격이었다. 하루 종일 장대비를 맞으며 묘비와 철책, 벤치와 테이블을 들어서 옮기자 해가 떨어지기 전에 오븐과 테이블, 다 활용하지도 못할 만큼 널찍한 바비큐 공간을 갖춘 간이식당이 탄생됐다.

"설교단은 남겨주세요." 호킹이 애원하자 그들은 그의 간청을 들어주었다. 성가대석의 철난간은 장작 쌓는 선반으로 동원되었다. 신도석은 벤치가 되었고 신도석 등받이는 테이블이 되었다.

폴리는 팔짱을 끼고 서서 구경했다. 조는 일부러 시선을 피했다.

11월이 흘러가자 공급되는 먹을거리가 줄었다. 조는 창고에 있던 상자와 자루들이 밖으로 실려 나와서 수프와 스튜 재료로 쓰이는 광경을 지켜보았다. 없어진 물품을 목록에서 지웠다. 마을 대표들이 모인 위원회에서 그와 상의라도 해야 하는 것 아닐까. 그는 아무라도 붙잡고 이렇게 얘기하고 싶었다. "아껴 먹어야 해요."

"책임자가 누굴까요?" 어느 날 저녁, 조는 촛불을 밝힌 교회에서 저녁을 먹으려고 한 테이블에 끼여 앉으면서 제러미에게 물었다. "이 모든 걸 관리하는 책임자가 누구인 것 같아요?"

"무슨 책임자?"

"이런 걸 조직하고 그런 거 말이에요. 음식을 만들고 치우는 데 필요한 재료는 누가 조달할까요? 메뉴는 누가 정할까요? 음식은 누가 나누어줄까요?"

제러미는 어깨를 으쓱했다. "나는 자네가 하고 있는 줄 알았는데."

일일 어획량은 1인당 200그램을 운운했던 앨빈 호킹의 예상치를 훨씬 밑돌았다. 수동으로 전환하자 착유량도 줄었고 젖소들에게 먹일 농축사료가 부족했기에 맥위스의 농장에서는 가축들에게 사일리지*를 먹였다. 바람이 심하게 불었던 어느 날 밤, 아일린 맥위스는 총소리를 듣고 잠에서 깼다. 개들이 짖고 있었다. 동이 트자마자 벌판으로 나가보니 남은 암양이 아홉 마리뿐이었다. 간밤에 절벽 길을 따라 습격한 도둑들이 나머지를 끌고 가버린 것이었다. 놈들은 총으로 쏴서 죽인 다음에 끌고 갔다. 암양들이 쓰러졌던 풀밭에 핏자국이 남아 있었다.

조는 낚시꾼으로 변신했다. 맬러리의 배를 빌려 탔지만 돛은 거의 올리지 않았다. 제러미와 함께 만의 중간 지점까지 노를 저어서 간 뒤에 열댓 개의 낚싯줄을 드리웠다. 배에 소형 모터가 달려 있었지만 거의 쓰지 않았다. 첫날에는 둘이서 조그만 고등어를 여덟 마리 잡았다. 바다 위에서 아홉 시간을 보낸 대가치고는 허접하게 느껴졌다. "8인분이네." 오후 늦게 부두에 다시 닻을 내리면서 제러미가 말했다.

20인분이죠. 조는 생각했다.

피터 쇼니시는 전파가 잘 잡히는 교회에 단파 수신기를 설치했다. "독감은 어떻게 돼가고 있대?" 맬러리가 물으면 피터는 수신기에 목소

---

* 겨울용 사료로 말리지 않고 저장한 풀.

413

리가 들리는 아무나 붙잡고 물어보았다. 플리머스에 사는데 6일 동안 고양이 사료만 먹었다는 어느 부부에게도 물었다. "독감은 더 이상 신경 쓰지 않아요." 남자가 말했다. "차라리 독감에 걸려서 죽어버렸으면 좋겠네요." 그들은 영국 해협을 오가는 유람선 선원에게도 물었다. "독감으로 스물네 명이 죽었어요." 무선 통신사가 대답했다. "이제 그만 뭍에 배를 댔으면 좋겠는데."

"7일만 기다리세요." 조가 말했다. "그래야 추가 감염을 막을 수 있어요."

"그때까지 기다릴 수가 없어요. 식수가 다 떨어졌거든요."

12월 초로 접어들자 비가 뜸해졌지만 그 대신 사나운 북풍이 들이닥쳤다. 조와 제러미가 배를 타고 나가면 통에 든 버터처럼 파도에 이리 치이고 저리 치였다. 고기를 한 마리도 잡지 못하는 날이 있었는가 하면 다음 날에는 달고기 한 마리와 돔발상어 두 마리, 커다란 붕장어 한 마리를 잡았다. 전부 다 냄비로 직행할 녀석들이었다.

"색이 황금처럼 노랗잖아." 달고기를 손질하면서 제러미가 말했다. "프랑스어에서 나온 이름이야. '존 도레'*에서."

"아는 게 많으시네요." 조가 말했다.

그들은 콘비프와 햄이 든 상자를 개봉하고 말린 병아리콩과 렌틸콩, 콩을 물에 불렸다. 교회에서 먹는 저녁 식사가 일종의 제도로 정착했고 조는 어느덧 그 제도를 즐기게 되었다. 로머와 요리사들은 묘비 오븐으로 빵 굽는 법을 터득했다. 네이트와 로즈 무트는 우유를 저어

---

* jaune doré, 달고기가 영어로 존 도리John Dory인데, 프랑스어로 존은 노란색, 도레는 금색이다.

서 만든 버터를 매일 저녁 나무통에 담아왔다. 아직 사과술은 없었지만 서로굿 부부가 시음용으로 만든 따뜻한 사과 펀치는 있었다. 저녁은 따뜻한 빵 한 조각과 방금 전에 만든 버터, 따뜻한 우유 한 잔과 입가심 수준의 사과 펀치, 생선 굴라시*와 콩, 이런저런 깡통 제품과 과일 한 입에 불과할 수 있었다. 그런데도 조는 루앙 북부에서 먹었던 마늘 버섯이나 미켈 파파와 구워 먹었던 생선 이후로 이렇게 맛있는 음식은 처음이었다. 시티에서는 뭘 먹었는지 기억을 더듬었지만 까마득하게 먼 옛날 일처럼 느껴졌다.

하지만 하루에 한 끼가 고작이라 마을 전체가 허기를 면하지 못했다. 저녁 식사가 끝나면 조는 촛불을 들고 창고의 재고를 점검했다. 이렇게 순식간에 없어질 수도 있는 걸까? 벌써부터 텅 빈 계단들이 보였다. 자루들이 급속도로 사라져갔다. 가끔 종탑 문을 두드리는 소리에 문을 열어보면 마을 사람이 바구니를 들고 서 있을 때도 있었다. "분유 혹시 남은 거 없어요? 비누 없어요?" 조가 문을 활짝 열면서 들어오라고 하면 그들은 바구니에 비상용품을 담아 갔다. 깡통에 든 몇 가지 채소와 수프는 벌써 바닥을 보였고 과일도 철저하게 배급량을 조절해야 했다. 파스타와 쌀도 삽시간에 자취를 감추었다. 밀가루는 아직 많이 남았지만 과연 언제까지 버틸 수 있을지 알 수 없었다.

날이 점점 추워졌다. 폴리는 그를 본체만체했다. 낚시는 성적이 여전히 신통치 않았다. 제러미는 더 이상 그와 함께 바다로 나서지 않았다. "동상에 걸렸어." 그는 이렇게 투덜거렸다. "게다가 몇 마리 잡히지

---

* 고기와 야채를 넣고 푹 끓이는 헝가리식 스튜 요리.

도 않는데 나까지 나갈 필요 없잖아?" 말벗이라도 되어주면 좋겠지만 조는 아무 소리 하지 않았다.

"차라리 바위 사이의 웅덩이를 뒤지는 게 낫겠어." 제러미가 말했다. "목만 잘 파악하면 베도라치, 망둥이, 버터피시를 잡을 수 있거든. 식용 해초도 좀 더 많이 채집할 수 있고."

이렇게 며칠이 지나고 몇 주가 지났다. 한겨울에 가까워서 하늘이 오래된 수건처럼 칙칙하던 어느 날, 조는 혼자 배를 몰고 나가서 타륜을 꽉 잡았다. 충동적으로 돛을 폈다. 강한 바람이 꾸준히 돛을 부풀리자 금세 먼 바다로 나갈 수 있었다. 세인트피란에서 이렇게 뭍이 거의 안 보일 정도로 멀리 나와본 적은 처음이었다. 다른 배들도 보였다. 온 사방이 세로돛이 달린 소형 어선과 노로 젓는 배와 요트 천지였다. 하지만 서로 멀찌감치 거리를 두었다. 콘월에 있는 배가 죄다 바다로 나온 모양이로군. 조는 이런 생각이 들었다. 그는 돛을 접고 물살에 까닥이는 뱃전에서 낚싯줄을 던졌다. 제러미가 없어도 청어를 두 양동이 가득 잡았다. 그는 바람이 불어오는 방향으로 뱃머리를 돌렸다. 하마터면 피란 곳을 놓칠 뻔했지만 울퉁불퉁한 돌출부와 회반죽을 칠한 마을, 돌을 쌓아서 만든 항구와 노르만 양식의 교회가 눈에 들어왔다. 돌아가려면 시간이 걸리겠지만 해가 지기 전까지 아직 두세 시간이 남았다. 그는 손바닥으로 훑으며 밧줄을 풀고 산들바람의 은밀한 힘을 느끼고 물이 주는 고독과 자유를 즐기며 귀환길에 올랐다. 예전에 아버지와 함께 했던 일이었다. 미켈 파파는 파이프 담배를 피우러 아래로 내려가면서 "이 아이를 집으로 데려다줘, 조"라고 했다. 그러면 조는 타륜을 잡고 해변의 돌투성이 섬 사이로 뱃머리를 돌려서 쉘베

스보리와 칼스함을 지났다. 가끔 거센 황소바람이 불 때도 있었다. "돛을 접어라." 아래에서 미켈 파파가 외치면 그는 시키는 대로 할 때도 있었지만 경주용 보트처럼 물 위로 붕 떠서 파도를 가르며 질주하는 기분을 느낄 때가 더 많았다.

맬러리의 조그만 배 앞 물속으로 까만색의 매끈매끈한 무언가가 등장하자 조는 당장 정신을 바짝 차렸다. 그는 타륜을 잡고 우현 쪽으로 몇 도 틀었다.

그러자 다시 등장했다. 이번에는 회색이 수면에서 30센티미터 아래를 엄청나게 빠른 속도로 지나갔다.

"고래다." 그는 속삭였다. 녀석이 불과 몇 미터 앞에서 묶여 있다 풀려난 잠수함처럼 물살을 갈랐다. 숨겨져 있던 엄청난 힘을 발휘해서 몸을 틀어가며 굽이치는 파도 밖으로 거의 완벽하게 튀어 올랐다. 중력을 무시해가며 낯선 공기 속에서 찰나의 순간 동안 머물다가 좀 더 멀리 방향을 틀며 파도 사이로 몸을 던지자 물보라와 물거품이 엄청난 폭포처럼 쏟아졌다.

조는 타륜을 단단히 잡았다. 바다를 가른 고래의 선수파로 배가 하늘로 솟구치자 조는 순간 뒤집힐지 모른다는 생각이 들었지만 안전하게 바다 위로 내려앉았다. 고래가 다시 물마루를 넘었다. 하늘로 솟구쳤을 때 다시 방향을 틀어서 이번에는 배를 똑바로 쳐다보다가 철썩하는 소리와 함께 꼬리로 우윳빛 물거품을 내리쳤다.

"맙소사." 조는 중얼거렸다.

어디로 간 걸까? 조는 충격으로 또다시 내동댕이쳐진 배 위에서 수면을 살폈다. 고래는 물속 깊숙이 잠수해버렸는지 흔적조차 보이지 않았다. 그는 돛을 느슨하게 풀고 옆바람에 배를 맡겼다. 잠시 후 100 미터 앞에서 녀석이 다시 바다를 갈랐다. 이번에는 뒤로 떨어지면서 지느러미를 흔들었다. 그러고 나서 1분 뒤에 녀석이 다시 등장했다. 이번에는 한참 멀리서 저쪽으로 사라졌다.

"잘 가라, 친구야." 조는 손을 들었다. "잘 가라."

세인트피란 항구 쪽으로 뱃머리를 돌리는데 점점 어두워져가는 하늘을 배경으로 눈발이 날렸다. 그는 모터를 잠시 돌려서 앞으로 총알같이 튀어 나가 펜더*를 던졌다. 앞치마를 두른 애니 바틀이 물방울무늬 스카프를 머리에 매고 밧줄로 배를 묶는 일을 돕고 있었다. "뭐 좀 잡았어요?" 그녀가 물었다.

"청어 두 양동이요."

"어머나!" 그녀는 양동이를 들여다보았다. "오늘은 다른 애들보다 많이 잡았네요."

"운이 좋았어요." 그가 말했다. 그는 양동이를 뭍으로 던졌다. "그리고 고래도 봤어요."

"다른 애들도 봤대요. 하루 종일 만에 나와 있었나 봐요. 자……" 그녀는 뭍으로 올라오는 그를 도와주려고 손을 내밀었다.

애니, 당신은 나보다 나이가 열 살이나 많잖아요. 조는 이런 생각이 들었지만 그의 팔뚝에 와 닿는 그녀의 손길이 따뜻했고 여자를 가까이서 만난 지 오래됐다는 사실이 떠올랐다. "생선 냄새를 **좋아하는** 사람도 있어." 디멜자는 이렇게 얘기했었다. 어쩌면 오늘은 애니보다 그

---

* 배가 어디 부딪쳐도 손상되지 않도록 양옆에 붙이는 폐타이어 같은 방현재.

에게서 나는 냄새가 더 심할지 모른다. 어쩌면 그녀는 **그의** 냄새를 좋아할지 모른다. "저녁 먹는 곳까지 같이 걸어갈까요?" 그는 이렇게 물으며 팔을 구부렸다.

"좋죠." 애니는 이렇게 말하면서 팔짱을 꼈다. 두 사람은 청어 양동이를 하나씩 들고 과장된 리듬에 맞춰 흔들어가며 언덕을 올라가기 시작했다.

다음 날은 고기를 잡을 수가 없었다. 바다 위로 진눈깨비가 날렸다. 저녁은 해초와 병아리콩을 넣고 끓인 스튜였고 맛이 고약했다. 그다음 날도 별반 다를 게 없었다. 밤 동안 들이닥친 폭풍우로 다 젖어서 장작을 지필 수가 없었고 오븐에도 홍수가 났다. 로머와 제이콥과 마서가 창고에서 오트밀과 설탕을 털었고 저녁은 희멀건 포리지*였다. 투덜거리는 사람은 없었다. 해초를 먹지 않아도 된다는 것이 위안이었다.

"날이 좋아져야 할 텐데요." 조가 말했지만 다음 날도 비슷했다. 로빈스 형제가 배를 끌고 나가서 대구를 제법 잡아오자 거기다 해초와 콩과 깡통에 든 야채수프를 넣고 스튜를 만들어 먹었다.

그날 저녁에 식사를 마친 사람들이 교회를 슬슬 빠져나가는데 베비스 맥위스가 어기적어기적 조에게 다가왔다. "크리스마스까지 3일 남았어요." 그가 말했다. "뭘 하면 좋을까요?"

"크리스마스요? 생각해본 적이……"

"그래도요." 맥위스가 말했다. "뭔가를 하긴 해야 하는데."

---

* 오트밀에 우유나 물을 부어 길쭉하게 죽처럼 끓인 음식.

"그러게요." 조가 말했다. "그래야겠죠." 책임자가 누굴까? 그는 다시 궁금해졌다. 맥위스가 왜 그를 찾아온 걸까?

"내가 둘소*를 한 마리 내놓을 수 있어요."

"고맙습니다." 조는 달리 무슨 말을 덧붙여야 할지 알 수가 없었다. 둘소가 뭘까? 아마 어떤 소일 것이다. 전통적인 크리스마스 음식이라고 할 수는 없었지만 그래도 대환영이었다.

"내일 네이트 무트더러 잡아달라고 할게요."

"고맙습니다. 그걸 어떤 식으로 요리하면 좋을까요?"

맥위스는 어깨를 으쓱했다. "그야 로머하고 제이콥이 결정할 문제죠."

조는 앤더슨 부부를 찾아 나섰다. 그들은 냄비와 프라이팬을 씻고 장작불 끄는 것을 돕고 있었다. 그는 그들에게 베비스 맥위스의 제안을 전했다.

"베비스가 원래 그렇게 착했어요." 마서가 말했다. "어렸을 때부터."

"뭔가 특별한 걸 준비해야겠는데요?" 제이콥이 말했다.

"내가 애들을 동원해서 장식을 할게요." 마서가 말했다. "캐럴도 몇 곡 부르게 하고."

"둘소를 한 마리 잡으면 고기가 얼마나 나올까요?" 로머가 물었다. 아무도 답을 알지 못했다.

"질길 텐데." 제이콥이 말했다.

"그럼 또 푸짐하게 스튜를 끓여야겠네."

* 더 이상 새끼를 낳지 못하는 암소.

조는 아버지와 어머니가 헤어지기 전에 아버지의 섬에서 보냈던 어느 해 크리스마스가 생각났다. 그때 그가 몇 살이었더라? 일곱 살이었나? 여덟 살이었을 수도 있지만 아무튼 그보다 더 많지는 않았다. 밤새 폭설이 내려서 파파가 오두막집 문 앞에 쌓인 눈을 파서 길을 내야 했다. 바깥 풍경은 연하장 사진처럼 산뜻하고 상쾌하니 완벽했다. 파파는 오두막집을 한 바퀴 돌며 차양에 달린 고드름을 뚝뚝 떼어냈다. 조와 브리지타는 눈사람을 만들었다. 엄마는 종일 집 안에서 음식을 장만했는데 그야말로 진수성찬이었다. 캐러멜을 바른 감자와 붉은 양배추를 곁들인 오리 구이 그리고 아몬드와 계피를 넣은 쌀 푸딩인 **리스 아라 만드**. 그는 아직도 그날의 기억이 생생했다. 그들은 장작불 앞에 둘러앉아서 노래를 불렀다. 그들은 엄마에게 배운 영어 노래를 불렀지만 파파는 덴마크 노래도 불렀다. 떠나간 사랑을 구슬프게 추억하는 〈온통 하얀 세상Det Er Hvidt Herude〉이었다. 그러고 나서 다 같이 〈원더풀, 원더풀 코펜하겐. 다정한 옛 애인 같은 도시〉를 불렀다. 덴마크가 등장하는 노래 중에서 엄마가 가장 좋아하는 곡이기 때문이었는데 엄마는 맨 마지막 줄 '나를 위한 원더풀, 원더풀 코펜하겐'을 원음보다 조금 높게 불렀다.

조는 칼스크로나 근처의 섬에서 보낸 그해 크리스마스를 추억하며 12월의 어둠이 깔린 교회 밖으로 나서느라 모자를 쓰고 현관에 서 있던 사람을 하마터면 못 보고 지나칠 뻔했다. 그녀는 그림자라도 되는 것처럼 꼼짝도 않고 서 있었다. "폴리?" 너무 어두워서 얼굴이 보이지 않았지만 그녀의 자기장은 착각의 여지가 없었다. "폴리?"

"안녕, 조." 그녀의 숨결은 고운 안개 같았다.

"얘기 좀 할 수 있어요?" 그는 이미 그녀의 팔을 잡고 있었다. "가요."
그는 그녀를 묘지 쪽으로 데려갔다. 그녀는 휘청거리며 그를 따라 걸었다. 사방이 칠흑처럼 까맸다.

"어디 가는 거예요, 조?"

"아무도 모르게 얘기 나눌 수 있는 데로요."

"왜 그런 데로 가야 하는데요?"

그들은 주목 아래에서 걸음을 멈추었다. 그는 그녀의 얼굴을 보고 싶은 마음이 굴뚝같았다. 그는 그녀의 어깨를 잡고 팔 길이만큼 간격을 두었다. "보고 싶었어요." 그가 말했다.

"나 어디 가지 않았잖아요."

그녀는 웃고 있을까? 예전에 그랬던 것처럼 고개를 숙이고 있을까? 머리칼이 눈을 덮고 있을까? 그는 천천히 그녀의 어깨를 놓았다. 이것이 나트륨과 물이어야 했다. 그는 지금 그녀에게 입을 맞추어야 했다. 그는 클레어 매너스와 그녀의 감질나던 육신을 떠올렸다. 또다시 그런 상황이 벌어질 수 있을까? 화학 반응이 실패할 수 있을까?

"잘 지냈어요?" 그가 물었다. "우리 둘이 제대로 대화를 나눌 기회가 없었잖아요…… 그러니까…… 언제 이후였나 하면……"

"알아요."

"나 보고 싶었어요?"

"그걸 물어봐야 알아요?"

그게 무슨 뜻일까? "물어봐야겠어요. 알아야겠어요, 폴리. 그때……
내 생각했어요?"

"당연하죠."

"당신이 힘들다는 거 알아요." 그가 말했다. "앨빈 때문에 힘들어한다는 거 알아요." 그녀의 숨소리가 들리고 그의 얼굴에 닿는 그녀의 숨결이 느껴졌다.

"원하는 게 뭐예요, 조?"

그가 원하는 게 뭐였을까? 당신요. 그는 이렇게 말할 수 있었다. 당신의 체온을 옆에서 느끼고 싶어요. 당신의 얼굴을 내 손안에 담고 싶어요. 당신 곁에 눕고 싶어요. 날마다 눈을 떴을 때 내 베개를 베고 있는 당신의 얼굴을 보고 싶어요. "키스해도 될까요?" 그는 이렇게 속삭이는 순간, 그의 목소리가 묘지 밖으로 실려 가서 귀를 쫑긋 세우고 기다리는 호사가들에게 전해지는 건 아닐지 문득 두려워졌다.

그녀는 대답 대신 그를 향해 몸을 기울였다. 그의 얼굴을 스치는 그녀의 얼굴이 느껴졌다. 그녀는 그의 뺨에 살짝 입을 맞추고 몸을 뒤로 뺐다. "나를 다시 데려다줘요."

하지만 그는 입맞춤을 유혹으로 해석했기에 그녀를 가까이 끌어당겼다.

"안 돼요." 그녀가 말하자 그는 손을 놓았다. "나를 다시 데려다줘요."

그들은 무덤 사이를 조심조심 걸었다. "미안해요." 조가 말했다. "그럴 생각은 없었는데……" 그럼 무슨 생각을 했던 걸까? 정직하게 말문을 맺을 방법이 없었다.

"괜찮아요." 그녀가 말했다. 교회 창문에서 희미한 촛불이 비쳤다. "다른 여자를 찾아요, 조." 그녀는 손을 뻗어서 그의 뺨을 건드렸다. 그는 얼굴을 돌려서 그녀의 손길을 느꼈다.

"다른 여자는 없어요."

"다른 여자가 있지 왜 없어요." 그녀는 손을 거두었다.

그는 고개를 저었다. "천 명이 있대도 소용없어요."

"천 명은 필요 없어요, 조. 딱 한 명만 있으면 돼요. 그 여자를 아직 찾지 못한 거예요."

"찾은 줄 알았는데."

그들은 나란히 서서 아무 말도 하지 않았다. 조는 터질 것 같은 심장이 느껴졌다. "그런 소리 들으니까 무서워진다." 클레어 매너스는 그렇게 말했다. 그는 디멜자가 한 말을 자기도 모르게 곱씹고 있었다. 인간은 지그소 퍼즐이 아니거든. 그녀는 그렇게 말했다. 서로 꼭 들어맞지 않아.

"어디 가는 길이었어요?" 폴리가 물었다.

그는 어깨를 으쓱했다. "맬러리 박사님을 만나러 가려던 참이었어요."

"그럼 가요." 그녀는 희미한 불빛 아래에 잠깐 서서 그를 쳐다보았다. 그러다 몸을 돌려서 교회 안으로 다시 들어갔다.

31
총에 맞았나 봐

오늘은 배를 타고 나가고 싶은 기분이 아니었다. 그는 일어나서 찬물로 세수를 했다. 이제는 창고에 있는 식량으로 아침을 해결하지 않았다. 예전에는 그것이 **그의** 식량처럼 느껴졌지만, 그건 다른 규칙이 적용됐던 다른 시절의 이야기였다. 오늘 그의 아침은 우물물 한 모금으로 끝이었다.

요즘은 한기가 가실 줄 몰랐다. 인간은 너무 더워지면 요리를 하기 시작하지. 미켈 파파라면 그렇게 얘기했을 것이다. 요리를 시작하면 말랑말랑해지고. 종탑은 살이 에일 듯이 추웠지만 맬러리의 집도 춥기는 마찬가지였다. 어느 집이건 땔감으로 쓸 나무가 없었다. 땔감은 전부 다 요리에 써야 했다. 그래서 그는 티셔츠, 셔츠, 스웨터, 더플코트, 털모자를 동원해서 최대한 따뜻하게 몸을 감쌌다.

부둣가에는 아무도 없었다. *그가 온갖 두려움을 안은 채 차를 몰고 맨 처음 도착했던 그날 아침 같았다.* 하지만 그때는 물이 더 따뜻했고 바람도 더 포근했다. 그는 코트에 달린 모자를 썼다. 오늘은 아무 계획이 없었다. *다른 여자를 찾아요, 조. 다른 여자를 찾아요.*

바위 사이 웅덩이에서 물고기를 찾을 수 있을지 몰랐다. 제러미와 케니는 몇 마리 찾는 눈치였다. 그는 주머니 깊숙이 손을 넣고 방파제 끝까지 걸어가서 곶 쪽으로 돌았다. 여기서 그 모든 게 시작됐다는 생각이 들었다. 여기가 바로 그 해변이었다.

그는 이제 혼자가 아니었다. 호리호리한 누군가가 물가의 바위 사이를 휙휙 날아다니고 있었다. 경찰관 모자를 쓰고 캔버스 외투를 입은 케니일 수밖에 없었다. "안녕하세요!" 조는 인사를 하려고 팔을 들었지만 케니는 다른 데 정신이 팔려 있었다. 바다만 쳐다보고 있었다. 못에 박힌 사람처럼 가만히 서 있다가 몸을 돌리더니 바위를 타고 올라가서 밀려들어와 부딪치는 파도를 높은 데서 바라보았다.

"안녕하세요!" 조가 외쳤다.

고개를 돌린 케니가 그를 보더니 손짓했다. "이리 와봐. 얼른."

조는 슬슬 걷기 시작했다.

"얼른!"

그는 잽싸게 달려갔다.

"저걸 봐." 케니는 물속의 시커먼 그림자를 가리켰다. "그 고래야."

조는 바위를 기어 올라가서 그의 옆에 섰다. "무슨 일로 여길 다시 찾아왔을까요?"

"누가 알겠어."

고래는 어딘지 모르게 이상했다. 거의 움직이질 않았다. 버둥거린다고 해야 할까, 파도에 몸을 맡긴 채 이리저리 하릴없이 흔들릴 따름이었다. "왜 저러는 걸까?" 그 거대한 짐승은 혼수상태인 것처럼 보였다. 어쩌면 잠이 든 것처럼 보였다. "고래들도 잠을 자나?"

"글쎄요."

"피를 흘리고 있어." 케니가 말했다. 고래 주변의 바닷물이 번들거리는 갈색으로 소용돌이치고 있었다. "저거 아무래도 피 같은데."

"맙소사……"

"총에 맞았나 봐."

"총에요?"

"저걸 봐." 케니는 고래의 길쭉한 머리를 가리켰다. 정수리와 한쪽 면에 열댓 개의 새로운 상처가 드문드문 박혀 있는 것처럼 보였다. 그게 탄흔일까? "누군가가 엽총으로 쏴서 잡으려고 했던 거야." 그가 말했다.

"불과 며칠 전에 만났는데." 조가 말했다. "만에서요. 누가 그런 짓을 했을까요?"

"누구든 될 수 있지. 30킬로미터는 헤엄쳐서 왔겠네. 지금 저기 나가 있는 배가 100척은 될 텐데 그중에서 아무라도 쏠 수 있었겠지. 하지만 고래는 잠수해서 도망쳤을 거야. 그리고 눈을 감으러 여기로 돌아온 거지."

그의 설명이 왠지 그럴듯하게 느껴졌다. 어쩌면 고래는 그 못지않게 이 모래사장에 애착을 느꼈을지 모른다. "우리가 자기를 다시 살려줄 거라고 생각하나 봐."

"그럴지도 모르죠."

들이닥친 파도가 조약돌 쪽으로 고래를 밀었다. "다시 뭍으로 올라오게 생겼네."

"그러게요. 파도는 어때요?"

"며칠 내내 그랬던 것처럼 높아."

또다시 파도가 치자 고래는 기다란 손가락처럼 생긴 두 바위 사이에 끼었다. 그 자리에 서서 지켜보던 두 남자는 짐승의 아래에 고여 있던 바닷물이 빨려 나가자 무력감을 느꼈다. 전처럼 주변으로 모래사장과 조약돌이 널따랗게 펼쳐지지 않았다. 이번에는 고래가 복잡하게 얽힌 바위 사이에 끼어버렸다.

"저기에서는 꺼내줄 방법이 없는데."

"100명을 동원해도 저기에서는 꺼내줄 방법이 없죠." 두 남자는 바위 쪽으로 다가갔고 해변의 채집꾼은 조의 팔에 손을 얹었다. "아무래도 죽은 것 같아." 그가 조심스럽게 말했다.

정말 그랬다. 고래의 몸은 광택을 잃은 듯했다. 예전에는 배를 대고 누워 있었는데 이번에는 바위 속으로 고개를 묻고 배를 드러내고 있었다. 네 번째 시나리오로군. 조는 이런 생각이 들었다. 이 고래는 이제 돌아갈 방법이 없었다. 심지어 피도 멎은 듯했다. 주요 장기에 양분을 공급하던 연결 통로들이 작동을 멈춘 것이었다. 수천억 개의 세포들이 산소를 달라며 울부짖고 있겠지만 가망 없는 이야기였다.

"토막을 내야겠어." 케니가 말했다.

"꼭 그래야 할까요?"

"달리 방법이 없잖아? 여기 이대로 놔두면 서서히 썩어서 온 마을에 냄새가 진동할 텐데."

"그렇겠네요." 하지만 두 남자 모두 꼼짝하지 않았다. 조에게 있어서 이것은 인생의 한 장이 막을 내린 것과 같았다. 이 고래가 그를 살려서 등에 태우고 스스로 파도를 일으켜서 뭍으로 떠밀었다. 그런 다음에는 거꾸로 그가 고래를 살렸다. 온 마을 사람들을 동원해서 다 같이 힘을 모아 바다로 되돌려 보냈다. 그런데 이제는 공포를 상징하는 거대한 표본이라도 되는 양 번들거리고 쭈글쭈글한 시체로 변해서 이곳으로 이렇게 돌아왔다. 고래는 두 사람이 지켜보는 가운데 바위 사이에 잠복한 자세 그대로 가라앉았고, 초점이 맞지 않는 눈으로 조를 쳐다보았다. 그러다 단호하게 종지부를 찍으며 눈을 감았고 더 이상 꼼짝하지 않았다.

"제가 가서 사람들을 불러올게요." 조가 말했다. "아저씨는 여기 계세요."

지난번에는 곳을 질주하며 아무나 보이는 대로 불러 모았다. 그 당시에는 모두가 처음 보는 사람들이었다. 이번에는 바닷가 오솔길을 터벅터벅 걸었다. 항구에는 아무도 없었다. 광장에도 아무도 없었다. 그는 절벽 길이 시작되는 디딤 계단을 향해 피시 가를 걸었다. 도로 끝에서 세 사람이 대화를 나누고 있었다. 그중 한 명은 그도 아는 피터 쇼니시였다. 도움을 청하기에 딱 알맞은 상대였는데 나머지 두 명은 누구일까?

"피터!" 그는 큰 소리로 불렀다.

거구의 어부는 돌아보더니 그를 따라서 손을 흔들었다. 그와 대화를 나누던 커플은 불안해했다. 젊은 남자와 젊은 여자인데 조는 처음 보는 얼굴이었다. 피터가 그들에게 어떤 꾸러미를 건넸다. 젊은 남자는 꾸러미를 낚아채더니 겨드랑이춤에 단단히 챙겼다. "금방 갈게." 피터가 조를 향해 외쳤다. 그가 손짓하자 젊은 커플은 필요 이상으로 허둥거리며 몸을 돌려서 절벽 길을 되짚어 올라갔다.

"누구예요?"

피터는 멋쩍어했다. "트레드에인절에 사는 부부." 그가 말했다. "절벽을 따라서 건너왔더라고."

"왜 왔대요?"

피터는 어깨를 으쓱했다. "왜 왔겠어? 먹을거리를 구하러 온 거지. 저 사람들이 그러는데 트레드에인절에서는 3주 전에 먹을거리가 바닥났대."

조는 그게 무슨 소리인지 이해해보려고 애를 썼다. "그럼 그동안 뭘 먹었대요?"

"뭐든 닥치는 대로 먹었대. 갈매기도 잡아먹고 바위에서 낚시도 하고 도토리도 삶아 먹고……"

"맙소사!" 조는 칼에 찔린 듯 마음이 아팠다. 그에 비하면 세인트피란에서의 생활은 수월한 축에 속했다. 갈매기를 잡아먹다니. "그래서 뭘 줬어요?"

피터는 시선을 피했다. "뭘 줄 수가 있어야 말이지. 우리한테 있는 얼마 되지도 않는 걸 나눠주기 시작하면 어떻게 되겠어? 트레드에인절뿐만이 아니잖아. 펜전스는 어쩌라고. 트루로는 또 어쩌고. 우리가 잡은 물고기를 트레드에인절하고 나눠 먹으면 그쪽하고도 나눠 먹어야 하잖아. 브리스틀이나 런던하고도 나눠 먹어야 하고."

"그래서 아무것도 주지 않았어요?"

피터는 이쪽 발에서 저쪽 발로 살짝 체중을 옮겼다. "바닷가재를 두어 마리 줬을 수는 있어."

"바닷가재요?"

"그리고 농어도. 작은 놈으로."

"그리고요?"

"게 대여섯 마리."

조는 어부의 어깨에 손을 얹었다. "피터 쇼니시, 당신은 착한 사람이에요."

"오늘 저녁 먹는 자리에서 아무한테도 얘기 안 할 거지?"

"트레드에인절로 돌아가면 저 사람들이 얘기하겠죠." 어떤 생각 하나가 떠올랐다. "트레드에인절은 인구가 얼마나 돼요?"

피터는 고개를 저었다. "모르겠는데. 1천 명쯤 되려나?" 그는 같이 알아맞혀보자는 듯이 조의 얼굴을 쳐다보았다. "5천 명쯤 되려나?"

조는 트레드에인절에서 온 부부가 걸어가고 있는 절벽 길 쪽으로 고개를 돌렸다. "잠깐만요!" 그가 외쳤다. "잠깐만요!"

"왜 그래?" 피터가 따져 물었다. "설마 창고에 있는 식량을 주려는 건 아니지?"

"그건 아니에요. 창고는 아니에요. 잠깐만요!"

트레드에인절에서 온 남자가 고개를 돌리고 어디에서 들리는 소리인지 살폈다.

조는 미친 듯이 손을 저었다. "따라와요." 그는 피터에게 말하고 달렸다.

그들 부부는 야위어 보였다. 여자의 입 주변에 반짝이는 무언가가 묻어 있었다. 생선 비늘이었다. 피터에게 받은 생선을 날것 그대로 먹고 있었던 것이다.

"잠깐만요!" 조는 그들에게 달려가 손을 내밀었다. "저는 조라고 합니다."

그들 부부는 경계하는 눈빛으로 그의 손을 빤히 쳐다보았다. "우리는 먹을거리를 찾으러 온 거예요." 여자가 말했다. "그뿐이에요. 원하시면 교환도 가능해요."

"일을 할게요." 남자가 제안했다. "뱃일을 할게요. 아니면 밭일을요."

"우리 마을에 식량이 있어요." 조가 말했다.

젊은 남자는 피터 쪽을 흘끗 쳐다봤다. "저분은 없다고 하던데요."

"아, 저분이 전부 아는 건 아니니까요. 우리 마을에 **정말로** 식량이 있어요. 그래서…… 제안을 하나 하고 싶은데요."

"뭐든 말만 하세요. 뭐든 할게요." 남자는 팔을 뻗어서 조가 내민 손을 잡았다.

"트레드에인절에 아직도 독감 환자가 있나요?"

여자가 고개를 저었다. "4~5주 동안 없었어요."

"다행이네요." 조는 살짝 숨이 찼다. "내일 정오에 트레드에인절 주민을 전부 여기로 데리고 와줄래요?"

남자는 눈썹을 추켜세웠다. "전부요?"

"네. 전부요. 남녀노소 모두요. 우리가 진수성찬을 대접할게요."

그들 부부는 그의 미소에 못 미더워하는 표정으로 화답했다. "진수

성찬요?"

"그 비슷한 거요. 네."

"의도가 뭐예요?"

"의도 같은 거 없어요. 내일이 크리스마스잖아요. 세인트피란이 이웃에게 베푸는 선물이라고 생각해요."

그래도 남자는 미심쩍어하는 얼굴이었다. "대가로 바라는 게 뭔데요?"

"없어요. 그냥 정오에 여기로 와줘요. 교회로요. 주민들을 전부 데려오세요. 걸을 수만 있다면 아무나요. 칼, 포크, 접시, 숟가락, 머그잔을 들고 오세요. 남는 게 있을지 모르니까 바구니도 들고 오고요."

"남는 거라고요?" 트레드에인절 아가씨의 표정이 미소에서 흐느낌으로 바뀌었다. "지금 장난치는 거 아니죠?" 눈물에 묻혀서 뭐라고 하는지 잘 들리지 않았다.

조는 그녀의 손을 잡았다. 차가웠다. "장난치는 거 아니에요. 식사를 대접할게요. 크리스마스 칠면조나 민스파이*는 아니지만 다 같이 먹을 수 있어요."

"뭐 하는 거야?" 두 손님이 멀어지자 피터가 나지막이 물었다. "정신 나갔어?"

"완벽하게 제정신이에요." 조는 말했다. "아까 당신이 저 부부한테 생선과 바닷가재를 주었을 때만큼 완벽하게 제정신이에요. 나를 믿어줘요. 고마워요, 피터. 이제 나랑 같이 가줘야겠어요."

---

* 간 고기를 넣어서 만든 파이. 특히 영국에서 크리스마스에 먹는 음식이다.

32

상륙 승인 요청

그들은 크리스마스 아침에 종을 쳤다. 조와 앨빈은 한참 동안 종탑을 폐쇄했던 안전 감독관들의 걱정에도 아랑곳하지 않고 콘월 전역에 울리겠다 싶을 때까지 밧줄을 당겼다.

"트레드에인절에서도 들리겠죠." 앨빈이 말했다.

"그랬으면 좋겠네요."

바닷가에서는 고래 해체 작업이 한창이었다. 스물네댓 명의 사람들이 피터 쇼니시의 지휘 아래 움직이고 있었다. 칼, 톱, 도끼, 심지어 전기톱까지 동원됐다. 대니얼과 새뮤얼 로빈스도 상자와 통을 들고 나왔다.

"뭐 하나라도 허투루 버리면 안 돼요." 피터가 외쳤다. "지방이랑 기름은 통에 담고 살은 상자에 담아요. 전부 쓸 수 있으니까."

이제는 썰물이 져서 고래와 바다의 거리가 한참 됐다. 피터의 독려에도 불구하고 해변은 이미 피와 기름 범벅의 납골당으로 변했다. 조약돌은 기름 때문에 미끄러웠고 핏물과 고래 껍질과 살점들이 바다까지 끈적끈적하게 이어졌다. 조는 길가에 멀찌감치 떨어져서 지켜보았다. 이건 그의 고래였다. 그의 고래가 그가 보는 앞에서 해체되고 있었다.

"내 평생 이런 동물을 잡아보긴 처음이네." 론 맥위스가 그에게 말했다. "지방이 어찌나 질긴지 칼날이 나갈 정도야. 근육은 워낙 촘촘해서 칼이 들어가질 않고……"

"그래도 먹을 수는 있겠죠?" 조가 물었다.

"맛이 끔찍할 텐데."

"맛은 상관없어요." 조는 날생선을 우적거리던 트레드에인절의 아가씨를 떠올렸다. "독만 없으면 돼요."

"얼마 전에 죽은 거니까." 론이 말했다. "하루 정도는 안전할 거야."

"다행이네요."

교회에서는 벌써 요리가 시작됐다. 가죽 앞치마를 두른 로머 앤더슨이 진두지휘를 맡았다. 불이 이글거렸고 연기가 묘지 위로 낮게 깔렸고 고기 굽는 냄새가 길가로 번졌다.

"조, 창고에서 뭘 꺼내서 쓸 수 있어요?" 로머는 그가 보이자 큰 소리로 이렇게 물었다.

"아무거나요." 그는 대답했다. "전부 돼요. 크리스마스잖아요. 필요한 건 뭐든 꺼내서 쓰세요."

그들은 호랑가시나무 가지로 화환을 엮어서 교회를 장식했다. 다락과 차고에서 잠자고 있던 장식용품 상자를 열어서 반짝이 줄을 나무 사이에 걸었다.

"명절 분위기 나지 않아요?" 마서는 이렇게 물으며 조에게 다가가서 한쪽 팔로 감싸 안았다. "세인트피란의 아이들을 전부 동원해서 장식을 걸게 하고 있어요. 트레드에인절 주민들이 도착하면 여기가 어딘가 할 거예요. 우리도 마찬가지고요."

교회 안에서는 앨빈 호킹이 진두지휘를 맡은 듯했다. 이러니저러니 해도 교회는 그의 공간이었다. 그가 테이블을 이렇게 저렇게 배치하라고 지시를 내리고 있었다. 폴리는 접의 의자를 설치하고 있었다. 그녀는 조의 시선을 피했다.

아일린 맥위스가 피아노로 크리스마스 캐럴을 치고 있었다. 조가 등장하자 그녀는 연주를 멈추고 찔리는 얼굴로 그를 올려다보았다. "이러고 있으면 안 되는데." 그녀는 미안해했다. "파티 준비를 도와야 하는데."

"아일린, 지금 돕고 있잖아요." 조가 말했다. "가장 잘할 수 있는 일을 하고 있잖아요. 제발 계속 들려줘요."

"진심이에요?"

"이보다 더 진심인 적은 없었네요."

베비스 맥위스가 우유통과 잡은 소를 트랙터에 싣고 교회로 몰고 왔다. 바비큐와 오븐을 맡은 사람들이 그를 도와서 짐을 부렸다. 남자아이들은 고래 고기를 손수레에 싣고 끙끙거리며 언덕을 올라왔다. 존과 루시 서로굿은 통에 든 사과술을 대형 그릇에 따랐다. "와서 맛

좀 봐요." 존이 외쳤다. 그는 지나가던 조를 붙잡고 국자를 내밀었다.

"고맙습니다." 조는 국자를 받아들었다. "나쁘지 않은데요?"

"몇 주 더 묵혔더라면 좋았을 텐데." 존이 말했다. "그래도 계피랑 정향을 넣어서 데우고 있어. 데운 사과술이 될 거야."

이 마을 주민들은 그런 식의 가내 수공업을 접한 적이 있을까? 크리스마스 아침에 이보다 더 즐거워하는 표정들을 본 적이 있을까? 조는 교회 밖으로 나가서 신선하고 상쾌한 공기를 한껏 들이마셨다. 날씨가 완벽했다. 조금 추울지 몰라도 그래서 크리스마스였다.

"트레드에인절 사람들이 와주었으면 좋겠는데." 디멜자가 말했다. 그녀는 아미나타와 바틀 자매를 도와서 조개를 까고 생선 뼈를 바르고 있었다.

"분명 올 거예요." 조가 대답했다.

"벌써 손님들이 오신 것 같은데요?" 아미나타가 이렇게 말하며 항구 쪽을 가리켰다. "배 세 척이 들어오고 있어요. 아니, 한 척이네요."

다들 그녀가 가리키는 방향으로 시선을 돌렸다. 과연 돛을 전부 올린 배 한 척이 항구로 다가오는 듯했다.

"우라지게 휘황찬란한 요트인데?" 제러미가 말했다. "아무라도 가서 누군지 확인해봐."

"트레드에인절에서 온 사람들일 수도 있죠." 아미나타가 말했다.

"설마. 트레드에인절은 내륙이잖아. 펜전스에서 온 사람들 아닐까?"

"제가 가볼게요." 조가 말했다. "제러미, 같이 안 갈래요? 우리 편인지 확인해야죠."

두 사람은 피시 가를 따라 항구로 걸어 내려갔다. 에이블 오셔 항만 관리소장이 벌써 케이시 럼버를 데리고 부둣가에서 대기하고 있었다.

"누구예요?" 조가 그들에게 물었다.

"모르는 사람들이에요." 케이시가 말했다. 그는 망원경으로 배를 관찰하고 있었다. "풀 지역에서 등록된 배인 것 같은데요. 쌍동선이에요. 요트치고 엄청 커요. 10미터는 되겠어요."

"12미터야." 항만 관리소장이 말했다. "흘수*가 1.5미터거든."

"입항할 수 있을까요?"

"파도가 워낙 높아서 아슬아슬하겠어요."

그들은 그 자리에 서서 점점 가까이 다가오는 배를 바라보았다. 돛이 내려졌고 갑판 위에서 누군가가 펜더를 던졌다. 모터의 힘을 빌려서 방파제를 향해 조금씩 움직였다. 이제 선상에 서 있는 세 사람이 보였다.

"상륙 승인 요청합니다." 어떤 남자가 외쳤다.

"독감 환자 없죠?" 조가 마주 외쳤다.

"없어요. 그쪽은요?"

"우리도 없어요."

"아무도 우리 마을에 들어오지 못하게 하고 있잖아." 오서가 말했다. "북스 박사님이 그러라고 하지 않았나."

"박사님이 제대로 판단하신 거죠." 조가 말했다. "하지만 크리스마스잖아요."

"여기 대세요." 케이시가 계류장을 가리켰다.

---

* 배가 물 위에 떠 있을 때 물에 잠기는 부분의 깊이.

쌍동선은 방파제를 지나서 수면이 잔잔한 부두로 진입했다. 선미가 선창에 닿도록 선장이 조심스럽게 방향을 돌렸다. 아직 십 대로 보이는 곱슬머리가 심한 여자아이가 선상에서 밧줄을 던지자 케이시가 잽싸게 받았다. 그가 밧줄을 기둥에 단단히 묶었다. 좀 전의 여자아이보다 한 세대 위인 제2의 여자가 건널 판자를 설치했다.

"세인트피란에 오신 것을 환영합니다." 조가 말했다. "메리 크리스마스." 그는 여자아이가 판자를 건너다 넘어지지 않도록 팔을 대주었다.

"마른 땅을 다시 밟으니까 얼마나 기분이 좋은지 아저씨는 모르실 거예요." 아이는 조의 손을 잡고 따뜻하게 악수를 했다. 그러고는 물보라를 털어내기라도 하려는 듯이 곱슬머리를 흔들었다. "몇 달 동안 바다에서 지냈거든요. 할아버지가 절대 육지 근처에 가지 못하게 하셔서."

"현명한 할아버지를 두었네." 조가 말했다. "하지만 여기는 아주 안전해. 크리스마스 파티를 열 건데 올래?"

여자아이는 좋아서 비명을 지르더니 어깨 너머를 돌아보며 외쳤다. "엄마, 방금 전에 그 얘기 들었어요? 크리스마스 저녁 식사에 우리를 초대한대요."

"칠면조는 없을 거야." 조가 말했다.

"생선이랑 렌틸콩만 아니면 상관없어요."

조는 얼굴을 찡그렸다. "생선이랑 렌틸콩도 나올 텐데."

"그래도 육지잖아요. 육지에서 먹으면 전혀 다를 거예요. 그나저나 제 이름은 캐시예요."

"캐시라고?"

"그리고 저희가 도움을 좀 받을 수 있을까요? 조 학이라는 분을 찾고 있거든요."

33
나이 많은 유대인 은행장의 의견

안에 아무도 없는데도 페트럴 출입문은 열려 있었다. 조와 코프먼 가족은 한때 그가 사무실이라고 불렀던 창가 테이블에 둘러앉았다. "대접할 만한 음료가 없네요." 그가 말했다.

그래도 상관없었다.

요트에는 네 사람이 타고 있었다. 캐시, 그녀의 부모인 톰과 케이트, 그리고 톰의 아버지인 루. 루 코프먼이 조심스럽게 판자를 건너는 동안 조가 붙잡아주었고 그가 무사히 상륙하자 둘은 끌어안았다.

이제 루는 페트럴에 편안하게 자리를 잡고 앉아서 조에게 그간의 이야기를 들려주었다. 그는 보유한 요트들을 풀 인근 샌드뱅크스의 정박지에 매어놓았는데 타고 온 쌍동선도 그 가운데 한 척이었다. 크기는 가장 작았지만 물 위에서 가장 안정적일 것 같아서 고른 배였다. 그는 캐시―컴퓨터 프로그램 말이다―가 예측을 쏟아낸 직후에 장기 항해 채비를 갖추기 시작했다. 요트에 **카산드라의 꿈**이라는 이름을 지어서 붙였다. 선내 찬장을 식료품과 식수로 가득 채웠고 독감의 끔찍한 행보가 시작되자 온 가족이 샌드뱅크스의 집을 떠나서 바다로 나섰다. 그들이 향한 곳은 아조레스 제도였다. 테르세이라 섬의 앙그라 두에루이스무에 코프먼의 집이 있었다. 대서양 한복판의 섬까지 가는 데 4주가 걸렸다. 거기까지 항해하기에 적합한 계절이 아니었지만 요트가 그런 조건에 걸맞았다. 대서양의 파도가 심했고 폭풍우도 몇 차례 닥쳤지만 바람이 풍력 4보다 세게 분 적은 없었다. 그들은 적절한 시점에 아조레스 제도의 상미겔에 상륙하려고 했다. 하지만 그 섬에 격리 조치를 내린 포르투갈 당국에서 상륙은커녕 배도 대지 못하게 했다. 계속 뱃길을 달린 그들이 상미겔에서 테르세이라까지 가는 데 이틀이 걸렸다. 앙그라의 대피 정박지는 요트들로 가득했다. 유럽 대륙에서 아조레스 제도로 피신한 배가 카산드라의 꿈 말고도 많았다. 여기서도 항만 관리소가 상륙을 불허했지만 보트들끼리 서로 밧줄로 연결할 수는 있게 했다. 망망대해의 잔인한 파도에 대비한 일종의 자구책이었다. 앙그라가 제한적이나마 호의를 베푼 덕분에 서로 뒤엉킨 표류 화물처럼 물 위에 떠 있는 대부대의 소형 선박 묶음이 탄생했다. 부둣가에서 누가 가장 가까이에 있는 배로 식수통을 던져주면 사슬을 타고 신입에게 전달됐다. 카산드라의 꿈은 열두 척이 연결된 선단의 맨 끝이었다. 그들은 그곳에 머물며 최악의 날씨를 피할 수 있었지만 부두에 배를 대거나 뭍으로 나갈 수는 없었다. 며칠이 지나자 항만 관리소가 누그러들었다. 소함대의 많은 구성원들이 바닷가에서 수영을 하는 식으로 격리 조치를 무시했고 이제는 아무도 걱정할 이유가 없어 보였다. 요트에서 해방된 코프먼 가족은 바이아두모르가도가 내려다보이는 아늑한 별장으로 거처를 옮겼다.

"그런데 왜 귀국을 하신 거예요?" 조가 물었다.

"소식을 들었거든." 코프먼이 말했다.

"무슨 소식요?"

카산드라의 꿈에는 원양선에 어울림직한 회선 감지 장치가 있었다. 톰과 케이트가 항해에 전념하는 동안 루는 갑판 밑에서 단파 수신기를 만졌다. 피터 쇼니시의 아마추어 무전기하고는 차원이 달랐다. 기네스 맥주가 다 떨어졌다고 슬퍼하는 언덕 꼭대기의 아일랜드 남자들과 대화를 나누는 것은 루 코프먼의 취향이 아니었다. 그의 접촉 상대는 정부의 핵심 인사였다. "토비 몰팅스와 날마다 연락을 주고받았지." 그가 말했다. "내무부의 토비 몰팅스 말이야."

"이 나라에 **여전히** 내무부가 존재하나요?" 조가 물었다.

"아이쿠, 이 친구야, 그렇다마다. 무슨 상상을 한 게야? 사소한 위기가 닥쳤다고 한 나라 정부가 증발해버릴 줄 알았나?"

"사소한 위기라뇨. 아조레스에서는 사소한 위기처럼 느껴졌을 수도 있겠네요. 하지만 예전에 사장님이 말씀하시길 이건 전쟁이라고……"

"맞아. 전쟁 맞지. 나는 지금 **코브라** 얘길 하고 있는 거야."

"코브라요?"

"우리 정부의 비상대책위원회 말이지. 그들은 아주 오래전부터 이와 같은 만일의 사태에 대비하고 있었다네. 조. 인도네시아 반다르람풍에서 독감으로 첫 번째 희생자가 숨지기 훨씬 전부터, 걸프 만에서 총격전이 벌어지기 훨씬 전부터 전부 준비하고 있었지. 나로 말할 것 같으면 이 위기 상황이 벌어지기 전에 기여한 부분이 있었기 때문에 지속적으로 정보를 제공받을 수 있었던 거라네."

"사장님이 정부에 기여하신 부분이 있었다고요? 어떤 일을 하셨는데요?" 레인 코프먼 건물 12층이었다면 절대 물어보지 못했을 질문이었다. 하지만 여기 이 페트럴의 테이블에서는 그에게 힘이 실리는 듯한 느낌이었다.

노신사는 눈을 반짝였다. "뭐, 사실 **내가** 기여한 건 아니었어. 하지만 자네도 알면서 물은 거겠지?"

조는 진심으로 어리둥절해서 고개를 저었다. 그렇게 생기 넘치는 코프먼의 모습은, 그렇게 정정한 코프먼의 모습은 처음이었다. 3개월 동안 바다에서 지내면서 얼굴 주름이 많이 펴진 듯했다.

"어이, 자네도 한번 생각해봐. 코브라에서 나이 많은 유대인 은행장의 의견에 뭐하러 관심을 보이겠나? 나는 30년 동안 정부 고문으로 활약했지만 아주 하찮은 수준이었어. 1년에 한두 번 정도 재무부 워크숍에 초대되어 붕괴에 대비해서 금융업계를 보호하는 방법에 대해 대화를 나누는 식이었지. 물론 그 정도도 아주 영광이기는 했지만 과연 누가 내 의견에 귀를 기울였을까 싶어. 그러다 작년에 모든 게 달라졌다네. 우리가 갑자기 저들이 원하는 걸 보유하게 된 거야. 아니, 저들이 원하는 **인물**을 보유하게 되었다고 할까?" 은행장은 눈을 번뜩였다. "그리고 그 인물은 내가 아니었어, 조 학. **자네였지.**"

"저였다고요?" 조는 어지러워지기 시작했다.

"당연하지. 지난봄에 내가 그들에게 캐시를 보여줬거든. 그들의 반응을 자네도 봤어야 하는 건데! 시연을 시작한 지 30분 만에 내무부 장관이 직접 확인하기 위해 내려왔고, 내각처 장관과 국방부 장관에게 보여주느라 일정까지 조율해야 했거든." 코프먼은 몸을 앞으로 숙였다. "캐시는 이 모든 걸 예견했어."

"저도 압니다." 조가 말했다.

"자네는 그 예언이 틀렸을 거라고 생각했지. 나도 처음에는 그랬다네. 하지만 예언은 틀리지 않았어. 프랜시스 골턴의 황소였지. 이 사태를 예견한 사람은 없었지만 1천 명의 의견과 1만 명의 예측, 그리고 자네가 그린 의존 관계 지도를 종합하자 이보다 더 선명할 수 없는 그림이 탄생한 걸세. 우리가 코브라에 맨 처음 캐시를 소개하고 닷새 만에 코드 레드 경보가 발령됐다네."

조는 이 모든 정보를 흡수하려고 애쓰는 중이었다. "정부에서 캐시를 활용해서 대책을 마련했다고요?"

"그렇다니까. 캐시는 공급망이 어떤 식으로 하나씩 차례대로 무너질지 깨닫게 해주었지. 한 산업이 다른 산업에 어떤 식으로 좌우되는지도 보여주었고. 석유, 교통, 전력, 식수…… 모든 패를 정확한 위치에 놓아가며 도미노를 쌓는 것과 같았어. 사태를 파악하자 우리는 계획을 세울 수 있었지."

"그런데 무슨 소식을 듣고 귀국길에 오르신 겁니까?"

코프먼이 말했다. "다 끝났거든." 그는 펼친 손바닥을 내밀었다.

"끝났다고요?"

"여기 이 남단에서는 그렇게 느껴지지 않을지 몰라도 사실이야. 불이 다시 들어오고 있다네. 런던에서는 2주 전부터 전력이 공급되고 있어. 걸프 만의 위기도 끝나서 석유 수송이 재개되었다네. 며칠 있으면 1차 물량이 정유공장에 도착할 걸세." 코프먼은 의자에 기대고 앉아서 조를 보며 활짝 웃었다. "새로운 백신이 당장 개발될 거야. 그러면 분명 독감의 확산을 막을 수 있을 걸세."

"하지만 수천 명이 죽었을 텐데요?"

"수백만 명이 죽었을 거야. 어느 정도 시간이 지나야 피해 상황을 전체적으로 파악할 수 있을 걸세. 하지만 캐시가 예견한 최악의 시나리오하고는 한참 거리가 있지. 몇 주 전에 내 사무실에서 자네가 나에게 보여준 전망을 기억하나?"

조는 고개를 끄덕였다.

"캐시가 원래 예견한 바로는 붕괴되면 돌이킬 수 없을 거라고 했어. 내가 코브라에 보고한 것도 그런 내용이었지. 우리는 나무 블록으로 쌓은 탑이 바닥으로 무너지듯 한 방향으로 붕괴가 이루어질 거라고 생각했다네. 한번 무너지면 되돌릴 방법이 없을 거라고 말일세."

"그런데요?"

"캐시의 놀라운 점이 뭔가 하면 여러 가지 시나리오를 테스트할 수 있도록 만들어졌다는 거였어. 그게 아주 유용했지. 자네가 맨 처음 그 프로그램을 보여주었을 때 사우디아라비아와 이란의 관계 지수를 다양하게 입력했던 게 지금도 기억이 나는군. 그게 기발한 장치였다네. 캐시의 예측을 바탕으로 우리의 기본 전제를 수정할 수 있다는 뜻이었거든. 별 차이가 없는 경우도 있었어. 예컨대 석유 값이 달라지면 어떻게 될지 알아볼 수도 있었는데 이미 워낙 뛰어서 우리가 무슨 조치를 취하든 달라질 게 없더군. 그런데 어느 날, 위기 상황이 벌어지고 카산드라의 꿈이 아조레스까지 반쯤 갔을 때 내가 토비 몰팅스의 전화를 받았다네. 인간의 본성에 대한 기본 전제를 바꾸면 어떻게 되느냐고 묻더군.”

희미한 미소가 조의 만면으로 번지기 시작했다.

“나는 한번 바꿔보라고 했지. 굶주리고 절박해지면 이웃이 이웃의 적이 될 거라는 것이 우리의 기본 전제였거든. 우리는 통화가 마비되고 법과 질서가 무너져서 무정부 상태가 될 거라고 생각했다네. 그게 필연적인 결과처럼 느껴졌지.”

“세끼만 굶으면 무정부 상태가 된다는 거죠.” 조는 앵무새처럼 되뇌었다.

“그리고 무정부 상태가 방정식의 일부였어. 그래서 붕괴되면 돌이킬 수 없는 거였지. 사회가 무너지면 일꾼들이 회사로 복귀하겠나. 배송 기사들은 목숨을 걸고 연료를 배달할 리 없을 테고. 발전소 직원들은 발전기를 돌리려고 부상이나 습격의 위험을 무릅써가며 30킬로미터씩 걸어서 출근할 리 없을 테고. 이기주의라는 간단한 문제야. 네트워크가 무너지고, 신뢰가 추락하고, 화폐가 종잇장이 되어버리고. 그 밖의 다른 상황을 예상할 이유가 없었지. 이기주의가 경제의 가장 강력한 원동력이니까.”

조는 고개를 끄덕였다. “그럴지 모르죠.” 루 코프먼이 그랬던 것처럼 그의 눈에도 알고리즘이 보였다. 날개 없이 추락하는 그래프상의 빨간 선들이 보였다. 하지만 방정식을 흔들 수 있는 것이 인간이었다. “그게 가장 강력한 원동력일지 모르죠…… **경제**에서는요.”

하버 광장에서 시끄러운 목소리가 들렸다. 누군가가 그의 이름을 부르고 있었다. 케이시 림버와 맬러리 북스가 술집 안으로 들어왔다. "여기 있을 거라고 제가 그랬잖아요." 케이시가 하는 말이었다.

"조의 친구들이신가?" 술집을 가로질러 온 맬러리가 톰 코프먼에게 손을 내밀면서 물었다.

"네."

"그렇다면…… 세인트피란에 오신 것을 환영합니다." 맬러리는 코프먼 가족과 일일이 악수했다. "미안하지만 이 친구를 좀 데려가야겠어요." 그는 조를 돌아보았다. "어이, 이제 시작해야겠어. 손님들이 도착하고 있다고."

그들은 루 코프먼과 맬러리 북스가 잠시 숨을 고를 수 있도록 중간에 한두 번 쉬어가며 교회 정문까지 다 같이 자갈길이 깔린 언덕을 올라갔다. 세인트피란 주민들이 길 끝에 모여 있었다. 교회 종이 울리고 있었다. 교회 옆 디딤 계단에서부터 절벽 길이 해안선을 따라 구불구불 뱀처럼 이어졌다. 여기 서면 그 오솔길을 거의 1.5킬로미터 앞까지 볼 수 있었다. 그런데 분쟁을 피해 피난길에 오른 난민처럼 삼삼오오 가족끼리, 아이를 안고, 손을 잡고, 바구니와 가방을 들고 이 길을 걸어오는 사람들의 행렬이 계곡을 지나서 반대편까지 이어지고 있었다.

조와 코프먼 가족은 인파를 헤치고 디딤 계단으로 다가갔다. 마서 피시번과 학생들이 돌담 옆에 줄지어 서서 기다리고 있었다.

"오셨다!" 마서가 외치자 아이들이 "만세"를 외쳤다. 모여 있던 사람들까지 잇따라 환호성을 질렀다. "왜 이렇게 늦었어요. 아까부터 기다리고 있었는데." 마서가 조에게 말했다. "이제 시작할 수 있겠네요."

그녀는 아이들을 향해 고개를 끄덕였다. 뒷줄에서 클라리넷의 맑은 선율이 들렸고―음악에 재능이 있는 에밀리 호스미스의 솜씨였다―도입부 이후에 한 박자의 완벽한 정적이 흐른 뒤에 노래가 시작됐다.

"오 베들레헴 작은 골, 너 잠들었느냐."

전날 조와 만났던 부부가 트레드에인절 사람들의 행렬을 이끌고 있었다. 그들은 오랜 친구라도 되는 것처럼 조를 보고 끌어안았다.

"별들만 높이 빛나고 잠잠히 있으니……"

"세인트피란에 오신 것을 환영합니다." 조가 말했다. "메리 크리스마스."

"메리 크리스마스."

"저 놀라운 빛 지금 캄캄한 이 밤에……"

몇 주 동안 제대로 먹지 못해서 야윈 손님들이 문을 지나고 디딤 계단을 넘어서 쏟아져 들어오는데, 비탈길을 걸어오느라 핏기 없이 창백한 얼굴로 숨을 헐떡였다. 하지만 다들 미소를 머금고 있었다.

"온 하늘 두루 비춘 줄……"

성직복을 완벽하게 차려 입은 앨빈 호킹이 사람들 사이에서 귀신처럼 등장했다. 그가 조의 팔뚝에 손을 얹었다. "메리 크리스마스."

"……너 어찌 모르나."

"목사님도 메리 크리스마스."

"내가 인계받을까요?"

"그러시죠."

손님들의 행렬이 디딤 계단 뒤로 길게 이어지기 시작하자 목사는 교회 정문 앞에 서서 그들을 한 사람씩 끌어안았다. "주님의 축복이 함께하시길 바랍니다." 그가 따뜻하게 인사를 건넸다. "행복한 크리스마스 되세요. 세인트피란에 오신 것을 환영합니다."

때가 되자 폴리가 등장해서 슬그머니 그의 손을 잡았다. "손님들을 붙잡아두지 마요." 그녀가 속삭였다. "음식 준비가 끝났어요."

"그래야지. 그래야지."

묘지에서 장작불이 이글거리고 있었다. 고기 스튜를 받으려고 접시를 내민 사람들의 행렬이 점점 길어졌다.

"만백성 기뻐하여라. 하늘의 평화가……" 성가대의 노래가 이어졌다.

사람들이 접시와 숟가락을 들고 왁자지껄하게 묘지 곳곳으로 이동했다. 이윽고 교회와 묘지가 꽉 차자 인파가 길거리와 언덕 아래까지 점령했는데도 절벽 길을 올라와서 문을 넘어오는 행렬이 그칠 줄 몰랐다. 이번에는 힘겹게 걸어온 노인들이었다. "어서 오세요." 앨빈이 말했다. 이제는 더 이상 손님들을 일일이 안아주지 않았다. "행복한 크리스마스 되세요."

"행복한 크리스마스 되세요, 목사님."

"어진 왕 웬서슬러스가 스테파누스 축일에 내다보니……"

제러미 멜런이 인파를 뚫고 조와 코프먼 가족을 찾아왔다. "우리의 어진 왕 웬서슬러스가 저기 있네." 그는 이렇게 말하면서 조의 갈비뼈를 살짝 찌르고 호킹을 가리켰다. "필요한 사람들에게 크리스마스 선물을 베푸는 어진 왕이 말이야."

조는 그 말에 미소를 지었다. "잘하고 계신데요."

"그래도…… 보면 저 사람이 낸 아이디어 같잖아. 저 사람의 고래 같고."

"어느 누구의 고래도 아니었는걸요. 예전에는 제 고래라고 생각했지만 물론 그건 저의 착각이었죠. 야생동물이었으니까요. 살아 있었을 때 어느 누구의 소유도 아니었으니 지금도 어느 누구의 소유가 아니에요." 조는 제러미의 팔뚝에 손을 얹었다. "고래가 죽어서 슬퍼요. 자기가 있어야 할 저기 저곳에서 지금도 헤엄치고 다니면 좋을 텐데. 제 목숨을 구해준 적도 있었는데 말이에요."

"하지만 덕분에 이 많은 사람들이 배를 채울 수 있게 되었잖아."

"맞아요." 조는 자기도 모르게 바다 쪽을 내다보고 있었다. 시커먼 바위와 굽이치는 파도 사이에서 자신의 고래를 찾는 데 익숙해져 있었기 때문이다. "맞아요, 그렇죠."

그들은 루와 맬러리가 앉을 수 있는 야트막한 담벼락을 찾았고 한 사람씩 번갈아 줄을 서서 연회 음식을 받았다. 앤더슨과 맥위스 부부는 90리터들이 드럼통에서 수프를 푸고, 제시와 힉스 갑판장은 수북하게 밥과 콩을 담아주고, 채러티와 케이시와 케니와 바틀 자매는 국수와 파스타를 떠주고 있었다. 아미나타와 펜핼로 부부는 채소를 나누어주고 있었다.

"많이 남았어요." 조를 보고 베비스 맥위스가 말했다. "다들 한 접시씩 받고 나면 더 먹으라고 해요."

"고래 고기는 처음 먹어봐요." 캐시 코프먼이 말했다. 그녀는 숟가락을 들고 조금 망설이는 기미를 보였다.

"두 번 다시 먹을 일이 없길 바란다." 조가 말했다.

"쇠고기라고 생각해." 제러미가 말했다. "암소도 한 마리 통째로 넣어서 끓였거든."

"아무 생각도 하지 마." 맬러리 북스가 말했다. "그냥 배를 채운다고
생각해라."

디멜자 트레버릭도 수북한 접시를 들고 그들 옆으로 와서 합류했다.
"일품요리는 아니지." 그녀는 제러미 옆에 바짝 다가앉았다. "하지만
먹을 만해."

모두들 한 접시씩 받아서 먹는 데 두 시간이 넘게 걸렸지만 오후
중반이 되도록 요리는 계속됐다. 가마솥은 담당이 바뀌었다. 서로굿
과 무트 부부가 맥위스와 앤더슨 부부에게서 국자를 넘겨받았다. 쇼
니시와 로빈스 형제는 연회 내내 고래 고기를 바닷가에서 수레로 실
어 날랐다. 요리사들은 행렬이 다음 요리로 이동하는 속도에 맞게 후
닥닥 고기를 구워서 스튜에 넣었다. 남자아이들은 계속 땔감을 보충
했다. 따듯하게 데운 사과술과 블랙베리로 담근 와인이 쉴 새 없이
따라졌고, 묘비와 주목 위로 연기가 피어올랐고, 성가대는 계속 노래
를 불렀다.

"이제 좀 쉬자." 준비한 캐럴 레퍼토리를 처음부터 끝까지 세 번 반
복했을 때 마서가 드디어 선포했다. 하지만 이 무렵 라이벌 격인 트레
드에인절 성가대가 결성됐다. 남녀노소가 자리를 잡더니 〈12일간의
크리스마스〉를 부르기 시작했다.

조는 코프먼 가족들에게서 떨어져 나왔다. 폴리를 찾아 나선 거였는
데 그녀가 어디에 있는지 몰라도 교회 밖 군중들 사이에 있지는 않은
듯했다.

누군가가 그의 팔을 건드렸다. 트레드에인절에서 온 그 젊은 여자였

다. "저는 수재너라고 해요." 그녀가 말했다.

"저는 조라고 합니다."

"알아요. 어제 얘기했잖아요. 어떤 식으로 감사 인사를 드리면 좋을까요?" 눈에 핏발이 선 아이가 수재너의 허리춤에 앉아 있었다. 그녀는 이렇게 말을 하면서 아이를 와락 끌어안았다.

조는 고개를 저었다. "그러실 것 없어요."

"우리들까지 전부 부를 필요 없었잖아요. 이 마을 사람들끼리 먹을 수도 있었잖아요."

"고래가 **아주** 컸거든요."

"그래도……"

"그리고 크리스마스고요."

그는 폴리를 보았다. 그녀는 수염은 듬성듬성하고 눈썹은 두툼하며 키가 큰 트레드에인절의 젊은 남자와 이야기를 나누고 있었다. 팔꿈치를 그의 가슴에 대고 혀로 하릴없이 입술을 핥고 있었다.

그는 다시 수재너를 돌아보았다. 어제 그녀는 날생선을 먹었다. "크리스마스 칠면조랑 구운 감자가 아니라서 미안해요."

"그래서 더 좋았어요." 그녀는 남는 한쪽 팔로 조의 머리를 당겨서 입을 맞추었다.

"두 그릇 드셨어요?"

"세 그릇 먹었어요."

이 얼마나 근사한 파티인가. 조는 슬그머니 자리를 옮겨서 요리사들이 열심히 일하고 있는 불가로 다가갔다. 아직까지 사람들이 줄을 서고 있었고, 아직까지 채워야 할 접시가 남아 있었다.

"네 마리의 우는 새, 세 마리의 프랑스 암탉, 두 마리의 멧비둘기……"

"이야말로 오병이어의 기적*이네요." 뒤에서 누군가가 말했다. 그가 돌아보았다. 앨빈 호킹이 함박웃음을 짓고 있었다.

"정말 기적처럼 느껴지긴 해요."

"지금까지 제가 경험한 일 중에서 가장 기적적인 사건이에요." 트레드에인절에서 온 남자가 끼어들었다. "이 잔치를 벌인 친구가 교회 탑을 식료품으로 가득 채웠다고 하던데요."

앨빈은 조를 보며 웃었다. "그랬다고 하죠."

"그리고 오늘의 이 점심을 위해서 그 식료품을 대거 내놓았다고요."

"맞아요."

"그리고 고래도 그 친구가 잡았고요."

"그건 좀 과장인데요." 조가 말했다.

연기로 휩싸인 주목 아래에서 폴리 주변으로 더 많은 남자들이 몰려들었다. 그녀는 〈12일간의 크리스마스〉에 맞춰 허리를 씰룩이며 살짝 춤을 추고 있었다. 조는 고개를 돌렸다. "제 손님들이 어디 계신지 찾아봐야겠네요."

맬러리 북스와 코프먼 일가는 아직까지 그 담벼락 위에 앉아 있었다. "클라이넬리시를 들고 오라고 토머스 호스미스를 우리 집으로 보냈어." 맬러리가 말했다. "사과술이 다 떨어졌다길래."

조는 웃음을 터뜨렸다. "그 위스키는 비상용 아니었어요? 지금 무슨

---

* 예수님이 떡 다섯 개와 물고기 두 마리로 5천 명을 먹인 사건.

비상사태가 벌어졌는데요?"

"비상사태지. 위스키가 없잖아!"

노래가 끝나자 개로 영감의 아코디언 소리가 묘지 담벼락 뒤에서 흘러나왔고 여기에 케니 케닛의 양철 피리와 힉스 갑판장의 밴조 연주가 어우러졌다. 캐럴을 부를 시간은 끝났다. 이제는 춤을 출 시간이었다. 하지만 연설을 먼저 들어야 했다. "1분만요, 케니, 아웬." 앨빈 호킹은 연설을 위해 어느 묘비 위로 올라갔다. 악사들은 순순히 연주를 멈추었고 여기저기서 사람들이 입을 다물었다.

"여러분…… 여러분……" 목사는 대중의 주목을 한 몸에 받는 데 이골이 나 있었지만 이 자리에서는 역부족이었다. 그는 만회하는 차원에서 언성을 높였다. "여러분…… 잠깐 드릴 말씀이 있습니다."

와자지껄한 소리가 웅성웅성 정도로 잦아들었다.

"세인트피란 주민들을 대표해서 트레드에인절에서 오신 모든 분들께 행복한 크리스마스를 기원합니다." 그가 선포했다.

"그 얘기는 이미 했잖아." 제러미가 빈정거리며 조의 옆에서 속삭였다. "저 사람들이 도착했을 때."

"이렇게 근사한 식사를 열심히 준비해주신 모든 분들께 감사의 인사를 전합니다. 고마운 분들이 너무 많은데 일일이 이름을 거론하려고 했다가는 몇 분이 빠질지 모르고 그러면 안 되겠죠. 그래서 여기 이세인트피란의 모든 분들께 진심으로 감사하다는 말씀만 드리겠습니다."

이 말에 엄청난 환호성이 잇따랐다.

"고래한테 고맙다고 해야지." 제러미가 말했다. "제일 큰 도움이 되었는데."

"대부분 아시겠지만 저는 여기 이 세인트피란의 목사이자 트레드에 인절 성누가 교회의 목사이기도 합니다. 물론 다들 아시다시피 지난 몇 주 동안은 양쪽 교회에서 예배를 주관하지 못했죠. 다들 아시는 이유 때문에 말입니다."

"사실 못할 건 없었지." 제러미가 중얼거렸다. "저 사람은 **이미** 독감을 앓았으니까 아무 문제없이 왔다 갔다 할 수 있었잖아? 절벽을 따라서 6킬로미터를 걸어갈 생각을 하니까 막막해진 거지."

"하지만 이제 일요일 아침에 성누가 교회에서 다시 예배를 주관할 수 있게 되었음을 기쁜 마음으로 알려드리는 바입니다. 가능한 한 많은 분들을 교회에서 만나 뵐 수 있었으면 합니다."

"푸짐한 식사를 대접하겠다고 하면 올 텐데." 제러미는 목사의 하는 말마다 꼬투리를 잡으려고 작정한 게 분명했다.

"제러미!" 조가 나무랐다.

"미안."

"다들 좀 더 있다가 가셨으면 좋겠네요. 쌀 푸딩과 과일도 있습니다. 많이는 아니지만 그래도 전부 드실 만한 양은 될 거예요. 그런 다음 좀 더…… 친목을 도모하는 시간을 갖도록 하겠습니다."

"친목 도모는 폴리가 아까부터 하고 있던데."

조는 이 말에 자기도 모르게 웃음이 나왔다.

"하지만 해가 진 뒤에 절벽을 지나서 걸어가시게 할 수는 없죠. 너무 위험하니까요. 그래서 또 한 가지 깜짝 선물을 준비했습니다……"

"헬리콥터인가?" 제러미가 불쑥 물었다.

"맥위스 씨가 길을 다시 연결한답니다." 목사는 환호성을 기대하는 사람처럼 잠깐 말을 멈추었다. 하지만 아무도 환호성을 지르지 않았고, 그는 하던 이야기를 계속 이었다. "맥위스 씨의 가축 트럭에 트레드에인절까지 대여섯 번은 왕복할 수 있을 만큼 넉넉하게 연료가 남아 있다고 합니다. 한 번에 50~60명까지 태울 수 있다고 하니 걷기가 불편하신 분들은 집까지 타고 가세요."

그 부분에서는 환호성이 터졌고 호킹은 사람들의 반응에 미소를 지었다.

"다른 분들을 위해서는 그 길 끝까지 손전등을 밝혀놓겠습니다."

"제발, 뭘 해도 좋은데 기도는 하지 맙시다." 제러미가 나지막이 중얼거렸다.

"제게 기도를 바라는 분도 계실 텐데……"

"아니, 없어요."

"각자 마음속으로 조용히 하는 게 어떨까요?"

"좋은 생각이에요."

"고래 고기가 아직 많이 남았다고 합니다. 믿을 만한 소식통에 따르면 고래 고기는 신선할 때 먹어야 된다고도 하고요. 그러니까 바구니를 들고 오셨으면 오늘 저녁에 떠나기 전에 피란 모래사장에 들러서 바구니 가득 담아 가세요. 가장 맛있는 부위는 없을지 모르지만 남은 부위도 영양 만점입니다. 고래를 보내주신 하나님께 감사할 따름이죠."

"하나님이 엽총의 명수인 모양이로군."

조는 손으로 입을 막았다. 웃음이 터지려고 했다.

"이제 개로 씨, 케닛 씨 그리고 힉스 씨와 세 분의 아주 개성 넘치는 연주에 이 자리를 넘기겠습니다. 여러분께 다시 한 번 감사드립니다. 행복한 크리스마스 되세요." 목사는 활짝 웃으며 단상에서 내려왔다.

"단상을 절대 거부할 수 없는 거지." 제러미는 중얼거렸다. "사과술 남은 거 있나?"

"꿋꿋하게 기다리면 맬러리 박사님이 스카치위스키를 한 방울 마시게 해줄지 몰라요."

"오늘 오후에 들은 얘기 중에서 최고로군그래. 그 양반이 있는 곳으로 앞장서게."

34

다섯 사람을 합쳐놓은 것만큼 큰 심장

세인트피란 주민들은 해마다 특별한 행사를 연다. 이름하여 '고래 축제'다. 크리스마스가 되면 날씨에 상관없이 다 같이 임자 없는 언덕 위의 묘지로 올라가서 아이들로 성가대를 구성하고, 아이들이 늘 그랬던 것처럼 캐럴을 부르면 옹기종기 모인 가족들이 박수를 친다. 물론 고래 요리는 절대 하지 않는다. 요즘은 싱싱한 생선과 구운 감자, 크리스마스 케이크 한 조각 그리고 민스파이를 먹는다. 아이들은 큼지막한 두루마리 종이에 고래 그림을 그려서 세계 종말과 고래를 되새기는 뜻에서 임자 없는 교회 벽에 건다. 그날을 직접 경험했던 사람들은 비석 위에 힘겹게 몸을 앉히고 이야기를 들려준다. 토머스 호스미스는 고래에 대해서 이야기한다. 크기가 어느 정도였는지 보여주고,

톱과 칼과 도끼로 어떻게 기름과 살을 발라냈는지 알려준다. "간도 먹었지." 그가 말한다. "간이 집채만 했어. 심장은 다섯 사람을 합쳐놓은 것만큼 컸고. 그 심장 고기가 참 맛있었지. 통에 담은 기름은 또 얼마나 많았는지 너희들은 상상도 못 할 게다."

날이 어두워지기 시작하면 그들은 불을 전부 끈다. "그때도 이랬단다." 채러티 림버는 잿빛 옥상과 까만 창유리를 내다보는 아이들에게 이렇게 얘기한다. "밤이 찾아오면 온 마을에 불빛 한 점 없었거든. 아주 희미한 불빛조차도. 어둠이 깔리면 다들 촛불을 켜거나 장작불 앞에 옹기종기 모였지. 그날 밤에도 그랬단다. 그 일이 벌어진 그날 밤에도 말이야."

"무슨 일이 있었는지 얘기해주세요." 한 아이가 물을 것이다. 아이들은 마을 어른들이 신호를 기다리고 있다는 것을 안다.

"파티가 끝나갈 무렵이었어." 채러티가 말한다. "음식도 다 해치우고 접시도 다 치웠을 때. 베비스 씨가 트레드에인절 사람들을 집까지 태워다 주려고 트럭을 길가에 대놓았지. 그런데 그걸로 끝이 아니었어. 마지막으로 불러야 할 캐럴이 남았거든."

"그 캐럴은 누가 불렀는데요, 림버 부인?"

"원래는 내가 부르기로 되어 있었어. 연습할 때 그러기로 했거든. 그런데 막상 때가 되니까 부르지를 못하겠는 거야. 나는 케이시의 손을 잡고 있었는데 그이가 말했단다. '이제 시작해, 채러티.' 나는 고개를 저었지. '못 부르겠어. 사람들이 너무 많아.' '하지만 불러야지.' 그때 누군가의 목소리가 들렸어. '내가 부를게요……'"

"그게 누구였는데요, 림버 부인?"

"아미나타였어. 나보다 몇 살 많은 아프리카 아가씨였는데 온 마을을 통틀어서 가장 사랑스럽고 가장 예뻤단다. 그녀가 미소를 지으면 온 방 안이 환해지곤 했지. 간호사였는데 노래도 잘 불렀어. 그녀가 여기 이 묘비 위로 올라가니까 사방이 쥐 죽은 듯 고요해졌어. 그날 밤의 마지막 노래라는 걸 알았거든."

이 말이 떨어지면 해마다 여자아이 하나가 아미나타가 섰던 무덤으로 올라가서 그 순간을 재연한다.

채러티는 말을 멈춘다. 그녀는 이 이야기를 할 때마다 그런다. 몇 초의 침묵으로 효과를 극대화하고 싶기 때문이다. 그녀는 주변의 사람들을 둘러본다. 남녀노소를 불문하고 다들 숨을 죽이고 있다. 가장 어린 아이들은 손으로 입을 막고 있다. "클라리넷이…… 짧게 한 음을 연주했지." 채러티가 말한다.

채러티 옆에서 클라리넷 연주자가 그 음을 재현한다. 세인트피란 주민들은 이제 무슨 일이 벌어질지 알고 있다.

"그러자 두 가지 사건이 한꺼번에 벌어졌어. 아미나타가 입을 열었을 때 상상할 수도 없을 만큼 아름다운 목소리가 흘러나온 거야……"

비석 위에서 여자아이가 고개를 뒤로 젖히고 노래를 부르기 시작한다. "고요한 밤, 거룩한 밤……" 그 순간의 마법은 50년이 지난 지금까지 세인트피란의 고래 축제에서 해마다 재현되고 있다. 지금도 그 완벽한 음을 들으면 모든 이의 등줄기에 소름이 돋는다. 그 마법이 펼쳐지는 찰나의 순간에는 이 세상에 나쁜 사람은 없다고, 어려움은 착각이라고, 탄생과 죽음, 사랑과 이별, 의식과 존재에 얽힌 엄청난 수수께끼를 한 줄기 투명한 음성으로 농축할 수 있다고 믿게 된다. 세인트피란에서 처음으로 잔치가 열렸던 그날, 그 순간이 닥쳤을 때 서로 손을 잡지 않은 커플이 없었다. 엄마, 아빠의 얼굴을 올려다보지 않은 아이가 없었다. 눈물을 삼키느라 눈을 깜빡이지 않은 사람이 없었다. 아무도 꼼짝하지 않았다. 아무도 숨을 쉬지 않았다.

세인트피란에서는 크리스마스 때마다 노래가 첫 소절의 마지막 부분에 다다르면 온 마을에 불이 들어오기 시작한다. 오래전부터 늘 그래 왔다. 오늘은 모든 창문에서 불빛이 반짝이고 어두컴컴했던 집들이 달라지도록 남자 어른들이 이 길 끝에서 저 길 끝까지 스위치를 올린다. 마을 주민들은 그 순간을 기다려왔다. 첫 번째 전등이 켜지자 엄청난 환호성이 터지고 마을 곳곳의 창문이 환하게 밝혀져서 온 마을이 전등 축제장 같다.

첫해 크리스마스 날 저녁에는 그런 기대감이 없었다.

"어둠에." 아미나타가 노래를 불렀다.

정말 온 사방이 어둠이었다.

"묻힌 밤……"

순교자 세인트피란을 기리는 교회의 스테인드글라스 유리창에는 사도들의 일생을 담은 그림이 그려져 있다. 안에서 불이 켜지면 바깥의 주목과 비석 위로 다채로운 빛이 드리워진다. 누군가가 스위치를 올려놓았는지 전기가 다시 들어왔을 때 따뜻한 불빛으로 이루어진 만화경이 사람들을 흠뻑 적셨다. 사전에 계획된 일인지(발전기가 돌아가고 있었는지 모를 일이었다) 잠깐 궁금해한 사람이 있기라도 한 것처럼 계곡 저 끝까지 갑자기 불이 들어왔다. 가로등이 켜졌다. 항구등이 켜졌다. 다락방과 거실과 침실과 욕실에서 전구가 눈부신 빛을 터뜨렸다. 켜놓은 스위치마다 전기가 들어왔다. 이게 무슨 일인지 모두들 깨달았을 때 누군가가 울음을 터뜨렸다.

"아기 잘도 잔다." 아미나타는 노래를 불렀다. "아기 잘도 잔다."

불이 켜지면 고래 축제도 끝난다. 마을 주민들은 외투 옷깃을 단단히 여미고 묘지를 빠져나와서 내리막길을 걸어 집으로 돌아간다. 첫해 크리스마스 때도 그것이 대미를 장식했다. 서로 감사 인사와 작별인사를 나누었다. 선발대가 손전등을 한 아름 안고서 출발했고 가족단위로 걸어가는 사람들과 승객을 가득 실은 베비스의 트럭이 그 뒤를 따랐다. 떠들썩했던 날이 그렇게 끝났다. 조는 어쩌다 보니 앨빈, 폴리와 함께 교회 문 앞에 서 있게 되었다. 서로 손을 맞잡았다. "고맙습니다, 목사님, 고맙습니다, 목사님……"

"주님의 축복이 함께하시길 바랍니다, 신도님. 주님의 축복이 함께하시길 바랍니다."

이제 끝이 난 것 같네. 조는 그런 생각이 들었다. 긴 터널을 빠져나온 것 같았다. 배를 타고 바다를 건너서 육지에 내린 것 같았다. 살다보면 그럴 때가 있었다. 선이 그어질 때가 있었다. 그 선을 넘으면 모든 게 달라질 거라고 인생은 얘기할 것이다. 내일도 해가 뜨지만 전혀다른 세상에서 뜰 거라고.

엄마가 죽었을 때 선이 그어졌다. 비틀스가 〈쉬 러브스 유〉를 노래했고 서두의 화음과 말미의 코러스 사이 어딘가에서 그들은 전부 다선을 넘었다. 조와 브리지타와 엄마까지.

재니가 죽었을 때도 선이 그어졌다. 그녀가 그 선을 넘었을 때 그는잠이 들어 있었다. 이쪽은 모두가 아는 세상이다. 저쪽은…… 다른 곳이다.

엄마는 크리스마스를 끔찍이 좋아했다. 조는 상상 속에서 엄마의 사진을 펼쳤다. 피부는 백옥처럼 깨끗하고 치아는 눈처럼 하얀 엄마가 크리스마스 선물을 개봉하고 있었다. 늘 그렇듯 눈가에 눈물방울이 맺혔고 미소가 보였다. 캠핑 여행을 다녀오고, 루앙 북쪽에서 그날 밤을 보내고 5개월이 지난 뒤다. 그녀가 그를 올려다보며 눈을 맞춘다. 그녀의 눈가에 주름이 있었던가? 본 기억이 없었다. 그렇다면 주름이 없었던 거다. 그냥 깨끗하고 완벽했던 거다. 하지만 그의 머릿속에서 들리는 목소리는 아니라고 했다. 눈가에 주름이 있었어. 그 목소리는 이렇게 얘기했다. 그래? 그럼 그녀의 눈은 무슨 색이었게? 초록색이었던 걸로 조는 기억했다. 회색이었어. 그 목소리가 말했다.

잊히고 있는 걸까? 나중에는 엄마의 얼굴도 잊힐까?

그는 또 다른 선을 넘었다. 엄마의 얼굴이 희미해져가고 있었다. 살다 보면 등장하는 모든 선처럼 되돌아올 방법은 없다고 조는 생각했다. 전진만이 있을 뿐이다. 그는 그 모습을 기억 속에서 다시 되살릴 수 없었다. 잊어버릴 수만 있었다.

독감을 이겨내고 종탑에서 눈을 떴던 그날 아침에도 그는 선을 넘었다. 그 선은 성격이 달랐다. 그건 제2의 기회였다. 어쩌면 제3의 기회였을 수도 있다.

이제 선이 또 하나 그어졌다. 트레드에인절에서 건너온 마지막 가족이 손을 흔들며 작별 인사를 했을 때 그는 그렇다는 것을 알 수 있었다. 그의 창고는 거의 비었다. 고래는 죽었다. 불은 다시 켜졌다. 하지만 어떤 미래가 조 학을 기다리고 있을까?

헤드라 펜핸로가 조와 코프먼 일가를 찾아왔다. 그들이 묘지를 나서려던 찰나, 그녀가 부산하게 다가왔다. "우리 민박집에 묵으세요." 그녀가 말했다. "돈은 안 받을게요."

"말씀 감사합니다." 톰 코프먼이 말했다. "하지만 저희 배에서 자도 되는데요."

"안 돼요." 헤드라가 말했다. "육지에서 자야죠. 전기가 들어왔으니까 어쩌면 물도 나올지 몰라요."

"고맙습니다." 톰이 말했다. "하지만 그렇게 폐를 끼칠 수 있나요. 게다가 동이 트자마자 출항할 수도 있고 해서요."

"내 침대가 그리워요." 캐시가 말했다. "집에 있는 내 침대요."

그들은 언덕을 내려갔다. 맬러리는 작별 인사를 하고 자기 집으로 들어갔다. 제러미와 디멜자는 어둠 속으로 슬그머니 사라졌다. 이제 남은 사람은 조와 코프먼 일가뿐이었다.

"위기가 정말 끝난 걸까요?" 조가 루에게 물었다.

"내가 자네한테 얘기한 그대로잖아. 어느 정도 시간이 걸릴 거라고 했지? 하지만 그렇다네. 끝났어." 루 코프먼은 피곤해 보였다. 긴 하루였던 것이다. 케이트가 다가와서 부축했다.

"나머지 이야기는 배에 가서 할까?"

물이 빠져서 쌍동선이 방파제보다 몇 미터 내려앉았다. 건널 판자가 위험한 각도로 후갑판에 놓여 있었다.

"맙소사." 루가 말했다. "저건 절대 건너지 못하겠는데." 그는 기둥 위에 털썩 주저앉았다.

"저희가 도와드릴게요, 아버지." 톰이 말했다. 하지만 그조차 눈앞이 캄캄한 눈치였다.

"민박집에 방을 잡아드릴 수 있는데요." 조가 제안했다.

"고맙지만 됐네. 그건 싫어."

"그럼 저희가 들어서 옮겨드릴게요." 톰이 말했다.

"아니다." 루는 한쪽 손을 들었다. "생선 부대처럼 운반되는 건 싫다. 이 나이에 그럴 수는 없지. 내가 할 말이 있는데 그것부터 좀 들어주겠니?"

"그럴게요, 아버지."

"학 군?" 루는 조에게로 고개를 돌렸다. "학 군, 우리 얘기 좀 해야겠는데."

"그런가요, 사장님?"

"그렇다네. 자네와 의논해야 할 중요한 사안들이 있어." 노신사는 가쁜 숨을 몰아쉬었다. "얘기해보게, 조. 오늘 여기서 무슨 일이 벌어진 건가?"

"네?"

"내 말 못 들었나? 여기서 무슨 일이 벌어진 건가 말일세."

"그게 무슨 말씀이신지 모르겠는데요, 사장님. 사장님도 오늘 같이 계셨잖습니까."

"그렇지. 나도 같이 있었지." 루의 호흡이 진정되고 있었다. "자네는 경제 전문가 아닌가. 나도 그렇고. 내가 이 상황을 이해해보려고 애를 쓰고 있는 이유도 그 때문이고."

"아직 저는 이해가……"

"와서 여기 앉게." 노신사는 빈 청어 상자 더미를 가리켰다. "나는 앉아 있고 자네는 어정쩡하게 서 있으면 대화가 되겠나."

조는 조심스럽게 상자 위에 앉았다.

"듣자 하니 자네가 평생 모은 돈으로 식료품을 사다가 교회 탑에 쌓
아뒀다고 하던데……"

"뭐, 말하자면 그렇습니다."

"……그리고 그걸 마을 주민들과 나누어 먹었다고?"

조는 고개를 끄덕였다.

"그리고 오늘 그 마을 주민들이 우연히 입수한 고래 고기와 자네가
모아놓은 비상식량을 탈탈 털어서 다른 마을 주민들을 위해 파티를
열었다?"

"어떻게 보일지 알겠습니다만……"

"어떻게 **보일지** 알겠다? 그럼 어떻게 보여야 맞는 건지 설명해주겠
나, 조? 내가 어떻게든 이해해볼 테니."

어떻게 보여야 맞는 걸까? 조는 바다 쪽으로 고개를 돌렸다. 어두컴
컴해서 아무것도 보이지 않았다. 약속을 했지. 그는 생각했다. 오래전
에 엄마한테 약속을 했지. 지금은 까마득한 옛날처럼 느껴지는 그때
에. 춥고 상쾌했던 어느 날 아침, 그는 이 근처 바위에 옷을 벗어던지
고 이 바다로 걸어 들어갔다. 바늘처럼 꽂히던 얼음물과 그를 끌어당
기던 물결이 생각났다. 바로 그 순간 그는 추위에 무너져서 파도 속으
로 쓰러졌다. 살아 있는 괴물처럼 그를 덮치는 바다를 느끼며 헤엄을
쳤던 기억이 났다. 그의 뼛속에 박혀 있던 스트레스와 불안을 마지막
한 조각까지 북북 문지르고 씻고 표백하는 느낌이었다. 그런데 방향
을 돌리려고 했을 때 앞을 가로막혔다. 거기에 고래가 있었다. 고래가

바닷속 깊은 곳을 향해 돌진하자 그도 덩달아 빨려 들어갔다. 고래하고 있으면 그렇게 됐다. 이제 와 생각해보니 은행에서도 그렇게 됐다. 은행이 고꾸라지자 그도 고꾸라졌다.

"여기 오신 이유가 뭡니까, 사장님?" 그가 물었다. "세인트피란에 오신 이유가 뭐죠?"

"자네를 찾으러 왔지."

두말하면 잔소리였다. 그들은 그를 만나러 온 게 아니었다. 그를 데리러 온 거였다.

"저를 어디로 데려가려고요?"

"돌아가야지."

시티로? 은행으로? 5층의 그 자리로? 하지만 코프먼은 그의 생각을 읽은 눈치였다. "은행으로 돌아가려는 건 아니야." 그가 말했다.

"그럼요?"

"내무부에 자네가 필요해. 코브라에. 자네의 기술이 있어야 해."

"그쪽에서 사장님을 보냈나요? 그래서 아조레스를 떠나신 겁니까?"

코프먼은 불편한 기색을 보였다.

"저는 없어도 됩니다." 조가 말했다. "진짜예요. 런던에만 컴퓨터 프로그래머가 100만 명은 될 텐데요. 그중에서 한 명을 고르면 돼요."

"자네처럼 통찰력을 갖춘 프로그래머는 없어, 조. 자네 말고는 캐시가 어떤 식으로 작동하는지 아는 사람도 없고. 캐시를 고쳐야 하네. 많은 게 달라졌거든. 업데이트를 해야 해. 무엇보다 이걸 이해하게 만들어야 해." 코프먼은 야윈 손을 들어 마을을 가리켰다.

"이거라니요?"

"캐시는 여기서 벌어진 일을 감안하지 못했을 걸세. 1천 명의 경제 전문가와 100만 명의 뉴스 기자의 지혜를 취합했어도 이걸 예견하지는 못했을 거란 말이지. 여기뿐만이 아니야. 비슷한 현상이 우리가 아는 모든 마을과 도시에서 벌어지고 있다네. 단순히 고래에 국한된 문제가 아닐세. **자네의** 창고에 국한된 문제도 아니고. 세인트피란에는 선행자가 자네 말고도 많았어. 나는 오늘 사람들과 이야기를 나누었다네. 농부는 우유를 내놓았더군. 소규모 자작농들은 채소와 사과술을 내놓았고, 어부들은 고기를 잡았지. 의사는 시간과 기술을 할애했고. 어떤 사람들은 하루 종일 고래를 토막 냈고, 어떤 사람들은 장작을 날랐고, 또 어떤 사람들은 음식을 장만했지. 여기에 통용된 화폐는 뭔가? 교환 수단은 뭔가?"

조의 머릿속 어딘가에서 맑은 음성이 들렸다.

"교환 수단은 없습니다." 그가 말했다. "캐시는 이해하지 못할 겁니다." 그는 캐시의 뇌를 구성하고 있는 알고리즘과 수학적인 톱니바퀴를 떠올렸다. 같은 열은 합산해야 한다. 대변은 항상 차변과 맞아떨어져야 한다. 이기주의는 어디든 적용이 된다.

"그래서 자네가 필요한 거라네. 자네가 그걸 바꿔주어야 하니까."

"캐시가 모든 것을 예측할 수 있도록 만들 방법은 없습니다." 조가 말했다. "불확실한 부분들이 너무 많으니까요. 알 수 없는 요소들도 너무 많고." 그는 어쩔 수 없다는 뜻에서 어깨를 으쓱했다. "고래가 우리 바닷가로 떠밀려 올 거라고 어느 누가 예상했겠습니까?"

"정신 나간 인간이 교회를 비상식량으로 가득 채우는 것도 아무도 예상하지 못했겠지."

제가 어머니에게 한 약속을 지킬 거라는 것도요. 조는 생각했다.

루는 다시 가쁜 숨을 몰아쉬었다. "하지만 **예측해야만** 하는 부분들도 있어. 예측이 빗나가면 아주 많은 것들이 위험해지지. 주가가 문제가 아닐세. 주가는 처음부터 하찮은 부분이었어. 자네도 알지? 문제는…… 만약…… 이런 사태가 다시 벌어질 경우지. 우리는 지금 인명을 구조하려는 거야."

"저도 압니다." 조는 다시 바다를 쳐다보며 어떤 식으로 설명하면 좋을지 열심히 고민했다. "저 바다를 보세요." 그가 말했다. "바다는 밀려왔다가도 밀려가죠. 몇 시간 있으면 바닷물이 이 항구를 채울 테고 그러면 요트가 부두와 나란해질 거라고 저는 100퍼센트 장담할 수 있습니다. 하지만 저 사람을 보세요." 그는 조그만 배의 갑판에서 밧줄을 감고 있는 대니얼 로빈스를 가리켰다. "저 사람은 몇 시간 뒤에 어디 있을까요? 침대에 누워 있을까요 아니면 바다에 나가 있을까요? 아니면 다른 데 있을까요? 저는 거대한 바다의 움직임은 예측할 수 있지만 한 사람의 움직임은 예측하지 못합니다. 어떤 소프트웨어가 그걸 예측할 수 있겠습니까?"

두 사람은 잠깐 동안 가만히 앉아서 거대한 바다를 물끄러미 바라보았다. 잠시 후에 루가 말문을 열었다. "문제는 뭔가 하면 한 명이 어떻게 할 것인지는 알 필요가 없다는 거야. 100명이 어떻게 할 것인지를 파악해야 하지."

아니면 1천 명. 아니면 100만 명. 아니면 307명.

조가 말했다. "재미있는 건 뭔가 하면 벌어지고 있는 현상에 놀랄 필요도 없다는 거죠. 사장님이 아는 분들을 생각해보세요. 사장님의 친구, 가족, 이웃을요. 그들 중 폭력적이거나 위험하다고 말할 수 있는 사람이 몇 명이나 될까요? 위기가 닥치면 우리가 다른 사람으로 돌변할 거라고 가정했던 이유가 뭘까요?"

"우리 친구 토머스 홉스의 이야기를 너무 맹신했기 때문일 수도 있겠지."

"그럴지도 모르죠."

"따라서 모든 것은 만인이 만인의 적인 전쟁의 시대의 결과라…… 산업의 여지가 없고……" 루는 홉스가 쓴 구절을 읊었다. "땅에 대한 이해가 없으며 시간에 대해 무지하고 예술도 문자도 사회도 없다. 그중에서도 최악은 공포와 생죽음의 위험이 끊이지 않는다는 것과……"

"기억납니다." 조는 속삭였다.

"인간의 생이 고독하고 빈곤하며 끔찍하고 잔인하며 짧다는 것이다."

"홉스의 시각이 얼마나 암울했는지 잊어버리고 있었네요."

"하지만 우리가 그의 글을 건성으로 읽은 것일 수도 있어. 홉스의 『리바이어던』은 우리 모두를 구속하는 사회 계약 때문에 생존할 수 있는 걸세. 홉스는 우리의 자연 상태가 끔찍하고 야만적이며 짧다고 얘기했지만 그런 환경을 극복하고 서로 힘이 되어주는 사회를 건설할 수 있다고 했지." 코프먼은 야윈 손을 무릎에 얹었다. "우리가 두려워하는 건 어쩌면 다른 사람들의 행동이 아닐지 몰라. 변하는 쪽이 우리일까 봐 두려워하는 것일 수도 있어."

"그럴지도 모르죠."

"그럼 와서 캐시에게 그걸 가르칠 수 있도록 도와주게." 노인은 손녀를 불렀다. "나 좀 일으켜주겠니?" 그는 무겁게 몸을 일으켰다. "자네가 오늘 따라나설 거라고 기대하지는 않아."

조도 청어 상자에서 일어났다. "그러십니까?"

"응. 나는 자네가 예상하는 것보다 자네를 더 잘 알거든. 아직 준비가 안 됐을 테지. 하지만 준비가 되거든 내무부로 가서 토비 몰팅스를 찾게. 루 코프먼이 보내서 왔다고 하고."

조는 천천히 고개를 끄덕였다.

루는 손녀를 돌아보았다. "지금도 네 침대에서 자고 싶니?"

"그럼 진짜 좋겠어요!"

"지금 출발하면 자정 전에 네 침대에 누울 수 있을 게다." 루 코프먼이 말했다.

톰이 다가와서 아버지의 팔꿈치를 다정하게 붙잡았다. "그건 불가능하죠." 그가 말했다. "물이 너무 빠진 데다 너무 어둡고, 배를 타고 이틀은 가야 샌드뱅크스에 도착할 텐데요."

하지만 루 코프먼은 함박웃음을 지었다. 항구의 서늘한 불빛이 비치자 나이를 먹어서 쭈글쭈글한 그의 얼굴이 생기를 띠는 것처럼 보였다. "누가 배를 타고 간다던?" 그가 물었다. "길을 다시 개통했잖니. 차로 가면 네 시간밖에 안 돼."

톰은 어리둥절한 표정을 지었다. "하지만 차가 없는데……"

"맞아. 하지만 조에게는 있지. 그리고 연료도 넉넉해서 우리 집까지 갈 수 있을 게다."

묘한 침묵이 그들 사이에 내려앉는 느낌이었다.

"제발요, 할아버지…… 그렇게 해요." 캐시가 말했다.

조는 고개를 저었다. "제 차는 쿠페예요. 다섯은 무리인데……" 하지만 어쩌면 괜찮을지 모른다는 생각이 들었다. 열쇠는 앨빈에게 돌려받았다. 그리고 창고에는 아직 연료가 남아 있었다.

"네 명은 될까?"

"네, 아마도요. 하지만……"

루는 손을 내밀었다. "화폐 체계가 무너지면 다른 교환 수단으로 대체해야지. 자네 차를 내 배하고 맞바꾸지 않겠나?"

35

이런 걸 새로 시작하기라고 하죠

온 마을이 부연 아침 안개로 덮였다. 조도 그 비슷한 것으로 덮였다. 그는 묘지의 벤치에 앉아 있었다. 어디에서 이런 인내심이 나온 걸까? 한 시간이 지났다. 또 한 시간이 지났다. 드디어 앨빈 호킹이 겨드랑이에 성서를 끼고 마을을 향해 언덕을 내려갔다.

그는 목사관 문을 열어보았다. "폴리?"

그녀는 골반에 걸쳐지는 청바지와 남자용 럭비 셔츠를 입고 있었다. "조!"

두 사람은 복도를 사이에 두고 이쪽 끝과 저쪽 끝에 섰다. 어색한 간극이 그들 사이를 갈랐다.

"메리 크리스마스." 조가 말했다. "어제는 제대로 얘기할 기회가 없었던 것 같아서요.”

“다들 그러는데 이제 끝났다면서요?” 폴리가 물었다.

“네.” 조가 말했다. “그렇대요.”

“진짜예요?”

“아마도요.”

“앨빈 만나러 왔어요?”

“아뇨. 당신을 만나러 왔어요.”

양쪽 모두 간극을 메우려 움직이지 않았다. 긴 복도에 놓인 금박 거울과 반질반질한 테이블, 묵직한 성서, 층계참에 걸린 소박한 십자가, 이 모든 것이 무너뜨릴 수 없는 장벽처럼 느껴졌다.

“우리 서로 할 얘기가 없지 않나요?” 폴리가 물었다. “이제는요.”

조가 한 걸음 다가가자 그녀는 어둠 속으로 물러났다.

조는 한숨을 내뱉었다. “조만간 떠나요.”

그녀의 표정은 그림처럼 변함이 없었다. “세인트피란을요?”

그는 고개를 끄덕였다. 차임벨을 울릴까 고민하며 탁상시계의 톱니바퀴가 돌아갔다.

“그 친구분들하고요?”

“아뇨. 그 사람들은 어젯밤에 떠났어요.”

그녀는 잠깐 생각하는 눈치였다. “어디로 갈 건데요?”

“그건 상황에 따라 달라요.”

그녀가 딱 한 걸음 앞으로 움직이자 층계참의 창문 사이로 스며든 한 줄기 햇살이 그녀를 비췄다. 얼굴은 발그스름했고 뺨에는 생기가 돌았다. 이 차가운 12월의 햇살 속에서 광채가 나다시피 했다.

"나랑 같이 가요." 그가 말했다.

망설이는 그와 뒷걸음질 치는 그녀가 프레스코 그림 속에서 굳어버렸다. 탁상시계가 울리기 시작했다.

"안 돼요." 그녀가 말했다.

"왜요?"

그녀의 표정이 대답을 대신하는 듯했다.

"이해가 안 되네요." 그가 말했다.

"왜 이해가 안 돼요, 조? 내가 얘기했잖아요. 다른 여자를 찾으라고." 맙소사, 그늘 속에 서 있는 그녀는 아름다웠다. 큼지막한 셔츠를 텐트처럼 걸치고 있는데도 그 속의 모든 굴곡과 신비가 느껴졌다.

"왜 이러는 거예요? 앨빈이랑 내가 탑 속에 갇히기 전만 해도 당신과 나는 친구였잖아요. 나는 우리가 친구 이상이라고 생각했는데. 당신이 나를 좋아하는 줄 알았는데."

"좋아해요, 조." 모기만 한 목소리였다.

"그런데 왜 계속 나를 피해요? 그날 밤 묘지에서도 왜 나를 거들떠보지도 않았어요?"

그녀는 어깨를 으쓱했다. 심통이 난 듯한 표정이었다.

"당신은 더 나은 대접을 받을 자격이 있는데." 그는 속삭였다.

하지만 폴리는 고개를 저으면서 우거지상을 지었다. "그래요? 내가 **정말** 더 나은 대접을 받을 자격이 있을까요? 어째서요?" 그녀는 좀 더 가까이 다가와서 손을 내밀었다. "내가 위대한 업적이라도 쌓았나요? 훌륭한 인도주의자인가요? 선생님인가요? 아니면 치유자인가요? 내가 뭘 했길래요? 네?" 그를 처다보는 그녀의 눈빛이 베일 듯이 날카로웠다. "아니면 내 광대뼈가 이렇게 생겼고 젖가슴이 이만큼 나왔고 눈과 엉덩이와 허리가 이렇게 생겼기 때문에 더 나은 대접을 받을 자격이 있는 건가요?"

조는 고개를 저었지만 뭐라고 대꾸하면 좋을지 생각이 나지 않았다.

"당신은 나를 **알지도** 못하잖아요, 조. 사실 그렇잖아요. 어느 날 같이 드라이브를 나간 적이 있다고 나를 안다고 생각하잖아요. 당신이 무기력해 있었을 때 내가 당신한테 관심을 보였기 때문에. 하지만 그렇다고 당신이 나를 아는 건 아니에요. 진짜예요. 내가 왜 더 나은 대접을 받을 자격이 있을까요? 아무도 모르지만 속마음은 착하고 훌륭한 사람이라서? 아니면 댄 로빈스가 물고기를 낚듯이 남자들을 낚을 수 있는 선수라서? 아니면 그냥 나랑 자고 싶기 때문인가요, 조 학?"

그는 불편한 질문에 고개를 돌리고 말았다. "그런 거 아니에요."

"아니에요?"

그는 이렇게 말하고 싶었다. 사랑해요, 폴리 호킹. 사랑해요. 하지만 그 말들은 그의 혀에 닿기도 전에 막혀버렸다. "그런 소리 들으니까 무서워진다." 그건 클레어 매너스가 한 말이었다. 그가 하려고 했던 말이 과연 진심이었을까. 그는 그 말이 진심이길 **바랐다**. 하지만 그의 눈빛은 다른 말을 하고 있었을지 모른다. 이 마을 주민 절반은 우리가 토끼처럼 그러고 있다고 생각한대요. "나는 당신을 원해요." 적어도 그건 진심이었다. 그는 진심으로 그녀를 원했다.

"**당신은 나를** 가질 자격이 있을까요, 조 학?"

그는 고개를 저었다. 갑자기 눈물이 고였다.

"마을 사람들은 전부 다 조, 당신이 성자인 줄 알지만 나는 아니라는 걸 알아요. 당신도 그걸 알고요. 지금 세인트아이브스로 쇼핑하러 가자는 거 아니죠? 새 차를 타고 도로를 달려보자는 것도 아니고."

그는 고개를 끄덕였다. "맞아요."

"그럼 나한테 원하는 게 뭐예요, 조? 정확히 뭐예요?"

둘 사이의 간극이 좁혀졌을 때 움직인 쪽은 폴리였다. "어쩌면 우리 둘 다 서로를 가질 자격이 없을지 몰라요, 조." 그녀는 그의 뒤통수에 손을 얹고 그를 끌어안았지만 입맞춤은 짧게 끝났다. 작별의 입맞춤이었다. "기대했던 것보다 별로였죠?"

"더 좋았어요." 그는 이렇게 말했지만 거짓말이었다.

"나는 선수예요, 조. 그게 나예요. 나는 잘생긴 젊은 남자들하고 같이 있는 걸 좋아해요."

"내가 그런 존재에 불과했나요?"

"당연히 그건 아니었죠."

"그럼요?"

그녀는 고개를 돌렸다.

"온 마을 사람들이……" 그는 입을 열었다가 말끝을 흐렸다. 어떤 식으로 말문을 맺으면 좋을까?

"나도 알아요." 폴리가 말했다. 그녀는 그의 손을 꼭 잡았다.

"마을 사람들은 우리가 욕정을 주체하지 못해서 마구 놀아나는 철부지인 줄 알죠. 우리 둘이 매일 밤마다 몰래 만난다고 생각하고요. 피란 모래사장에서 밤새 서로 몸을 부빌 거라고 믿고요." 그녀는 그의 눈을 들여다보았다. "세인트아이브스에 갔던 그날, 생각나요?"

그는 고개를 끄덕였다.

"당신 컴퓨터가 어떤 식으로 작동하는지 설명해줬잖아요. 기억해요?"

"네."

"많은 사람들이 진실이라고 생각하는 게 있으면 **정말로** 진실일지 모른다고. 그런 식이라고 하지 않았어요?"

그는 눈을 깜빡여서 흐르려는 눈물을 막았다. "그 비슷하다고 했죠." 프랜시스 골턴은 인정하지 않을지 몰라도 대중의 지혜라는 게 그런 거 아닐까? 다수의 사람들에게 물어보고 답변의 평균치를 계산하는 것. 그들에게 이 종목의 주가가 올라갈 것 같으냐고 묻는 것. 황소의 무게를 묻는 것. 세인트피란 주민 300명에게 물으면 그들은 폴리 호킹과 조 학이 연인이라고 대답할 것이다. 그러면 그것이 진실이 되어야 하는 것 아닐까?

"하지만 늘 그런 건 아니잖아요. 안 그래요, 조?"

늘 그런 건 아니다. 300명이 틀릴 수도 있다. 1천 명이 틀릴 수도 있다. 전 세계가 틀릴 수도 있다. 심지어 시마저 틀릴 수 있다. "내 생각도 그래요." 그는 속삭였다.

그녀는 그를 다시 끌어안았다. 이번에는 입맞춤이 좀 전보다 길었다. 그의 품에 안긴 그녀가 폭신하게 느껴졌다.

"그게 **사실이었길** 바라요?" 포개졌던 두 입술이 서로 떨어졌을 때 그가 물었다.

"우리가 모래사장에서 밤새도록 사랑을 나누었길 바라느냐고요? 12월에? 그랬다가는 얼어 죽을걸요?"

"만약 여름이었다면요?"

"그럼 주변이 너무 밝았겠죠. 바닷가 곳곳을 점령한 여행객, 산책족, 배에 탄 사람들, 술에 취한 아이들."

"만약 우리가 피렌체에 갔다면요? 베네치아에 갔다면? 로마에 갔다면요?"

그녀는 미소를 지었다. "그건 계획이 아니에요. 꿈이지." 그녀는 점점 뒤로 물러섰다. "나는 당신이랑 피렌체에 가면 좋겠어요, 조. 하지만 당신은 아닐 거예요. 당신은 싫을 거예요. 이탈리아 남자들이랑 시시덕거리는 내가 싫을 거예요. 내 변덕과 감정 기복에 질릴 거예요. 당신에게도 꿈이 있잖아요. 평생 내 꿈을 따라다니면서 살고 싶어요?"

"그래도 상관없어요." 그는 고개를 젓고 있었다. "우리 둘이 함께일 수만 있다면."

"그리고 당신은 앨빈에게서 나를 빼앗은 자기 자신을 절대 용서하지 못할 거예요."

"그럴까요?"

"그럼요. 나는 당신을 알아요. 앨빈은 나쁜 사람이 아니에요. 당신은 어느 누구보다 그걸 잘 알잖아요. 세인트피란에서 그이와 함께 지내 본 사람이 나 말고는 당신밖에 없으니까. 그이에게도 문제가 있긴 하죠. 하지만 인간이라면 누구나 그렇지 않나요?"

"그 사람은 남들보다 문제가 많아요."

"그래서 그이한테 내가 필요한 거예요." 폴리는 그의 손을 놓았다.

"그래요?"

"당신이 생각하는 그 이상으로요." 그녀의 표정이 대화를 끝낼 시점이 되었음을 알렸다.

"나는 세인트피란에 성자가 **있을지** 모른다고 생각해요." 조가 나지막이 말했다. "나는 아니에요. 앨빈도 아니고요."

"그렇다고 해서 마을 이름이 바뀌지는 않을 거예요." 그녀는 그를 보며 미소를 지었다. "가끔 날 만나러 세인트피란에 와달라고 하고 싶은데." 그녀는 시선을 떨구었다. "하지만 그러면 안 되는 거겠죠?"

"왜요?"

"꼭 말로 해야 알겠어요, 조? 실망이야." 그녀는 다시 그를 올려다보았다.

"설명해줬으면 좋겠는데."

"죽을 때까지 당신을 기다리고 싶지 않으니까요. 저 길을 달려오는 차가 보일 때마다 당신이 온 게 아닐까 생각하고 싶지 않으니까요. 금발인 여행객과 마주칠 때마다 다시 한 번 얼굴을 확인하고 싶지 않으니까요. 나는 잘 살아나가야 해요. 그러니까 약속해줘요. 이번에 **떠나면** 두 번 다시 돌아오지 않겠다고."

"두 번 다시 돌아오지 말라고요?" 그 말에 그는 충격을 받았다. 집들이 뒤죽박죽 모여 있는 여기 이 만, 이 항구, 이 교회가 이제는 그의 고향이었다. 그는 어느 후미에서 고기가 가장 잘 잡히는지 알았다. 바람과 물살의 흐름과 해안가의 소용돌이도 알았다. 모든 주민들의 얼굴을 알았다. 이름도 알았다. 그런 곳을 영영 떠나라니 쉽지 않은 일이었다.

"두 번 다시 돌아오지 마요." 그녀는 슬픈 표정이었지만 다시 손을 들어서 그를 만졌다. "당신이 다른 여자와 팔짱을 끼고 항구에 등장하는 순간을 앞으로 10년 동안 기다릴 수는 없잖아요."

그는 고개를 저었다. "그럴 일은 없을 거예요." 하지만 그녀의 말에 담긴 진실의 메아리가 그의 가슴을 찔렀다.

"그래도요. 내가 이중생활을 할 수는 없잖아요, 조. 앨빈은 쉬운 사람이 아니에요. 당신도 알잖아요. 언젠가는 당신이 다시 나타나주길 기다리는데 내가 그이하고 잘 지내보려고 열심히 노력할까요? 아니면 일찌감치 포기할까요? 우리 둘이 지금 당장 도망쳐서 스페인의 해변에서 아이를 만들 게 아닌 이상 각자 새로운 인생을 설계해야죠."

"그럼 첫 번째 대안을 선택하면 되잖아요." 그는 애써 미소를 지었다. "나는 스페인도 좋아요."

"안 돼요, 조. 그건 이미 얘기가 끝났잖아요."

"그럼 이유가 뭔데요? 서로에게 조금도 관심이 없는데 내가 다시 돌아온들 신경 쓸 이유가 없잖아요. 잠깐이라도 고민할 이유가 없잖아요. 나는 바닷가를 거니는 또 다른 낯선 사람에 불과할 텐데."

그녀는 그를 쳐다보았다. "그 질문의 답은 이미 알고 있잖아요. 모르겠으면 혼자서 열심히 고민해봐요."

조는 팔로 얼굴을 훔쳤다. 그녀의 말을 받아들이기가 힘들었다.

"편지도 안 돼요." 그녀가 말했다. "문자도 안 돼요. 이메일도 안 돼요."

"전부 다요?"

"이런 걸 **새로 시작하기**라고 하죠, 조."

새로 시작하기.

"뒤도 돌아보지 마요." 마르시아 브로디 박사는 그에게 그렇게 말했다. "그런 날이 오면 망설이지 마요. 자리를 박차고 일어나서 나가버려요. 소지품을 챙기거나 작별 인사를 하지도 마요. 뒤도 돌아보지 말고 그냥 나가요."

"줄 게 있는데." 그는 그녀의 표정을 감상하며 주머니에 손을 넣었다. "크리스마스 선물이라고 생각해줘요." 그는 열쇠를 꺼냈다. "재니가 몰던 포르셰예요. 나더러 자기가 죽으면 그 차를 가지라고 했어요." 그가 열쇠를 내밀자 폴리는 망설이며 받았다. "스포츠카예요. 여름이 되면 지붕을 내릴 수 있어요."

"당신이 필요하지 않겠어요?"

"내가 지금 가려는 곳에서는 필요 없어요."

그녀는 열쇠를 꼭 쥐었다.

"나를 기억해줘요." 그녀가 말했다.

"당신도 나를 기억해줘요."

그는 종탑으로 건너가서 안으로 들어갔다. 그는 원래 여유롭게 준비할 생각이었다. 한 달쯤 뒤로 날을 잡을 생각이었다. 맬러리와, 그리고 제러미와 디멜자하고도 작별의 저녁 식사를 할 생각이었다. 하지만 또다시 선이 그어졌다. 이 선을 넘으면 절대 돌아갈 수 없지. 그는 생각했다.

그는 몇 개 안 되는 소지품과 제러미와 같이 가서 산 옷과 창고에 남은 식료품을 일부 챙겼다. 이런저런 깡통 제품들과 쌀, 오트밀, 말린 콩이었다. 그는 그것들을 상자에 담아서 한데 묶었다. 그런 다음 첫 번째 짐을 짊어지고 항구로 향했다.

"만조가 몇 시예요?" 그는 방파제에 앉아서 칼로 나무를 깎고 있는 케니에게 물었다.

"이미 지나갔어." 케니가 말했다. "고기 잡으러 나가려고?"

"그럴까 했죠." 조가 말했다.

"이 멋진 배가 이제 자네 것이라고?"

조는 고개를 끄덕였다. "벤츠랑 바꿨어요."

"우리는 그 벤츠를 목사님한테 넘긴 줄 알았더니…… 폴리를 넘겨 받는 조건으로."

이야기가 이런 식으로 와전되다니. 폴리가 포르셰를 타고 외출하는 광경이 목격되면 상황은 나아지지 않을 것이다.

"오늘 저녁 7시 10분 전에 물이 들 거야. 그때 바다로 나가고 싶진 않겠지? 그다음 만조는 내일 아침 7시 15분이야. 정확하지는 않아도 그때쯤."

"고맙습니다." 이 해변의 채집꾼은 어떻게 물이 드는 시각을 전부 다 알고 있을까?

"그때도 컴컴할 거야. 8시는 지나야 해가 뜨니까. 그래도 만에 나가 서 해가 뜨는 걸 구경할 수는 있어."

조는 상자에 담아온 물건들을 쌍동선에 실었다. 설비가 잘 갖추어진 선실을 둘러보았다. 종탑이라는 소박한 은신처에 비하면 얼마나 안락 한가. 그는 이층 침대에 누워서 야트막한 천장을 올려다보았다. 폴리 가 왔어도 공간이 충분했을 텐데. 그는 이런 생각이 들었다. 이 침대에 둘이 같이 누우면 딱 맞았을 텐데. 비좁기는 해도 편안했을 텐데.

그는 종탑에서 나머지 소지품과 식료품을 최대한 챙겼고, 큼지막한 물통이 다섯 개 보이자 공용 펌프장에 가서 물을 받았다. 오늘은 펌프 장에 아무도 없었다. 식수 공급이 재개된 모양이었다.

요트의 밧줄, 돛, 펜더, 닻도 점검했다. 계류용 밧줄을 단단히 당기면서 밧줄이 손바닥을 쓸고 지나가는 친숙한 느낌을 만끽했다.

 해 질 녘이었다. 부둣가에서 와하는 함성이 들렸다. 그는 사다리를 타고 올라가서 갑판 너머를 내다보았다. 페트럴과 민박집과 생선 창고와 가게와 항만 관리소장실에 불이 켜져 있었다. 방파제에도 크리스마스 전등이 이 끝에서 저 끝까지 달려 있었고 오래된 등대는 눈이 부셨다. 하루 늦기는 했지만 그래도 반갑다는 생각이 들었다. 게다가 세상이 멸망하지도 않았다. 그의 눈에 눈물이 고였다. 그는 다시 선실로 내려갔다. 웃음소리가 부둣가를 따라서 흘러왔고 그도 웃음이 나왔다. 혼자 웃으려니 기분이 이상했다. 그는 오일 램프를 켜고 지도 테이블을 접어서 코프먼의 해도를 몇 장 꺼냈다. 그는 육지가 안 보일 때까지 일직선으로 항해할 생각이었다. 어쩌면 타히티로 갈 수도 있었다. 아니면 수많은 열대 섬 가운데 한 곳으로 갈 수도 있었다. 하지만 그를 부르는 섬에는 모래사장이나 코코야자나무가 없었다. 만은 돌투성이고 손바닥만 한 숲에서는 키 큰 소나무가 자라며 오두막집에는 돌로 만든 벽난로가 있고 현관문까지 걸어가려면 눈 사이로 터널을 뚫어야 했다. 브리지타가 거기 있을 것이다. 그리고 미켈 파파도 있을 것이다. 그들은 오리를 굽고 **리스 아라 만드**를 먹을 수 있을 것이다. 뒤늦게 크리스마스를 만끽할 수 있을 것이다. 엄마를 위해 건배할 수도 있을 것이다.

 그는 요트에 있는 물품들을 목록으로 정리했다. 코프먼 일가는 소지품을 차에 실을 수 있을 만큼 최대한 챙겨갔지만 그래도 남은 게 많았다. 온갖 종류의 추적 장치, 그릇과 식사 도구, 찬장에 걸려 있는 방수모와 방수제품, 책, 식료품, 생수, 레드 와인, 아조레스에서 생산되는 페드라스 브랑카스 브랜디 한 상자.

작별 인사는 하지 않을 작정이었다. 마르시아 브로디의 말이 맞았다. 폴리의 말도 맞았다. 조는 작별 인사 대신 와인을 조금 따른 잔을 옆에 두고 테이블 앞에 앉아서 패스트넷*용 해도와 아일랜드 해 해도를 펼쳐놓고, 바닷가에서 들리던 목소리들이 잠잠해지고 새로 켜진 전등들이 꺼질 때까지 뚫어져라 들여다보았다. 해도를 샅샅이 살핀 뒤에는 서랍을 뒤져서 종이를 찾았다.

"맬러리 박사님께." 그는 이렇게 적었다.

이 브랜디는 박사님께 드리는 선물이에요. 제러미, 디멜자, 마서 씨와 함께 드실 거죠? 마서 씨는 다르게 생각할지 몰라도 앨빈 호킹 목사도 브랜디를 좋아합니다. 그에게도 한 병 나누어주세요. 저는 등장했을 때와 비슷하게 떠나려고 합니다. 혼자서 이른 새벽에 아무도 모르게요. 그런 저를 용서해주세요. 아버지와 누나를 찾으러 가야 해서요. 생각보다 더 보고 싶네요.

박사님과 세인트피란 주민들에게 신세 많이 지고 갑니다. 이제 와 생각해보니 크리스마스 성찬이 완벽한 작별 파티였네요. 그날의 추억을 끝으로 작별할 수 있어서 더할 나위 없이 행복합니다.

건강하세요.

사랑을 담아서

조

* 아일랜드와 웨일스를 오가는 카페리 회사.

그는 편지와 브랜디 상자를 들고 피시 가에 가서 현관 복도에 슬그머니 두었다. 맬러리 박사는 이미 잠을 자고 있었다.

조는 새벽에 심지어 갈매기들보다도 먼저 일어났다. 의외로 단잠을 잤다.

엄마는 미켈 파파의 배에서 잠을 잘 자지 못했다. 배가 흔들린다고 투덜거렸다. 손마디가 하얘질 정도로 침대 양옆을 부둥켜 잡았다. "뭐라도 잡고 있지 않으면 침대에서 떨어질 거야." 엄마는 이렇게 말했다. 아빠는 그 소리를 듣고 웃었다. "침대에서 떨어질 일 없어." 아빠는 엄마의 손가락을 하나씩 떼어내려고 했다. "당신은 놓는 법을 배워야 해."

엄마는 놓는 법을 배웠다. 하지만 아빠는 어딘가에 살아 있을 거라고 조는 장담했다. 미켈 파파는 독감으로 쓰러지지 않았을 것이다. 배를 타고 자기 섬으로 피신했을 것이다. 아빠는 추위에 아랑곳하지 않았다. "좀 춥게 지낼 필요가 있어." 춥게 지내면서 계속 숨을 쉬기. 그것이 죽음을 물리치는 방법이었다. 숨을 마시고. 내쉬고.

아빠는 침대를 부둥켜 잡은 엄마의 손가락을 하나씩 떼어냈다. "내가 이불을 잘 덮어줄게." 아빠는 엄마에게 말했다. "절대 빠져나오지 못하게 꼭 싸매줄게. 요나가 만난 폭풍이 불어도 끄떡없게."

엄마가 눈을 감았을 때도 그랬다. 이불에 꼭 싸매져 있었다. 가끔 조는 엄마의 손을 잡고 미켈 파파가 한 말을 속삭였다. "계속 숨을 쉬어요, 엄마. 계속 숨을 쉬어요." 엄마는 의식이 있을 때 그 소리를 들으면 숨을 내쉬고 있다는 것을 보여주려고 가끔 입술을 오므렸는데 조는 그걸 볼 때마다 손 키스를 날릴 때 하는 입 모양 같다는 생각을 했다.

돌아가시기 전 며칠 동안 엄마의 피부는 트레이싱 페이퍼보다 얇아 보였다. 그는 손을 잡을 때조차 조심 또 조심했다. 엄마가 둘로 찢어질 수 있을 만큼 연약해 보였던 것이다.

"엄마가 오늘 나한테 말을 했어." 임종 직전에 브리지타가 말했다.

"뭐라고 하셨는데?"

그는 호스피스의 조그만 찻집에 누나와 함께 앉아 있었다. 교대를 하는 시간이었다. 그때 브리지타는 열아홉 살이었다. 그래서 운전을 할 수 있었다. 그녀는 프랑스의 대서양 연안까지 갔다가 블랙히스의 조그만 집으로 돌아오는 여행길에 타고 다녔던 엄마의 해치백을 몰고 가서 눈을 붙일 것이었다. 이번에는 조가 엄마의 곁을 지킬 차례였다. 피할 수 없는 순간을 기다릴 차례였다.

호스피스의 찻집 벽에는 아이들의 손도장이 찍혀 있었다. 여러 색물감에 손을 담갔다가 연한 미색 벽에 도장을 찍고 이름과 날짜를 적었다. 벽화가 이제 겨우 절반 완성되었다. "학생도 벽에 손도장 찍을래요?" 예전에 간호사가 그에게 물은 적이 있었다. "우리 손님네 아이들이 남긴 도장이거든요." 그들은 호스피스에서 죽을 날을 기다리는 환자들을 **손님**이라고 불렀다. 그래서 거기가 호스피스가 아니라 시골의 어느 호텔 같았다.

엄마는 손님이었을지 몰라도 조는 아이가 아니었다.

"나더러 강하게 살겠다고 약속하라고 했어." 브리지타가 말했다. "인생은 멋진 거라고. 덕분에 내가 더 강해질 테니까 성공뿐 아니라 실패에도 즐거워하라고."

"엄마가 그렇게 긴 얘기를 했다고?"

"응."

"누나더러 약속을 하라고 했다고?"

"응."

"엄마가 그렇게 심오한 얘기를 하다니."

"사랑에 빠져보라고, 망설이지 말라고도 했어."

"엄마는 그랬을까? 아빠하고?"

"글쎄. 아닐 수도 있고. 그리고 하루하루를 즐겁게 보내겠다고 약속 하라고 했어."

조는 곰곰이 생각해보았다. "나한테는 뭐든 약속하라고 하신 적이 없는데." 그는 나지막이 중얼거렸다.

"하실 거야. 분명히 하실 거야."

그가 들어갔을 때 엄마는 잠을 자고 있었다. 병실의 조명이 어두웠다. 워낙 어두워서 촛불을 밝힌 수준도 될까 말까 했다. 그 정도로 어둑어둑하면 누구라도 깨어 있기 힘들 것이었다. 어쩌면 그게 목적일 수도 있었다. 숨쉬기를 멈출 수 있도록 죽어가는 환자들을 재우는 것이. 조도 등받이가 곧은 의자에 앉아서 잠이 들었다. 일어나보니 엄마가 그에게로 고개를 돌리고서 눈을 뜨고 있었다. "죄송해요, 엄마." 그가 말했다. "깜빡 잠이 들었어요."

그녀는 그를 향해 뭐라고 입을 뻐끔거렸다. "뭐라고요, 엄마?" 그는 좀 더 다가앉았다. "물 드시고 싶으세요? 뭐 필요한 거 있어요?"

그녀는 고개를 저었다.

"저한테 무슨 말씀하시려고 했던 거예요?" 그가 얼굴을 바짝 갖다 대자 그녀가 그의 귀에 대고 바람을 불듯 속삭였다. 그녀가 이 세상에 남긴 마지막 유언이었다.

"자랑스러운 아들이 되어줘." 그녀가 말했다.

"그럴게요, 엄마." 그는 그녀의 손을 꼭 잡았다. "약속할게요."

36
연관성을 파악하는 사람

조는 옷을 갈아입고 사다리를 올라가서 갑판을 가로질렀다. 계류용 밧줄을 풀기 시작했다. 아직 어두컴컴했지만 남쪽에서 산들바람이 불었고 조만간 해가 뜰 참이었다. 배를 타고 나가기에 제격이로군. 그는 생각했다. 그는 의사의 집 밖으로 나와서 첫날 아침처럼 코를 찌르는 짠 물보라와 생선 비늘과 축축한 밧줄 냄새를 느끼며 상쾌한 세인트피란의 공기를 허파에 담았다. 떠나기에 완벽한 시간이라는 생각이 들었다. 떠오르는 태양의 눈부신 햇살이 수평선 바로 아래에서 기다리고 있지만 아직은 어둠의 그림자로 덮인 지금. 세인트피란의 주민들이 아직 잠자리에 누워 있는 지금.

그는 누군가가 다리를 대롱대롱 늘어뜨리고 부둣가에 앉아 있는 것을 나중에서야 알아차렸다.

"누구세요?" 정체불명의 인물을 보고 그는 화들짝 놀랐다.

"배 좀 얻어 타려는 여행객인데요." 상대가 대답했다. 여자 목소리였다.

"누군데요?"

부둣가에 앉아 있던 여자가 일어섰다. "또 다른 아웃사이더예요." 그녀가 걸어오자 그가 들고 있던 오일 램프에서 흘러나온 은색 불빛에 얼굴이 비쳐보였다.

"아미나타?"

"아미나타 치켈루예요." 그녀는 손을 내밀었다. "배에 타도 돼요?" 그녀는 자수가 놓인 청바지를 입고 스키 재킷 지퍼를 목까지 단단히 채우고 있었다.

"당연하죠." 그는 잡아주려고 손을 내밀었지만 그녀가 그의 쪽으로 하도 심하게 휘청거리는 바람에 거의 안아서 갑판 위로 들어 올리다시피 했다.

"고마워요." 그녀는 혼자서 설 수 있게 되자 이렇게 말했다. "나도 데려가줄래요?"

"어디로요?" 그는 어리둥절해서 뭐가 뭔지 알 수가 없었다.

"어디든 당신이 가는 데로요." 그녀는 배에 놓인 의자에 주저앉았다. 그러더니 그의 눈을 쳐다보며 얼굴을 찡그렸다. "혹시 다른 사람 기다리고 있었어요?"

그는 고개를 저었다. "아뇨."

"다행이네요. 당신이 같이 가자고 했지만 그녀 쪽에서 거절했겠죠."

"누가요?" 하지만 그건 어리석은 질문이었다. 조는 맞은편 의자에 털썩 앉았다. "누구한테 들었어요?" 그는 손을 들었다. "아니에요. 됐어요. 대답 안 해도 돼요."

"여기는 세인트피란이잖아요." 그녀가 말했다.

"그러니까요." 그는 얕은 한숨을 뱉었다. "여기는 세인트피란이죠."

"그리고 우리는 친구고요."

"나도 알아요."

아미나타는 그의 반응을 살피는 눈치였다. "그녀는 여기 있어야 하는 사람이에요, 조."

"나도 알아요."

"**다들** 여기 있어야 하는 사람들이에요. 전부요."

"나만 빼고요." 그가 나지막이 중얼거리자 그녀는 그를 뚫어져라 쳐다보았다.

"그리고 나도요." 그녀가 말했다.

"우리가 정식으로 인사를 나눈 적이 없었다니 믿기지가 않네요." 잠시 후에 그가 말했다.

"그게 뭐 중요한가요?"

"그럴지도 모르지만 당신도 내 생명의 은인이잖아요. 바닷가에서 말이죠. 그런데 제대로 고맙다고 인사를 한 적이 없었네요."

"괜찮아요." 그녀는 손사래를 쳤다. "내가 당신을 발견한 것도 아닌데요. 채러티가 발견했어요."

"그래도요. 나를 같이 들어서 옮겼고……"

"내가 하는 일이 그런 거예요."

"내 입에 대고 인공호흡을 했고……"

"내가 그랬나요? 기억이 안 나는데." 그녀의 눈이 반짝인 듯했다.

"세네갈 출신이라고요?"

그녀는 이 말에 미소를 지었다. "이것 봐요." 그녀가 말했다. "나에 대해서 알아야 할 정보를 전부 다 알고 있다니까?"

"미안해요." 그가 말했다. "아까 그 말은 실수였던 것 같아요."

그녀는 손을 내밀어서 그의 손목을 살짝 건드렸다. "아니에요." 그녀는 그를 지나서 방파제를, 어쩌면 그 너머의 머나먼 바다를 물끄러미 바라보았다. "우리 아버지는 세네갈 사람이지만 어머니는 콘월 출신이었어요. 나도 당신이랑 비슷해요. 혼혈이죠."

"혼혈이라……" 그는 앵무새처럼 따라 했다.

"아니면 키메라요." 아미나타는 얼굴을 덮은 머리칼을 쓸어 넘기고 한참 동안 그를 쳐다보았다. "나는 세인트루이스라는 마을 출신이에요." 그녀가 말했다. "아프리카의 서쪽 해안, 세네갈의 바닷가에서도 북쪽, 모리타니아 국경과 맞닿은 사막 근처에 있는 마을이죠. 그 국경을 건너오는 사람은 많지 않아요. 투아레그족하고 소수의 무모한 여행객들뿐이죠. 그런 오지지만 아름다워요. 다채로운 곳이죠. 음악과 웃음소리로 가득한 곳. 그리고 해변도 있고요."

그는 미소를 지었다. "그럼 세인트피란하고 조금 비슷하겠네요?"

"그렇지는 않지만 어떤 뜻에서 한 말인지는 알겠어요."

"나 그냥 고기 잡으러 나가는 거 아니에요. 미안해요. 그보다 더…… 먼 여행을 계획 중이거든요."

"먼 여행요?"

"그리고…… 혼자서 떠날 생각이었고요."

"혼자서요?"

"네."

"그럼 세네갈 속담을 하나 알려드려야겠네요." 아미나타는 천천히 자리에서 일어났다. "혼자 있는 건 절대 좋지 않다. 하지만 혼자 있어야 한다면 친구와 함께 혼자 있어라." 그녀는 그의 손을 잡고 살짝 눌렀다가 놓았다. "요트는 처음 타봐요."

"그게 저와 함께 떠나기에 알맞은 자격 요건이라고 할 수 있을까요?"

"아." 그녀는 명랑하게 말했다. "다른 요건들도 있어요."

"어떤 것들이 있을지 궁금해지네요."

그녀는 사다리를 타고 선실로 내려갔다. "내 가방 좀 갖다줄래요?"

"가방까지 들고 왔어요?" 그는 깜짝 놀랐다.

"당연하죠."

그가 램프를 돌려보니 그녀가 앉아 있었던 부둣가에 큼지막한 캔버스 스포츠 가방이 있었다. 조금 무거워 보였다. 그는 가방을 배로 옮기면서 이게 어떻게 된 일인지 모르겠다는 생각을 했다.

"아미나타……" 그가 말했다.

"네."

"왜 가방을 들고 왔어요?"

선실의 희미한 불빛 속에서 그녀는 두 사람 모두를 삼킬 수 있을 만큼 환한 미소를 지었다. "아." 그녀가 말했다. "마서 씨가 한참 동안 여행을 떠날지 모르니까 짐을 싸라고 해서요."

"마서 씨가 그랬다고요?" 그는 머릿속이 어지러워지기 시작했다. "마서 피시번 씨요? 그 학교 선생님이?" 그가 배를 탈 걸 마서가 어떻게 알았을까? 그가 오랜 여행을 계획 중이라는 걸 그녀가 무슨 수로 알았을까?

"그럼요." 그녀는 선실을 훑어보았다. "생각보다 작네요." 그녀는 냄비를 들어서 무게를 가늠하며 말했다.

"그래도 6인실이에요."

"그런데 이렇게 가까운 공간에서……" 그녀는 선실 문을 열고 침대에 스르르 드러누웠다. "…… 우리 단둘이 있게 됐네요. 그래서 불편할까요?"

"나는 괜찮아요." 그가 말했다. "그런데 당신은요?"

"나는 간호사잖아요." 그녀는 다시 일어서며 말했다. "어떤 상황이라도 상관없어요."

그는 고개를 끄덕였다. "다행이네요." 그는 **가까운 공간**이라는 단어에 대해서 생각하고 있었다. 그건 디멜자가 했던 말이었다. 가까운 공간. 위기. 그리고 넉넉한 시간.

"그런데 몇 가지 미리 일러둘 게 있어요." 그녀가 말했다. "우리가 이만한 크기의 배 안에서…… 정확하게 얼마 동안 함께 있는 거죠?"

그는 헛기침을 했다. "글쎄요. 정확하게는 잘…… 모르겠는데요."

"그럼 대강이라도요."

그는 지도를 그려보았다. 영국해협까지 갈까 아니면 아일랜드 해까지 갈까? 1월에는 바람이 어떤 식일까? "2주요." 그가 말했다. "어쩌면 그보다 조금 더 길어질 수도 있고요."

"아." 그녀는 몸이 서로 닿을 수 있을 만큼 바짝 그에게로 다가왔다. "그럼 내 두 가지 나쁜 습관을 얘기해야겠네요. 그걸 못 참겠다고 하면 이번 모험에 대해서 다시 생각해봐야 하거든요."

"두 가지라고요?" 그가 말했다. "그것밖에 안 돼요?" 나는 목록이 필요할 텐데. 그는 이런 생각이 들었다. 두툼한 공책이 필요할지 모르는데.

"잘 참는 편이에요?"

"웬만한 건 견딜 수 있어요." 그가 말했다. 반쯤 정신이 나간 목사하고 종탑에서 같이 살기도 했는걸요. 그는 무슨 일이 있어도 그녀와 함께 떠나고 싶다는 생각이 들었다.

"그럼 첫째." 그녀는 손가락을 하나 들어 보였다. "나는 자꾸 노래를 부르는 성향이 있어요."

그는 미소를 지었다. "크리스마스 날에 들었어요."

"보통은 일을 하면서 노래를 불러요. 그래서 직장 동료들이 가끔 미치려고 하죠. 그래도 환자들은 좋아해요. 뭐, 그중 몇 명은요."

"알았어요." 그가 말했다. "그런데 그런 **성향**이 있다고요?"

그는 놀리려고 한 말이었고 그녀는 그걸 알아차렸다. 그녀는 완벽한 치아로 완벽한 곡선을 그리며 웃어 보였다.

"어떤 노래를 부르는데요?"

"아……" 그녀는 대수롭지 않다는 듯이 손사래를 쳤다. "유명한 대중가요는 뭐든지요. 비치보이스. 모타운."

"바다로 나가면 노래가 도움이 될 수 있어요. 워낙 고요하니까요."

"내가 부르는 노래 들어볼래요? 혹시 못 견딜 수도 있으니까."

"아니, 괜찮아요." 그는 손을 들었다. "이미 들었잖아요."

"정말 괜찮겠어요?"

"100퍼센트요."

"〈베이비 러브〉 두 소절이라도 들어보지 않을래요?"

"그럴 필요 없다니까요."

"뭐, 그럼 좋아요." 그녀가 고개를 끄덕이자 머리칼이 덩달아 까닥거렸다. "두 번째는 뭔지 들을 준비됐어요?"

"됐어요." 그가 말했다.

"당신, 마음씨가 아주 넓은 편인가요?"

"그럼요." 이 아가씨를 둘러싼 뭔지 모를 분위기가 그의 맥박을 어지럽혔다.

그녀는 미소 수준을 넘어서 함박웃음을 지으며 한쪽 팔로 그의 허리를 감싸 안았다. "이 습관에 대해서는 마을 사람들한테 들었을 수도 있는데. 나는 시끄러워요. 침대 위에서. 아주. 남들 말로는 그렇대요."

정말 그랬던 것이다. "들을 사람도 없는데요, 뭘."

"당신 말고는 없긴 하죠."

그들은 펜더를 풀었고 그는 배에 달린 소형 엔진에 시동을 걸었다.

"이거, 요트 아니었어요?" 그녀가 물었다.

"맞아요." 그가 말했다. "하지만 먼저 항구 밖으로 나가야 하니까요."

"그러니까 세상이 멸망하는 게 아니었네요?"

"과연 그럴까요?" 그는 되물었다. 그녀가 그를 살짝 꼬집는 게 느껴졌다. "아직은 아닌 걸지도 모르죠."

"그냥 아주 오랫동안 정전이 됐을 뿐이에요." 그녀가 말했다. "그러다 모든 게 다시 정상으로 돌아온 거죠. 그거 알아요?" 그녀는 그를 살짝 턱으로 가리켰다. "세네갈에서는 이런 게 늘 있는 일이에요. 한 지역 전체가 전기나 식수 없이 몇 달 동안 버틸 수 있어요. 심지어 몇 년까지. 그래도 뭐 하나 무너지지 않아요."

그는 뭐라고 대꾸하고 싶었지만 하고 싶은 말이 너무 많았다. 하지만 어쩌면 그녀의 말이 맞을 수도 있었다. 우리는 계속 숨을 쉬고 있었지. 그는 이렇게 생각했다.

방파제 안쪽을 돌아 나오는 동안 파도가 거의 치지 않았다. 조명을 밝히지 않아도 여명의 햇살만으로 충분했다. 그녀가 그의 옆에 섰고, 그렇게 그들은 조타수와 부조타수처럼 첫 번째 방파제를 지났다.

"손을 흔들어야 하지 않을까요?" 그녀가 말했다.

"세인트피란에 작별 인사를 하라고요?"

"네." 아미나타는 살짝 몸을 돌려서 부둣가에 대고 손을 흔들었다.

그는 그녀의 시선을 따라갔다. 크리스마스 전등이 항구를 따라서 반짝이는데 덩달아 손을 흔드는 사람들이 있었다. 수십 명이나 됐다. 방파제를 따라 한 줄로 서서 환호성을 지르고 있었다. 맬러리 북스가 보였다. 여긴 어쩐 일일까? 새벽 6시에. 그리고 케니 케닛과 케이시 림버와 채러티 클록과 제러미 멜런도 보였다. 꽁꽁 언 몸으로 바닷가에 쓰러져 있던 그를 옮긴 생명의 은인들이었다. 힉스 가족도 있었고 개로 영감도 지팡이에 기대고 서 있었다. 그리고 맥위스 형제와…… 그 밖에도 열댓 명이 더 있었다. 바틀 자매와 호스미스 가족, 앤더슨 부부와 펜헬로 부부도 있었다. 조는 자기도 모르게 손을 들어서 흔들었다.

"저 사람들이 어떻게 알았을까요?" 그가 물었다. "**당신**은 어떻게 알

왔어요?"

"마서 씨 덕분에요." 아미나타가 말했다. "당신한테 자기는 연관성을 파악하는 사람이라고 전해달랬어요."

두말하면 잔소리였다. 케니가 그녀에게 요트 이야기를 했을 것이다. 그리고 폴리는 그와 목사관에서 만난 이야기를 했을 것이다. 그가 물통에 물을 받는 것을 누군가가 보았을 것이다. 그리고 케니가 밀물 이야기를 했을 것이다. 그래서 그녀도 로니와 함께 서서 손을 흔들고 있었다.

디멜자가 고함을 질렀지만 바다에 막혀서 뭐라고 하는지 들리지가 않았다.

"뭐래요?" 아미나타가 물었다.

"모르겠어요." 하지만 알 것 같아요. 시가 역사보다 더 진실에 가까울지 모른다고요. 아니면 단순하게 우리의 해피엔딩을 바라는 것일 수도 있죠.

항구 저쪽 끝에도 두 사람이 서 있었다. 서로 손을 잡고 있는 폴리와 앨빈 호킹이었다. 앨빈은 내가 가는 걸 보고 좋아하겠군. 조는 생각했다. 그리고 어쩌면 폴리도. 그가 손을 흔들자 그들도 손을 흔들었다. 항구는 천천히 멀어져서 새벽의 어둠 속으로 녹아들었고 세인트피란 주민들의 함성과 휘파람 소리는 바다의 정적과 철썩이는 파도 속으로 증발했다.

그리고 함께 기억해야 할……

조나스(조) 학, 컴퓨터 프로그래머

해리엇 애들럼, 은행원

제이콥 앤더슨, 여인숙 주인

로머 앤더슨, 여인숙 안주인

애니 바틀, 생선 손질가

엘리자베스 바틀, 생선 손질가

로버트 배소, 뉴린의 어부

맬러리 북스 박사, (은퇴한) 의사

마르시아 브로디 박사, 시티의 의사

로드니 바이엇, 컴퓨터 프로그래머

아미나타 치켈루, 간호사 겸 가수

아더 클록, 십 대 소년

채러티 클록, 십 대 소녀

모데스티 클록, 보조 교사

밸러와 페이스 클록, 어린아이

재니 커버데일, 시티의 딜러

마서 피시번, 교사

로니 피시번, 이사업체 직원

아웬 개로 '영감', (은퇴한) 어부

조녀선 가이, 시티의 퀸트

'마마' 앨리슨 학, 조의 어머니

브리지타 학, 조의 누나

'파파' 미켈 학, 조의 아버지

콜린 헬름스, 시티의 은행 임원

제시 힉스, 가게 주인

조디 힉스 '갑판장', 수병

앨빈 호킹, 목사

폴리 호킹, 목사 사모

에밀리 호스미스, 여자아이

낸 호스미스, 아이 엄마

토머스 호스미스, 학생

캐시 코프먼, 루의 십 대 손녀

루 코프먼, 은행장

톰과 케이트 코프먼, 캐시의 부모

케니 (켄버) 케닛, 해변의 채집꾼

케이시 럼버, 그물 장수

아일린 맥위스, 농부의 아내

베비스 맥위스, 농부

코린 맥위스, 농부

엘리 맥위스, 학생

포레스트 맥위스, 농부

론 맥위스, 농부

클레어 매너스/맥기번, 시티의 마케터

리처드 맨셀, 대형 할인점 점장

줄리언 맥기번, 시티의 딜러

제러미 멜런, 박물학자 겸 작가

제니 메신저, TV 기자

네이트와 로즈 무트, 소규모 자작농

에이블 오셔 선장, 항만 관리소장

매니시 파텔, 시티의 애널리스트

헤드라 펜핸로, 민박집 주인

모지스 펜핸로, 민박집 주인

루이자 펜로스, 바닷가재잡이의 아내

토비 펜로스, 바닷가재잡이

베니 레스토릭, 의회 직원

도로시 레스토릭, 아이 엄마

대니얼 로빈스, 어부

새뮤얼 로빈스, 어부

베니 쇼니시, 학생

제니 쇼니시, 마을 주민

존 쇼니시, 어부 겸 생선 장수

피터 쇼니시, 어부 겸 생선 장수

존과 루시 서로굿, 소규모 자작농

디멜자 트레버릭, 로맨스 소설 작가

아멜리아 워런, 시티의 바리스타

조너선 우드먼, 컴퓨터 프로그래머

콘월의 세인트피란 주민들

트레드에인절 주민들

그리고 잊지 말아야 할

긴수염고래

작가의 말

1. "어느 사회든 세끼만 굶으면 무정부 상태가 된다"는 말은 영국 텔
   레비전에서 방영된 코미디 시리즈 〈레드 드워프〉의 대화를 일부
   인용한 것이다. "사람들이 말하길 어느 사회든 세끼만 굶으면 혁명
   이 터진다고 하지. 음식이라는 문화를 세끼 박탈하면 무정부 상태
   가 되는 거야." 1989년에 방영된 〈레드 드워프〉 세 번째 시리즈에
   이런 대사가 있었다. Wikiquote.org에서는 제2의 가능성을 제시
   한다. "어느 사회든 세끼만 굶으면 혁명이 터진다"고 말한 사람이
   뒤마(1802~1870)나 트로츠키(1879~1940)일 수도 있다고 말이
   다.

2. 문명이 어떤 식으로 무너지는지 좀 더 자세하게 알고 싶은 열혈 독자라면 퓰리처상을 수상한 재레드 다이아몬드가 쓴 『문명의 붕괴』를 읽어도 좋겠다. 이 책에는 앙코르와트, 그린란드, 남아메리카에서 붕괴된 여러 사회뿐 아니라 이스터 섬에서 벌어진 일들까지 소개가 되어 있다. 나는 『문명의 붕괴』를 읽은 직후에 수마트라의 외딴 숲 산장에서 재레드 다이아몬드 교수를 만날 기회가 있었다. 고맙게도 그는 저녁 식사를 하면서 이 책 『고래도 함께』의 줄거리를 주제로 나와 대화를 나누어주었다. "붕괴 시나리오의 실현 가능성이 어느 정도인가요?" 내가 물었다. "아주 높죠." 그가 대답했다. "우리가 연구 중인 여러 시나리오 가운데 하나예요."

3. 루 코프먼이 제시한 사회 붕괴론은 《뉴 사이언티스트》 2008년 4월호에 실린 드보라 매켄지의 기사를 상당 부분 참고했다. 기사 제목은 '전 세계적인 전염병으로 문명사회가 붕괴될 수 있을까?'였다. 염치없지만 조와 루가 언급한 사례들은 이 기사에 소개된 내용이다.

4. 1918년에 유행한 독감 바이러스의 유전자 배열 순서를 밝힌 사람은 미군 소속 병리학자인 제프리 토벤버거였다. 그는 바이러스를 추출하려다 미육군 병리학 연구소의 파라핀 덩어리 안에 보관되어 있던 인간의 조직 표본을 입수했다. 독감으로 사망한 70여 명의 병사들에게서 채취한 샘플을 샅샅이 살핀 끝에 로스코 본이라는 병사의 허파에서 바이러스를 추출하는 데 성공했다. 여기에서

게놈의 일부 배열 순서를 알아낼 수 있었지만 조직이 부족해서 완벽하게 파악하지는 못했다. 하지만 알래스카에서 1918년 독감 희생자들의 유해를 수색한 바 있었던 노르웨이의 요한 홀틴과 연락이 닿으면서 극적인 돌파구가 마련되었다. 홀틴은 알래스카 원주민들의 양해 아래 훗날 '루시'라고 명명한 여성의 시체를 발굴했다. 루시는 유난히 몸집이 비대했기 때문에 허파 주변의 지방층 덕분에 부패 속도가 남들보다 느렸다. 2005년에 터렌스 텀피 박사가 이끄는 애틀랜타의 질병예방통제센터 소속 팀이 루시가 걸린 병의 바이러스를 재현하는 데 성공했다고 발표했다. 현재 이 바이러스가 담긴 열 개의 유리병이 애틀랜타의 질병예방통제센터에 보관되어 있다. 이쯤에서 이야기가 막을 내리면 좋겠지만 나중에 유전자 배열 순서가 온라인에 완벽하게 공개되면서 다소 충격적인 사태가 벌어지고 말았다. 네덜란드의 바이러스 학자로 로테르담의 에라스무스 의료원 소속이었던 론 푸키에가 2011년 12월에 몰타에서 열린 과학협의회에서 이 온라인 데이터를 토대로 인류가 지금까지 경험한 그 어떤 전염병보다 훨씬 더 치명적일 수 있는 생바이러스를 만들었다고 밝힌 것이다.

5. 2014년 7월 2일에 《인디펜던트》지를 비롯해 여러 신문에서는 위스콘신 매디슨 대학의 요시히로 가와오카 교수가 2009년에 유행한 독감 바이러스를 유전적으로 변형해 인간의 면역체계를 효과적으로 '회피'하는 변종을 개발했다고 보도했다. 전 세계는 이 변종 바이러스에 무방비 상태가 될 것이라고 했다. 스티브 코너가 기

고한 기사에 따르면 많은 과학자들은 가와오카가, 출현 당시 무려 50만 명의 목숨을 앗아가는 치명적인 유행병을 유발했던 변종 바이러스에 대처할 수 있는 유일한 방어책을 의도적으로 제거했다는 데 경악을 금치 못했다. 보도에 따르면 어느 연구원은 이렇게 얘기했다고 한다. "그는 2009년에 유행한 독감 바이러스 중에서 인간의 항체에 의해 중화되지 않은 변종을 선별했다. 이 과정을 여러 번 반복함으로써 실로 엄청난 바이러스를 탄생시켰다."

6. 시티의 주식 거래가 등장하는 부분의 오류 검사를 자진해서 맡아준 마이클 파울과 온라인 '퀸츠 네트워크' 회원들에게 감사의 뜻을 전한다. 특히 에밀리 폰스와 요한 (한스) 뷰미는 원고를 처음부터 끝까지 읽고 도움이 되는 의견을 제시해주었다. 나는 그들의 충고를 가능한 한 반영해서 레인 코프먼의 트레이딩 플로어를 시티의 실제 분위기와 최대한 가깝게 만들려고 했다. 그러나 정확성 면에서 떨어지더라도 손대지 않고 그대로 놔둔 부분도 있다. 에밀리는 엄밀히 말해서 조가 트레이더가 아니기 때문에 '퀀트'라고 불리지 않았을 거라고 했다. 그런데도 고치지 않은 이유는 그 용어가 마음에 들었기 때문이다. 요한은 공매도가 어떤 건지 파악할 수 있도록 도와주는 한편, 대부분의 트레이더가 공매도를 추구할 가능성이 있다고 알려주었다. 레인 코프먼의 5층은 공매도보다 '이색 옵션과 차입 매매'에 전념하는 층에 가깝다고 했다. 그리고 재니가 이끄는 공매도 팀이 그런 식의 손실을 낼 가능성은 없다고 했다. 공매도가 아닌 다른 방식일 때 그런 식의 손실이 날 공산이 크다고

했다. 그런데도 나는 그의 탁월한 충고를 이 작품에 반영하지 않았다. 너무 여러 방식을 등장시켜서 이야기를 복잡하게 만들고 싶지 않았을 뿐더러 공매도의 암울한 상징성에 매료되었기 때문이다. 이 점에 대해서 퀀트와 딜러들의 용서를 구하는 바이다.

7. 용기와 능력을 갖춘 사람만이 소설의 초고를 읽고 수많은 개선 방안을 저자에게 제안할 수 있다. 능력이 출중하고 용감한 커스티 던시스라는 편집자가 혜안이 빛나는 충고를 아끼지 않았으니 나는 이 부분에 있어서 운이 좋았다. 커스티에게 아무리 고마워해도 모자랄 것이다. 초고의 가능성을 믿고 부족한 부분들에 대해 내가 파악하고 고민할 수 있도록 도와준 마크 스탠턴과 수 아이언멍거에게도 큰 감사의 뜻을 전하고 싶다. 이들에게 진 빚이 많다.

8. 콘월의 1년 어획량은 1만 5천여 톤으로 시가 3550만 파운드에 달한다. 해덕이나 메를루사, 아귀, 서대처럼 바다 밑바닥에서 사는 저어들이 많이 잡힌다. 잡힌 고기의 3분의 2는 콘월에서 가장 큰 뉴린 항으로 유입되는데, 그곳에서 가장 많이 잡히는 3대 어종은 아귀, 정어리, 게다. (내가 한때 거주했던) 메바기시의 어부들은 해덕, 정어리, 대구 위주로 1년에 약 800톤을 잡는다. 세인트피란은 어획량이 많이 떨어지는 셈이다.

9. 긴수염고래가 해변으로 떠밀려오는 경우는 거의 없다. 전 세계적으로 해마다 해변에서 죽음을 맞는 고래가 2천 마리 정도 되는데

대부분 이빨고래다. 하지만 긴수염고래가 해변으로 쓸려왔다는 기록이 없는 것은 아니다. 2012년 8월에는 콘월의 칼리온 만 근처에서 19미터짜리 긴수염고래가 수의사들의 증언에 따르면 '믿기지 않을 만큼 영양 결핍인' 상태로 해변에 갇혔다가 죽음을 맞았다(나는 칼리온 만에서도 잠깐 산 적이 있었다). 그보다 3년 전인 2009년 1월에는 18미터짜리 긴수염고래가 아일랜드의 코트맥쉐리 해변으로 떠밀려와서 죽음을 맞았다.

10. 해변에 갇혀서 죽은 고래 고기를 먹는 것은 사실 현명하지 못한 발상이다. 고래기름은 단열 효과가 워낙 뛰어나기 때문에(추운 바다로부터 고래를 보호하는 역할을 한다) 고래가 죽은 뒤에도 단열 효과가 금세 사라지지 않는다. 따라서 며칠 동안 유지되는 높은 체온으로 죽은 고래가 서서히 익어가기 때문에 박테리아가 번식하기에 완벽한 환경이 된다. 2002년에는 알래스카 해변에 갇힌 고래기름을 먹었다가 여덟 명이 보툴리누스 식중독에 걸렸다. 세인트피란과 트레드에인절 주민들은 운이 좋았던 셈이다.

11. 여러분도 눈치챘겠지만 이 작품 속에서 고래는 좋게 활용할 수 있는 뜻밖의 혜택을 상징한다. 실제 고래는 우리에게 사랑과 존경을 받을 만한, 아름답고 똑똑한 동물이다. 식용이 절대 아니다. 우리는 그들에게 대양의 자유를 허락하고, 고래 관광을 통해 만나고, 아직도 고래를 괴롭히는 나라가 있으면 그린피스와 같은 단체를 통해 항의하는 방식으로 그들이 제공하는 혜택을 함께 나누어야 한다.

12. 욥기 41장 1절부터 9절은 다음과 같다(21세기 킹제임스 성경).

1 네가 낚싯바늘로 리바이어던을 끌어낼 수 있겠느냐? 혹은 네가 늘어 뜨리는 줄로 그의 혀를 끌어낼 수 있겠느냐?

2 네가 그의 코에 낚싯바늘을 걸 수 있겠느냐? 혹은 가시로 그의 턱을 꿸 수 있겠느냐?

3 그가 네게 많은 간구를 하겠느냐? 그가 네게 부드러운 말들을 하겠느냐?

4 그가 너와 언약을 맺겠느냐? 네가 그를 영원히 종으로 삼겠느냐?

5 네가 새와 놀듯 그와 놀겠느냐? 혹은 네가 네 여종들을 위하여 그를 묶겠느냐?

6 벗들이 그를 가지고 잔치를 벌이겠느냐? 그들이 상인들 사이에서 그를 나누겠느냐?

7 네가 그의 가죽을 쇠꼬챙이로 채울 수 있겠느냐? 혹은 그의 머리를 물고기 작살로 채울 수 있겠느냐?

8 네 손을 그에게 대어 본 뒤에 싸움을 기억하고 다시는 그리하지 말라.

9 보라, 그에 대한 소망은 헛되니 사람이 그를 보기만 해도 낙심하지 아니하겠느냐?

13. 요나와 고래 이야기는 성서에도 나오고 코란에도 나온다. 이 이야기 속에서 요나는 니느웨라는 불경스러운 도시에 가서 힘든 시기가 찾아올 거라고 예언하라는 명령을 받지만 거부하고 결국 줄행랑을 놓는다. 그러고 나서 배를 타고 가다가 폭풍을 만나는데 그

를 배 밖으로 던지는 것 말고는 달리 방법이 없다(선원들이 모두 제비뽑기를 하는데 요나가 당첨된다). 그가 자청해서 벌을 받자 아니나 다를까, 그의 희생으로 폭풍은 잠잠해진다. 하지만 이게 끝이 아니다. 우리도 기억하다시피 아주 커다란 물고기가 그를 삼킨다(나중에 구조되긴 하지만). 코란 37장에 실린 이야기는 다음과 같다(무함마드 아사드 번역본).

보라, 탈주 노예처럼 달아나 과적한 배에 올랐을 적에 요나는 실로 우리의 전령이었도다. 그들이 제비를 뽑을 적에 그가 당첨이 되었고 [그들이 그를 바다로 버리자] 거대한 물고기가 그를 삼킨 것은 그가 원흉이었기 때문이다. 그가 [고통의 깊은 어둠 속에서도] 하느님의 무한한 영광을 찬양한 자가 아니었다면 죽은 자들이 모두 부활하는 날까지 그 배 속에 머물러 있었겠으나 우리가 [마음의] 병이 든 그를 인적 없는 바닷가로 밀어내 [황무지에서] 덩굴 식물이 그의 위로 자라게 하였노라. 그리고 [이후에] 그를 [다시 한 번] [그의 백성들], 10만이 넘는 [영혼]에게 보내고 그들이 [이번에는] [그를] 믿었으니 우리는 그들에게 주어진 시간 동안 인생을 즐길 수 있도록 허락하였노라.

옮긴이의 말

　『고래도 함께』를 통해 우리나라에 처음으로 소개되는 작가 존 아이언멍거는 특이한 이력의 소유자다. 케냐의 나이로비에서 태어나 대학교에서 동물학을 전공하고 무려 민물에 사는 거머리와 편형동물 연구로 박사 학위까지 받은 뒤 IT 회사에서 근무하다 오십 대(그것도 후반에!)에 처녀작을 발표했으니 말이다. 그는 지금도 낮에는 직장 생활을 하며 '취미로서의 글쓰기'를 즐긴다는데, 어느 지면에서 밝힌 바에 따르면 그의 아버지는 런던 출신이었지만 어머니가 콘월 남부 해안가의 메바기시라는 어촌 출신이었다고 한다. 그의 나이 열일곱 살 때 은퇴한 부모님이 메바기시로 낙향해 읍내의 잡화점을 인수하자 그는 틈틈이 식료품을 배달하며 부모님의 일손을 거들었는데, 그때 단골손님가운데 한 명이 지금은 세상을 떠났지만 『아웃사이더』로 우리나라에도 널리 알려진 콜린 윌슨이었다. 어느 날 그 집으로 배달을 갔을 때 그가 자기도 작가가 되고 싶다고 하자 대작가는 될 수 있을 거라고 장담했다. 그 아이가 나중에 '취미 삼아' 쓴 처녀작으로 코스타 북 어워드 신인상 최종 후보에 오르고 두 번째 작품으로 다수의 문학상을 휩쓰는 작가가 되었으니 콜린 윌슨에게 예지력이 있었던 걸까.

이 『고래도 함께』에는 세 종류의 리바이어던이 등장한다. 홉스가 그의 저서에서 말한 리바이어던은 사회계약을 통해 이룩한 국가라는 인위적인 힘이다. 성서에서 이야기하는 리바이어던(리워야단)은 인간을 압도하는 존재로서 리바이어던, 신이라는 존재를 인정하는 계기로서 리바이어던이다. 가상의 마을이지만 이 작품 속의 현실이라고 할 수 있는 세인트피란에 등장한 리바이어던(고래)은 변화의 상징, 배려와 희생의 상징이다. 이 세 종류의 리바이어던을 소개하고 나서 저자는 우리에게 묻는다. 위기가 닥쳤을 때 우리에게 원동력이 될 수 있는 것은 어떤 리바이어던인가.

『고래도 함께』는 적자생존이 아니라 다수를 위한 희생을 이야기한다. 이 세상에는 정말 자기밖에 모르는 사람들도 있기는 하지만, 위기가 닥쳤을 때 그걸 극복하려고 함께 노력하는 것이 인간의 천성이라고 한다. 이 작품에서처럼 독감이 전 세계로 번진다면 인류에게 엄청난 재앙이 들이닥치는 것일지는 몰라도 그것이 곧 세상의 종말을 뜻하지는 않는다고 한다. '인간이 희망이다'라는 메시지는 상투적이고 진부할 수 있지만, 이 『고래도 함께』는 유머와 깊이를 적절하게 가미할 줄 아는 저자의 역량 덕분에 상투성과 진부성을 뛰어넘었다.

요즘은 뉴스를 보기가 두렵다. 서울 도심에서 묻지 마 범행이 자행되는가 하면 총격전이 벌어져서 경찰관이 사살된다. 지구 온난화 현상은 멈출 줄 모르고 중국발 미세먼지로 맑은 가을 하늘은 자취를 감춘 지 오래며 올겨울은 엘니뇨 현상으로 강추위가 예상된다고 한다. 신문에서건 텔레비전에서건 연일 그런 기사뿐이다. 인간이 다른 인간을, 우리가 사는 이 땅을 얼마나 파괴할 수 있는지 어디 한번 해보자고 서로 경쟁이라도 하는 것 같다. 이런 때일수록 고래가 전하는 메시지가 간절하다. 그래도 인간이 희망이라는 설득이 필요하다.

고래도 함께

초판 1쇄 펴낸날 2016년 11월 15일

지은이 존 아이언멍거
옮긴이 이은선
펴낸이 양숙진

펴낸곳 (주)현대문학
등록번호 제1-452호
주소 06532 서울시 서초구 신반포로 321(잠원동, 미래엔)
전화 02-2017-0280
팩스 02-516-5433
홈페이지 www.hdmh.co.kr

ⓒ 2016, 현대문학

ISBN 978-89-7275-798-6 03840

* 책값은 뒤표지에 있습니다.